FOLIO SCIENCE-FICTION

Né en 1948 dans l'Illinois, Dan Simmons a exercé pendant de nombreuses années le métier d'enseignant avant de se consacrer entièrement à l'écriture. Peu connu avant 1989, il acquiert immédiatement, avec la parution d'*Hypérion* et de *L'échiquier du mal*, le statut d'auteur majeur de la science-fiction contemporaine.

Mais Dan Simmons est également l'auteur d'œuvres plus intimes, oscillant entre science-fiction et fantastique, où il examine tout aussi brillamment les angoisses et les souffrances inhérentes à la condition humaine : *Les larmes d'Icare*, paru en 1989, *L'homme nu*, en 1992, ou le recueil de nouvelles intitulé *Le Styx coule à l'envers*.

À Ed Bryant

Remerciements

Tout livre qui réussit la Longue Traversée menant à la publication est assisté par d'autres esprits et d'autres mains que ceux de son seul auteur, mais un roman de cette taille et de cette ambition accumule plus de dettes que la plupart des autres. Je tiens à remercier un certain nombre de personnes qui ont aidé *L'Échiquier du mal* à arriver à bon port contre vents et marées :

Dean R. Koontz, dont les aimables encouragements ont été aussi opportuns que généreux.

Richard Curtis, dont j'ai pu apprécier la persistance et le professionnalisme.

Paul Mikol, dont le goût est impeccable et dont l'amitié m'est chère.

Brian Thomsen, dont j'ai pu apprécier l'amour des échecs et le respect de l'Histoire.

Simon Hawke, armurier dans la grande tradition de Geoffrey Boothroyd.

Arleen Tennis, dactylo hors pair, pour ces chaudes journées d'été passées à taper les avant-dernières versions des révisions révisées.

Claudia Logerquist, qui m'a patiemment rappelé que les trémas et autres signes diacritiques ne devaient pas être saupoudrés au hasard comme des grains de sel.

Wolf Blitzer, du *Jerusalem Post*, qui m'a aidé à trouver le meilleur vendeur de falafels de Haïfa.

Ellen Datlow, qui m'a affirmé que je ne pourrais pas écrire de suite à la nouvelle qui a donné naissance à ce livre.

Et mes plus vifs remerciements à :

Kathy Sherman, qui a collaboré avec enthousiasme aux illustrations de la première édition de ce livre en dépit d'un délai très bref et d'un salaire très mince.

Ma fille Jane, qui a attendu patiemment pendant les deux tiers de sa vie que Papa « finisse son livre à faire peur ».

Karen, qui a toujours été impatiente de connaître la suite.

Et finalement, mes remerciements les plus sincères à Edward Bryant, le gentleman et excellent écrivain auquel ce livre est dédié.

Non, désespoir, putride réconfort, je ne veux pas me repaître de toi;
Ni dénouer, tout lâches qu'ils soient, les derniers fils de l'homme
En moi, ni, tout épuisé que je sois, m'écrier Je ne peux plus…

GÉRARD MANLEY HOPKINS

Prologue
Chelmno, 1942

Saul Laski gisait parmi les morts en sursis dans un camp d'extermination et pensait à la vie. Saul frissonnait dans le noir et le froid, s'efforçant de se rappeler les détails d'un matin de printemps : la lumière dorée qui caresse les branches des saules ployant au-dessus du ruisseau, le champ de pâquerettes blanches derrière les bâtiments en pierre de la ferme de son oncle.

Le baraquement était plongé dans un silence que venaient seulement troubler les quintes de toux rauque et les mouvements furtifs des *Musselmänner*, les morts-vivants, qui cherchaient vainement un peu de chaleur dans la paille froide. Un vieillard fut secoué par une toux spasmodique signalant la fin d'une longue lutte désespérée. Il serait mort à l'aube. Ou s'il survivait à la nuit, il n'aurait pas la force d'aller dans la neige répondre à l'appel du matin, ce qui signifiait qu'il serait mort avant midi.

Saul se recroquevilla pour échapper au rayon du projecteur qui transperçait les vitres en verre dépoli et se tassa contre les mortaises de sa couche. Des échardes lui râpèrent le dos et les côtes à travers le mince tissu de son vêtement. Ses jambes se mirent à trembler sous l'effet de la fatigue et du froid. Saul agrippa ses maigres cuisses et les serra jusqu'à ce qu'elles aient cessé de trembler.

Je vivrai. Cette pensée était un ordre, un impératif qu'il s'enfonçait dans le crâne avec tant de force que même son corps affamé et meurtri ne pouvait défier sa volonté.

Quelques années plus tôt, une éternité plus tôt, Oncle Moshe avait promis au jeune Saul de l'emmener à la pêche près de sa ferme de Cracovie, et Saul avait trouvé un truc pour se lever à l'heure : juste avant de s'endormir, il imaginait un galet bien lisse sur lequel il écrivait l'heure précise à laquelle il souhaitait se réveiller. Puis il laissait tomber le galet dans une mare limpide et le regardait en esprit se poser doucement au fond de l'eau. Le lendemain matin, il se réveillait toujours au moment voulu, alerte, vivant, respirant l'air frais du matin et savourant le silence qui précédait l'aube avant que le réveil de son frère et de ses sœurs ne vienne en rompre la fragile perfection.

Je vivrai. Saul ferma les yeux de toutes ses forces et regarda le galet sombrer dans l'eau claire. Son corps se remit à trembler et il pressa son dos contre les angles durs de la planche. Pour la millième fois, il essaya de se nicher au creux de la paille. Son pauvre lit était beaucoup plus confortable lorsque le vieux Mr. Shistruk et le jeune Ibrahim le partageaient avec lui, mais Ibrahim avait été fusillé à la mine et Mr. Shistruk était mort deux jours plus tôt, à la carrière. Il s'était assis par terre et avait refusé de se lever, même lorsque Gluecks, le chef des S.S., avait lâché son chien. Le vieil homme avait agité les bras dans un geste presque joyeux, pitoyable adieu adressé aux prisonniers qui observaient la scène, et le berger allemand l'avait égorgé cinq secondes plus tard.

Je vivrai. Cette pensée avait un rythme propre qui transcendait les mots, le langage. Cette pensée servait de contrepoint à tout ce que Saul avait vu et vécu durant les cinq mois qu'il avait passés au camp. *Je vivrai.* Cette pensée diffusait une lumière et une chaleur palpitantes qui repoussaient en partie la fosse glacée et vertigineuse qui menaçait de s'ouvrir en lui pour le consumer. La Fosse. L'Abîme. Saul avait vu l'Abîme. Avec les autres, il avait jeté des pelletées de terre froide et noire sur les corps encore chauds, parfois encore animés, tel celui d'un enfant qui agitait doucement les bras pour signaler sa présence à un parent venu l'accueillir à la gare, ou aurait bougé dans son sommeil ; il avait répandu de la chaux vive sur les corps pendant que le S.S. le surveillait, nonchalamment assis au bord de la Fosse, ses mains blanches et bien propres posées sur le canon noir et luisant de son pistolet mitrailleur, un emplâtre collé sur sa joue rugueuse là où il s'était coupé en sc rasant, là où la coupure en question était déjà en train de guérir pendant que des formes nues et blanches continuaient de remuer faiblement dans la Fosse que Saul emplissait de terre, les yeux rougis par le nuage de chaux pareil à un banc de brume crayeuse flottant dans l'air hivernal.

Je vivrai. Saul se concentra sur la force de ce rythme et oublia ses membres tremblants. Deux niveaux au-dessus de lui, un homme sanglota dans la nuit. Saul sentait les poux ramper le long de ses bras et de ses jambes, en quête de sa chaleur mourante. Il se recroquevilla encore plus sur lui-même, comprenant l'impératif qui dictait les mouvements de la vermine, réagissant au même ordre stupide, illogique, irrépressible : continuc.

Le galet s'enfonça encore un peu plus dans les profondeurs azurées. Saul distingua les lettres malhabiles alors qu'il parvenait au seuil du sommeil. *Je vivrai.*

Saul ouvrit brusquement les yeux, refroidi par une pensée encore plus glaciale que le vent qui sifflait à travers le châssis des fenêtres. *On était le troisième jeudi du mois.* Saul était presque sûr qu'on était le troisième jeudi. *Ils* venaient le troisième jeudi. Mais pas toujours. Peut-être pas ce jeudi-ci. Saul enfouit son visage dans ses bras et adopta une position fœtale encore plus accentuée.

Il allait s'endormir lorsque la porte du baraquement s'ouvrit bruyamment. Ils étaient cinq : deux Waffen S.S. armés de mitraillettes, un sous-officier de l'armée régulière, le lieutenant Schafner et un jeune Oberst que Saul n'avait jamais vu. L'Oberst avait un visage pâle d'Aryen; une mèche de cheveux blonds retombait sur son front. Leurs torches se promenèrent le long des rangées de lits superposés. Personne ne bougea. Saul percevait le silence produit par les quatre-vingt-cinq squelettes retenant leur souffle dans la nuit. Il retint son souffle.

Les Allemands avancèrent de cinq pas dans le baraquement, précédés par des bouffées d'air froid, et leurs silhouettes massives se découpèrent à contre-jour devant le seuil, entourées par la brume givrée de leur souffle. Saul s'enfonça encore un peu plus dans la paille cassante.

«*Du!*» fit une voix. Le faisceau de la torche s'était posé sur une silhouette rayée et encagoulée, tapie dans les profondeurs d'une couchette située à six rangées de celle de Saul. «*Komm! Schnell!*» Comme l'homme ne bougeait pas, les deux S.S. le firent descendre sans ménagement de son lit. Saul entendit ses pieds nus racler le sol.

«*Du, raus!*» Et encore une fois : «*Du!*» A présent, trois *Musselmänner*, trois épouvantails étiques, se tenaient debout devant les silhouettes massives. La procession fit halte à quatre lits de Saul. Les deux S.S. balayèrent la rangée centrale du rayon de leurs torches. Des yeux rouges reflétèrent la lumière, des yeux de rats tapis dans des cercueils mal fermés.

Je vivrai. Pour la première fois, ces mots étaient une prière plutôt qu'un impératif. Jamais ils n'avaient pris plus de quatre hommes dans un baraquement donné.

«*Du.*» Le garde s'était retourné et braquait sa torche en plein sur le visage de Saul. Celui-ci ne bougea pas. Cessa de respirer. L'univers était réduit au dos de sa main, situé à quelques centimètres de son visage. La peau était blanche, blanche comme une larve, et crevassée par endroits. Les poils qui y poussaient étaient très sombres. Saul les contempla avec un profond étonnement. A la lueur de la torche, la chair de sa main et de son bras semblait presque transparente. Il distinguait sans peine les couches de muscles, le dessin élégant des tendons, les veines bleues qui battaient doucement au rythme effréné de son cœur.

«*Du, raus.*» Le temps ralentit et pivota sur son axe. Toute la vie de Saul, la moindre de ses secondes, chacune de ses extases et chacun de ses après-midi banals et oubliés avaient conduit à cet instant-ci, à cette intersection. Les lèvres gercées de Saul s'écartèrent pour former un sourire sans joie. Il avait décidé depuis longtemps qu'ils ne l'emmèneraient pas ainsi dans la nuit. Ils devraient le tuer ici, devant les autres. Au moins aurait-il le pouvoir de dicter l'heure de son meurtre à ses assassins. Un grand calme descendit sur lui.

«*Schnell!*» Un des S.S. hurla après lui et tous deux s'avancèrent. Saul fut aveuglé par la lumière, il sentit une odeur de laine humide et le doux parfum du schnaps dans l'haleine d'un des deux hommes, sentit l'air glacé qui caressait son visage. Sa peau se contracta dans l'attente des mains brutales qui allaient l'agripper.

«*Nein*», aboya le jeune Oberst. Saul ne vit de lui qu'un sombre simulacre d'homme nimbé d'une lueur incandescente. «*Zurücktreten!*» L'Oberst avança d'un pas tandis que les deux S.S. reculaient en hâte. Le temps semblait figé lorsque Saul leva les yeux vers cette forme noire. Nul ne disait mot. La brume de leur souffle flottait autour d'eux.

«*Komm!*» dit doucement l'Oberst. Ce n'était pas un ordre. L'homme avait prononcé ce mot avec douceur, presque avec amour, comme s'il avait appelé son chien préféré ou encouragé son fils à faire ses premiers pas. «*Komm her!*»

Saul serra les dents et ferma les yeux. Il les mordrait lorsqu'ils viendraient le prendre, s'attaquerait à leur gorge, déchirerait veines et cartilage jusqu'à ce qu'ils soient obligés de l'abattre, ils seraient bien obligés de tirer, ils seraient bien forcés de…

«*Komm!*» L'Oberst se tapota le genou. Les lèvres de Saul se retroussèrent. Il allait bondir sur ces salopards, déchirer la gorge de ce fumier sous les yeux des autres, lui arracher tripes et boyaux…

«*Komm!*» Saul sentit quelque chose. Quelque chose le *frappa*. Aucun des Allemands n'avait bougé, ne fût-ce que d'un pouce, mais quelque chose frappa Saul au creux des reins. Il hurla. Quelque chose le frappa, puis le *pénétra*.

Saul ressentit cette intrusion aussi violemment que si on lui avait enfoncé une tige d'acier dans l'anus. Et pourtant, rien ne l'avait touché. Personne ne s'était approché de lui. Saul hurla de nouveau, puis ses mâchoires se refermèrent sous l'effet d'une force invisible.

«*Komm her, Du Jude!*»

Saul le *sentit*. Quelque chose était *en* lui, le forçait à redresser le dos, secouait ses membres de spasmes violents. *En* lui. Il sentit cette chose se refermer sur son cerveau comme un étau, serrer et serrer encore. Il essaya de hurler, mais cela lui fut interdit. Il entra en convulsions sur la paille, ayant perdu la maîtrise de ses nerfs, et urina dans ses pantalons. Puis il s'arc-bouta violemment et son corps tomba sur le sol. Les deux gardes reculèrent d'un pas.

«*Aufstehen!*» Le dos de Saul s'arqua une nouvelle fois, si violemment qu'il se retrouva à genoux. Ses bras tressaillaient et s'agitaient tout seuls. Il *sentait* quelque chose dans son esprit, une présence froide drapée dans une étincelante aura de douleur. Des images dansaient devant ses yeux.

Saul se releva.

«*Geh!*» Bruit du rire gras émis par un S.S., odeur de la laine et de l'acier, échardes froides qui raclaient ses pieds. Saul s'avança en titubant vers la porte ouverte et vers l'étendue blanche, aveuglante, du dehors. L'Oberst le suivit doucement, faisant calmement claquer un gant sur sa cuisse. Saul descendit les marches en trébuchant, faillit tomber, fut redressé par une main invisible qui lui enserrait l'esprit et envoyait des aiguilles de feu dans chacun de ses nerfs. Pieds nus, insensible au froid, il prit la tête de la procession dans la neige et dans la boue jusqu'au camion qui attendait son chargement.

Je vivrai, pensa Saul Laski, mais le rythme magique s'effilocha, s'envola, emporté par une bourrasque de rire glacé et silencieux et par une volonté bien plus forte que la sienne.

LIVRE PREMIER

Ouverture

1.
Charleston,
vendredi 12 décembre 1980

Nina allait revendiquer la mort de ce Beatle, John. Je trouvais cela de fort mauvais goût. Elle avait posé son album sur ma table basse en acajou, ses coupures de presse soigneusement classées par ordre chronologique, sobres faire-part de décès témoignant de tous ses Festins. Le sourire de Nina Drayton était plus radieux que jamais, mais aucune chaleur ne se lisait dans ses yeux bleu pâle.

«Nous devrions attendre Willi, dis-je.

– Bien sûr, Melanie. Tu as raison, comme d'habitude. Suis-je bête. Je connais pourtant les règles.» Nina se leva et se mit à faire les cent pas, caressant distraitement les meubles ou s'exclamant doucement sur une broderie ou une statuette en céramique. Cette partie de la maison avait jadis été une serre, mais je l'utilisais à présent comme «ouvroir». Il y restait encore quelques plantes vertes pour capter la lumière matinale. Le soleil faisait de cette pièce un agréable lieu de séjour durant la journée, mais à présent que l'hiver était là, elle était trop froide pour qu'on y passe la soirée. Et je ne goûtais guère le sentiment que faisaient naître en moi les ténèbres qui se rassemblaient au-dessus de tous ces panneaux vitrés.

«J'adore cette maison», dit Nina. Elle se tourna vers moi et me sourit. «Tu ne peux pas savoir comme je suis impatiente de revenir à Charleston chaque fois que l'occasion se présente. Nous devrions tenir toutes nos réunions ici. »

Je savais à quel point Nina détestait cette ville, cette maison.

« Willi aurait de la peine, dis-je. Tu sais qu'il adore nous montrer sa maison de Beverly Hills. Et ses petites amies.

– Et ses petits amis », ajouta Nina, et elle éclata de rire. Nina avait changé de bien des façons, s'était assombrie de bien des façons, mais son rire n'en avait presque pas été affecté. C'était toujours le même rire rauque mais enfantin que j'avais entendu pour la première fois bien longtemps auparavant. Il m'avait attirée vers elle alors : une adolescente solitaire réagissant à la chaleur d'une autre adolescente solitaire, tel un papillon attiré par une flamme. A présent, il ne faisait que me glacer et me mettre sur mes gardes. Nombre de papillons avaient été attirés par la flamme de Nina au fil des décennies.

« Je vais faire servir le thé », dis-je.

Mr. Thorne apporta mon plus beau service en porcelaine de chez Wedgwood. Nina et moi étions assises parmi des carrés de soleil rampants et devisions de choses sans importance ; commentaires de profanes sur l'économie, références à des livres que l'autre n'avait pas eu l'occasion dc lire, murmures de commisération inspirés par la plèbe que l'on côtoie de nos jours en avion. Un observateur dans le jardin aurait cru voir une nièce vieillissante mais toujours séduisante en visite chez sa tante préférée. (Je n'irai pas jusqu'à suggérer que l'on aurait pu nous prendre pour une mère et sa fille.) On me considère d'ordinaire comme une personne habillée avec goût, sinon avec élégance. Dieu sait que je dépense assez d'argent pour me faire expédier tricots de laine et chemisiers en soie directement d'Écosse et de France. Mais je me suis toujours sentie mal fagotée à côté de Nina. Ce jour-là, elle portait une robe bleu pâle qui avait dû lui coûter plusieurs milliers de dollars si j'avais correctement identifié le couturier. La couleur du tissu faisait paraître son teint encore plus parfait que d'habitude et faisait ressortir le bleu de ses yeux. Ses cheveux étaient aussi gris que les miens mais elle réussissait à les garder longs et à les coiffer en arrière à l'aide d'une simple barrette. Nina n'en paraissait que plus juvénile et plus *chic*[1], et j'avais l'impression que mes courtes boucles artificielles conservaient le bleu de leur dernier rinçage.

Peu de gens se seraient doutés que j'avais quatre ans de moins que Nina. Le temps s'était montré clément envers elle. Et elle avait Festoyé plus souvent.

Elle reposa sa tasse et se remit à faire les cent pas. Cela ne ressemblait guère à Nina de se montrer aussi nerveuse. Elle s'immobilisa en face de la vitrine. Son regard parcourut les Hummel, les étains, puis s'arrêta, surpris.

«Dieu du Ciel, Melanie. Un revolver! Quel endroit étrange pour ranger un vieux revolver.

– C'est un souvenir, dis-je. Très coûteux. Et tu as raison : *c'est* un endroit stupide pour le ranger. Mais c'est la seule vitrine de la maison qui ferme à clé et Mrs. Hodges amène souvent ses petits-enfants quand elle me rend visite...

– Tu veux dire qu'il est *chargé*?

– Non, bien sûr que non, mentis-je. Mais les enfants ne devraient pas jouer avec de tels objets...» Je laissai ma phrase inachevée. Nina hocha la tête sans se soucier de dissimuler un sourire condescendant. Elle alla contempler le jardin par la fenêtre sud.

Va au diable. Que Nina Drayton n'ait pas reconnu ce revolver en disait long.

Le jour où il fut tué, Charles Edgar Larchmont était mon soupirant depuis exactement cinq mois et deux jours. Les bans n'avaient pas été publiés, mais nous devions nous marier. Ces cinq mois avaient représenté

1. En français dans le texte. *(N.d.T.)*

un condensé de l'époque : une époque naïve, légère, formaliste jusqu'à la préciosité, et romantique. Surtout romantique. Romantique au pire sens du terme ; vouée à des idéaux sirupeux ou insipides que seul un adolescent — ou une société adolescente — s'efforcerait d'embrasser. Nous étions des enfants jouant avec des armes chargées.

Nina (elle s'appelait alors Nina Hawkins) avait son propre soupirant : un Anglais élancé et pataud, mais sincère, nommé Roger Harrison. Mr. Harrison avait rencontré Nina à Londres un an plus tôt, durant les premières étapes du tour d'Europe des Hawkins. L'Anglais s'était déclaré conquis — encore une absurdité de cet âge infantile — et l'avait suivie d'une capitale à l'autre jusqu'au moment où, sévèrement réprimandé par le père de Nina (un petit industriel sans imagination que son statut social douteux mettait constamment sur la défensive), Harrison était retourné à Londres « mettre de l'ordre dans ses affaires ». Quelques mois plus tard, il débarquait à New York alors que Nina était exilée chez sa tante de Charleston pour mettre fin à un autre de ses flirts. Toujours résolu, l'Anglais pataud l'avait suivie dans le Sud, sans cesser un seul instant de respecter l'étiquette et les convenances de l'époque.

Nous formions un groupe fort joyeux. Je rencontrai Nina lors du Bal de Juin donné par la cousine Celia et, dès le lendemain, nous remontions tous les quatre la Cooper River à bord d'un bateau de location pour aller piqueniquer sur Daniel Island. Roger Harrison, sérieux et solennel en toutes circonstances, était une victime idéale pour l'humour irrévérencieux de Charles. Et Roger, loin de s'offusquer de ses plaisanteries aimables, s'empressait de se joindre aux rires qu'elles déclenchaient.

Nina en redemandait. Les deux gentlemen rivalisaient d'attentions à son égard et, bien que Charles ne manquât jamais de me témoigner la primauté de son affection, il était entendu que Nina Hawkins était une de ces jeunes femmes qui suscitent invariablement la galanterie et l'attention des hommes quelles que soient les circonstances. Et l'élite sociale de Charleston n'était nullement aveugle au charme combiné de notre quatuor. Durant les deux mois de cet été aujourd'hui enfui, aucune réception ne pouvait être complète, aucune excursion organisée, aucune festivité réussie, si les quatre joyeux drilles que nous étions n'y étaient pas invités et ne l'honoraient pas de leur présence. Nous exercions une telle domination sur la jeunesse dorée de la ville que les cousines Celia et Lorraine persuadèrent leurs parents de partir en vacances dans le Maine deux semaines plus tôt que prévu.

Je ne sais pas exactement quand Nina et moi avons eu l'idée du duel. Peut-être fut-ce lors d'une de ces longues nuits chaudes où l'une venait dormir chez l'autre : le plaisir de se blottir au creux du même lit, d'échanger murmures et gloussements, d'étouffer nos rires lorsqu'un froissement rêche trahissait la présence d'un domestique de couleur arpentant les couloirs obscurs. Quoi qu'il en soit, cette idée était le prolongement naturel des prétentions romantiques de l'époque. L'idée de voir Charles et Roger s'affronter en duel pour un point d'honneur abstrait dont *nous* étions la cause nous excitait d'une façon physique que je reconnais à présent comme une simple forme de titillation sexuelle.

Tout cela aurait été inoffensif s'il n'y avait pas eu notre Talent. Nous réussissions tellement bien à manipuler les hommes — une manipulation qui était en ce temps-là non seulement admise mais encouragée — que ni l'une ni l'autre ne voyait quoi que ce soit d'extraordinaire dans la façon dont nos souhaits se transformaient en actes. La parapsychologie n'existait pas à cette époque ; ou plutôt, elle n'existait que sous la forme de séances de tables tournantes qui n'étaient que des jeux de société. En tout cas, nous avons passé plusieurs semaines à nous murmurer des fantasmes, puis l'une de nous — ou peut-être les deux — a transformé le fantasme en réalité grâce à son Talent.

Dans un sens, ce fut notre premier Festin.

Je ne me rappelle pas la cause supposée de la querelle, peut-être une mauvaise interprétation délibérée d'une des piques de Charles. Je ne peux me rappeler qui Charles et Roger prirent comme témoins pour cet affrontement illégal. Mais je me rappelle bien l'expression blessée et confuse de Roger Harrison durant ces quelques jours. C'était une caricature de bêtise et de lenteur d'esprit, la confusion d'un homme se retrouvant dans une situation qu'il n'a pas souhaitée et dont il ne peut s'échapper. Je me rappelle Charles et ses brusques changements d'humeur : ses saillies humoristiques, ses périodes de colère noire, et ses larmes et ses baisers la nuit précédant le duel.

Je me rappelle parfaitement la beauté de ce matin-là. Les rayons du soleil se déployaient en éventail à travers la brume montant de la rivière lorsque nous nous sommes mis en route pour le lieu du duel. Je me rappelle Nina se penchant vers moi et étreignant ma main avec une impétuosité qui se communiqua à mon corps comme un choc électrique.

Le reste de cette matinée est en grande partie absent de mon souvenir. Peut-être que l'intensité de ce premier Festin inconscient m'a fait littéralement perdre conscience lorsque j'ai été engloutie par le flot de peur, d'excitation, de fierté… de *virilité*… qui émanait de nos deux soupirants alors qu'ils affrontaient la mort par ce matin superbe. Je me rappelle avoir ressenti un choc en me rendant compte que *ceci allait vraiment arriver*, alors que je sentais l'herbe ployer sous les bottes. Quelqu'un comptait les pas. Je me rappelle vaguement le poids du revolver dans ma main… la main de Charles, je pense, je ne le saurai jamais avec certitude… et une seconde de clarté glaciale avant qu'une explosion ne rompe la connexion et que l'odeur âcre de la poudre ne me ramène à moi-même.

Ce fut Charles qui mourut. Je n'ai jamais réussi à oublier l'incroyable quantité de sang qui coulait du petit trou rond à son sein. Sa chemise blanche était écarlate lorsque j'arrivai enfin près de lui. Il n'y avait pas eu trace de sang dans nos fantasmes. Il n'y avait pas eu non plus le spectacle de Charles dodelinant de la tête, de la salive coulant sur son torse ensanglanté pendant que ses yeux roulaient en arrière, pareils à deux œufs blancs enchâssés dans son crâne. Roger Harrison sanglotait pendant que Charles rendait son dernier soupir, hoquets frissonnants sur ce champ d'innocence.

Je ne me rappelle strictement rien des heures de confusion qui ont suivi. C'est le lendemain matin que j'ai ouvert mon sac pour y trouver le revolver de Charles rangé parmi mes effets. Pourquoi avais-je voulu conserver cette arme ? Si j'avais souhaité prélever un souvenir sur le corps de mon amant défunt, pourquoi était-ce ce sinistre morceau de métal ? Pourquoi arracher à ses doigts morts le symbole de notre péché et de notre légèreté ?

Le fait que Nina ne reconnaisse pas ce revolver en disait long.

« Willi est ici. »

Ce ne fut pas Mr. Thorne qui annonça l'arrivée de notre invité, mais la « secrétaire » de Nina, la répugnante Miss Barrett Kramer. Son apparence était aussi hommasse que son nom ; des cheveux noirs coupés court, de larges épaules, et un regard neutre et agressif qui me faisait penser à une lesbienne ou à un criminel. Pour l'âge : une trentaine d'années.

« Merci, Barrett, ma chère », dit Nina.

J'allai au-devant de Willi, mais Mr. Thorne l'avait déjà fait entrer et nous nous rencontrâmes dans le couloir.

« Melanie ! Tu as l'air en pleine forme ! Tu rajeunis chaque fois que je te vois. Nina ! » Son changement de ton était évident. Les hommes étaient toujours éblouis en revoyant Nina après une longue absence. Étreintes et embrassades suivirent. Willi paraissait plus dissolu que jamais. Son manteau d'alpaga était coupé de façon exquise, son pull-over à col roulé réussissait à dissimuler les rides de son cou flasque, mais lorsqu'il ôta sa casquette de sport, il bouleversa l'ordonnance des longues mèches de cheveux blancs qu'il plaquait sur son crâne pour masquer la progression de sa calvitie. Le visage de Willi était cramoisi d'excitation, mais on percevait sur son nez et sur ses joues la couperose caractéristique de l'abus d'alcool et de drogue.

«Mesdames, je pense que vous connaissez déjà mes associés… Tom Reynolds et Jensen Luhar?» Les deux hommes vinrent s'ajouter à la foule qui peuplait mon couloir étroit. Mr. Reynolds, blond et mince, souriait de ses dents parfaites. Mr. Luhar, un Noir gigantesque, se tenait penché en avant, une expression maussade sur son visage fruste d'ancien boxeur. J'étais sûre que ni Nina ni moi n'avions jamais rencontré ces pions de Willi.

«Pourquoi n'allons-nous pas dans le petit salon?» proposai-je. S'ensuivit une progression malaisée qui s'acheva lorsque nous prîmes place tous les trois dans des fauteuils rembourrés disposés autour d'une table basse de style anglais ayant appartenu à ma grand-mère. «Un peu plus de thé, je vous prie, Mr. Thorne.» Miss Kramer interpréta cette demande comme une invitation à prendre congé, mais les deux pions de Willi restèrent sur le seuil, hésitants, se balançant d'une jambe sur l'autre et contemplant le service en cristal comme si leur seule présence avait suffi à en briser une pièce. Je n'aurais guère été surprise si tel avait été le cas.

«Jensen!» Willi claqua des doigts. Le Noir hésita, puis lui apporta un attaché-case en cuir d'aspect coûteux. Willi le posa sur la table et l'ouvrit de ses doigts petits et épais. «Pourquoi n'allez-vous pas demander au valet de Miz Fuller de vous servir un verre?»

Lorsqu'ils furent partis, Willi secoua la tête et sourit à Nina. «Excuse-moi, ma chérie.»

Nina posa une main sur la manche de Willi. Elle se pencha en avant, tout impatiente. «Melanie n'a pas voulu que je commence le Jeu sans toi. N'était-ce pas *horrible* de ma part d'avoir une telle idée, cher Willi ? »

Willi plissa le front. Au bout de cinquante ans, il se hérissait encore quand on l'appelait Willi. A Los Angeles, il était Big Bill Borden. Quand il retournait dans son Allemagne natale — ce qui lui arrivait peu fréquemment, vu les dangers encourus —, il était à nouveau Wilhelm von Borchert, seigneur du manoir sombre, de la forêt et de la chasse. Mais Nina l'avait appelé Willi lorsqu'elle l'avait rencontré en 1931, à Vienne, et il était demeuré Willi.

« C'est toi qui commences, Willi, dit Nina. A toi de jouer le premier. »

Je me rappelais un temps où nous aurions passé les premiers jours de nos réunions en longues conversations durant lesquelles nous nous racontions notre existence. Aujourd'hui, nous ne prenions même plus le temps d'échanger des banalités.

Willi découvrit ses dents et prit dans son attaché-case des coupures de journaux, des carnets de notes et un paquet de cassettes. Il n'avait pas plus tôt encombré la table de son matériel que Mr. Thorne arrivait avec le thé et avec l'album de Nina, qu'il avait ramené de l'ouvroir. Willi dégagea un petit espace d'un geste brusque.

Au premier coup d'œil, on remarquait certaines ressemblances entre Willi Borchert et Mr. Thorne. C'était une erreur. Les deux hommes étaient plutôt rougeauds, mais Willi devait son teint à ses excès et à ses émotions, deux choses inconnues de Mr. Thorne depuis plusieurs années. La calvitie de Willi était une tare dont il avait conscience et qu'il s'efforçait maladroitement de dissimuler — il ressemblait à un furet atteint de la pelade —, tandis que le crâne de Mr. Thorne était lisse et poli. Il était impossible d'imaginer un Mr. Thorne chevelu. Les deux hommes avaient les yeux gris — un romancier les aurait qualifiés de froids —, mais la froideur des yeux de Mr. Thorne exprimait l'indifférence, une clarté issue d'une absence absolue de pensées ou d'émotions indésirables. Les yeux de Willi étaient du même gris que l'hiver sur la mer du Nord, et ils étaient souvent obscurcis par les nuées d'émotions qui le contrôlaient : la fierté, la haine, l'amour de la douleur, le plaisir de détruire. Willi n'employait jamais le mot Festin pour décrire les occasions où il utilisait son Talent — de toute évidence, j'étais la seule à penser en ces termes —, mais il parlait parfois de Chasse. Peut-être pensait-il aux sombres forêts de sa patrie quand il traquait ses proies humaines dans les artères stériles de Los Angeles. Willi rêvait-il de la forêt? me demandai-je. Regrettait-il ses vestes de chasse kaki, les applaudissements de ses rabatteurs, le sang qui coulait des sangliers à l'agonie? Ou bien Willi se rappelait-il le bruit des bottes sur le pavé, les poings de ses lieutenants martelant les portes? Peut-être Willi associait-il toujours sa Chasse avec la nuit européenne des fours crématoires qu'il avait contribué à superviser.

J'appelais cela le Festin. Willi l'appelait la Chasse. Jamais je n'avais entendu Nina l'appeler de quelque nom que ce soit.

« Où est ton magnétoscope? demanda Willi. J'ai tout enregistré sur cassette.

– Oh, Willi, dit Nina d'une voix exaspérée. Tu connais Melanie. Elle est *si* démodée. Elle n'a sûrement pas de magnétoscope.

– Je n'ai même pas de télévision », dis-je. Nina éclata de rire.

« Bon sang, marmonna Willi. Peu importe. J'ai gardé d'autres traces. » Il ôta la bande élastique qui entourait ses petits carnets noirs. « Mais ça aurait beaucoup mieux donné sur cassette. Les stations de Los Angeles ont consacré plusieurs heures d'émission à l'Étrangleur d'Hollywood et j'avais préparé une sélection de... *Ach!* Tant pis. » Il jeta les cassettes vidéo dans son attaché-case et le referma d'un geste brusque.

« Vingt-trois, dit-il. Vingt-trois depuis notre dernière réunion, il y a douze mois. Ça ne semble pas si lointain, n'est-ce pas?

– Montre-nous ça», dit Nina. Elle s'était penchée en avant et ses yeux bleus semblaient étincelants. «Je suis dévorée par la curiosité depuis que j'ai vu l'interview de l'Étrangleur à *Sixty Minutes*. Il était à toi, Willi ? Il semblait si…

– *Ja, ja,* il était à moi. Un minable. Un petit homme timide. C'était le jardinier d'un de mes voisins. Je l'ai laissé vivre pour que la police puisse l'interroger, pour qu'il ne subsiste aucun doute. Il se pendra dans sa cellule le mois prochain, quand la presse aura cessé de s'intéresser à lui. Mais ceci est plus intéressant. Regardez.» Willi étala plusieurs photographies en noir et blanc sur papier glacé. Un cadre supérieur de N.B.C. avait assassiné les cinq membres de sa famille et noyé dans sa piscine une actrice de feuilleton en visite chez lui. Il s'était ensuite infligé plusieurs blessures au couteau et avait écrit un message en lettres de sang sur le mur de son sauna : A CHACUN SON DU.

«Un souvenir du bon vieux temps, Willi ? demanda Nina. *Death to the Pigs*[1] et tout ça ?

– Non, bon sang. Je pense que ce commentaire ironique devrait me valoir quelques points supplémentaires. Le personnage de la fille devait périr noyé dans un prochain épisode. Le synopsis était déjà écrit.

– A-t-il été difficile à Utiliser ?» Cette question venait de moi. Je ne pouvais m'empêcher d'être curieuse.

Willi haussa un sourcil. «Pas vraiment. C'était un alcoolique qui était aussi accro à la cocaïne. Il n'en restait pas grand-chose. Et il détestait sa famille. C'est le cas de la plupart des gens.

– De la plupart des Californiens, peut-être», dit Nina d'une voix compassée. Ce commentaire m'étonnait de sa part. Son père s'était suicidé en se jetant sous un tramway.

«Où as-tu établi le contact ? demandai-je.

1. Message laissé par Charles Manson dans la demeure d'une de ses victimes. *(N.d.T.)*

– Au cours d'une réception. L'endroit habituel. Il achetait sa coke à un metteur en scène qui avait ruiné une de mes…

– As-tu été obligé de renouveler le contact ?»

Willi me regarda en plissant le front. Il réussit à contrôler sa colère, mais son visage s'empourpra un peu plus. «*Ja, ja.* Je l'ai revu deux fois. La seconde, je l'ai regardé jouer au tennis depuis ma voiture.

– Quelques points pour l'ironie, dit Nina. Mais tu en perds quelques autres pour avoir renouvelé le contact. S'il était aussi vide que tu le dis, tu aurais dû être capable de l'Utiliser après une seule rencontre. Qu'est-ce que tu as d'autre ?»

Il avait son assortiment habituel. Des meurtres sordides et pathétiques. Deux assassinats domestiques. Une collision routière qui avait débouché sur un meurtre à l'arme à feu. «J'étais dans la foule, dit Willi. Je suis entré en contact avec un des automobilistes. Il avait un revolver dans sa boîte à gants.

– Deux points», dit Nina.

Willi avait gardé le meilleur pour la fin. Un acteur qui avait connu la célébrité en tant qu'enfant avait été la victime d'un accident bizarre. Il était sorti de son appartement de Bel Air en laissant le robinet de gaz ouvert, puis y était revenu pour craquer une allumette. Deux autres personnes avaient péri dans l'incendie qui s'était ensuivi.

«Tu ne peux revendiquer que sa mort, dit Nina.

– *Ja, ja.*

– Tu es sûr de celui-ci? Ça *aurait pu* être un accident…

– Ne sois pas ridicule», dit sèchement Willi. Il se tourna vers moi. «*Celui-ci* a été très dur à Utiliser. Il était très fort. J'ai supprimé le souvenir du robinet de gaz dans sa mémoire. J'ai dû travailler deux bonnes heures sur lui. Puis je l'ai forcé à entrer dans la cuisine. Il a résisté un bon moment avant de prendre une allumette.

– Tu aurais dû lui faire prendre son briquet, dit Nina.

– Il ne fumait pas, gronda Willi. Il avait arrêté l'année dernière.

– Oui, dit Nina en souriant. Je me souviens l'avoir entendu dire lors de l'émission de Johnny Carson. » Je ne savais pas si elle plaisantait ou non.

Nous nous livrâmes ensuite au rituel consistant à compter les points. Ce fut surtout Nina qui s'en chargea. Au fil des minutes, Willi se montra tantôt maussade, tantôt expansif. A un moment donné, il se pencha vers moi et me tapota le genou, quémandant mon aide en riant. Je restai muette. Il finit par renoncer, se dirigea vers l'armoire à liqueurs, prit la vieille carafe de mon père et se servit un grand verre de bourbon. La lumière vespérale projetait ses ultimes rayons horizontaux sur le verre teinté de la baie vitrée, bariolant Willi d'écarlate lorsqu'il se planta près de la commode en chêne. Ses yeux étaient de minuscules braises rouges dans un masque de sang.

« Quarante et un », dit Nina. Elle leva vers nous des yeux brillants et montra sa calculatrice comme s'il s'agissait d'une preuve objective. « J'ai compté quarante et un points. Tu arrives au même résultat, Melanie ?

– *Ja,* la coupa Willi. C'est bien. A présent, voyons ton tableau de chasse, Nina. » Sa voix était dépourvue de timbre. Willi lui-même avait perdu une partie de son intérêt pour le jeu.

Avant que Nina ait eu le temps de commencer, Mr. Thorne entra et me fit signe que le dîner était servi. Nous devions nous rendre dans la salle à manger ; Willi se versa un autre verre de bourbon et Nina agita les mains, feignant d'être frustrée par cette interruption. Une fois assise à la longue table d'acajou, j'endossai mon rôle d'hôtesse. La tradition voulait que toute mention du Jeu fût interdite pendant le dîner. Tout en dégustant notre potage, nous parlâmes du nouveau film de Willi et de la nouvelle boutique que Nina avait ajoutée à sa chaîne de magasins. Apparemment, *Vogue* allait interrompre la publication du billet mensuel que Nina signait dans ses pages, mais un syndicat de presse était prêt à le diffuser dans plusieurs journaux du pays.

Mes deux invités louèrent la perfection du jambon au madère, mais j'estimai que la sauce composée par Mr. Thorne n'était pas assez relevée. L'obscurité avait envahi les fenêtres avant que nous ayons fini notre mousse au chocolat. A la lumière réfractée du chandelier, les cheveux de Nina étaient plus étincelants que jamais, tandis que les miens risquaient d'apparaître encore plus bleus.

Soudain, on entendit du bruit dans la cuisine Le visage du colosse noir apparut dans l'entrebâillement de la porte. Des mains blanches étaient posées sur ses épaules et son expression était celle d'un enfant bougon

«... ce qu'on fout là assis comme...» Les mains blanches le firent disparaître.

«Excusez-moi, mesdames.» Willi s'essuya les lèvres et se leva. Sa démarche était toujours gracieuse en dépit de son âge.

Nina enfonça sa cuillère dans sa mousse au chocolat. Venant de la cuisine, on entendit un ordre sec et le bruit d'une gifle. C'était une gifle assenée par un homme : aussi dure et sèche qu'un coup de feu. Lorsque je levai les yeux, Mr. Thorne était à mes côtés et débarrassait la table.

«Du café, je vous prie, Mr. Thorne. Pour nous tous.» Il hocha la tête et eut un sourire aimable.

Franz Anton Mesmer avait connu ce phénomène même s'il ne l'avait pas compris. Je soupçonne Mesmer d'avoir eu quelques traces du Talent. Les pseudo-sciences modernes l'ont étudié, lui ont donné un nouveau nom, lui ont enlevé une grande partie de son pouvoir, ont rendu confus son usage et ses origines, mais il reste l'ombre du phénomène décrit par Mesmer. Personne n'a une idée exacte de ce qu'est un Festin.

La montée de la violence moderne me désespère. Je

cède parfois au désespoir, littéralement, à ce gouffre de désespoir profond et sans avenir que Hopkins appelait le putride réconfort. Quand je contemple cet abattoir qu'est devenue l'Amérique, ces papes et ces présidents abattus de façon presque routinière, je me demande s'il existe d'autres personnes douées du Talent ou si la boucherie n'est pas tout simplement devenue un nouvel art de vivre.

Chaque être humain se nourrit de violence, de la démonstration de son pouvoir sur son prochain, mais rares sont ceux qui — comme nous — ont goûté l'ultime pouvoir. Et sans le Talent, rares sont ceux qui connaissent le plaisir inégalé du meurtre. Sans le Talent, même ceux qui se nourrissent de la vie ne peuvent savourer le flot d'émotions qui envahit le traqueur et sa proie, l'extase toute-puissante du traqueur qui a transgressé toutes les règles et tous les châtiments, l'étrange soumission presque sexuelle de la proie dans cette ultime seconde de vérité où toutes ses options sont supprimées, tous ses avenirs déniés, toutes ses possibilités effacées par cette démonstration de pouvoir absolu.

La violence moderne me désespère. Sa nature impersonnelle, son caractère routinier qui l'a rendue accessible au plus grand nombre, me désespèrent. J'avais un poste de télévision, mais je l'ai revendu au plus fort de la guerre du Viêt-nam. Ces tranches de mort aseptisées — que l'œil de la caméra rendait encore plus distantes — ne signifiaient rien à mes yeux. Mais je pense qu'elles signifiaient quelque chose pour les veaux qui m'entourent. Lorsque la guerre a pris fin, ainsi que sa comptabilité macabre détaillée chaque soir sur les écrans, ils en ont redemandé, encore et *encore*, et les écrans de cinéma et les rues de cette chère nation mourante leur ont fourni en abondance une provende médiocre. C'est une dépendance que je connais bien.

Ils ne comprennent rien. Lorsqu'on se contente de l'observer, la mort violente est une tapisserie de souillure, de tristesse et de confusion. Mais pour ceux d'entre nous qui goûtent au Festin, la mort peut être un *sacrement*.

«A mon tour! A mon tour!» La voix de Nina ressemblait encore à celle de la jeune fille qui remplissait son carnet de bal en rendant visite à sa cousine Celia.

Nous étions retournés dans le petit salon, Willi avait fini de boire son café et avait demandé un verre de cognac à Mr. Thorne. J'étais très embarrassée. Willi était l'une de mes connaissances les plus proches et son comportement erratique en ma présence était un signe certain de l'affaiblissement de son Talent. Nina paraissait n'avoir rien remarqué.

«Je les ai rangés dans l'ordre», dit Nina. Elle ouvrit son album sur la table basse à présent vide. Willi le feuilleta avec attention, posant quelques questions mais se contentant le plus souvent de grogner en signe d'assentiment. J'émis quelques murmures approbateurs, bien que je n'eusse jamais entendu parler de ces meurtres. Sauf de celui du Beatle, bien sûr. Nina l'avait gardé pour la fin.

«Bon Dieu, Nina, c'était toi?» Willi semblait au bord de la colère. Les Festins de Nina avaient toujours eu à leur menu des suicides sur Park Avenue et des scènes de ménage qui se concluaient par des meurtres au pistolet de dame. Ce genre d'exercice évoquait davantage le style cru de Willi. Peut-être avait-il l'impression qu'on empiétait sur son territoire. «Je veux dire... tu as risqué gros, n'est-ce pas? C'est si... bon sang... si *public.*»

Nina éclata de rire et reposa sa calculatrice. «Willi, mon cher, c'est bien le *but* du Jeu, n'est-ce pas?»

Willi se dirigea vers l'armoire à liqueurs et remplit son verre de cognac. Les branches nues, fouettées par le vent, giflaient le verre armé de la baie vitrée. Je n'aime pas l'hiver. Même dans le Sud, il vous sape l'esprit.

«Est-ce que ce type... peu importe son nom... n'avait pas déjà acheté son arme à Hawaï? demanda Willi depuis l'autre bout de la pièce. Il me semble que son acte était prémédité. Je veux dire, s'il surveillait *déjà* sa victime...

– Willi, mon cher, dit Nina d'une voix aussi froide que le vent qui agitait les branches, personne n'a dit qu'il était *stable*. Combien des tiens étaient… stables, Willi ? Mais c'est à cause de moi que c'est *arrivé*, mon chéri. C'est moi qui ai choisi le lieu et l'heure. Ne vois-tu pas combien le choix du *lieu* est ironique, Willi ? Après le petit tour que nous avons joué au réalisateur de ce film de sorcellerie il y a quelques années ? Ça sortait tout droit de son scénario…

– Je ne sais pas », dit Willi. Il s'assit lourdement sur le divan, aspergeant de cognac sa coûteuse veste de sport. Il ne remarqua rien. La lueur de la lampe se reflétait sur sa calvitie. Les marbrures de l'âge sur sa peau étaient plus visibles maintenant que la nuit était tombée, et son cou était une masse de tendons qui disparaissait dans son col roulé. « Je ne sais pas. » Il leva les yeux vers moi et m'adressa un sourire soudain, comme si nous étions deux conspirateurs. « Peut-être qu'il s'est passé la même chose qu'avec cet écrivain, hein, Melanie ? Peut-être… »

Nina contempla ses mains croisées sur son giron. Le bout de ses doigts soigneusement manucurés était blême.

Les Vampires de l'esprit. C'était le titre que l'écrivain comptait donner à son livre. Je me demande parfois s'il aurait été capable d'en écrire une seule ligne. Comment s'appelait-il ? Un nom aux consonances russes.

Willi et moi avions reçu un télégramme de Nina : VENEZ VITE. BESOIN DE VOUS. Cela nous avait suffi. Le lendemain matin, j'étais à bord du premier avion pour New York. C'était un Constellation à hélices, très bruyant, et j'avais passé la majeure partie du vol à convaincre une hôtesse de l'air trop prévenante que je n'avais besoin de rien et que je me sentais très bien. De toute évidence, elle avait décidé que j'étais une vieille grand-mère qui prenait l'avion pour la première fois de sa vie.

Willi réussit à arriver vingt minutes avant moi. Nina

était bouleversée comme je ne l'avais jamais vue, au bord de l'hystérie. Deux jours plus tôt, elle s'était rendue à une réception à Manhattan — elle n'était pas bouleversée au point d'oublier de nous dire quelles célébrités y assistaient — et y avait partagé un coin de salon, une marmite à fondue et des confidences avec un jeune écrivain Disons plutôt que toutes les confidences venaient de ce dernier. Nina le décrivit comme un type du genre hirsute : barbe rare, verres épais, veste de velours et chemise écossaise — selon Nina, aucune réception n'était réussie si l'on n'y trouvait pas au moins un spécimen dans son genre. Elle se garda bien de le qualifier de beatnik, car ce terme venait juste de se démoder, mais personne ne connaissait encore le mot «hippie» et, de toute façon, il ne lui aurait guère convenu. Il était de ces écrivains qui survivaient, du moins à l'époque, en vendant leur sang et en écrivant des adaptations romancées de séries télévisées. Alexander quelque chose.

L'idée de son roman — il déclara à Nina qu'il y travaillait depuis un bon moment — était que la plupart des meurtres commis ces dernières années étaient en fait l'œuvre d'un petit groupe de tueurs doués de pouvoirs psychiques — il les appelait les *vampires de l'esprit* — et utilisant des innocents pour accomplir leurs forfaits. A l'en croire, un éditeur de livres de poche avait manifesté de l'intérêt pour son synopsis et était prêt à lui proposer un contrat tout de suite à condition qu'il intitule son roman *Le Facteur zombi* et y rajoute du sexe.

«Et alors? avait dit Willi, dégoûté. C'est pour ça que tu m'as fait traverser le continent? Je pourrais produire un film à partir de cette idée.»

Ce fut l'excuse qui nous permit d'interroger Alexander Machin lorsque Nina organisa une réception impromptue le lendemain soir. Je n'y assistai pas. Selon Nina, la soirée ne fut pas une réussite, mais elle donna à Willi l'occasion d'avoir une longue conversation avec le romancier en puissance. Celui-ci était si pitoyablement désireux de travailler avec Bill Borden, le producteur de *Souvenirs de Paris, Trois sur une balançoire* et deux ou trois autres films en technicolor ne passant plus que dans des drive-in, qu'il lui révéla que son livre se réduisait pour l'instant à un synopsis fatigué et douze pages de notes. Mais il était sûr de pouvoir rédiger un «traitement» pour Mr. Borden dans un délai de cinq semaines, voire trois si on le faisait venir à Hollywood afin qu'il puisse créer dans un environnement stimulant pour l'esprit.

Plus tard, nous avons envisagé la possibilité que Willi prenne une option sur ce traitement, mais il avait des ennuis financiers à l'époque, et Nina se montra intraitable. Finalement, le jeune écrivain s'ouvrit l'artère fémorale avec une lame Gillette et dévala les rues de Greenwich Village en hurlant avant d'aller mourir dans une ruelle sordide. Je ne pense pas que quiconque ait pris la peine de consulter ce qui restait de ses notes.

«Peut-être qu'il s'est passé la même chose qu'avec cet écrivain, *ja*, Melanie?» Willi me tapota le genou. J'acquiesçai. «Il était à moi, reprit-il, et Nina a tenté de se l'attribuer. Tu te rappelles?»

J'acquiesçai de nouveau. En fait, il n'était ni à Willi ni à Nina. Si j'avais évité la réception, c'était afin d'entrer en contact avec le jeune homme sans qu'il remarque qu'on le suivait. Ce fut facile. Je me rappelle m'être assise dans un petit café surchauffé situé en face de son immeuble. Ce fut très facile. Tout se déroula si vite que je n'eus même pas l'impression de Festoyer. Puis je repris conscience du crachotement des radiateurs et de l'odeur de salami alors même que les clients se précipitaient vers la porte pour voir d'où venaient les hurlements. Je me rappelle avoir lentement fini mon thé afin de ne quitter les lieux qu'après le départ de l'ambulance.

«Ridicule», dit Nina. Elle s'affaira sur sa calculatrice. «Combien de points?» Elle se tourna vers moi. Je me tournai vers Willi.

«Six», dit-il avec un haussement d'épaules. Nina fit tout un cinéma pour additionner ses chiffres.

«Trente-huit, dit-elle avec un soupir théâtral. Tu as encore gagné, Willi. Ou plutôt, tu m'as encore battue. Melanie n'a encore rien dit. Tu es bien silencieuse, ma chère. Tu nous as sans doute réservé une surprise.

– Oui, dit Willi, c'est à ton tour de gagner. Cela fait plusieurs années que tu n'as pas gagné.

– Zéro», dis-je. Je m'étais attendue à une explosion de questions, mais le silence n'était rompu que par le tic-tac de la pendule de la cheminée. Nina avait détourné les yeux et contemplait quelque chose parmi les ombres, dans un coin de la pièce.

«Zéro? répéta Willi.

– Il y en a eu... un, dis-je finalement. Mais c'était un accident. J'ai surpris des hommes en train d'agresser un vieillard derrière... c'était un accident.»

Willi était agité. Il se leva, alla près de la fenêtre, prit une chaise et s'assit à califourchon dessus, croisant les bras sur son dossier. «Qu'est-ce que ça veut dire?

– Tu te retires du Jeu?» demanda Nina en se tournant vers moi. La réponse était contenue dans la question, et je ne dis rien.

«Pourquoi?» fit sèchement Willi. Il était si agité que son accent allemand devenait perceptible.

Si j'avais été élevée à une époque où il était permis aux jeunes filles de hausser les épaules, c'est ce que j'aurais fait à ce moment-là. Mais je me contentai de laisser courir mes doigts sur une couture imaginaire de ma jupe. C'était Willi qui m'avait posé une question, mais ce fut Nina que je regardai droit dans les yeux lorsque je finis par répondre : «Je suis lasse. Cela fait si longtemps. Je pense que je vieillis.

– Tu vieilliras encore *plus* si tu arrêtes de Chasser», dit Willi. Son corps, sa voix, le masque rouge de son visage, tout chez lui exprimait une terrible colère à peine contrôlée. «Mon Dieu, Melanie, tu parais *déjà* plus vieille! Tu as l'air lamentable. C'est *pour ça* que nous chassons, femme. Regarde-toi dans la glace! Souhaites-tu mourir comme une vieillarde tout simplement parce que tu es lasse *d'utiliser les autres? Ach!*» Willi se leva et nous tourna le dos.

«Ridicule!» La voix de Nina était forte, assurée, à nouveau dominatrice. «Melanie est *lasse*, Willi. Sois gentil avec elle. Nous connaissons tous des périodes semblables. Je me rappelle l'état dans lequel *tu* étais après la guerre. Comme un petit chien battu. Tu refusais même de sortir de ton appartement minable de Baden. Même quand on t'a aidé à venir dans le New Jersey, tu n'arrêtais pas de bouder et de t'apitoyer sur ton sort. C'est Melanie qui a eu *l'idée* du Jeu pour t'aider à remonter la pente. Alors, silence! Ne dis jamais à une dame qui se sent lasse et déprimée qu'elle a l'air lamentable. Honnêtement, Willi, il y a des moments où tu es un vrai *Schwächsinniger*. Et un malotru de surcroît.»

J'avais imaginé bien des réactions à ma déclaration, mais c'était celle-ci que je redoutais le plus. Elle signifiait que Nina s'était elle aussi lassée du Jeu. Elle signifiait que Nina était prête à passer à un niveau supérieur. J'en avais la certitude.

«Merci, Nina, ma chérie, dis-je. Je savais que tu comprendrais.»

Elle tendit la main et me toucha le genou d'un geste rassurant. Même à travers la laine de ma jupe, je sentis la froideur de ses doigts blancs.

Mes invités ne voulaient pas passer la nuit chez moi. Je les suppliai. Je les réprimandai. Je leur fis remarquer que leurs chambres étaient déjà prêtes, que Mr. Thorne avait déjà préparé leurs lits.

«La prochaine fois, dit Willi. La prochaine fois, Melanie, ma petite chérie. Nous passerons tout un week-end ensemble, comme avant. Toute une semaine!» Willi était de bien meilleure humeur depuis que chacune de nous lui avait versé son «prix» de mille dollars. Il avait boudé, mais j'avais insisté. Sa vanité s'était trouvée apaisée lorsque Mr. Thorne lui avait remis un chèque déjà libellé au nom de William D. Borden.

Je lui demandai une nouvelle fois de rester, mais il m'affirma qu'il avait déjà réservé des places dans l'avion de minuit à destination de Chicago. Il devait rencontrer un auteur couronné de lauriers au sujet d'un scénario. Lorsqu'il m'étreignit pour me dire adieu, je m'aperçus que ses deux compagnons se trouvaient derrière moi et je connus un bref instant de terreur.

Mais ils s'en furent. Le jeune homme blond me sourit de toutes ses dents blanches et le Noir inclina la tête en signe d'adieu, du moins l'interprétai-je comme tel. Puis nous nous retrouvâmes seules, Nina et moi. Toutes seules.

Pas tout à fait. Miss Kramer était à côté de Nina, au bout du couloir. Mr. Thorne était hors de vue, derrière la porte battante de la cuisine. Je l'y laissai.

Miss Kramer avança de trois pas. Je retins mon souffle l'espace d'un instant. Mr. Thorne posa une main sur la porte. Puis la petite femme brune se dirigea vers le placard, attrapa le manteau de Nina et l'aida à l'enfiler.

« Tu es sûre que tu ne veux pas rester ?

– Non, merci, ma chérie. J'ai promis à Barrett que nous irions au Hilton Head ce soir.

– Mais il est déjà tard…

– Nous avons réservé des chambres. Merci quand même, Melanie. Je te contacterai.

– Oui.

– Je parle sérieusement, ma chérie. Il faut que nous parlions. Je comprends *exactement* ce que tu ressens, mais tu ne dois pas oublier que le Jeu est encore important aux yeux de Willi. Nous devons trouver un moyen d'y mettre fin sans le froisser. Peut-être pourrions-nous aller le voir au printemps prochain à Karnhall, si c'est bien ainsi qu'il appelle sa sinistre tanière bavaroise. Un voyage en Europe te ferait le plus grand bien, ma chère.

– Oui.

– Je te contacterai, sois-en sûre. Dès que j'aurai réglé

l'achat de cette nouvelle boutique. Il faut que nous passions plus de temps ensemble, Melanie… rien que nous deux… comme au bon vieux temps.» Ses lèvres embrassèrent le vide près de ma joue. Elle me serra le bras pendant quelques secondes. «Au revoir, ma chérie.

– Au revoir, Nina.»

Je rapportai le verre de cognac à la cuisine. Mr. Thorne l'accepta en silence.

«Assurez-vous que la maison est bien fermée», dis-je. Il hocha la tête et alla inspecter verrous et systèmes d'alarme. Il n'était que dix heures moins le quart, mais j'étais fatiguée. *C'est l'âge*, pensai-je. Je montai le large escalier — sans doute était-ce le fleuron de ma demeure — et me préparai à me coucher. Un orage venait d'éclater et le bruit des gouttes de pluie froide sur le verre avait un rythme plein de tristesse.

Mr. Thorne entra alors que je me brossais les cheveux en regrettant qu'ils soient si courts. Je me tournai vers lui. Il plongea une main dans la poche de sa veste noire. Lorsqu'il la retira, une lame effilée en jaillit. Je hochai la tête. Il rempocha son couteau à cran d'arrêt et referma la porte derrière lui. J'écoutai ses pas descendre l'escalier jusqu'à la chaise placée dans l'entrée sur laquelle il passerait la nuit.

Je pense que j'ai rêvé de vampires cette nuit-là. Ou peut-être ai-je pensé à eux juste avant de m'endormir, conservant un fragment de leur image jusqu'au matin. De toutes les terreurs que s'est infligées l'humanité, de tous les monstres pathétiques qu'elle s'est inventés, seul le mythe du vampire conserve encore quelques vestiges de dignité. Tout comme les humains dont il se nourrit, le vampire obéit aux sombres pulsions qui lui sont propres. Mais contrairement à ses ridicules proies humaines, le vampire utilise des moyens sordides pour parvenir à la seule fin qui puisse justifier de tels actes : son but est tout simplement l'immortalité. Quelle noblesse. Et quelle tristesse.

Willi avait raison : j'avais vieilli. L'année qui venait de s'écouler avait davantage sapé mes forces que la décennie précédente. Mais je n'avais pas Festoyé. En dépit de ma faim, en dépit du visage vieillissant que je voyais dans mon miroir, en dépit de la sombre pulsion qui avait gouverné nos vies durant tant d'années, *je n'avais pas Festoyé.*

Je m'endormis en essayant de me rappeler les détails du visage de Charles.

Je m'endormis affamée.

2.
Beverly Hills,
samedi 13 décembre 1980

Dans le jardin de Tony Harod se trouvait une fontaine circulaire au sommet de laquelle un satyre aux pieds fourchus urinait tout en contemplant Hollywood, les traits déformés par une grimace qui pouvait tout aussi bien traduire une aversion peinée qu'un mépris ricanant. Les intimes de Tony Harod savaient parfaitement comment interpréter cette expression.

La maison avait jadis appartenu à un acteur de films muets qui, parvenu à l'apogée de sa carrière, avait négocié avec succès le tournant difficile du parlant pour mourir d'un cancer de la gorge trois mois après la première de son tout dernier film au Graumann's Chinese Theater. Sa veuve avait refusé de quitter la vaste propriété et y avait demeuré pendant trente-cinq ans, endossant le rôle de gardienne de mausolée et tapant régulièrement de vieilles relations hollywoodiennes et des parents jadis méprisés afin de payer ses impôts. A sa mort, en 1959, la maison avait été rachetée par un scénariste à qui l'on devait les scripts de trois des cinq films de Doris Day produits à cette époque. Le scénariste se plaignait de l'état de décrépitude avancée du jardin et de la puanteur qui régnait dans le bureau du premier étage. Criblé de dettes, il finit par se suicider d'une balle dans la tête et fut découvert le lendemain par un jardinier immigré qui se garda bien de prévenir les autorités de peur de se voir reprocher sa situation irrégulière. Ce fut un avocat de l'Association des Scénaristes venu discuter avec son client d'un procès pour plagiat qui découvrit de nouveau son corps douze jours plus tard.

Parmi les propriétaires ultérieurs de la maison, il faut citer une actrice célèbre qui y résida entre ses cinquième et sixième mariages, un technicien en effets spéciaux qui périt en 1976 lors d'un incendie, et un cheikh enrichi par le pétrole qui fit repeindre le satyre en rose et le baptisa d'un nom juif. Le cheikh fut assassiné en 1979 par son beau-frère alors qu'il se trouvait à Riyad sur le chemin de La Mecque, et Harod acheta la maison quatre jours plus tard.

« Putain, c'est merveilleux », déclara Harod à l'agent immobilier tandis qu'ils contemplaient le satyre urinant. « J'achète. » Une heure plus tard, il signait un chèque de 600 000 dollars en guise d'arrhes. Il n'avait pas encore mis les pieds à l'intérieur de la maison.

Shayla Berrington avait entendu nombre d'histoires sur Tony Harod et sur son caractère impulsif. On lui avait raconté que Harod avait insulté Truman Capote en présence de deux cents témoins, et qu'en 1978 il avait failli se faire arrêter pour possession de narcotiques en compagnie de l'un des plus proches conseillers de Jimmy Carter. Personne n'était allé en prison, rien n'avait pu être prouvé, mais selon la rumeur, Harod avait voulu faire une farce au malheureux Géorgien. Shayla se pencha pour regarder le satyre tandis que le chauffeur conduisait la Mercedes vers le bâtiment. Elle ressentait avec acuité l'absence de sa mère à ses côtés. Étaient également absents pour cette entrevue : Loren (son imprésario), Richard (l'imprésario de sa mère), Cowles (son chauffeur/garde du corps) et Esteban (son coiffeur). A l'âge de dix-sept ans, Shayla exerçait avec succès le métier de mannequin depuis neuf ans et celui de vedette de cinéma depuis deux ans, mais lorsque la Mercedes s'immobilisa devant les portes ouvragées de la maison de Harod, elle se sentait dans la peau d'une princesse de conte de fées obligée de rendre visite à un ogre féroce.

Non, pas un ogre, pensa-t-elle. *Comment Norman Mailer a-t-il appelé Tony Harod après cette réception chez Stephen et Leslie au printemps dernier? Un petit troll maléfique. Je dois traverser la caverne de ce petit troll maléfique avant de trouver le trésor.*

Shayla sentit sa nuque se nouer lorsqu'elle appuya sur la sonnette. Elle se consola en pensant que Mr. Borden serait là. Elle aimait bien le vieux producteur, avec sa courtoisie très vieille Europe et sa charmante pointe d'accent. Shayla sentit la tension monter de nouveau en elle en pensant à ce que serait la réaction de sa mère si celle-ci apprenait que sa fille avait arrangé cette entrevue en secret. Elle était sur le point de faire demi-tour lorsque la porte s'ouvrit en grand.

«Ah, Miss Berrington, je présume.» Tony Harod se tenait sur le seuil, vêtu d'un peignoir en velours. Shayla le toisa du regard et se demanda s'il portait quelque chose en dessous. Quelques poils gris étaient visibles au milieu de la toison noire de sa poitrine.

«Bonjour», dit Shayla, et elle suivit dans l'entrée celui qui allait peut-être devenir son producteur associé. Au premier coup d'œil, Tony Harod n'était pas un candidat évident au rôle de troll. Il était un peu plus petit que la moyenne — Shayla mesurait un mètre quatre-vingts, ce qui était grand même pour un mannequin, et Harod ne devait pas faire plus d'un mètre soixante-dix —, et ses bras trop longs et ses mains trop larges semblaient disproportionnés par rapport à son corps mince et presque juvénile. Ses cheveux sombres étaient coupés si court qu'ils retombaient en boucles noires sur son front haut et pâle. Le signe le plus apparent de sa nature de troll, pensa Shayla, était la pâleur de sa peau, plus typique d'un habitant des régions industrielles du Nord-Est que d'une personne demeurant à Los Angeles depuis douze ans. Les traits de Harod étaient osseux, accusés, sa bouche sardonique abritait beaucoup trop de petites dents, et sa langue rose et vivace semblait humecter ses lèvres en permanence. Ses yeux profondément enfoncés dans leurs orbites avaient l'air vaguement pochés, mais ce fut l'intensité de ce regard ténébreux qui obligea Shayla à reprendre sa respiration et la fit un instant hésiter dans l'entrée carrelée. Elle était très sensible aux yeux — c'étaient ses propres yeux qui l'avaient aidée à devenir ce qu'elle était — et elle n'avait jamais rencontré un regard aussi perçant que celui de Tony Harod. Languides sous leurs paupières lourdes, presque vagues et indifférents mais pourtant moqueurs, les petits yeux marron de Harod dégageaient une puissance et une insolence qui contrastaient vivement avec le reste de son apparence.

«Entrez, fillette. Bon Dieu, où est votre entourage? Je croyais que vous étiez toujours suivie par une foule à côté de laquelle la Grande Armée ressemble à une réunion du fan club de Richard Nixon.

– Pardon?» dit Shayla, et elle regretta tout de suite sa réaction. Cette entrevue était trop importante pour qu'elle se permette de perdre des points aussi vite.

«Laissez tomber», dit Harod en reculant pour mieux la regarder. Il enfonça les mains dans les poches de son peignoir, mais Shayla eut le temps de remarquer l'extraordinaire longueur de ses doigts pâles. Elle pensa à Gollum dans *Bilbo le Hobbit.*

«Bon Dieu, vous êtes vachement belle, dit le petit homme. Je savais que vous étiez une beauté, mais vous êtes encore plus impressionnante que sur vos photos. Vous devez faire bander tous les ados.»

Shayla se raidit. Elle s'était attendue à quelques grossièretés, mais elle avait été élevée dans la haine de l'obscénité. «Mr. Borden est-il déjà arrivé?» demanda-t-elle d'une voix glaciale.

Harod sourit mais secoua la tête. «J'ai bien peur que non. Willi devait rendre visite à de vieux amis quelque part dans l'Est… ou dans le Sud… à Péquenot-les-Bains ou quelque chose comme ça.»

Shayla hésita. Elle s'était crue prête à conclure le marché qu'elle désirait avec Mr. Borden et son producteur associé, mais l'idée d'avoir affaire au seul Tony Harod lui donnait des frissons. Elle était sur le point de trouver une excuse pour s'enfuir, mais l'apparition d'une femme superbe l'en empêcha.

«Ms. Berrington, permettez-moi de vous présenter mon assistante, Maria Chen, dit Harod. Maria, voici Shayla Berrington, une jeune actrice de grand talent qui sera peut-être la vedette de notre prochain film.

– Enchantée, Miss Chen.» Shayla toisa son aînée du regard. C'était une femme d'une trentaine d'années, dont les origines orientales se devinaient à ses pommettes superbement sculptées, ses cheveux aile de corbeau luxuriants et ses yeux légèrement bridés. Maria Chen avait elle aussi l'allure d'un mannequin. Son sourire chaleureux dissipa immédiatement la légère tension qui ne manque jamais de s'instaurer lorsque deux femmes également séduisantes sont présentées l'une à l'autre.

«Je suis ravie de vous rencontrer, Ms. Berrington.» Maria Chen avait une poignée de main ferme et agréable. «J'admire depuis longtemps votre travail dans la publicité. Il est d'une qualité exceptionnelle. Les photos d'Avedon parues dans *Vogue* étaient magnifiques.

– Merci, Miss Chen.

– Je vous en prie, appelez-moi Maria.» Elle sourit, repoussa ses cheveux en arrière et se tourna vers Harod. «La piscine est à la bonne température. Je me suis arrangée pour bloquer les appels téléphoniques pendant quarante-cinq minutes.»

Harod hocha la tête. «Depuis mon accident de voiture sur la Ventura Freeway au printemps dernier, j'ai besoin de passer chaque jour quelques minutes dans mon jacuzzi.» Il eut un petit sourire en la voyant hésiter. «Maillot de bain obligatoire.» Harod ouvrit son peignoir, révélant un maillot rouge sur lequel ses initiales étaient brodées en or. «Voulez-vous que Maria vous conduise au vestiaire, ou bien préférez-vous discuter du film plus tard, quand Willi sera là?»

Shayla réfléchit en hâte. Sa mère et Loren risquaient tôt ou tard d'être informées de cette entrevue secrète.

Peut-être n'aurait-elle plus jamais la chance d'imposer ses conditions au producteur. «Je n'ai pas apporté de maillot», dit-elle.

Maria Chen éclata de rire et dit : «Aucun problème. Harod a des maillots de toutes les tailles et de toutes les couleurs. Il y en a même plusieurs qui sont réservés à sa vieille tante.»

Shayla se joignit aux rires. Elle suivit la jeune femme le long d'un interminable couloir, traversa une pièce emplie de meubles modulaires et dominée par un immense écran vidéo, puis passa devant des rangées de consoles pour arriver finalement dans un vestiaire aux murs lambrissés de cèdre. Les armoires contenaient des maillots de bain de tous les styles et de toutes les couleurs.

«Je vous laisse, dit Maria Chen.

– Est-ce que vous vous joindrez à nous?

– Plus tard, peut-être. Je dois finir de taper le courrier de Tony. Amusez-vous bien... et, Ms. Berrington... ne vous offusquez pas trop vite. Tony a parfois de mauvaises manières, mais c'est quelqu'un de régulier.»

Shayla hocha la tête pendant que Maria Chen refermait la porte, puis elle passa en revue les maillots de bain. Il y avait de tout parmi eux, du minuscule bikini français au maillot une-pièce classique en passant par le string. Ils étaient signés Gottex, Christian Dior ou Cole. Shayla choisit un maillot orange plutôt discret mais dont la coupe faisait ressortir ses cuisses et ses longues jambes. Elle savait par expérience que ses petits seins fermes apparaîtraient à leur avantage et que leurs mamelons seraient visibles sous le tissu. Et puis la couleur serait en harmonie avec le vert de ses yeux.

Shayla franchit une autre porte et aboutit dans une serre dont les trois parois de verre permettaient à la lumière de baigner copieusement toute une prolifération de plantes tropicales. Sur le quatrième mur, à côté de la porte, se trouvait un autre écran vidéo de taille respectable. Des haut-parleurs invisibles diffusaient en sourdine de la musique classique. L'air était saturé d'humidité. Shayla aperçut au-dehors une vaste piscine dont les eaux miroitaient dans la lumière du matin. Tony Harod, assis dans son jacuzzi, sirotait une boisson fraîche. Shayla sentit l'air moite et brûlant l'envelopper comme un drap de bain humide.

«Qu'est-ce qui vous a retardée, fillette? J'ai commencé sans vous.»

Shayla sourit et s'assit au bord de la petite piscine. Elle se trouvait à un mètre cinquante de Harod : pas assez loin pour paraître insultante à son égard, pas assez près pour lui suggérer des idées d'intimité. Elle battit distraitement des pieds dans l'eau bouillonnante, levant les jambes afin d'exhiber les muscles de ses mollets et de ses cuisses.

«Allons-y, voulez-vous?» proposa Harod. Il eut un petit sourire moqueur et sa langue jaillit pour humecter sa lèvre inférieure.

«Je ne devrais même pas me trouver ici, dit posément Shayla. C'est mon imprésario qui s'occupe de ça. Et je consulte toujours ma mère avant de donner mon accord à un projet... même si ce n'est qu'une séance de photos de mode. Si je suis venue ici aujourd'hui, c'est seulement parce que Mr. Borden me l'avait demandé. Il a été très gentil avec nous depuis...

– Ouais, ouais, il est dingue de vous, lui aussi», coupa Harod. Il posa son verre au bord de la piscine. «Voilà le topo. Willi a acheté les droits d'un best-seller intitulé *Traite des Blanches.* C'est une sous-merde écrite avec les pieds à l'intention des adolescents illettrés et des ménagères lobotomisées qui font la queue chaque mois pour acheter les nouveautés de chez Harlequin. De la branlette pour empêchés du bulbe. Naturellement, il s'en est vendu trois millions d'exemplaires. Nous avons acheté les droits avant publication. Willi a un type chez Ballantine qui lui file le tuyau chaque fois qu'une de ces merdes risque de marcher.

– A vous entendre, ça a l'air très intéressant, commenta tranquillement Shayla.

– Foutre oui. Bien entendu, l'adaptation condensera pas mal le bouquin — on ne gardera que l'intrigue de base et les scènes de sexe. Mais on a déjà mis des types bien sur ce boulot. Michael May-Dreinan s'est déjà attelé au scénar et Schubert Williams a accepté de se charger de la mise en scène.

– Schu Williams ?» Shayla était surprise. Williams venait de diriger George C. Scott dans un film que la M.G.M. avait poussé au maximum. Elle contempla la surface bouillonnante de la piscine. «Je crains que ça ne ressemble pas au genre de projet qui nous intéresse, dit-elle. Ma mère... je veux dire, nous avons choisi avec beaucoup de soin les films destinés à me lancer dans la carrière cinématographique.

– Mouais, dit Harod en finissant son verre. Il y a deux ans, on vous a vue aux côtés de Ryan O'Neal dans *L'Espoir de Shannerly.* Une gamine mourante rencontre un escroc mourant dans une clinique bidon du Mexique. Ils renoncent ensemble à chercher des remèdes bidon et trouvent le vrai bonheur pendant les quelques semaines qu'il leur reste à vivre. *Bordel de Dieu.* Et je cite Charles Champlin : "Les bandes-annonces de cette abomination à l'eau de rose suffiraient à elles seules à donner des spasmes à un diabétique."

– La promo et la distribution étaient nulles, et...

– Tant mieux pour vous, fillette, tant mieux pour vous. Et puis, l'année dernière, votre mère vous fait engager dans le film de Wise, *A l'est du bonheur.* Vous alliez devenir la nouvelle Julie Andrews dans cet ersatz de *La Mélodie du bon beurre.* Échec sur toute la ligne : on ne nage plus dans les fleurs des années 60 mais dans l'univers impitoyable des années 80. Je ne suis pas votre impresario, Ms. Berrington, mais à mon avis, votre mère et la fine équipe qui l'entoure sont en train de vous préparer une carrière de merde. On cherche à vous transformer en une espèce de Marie Osmond... ouais, ouais, je sais que vous appartenez à l'Église des Saints des Derniers Jours... et alors ? Vous étiez fabuleuse en couverture de *Vogue* et de *Seventeen* et vous voilà sur le point de tout foutre en l'air. On veut faire de vous une ingénue de douze ans et c'est beaucoup trop tard. »

Shayla resta immobile. Son esprit fonctionnait à plein régime mais elle ne trouvait rien à répondre. Elle avait envie de dire à ce petit troll maléfique d'aller se faire voir, mais les mots refusaient de sortir de sa bouche et elle restait figée au bord de la piscine bouillonnante. Son avenir dépendait des minutes qui allaient suivre et son esprit n'était que confusion.

Harod sortit de la piscine et se dirigea vers un bar dissimulé dans la masse des fougères. Il se servit un grand verre de jus de pamplemousse et se tourna vers Shayla. « Vous voulez boire quelque chose ? J'ai tout ce qu'il faut ici. Même un punch hawaiien si vous vous sentez particulièrement mormone aujourd'hui. »

Shayla secoua la tête.

Le producteur replongea dans le jacuzzi et posa le verre sur sa poitrine. Il leva les yeux vers un miroir accroché au mur et eut un hochement de tête presque imperceptible. « D'accord, dit-il. Parlons de *Traite des Blanches,* puisque tel est pour l'instant le titre de ce film.

– Je ne pense pas que cela nous intéresserait…

– Vous recevrez un cachet de 400 000 dollars. Plus un pourcentage sur les recettes… dont vous ne verrez jamais la couleur, la comptabilité étant ce qu'elle est. Mais vous en retirerez un nom que vous pourrez monnayer dans tous les studios de cette ville. Ce film va casser la baraque, fillette Faites-moi confiance. Je peux sentir un triomphe avant même la rédaction du deuxième jet du traitement. Ça va faire très mal.

– J'ai bien peur que non, Mr. Harod. D'après Mr. Borden, si nous n'étions pas intéressés par vos premières propositions, nous pouvions…

– Le tournage commence en mars », poursuivit Harod. Il but un grand trait de jus de fruit et ferma les yeux. « Schu pense qu'il durera douze semaines, alors comptez sur une bonne vingtaine. Les scènes d'extérieur seront tournées à Alger, en Espagne et en Égypte, et vous passerez trois semaines à Pinewood pour tourner les scènes du palais sur le plateau principal.»

Shayla se redressa. L'eau luisait sur ses jambes. Elle posa les mains sur ses hanches et jeta un regard noir au petit homme dans sa piscine. Il n'ouvrit même pas les yeux.

«Vous ne *m'écoutez pas,* Mr. Harod, s'emporta-t-elle. J'ai dit non. Non, je ne ferai pas votre film. Je n'ai même pas vu le *script.* Vous pouvez prendre votre *Traite des Blanches* ou je ne sais quoi et… et…

– Et me le foutre au cul?» Harod ouvrit les yeux. Shayla pensa à un lézard en train de se réveiller. L'écume venait caresser la poitrine pâle de Harod.

«Adieu, Mr. Harod», et Shayla Berrington tourna les talons. Elle avait fait trois pas lorsque la voix de Harod la stoppa net.

«On a peur des scènes déshabillées, fillette?»

Elle hésita, puis se remit en marche.

«On a peur des scènes déshabillées», répéta Harod, et cette fois-ci, ce n'était pas une question.

Shayla était presque arrivée à la porte lorsqu'elle se retourna vivement. Ses mains griffèrent l'air. «Je n'ai même pas vu le script!» Sa voix se brisa et elle fut stupéfaite de se découvrir au bord des larmes.

«Bien sûr, il y a quelques scènes déshabillées, continua Harod comme si elle n'avait rien dit. Et une scène d'amour qui fera mouiller toutes les gamines. On pourrait utiliser une doublure… mais ce serait inutile. Vous vous en sortirez très bien, fillette.»

Shayla secoua la tête. Elle sentait monter en elle une rage indicible. Elle se retourna et, à l'aveuglette, tendit la main vers le loquet.

«Stop.» La voix de Tony Harod était plus douce que jamais. Presque inaudible. Mais il y avait en elle quelque chose qui immobilisa la jeune femme mieux que ne l'aurait fait un cri. Elle eut l'impression que des doigts glacés se refermaient sur sa nuque.

« Viens ici. »

Shayla fit demi-tour et se dirigea vers Harod, toujours dans l'eau, ses longs doigts croisés sur sa poitrine. Ses yeux étaient à peine ouverts — humides, langoureux — les yeux indolents d'un crocodile. Une partie de l'esprit de Shayla poussait des hurlements de panique outragée tandis que l'autre se contentait d'observer la scène, paralysée par l'étonnement.

« Assieds-toi. »

Elle s'assit au bord de la piscine à moins d'un mètre de lui. Ses longues jambes plongèrent dans le jacuzzi. L'écume blanche éclaboussait ses cuisses bronzées. Elle se sentait éloignée de son propre corps, le contemplait avec un détachement presque clinique.

« Comme je te le disais, tu t'en sortiras très bien, fillette. Bon Dieu, on est tous un peu exhibitionnistes. Mais toi, tu recevras une petite fortune pour faire ce que tu as envie de faire de toute façon. »

Luttant contre une terrible torpeur, Shayla leva la tête et regarda les yeux de Tony Harod. Dans la lumière diaprée, leurs iris étaient si larges qu'ils semblaient ne former que deux trous noirs dans son visage pâle.

« Et dès maintenant », poursuivit Harod d'une voix douce, si douce. Peut-être ne parlait-il même pas. Les mots semblaient glisser à l'intérieur du cerveau de Shayla, comme des pièces d'or coulant dans une eau sombre. « Il fait vraiment très chaud ici. Tu n'as pas besoin de ce maillot. N'est-ce pas ? Bien sûr que non. »

Shayla le regarda sans rien dire. Quelque part en elle, au fond du tunnel de son esprit, elle était une petite fille au bord des larmes. Vaguement étonnée, elle vit son bras droit se lever et sa main se glisser doucement sous la bretelle du maillot. Elle tira légèrement sur le tissu, qui glissa sur son flanc, faisant ressortir le galbe de ses seins. Elle fit tomber l'autre bretelle. Le tissu du maillot descendit jusqu'à ses mamelons. Elle voyait sur sa peau la fine ligne rouge laissée par l'élastique. Elle se tourna vers Tony Harod.

Il sourit presque imperceptiblement et acquiesça.

Comme si on venait de lui en donner la permission, Shayla fit brusquement descendre le haut de son maillot. Ses seins tressautèrent doucement lorsqu'ils furent libérés de l'étreinte du tissu orange. Là, sa peau était tendre, très blanche, à peine semée de quelques taches de rousseur. Ses mamelons étaient durs et se dressaient rapidement au contact de l'air frais. Leurs aréoles brunes, très larges, étaient délimitées par quelques poils noirs que Shayla trouvait si beaux qu'elle se refusait à les épiler. Personne ne le savait. Même pas sa mère. Shayla n'avait permis à personne, même pas Avedon, de photographier ses seins.

Elle se tourna de nouveau vers Harod, mais son visage n'était qu'une tache floue et pâle. La serre sembla basculer et tourner autour d'elle. Le bruit du recycleur d'eau devint de plus en plus fort, jusqu'à lui marteler les tympans. En même temps, Shayla sentit quelque chose s'éveiller en elle. Une douce chaleur l'envahit insidieusement. Comme si quelqu'un avait plongé directement dans son cerveau pour y caresser le centre du plaisir aussi sûrement qu'une main en train de masser le doux renflement de son entrejambe. Shayla hoqueta et se cambra involontairement.

« Il fait vraiment très chaud », dit Tony Harod.

Shayla se passa les mains sur le visage, toucha ses paupières avec ce qui ressemblait à de l'émerveillement, puis ses paumes descendirent le long de son cou, de ses clavicules, et se posèrent sur sa poitrine, là où la chair devenait pâle. Elle sentait son pouls battre dans sa gorge comme un oiseau en cage. Puis elle laissa ses mains glisser plus bas, se cambra une nouvelle fois lorsqu'elles frôlèrent ses mamelons, brusquement sensibles jusqu'à en être douloureux, souleva ses seins comme le Dr Kemmerer le lui avait appris à l'âge de quatorze ans, mais sans les examiner, se contentant de les presser, de les presser contre elle avec un plaisir qui lui donnait envie de crier.

«On n'a vraiment pas besoin de maillot», murmura Harod. Avait-il seulement murmuré? Shayla était déconcertée. Elle le regardait et ses lèvres n'avaient pas bougé. Son léger sourire révélait des dents pareilles à des pierres blanches et acérées.

Ça n'avait pas d'importance. Plus rien n'avait d'importance pour Shayla, excepté se débarrasser de ce maillot qui l'étouffait. Elle baissa un peu plus le tissu, lui fit franchir le léger renflement de son ventre et leva les fesses pour le faire glisser sous elle. Puis le maillot devint un simple bout de tissu passé autour de sa jambe, dont elle se débarrassa d'un coup de pied. Elle contempla son corps, s'arrêtant sur la fourche de ses cuisses et sur la bande presque verticale de toison pubienne qui montait vers la ligne de démarcation de son bronzage. L'espace d'une seconde, elle fut prise d'un nouvel étourdissement, cette fois-ci accompagné d'un lointain sentiment d'horreur, puis elle sentit les caresses reprendre leur cours à l'intérieur de son esprit et elle se laissa aller en arrière, prenant appui sur les coudes.

L'eau chaude du jacuzzi bouillonnait autour de ses cuisses. Elle leva une main et suivit lentement le tracé d'une veine bleue qui battait sous la peau blanche de son sein. Le plus léger des contacts suffisait à enflammer sa chair. Le doux relief de ses seins semblait se contracter et s'alourdir en même temps. Le bruit de la piscine parut adopter le même rythme syncopé que les battements de son cœur. Elle leva son genou droit et glissa une main entre ses jambes. Sa paume monta doucement sur sa cuisse, éparpillant les gouttelettes qui étincelaient sur le duvet doré. La chaleur l'imprégnait, l'envahissait, la contrôlait. Sa vulve palpitait d'un plaisir qu'elle n'avait connu que dans les limbes coupables précédant le sommeil, filtré par une honte qui avait à présent disparu, un plaisir qu'elle n'avait jamais connu si intense, si exigeant. Les doigts de Shayla trouvèrent les replis mouillés de ses grandes lèvres et elle les écarta en émettant une espèce de sanglot.

« Trop chaud pour porter un maillot, dit Tony Harod. Tous les deux. » Il avala une dernière gorgée de jus de pamplemousse, se hissa sur le carrelage et posa le verre le plus loin possible du bord de la piscine.

Shayla roula sur elle-même, sentant la fraîcheur du carrelage sur ses hanches. Ses longs cheveux retombèrent sur son visage lorsqu'elle se mit à ramper, la bouche entrouverte, toujours appuyée sur les coudes. Harod s'était étendu de tout son long, reposant lui aussi sur ses coudes, ses pieds battant mollement dans l'eau. Shayla s'arrêta et leva les yeux vers lui. Les caresses se firent plus insistantes dans son esprit, en trouvèrent le cœur et le titillèrent avec une lenteur taquine. Ses sens ne percevaient que le flux et le reflux d'une friction huilée. Shayla hoqueta et serra involontairement les cuisses tandis que des flots de sensations préorgasmiques la parcouraient en vagues successives. Le murmure se fit plus fort dans son esprit, sifflement aguicheur qui semblait faire partie du plaisir.

Les seins de Shayla touchèrent le sol lorsqu'elle se pencha pour tirer sur le maillot de Tony Harod avec une frénésie à la fois violente et gracieuse. Elle fit glisser le tissu jusqu'à ses genoux et le maillot disparut sous l'eau. Une toison abondante recouvrait le ventre de Harod. Son pénis pâle et flasque s'éveillait lentement dans son nid de poils noirs.

Elle leva les yeux et vit que tout sourire avait disparu de son visage. Ses yeux étaient des trous percés dans un masque blême. On n'y lisait aucune chaleur. Aucune excitation. Rien que l'intense concentration d'un prédateur contemplant sa victime. Shayla ne s'en souciait point. Elle ne savait pas ce qu'elle voyait. Elle savait seulement que les caresses s'étaient intensifiées dans son esprit, faisant passer celui-ci de l'extase à la douleur. Comme une drogue, un plaisir d'une pureté sublime envahissait son système nerveux.

Shayla posa sa joue sur la cuisse de Harod et tendit une main vers son pénis. Il la chassa d'un geste machinal. Shayla se mordit la lèvre et gémit. Son esprit était un tourbillon de sensations qui n'enregistrait que les coups d'aiguillon de la passion et de la douleur. Ses jambes étaient agitées de spasmes désordonnés et elle se trémoussait contre le bord de la piscine. Shayla fit courir ses lèvres sur l'étendue salée de la cuisse de Harod. Elle goûta son propre sang alors qu'elle tendait une main pour en envelopper les testicules de Harod. Le petit homme leva la jambe droite et poussa doucement Shayla dans la piscine. Elle resta accrochée à ses cuisses, se pressa contre lui, poussa des petits gémissements pendant qu'elle le cherchait des mains et de la bouche.

Maria Chen entra, brancha un téléphone à une prise murale et le posa sur le carrelage à côté de Harod. « C'est Washington », dit-elle; elle jeta un regard à Shayla, puis sortit.

Chaleur et friction désertèrent l'esprit et le corps de Shayla avec une soudaineté glacée qui lui fit pousser un cri de douleur. L'espace d'une seconde, elle regarda devant elle sans rien voir, puis elle tomba en arrière dans l'eau bouillonnante. Elle fut agitée de violents tremblements et serra les bras autour de sa poitrine.

« Ici Harod », dit le producteur. Il se leva, fit trois pas et enfila son peignoir. Avec un mélange d'incrédulité et de déception, Shayla regarda son bas-ventre pâle disparaître sous le tissu. Puis elle se mit à trembler encore plus violemment. Des frissons la parcouraient. Elle passa des doigts raidis dans ses cheveux et plongea son visage dans l'écume.

« Oui ? dit Harod. Bon Dieu de merde. Quand ? Ils sont sûrs qu'il était à bord ? *Bordel.* Ouais. Tous les deux ? Et l'autre… comment s'appelle-t-elle, déjà ? *Bordel !* Non, non, je vais m'en occuper. Non. J'ai dit que *j'allais* m'en occuper. Ouais. Non, disons dans deux jours. Ouais, je serai là. » Harod reposa violemment le combiné sur son socle, se dirigea vers un fauteuil en osier et s'affala dedans.

Shayla tendit la main au milieu du tourbillon et récupéra son maillot. Toujours tremblante, nauséeuse jusqu'au vertige, elle s'accroupit dans l'écume pour l'enfiler. Elle sanglotait sans en avoir conscience. *C'est un cauchemar :* telle était la pensée qui résonnait dans le manège de son esprit.

Harod prit un boîtier de télécommande et le braqua sur l'écran vidéo encastré dans le mur. L'image de Shayla Berrington assise au bord d'une petite piscine y apparut aussitôt. Elle regarda d'un côté, les yeux vides, sourit comme dans un rêve et tira sur l'élastique de son maillot de bain. Ses seins étaient pâles, ses mamelons dressés, ses aréoles très larges et visiblement brunes même sous ce piètre éclairage…

« Non ! » hurla Shayla en fouettant les eaux.

Harod tourna la tête et sembla remarquer sa présence pour la première fois. Ses lèvres minces s'incurvèrent pour former un simulacre de sourire. « Je crains qu'il n'y ait un petit changement de programme, dit-il doucement. Mr. Borden ne participera pas à la mise en chantier de ce film. J'en serai le seul producteur. »

Shayla cessa de battre l'eau. Ses cheveux étaient plaqués en mèches humides sur son visage. Sa bouche était grande ouverte et des filets de salive pendaient à son menton. On n'entendait que ses sanglots incontrôlés et le ronronnement du recycleur d'eau.

« Le calendrier de tournage reste inchangé », dit Harod d'un air presque absent. Il se tourna vers l'écran. Shayla Berrington rampait nue sur des carreaux noirs. Le torse nu d'un homme apparut sur l'image. Zoom sur le visage de Shayla qui frottait sa joue contre une cuisse pâle et velue. Ses yeux étaient voilés par la passion et sa bouche s'arrondissait comme celle d'un poisson. « Je crains que Mr. Borden ne produise plus jamais de films avec nous », dit Harod. Sa tête se tourna de nouveau vers elle et les phares noirs de ses yeux clignèrent lentement. « Désormais, il n'y a plus que nous deux, fillette. »

Les lèvres de Harod s'écartèrent et Shayla aperçut ses petites dents. Elles semblaient très blanches et très acérées. « Je crains que Mr. Borden ne produise plus jamais de films avec personne. » Harod se retourna vers l'écran. « Willi est mort », dit-il à voix basse.

3
Charleston, samedi 13 décembre 1980

Je fus réveillée par le soleil éclatant qui perçait les frondaisons. C'était un de ces matins d'hiver limpides grâce auxquels il est bien moins déprimant de vivre dans le Sud que de seulement survivre à un hiver yankee. J'apercevais les palmiers verts au-dessus des toits de tuile rouge. Lorsque Mr. Thorne m'apporta mon petit déjeuner, je lui demandai d'ouvrir un peu la fenêtre. Je sirotai mon café en écoutant les enfants jouer dans la cour. Jadis, Mr. Thorne m'aurait apporté le journal du matin sur le plateau, mais j'avais appris depuis longtemps que la lecture des folies et des scandales de ce monde ne sert qu'à profaner le lever du jour. A vrai dire, les activités de l'espèce humaine m'intéressaient de moins en moins. Cela faisait douze ans que je me privais de quotidien, de téléphone et de télévision, et je n'en souffrais nullement, sauf si l'on considère une autosatisfaction grandissante comme une maladie. Je souris en me rappelant à quel point Willi avait été déçu de ne pas pouvoir nous montrer ses cassettes vidéo. Quel enfant il faisait !

« Nous sommes samedi, n'est-ce pas, Mr. Thorne ? » Il hocha la tête et je lui fis signe de remporter le plateau. « Nous allons sortir aujourd'hui. Peut-être irons-nous jusqu'au Fort. Ensuite, nous dînerons chez Henry et nous rentrerons. J'ai des dispositions à prendre. »

Mr. Thorne hésita et faillit trébucher en sortant de a pièce. J'en oubliai un instant de nouer la ceinture de ma robe de chambre. Cela ne ressemblait guère à Mr. Thorne d'avoir des mouvements aussi disgracieux. Je me rendis compte que lui aussi vieillissait. Il redressa le plateau, hocha la tête et se dirigea vers la cuisine.

Je n'allais pas laisser des idées de vieillesse gâcher une si belle matinée. Je me sentais animée d'une énergie et d'une résolution nouvelles. La réunion de la veille ne s'était pas très bien passée, mais cela aurait pu être pire. J'avais été franche avec Nina et Willi, et leur avais avoué mon intention de renoncer au Jeu. Durant les semaines et les mois à venir, ils méditeraient sur les conséquences de cette décision — pour Nina, cela ne faisait aucun doute —, mais lorsqu'ils décideraient de réagir, ensemble ou séparément, je serais partie depuis longtemps. Plusieurs identités de rechange, anciennes et nouvelles, m'attendaient déjà en Floride, dans le Michigan, à Londres, dans le sud de la France, et même à New Delhi. Pas question d'aller dans le Michigan pour le moment. Je n'étais plus habituée à un climat aussi rude. New Delhi n'était plus pour les étrangers le havre d'accueil que j'avais connu lorsque j'y avais résidé peu de temps avant la guerre.

Nina avait raison sur un point : un retour en Europe me ferait sûrement du bien. J'avais déjà la nostalgie de la riche lumière et du *savoir-vivre*[1] empreint de cordialité des villageois que je côtoyais dans ma résidence d'été des environs de Toulon.

L'air du dehors était revigorant. Je ne portais qu'une robe en tissu imprimé toute simple et mon manteau de printemps. Une pointe d'arthrite dans ma jambe droite m'avait fait souffrir alors que je descendais l'escalier, aussi pris-je la précaution de prendre la vieille canne de mon père. Un jeune serviteur noir l'avait taillée durant l'été où nous avions quitté Greenville pour déménager à Charleston. Je souris lorsque nous émergeâmes dans l'air tiède de la cour.

---

1. En français dans le texte. *(N.d.T.)*

Mrs. Hodges se détacha du pas de sa porte et s'avança dans la lumière. C'étaient ses petites-filles et leurs amies qui jouaient autour de la fontaine asséchée. Depuis deux siècles, cette cour était commune aux trois bâtiments de brique. Seule ma maison n'avait pas été divisée en appartements coûteux.

« Bonjour, Miz Fuller.

– Bonjour, Mrs. Hodges. Quelle belle journée !

– En effet. Vous allez faire des achats ?

– Non, simplement me promener, Mrs. Hodges. Je suis surprise de ne pas voir Mr. Hodges. On dirait qu'il passe tous ses samedis à travailler dans la cour. »

Mrs. Hodges fronça les sourcils lorsqu'une petite fille passa près de nous en courant. Elle était poursuivie par une camarade de jeu hurlante et dépenaillée. « Oh, George est déjà parti à la marina.

– En plein jour ? » Je m'étais souvent amusée à regarder Mr. Hodges partir le soir, son uniforme de garde impeccablement repassé, ses cheveux gris dépassant de sa casquette, sa sacoche-repas tenue fermement sous son bras. Mr. Hodges était aussi tanné et cagneux qu'un vieux cow-boy. C'était un de ces hommes toujours sur le point de partir à la retraite mais qui pensent probablement que l'inactivité est une forme de condamnation à mort.

« Oui. Un des hommes de couleur de service de jour là-bas, à l'entrepôt, a démissionné, et on a demandé à George de le remplacer. Je lui ai dit qu'il était trop vieux pour travailler le week-end en plus de ses quatre nuits par semaine, mais vous connaissez George.

– Eh bien, donnez-lui le bonjour de ma part », dis-je. Les fillettes qui couraient autour de la fontaine m'énervaient.

Mrs. Hodges me suivit jusqu'à la grille en fer forgé. « Est-ce que vous allez partir en vacances, Miz Fuller ?

– Probablement, Mrs. Hodges. Très probablement. » Puis Mr. Thorne et moi prîmes la direction de la Batterie. Quelques voitures roulaient à faible allure dans les rues étroites, des touristes contemplant les maisons de notre Vieux Quartier, mais la journée était calme. Dès que nous arrivâmes dans Broad Street, j'aperçus les mâts des yachts et des voiliers avant même de voir la mer.

« Veuillez acheter des billets pour nous deux, Mr. Thorne, dis-je. J'aimerais bien aller voir le Fort. »

Comme la plupart des gens demeurant à proximité d'une attraction touristique, je n'avais pas prêté attention à celle-ci pendant plusieurs années. Visiter le Fort maintenant avait une valeur purement sentimentale. J'agissais ainsi parce que j'étais de plus en plus persuadée que j'allais quitter cette région pour toujours. Décider de partir est une chose ; c'en est une autre que d'affronter la réalité impérative du départ.

Les touristes étaient peu nombreux. Le ferry s'éloigna de la marina pour s'engager dans les eaux placides du port. La chaleur du soleil et le bourdonnement régulier du diesel me firent somnoler pendant quelques minutes. Je me réveillai alors que nous abordions la sombre masse de l'île où se dressait le Fort.

Je restai quelque temps au sein du groupe, appréciant le silence sépulcral des niveaux inférieurs et la voix chantante de la jeune femme qui nous servait de guide. Mais lorsque nous retournâmes vers le musée aux dioramas poussiéreux et aux bacs de diapositives ridicules, je repris l'escalier pour remonter sur le chemin de ronde. Je fis signe à Mr. Thorne de rester en haut des marches et m'avançai sur les remparts. Il ne s'y trouvait que deux autres personnes : un jeune couple, elle avec un bébé dans un sac à dos qui ne paraissait pas très confortable, lui avec un appareil photographique bon marché.

Ce fut un moment fort agréable. Une tempête montait à l'ouest, brossant un décor de velours noir aux flèches des églises, aux tours de brique et aux branches nues toujours inondées de soleil. Même à trois kilomètres de distance, j'apercevais les passants en train de flâner le long de l'allée de la Batterie. Le vent qui précédait les nuages sombres jetait des paquets d'écume sur le ferry et sur les planches du quai. L'air avait des relents de fleuve, d'hiver et de pluie crépusculaire.

Il n'était guère difficile d'imaginer ce jour lointain. Les obus étaient tombés en si grand nombre sur le fort que ses murailles extérieures n'étaient plus que des piles de gravats. Derrière la Batterie, les gens juchés sur les toits avaient poussé des cris d'enthousiasme. Les couleurs éclatantes des robes et des ombrelles en soie avaient dû irriter au plus haut point les canonniers yankees. Finalement, l'un d'eux avait tiré une salve au-dessus des toits envahis de monde. La confusion qui s'était ensuivie avait dû être amusante à observer d'ici.

Un mouvement sur l'eau attira mon attention. Quelque chose de sombre glissait sur les eaux grises; quelque chose d'aussi sombre et silencieux qu'un requin. Je m'arrachai à ces visions du passé et reconnus un sous-marin Polaris, ancien mais de toute évidence encore opérationnel, qui traversait les eaux sombres sans un bruit. Les vagues se brisaient sur sa coque aussi lisse que les flancs d'un marsouin, formant sur son passage un sillage de blancheur. Il y avait plusieurs hommes sur la tourelle. Ils portaient d'épais manteaux et leurs casquettes étaient enfoncées sur leurs têtes. Une énorme paire de jumelles pendait au cou de celui qui devait être le capitaine. Il désigna quelque chose de l'autre côté de Sullivan's Island. Je le regardai fixement. Mon champ de vision se rétrécit alors que j'entrais en contact avec lui. Des bruits et des sensations également lointains parvinrent jusqu'à moi.

Tension. Plaisir de sentir les embruns et la brise venant du nord-nord-ouest. Anxiété à l'idée des ordres scellés dans la cabine. Conscience des hauts-fonds à présent visibles à bâbord.

Quelqu'un s'approcha de moi et je sursautai. Les phosphènes disparurent de la lisière de mon champ de vision au moment où je me retournais.

C'était Mr. Thorne. A mes côtés. Sans que je lui en

aie donné l'ordre. J'avais ouvert la bouche pour lui ordonner de regagner son poste lorsque je compris pourquoi il s'était approché. Le jeune homme qui venait de prendre des photos de sa pâle épouse se dirigeait à présent vers moi. Mr. Thorne fit un pas vers lui pour l'intercepter.

« Excusez-moi, madame. Est-ce que vous voulez bien nous prendre en photo tous les deux, vous ou votre mari ? »

J'acquiesçai et Mr. Thorne prit l'appareil que lui tendait le jeune homme. L'objet semblait minuscule entre ses doigts longilignes. Deux déclics plus tard, le jeune couple était satisfait : leur présence en ce lieu avait été enregistrée pour la postérité. Le jeune homme m'adressa un sourire idiot et hocha vigoureusement la tête. Le bébé se mit à pleurer comme un vent froid se levait. Je me retournai vers le sous-marin, mais il s'était déjà éloigné, sa tourelle grise formant une mince bande qui reliait le ciel à la mer.

Nous étions presque revenus en ville et le ferry se dirigeait vers le quai lorsqu'une inconnue m'apprit la mort de Willi.

« C'est horrible, n'est-ce pas ? » Cette vieille femme bavarde m'avait suivie sur le pont. Le vent était devenu positivement glacé et j'avais changé par deux fois de place afin d'échapper à ses remarques stupides, mais cette sotte avait de toute évidence décidé que je subirais sa conversation jusqu'à la fin de la traversée. Ni ma réticence ni la présence furibarde de Mr. Thorne ne l'avaient découragée. « Ça a dû être épouvantable, continua-t-elle. En pleine nuit, vous vous rendez compte ?

– Quoi donc ? » Un sinistre pressentiment m'avait poussée à lui poser cette question.

« Eh bien, l'avion qui s'est écrasé. Vous n'êtes pas au courant ? Ça a dû être horrible de tomber comme ça en plein milieu des marais. Ce matin, j'ai dit à ma fille…

– Quel avion ? Quand est-ce arrivé ?» La vieille femme eut un mouvement de recul devant la sécheresse de ma voix, mais le sourire niais restait plaqué sur son visage.

«Eh bien, la nuit dernière. Ce matin. J'ai dit à ma fille…

– *Où ça ?* Quel avion ?» Mr. Thorne se rapprocha de moi en entendant le ton de ma voix.

«L'avion de cette nuit, chevrota-t-elle. Celui de Charleston. On en parle dans le journal qui se trouve au salon. N'est-ce pas horrible ? Quatre-vingt-cinq victimes. J'ai dit à ma fille…»

Je la plantai là, près du bastingage. Un journal avait été abandonné au bar et je trouvai sous sa manchette de quatre mots quelques maigres détails sur la mort de Willi. Le vol 417 à destination de Chicago avait quitté l'aéroport international de Charleston à 0 h 18. Vingt minutes plus tard, l'avion avait explosé en plein vol non loin de la ville de Columbia. Des fragments de fuselage et des corps en morceaux étaient tombés dans le marais de Congaree, où des pêcheurs les avaient retrouvés durant la nuit. Il n'y avait aucun survivant. L'administration aérienne et le F.B.I. avaient ouvert une enquête.

Un bourdonnement m'emplit les oreilles et je dus m'asseoir de peur de m'évanouir. Mes mains étaient toutes moites sur le vinyle vert du fauteuil. Des gens passèrent devant moi pour se diriger vers la passerelle.

Willi était mort. Assassiné. Nina l'avait tué. L'espace de quelques secondes vertigineuses, j'envisageai la possibilité d'une conspiration, un plan complexe élaboré par Nina et par Willi afin de me faire croire à la disparition de la menace représentée par ce dernier. Mais non. C'était ridicule. Si Nina avait fait entrer Willi dans ses plans, une machination aussi absurde aurait été inutile.

Willi était mort. Ses restes étaient éparpillés dans un marais obscur et puant. Il n'était que trop facile d'imaginer ses derniers instants. Il était confortablement installé dans son fauteuil de première classe, un verre à la main, murmurant quelque chose à l'un de ses frustes compagnons. Puis l'explosion. Les cris. Les ténèbres soudaines. Un brusque basculement et la chute finale vers l'oubli. Je frissonnai et agrippai l'accoudoir métallique du fauteuil.

Comment Nina avait-elle procédé ? Sûrement pas grâce à l'un des compagnons de Willi. Nina était assez puissante pour Utiliser l'un des propres pions de Willi étant donné le Talent déclinant de celui-ci, mais elle n'avait aucune raison d'agir ainsi. Elle avait pu Utiliser n'importe quel passager. Une tâche extrêmement difficile. Impliquant qu'elle fasse préparer une bombe à son pion, en refoule tout souvenir dans son esprit et l'Utilise alors même que nous étions en train de boire du café et du cognac. Mais Nina en était capable. Oui, elle en était *capable*. Et le minutage de l'opération. Ce minutage ne pouvait signifier qu'une chose.

Les derniers touristes étaient sortis de la cabine. Je sentis la légère secousse indiquant que nous avions accosté. Mr. Thorne se tenait près de la porte.

Le minutage de Nina signifiait qu'elle tentait de s'occuper en même temps de nous deux. Elle avait tout planifié bien avant la réunion au cours de laquelle j'avais timidement annoncé mon retrait. Comme cela avait dû l'amuser. Pas étonnant qu'elle ait réagi avec autant de générosité ! Mais elle avait commis une grave erreur. En s'occupant d'abord de Willi, Nina avait tout misé sur l'hypothèse que je n'apprendrais pas la nouvelle à temps pour préparer mes défenses. Elle savait que je ne recevais aucun journal et que je ne quittais que rarement ma maison. Mais cela ne ressemblait pas à Nina de laisser quoi que ce soit au hasard. Se pouvait-il qu'elle ait cru que j'avais perdu mon Talent et que Willi était le plus redoutable de nous deux ?

Je secouai la tête tandis que nous émergions dans la lumière grise de l'après-midi. Le vent me cingla à travers le mince tissu de mon manteau. La passerelle était floue et je me rendis compte que mes yeux étaient emplis de larmes. A cause de Willi? Ce n'était qu'un vieil imbécile affaibli et pompeux. A cause de la trahison de Nina? Peut-être était-ce seulement le vent.

On ne voyait presque aucun piéton dans les rues du Vieux Quartier. Des branches nues s'entrechoquaient devant les fenêtres des belles maisons. Mr. Thorne restait à mes côtés. L'air froid avait réveillé mon arthrite et ma jambe droite m'élançait jusqu'à la hanche. Je m'appuyai un peu plus sur la canne de mon père.

Qu'allait-elle faire à présent? Je fis halte. Un fragment de journal poussé par le vent s'enveloppa autour de ma cheville puis s'envola.

Comment allait-elle s'attaquer à moi? Pas de loin. Elle se trouvait quelque part en ville. Je le savais. Il est certes possible d'Utiliser quelqu'un à distance, mais cela nécessite un rapport mental approfondi, une connaissance quasi intime du sujet, et si le contact est perdu, il est presque impossible de le rétablir à distance. Aucun de nous ne savait pourquoi. Peu importait désormais. Mais l'idée que Nina était toujours ici, dans les environs, fit battre mon cœur un peu plus vite.

Pas de loin. Celui ou celle qu'elle Utiliserait m'agresserait physiquement. Je le verrais venir. Je connaissais assez bien Nina pour en être sûre. La mort de Willi était le Festin le moins personnel qu'on pût imaginer, mais il n'y avait eu là qu'une opération technique. Nina avait de toute évidence décidé de régler ses comptes avec *moi*, et Willi avait représenté un obstacle à ses yeux, un danger mineur mais mesurable qu'elle devait éliminer avant de poursuivre l'offensive. Nina interprétait sûrement la mort qu'elle avait choisie pour Willi comme un acte de compassion, voire un témoignage d'affection. Rien de tel avec moi. Nina voudrait certainement que je sache, même l'espace d'un instant, qui dirigeait les opérations. Dans un sens, sa vanité me servirait d'avertissement. Du moins l'espérais-je.

Je fus tentée de partir immédiatement. Il me suffisait d'envoyer Mr. Thorne chercher l'Audi et nous serions sortis de la zone d'influence de Nina en moins d'une heure… et partis pour une nouvelle vie quelques heures plus tard. La maison recelait des objets de valeur, bien sûr, mais les fonds que j'avais déposés ailleurs remplaceraient la plupart d'entre eux. Ce serait presque un réconfort que d'abandonner tous ces objets en même temps que l'identité qui les avait accumulés.

Non. Je ne pouvais pas partir. Pas encore.

De l'autre côté de la rue, la maison paraissait sombre et menaçante. Était-ce *moi* qui avais baissé le store du premier étage ? Il y eut un mouvement dans la cour et je vis la petite-fille de Mrs. Hodges courir d'une entrée à l'autre avec son amie. Je restai au bord du trottoir, hésitante, tapotant la noire écorce d'un arbre du bout de la canne de mon père. Il était ridicule d'hésiter ainsi, je le savais, mais cela faisait longtemps que je n'avais pas eu à prendre une décision dans un tel état de tension.

« Mr. Thorne, allez inspecter la maison, s'il vous plaît. Fouillez toutes les pièces. Revenez vite. »

Un vent froid se leva tandis que le manteau noir de Mr. Thorne se fondait dans la pénombre de la cour. Je me sentais terriblement vulnérable, seule dans cette rue. Je me surpris à regarder à droite et à gauche, cherchant les cheveux bruns de Miss Kramer, mais la seule personne présente était une jeune femme poussant un landau à l'autre bout de la rue.

On releva brusquement le store du premier étage et le visage blême de Mr. Thorne s'y encadra une minute. Puis il se détourna et je gardai les yeux fixés sur le rectangle noir de la fenêtre. Un cri en provenance de la cour me fit sursauter, mais ce n'était que la fillette — comment s'appelait-elle ? Kathleen — qui appelait son amie. Les deux enfants s'assirent au bord de la fontaine et ouvrirent une boîte de crackers. Je les regardai avec méfiance, puis me détendis. Je réussis même à sourire de ma paranoïa. L'espace d'une seconde, j'envisageai d'Utiliser directement Mr. Thorne, mais l'idée de me retrouver impuissante en pleine rue m'en dissuada.

Quand on entre en contact total, les sens sont toujours fonctionnels mais restent au mieux quelque chose d'assez lointain.

Dépêchez-vous. Je transmis cette pensée presque involontairement. Deux hommes barbus s'avançaient dans ma direction. Je changeai de trottoir pour me placer devant le portail de ma maison. Les deux hommes riaient et gesticulaient. L'un d'eux me regarda. *Dépêchez-vous.*

Mr. Thorne sortit de la maison, referma la porte derrière lui et traversa la cour pour me rejoindre. Une des fillettes lui dit quelque chose et lui tendit sa boîte de crackers, mais il ne lui prêta pas la moindre attention. De l'autre côté de la rue, les deux hommes passèrent leur chemin. Mr. Thorne me tendit la clé de la porte d'entrée. Je la rangeai dans la poche de mon manteau et lui lançai un regard pénétrant. Il hocha la tête. Son sourire tranquille se moquait inconsciemment de ma consternation.

«Vous êtes sûr?» demandai-je. Nouveau hochement de tête. «Vous avez regardé dans toutes les pièces?» Oui. «Et le système d'alarme?» Oui. «Vous avez regardé dans la cave?» Oui. «Aucun signe d'effraction?» Mr. Thorne secoua la tête.

Ma main se posa sur le métal du portail, mais j'hésitai. L'anxiété m'obstruait la gorge comme de la bile. Je n'étais qu'une vieille femme stupide, fatiguée et percluse de douleurs, mais je ne pouvais me résoudre à ouvrir ce portail.

«Venez.» Je traversai la rue et m'éloignai de la maison d'un pas vif. «Nous irons dîner chez Henry et nous reviendrons plus tard.» Mais je ne me dirigeais pas vers le vieux restaurant; je fuyais la maison, en proie à ce que je savais être une panique aveugle. Ce fut seulement lorsque nous arrivâmes sur le front de mer, le long du mur de la Batterie, que je commençai à me calmer. Personne en vue. Quelques voitures roulaient sur la chaussée, mais nous approcher à pied impliquait un large espace vide à traverser. Les nuages gris étaient fort bas et se mêlaient aux vagues couronnées d'écume de la Baie.

L'air pur et la lumière vespérale firent revivre mon corps et clarifièrent mes pensées. Quels qu'aient été les plans de Nina, ils avaient sûrement été déjoués par mon absence. J'étais presque sûre que Nina ne resterait pas dans les parages si elle pensait courir le moindre danger. Non, elle reprendrait sûrement l'avion pour New York pendant que je restais à frissonner près de la Batterie. Demain matin, je recevrais un télégramme. Je pouvais presque en imaginer la teneur exacte : MELANIE. PAUVRE WILLI, C'EST VRAIMENT HORRIBLE. HORRIBLEMENT TRISTE. VEUX-TU VENIR AVEC MOI A L'ENTERREMENT ? AMITIÉS, NINA.

Je commençais à me rendre compte que mon hésitation était en grande partie motivée par le désir de retrouver la chaleur et le confort de mon foyer. J'avais eu peur de renoncer à ce vieux cocon, tout simplement. A présent, j'en étais capable. J'irais me mettre à l'abri pendant que Mr. Thorne retournerait à la maison pour y récupérer le seul objet que je ne souhaitais pas abandonner. Puis il irait chercher la voiture au garage et, lorsque le télégramme de Nina arriverait, je serais déjà loin. C'était *Nina* qui aurait peur de son ombre pendant les mois et les années à venir. Je souris et entrepris de formuler les ordres nécessaires.

« Melanie. »

Je tournai vivement la tête. Mr. Thorne n'avait pas prononcé un seul mot pendant vingt-huit ans. Et voilà qu'il parlait.

« Melanie. » Son visage était déformé par un rictus qui révélait jusqu'à ses molaires. Il avait son couteau dans la main droite. La lame jaillit. Je regardai ses yeux gris, vides, et je sus.

« Melanie. »

La longue lame décrivit un arc dévastateur. Je ne pus rien faire pour l'arrêter. Elle transperça la manche de mon manteau et continua sa course vers mon flanc. Mais en me retournant, j'avais placé mon sac à main sur sa trajectoire. Le couteau en trancha le cuir, en déchira le contenu, puis transperça mon manteau et me blessa au-dessus de la dernière côte. Mon sac à main m'avait sauvé la vie.

Je levai la lourde canne de mon père et frappai Mr. Thorne en plein dans l'œil gauche. Il vacilla mais n'émit aucun bruit. Il fendit à nouveau l'air de son couteau, mais j'avais reculé de deux pas et il n'y voyait plus guère. Je saisis la canne des deux mains et, maladroitement, frappai encore une fois. Contre toute attente, je l'atteignis de nouveau à l'orbite. Je reculai encore de trois pas.

La joue gauche de Mr. Thorne ruisselait de sang et son œil meurtri pendait sur sa pommette. Sans se départir de son rictus, il redressa la tête, leva lentement sa main gauche, s'arracha l'œil avec un claquement mou du nerf optique, puis le jeta dans les eaux de la Baie. Il se dirigea vers moi. Je tournai les talons et me mis à courir.

J'essayai de courir. La douleur qui taraudait ma jambe droite me força à ralentir l'allure au bout de vingt pas. Encore quinze pas et mes poumons étaient à court d'air, mon cœur menaçait d'exploser. Je sentais quelque chose de chaud couler sur mon flanc gauche et un picotement — pareil au contact d'un glaçon sur ma peau — là où le couteau m'avait atteinte. Un regard en arrière me suffit pour constater que Mr. Thorne avançait plus vite que moi. En temps normal, il m'aurait rattrapée en quatre enjambées. Il est difficile de faire courir un sujet pendant qu'on l'Utilise. Surtout lorsque son corps réagit à un traumatisme. Nouveau coup d'œil en arrière… et je faillis glisser sur le pavé mouillé. Mr. Thorne avait un large sourire. Le sang coulait de son orbite vide et tachait ses dents. Il n'y avait personne d'autre en vue.

Je dévale les marches, accrochée à la rampe pour ne pas tomber. Enfile l'allée sinueuse, puis remonte le sentier goudronné qui conduit à la rue. Les réverbères s'allumaient sur mon passage dans un concert de clignotements. Derrière moi, Mr. Thorne négocia l'escalier. Tout en pressant le pas, je me félicitai d'avoir mis des souliers à talons plats pour prendre le bateau. Qu'aurait pensé un observateur devant ces deux vieillards qui se poursuivaient au ralenti ? Mais il n'y avait aucun observateur.

Je m'engageai dans une petite rue latérale. Boutiques fermées, entrepôts vides. Il me suffisait de prendre à gauche pour regagner Broad Street, mais sur ma droite, à un demi-pâté de maisons de là, une silhouette solitaire vient d'émerger d'un pas de porte. Je me dirige vers elle, incapable de courir, au bord de l'évanouissement. Les crampes de ma jambe droite étaient plus douloureuses que jamais et menaçaient de me terrasser. Mr. Thorne était à vingt pas derrière moi et gagnait du terrain.

L'homme dont je m'approchais était un Noir élancé, vêtu d'une veste de nylon brun. Il porte une boîte contenant, semble-t-il, des photographies encadrées couleur sépia. Il jette un regard dans ma direction, puis découvre l'apparition qui me suit à dix pas de distance.

« Hé ! » L'homme n'a que le temps de proférer cette unique syllabe. Je tends mon esprit vers lui et *pousse.* Il tressaute comme une marionnette manipulée par un débutant. Ses mâchoires s'affaissent, ses yeux deviennent vitreux, et il arrive à mon niveau au moment même où Mr. Thorne tente de saisir mon manteau.

La boîte s'envole dans les airs et le verre se brise sur le trottoir. De longs doigts bruns se tendent vers une gorge blanche. Mr. Thorne tente d'écarter le Noir de son chemin, mais il s'accroche à lui et les deux hommes se mettent à tourner en rond comme des danseurs maladroits. Arrivée à l'entrée d'une ruelle, j'appuie ma joue contre la brique froide pour reprendre mes esprits. La concentration nécessaire à l'Utilisation de cet inconnu ne m'autorise pas une seconde de répit. Au spectacle des deux hommes en train de tituber comme des ivrognes, je dois refouler une absurde envie de rire.

Mr. Thorne plonge son couteau dans l'estomac de son adversaire, l'en retire, l'y replonge. Les ongles du Noir attaquent maintenant l'œil valide de Mr. Thorne. Ses dents bien plantées cherchent à se refermer sur la veine jugulaire de Mr. Thorne. Je sens une troisième fois l'intrusion glacée et lointaine de la lame, mais le cœur bat encore et l'homme reste utilisable. Il bondit, enserrant la taille de Mr. Thorne avec ses jambes pendant que ses mâchoires se referment autour de sa gorge musculeuse. Des ongles labourent une peau blanche qui se couvre de traînées sanglantes. Les deux hommes tombent pêle-mêle.

Tue-le. Des doigts cherchent un œil, mais Mr. Thorne tend la main gauche et brise un frêle poignet. Des doigts flasques continuent à s'agiter. Dans un effort surhumain, Mr. Thorne plaque son avant-bras sur le torse de son adversaire et le lève au-dessus de lui comme un père jouant avec son enfant. Des dents déchirent la chair, mais sans infliger de blessure sérieuse. Mr. Thorne lève son couteau, frappe de droite à gauche, de gauche à droite. Son deuxième coup tranche la gorge du Noir et une fontaine de sang les inonde tous les deux. Les jambes du Noir tressautent par deux fois. Mr. Thorne l'écarte de son chemin, et je fais demi-tour pour m'engager dans la ruelle.

J'émerge de nouveau dans la lumière déclinante, et je m'aperçois que je suis dans un impasse. Des murs d'entrepôts, la muraille métallique de la marina de la Batterie, et les eaux de la Baie. Il y a bien une rue sur ma gauche, mais elle est sombre, déserte, et bien trop longue pour que j'essaie de l'emprunter. Je regarde derrière moi juste à temps pour voir la silhouette noire pénétrer dans la ruelle à ma suite.

Je tente d'établir le contact, mais il n'y a rien. Rien. Mr. Thorne pourrait tout aussi bien être un trou creusé dans l'air. Je m'inquiéterai plus tard de la façon dont Nina a accompli ce prodige.

L'entrée de service de la marina est fermée. La porte principale se trouve à une centaine de mètres de là, sûrement fermée elle aussi. Mr. Thorne sort de la ruelle et tourne la tête de droite à gauche, me cherchant du regard. Son visage strié de sang semble presque noir tant la lumière est faible. Il se dirige vers moi en titubant.

Je lève la canne de mon père, fracasse une vitre et plonge une main entre les éclats de verre. S'il y a un verrou en haut ou en bas, je suis perdue. La porte n'est fermée que par une serrure ordinaire et un loquet. Mes doigts glissent sur le métal glacé, mais le loquet coulisse au moment où Mr. Thorne prend pied sur l'allée. Me voici à l'intérieur. Je referme le verrou.

Il fait très sombre. Le froid monte du sol de béton et on entend les murmures d'une multitude de petits bateaux qui dansent gentiment à leurs amarres. À une cinquantaine de mètres, les fenêtres du bureau sont éclairées. J'avais espéré la présence d'un système d'alarme, mais le bâtiment est trop vieux et la direction trop avare pour en avoir installé un. Je me dirige vers la lumière alors que Mr. Thorne achève de briser la vitre derrière moi. Son bras se retire de l'ouverture. D'un puissant coup de pied, il fracasse la plus haute charnière et fait éclater le bois autour du verrou. Je me retourne vers le bureau, mais seul le bruit d'une radio parvient jusqu'à moi depuis la porte invraisemblablement lointaine. Nouveau coup de pied.

J'oblique sur la droite et saute sur le pont d'un yacht. Cinq pas de plus, et je me retrouve dans le petit espace couvert qui sert de cabine avant. Je referme le mince panneau derrière moi et observe la suite des événements à travers son plexiglas encrassé.

Le troisième coup de pied décoché par Mr. Thorne fait voler la porte en éclats. Sa silhouette sombre apparaît sur le seuil. La lueur d'un réverbère lointain joue sur la lame qu'il tient à la main.

Je vous en prie. Je vous en prie, entendez ce bruit. Mais on ne perçoit aucun mouvement dans le bureau, aucun bruit en dehors des voix métalliques de la radio. Mr. Thorne avance de quatre pas, s'immobilise, puis monte sur le premier bateau de la rangée. Ce n'est qu'un hors-bord et il regagne le quai de béton au bout de six secondes. Le deuxième bateau est équipé d'une petite cabine. Un craquement lorsque Mr. Thorne en défonce la porte minuscule, puis il regagne le quai. Mon bateau est le huitième de la rangée. Je me demande pourquoi il n'entend pas le martèlement affolé de mon cœur.

Je change de position et jette un coup d'œil par le hublot de tribord. Le plexiglas sale découpe la lumière en bandes irrégulières. Bref aperçu de cheveux blancs derrière la fenêtre ; on règle la radio sur une autre station. Les échos d'une musique bruyante résonnent autour de moi. Je retourne à l'autre hublot. Mr. Thorne est en train de descendre du quatrième bateau.

Je ferme les yeux, me force à reprendre mon souffle et essaie de me rappeler les innombrables soirées où je regardais une vieille silhouette cagneuse s'engager dans la rue. Mr. Thorne achève d'inspecter le cinquième bateau, un yacht de belle taille pourvu de plusieurs cachettes potentielles, et regagne le quai.

Oubliez votre café. Oubliez vos mots croisés. Allez voir !

Le sixième bateau est relativement petit. Mr. Thorne se contente d'y jeter un coup d'œil en passant. Le septième est un voilier démâté recouvert d'une bâche. Le couteau de Mr. Thorne plonge dedans. Ses mains sanguinolentes la soulèvent comme un linceul. Il regagne le quai d'un bond.

Oubliez votre café ! Allez voir ! Tout de suite !

Mr. Thorne met le pied sur la proue de mon bateau. Je le sens tanguer sous son poids. Aucun endroit où me cacher, excepté un petit espace sous la banquette où je ne réussirai jamais à me glisser. Je dénoue les bandes de tissu qui maintiennent les coussins en place. L'écho de mon souffle irrégulier semble résonner dans l'espace minuscule. Je me blottis derrière un coussin alors que les jambes de Mr. Thorne apparaissent derrière le hublot de tribord. *Tout de suite.* Soudain, son visage emplit le panneau de plexiglas à moins de trente centimètres de moi. Son rictus invraisemblablement large se fait plus large encore. *Tout de suite.* Il pénètre dans le cockpit.

Tout de suite. Tout de suite.

Mr. Thorne s'accroupit sur le seuil. J'essaie de bloquer la petite porte avec mes jambes, mais la droite refuse de m'obéir. Le poing de Mr. Thorne fracasse les lattes de bois mince et agrippe ma cheville.

« Hé, vous ! »

C'est la voix chevrotante de Mr. Hodges. La lumière de sa lampe-torche danse dans notre direction.

Mr. Thorne se presse contre la porte. Ma jambe gauche ploie douloureusement. La main gauche de Mr. Thorne tient fermement ma cheville pendant que le couteau se faufile par l'entrebâillement de la porte.

« Hé... » crie Mr. Hodges, et voilà que mon esprit pousse. Très fort. Le vieil homme se fige. Il laisse choir sa lampe et libère l'attache de sécurité de son revolver.

Mr. Thorne laboure l'air de son couteau. Il manque m'arracher le coussin des mains tandis qu'un nuage de mousse envahit la cabine. Le couteau revient à la charge et sa lame me pique au bout de l'auriculaire.

Allez-y. Tout de suite. Allez-y.

Mr. Hodges saisit le revolver des deux mains et tire. La balle va se perdre dans l'obscurité et l'écho de la détonation se répercute sur le béton et sur l'eau. *Plus près, imbécile. Avance !* Mr. Thorne force encore sur la porte et son corps se faufile dans la cabine. Il lâche ma cheville pour libérer son bras gauche, mais sa main resurgit presque aussitôt, cherchant à me saisir. J'allume la lumière. Un puits de ténèbres me fixe dans son orbite vide. Des bandes de lumière jaune strient son visage en bouillie. Je glisse vers la gauche, mais la main de Mr. Thorne, qui agrippe mon manteau, me force à quitter la banquette. Il est à genoux et se prépare à me poignarder.

Maintenant ! La deuxième balle de Mr. Hodges

touche Mr. Thorne à la hanche droite. Il laisse échapper un grognement tandis que le choc le rejette en arrière en position assise. Mon manteau se déchire, des boutons vont valser sur le pont.

Le couteau entaille la banquette près de mon oreille avant de se retirer.

Mr. Hodges monte à bord d'un pas mal assuré, manque de tomber et s'avance lentement à tribord. Je pousse la porte sur le bras de Mr. Thorne, mais il tient toujours fermement mon manteau et me tire vers lui. Je tombe à genoux. Le couteau s'abat, transperce la mousse et déchire à nouveau mon manteau. Ce qui reste du coussin s'envole de mes mains. Je force Mr. Hodges à faire halte à un mètre de nous et à caler son arme sur le toit de la cabine.

Mr. Thorne retire son couteau et le lève comme un matador prêt à frapper. Je sens des cris de triomphe muets se déverser de sa bouche en sang comme un nuage de vapeur toxique. La folie de Nina brûle dans l'œil unique qui me fixe.

Mr. Hodges fait feu. La balle brise la colonne vertébrale de Mr. Thorne et va s'enchâsser dans le dalot de bâbord. Mr. Thorne s'arc-boute, agite violemment les bras et s'abat sur le pont comme un poisson qu'on vient d'arracher à l'eau. Le couteau atterrit sur le sol de la cabine pendant que des doigts blancs et raides continuent de frémir mollement sur le plancher. Je force Mr. Hodges à s'avancer, à coller le canon de son arme sur la tempe de Mr. Thorne, juste au-dessus de son œil valide, et à tirer. Cela fit un bruit étouffé, caverneux.

Il y avait une trousse de premier secours dans la salle de bains attenante au bureau. J'obligeai le vieil homme à rester près de la porte pendant que je bandais mon auriculaire et prenais trois aspirines.

Mon manteau était en lambeaux et ma robe maculée de sang. Je n'avais jamais aimé cette robe — je me sentais toujours mal fagotée dedans —, mais ce manteau était l'un de mes préférés. Mes cheveux étaient tout ébouriffés, constellés de fragments de matière grise. Je me passai de l'eau sur le visage et fis de mon mieux pour me recoiffer. Chose incroyable, j'avais toujours mon sac à main avec moi, bien que son contenu ait en partie disparu. Je fourrai mes clés, mon portefeuille, mes lunettes et mes Kleenex dans la poche de mon manteau et abandonnai mon sac derrière les cabinets. J'avais perdu la canne de mon père, mais impossible de me rappeler où.

J'ôtai tout doucement le lourd revolver des mains de Mr. Hodges. Le vieil homme garda le bras tendu, les doigts agrippant le vide. Après quelques secondes d'hésitation, je réussis à ouvrir le barillet. Il y restait deux cartouches de cuivre. Ce vieil imbécile se baladait avec une arme chargée de six balles! *Il faut toujours laisser une chambre vide sous le percuteur.* C'était ce que Charles m'avait appris lors de cet été joyeux et si lointain, à une époque où de telles armes n'étaient que des excuses pour aller nous entraîner à tirer sur l'île. Nina et moi ne cessions de rire ou de pousser des cris pendant que nos professeurs si sérieux nous soutenaient de leurs bras robustes. *Il faut toujours compter ses cartouches,* conseillait Charles pendant que je défaillais dans ses bras, étourdie par l'odeur de savon et de tabac, si douce, si masculine, qui émanait de lui en cette journée ensoleillée.

Mr. Hodges commença à s'agiter pendant que je me laissais ainsi distraire. Sa bouche s'entrouvrit et son dentier se décrocha. Je regardai sa vieille ceinture en cuir, mais aucune balle n'y était fixée et j'ignorais où il rangeait ses munitions. Je fouillai son esprit, mais il n'y restait plus grand-chose excepté une boucle d'images se répétant à l'infini : le canon qui se pose sur la tempe de Mr. Thorne, la détonation, le...

«Venez», dis-je. J'ajustai les lunettes de Mr. Hodges sur son visage hagard, remis le revolver dans son étui, et laissai le vieil homme me guider pour sortir du bâtiment. Il faisait très noir dehors. Nous avancions d'un réverbère à l'autre. Nous avions dépassé six pâtés de maisons lorsque les frissons qui secouaient le vieil homme me rappelèrent que j'avais omis de lui faire enfiler son manteau. Je resserrai mon étau mental et il cessa de trembler.

La maison n'avait pas changé depuis... mon Dieu... seulement trois quarts d'heure. Aucune lumière n'était allumée. Je nous fis entrer dans la cour et fouillai mes poches à la recherche de la clé. Mon manteau était mal fermé et l'air froid de la nuit vint me pincer. J'entendis des rires enfantins en provenance d'une fenêtre éclairée et je me pressai, de peur que Kathleen ne voie son grand-père entrer chez moi. Mr. Hodges me précéda, revolver au poing. Je lui fis allumer la lumière avant d'entrer à mon tour.

L'entrée était vide, intacte. La lumière du lustre de la salle à manger se reflétait sur les surfaces polies des meubles. Je m'assis quelques minutes sur le faux siège Williamsburg en attendant que s'apaisent les battements de mon cœur. Je ne voulais pas que Mr. Hodges appuie sur la détente du revolver qu'il braquait toujours devant lui. Son bras se mit à trembler sous l'effort. Finalement, je me levai et nous prîmes le chemin de la serre.

Miss Kramer jaillit de la cuisine, brandissant un lourd tisonnier en fer qu'elle abattit aussitôt. Une balle alla se planter dans le parquet ciré alors que le bras du vieil homme se brisait sous le choc. Le revolver tomba de ses doigts flasques et Miss Kramer leva de nouveau son arme pour frapper.

Je fis demi-tour et courus le long du couloir. J'entendis derrière moi un bruit de melon qui éclate lorsque le tisonnier entra en contact avec le crâne de Mr. Hodges. Plutôt que de regagner la cour, je commençai à gravir l'escalier. Erreur. Miss Kramer monta les marches quatre à quatre et arriva devant la porte de ma chambre quelques secondes après moi. J'eus le temps d'apercevoir ses yeux fous et féroces, ainsi que le tisonnier qui se levait à nouveau, avant de fermer la porte et de tourner la clé. Le loquet se mit en place alors que la femme brune se jetait contre les lourds panneaux de chêne. La porte ne bougea pas d'un pouce. Puis j'entendis un choc métallique au niveau du chambranle. Puis un autre. Et un autre encore.

Maudissant ma stupidité, je me tournai vers cette pièce si familière, mais je n'y vis rien qui puisse m'aider, même pas un téléphone. Il n'y avait même pas de placard pour m'offrir une cachette, rien qu'une antique garde-robe. Je me dirigeai promptement vers la fenêtre à guillotine et en soulevai le châssis. Mes cris finiraient bien par attirer l'attention, mais cette monstruosité serait déjà entrée dans ma chambre. Elle était à présent en train de forcer sur les côtés de la porte. Je regardai au-dehors, vis des ombres chinoises aux fenêtres, et fis ce que j'avais à faire.

Deux minutes plus tard, j'entendis à peine le bois céder autour de la serrure. J'entendis à peine le tisonnier en arracher la gâche récalcitrante. La porte s'ouvrit à la volée.

Miss Kramer était trempée de sueur. Sa bouche était grande ouverte et de la salive lui coulait sur le menton. Ses yeux étaient inhumains. Ni elle ni moi n'entendîmes le léger bruit de pas sur les marches.

Continue d'avancer. Lève-moi ça. Ramène ceci en arrière jusqu'au bout. Sers-toi de tes deux mains. Vise.

Quelque chose alerta Miss Kramer. Alerta Nina, devrais-je dire, car Miss Kramer n'existait plus. La femme brune se retourna et découvrit la petite Kathleen debout en haut des marches, tenant dans ses mains le revolver de son grand-père. Sa camarade l'appelait depuis la cour.

Cette fois-ci, Nina savait qu'elle devait faire face à la menace. Miss Kramer brandit son tisonnier et retourna dans le couloir au moment précis où éclatait le coup de feu. Kathleen dévala l'escalier sous l'effet du recul tandis qu'une fleur rouge s'épanouissait au-dessus du sein gauche de Miss Kramer. Elle chancela, mais réussit à agripper la rampe de la main gauche et descendit les marches en titubant pour foncer sur la fillette. Je relâchai celle-ci au moment où le tisonnier s'abattait, se relevait, s'abattait de nouveau. J'allai jusqu'à la balustrade. Il fallait que je *voie*.

Miss Kramer s'écarta de son sinistre ouvrage et leva les yeux vers moi. Seule la sclérotique en était visible. Son visage et son chemisier étaient maculés de sang, mais elle pouvait encore bouger, encore fonctionner. Elle tenait le revolver dans sa main gauche. Sa bouche s'ouvrit encore plus grand et il en jaillit un bruit de vapeur fusant d'un vieux radiateur.

« Melanie... Melanie... » Je fermai les yeux tandis que la chose se dirigeait vers moi.

L'amie de Kathleen déboula à toute allure de la porte d'entrée. Elle monta les marches en six enjambées et passa ses bras pâles, menus, autour du cou de Miss Kramer. Toutes deux tombèrent, rebondissant sur le corps de Kathleen pour aller atterrir pêle-mêle sur le parquet ciré.

La fillette semblait à peine contusionnée. Je descendis et l'écartai de sa victime. Une tache bleue était en train de naître sur sa pommette et il y avait quelques coupures sur ses bras et son front. Ses yeux bleus clignaient sans comprendre.

Miss Kramer avait la nuque brisée. Je me dirigeai vers elle, ramassant le revolver en chemin, et donnai un coup de pied dans le tisonnier. Son cou formait un angle impossible, mais elle était encore en vie. Son corps était paralysé, son urine souillait déjà le parquet, mais ses yeux cillaient encore et ses dents claquaient de façon obscène. Je devais me dépêcher. J'entendais des voix adultes appeler chez les Hodges. La porte donnant sur la cour était grande ouverte. Je me retournai vers la fillette. « Lève-toi. » Elle cligna des yeux et s'exécuta avec peine.

Je refermai la porte et pris un imperméable mastic dans le placard. Il ne me fallut que quelques minutes pour transférer dans ses poches le contenu de celles de mon manteau et jeter celui-ci. On entendait à présent des voix dans la cour.

Je m'agenouillai à côté de Miss Kramer et saisis son visage, exerçant une forte pression sur ses mâchoires pour les maintenir fermées. Ses yeux étaient révulsés, mais je lui secouai la tête jusqu'à ce que leurs iris soient à nouveau visibles. Je me penchai sur elle, nos joues se touchèrent. Mon murmure fut plus bruyant qu'un cri.

«J'arrive, Nina.»

Je lâchai sa tête sur le parquet, et m'empressai de gagner la serre, mon ouvroir. Comme je n'avais pas le temps d'aller chercher la clé en haut, je pris un fauteuil Windsor et fracassai la vitrine. La poche de mon imperméable était tout juste assez grande.

La petite fille était toujours debout dans l'entrée. Je lui tendis le revolver de Mr. Hodges. Son bras gauche pendait selon un angle bizarre et je me demandai si elle ne s'était pas cassé quelque chose. Il y eut un coup à la porte et on fit tourner la poignée.

«Par ici», murmurai-je, et je conduisis la fillette dans la salle à manger. Nous enjambâmes Miss Kramer, traversâmes la cuisine plongée dans l'ombre alors que les coups se faisaient plus pressants, puis nous sortîmes dans la ruelle, dans la nuit.

Il y avait trois hôtels dans cette partie du Vieux Quartier. Le premier était un motel moderne et coûteux situé à dix pâtés de maisons de là, confortable mais trop fréquenté. Je l'éliminai immédiatement. Le deuxième était une petite pension de famille située tout près de chez moi, exactement le type d'établissement que je choisirais si je devais visiter une autre ville. Je l'éliminai également. Le troisième était situé deux ou trois pâtés de maisons plus loin, une vieille demeure de Broad Street reconvertie en hôtel, dont les chambres meublées à l'ancienne coûtaient les yeux de la tête. Ce fut là que je me précipitai. La fillette trottinait à mes côtés. Elle tenait toujours le revolver à la main, mais je l'avais forcée à ôter son pull-over pour dissimuler l'arme. Ma jambe me faisait mal et je dus à plusieurs reprises m'appuyer sur la petite fille.

Le directeur de Mansard House me reconnut. Il haussa les sourcils de quelques millimètres en me voyant dans un tel état. La fillette resta dans le hall, à moitié cachée dans l'ombre.

«Je cherche une de mes amies, dis-je d'une voix enjouée. Mrs. Drayton.»

Le directeur fit mine de me répondre, s'interrompit, fronça les sourcils sans en avoir conscience, puis me dit : «Je suis navré. Personne de ce nom n'est descendu ici.

– Peut-être s'est-elle inscrite sous son nom de jeune fille. Nina Hawkins. C'est une femme d'un certain âge mais encore très séduisante. Quelques années de moins que moi. De longs cheveux gris. Peut-être est-ce son amie qui s'est inscrite… une jeune femme brune, assez jolie, du nom de Barrett Kramer…

– Non, je suis navré, dit le directeur d'une voix étrangement neutre. Personne de ce nom ne s'est inscrit ici. Voulez-vous laisser un message au cas où votre amie arriverait demain ?

– Non, dis-je. Pas de message.»

Je fis venir la fillette à la réception et nous empruntâmes un couloir conduisant aux toilettes et à l'escalier de service. «Excusez-moi, je vous prie, dis-je à un portier qui passait par là. Peut-être pouvez-vous m'aider.

– Oui, madame.» Il s'arrêta, agacé, et repoussa ses cheveux longs en arrière. Cela allait être difficile. Il me faudrait agir vite si je ne voulais pas perdre la fillette.

«Je cherche une de mes amies, dis-je. Une dame d'un certain âge mais encore très séduisante. Des yeux bleus. De longs cheveux gris. Elle voyage en compagnie d'une jeune femme aux cheveux bruns et bouclés.

– Non, madame. Aucune personne répondant à cette description n'est descendue ici.»

Je tendis la main et lui saisis le bras. Je lâchai la fillette et me concentrai sur le jeune homme. «En êtes-vous sûr ?

– Mrs. Harrison», dit-il. Ses yeux regardaient dans le vague. «Chambre 207. Aile nord.»

Je souris. *Mrs. Harrison.* Grand Dieu, que Nina était bête! Soudain, la petite fille se mit à gémir et s'effondra contre le mur. Je pris ma décision en hâte. J'aime à croire qu'elle me fut dictée par la compassion, mais je me souviens parfois que son bras gauche était inutile.

«Quel est ton nom?» demandai-je à la fillette en caressant doucement ses boucles. Ses yeux roulaient de droite à gauche. «Ton *nom,* insistai-je.

– Alicia.» Sa voix n'était qu'un murmure.

«Très bien, Alicia. Je veux que tu rentres chez toi, maintenant. Dépêche-toi, mais ne cours pas.

– J'ai mal au *bras*», dit-elle. Ses lèvres se mirent à frémir. Je touchai de nouveau son front et poussai.

«Tu vas rentrer chez toi, dis-je. Tu n'as pas mal au bras. Tu ne te souviendras de rien. Ceci est un rêve que tu vas oublier. Rentre chez toi. Dépêche-toi, mais ne cours pas.» Je lui repris le revolver, mais le laissai enveloppé dans le pull-over. «Au revoir, Alicia.»

Elle cligna des yeux, puis traversa la réception en direction de la porte. Je regardai à droite et à gauche, puis tendis l'arme au portier. «Cachez ça sous votre gilet», dis-je.

«Qui est là?» La voix de Nina était enjouée.

«Albert, madame. Le portier. Votre voiture est devant la porte et je suis prêt à descendre vos bagages.»

On entendit la clé tourner dans la serrure et la porte s'entrouvrit, bloquée par une chaîne de sécurité. Albert cligna des yeux, ébloui, eut un sourire timide et se passa une main dans les cheveux. Je me pressai contre le mur.

«Très bien.» Elle défit la chaîne et recula. Elle s'était déjà retournée pour boucler sa valise lorsque j'entrai dans la chambre.

«Bonjour, Nina», dis-je tout doucement. Son dos se raidit, mais même ce mouvement était empreint de grâce. Je vis le creux qu'avait laissé son corps sur le dessus de lit. Elle se retourna lentement. Elle portait une robe rose que je ne lui connaissais pas.

«Bonjour, Melanie.» Elle sourit. Ses yeux étaient du bleu le plus doux, le plus pur que j'aie jamais vu. Je forçai le portier à sortir le revolver de Mr. Hodges et à le braquer sur elle. Son bras ne tremblait pas. Il releva le percuteur et le maintint en position avec son pouce. Nina croisa les bras, ses yeux rivés aux miens.

«Pourquoi?» demandai-je.

Nina eut un haussement d'épaules à peine perceptible. L'espace d'une seconde, je crus qu'elle allait éclater de rire. Je n'aurais pas pu supporter d'entendre son rire — ce rire rauque et enfantin qui m'avait tant de fois touchée. Au lieu de cela, elle ferma les yeux. Elle souriait toujours.

«Pourquoi Mrs. Harrison? demandai-je.

– Eh bien, ma chérie, je pensais lui devoir *quelque chose.* Ce pauvre Roger. T'ai-je jamais raconté comment il est mort? Non, bien sûr que non. Et tu ne me l'as jamais demandé, chère Melanie.» Elle rouvrit les yeux. Je jetai un regard vers le portier, mais il n'avait pas bougé. Il me suffisait de lui faire exercer une infime pression sur la détente.

«Il s'est *noyé,* ma chérie, dit Nina. Ce pauvre Roger s'est jeté du pont de ce navire à vapeur... comment s'appelait-il, déjà?... celui qui le ramenait en Angleterre. Comme c'est étrange. Et il venait juste de m'écrire une lettre dans laquelle il me demandait en mariage. N'est-ce pas une histoire *horriblement* triste, Melanie? Pourquoi a-t-il fait une chose pareille, à ton avis? Je pense que nous ne le saurons jamais, n'est-ce pas?

– Sans doute que non.» Mentalement, j'ordonnai au portier d'appuyer sur la détente.

Rien.

Je me tournai vivement vers la droite. La tête du jeune homme pivotait dans ma direction. *Je ne lui en avais pas donné l'ordre.* Son bras raide commençait à se tourner vers moi. Le revolver bougeait tout doucement, comme une girouette caressée par la brise.

Non! Je me concentrais tellement que les tendons de mon cou se raidirent. Le bras du portier tourna moins vite, mais le canon du revolver se retrouva bientôt braqué sur moi. Alors Nina éclata de rire. Ce bruit résonna bizarrement dans la petite chambre.

«Adieu, *chère* Melanie.» Nina se remit à rire, adressant un hochement de tête au portier. Je contemplais le trou noir du canon lorsque le percuteur retomba.

Sur une chambre vide. Puis sur une autre. Et sur une autre encore.

«Adieu, Nina», dis-je en sortant de la poche de mon imperméable le long revolver de Charles. La détonation fit tressauter mon poignet et emplit la chambre de fumée bleue. Un petit trou, à peine aussi gros qu'une pièce de monnaie mais tout aussi rond, apparut exactement au centre du front de Nina. L'espace d'une fraction de seconde, elle resta debout comme si de rien n'était. Puis elle tomba en arrière, rebondit sur le lit et atterrit face contre terre sur le plancher.

Je me tournai vers le portier et remplaçai son arme inutile par l'ancien revolver bien entretenu. Pour la première fois, je remarquai que ce garçon était presque aussi jeune que Charles au moment où il était mort. Ses cheveux avaient presque la même couleur que ceux de mon soupirant. Je me penchai vers lui et l'embrassai doucement sur les lèvres.

«Albert, murmurai-je, il vous reste quatre cartouches. Il faut toujours compter ses cartouches, n'est-ce pas? Allez à la réception. Tuez le directeur. Tuez une autre personne, la première qui se présentera. Ensuite, enfoncez le canon dans votre bouche et appuyez sur la détente. Si le revolver ne fonctionne pas, essayez encore. Cachez l'arme sous votre gilet avant d'arriver à la réception.»

La plus grande confusion régnait dans le couloir lorsque nous sortîmes.

« Appelez une ambulance ! m'écriai-je. Il y a eu un accident. Que quelqu'un appelle une ambulance ! » Plusieurs personnes s'exécutèrent et partirent en courant. Je fis mine de m'évanouir et tombai dans les bras d'un gentleman aux cheveux blancs. Les badauds s'agitaient, jetaient un coup d'œil dans la chambre et poussaient des hauts cris. Soudain, on entendit trois détonations en provenance de la réception. Affolement général ; j'en profitai pour gagner l'escalier de secours, sortir par une porte dérobée et disparaître dans la nuit.

4.
Charleston,
mardi 16 décembre 1980

Le shérif Bobby Joe Gentry s'inclina en arrière sur son fauteuil et sirota une nouvelle gorgée de R.C. Cola. Il avait les pieds posés sur son bureau en désordre et le cuir de son ceinturon grinça lorsqu'il adopta une position plus confortable sur son siège. La pièce qu'il occupait était minuscule, délimitée par un mur en parpaing et trois antiques cloisons en bois qui la séparaient de l'agitation régnant dans le reste de l'hôtel du Comté. La peinture écaillée qui recouvrait ces cloisons était d'une nuance de vert administratif légèrement différente de celle de la peinture qui s'écaillait sur le parpaing. La quasi-totalité de l'espace disponible était occupée par le bureau massif, trois meubles à fiches, une longue table couverte de livres et de classeurs, un tableau noir, des étagères encombrées d'objets divers, et deux sièges aussi chargés de paperasses que le bureau.

«Je pense que je n'ai plus grand-chose à faire ici», dit Richard Haines. L'agent du F.B.I. avait écarté quelques dossiers pour se percher au bord de la table. Le pli de son pantalon gris était aussi effilé qu'une lame de couteau.

«Non», dit Gentry. Il rota doucement et posa la boîte de cola sur son genou. «Je ne pense pas que vous ayez des raisons de vous attarder ici. Autant rentrer chez vous.»

Les deux officiers de police ne semblaient pas avoir grand-chose en commun. Gentry n'était âgé que d'une trentaine d'années, mais son corps massif était déjà presque obèse. Son ventre proéminent, qui étirait le tissu gris de sa chemise et retombait sur son ceinturon, le faisait ressembler à une caricature de flic. Son visage était rougeaud et parsemé de taches de son. En dépit de sa calvitie naissante et de son double menton, Gentry avait un visage ouvert, amical, vaguement malicieux, sous lequel perçait encore celui du petit garçon qu'il avait été.

Sa voix douce prenait des accents traînants qui étaient devenus familiers aux Américains depuis l'avènement de la C.B., le succès de la country-music et les innombrables films à cascades de Burt Reynolds. Sa chemise déboutonnée, son ventre proéminent et sa voix traînante suggéraient autant que son bureau en désordre une personnalité aimable et paresseuse, mais la vivacité presque gracieuse de ses mouvements venait démentir cette première impression.

Richard Haines, agent spécial du Federal Bureau of Investigations, avait une apparence qui correspondait davantage à son tempérament. Haines avait au moins dix ans de plus que Gentry, mais il paraissait plus jeune. Il portait un costume trois-pièces en toile grise et une chemise beige signée Jos. A. Bank. Sa cravate lie-de-vin portait le numéro 280235 sur le catalogue de ce même fabricant. Ses cheveux étaient relativement courts, soigneusement coiffés et à peine grisonnants sur les tempes. Il avait un visage carré, sobre, aux traits réguliers, parfaitement assorti à son corps élancé. Il faisait quatre séances de gymnastique par semaine pour conserver un ventre uni et ferme. Sa voix était également unie et ferme, grave mais sans accent. On aurait pu croire que feu J. Edgar Hoover avait conçu Haines comme un moule destiné à façonner tous ses agents.

Il y avait davantage que des différences superficielles entre les deux hommes. Richard Haines s'était révélé un étudiant médiocre durant les trois ans qu'il avait passés à l'université de Georgetown avant d'être recruté par le F.B.I., qui s'était chargé de parfaire son éducation.

Bobby Joe Gentry était sorti de l'université de Duke avec une double licence (art et histoire) avant de s'inscrire à Northwestern pour y passer une maîtrise d'histoire. Il avait découvert le travail de policier grâce à son oncle Lee, shérif d'une petite ville située près de Spartanburg, qui l'avait engagé à temps partiel comme adjoint durant l'été 1967. Un an plus tard, Bobby Joe avait obtenu sa maîtrise et, dans un parc de Chicago, il avait vu les policiers déchaînés matraquer sans merci des manifestants pacifistes en train de se disperser dans l'ordre.

Gentry était retourné dans le Sud, avait enseigné pendant deux ans au Morehouse College d'Atlanta, puis avait pris un poste de veilleur de nuit pour travailler à son livre sur le rôle du Bureau des affranchis pendant la Reconstruction. Il n'avait jamais achevé son livre, mais s'était surpris à apprécier son travail bien qu'ayant d'énormes problèmes à conserver un poids conforme au règlement. En 1976, il s'était établi à Charleston et y avait été engagé comme officier de patrouille. Un an plus tard, il refusait un poste de maître assistant en histoire à l'université de Duke. Gentry appréciait le caractère routinier du travail de police, les contacts quotidiens avec les ivrognes et les fous, et l'impression qu'aucune journée de flic ne ressemblait à la précédente. Un an plus tard, il se surprit lui-même en se présentant au poste de shérif du comté de Charleston. Il en surprit beaucoup d'autres en remportant l'élection haut la main. A en croire un journaliste local, Charleston était une ville étrange, amoureuse de sa propre histoire, et l'idée d'avoir un historien comme shérif avait séduit l'imagination des électeurs. Gentry ne se considérait pas comme un historien. Il se considérait comme un flic.

«... si vous n'avez plus besoin de moi, dit Haines.

– Mmmmhh? Pardon?» demanda Gentry. Il avait perdu le fil de la conversation. Il écrasa la boîte vide et la jeta dans une corbeille, où elle rebondit sur d'autres boîtes avant d'atterrir par terre.

«Je disais que j'irais parler à Gallagher et que je reprendrais ensuite l'avion de Washington si vous n'aviez plus besoin de moi. Je resterai en contact avec vous par l'intermédiaire de Terry et de l'équipe de l'administration aérienne.

– Entendu, dit Gentry. Eh bien, je vous remercie de votre aide, Dick. Terry et vous en savez davantage sur ce genre d'affaire que la totalité de mes hommes.»

Alors que Haines se levait, la secrétaire du shérif passa la tête dans l'entrebâillement de la porte. Sa coiffure était démodée depuis vingt ans et des lunettes à monture ornée de faux diamants étaient pendues à son cou. «Shérif, le psychiatre de New York vient d'arriver.

– Bon sang, j'ai failli l'oublier, celui-là, dit Gentry en quittant son siège à grand-peine. Merci, Linda Mae. Dites-lui d'entrer, voulez-vous?»

Haines se dirigea vers la porte. «Eh bien, shérif, vous avez mon numéro de téléphone si jamais...

– Dick, voulez-vous bien me rendre un service et rester encore un peu? J'avais oublié que ce type allait venir ici, mais il peut nous donner des informations sur l'affaire Fuller. Il m'a appelé hier. Il m'a dit qu'il était le psychiatre de Mrs. Drayton et qu'il était ici pour affaires. Voulez-vous bien attendre quelques minutes? Je peux vous faire ramener au motel par une voiture de patrouille si vous êtes pressé de prendre votre avion.»

Haines sourit et leva la main. «Rien ne presse, shérif. Je serais ravi d'entendre ce que ce psychiatre a à nous dire.» L'agent du F.B.I. se dirigea vers une chaise et en ôta un sac en papier blanc portant l'emblème de McDonald's.

«Merci, Dick, c'est très aimable à vous.» Gentry s'épongea le visage. Il se dirigeait vers la porte lorsqu'on y frappa, et un petit homme barbu vêtu d'un blouson de velours côtelé entra dans le bureau.

«Shérif Gentry?» Le psychiatre prononça le nom du shérif avec un «g» dur.

«Bobby Joe Gentry.» La grosse poigne du shérif se

referma autour de la main que lui tendait le nouveau venu. « Vous êtes le Dr Laski, c'est ça ?

– Saul Laski. » Le psychiatre était de taille moyenne, mais il ressemblait à un nain à côté de Gentry. Plutôt mince, il avait un front haut et pâle, une grosse barbe poivre et sel, et ses yeux marron étaient si tristes qu'ils semblaient plus vieux que le reste de sa personne. Ses lunettes tenaient en place grâce à un morceau de sparadrap enroulé autour d'une branche.

« Voici Richard Haines, agent spécial du F.B.I., dit Gentry avec un geste de la main. Je lui ai demandé d'assister à notre entretien, si ça ne vous dérange pas. Dick était déjà là et j'ai pensé qu'il poserait sans doute plus de questions intelligentes que moi. »

Le psychiatre adressa un hochement de tête à Haines. « Je ne savais pas que le F.B.I. s'occupait d'affaires locales », dit-il. Sa voix était douce, son anglais presque sans accent, sa syntaxe et sa prononciation soigneusement contrôlées.

« Pas en temps normal, dit Haines. Cependant, cette… euh… cette situation présente plusieurs points qui sont peut-être du ressort du F.B.I.

– Ah ? Lesquels ? » demanda Laski.

Haines croisa les bras et s'éclaircit la gorge. « Primo, un kidnapping, docteur. Ensuite, le viol des droits civiques d'une ou de plusieurs victimes. En outre, nous avons proposé l'aide de nos experts en criminologie aux autorités policières locales.

– Et Dick est venu ici à cause de cet avion qui a explosé en vol, dit Gentry. Hé, asseyez-vous, docteur. Asseyez-vous. Attendez, je vais débarrasser cette chaise. » Il posa le tas de magazines, de classeurs et de gobelets en plastique sur la table, puis retourna s'asseoir. « Bien, vous m'avez dit hier que vous pourriez nous aider à éclaircir cette histoire de meurtres en série.

– Les journaux à sensation de New York appellent ça les meurtres de Mansard House », dit Laski. D'un geste distrait, il fit remonter ses lunettes le long de son nez.

« Ah bon ? dit Gentry. Eh bien, c'est moins vexant que le massacre de Charleston, je suppose, même si ce n'est pas tout à fait exact. La plupart des victimes ne se trouvaient même pas *dans* Mansard House. Je continue de penser que ça fait beaucoup de boucan pour neuf assassinats. On tue encore plus de monde chaque nuit à New York, j'imagine.

– Peut-être, dit Laski, mais la population de victimes et de suspects n'est pas aussi... euh... fascinante que dans le cas présent.

– Je vous l'accorde, dit Gentry. Nous vous serions très reconnaissants si vous pouviez éclairer notre lanterne, Docteur Laski.

– Je serais enchanté de vous aider. Malheureusement, je n'ai pas grand-chose à vous proposer.

– Vous étiez le psychiatre de Mrs. Drayton ? demanda Haines.

– Euh, oui, pour ainsi dire. » Saul Laski marqua une pause et tirailla sa barbe. Ses yeux semblaient immenses, leurs paupières lourdes, comme s'il n'avait pas dormi depuis longtemps. « Je n'ai vu Mrs. Drayton que trois fois, la dernière en septembre. Elle est venue me voir à l'issue d'une conférence que j'avais donnée en août à Columbia. Nous avons eu deux... euh... séances par la suite.

– Mais *c'était* votre patiente ? » La voix de Haines était à présent aussi insistante que celle d'un procureur.

« En théorie, oui, dit Laski. Cependant, je n'exerce pas de façon régulière. J'enseigne à Columbia, voyez-vous, et je donne de temps en temps des consultations à la clinique de l'université... je rencontre des étudiants qui, de l'avis d'Ellen Hightower, la psychologue en titre, ont besoin de consulter un psychiatre. Et aussi quelques membres de la faculté...

– Mrs. Drayton était donc une *étudiante ?*

– Non. Non, je ne crois pas, dit Laski. Elle assistait de temps en temps aux cours et aux séminaires, comme celui que j'ai animé. Elle... euh... elle a manifesté un certain intérêt pour un livre que j'ai écrit...

– *Pathologie de la violence*», dit Gentry.

Laski cilla et ajusta ses lunettes. «Je ne crois pas en avoir mentionné le titre quand je vous ai parlé hier, shérif.»

Gentry croisa les doigts sur son estomac et sourit. «En effet, professeur. Je l'ai lu le printemps dernier. Je l'ai même lu deux fois. Je viens seulement de reconnaître votre nom. C'est un livre sacrément brillant. Vous devriez le lire, Dick.

– Je suis surpris que vous ayez pu en trouver un exemplaire», dit le psychiatre. Il se tourna vers l'agent du F.B.I. «C'est un examen assez pédant de diverses affaires criminelles. Il n'a été tiré qu'à deux mille exemplaires. Chez Academy Press. La plupart des exemplaires ont servi de support à des cours donnés à New York et en Californie.

– Selon le Dr Laski, certaines personnes sont plus sensibles que d'autres à... comment appelez-vous ça, monsieur? A un climat de violence. C'est bien ça? demanda Gentry.

– Oui.

– Certains individus... certains lieux... certaines périodes... inspirent à ces personnes sensibles des comportements qu'elles trouveraient impensables dans des circonstances normales. Bien sûr, cela n'est qu'un résumé un peu simpliste de mon cru.»

Laski cilla une nouvelle fois en regardant le shérif. «Un résumé très astucieux», dit-il.

Haines se leva et alla s'adosser à un meuble à fiches. Il croisa les bras et plissa légèrement le front. «Un instant, je crois bien que nous nous égarons. Donc, Mrs. Drayton est venue vous voir... votre livre l'intéressait... et elle est devenue votre patiente. Exact?

– J'ai accepté de la rencontrer dans le cadre de mon activité professionnelle, oui.

– Aviez-vous également avec elle des relations plus personnelles?

– Non. Je ne l'ai rencontrée que trois fois. Pendant

quelques minutes après ma conférence sur la violence dans le Troisième Reich, et lors de deux séances d'une heure à la clinique.

– Je vois», dit Haines qui, à en juger par le ton de sa voix, ne voyait pas grand-chose. «Pensez-vous que la teneur de ces séances soit de nature à nous aider à élucider la situation présente ?

– Non. J'ai bien peur que non. Sans trahir le secret professionnel, je peux vous dire que Mrs. Drayton était préoccupée par ses relations avec son père, qui est décédé il y a plusieurs années. Il n'y a rien dans nos discussions qui puisse expliquer les circonstances de son assassinat.

– Mmmm», fit Haines en retournant s'asseoir. Il consulta sa montre.

Gentry sourit et alla jusqu'à la porte. «Linda Mae ! Ma chérie, voulez-vous nous apporter un peu plus de café ? Merci.

– Docteur Laski, peut-être savez-vous que nous connaissons l'identité de l'assassin de votre patiente, dit Haines. Ce que nous ignorons encore, c'est le mobile du crime.

– Ah, oui», dit Laski. Il se caressa la barbe. «C'était un jeune homme du coin, n'est-ce pas ?

– Albert LaFollette, dit Gentry. Un portier de l'hôtel âgé de dix-neuf ans.

– Et sa culpabilité ne fait aucun doute ?

– Pas des masses, non, dit Gentry. Selon nos cinq témoins oculaires, Albert est sorti de l'ascenseur, est allé jusqu'au comptoir et a tué son patron, Kyle Anderson, le directeur de Mansard House, d'une balle en plein cœur. Il lui a collé le revolver sur la poitrine. On a retrouvé des traces de poudre sur son costume. Ce revolver était un colt 45. Et pas une reproduction à bon marché, docteur, mais un authentique engin numéroté sorti des usines de Mr. Colt. Une véritable antiquité. Donc, le gosse a plaqué son arme sur la poitrine de Kyle et a appuyé sur la détente. Sans dire un seul mot, à en croire les témoins. Puis il s'est retourné et a abattu Leonard Whitney d'une balle dans le crâne.

– Qui était ce Leonard Whitney ? » demanda le psychiatre.

Haines s'éclaircit la gorge et lui répondit : « Leonard Whitney était un industriel d'Atlanta en voyage d'affaires. Il venait de sortir du restaurant de l'hôtel quand il a été abattu. Jusqu'à preuve du contraire, il n'a aucun rapport avec les autres victimes.

– Ouais, dit Gentry. Ensuite, le jeune Albert a enfoncé le canon de revolver dans sa bouche et a appuyé sur la détente. Aucun de nos cinq témoins n'a tenté quoi que ce soit pour l'empêcher d'agir. Bien sûr, tout s'est déroulé en quelques secondes.

– Et c'est avec cette même arme qu'on a tué Mrs. Drayton.

– Ouaip.

– Ce meurtre-ci a-t-il eu des témoins ?

– Pas exactement, dit Gentry. Mais deux ou trois personnes ont vu Albert prendre l'ascenseur. Elles se sont souvenues de lui parce qu'il semblait venir de la chambre où elles avaient entendu une détonation. Quelqu'un venait de découvrir le corps de Mrs. Drayton. Mais il y a un détail bizarre : aucun des témoins ne se souvient avoir vu le revolver dans la main du gamin. Mais ça n'a rien d'extraordinaire. S'il avait transporté un cuisseau de bœuf, ces types-là n'auraient sans doute rien vu.

– Qui a découvert le corps de Mrs. Drayton ?

– Nous n'en sommes pas sûrs, dit le shérif. C'était la panique dans le couloir, et puis les réjouissances ont commencé à la réception.

– Docteur Laski, dit Haines, si vous ne pouvez nous donner aucune information sur Mrs. Drayton, je ne vois pas quel intérêt peut avoir cette conversation. » De toute évidence, l'agent du F.B.I. était prêt à mettre fin à l'entretien, mais il en fut empêché par l'arrivée de la secrétaire qui apportait du café. Haines posa son gobelet en plastique sur le meuble à fiches. Laski eut un sourire reconnaissant et sirota le breuvage tiède. Gentry se vit offrir une grosse tasse blanche sur laquelle était écrit le mot BOSS. «Merci, Linda Mae.»

Laski eut un léger haussement d'épaules. «Je souhaitais seulement vous proposer mon aide, dit-il doucement. Mais je me rends bien compte que vous êtes très occupés. Je ne vous dérangerai pas plus longtemps.» Il posa son gobelet sur le bureau et se leva.

«Holà! s'écria Gentry. Puisque vous êtes venu ici, je veux avoir votre avis sur deux ou trois détails.» Il se tourna vers Haines. «Le professeur Laski a servi de conseiller à la police de New York durant l'affaire Son-of-Sam, il y a deux ou trois ans.

– Je n'étais pas le seul, dit Laski. Notre rôle s'est borné à établir un portrait-robot psychologique de l'assassin. En fin de compte, ça n'a pas servi à grand-chose. C'est un travail de routine policière qui a permis l'arrestation du tueur.

– Ouais. Mais vous avez écrit un livre sur les tueurs en série dans son genre. Dick et moi aimerions savoir ce que vous pensez de notre affaire.» Gentry se leva et se dirigea vers un tableau noir caché par une feuille de papier d'emballage. Il la souleva et dévoila une série de diagrammes, ainsi qu'une liste de noms et d'heures. «Vous connaissez probablement toute la distribution de ce drame.

– En partie seulement, dit Laski. Les journaux de New York ont surtout parlé de Nina Drayton, de la petite fille et de son grand-père.

– Oui, Kathy», Gentry tapa le tableau à côté de son nom. «Kathleen Marie Eliot. Dix ans. J'ai vu sa photo de classe hier. Mignonne. Plus agréable à regarder que les photos de l'identité judiciaire.» Gentry marqua une pause et se frotta les joues. Laski sirota une nouvelle gorgée de café et attendit. «Nous avons quatre scènes à étudier, dit le shérif en indiquant un plan. Un citoyen tué ici, dans Calhoun Street, en plein jour. Un autre tué à un pâté de maisons de là, dans la marina de la Batterie. Trois cadavres au domicile Fuller, ici…» Il indiqua du doigt un petit carré à l'intérieur duquel se trouvaient trois croix. «... et notre bouquet final à l'hôtel Mansard House, avec quatre morts.

– Existe-t-il un rapport entre tous ces meurtres? demanda Laski.

– Là est le problème, soupira Gentry. La réponse est : oui et non, si vous voyez ce que je veux dire.» Il indiqua la liste de noms. «Mr. Preston, le gentleman noir tué à coups de couteau dans Calhoun Street, est un photographe local établi dans le Vieux Quartier depuis vingt-six ans. Nous pensons qu'il passait innocemment par là et qu'il a été tué par le cadavre suivant sur notre liste...

– Karl Thorne, lut Laski.

– Le serviteur de la femme disparue, dit Haines.

– Ouais, fit Gentry, mais en dépit de ce qu'indiquait son permis de conduire, il ne s'appelait pas Thorne. Ni Karl. Nous avons transmis ses empreintes digitales à Interpol qui nous a appris aujourd'hui qu'il était jadis connu sous le nom d'Oscar Felix Haupt, un minable rat d'hôtel suisse. Il a disparu de Berne en 1953.

– Grand Dieu, murmura le psychiatre, on conserve aussi longtemps les empreintes digitales des cambrioleurs?

– Haupt n'était pas seulement un rat d'hôtel, intervint Haines. Apparemment, on le soupçonne d'avoir participé en 1953 au meurtre atroce d'un baron français venu faire une cure en Suisse. C'est peu de temps après ce meurtre que Haupt a disparu. La police suisse pensait qu'il avait été assassiné, sans doute par des truands européens.

– Apparemment, elle se trompait, commenta Gentry.

– Qu'est-ce qui vous a donné l'idée de contacter Interpol? demanda Laski.

– Une intuition, dit Gentry en se retournant vers le tableau. Bon, nous avons trouvé le cadavre de Karl Oscar Felix Thorne-Haupt ici, dans la marina, et si les choses s'étaient arrêtées là, peut-être aurions-nous pu trouver un mobile... vol de bateau, sans doute... la balle retrouvée dans le crâne de Haupt provient du 38 du veilleur de nuit. Le problème, c'est que Haupt avait non seulement deux balles dans le corps, mais qu'il était de plus en piteux état. Il y avait deux types de taches de sang sur son corps, les siennes exceptées, et les échantillons de peau et de tissu prélevés sous ses ongles indiquent clairement que c'est lui qui a agressé Mr. Preston.

– Ça se complique, dit Saul Laski.

– Vous n'avez encore rien vu, professeur.» Gentry indiqua trois autres noms : Barrett Kramer, George Hodges et Kathleen Marie Eliot. «Connaissez-vous cette dame, professeur?

– Barrett Kramer? demanda Laski. Non. J'ai lu son nom dans les journaux, mais je ne la connais pas.

– Tant pis. Ça valait la peine d'essayer. C'était la compagne de voyage de Mrs. Drayton. Sa "secrétaire", d'après les gens qui sont venus de New York pour récupérer le corps de Mrs. Drayton. Brune. La trentaine. Plutôt baraquée.

– Non, dit Laski. Je ne me rappelle pas l'avoir vue. Elle n'a pas accompagné Mrs. Drayton pour ses deux séances avec moi. Peut-être a-t-elle assisté à ma conférence le jour où j'ai rencontré Mrs. Drayton, mais je ne l'ai pas remarquée.

– Okay. Bon. Miss Kramer a été abattue par le Smith & Wesson calibre 38 de Mr. Hodges. Mais le coroner est presque sûr que ce n'est pas ça qui l'a tuée. Elle semble s'être brisé la nuque en tombant dans l'escalier de la maison Fuller. Elle respirait encore lorsque l'ambulance est arrivée sur les lieux, mais elle a été déclarée décédée en salle des urgences. Pas d'ondes cérébrales ou quoi que ce soit de ce genre.

«Et le plus étrange dans tout cela, c'est que les preuves matérielles suggèrent que ce pauvre vieux Hodges n'a même pas abattu cette femme. Il a été retrouvé ici…» Gentry indiqua un nouveau diagramme. «… dans l'entrée de la maison Fuller. Son revolver a été retrouvé ici, dans la chambre de Mrs. Drayton à Mansard House. En résumé, qu'avons-nous sur les bras ? Huit victimes, neuf en comptant Albert LaFollette, cinq armes…

– Cinq armes ? s'étonna Laski. Excusez-moi, shérif, je ne voulais pas vous interrompre.

– Ce n'est pas grave. Oui, cinq armes, du moins à notre connaissance. Le vieux 45 utilisé par Albert, le 38 de Hodges, un couteau retrouvé près du corps de Haupt, et ce foutu tisonnier avec lequel la Kramer a tué la petite fille.

– C'est Barrett Kramer qui a tué la petite fille ?

– Eh oui. Du moins a-t-on retrouvé ses empreintes sur ce foutu machin, et son corps était maculé du sang de la fillette.

– Ça ne fait que quatre armes, dit Laski.

– Euh… oh, oui, il y a aussi cette canne en bois que nous avons trouvée près de la porte de service de la marina. Il y avait du sang dessus. »

Saul Laski secoua la tête et se tourna vers Richard Haines. L'agent fédéral avait les bras croisés et les yeux fixés sur le tableau noir. Il semblait épuisé et écœuré.

« Un vrai panier de crabes, hein, professeur ? » conclut Gentry. Il retourna derrière son bureau et s'affala sur son fauteuil en soupirant. Il se pencha en arrière et sirota une gorgée de café froid. « Des théories ? »

Laski eut un sourire piteux et secoua la tête. Il se concentra sur le tableau noir, comme s'il essayait d'assimiler les informations qui y étaient inscrites. Au bout d'une minute, il se gratta la barbe et dit à voix basse : « Aucune théorie, j'en ai peur, shérif. Mais j'ai une question évidente à vous poser.

– Laquelle ?

– Où est passée Mrs. Fuller ? La dame chez qui s'est déroulé ce carnage ?

– *Miz* Fuller, rectifia Gentry. A en croire ses voisins, c'était une des vieilles filles les plus distinguées de Charleston. Et ça fait presque deux cents ans qu'on utilise le titre de Miz dans cette région, professeur. Et pour répondre à votre question : il n'y a aucun signe de Miz

Melanie Fuller. Un témoin prétend avoir aperçu dans l'hôtel une vieille femme non identifiée, juste après l'assassinat de Mrs. Drayton, mais personne n'a pu nous confirmer qu'il s'agissait de Miz Fuller. Nous avons lancé un avis de recherche dans trois États, mais ça n'a rien donné pour l'instant.

– Il me semble que c'est elle qui détient la clé de ce mystère, suggéra modestement Laski.

– Mouais. Peut-être. D'un autre côté, on a retrouvé son sac à main tout déchiré dans les toilettes de la marina de la Batterie. Les taches de sang qui s'y trouvaient correspondent à celles relevées sur le cran d'arrêt made in Paris de Karl-Oscar.

– Mon Dieu, murmura le psychiatre. Tout ça n'a aucun sens. »

Il y eut quelques instants de silence, puis Haines se leva. « Peut-être que cette affaire est plus simple qu'il n'y paraît, dit-il en tirant sur ses manchettes. Mrs. Drayton a rendu visite à Mrs. Fuller… excusez-moi : à Miz Fuller… la veille des meurtres. Les empreintes relevées dans la maison confirment sa présence et une voisine l'y a vue entrer le vendredi soir. Mrs. Drayton a eu la mauvaise idée d'engager cette Barrett Kramer comme secrétaire. Kramer était recherchée à Philadelphie et à Baltimore pour des faits remontant à 1968.

– Quel genre de faits ? demanda Laski.

– Affaire de mœurs et trafic de drogue, dit sèchement l'agent fédéral. Miss Kramer et le serviteur de la Fuller — ce fameux Thorne — complotaient contre leurs employeurs. Après tout, la fortune de Mrs. Drayton est évaluée à deux millions de dollars et Miz Fuller avait un compte en banque bien garni à Charleston.

– Mais comment ont-ils pu…, commença le psychiatre.

– Un instant. Donc, Kramer et Thorne — Haupt, si vous voulez — assassinent votre Miz Fuller et se débarrassent de son corps… la patrouille nautique est occupée en ce moment à fouiller la baie. Mais son voisin, le vieux veilleur de nuit, les surprend. Il abat Haupt et retourne dans la maison Fuller, pour y tomber sur Kramer. La petite-fille du vieillard le voit depuis la cour et se précipite à sa suite, pour être à son tour assassinée. Albert LaFollette, complice des deux autres, panique lorsque Kramer et Haupt ne le rejoignent pas comme prévu, il tue Mrs. Drayton et perd les pédales. »

Gentry oscillait d'avant en arrière sur son fauteuil, les doigts croisés sur son estomac. Il avait un petit sourire aux lèvres. « Et Joseph Preston, le photographe ?

– Un passant innocent, comme vous l'avez dit, répliqua Haines. Peut-être a-t-il vu l'endroit où Haupt s'est débarrassé du corps de la vieille dame. Il ne fait aucun doute que c'est le Boche qui l'a tué. Les échantillons de peau et de tissu prélevés sous les ongles de Preston correspondent parfaitement aux griffures observées sur le visage de Haupt. Ou ce qui en restait.

– Ouais, et son œil ? demanda Gentry.

– Son œil ? L'œil de qui ? » Le regard du psychiatre alla du shérif à l'agent du F.B.I.

« L'œil de Haupt, répondit Gentry. Il a disparu. Quelqu'un lui a défoncé la partie gauche du visage avec un objet contondant. »

Haines haussa les épaules. « Ça reste quand même le seul scénario valable. Deux personnes recherchées par la police et au service de deux vieilles dames fortunées. Leur tentative de kidnapping ou d'assassinat tourne mal et débouche sur une série de meurtres.

– Ouais, fit Gentry. Peut-être. »

Durant le silence qui suivit, Saul Laski entendit des rires provenant des autres bureaux de l'hôtel du Comté. Au-dehors, une sirène hurla, puis le silence revint.

« Qu'en pensez-vous, professeur ? D'autres idées ? » demanda Gentry.

Saul Laski secoua lentement la tête. « Je trouve tout cela très déconcertant.

– Et l'idée de "résonance de la violence" que vous évoquez dans votre livre ? demanda Gentry.

– Mmmm, fit Laski, ce n'est pas exactement ce genre de situation que j'avais en tête. Il y a certainement eu une chaîne de violence, mais je ne vois pas quel en a été le catalyseur.

– Le catalyseur? répéta Haines. Qu'est-ce que vous racontez?»

Gentry posa ses pieds sur le bureau et s'essuya la nuque avec un mouchoir rouge. «Le livre du Dr Laski parle de situations qui programment les gens au meurtre.

– Je ne comprends pas, dit Haines. Qu'entendez-vous par "programmer"? Pensez-vous à ce vieil argument gauchiste qui explique le crime par la pauvreté et par les conditions sociales?» A en juger par le ton de sa voix, son opinion sur cet argument ne faisait aucun doute.

«Pas du tout, dit Laski. Je pars de l'hypothèse qu'il existe des situations, des conditions, des institutions, et même des individus, qui déclenchent chez certaines personnes des réactions de stress conduisant à des actes de violence, voire à des homicides, perpétrés sans raison apparente.»

L'agent du F.B.I. plissa le front. «Je ne comprends toujours pas.

– Bon sang, dit le shérif Gentry, vous avez vu notre petite pension de famille, Dick? Non? Bon Dieu, vous devez voir ça avant de nous quitter. En août dernier, on a repeint tous les murs en rose. Maintenant, on l'appelle le Valium Hôtel. Mais ça marche. Les bagarres ont diminué de soixante pour cent depuis que la peinture a fini de sécher et la clientèle ne s'est pas améliorée pour autant. Bien sûr, c'est exactement le contraire des cas que vous évoquiez, n'est-ce pas, professeur?»

Laski ajusta ses lunettes. Comme il levait la main, Gentry aperçut des chiffres bleu pâle tatoués sur son avant-bras, juste au-dessus du poignet. «Oui, mais c'est une application d'un autre aspect de la même théorie, dit le psychiatre. Plusieurs études ont montré que l'attitude et le comportement d'un sujet changent de façon mesurable en fonction de la couleur de son environnement. Les raisons expliquant la diminution des actes de violence dans un tel environnement sont au mieux très vagues, mais il existe néanmoins des données empiriques sur le sujet… comme vous-même avez pu le constater, shérif… et ces données semblent prouver que les réactions psycho-physiologiques peuvent varier en fonction d'une variable couleur. Ma thèse suggère que certains des points les plus obscurs des crimes violents résultent d'une série plus complexe de stimuli.

– Mouais», fit Haines. Il consulta sa montre et se tourna vers Gentry. Le shérif était assis confortablement sur son fauteuil, les pieds posés sur son bureau. Irrité, Haines chassa un grain de poussière imaginaire de son pantalon gris. «J'ai bien peur de ne pas voir en quoi ces théories peuvent nous aider, docteur Laski, dit l'agent fédéral. Le shérif Gentry enquête sur une série de meurtres horribles, pas sur une course de souris blanches dans un labyrinthe.»

Laski hocha la tête et eut un léger haussement d'épaules. «J'étais de passage ici. J'ai informé le shérif de mes relations avec Mrs. Drayton et je lui ai proposé de l'assister dans la mesure de mes moyens. Je me rends compte à présent que je vous ai fait perdre un temps précieux. Merci pour le café, shérif.»

Le psychiatre se leva et se dirigea vers la porte.

«Merci de votre aide, professeur.» Gentry éternua dans son mouchoir rouge puis s'en frotta le nez comme pour apaiser une démangeaison. «Oh, il y a une autre question que je voulais vous poser.»

Laski se retourna, une main sur la poignée, et attendit.

«Docteur Laski, pensez-vous que ces meurtres aient pu résulter d'une querelle entre les deux vieilles dames — je veux parler de Nina Drayton et de Melanie Fuller? Auraient-elles pu déclencher toute cette série d'assassinats?»

Le visage de Laski était dénué de toute expression. Ses yeux tristes cillèrent. «C'est possible, mais ça n'explique pas les meurtres de Mansard House, n'est-ce pas ?

– Non, en effet. » Gentry se moucha une dernière fois dans le tissu rouge. « D'accord. Eh bien, merci, professeur. Nous vous sommes reconnaissants de nous avoir contactés. Si vous vous rappelez quoi que ce soit au sujet de Mrs. Drayton qui puisse nous aider à comprendre le comment et le pourquoi de cette histoire, téléphonez-nous en P.C.V., d'accord ?

– Je n'y manquerai pas, dit le psychiatre. Bonne chance, messieurs. »

Haines attendit que la porte se soit refermée. « On devrait faire une petite enquête sur ce Laski, dit-il.

– Mmmm. » Gentry tenait sa tasse vide et la faisait lentement tourner dans ses mains. « Déjà fait. Il est bien qui il prétend être. »

Haines tiqua. « Vous vous êtes renseigné sur lui *avant* qu'il ne vienne ici ? »

Gentry eut un large sourire et reposa sa tasse. « Après son coup de fil d'hier. On a si peu de suspects que j'ai estimé que je ne perdrais pas mon temps en téléphonant à New York.

– Je vais faire vérifier son emploi du temps pendant la période correspondant à…

– Il donnait une conférence à Columbia. Samedi soir. Dans le cadre d'un séminaire public sur la violence urbaine. Ensuite, il y a eu une réception qui s'est achevée après onze heures du soir. J'ai parlé au doyen.

– Je vérifierai quand même son dossier. Je ne pense pas que Nina Drayton soit allée le consulter ; ça sonne faux.

– Ouais. Je vous serais reconnaissant de vous en charger, Dick. »

L'agent du F.B.I. récupéra sa gabardine et son attaché-case. Il marqua une pause en remarquant l'attitude du shérif. Les doigts de Gentry étaient serrés si fort que leurs phalanges étaient blanches. Dans ses yeux bleus d'ordinaire enjoués se lisait une colère proche de la rage. Gentry se tourna vers lui.

« Dick, j'aurai besoin de toute l'aide que vous pourrez m'apporter sur cette affaire.

– Bien entendu.

– Je parle sérieusement, dit Gentry en attrapant un crayon des deux mains. Personne ne peut commettre impunément neuf meurtres dans mon comté. Quelqu'un est à l'origine de toute cette merde et je finirai par savoir qui c'est.

– Naturellement.

– Je finirai par savoir qui c'est », répéta Gentry. Il leva la tête. Ses yeux étaient glacials. Le crayon se brisa entre ses doigts sans qu'il le remarque. « Et je les aurai, Dick. Je les aurai. Je le jure. »

Haines acquiesça, lui dit adieu et partit. Gentry regarda la porte verte pendant un long moment après le départ de l'homme du F.B.I. Finalement, son regard s'abaissa sur le crayon cassé qu'il tenait dans ses mains. Il se garda de sourire. Lentement, soigneusement, il entreprit de casser le crayon en morceaux de plus en plus petits.

Haines se rendit à son hôtel en taxi, fit ses valises, paya sa note, et prit le même taxi pour aller à l'aéroport international de Charleston. Il était en avance. Après avoir fait enregistrer ses bagages, il se promena dans le hall, acheta *Newsweek,* et passa sans s'arrêter devant une série de téléphones publics pour faire halte devant une rangée de cabines situées dans un couloir secondaire. Il composa un numéro dont le préfixe correspondait à la zone de Washington.

« Le numéro que vous demandez est provisoirement indisponible, dit une voix féminine préenregistrée. Veuillez faire un nouvel essai ou contacter un représentant local de Bell.

– Haines, Richard M. », dit l'homme du F.B.I. Il jeta un regard par-dessus son épaule en direction d'une femme qui revenait des toilettes avec son enfant. « Coventry. Cable. Je souhaite contacter le 779-491. »

Il y eut un déclic, un léger bourdonnement, puis le murmure d'un nouveau répondeur. «Ce bureau est fermé pour inventaire jusqu'à nouvel ordre. Si vous souhaitez laisser un message, veuillez attendre la tonalité. Vous avez tout le temps voulu.» Trente secondes de silence, puis un léger carillon.

«Ici Haines. Je vais quitter Charleston. Un psychiatre nommé Saul Laski est venu parler à Gentry aujourd'hui. Laski dit qu'il travaille à Columbia. Il a écrit un livre intitulé *Pathologie de la violence.* Academy Press. Il dit qu'il a rencontré trois fois Nina Drayton à New York. Il affirme ne pas connaître Barrett Kramer, mais peut-être qu'il ment. Laski a un numéro de camp de concentration tatoué sur le bras. 4490182.

«Gentry a fait des recherches sur Karl Thorne et sait qu'il s'agissait en réalité d'un cambrioleur suisse nommé Oscar Felix Haupt. Gentry a l'air d'un plouc, mais ce n'est pas un imbécile. Apparemment, il considère cette affaire comme un affront personnel.

«Mon rapport vous parviendra demain. En attendant, je recommande la mise en place d'une surveillance de Laski et du shérif Gentry. Peut-être serait-il souhaitable de procéder à l'annulation du contrat de ces deux messieurs. Je serai rentré à vingt heures et j'attendrai d'autres instructions. Haines. Cable. Coventry.»

L'agent Richard Haines raccrocha, ramassa son attaché-case et rejoignit d'un pas vif la foule qui se dirigeait vers les portes d'embarquement.

Saul Laski sortit de l'hôtel du Comté et regagna la petite rue où il avait garé sa Toyota de location. Une fine pluie tombait sur la ville, mais Saul fut frappé par la douceur de l'air. Il devait faire entre quinze et vingt degrés. La veille, lorsque Saul avait quitté New York, il neigeait et la température avoisinait moins dix.

Saul s'assit au volant et regarda la pluie strier le pare-brise. L'intérieur de la voiture sentait le skaï neuf et le cigare. En dépit de la douceur de l'air, il se mit à frémir.

Puis à trembler de tous ses membres. Saul saisit le volant des deux mains jusqu'à ce que son torse cesse de trembler; seules ses jambes continuaient à frissonner doucement. Il empoigna les muscles de ses cuisses et pensa à autre chose; au printemps, à un lac paisible qu'il avait découvert dans les Adirondacks l'été précédent, à une vallée abandonnée du Sinaï où des colonnes romaines battues par le sable se dressaient devant les falaises de schiste.

Au bout de quelques minutes, Saul démarra et erra sans but précis dans les rues luisantes de pluie. La circulation était fluide. Il envisagea de prendre la Route 25 pour regagner son motel. Au lieu de cela, il emprunta East Bay Drive et prit la direction du sud, pénétrant dans le Vieux Quartier de Charleston.

Mansard House se reconnaissait à sa marquise verte qui surmontait toute la largeur du trottoir. Saul jeta un bref regard à l'entrée sombre de l'hôtel et poursuivit sa route. Trois pâtés de maisons plus loin, il tourna à droite et s'engagea dans une étroite rue résidentielle. Des grilles en fer forgé séparaient cours et jardins des trottoirs en briques. Saul ralentit, compta à voix basse et repéra les numéros de voirie.

La maison de Melanie Fuller était plongée dans l'ombre. La cour était déserte et le bâtiment nord, avec ses fenêtres fermées par des planches, semblait condamné. Il y avait une chaîne et un cadenas au portail de la cour. Le cadenas semblait tout neuf.

Saul tourna à gauche au carrefour suivant, puis de nouveau à gauche, et trouva enfin une place non loin de Broad Street, derrière un camion de livraison. La pluie avait gagné en intensité. Saul attrapa un bob blanc sur la banquette arrière, se l'enfonça sur la tête et releva le col de son blouson de velours.

La ruelle qui conduisait au centre du pâté de maisons était bordée de minuscules garages, d'épaisses haies, de hautes barrières et d'innombrables poubelles. Saul compta les maisons comme il l'avait fait quelques instants plus tôt, mais il lui fallut retrouver les deux palmiers mourants près de la fenêtre sud pour vérifier qu'il s'agissait du bon bâtiment. Il avançait les mains dans les poches, sachant qu'il n'était guère discret mais incapable d'y remédier. La pluie tombait toujours. La grisaille de l'après-midi laissait insidieusement place à la pénombre d'une soirée d'hiver. Il avait à peine une demi-heure de jour devant lui. Saul inspira profondément et s'engagea sur une allée de trois mètres qui s'achevait devant une bâtisse où on avait sans doute jadis remisé le fiacre de la maison. Ses fenêtres étaient peintes en noir, mais il était évident qu'elle n'avait jamais servi de garage. Le grillage était en acier trempé et servait de support à des plantes grimpantes et aux branches acérées d'une haie bien fournie. Le petit portail, élément d'une grille en fer forgé aujourd'hui disparue, était fermé par une chaîne et un cadenas. Une bande de plastique jaune passée autour de la chaîne avertissait : ENTRÉE INTERDITE PAR ORDRE DU SHÉRIF DU COMTÉ DE CHARLESTON.

Saul hésita. On n'entendait que le staccato de la pluie sur le toit d'ardoise de la bâtisse et les gouttes d'eau qui tombaient du kudzu. Il tendit la main, agrippa le sommet de la barrière, posa le pied gauche sur le portail, resta quelques secondes en équilibre précaire au-dessus des pointes de fer rouillé, puis atterrit sur le pavé de l'arrière-cour.

Saul resta accroupi quelques secondes, les mains plaquées sur la pierre humide, la jambe droite immobilisée par une crampe, et écouta les battements de son cœur et les aboiements d'un petit chien dans une cour voisine. Les aboiements cessèrent. Saul longea d'un pas vif un massif de fleurs et une vasque de guingois pour se diriger vers un porche en bois qui avait de toute évidence été greffé à la maison de briques longtemps après sa construction. La pluie, la pénombre et l'eau dégoulinant de la haie semblaient étouffer les bruits du voisinage et amplifier ceux que produisait Saul. Sur sa gauche, il aperçut des plantes vertes derrière la fenêtre, là où la serre aménagée empiétait sur le jardin. Il essaya d'ouvrir la porte grillagée du porche. Elle céda avec un soupir rouillé et Saul pénétra dans les ténèbres.

L'intérieur du porche était long et étroit, sentait la moisissure et la terre pourrissante. Saul distingua des pots en argile vides rangés sur des étagères le long du mur de briques. La porte de la maison était massive, pourvue de vitraux et de superbes moulures, et fermée à clé. Saul savait qu'elle devait être munie de plusieurs verrous. Il était pareillement persuadé que la vieille femme avait fait installer un système d'alarme, mais il était tout aussi certain que celui-ci n'était pas relié au poste de police.

Et si la police avait effectué le branchement nécessaire? Saul secoua la tête et traversa le porche obscur pour aller examiner les fenêtres étroites derrière les étagères. Il aperçut la masse pâle d'un réfrigérateur. Soudain, le tonnerre gronda dans le lointain et la pluie tomba de plus belle sur les toits et sur les haies. Saul déplaça plusieurs pots, les posant sur des étagères vides, puis essuya ses mains maculées de terre et ôta de son socle une planche longue d'un mètre. Les fenêtres qui se trouvaient devant lui étaient soigneusement fermées de l'intérieur. Saul s'accroupit, pressa ses doigts contre la vitre pendant une seconde, puis se mit à la recherche du plus lourd des pots en argile.

En se brisant, le verre sembla produire un véritable vacarme, encore plus intense que le coup de tonnerre ponctuant les feux stroboscopiques de l'éclair qui venait de transformer les vitres intactes en autant de miroirs. Saul leva une nouvelle fois le pot, fracassa la silhouette barbue de son propre reflet, écarta les échardes de verre plantées dans le châssis, et chercha le loquet à tâtons. Tel un enfant apeuré, il imagina soudain une main saisissant la sienne et sentit son sang se glacer. Il trouva une chaîne et tira. La fenêtre s'ouvrit. Il s'y faufila, posa le pied sur une surface en formica jonchée d'éclats de verre, puis atterrit bruyamment sur le sol carrelé de la cuisine.

La vieille maison était peuplée de bruits. L'eau coulait dans les gouttières tout près des fenêtres. Le réfrigérateur émit un bruit sourd qui fit sursauter Saul. Il remarqua que l'électricité était sans doute encore branchée. Il entendit un léger grattement, comme le bruit d'un ongle sur une vitre.

Il y avait trois portes battantes dans la cuisine. Saul choisit celle qui se trouvait devant lui et pénétra dans un long couloir. La pénombre ne l'empêcha pas de voir que le parquet ciré était endommagé à quelques pas de la cuisine. Il fit halte au pied du grand escalier, s'attendant à moitié à découvrir des silhouettes dessinées à la craie sur le sol, comme dans ces films policiers américains qu'il aimait tant. Il n'y en avait aucune. Saul ne vit qu'une large tache sombre sur le plancher, près de la première marche. Il jeta un bref coup d'œil dans le petit couloir conduisant à l'entrée, puis entra dans une pièce vaste mais encombrée de meubles qui semblaient tous dater du siècle dernier. Une faible lumière filtrait à travers des vitraux au-dessus d'une large baie vitrée. La pendule placée au-dessus de la cheminée était arrêtée à 3 h 26. Les fauteuils rembourrés et les armoires emplies de porcelaine et de cristal semblaient avoir absorbé tout l'oxygène de la pièce. Saul tirailla son col et examina en hâte le petit salon. Cette pièce sentait. Elle empestait la vieillesse, la cire, le talc et la viande en décomposition, une odeur que Saul avait toujours associée à sa vieille tante Danuta et à son petit appartement de Cracovie. Danuta était morte à l'âge de cent trois ans.

De l'autre côté du couloir se trouvait une salle à manger déserte. Le lustre massif tinta au rythme des pas de Saul. Dans le hall, il vit une patère vide de tout vêtement et deux cannes noires posées contre le mur. Un camion passa dans la rue et la maison vibra.

La serre sur laquelle donnait la salle à manger était mieux éclairée que le reste de la maison. Saul s'y sentit vulnérable. La pluie avait cessé de tomber et il vit les roses qui se dressaient dans le jardin ruisselant. Il ferait noir dans quelques minutes à peine.

Une superbe vitrine en merisier avait été fracassée. Des éclats de verre jonchaient encore le sol. Saul s'avança avec précaution et s'accroupit. Quelques statuettes gisaient sur l'étagère du milieu.

Saul se releva et regarda autour de lui. La panique montait en lui sans raison apparente. L'odeur de viande morte semblait l'avoir suivi jusqu'ici. Il s'aperçut que sa main droite ne cessait de s'ouvrir et de se refermer. Il pouvait encore partir, aller directement à la cuisine et être sorti d'ici en moins de deux minutes.

Il fit demi-tour et traversa le couloir obscur jusqu'à l'escalier. La rampe était lisse et fraîche au toucher. Il y avait un petit vasistas dans le mur, en face des marches, mais l'obscurité semblait se lever comme de l'air froid pour redescendre sur le palier devant lui. Il fit halte en haut des marches. La porte qui se trouvait sur sa droite avait presque été arrachée de ses gonds. Des échardes pâles pendaient à ses montants, tels des tendons déchirés. Saul se força à entrer dans la pièce. L'odeur qui y régnait rappelait celle d'une chambre froide après plusieurs semaines sans électricité. La garde-robe qui se dressait dans un coin lui évoqua un cercueil posé à la verticale. De lourds rideaux occultaient les fenêtres donnant sur la cour. Un peigne et une brosse en ivoire, antiques et d'aspect coûteux, étaient posés sur une vieille coiffeuse au miroir terne et piqueté. Le grand lit était soigneusement fait.

Saul était prêt à repartir lorsqu'il entendit un bruit.

Il se figea sur place, serrant involontairement les poings. Rien, excepté l'odeur de viande pourrie. Il était prêt à se remettre en marche, prêt à attribuer ce bruit à l'eau qui coulait dans les gouttières bouchées, lorsqu'il l'entendit à nouveau, plus distinctement cette fois.

C'était un bruit de pas au rez-de-chaussée. Lentement, mais avec un soin délibéré, ce bruit de pas se déplaça sur l'escalier.

Saul pivota sur lui-même et s'avança vers la garde-robe. La porte n'émit aucun bruit lorsqu'il l'ouvrit et se glissa au milieu de toute une forêt laineuse de vêtements de vieille dame. Un bruit de tambour lui martelait les tympans. La porte gondolée refusa de se fermer complètement et l'entrebâillement lui permit de distinguer une fine ligne verticale de lumière grise interrompue en son milieu par la masse sombre et horizontale du lit.

L'intrus arriva en haut de l'escalier, hésita durant un long moment de silence, puis entra dans la chambre. Le bruit de ses pas était très doux.

Saul retint son souffle. Une odeur de laine et de naphtaline se mêlait dans ses narines à la puanteur de la viande pourrie, menaçant de le suffoquer. Robes longues et écharpes s'accrochaient à lui, cherchaient à atteindre ses épaules et sa gorge.

Saul ne savait pas si le bruit de pas s'était éloigné tellement ses oreilles bourdonnaient. Panique et claustrophobie s'emparèrent de lui. Il n'arrivait plus à voir la fine bande de lumière. Il se souvint de la terre tombant sur les visages tournés vers le ciel, des bras pâles qui frémissaient sous les pelletées de terre noire, de l'emplâtre blanc sur une joue mal rasée et de la jambe qui se balançait nonchalamment, laine grise noircie par la lumière hivernale, au-dessus de la Fosse où des membres blancs grouillaient comme des vers dans la terre noire…

Saul hoqueta. Il lutta contre la laine qui l'étouffait et tendit la main pour ouvrir la porte de la garde-robe.

Il ne la toucha jamais. La porte s'ouvrit violemment vers l'extérieur.

5.
Washington, D.C., mardi 16 décembre 1980

Une fois descendus d'avion, Tony Harod et Maria Chen louèrent une voiture à l'aéroport national de Washington et se rendirent directement à Georgetown. On était en début d'après-midi. Ils aperçurent les eaux grises et languides du Potomac en traversant le Mason Memorial Bridge. Les arbres dénudés projetaient des ombres étiques sur le Mail. Wisconsin Avenue était presque déserte.

« C'est là », dit Harod. Maria tourna dans M Street. Les maisons somptueuses semblaient se blottir les unes contre les autres dans la pauvre lumière hivernale. Celle qu'ils cherchaient ne se distinguait en rien de ses voisines. Il était interdit de stationner devant la porte jaune pâle de son garage. Un couple passa, elle et lui emmitouflés dans leurs manteaux de fourrure, avec un caniche frissonnant qui tirait sur sa laisse.

« Je vais vous attendre, dit Maria Chen.

– Non, dit Harod. Continuez de rouler. Repassez ici toutes les dix minutes. »

Elle hésita quelques instants tandis que Harod descendait, puis s'éloigna, coupant la route à une limousine avec chauffeur.

Harod négligea la porte d'entrée et s'approcha du garage. Il souleva un panneau métallique dissimulant une fente et quatre boutons, sortit une carte magnétique de son portefeuille et l'inséra dans la fente. Il y eut un déclic. Il s'approcha du mur et appuya quatre fois sur le troisième bouton, puis trois autres fois. La porte du garage se souleva. Harod récupéra sa carte et entra.

La porte se referma derrière lui, plongeant les lieux dans l'obscurité. On n'y sentait aucun relent d'huile ou d'essence, mais une odeur de béton froid et un vague parfum de résine émanant d'un tas de bûches. Il fit trois pas et s'arrêta, sans chercher la porte ni l'interrupteur. Un léger bourdonnement électrique lui indiqua que la caméra vidéo venait de le filmer pour s'assurer qu'il était bien seul. Il supposa que l'objectif était pourvu d'une lentille à infrarouge. En fait, il s'en souciait comme d'une guigne.

Une porte s'ouvrit avec un déclic. Harod la franchit et se retrouva dans une pièce vide qui avait jadis fait office de buanderie, à en juger par son installation électrique et sa plomberie. La caméra vidéo fixée au-dessus de la deuxième porte pivota sur son axe pour se braquer sur lui. Harod ouvrit la fermeture à glissière de son blouson d'aviateur.

« Veuillez ôter vos lunettes noires, Mr. Harod. » La voix provenait d'un interphone encastré dans le mur.

« Je vous emmerde », dit Harod d'une voix enjouée, puis il ôta ses lunettes d'aviateur. Alors qu'il les remettait, la porte s'ouvrit sur deux hommes de grande taille vêtus de costumes sombres. Le premier était chauve et massif, le stéréotype du videur ou du garde du corps. Le second était plus grand, plus mince, plus ténébreux et, pour une raison indéterminée, paraissait infiniment plus menaçant que son collègue.

« Voulez-vous avoir l'obligeance de lever les bras, monsieur ? demanda le premier.

– Voulez-vous avoir l'obligeance d'aller vous faire foutre ? » répliqua Harod. Il détestait que des hommes le touchent. Il détestait l'idée qu'il *puisse* les toucher. Les deux cerbères attendirent patiemment. Harod leva les bras. L'armoire à glace le palpa de façon professionnelle, impersonnelle, puis adressa un hochement de tête à son collègue.

«Par ici, Mr. Harod.» Il suivit le grand échalas dans une cuisine inutilisée, puis dans un couloir brillamment éclairé qui donnait sur plusieurs pièces nues, avant de s'arrêter au pied d'un escalier. «Première pièce à gauche, Mr. Harod, dit l'homme en indiquant l'étage. On vous attend.»

Harod gravit l'escalier sans rien dire. Les marches étaient en chêne clair et impeccablement cirées. L'écho de ses pas résonnait dans toute la maison. Elle sentait le vide et la peinture neuve.

«Mr. Harod, ravi de vous voir parmi nous.» Cinq hommes étaient assis en demi-cercle sur des sièges pliants. La pièce où ils se trouvaient avait sans doute été la chambre principale ou un vaste bureau. Le plancher était nu, les volets blancs et la cheminée froide. Harod connaissait ces hommes — du moins par leurs noms. De gauche à droite, il y avait Trask, Colben, Sutter, Barent et Kepler. Ils portaient tous des costumes coûteux de coupe classique et avaient presque tous la même attitude : dos raide, jambes et bras croisés. Trois d'entre eux avaient un attaché-case posé près de leur siège. Trois d'entre eux portaient des lunettes. Tous les cinq étaient de race blanche. Leur âge allait de la quarantaine finissante à la soixantaine bien tassée, Barent étant le doyen. Colben était presque chauve, mais les quatre autres fréquentaient apparemment le même coiffeur de Capitol Hill. C'était Trask qui avait pris la parole. «Vous êtes en retard, Mr. Harod, ajouta-t-il.

– Ouais», dit Tony Harod en s'approchant. On n'avait pas prévu de siège pour lui. Il ôta son blouson de cuir et, du bout de l'index, le jeta sur son épaule. Il portait une chemise en soie rouge vif, largement ouverte afin d'exhiber une dent de requin accrochée à une chaîne en or, un pantalon de velours noir côtelé maintenu en place par un ceinturon dont la boucle à l'effigie de R2-D2 lui avait été offerte par George Lucas, et de lourdes bottes fourrées aux talons massifs. «L'avion était en retard.»

Trask hocha la tête. Colben s'éclaircit la gorge comme s'il allait prendre la parole, mais se contenta de redresser ses lunettes cerclées d'écaille.

« Alors, qu'est-ce qu'on fait ? » demanda Harod. Sans attendre une réponse, il se dirigea vers le placard, en sortit un siège pliant et compléta le cercle. Il s'assit à califourchon et posa son blouson sur le dossier. « Est-ce qu'il y a du nouveau ? Ou est-ce que j'ai fait ce foutu voyage pour rien ?

– C'est ce que nous allions *vous* demander », dit Barent. Sa voix était distinguée et bien modulée. Il y avait une pincée de Côte Est, voire d'Angleterre, dans la façon dont il prononçait les voyelles. De toute évidence, Barent n'avait pas coutume d'élever la voix pour se faire entendre. C'était lui que l'on écoutait.

Harod haussa les épaules. « J'ai prononcé l'oraison funèbre de Willi pendant la cérémonie. Forest Lawn. Très émouvant. Environ deux cents célébrités hollywoodiennes se sont pointées pour lui rendre hommage. En fait, il en avait peut-être *rencontré* dix ou quinze.

– Sa maison, dit Barent d'un ton patient. Avez-vous fouillé sa maison comme nous vous l'avions demandé ?

– Ouais.

– Et alors ?

– Alors, rien. » La bouche de Harod n'était plus qu'un trait effilé sur son visage pâle. La commissure de ses lèvres, habituée au sarcasme et à la cruauté, exprimait à présent une forte tension. « Je n'ai disposé que de deux heures. J'en ai passé une à chasser d'anciens gigolos de Willi qui avaient conservé leurs clés et étaient accourus sur les lieux comme des vautours sentant la charogne.

– Avaient-ils été Utilisés ? » demanda Colben. Sa voix était empreinte d'anxiété.

« Non, je ne pense pas. Willi était en train de perdre son pouvoir, rappelez-vous. Peut-être les avait-il légèrement conditionnés. Caressés un peu. Mais ça m'étonnerait. Avec son fric et son influence auprès des studios, il n'en avait pas besoin.

– La fouille, dit Barent.

– Ouais. Donc, j'ai disposé d'une heure. Tom McGuire, l'avocat de Willi, est un de mes vieux amis, et il m'a laissé examiner les papiers qui se trouvaient dans le bureau et dans le coffre. Il n'y avait pas grand-chose. Quelques contrats et options. Quelques actions, mais pas de quoi faire un portefeuille. Willi se contentait d'investir dans le cinéma. Pas mal de lettres d'affaires, mais presque rien de personnel. La lecture du testament a eu lieu hier, vous savez. J'hérite de la maison… à condition de régler ces putains de taxes. Le gros de son fric est bloqué dans divers projets. Il a légué le reste de son compte en banque à la S.P.A. d'Hollywood.

– La S.P.A. ? répéta Trask.

– Tout juste, Auguste. Ce vieux Willi était un ami des bêtes. Il se plaignait toujours de la façon dont on les traitait dans les films, et il a fait campagne pour des lois plus strictes sur l'utilisation des chevaux dans les cascades et tout ce bordel.

– Continuez, dit Barent. Vous n'avez trouvé aucun document susceptible de trahir le passé de Willi ?

– Non.

– Et rien qui trahisse l'existence de son Talent ?

– Non. Rien.

– Et aucune mention de l'un d'entre nous ? » demanda Sutter.

Harod se redressa sur son siège. « Bien sûr que non. Vous savez bien que Willi ignorait tout du Club. »

Barent acquiesça et se croisa les doigts. « Vous en êtes absolument sûr, Mr. Harod ?

– Absolument.

– Pourtant, il connaissait l'existence de votre Talent.

– Oui, bien sûr, vous avez raison. Mais vous étiez d'accord pour qu'il soit mis au courant. C'est ce que vous m'avez dit quand vous m'avez demandé de faire sa connaissance.

– Effectivement.

– Et de plus, Willi a toujours pensé que mon Talent

était faible et peu fiable comparé au sien. Parce que je n'avais pas besoin d'Utiliser un sujet aussi complètement que lui et parce que… à cause de mes préférences.

– Ne jamais Utiliser un homme, dit Trask.

– A cause de mes préférences, insista Harod. Willi ne savait foutre rien. Il me méprisait alors même qu'il lui restait à peine assez de pouvoir pour contrôler Reynolds et Luhar, ses deux âmes damnées. Il n'y réussissait même pas la moitié du temps.»

Barent acquiesça de nouveau. «Donc, vous ne pensez pas qu'il était encore capable d'Utiliser un sujet pour éliminer quelqu'un?

– Bon Dieu, non. Pas vraiment. Peut-être était-il encore capable d'Utiliser ses deux gorilles ou un de ses gitons, mais il n'était pas assez stupide pour en arriver là.

– Et vous l'avez laissé partir pour aller à cette… mmm… à cette réunion à Charleston avec ces deux femmes?» demanda Kepler.

Harod agrippa le dossier du siège à travers le cuir de son blouson. «Comment ça, "laissé partir"? Bon Dieu, oui, je l'ai laissé partir. Mon boulot, c'était de le surveiller, pas de l'empêcher de voyager. Willi voyageait dans le monde entier.

– Et, à votre avis, que faisait-il lors de ces réunions?» demanda Barent.

Harod haussa les épaules. «Il parlait du bon vieux temps. Taillait le bout de gras avec ces deux vieilles folles. Pour ce que j'en sais, il les baisait encore. Comment le saurais-je, bordel? D'habitude, il restait là-bas à peine deux ou trois jours. Ça n'a jamais posé de problème.»

Barent fit signe à Colben. Le chauve ouvrit son attaché-case et en sortit un livre marron qui ressemblait à un album de photos. Il se leva pour le tendre à Harod.

«Qu'est-ce que c'est que ce truc?

– Regardez», ordonna Barent.

Harod feuilleta l'album, assez vite tout d'abord, puis très lentement. Il lut plusieurs coupures de presse dans leur intégralité. Lorsqu'il eut fini, il ôta ses lunettes noires. Personne ne parlait. On entendit un coup de klaxon quelque part dans M Street.

« Ce n'est pas à Willi, conclut Harod.

– Non, dit Barent. Ceci appartenait à Nina Drayton.

– Incroyable. Bordel, c'est pas possible. La vioque était sûrement sénile ou mégalo. Elle se croyait encore au bon vieux temps.

– Non, dit Barent. Il semble qu'elle ait été présente au moment approprié. Elle est probablement responsable.

– Bon Dieu de merde ! » Harod remit ses lunettes et se massa les joues. « Où avez-vous trouvé ça ? Dans son appartement de New York ?

– Non, répondit Colben. Un de nos hommes s'est rendu à Charleston samedi dernier, suite à ce qui est arrivé à l'avion de Willi. Il a réussi à pénétrer dans le bureau du coroner et à soustraire ceci des objets personnels de Nina Drayton avant que la police locale n'ait eu le temps de l'examiner.

– Vous en êtes sûr ?

– Absolument.

– La question est de savoir s'ils jouaient encore à une variante de leur vieux Jeu viennois, dit Barent. Et si tel était le cas, votre ami Willi avait-il un document similaire en sa possession ? »

Harod secoua la tête mais resta muet.

Colben sortit un dossier de son attaché-case. « On n'a rien trouvé de concluant dans les débris de l'appareil. Bien sûr, on n'a pas retrouvé grand-chose. Plus de la moitié des passagers sont encore portés disparus. Les corps repêchés dans les marais sont en général trop mutilés pour être identifiés sans risque d'erreur. L'explosion a été très puissante. La nature des lieux rend les opérations encore plus délicates. C'est une situation difficile pour les enquêteurs.

– Laquelle de ces deux salopes était responsable ? demanda Harod.

– Nous n'en sommes pas sûrs, dit Colben. Cependant, il ne semble pas que Mrs. Fuller, la vieille amie de Willi, ait survécu au week-end. C'est la candidate la plus probable.

– Pauvre Willi, quelle mort dégueulasse, observa Harod sans s'adresser à quiconque en particulier.

– S'il est vraiment mort, intervint Barent.

– Hein ? » Harod s'inclina en arrière. Il étendit les jambes et ses talons laissèrent des traînées noires sur le parquet de chêne. « Vous pensez qu'il n'est pas mort ? Qu'il n'était pas à bord de l'avion ?

– Le contrôleur des billets se rappelle avoir vu Willi et ses deux amis monter dans l'avion, dit Colben. Ils se disputaient, Willi et le Noir.

– Jensen Luhar, dit Harod. Ce connard sans cervelle.

– Mais il n'est pas certain qu'ils soient restés à bord, dit Barent. Le contrôleur a dû quitter son poste quelques minutes avant la fermeture des portes de l'appareil.

– Mais rien ne permet de conclure que Willi n'était pas à bord », insista Harod.

Colben reposa son dossier. « Non. Cependant, tant que nous n'aurons pas retrouvé le corps de Mr. Borden, nous ne pourrons pas avoir la certitude qu'il a été... euh... neutralisé.

– Neutralisé », répéta Harod.

Barent se leva et s'approcha de la fenêtre. Il écarta le rideau qui dissimulait les volets blancs. La lumière indirecte donnait à sa peau lisse l'éclat de la porcelaine. « Mr. Harod, est-il possible que Willi von Borchert ait connu l'existence de l'Island Club ? »

Harod redressa violemment la tête comme si on venait de le gifler. « Non. Absolument pas.

– Vous en êtes sûr ?

– Sûr et certain.

– Vous ne lui en avez jamais parlé ? Même de façon indirecte ?

– Pourquoi aurais-je fait ça, bordel ? Non, bon Dieu, Willi ne savait rien.

– Vous en êtes sûr ?

– Willi était vieux, Barent. J'ai bien dit : vieux. Il était à moitié dingue depuis qu'il ne pouvait plus Utiliser les gens. Surtout les Utiliser pour tuer. Tuer, Colben, t-u-e-r, pas neutraliser, ni annuler un contrat, ni faire subir un préjudice extrême, ni aucun de vos foutus euphémismes. Willi tuait pour rester jeune, mais il n'y arrivait plus, et ce pauvre vieux débris se desséchait comme une prune laissée au soleil. S'il avait appris l'existence de votre foutu Island Club, il se serait traîné à genoux jusqu'ici pour vous supplier de l'accepter comme membre.

– C'est aussi votre Island Club, Harod, déclara Barent.

– Ouais, c'est ce qu'on m'a dit. Mais comme je n'ai jamais mis les pieds là-bas, je n'en suis pas encore sûr.

– Vous serez invité à y passer la deuxième semaine cet été. La première semaine n'est pas vraiment… euh… nécessaire, n'est-ce pas ?

– Peut-être. Mais je crois bien que j'aimerais me frotter aux riches et aux puissants. Sans parler des petites caresses que je pourrais donner moi-même. »

Barent éclata de rire. Certains de ses compagnons l'imitèrent. « Mon Dieu, Harod, dit Sutter, Hollywood ne vous suffit donc plus ?

– En outre, dit Trask, ne serait-ce pas un peu dur pour vous ? Vu la liste de nos invités pour la première semaine… et vu vos *préférences.* »

Harod se tourna vers lui, les yeux réduits à des fentes étroites percées dans un masque blafard. Il parla lentement, prononçant chacun de ses mots avec autant de précision que s'il avait placé des balles dans un chargeur. « Vous savez ce que je veux dire. Foutez-moi la paix.

– Oui », dit Barent. Sa voix était apaisante, son accent anglais plus perceptible. « Nous savons ce que vous voulez dire, Mr. Harod. Et cette année sera peut-être la bonne pour vous. Savez-vous qui se trouvera sur l'île le mois de juin prochain ? »

Harod haussa les épaules et détourna les yeux de Colben. «Les mêmes boy-scouts que d'habitude, je suppose. Henry K. va revenir faire un tour, j'imagine. Et peut-être un ex-président.

– *Deux* ex-présidents, corrigea Barent avec un sourire. Ainsi que le chancelier d'Allemagne fédérale. Mais ce n'est guère important. Nous aurons aussi le prochain président.

– Le *prochain* président ? Bon Dieu, vous venez à peine d'en faire élire un !

– Oui, mais il est vieux», dit Trask, et les autres se mirent à rire comme si c'était une de leurs plaisanteries pour initiés.

«Je parle sérieusement, dit Barent, cette année sera la bonne pour vous, Mr. Harod. Quand vous nous aurez aidés à éclaircir les derniers détails de cette malheureuse histoire de Charleston, plus rien ne s'opposera à ce que vous deveniez un membre à part entière.

– Quels détails ?

– Premièrement, aidez-nous à confirmer la mort de William D. Borden, alias Herr Wilhelm von Borchert. Nous allons continuer notre propre enquête. Peut-être retrouvera-t-on bientôt son corps. Vous pourrez nous aider à éliminer les autres possibilités éventuelles.

– D'accord. Quoi d'autre ?

– Deuxièmement, effectuez une fouille plus poussée de la propriété de Mr. Borden avant l'arrivée de... euh... d'autres vautours. Assurez-vous qu'il n'a rien laissé qui soit de nature à embarrasser quiconque.

– Je retourne là-bas ce soir. J'irai chez Willi dès demain matin.

– Excellent. Troisièmement, et pour finir, nous aimerions que vous nous aidiez à régler un dernier détail relatif à Charleston.

– A savoir ?

– La personne qui a tué Nina Drayton et qui est presque certainement responsable de la mort de votre ami Willi. Melanie Fuller.

– Vous pensez qu'elle est encore en vie ?

– Oui.

– Et vous voulez que je vous aide à la retrouver ?

– Non, dit Colben. Nous la retrouverons.

– Et si elle a quitté le pays ? C'est ce que je ferais à sa place.

– Nous la retrouverons, répéta Colben.

– Si vous ne voulez pas que je la retrouve, que voulez-vous que je fasse ?

– Nous voulons que vous soyez présent lorsqu'elle sera appréhendée, dit Colben. Nous voulons que vous annuliez son contrat.

– Que vous la neutralisiez, dit Trask avec un petit sourire.

– Que vous lui fassiez subir un préjudice extrême », ajouta Kepler.

Harod cligna des yeux et se tourna vers Barent, toujours debout près de la fenêtre. Barent le regarda en souriant. « Il est temps que vous payiez votre écot, Mr. Harod. Nous retrouverons la vieille dame. Ensuite, il faudra nous tuer cette emmerdeuse. »

Harod et Maria Chen durent se rendre à l'aéroport international de Dulles afin de prendre un vol direct pour Los Angeles partant avant la nuit. L'avion décolla avec vingt minutes de retard suite à des ennuis mécaniques. Harod avait besoin de boire un verre. Il détestait prendre l'avion. Il détestait confier son sort à un tiers, et c'était exactement ce qu'il faisait chaque fois qu'il prenait l'avion. Il connaissait par cœur les statistiques démontrant la sécurité du transport aérien. Elles ne signifiaient rien à ses yeux. Il n'avait aucune peine à imaginer les fragments de métal tordu éparpillés sur plusieurs hectares, luisant parfois encore d'un éclat incandescent, les morceaux de corps rouges et roses étalés dans l'herbe comme des tranches de saumon séchant au soleil. *Pauvre Willi,* pensa-t-il.

« Pourquoi ne sert-on jamais à boire *avant* le décollage, bordel ? dit-il. C'est maintenant que j'ai besoin d'un verre. » Maria Chen sourit.

Les balises étaient allumées lorsque l'avion s'engagea enfin sur la piste, mais le soleil brillait encore quand ils eurent franchi l'épaisse couche nuageuse. Harod ouvrit son attaché-case et en sortit une liasse de scénarios. Il avait cinq projets à examiner. Deux des scripts étaient trop longs, plus de cent cinquante pages, et il les rangea sans les lire. La première page du troisième était illisible, et il l'écarta. Il avait lu huit pages du quatrième manuscrit lorsque l'hôtesse vint prendre leur commande.

« Vodka on the rocks », dit Harod. Maria Chen ne prit rien.

Harod examina la jeune hôtesse lorsqu'elle revint avec son verre. Selon lui, les compagnies aériennes avaient pris une des décisions les plus stupides de l'histoire de l'aviation lorsqu'elles avaient engagé des stewards pour mettre fin aux accusations de discrimination sexuelle lancées à leur encontre. Même les hôtesses de l'air lui semblaient plus âgées et moins belles ces temps derniers. Mais pas celle-ci. Elle était jeune, propre sur elle, ne faisait pas mannequin, et était plutôt sexy dans le genre fille de ferme. Elle devait être d'origine scandinave : cheveux blonds, yeux bleus, joues roses et parsemées de taches de rousseur. Seins opulents, peut-être un peu trop pour sa taille, et joliment moulés dans son blazer bleu à passements dorés.

« Merci, ma chère », dit Harod lorsqu'elle posa le verre sur le plateau rabattable. Il lui caressa la main au moment où elle se redressait. « Comment vous appelez-vous ?

– Kristen. » Elle lui adressa un sourire dont l'effet fut gâché par la rapidité avec laquelle elle retira sa main. « Mes amis m'appellent Kris.

– Eh bien, Kris, asseyez-vous ici quelques instants. » Harod tapota le large accoudoir de son siège. « Bavardons un peu tous les deux. »

Kristen eut un nouveau sourire, mais celui-ci était machinal, presque mécanique. « Je suis désolée, monsieur. Nous sommes en retard et je dois préparer les plateaux-repas.

– Je suis en train de lire un scénario de film, dit Harod. Je vais probablement le produire. Il y a là-dedans un rôle qui semble avoir été écrit pour une belle petite *Mädchen* comme vous.

– Merci, mais je dois vraiment aller aider Laurie et Curt à servir les repas.»

Harod lui agrippa le poignet alors qu'elle faisait mine de partir. «Est-ce que ça vous surmènerait de m'apporter une autre vodka on the rocks avant d'aller rejoindre Curt et Laurie?»

Elle retira lentement son bras, résistant visiblement à la tentation de se frictionner le poignet. Elle ne souriait plus.

Harod n'avait toujours pas vu venir son second verre lorsqu'une Laurie souriante lui apporta un steak au homard. Il n'y toucha pas. Il faisait noir dehors et les feux de position rouges clignotaient au bout de l'aile gauche. Harod alluma la lumière mais finit par reposer le scénario. Il regarda Kristen s'affairer dans la cabine. Ce fut Curt qui vint remporter le repas auquel il n'avait pas touché. «Désirez-vous du café, monsieur?»

Harod resta muet. Il regarda l'hôtesse blonde bavarder avec un homme d'affaires et apporter un coussin à un petit garçon qui s'endormait deux sièges devant lui.

«Tony, dit Maria Chen.

– La ferme», dit Harod.

Il attendit que Curt et Laurie soient occupés ailleurs et que Kristen se trouve seule près des toilettes avant. Puis Harod se leva. La jeune femme s'écarta pour le laisser passer, mais ne sembla pas le remarquer. Les toilettes étaient inoccupées. Harod y entra, puis rouvrit la porte et passa la tête par l'entrebâillement.

«Excusez-moi, mademoiselle?

– Oui?» Kristen leva la tête de la pile de plateaux-repas.

«On dirait que l'eau ne coule pas là-dedans.

– Il n'y a pas de pression ?

– Il n'y a pas d'eau. » Harod s'écarta pour la laisser entrer. Il regarda par-dessus son épaule et vit que tous les passagers de première classe étaient occupés à écouter de la musique, à lire ou à dormir. Seule Maria Chen regardait dans sa direction.

« On dirait qu'elle coule bien maintenant », dit l'hôtesse. Harod entra dans les toilettes derrière elle et tira le verrou. Kristen se raidit et se retourna. Harod lui agrippa le bras avant qu'elle ait eu le temps de dire un mot.

Reste tranquille. Harod approcha son visage de celui de la jeune femme. Le compartiment était minuscule et les vibrations des moteurs faisaient frémir les cloisons et le lavabo en métal.

Kristen écarquilla les yeux et ouvrit la bouche, mais Harod *poussa* et elle ne dit rien. Il la regarda dans les yeux avec une telle férocité que la force de son regard était infiniment plus intense que la pression de sa main. Harod sentit une résistance et poussa de nouveau. Il perçut le courant de ses pensées et poussa avec encore plus de force, se frayant un chemin en elle comme un nageur remontant un torrent. Harod la sentit se débattre, physiquement d'abord, puis dans le tréfonds de son esprit. Il étreignit sa conscience rétive avec autant de fermeté qu'il avait jadis étreint sa cousine Elizabeth lorsque, au cours d'une bagarre d'enfants, Harod s'était retrouvé sur elle, le bas-ventre entre ses cuisses, lui maintenant fermement les poignets plaqués au sol, résistant aux convulsions de son pelvis par la seule force de son poids, embarrassé et excité par son érection soudaine et par les efforts violents et impuissants de sa captive.

Assez. La résistance de Kristen faiblit, puis disparut. Harod ressentit la même chaleur suprême et étourdissante qui l'envahissait quand il pénétrait physiquement une femme. Il y eut un calme soudain et une décontraction presque alarmante lorsque sa volonté envahit l'esprit de sa victime. Sa conscience d'elle-même vacilla comme chandelle au vent. Harod la laissa s'éteindre. Il ne fit aucun effort pour remonter le fil de ses pensées en quête du centre de son plaisir. Il ne perdit pas de temps à la caresser. Ce n'était pas son plaisir qui l'intéressait, mais sa soumission.

Ne bouge pas. Harod rapprocha encore son visage. Un fin duvet doré tapissait les joues roses de Kristen. Ses yeux étaient immenses, très bleus, leurs pupilles dilatées à l'extrême. Ses lèvres étaient humides et ouvertes. Harod les caressa doucement de la bouche, mordilla sa lèvre inférieure gonflée, puis inséra sa langue.

Kristen n'eut aucune réaction, excepté une légère exhalaison qui aurait pu être un soupir, un gémissement ou un cri si elle avait été libre. Elle avait goût de menthe. Harod lui mordilla de nouveau la lèvre, violemment cette fois-ci, puis se retira et sourit. Une minuscule goutte de sang perla à la bouche de la jeune femme et coula lentement sur son menton. Ses yeux regardaient Harod sans le voir, passifs, dénués de passion, mais il s'y devinait une lueur de terreur, tel le mouvement quasi imperceptible d'un animal derrière les barreaux de sa cage.

Harod lâcha son bras pour lui caresser la joue. Il savoura les sursauts impuissants de sa volonté, la fermeté du contrôle qu'il exerçait sur elle. Sa panique lui emplissait les narines comme un parfum entêtant. Il ignora la supplique qu'exprimait son agitation et s'engagea sur le chemin obscur mais familier qui conduisait aux centres moteurs de son esprit. Il modela sa conscience avec l'assurance d'un sculpteur pétrissant la glaise. Elle poussa un nouveau soupir.

Tiens-toi tranquille. Harod lui ôta son blazer et le laissa tomber dans le lavabo derrière elle. Son souffle court et la vibration des moteurs résonnaient dans le minuscule compartiment. L'avion s'inclina légèrement sur le côté et Harod fut projeté tout contre elle, cuisse contre cuisse. Son excitation accrut encore le pouvoir qu'il exerçait sur elle.

Pas un mot. Une écharpe de soie rouge et bleue aux couleurs de la compagnie était nouée autour de son cou. Harod ne s'en soucia point et déboutonna son chemisier avec un parfait doigté. Elle se mit à frissonner lorsqu'il extirpa le chemisier de sa jupe, mais il resserra son étau mental et elle cessa de trembler.

Kristen portait un soutien-gorge blanc tout simple. Ses seins lourds et pâles s'arrondissaient au-dessus du tissu. Harod sentit une inévitable tendresse s'épanouir en lui, un flot d'amour et de peine qui revenait toujours dans ces moments-là. Cela n'affectait en rien son contrôle.

La bouche de la jeune femme esquissa un mouvement. Salive et sang frémirent sur sa lèvre inférieure.

Ne bouge pas. Harod lui rabattit son chemisier derrière les épaules et le laissa pendre à ses bras ballants. Ses doigts tressaillirent. Il dégrafa son soutien-gorge et le remonta. Harod ouvrit son blouson de cuir et déboutonna sa chemise afin de frotter sa poitrine contre celle de sa victime. Ses seins étaient encore plus volumineux qu'il ne l'avait cru, lourds contre sa peau, d'un blanc si vulnérable, avec des mamelons si roses et si peu développés, que Harod sentit sa gorge se nouer tellement il aimait cette femme.

Tais-toi, tais-toi, tais-toi. Tiens-toi tranquille, salope. L'avion s'inclina violemment sur la gauche. Harod s'appuya contre elle, pesa de tout son poids sur elle, et se frotta aux doux renflements de son ventre.

Du bruit dans l'allée. Quelqu'un essaya de tourner le loquet. Harod souleva la jupe de Kristen et la retroussa sur ses larges hanches. Il abaissa son collant, le coinça sous son pied gauche, puis leva le genou droit pour écarter les jambes de la jeune femme et achever de l'en dépouiller, déchirant le nylon au passage. Elle portait un petit slip blanc sous son collant. Un fin duvet doré courait aussi sur ses cuisses. Ses jambes étaient d'une douceur et d'une fermeté incroyables. Harod ferma les yeux en signe de gratitude.

« Kristen ? Tu es là ? » C'était la voix du steward. Le loquet s'agita de nouveau. « Kristen ? C'est moi, Curt. »

Harod baissa le slip de la jeune femme et ouvrit sa braguette. Son érection lui faisait mal. Il lui caressa le ventre juste au-dessus de la ligne de sa toison et ce contact le fit frissonner. L'avion entra dans une zone de turbulence. Un signal sonore retentit au loin. Harod saisit les fesses de sa proie, lui écarta les jambes et se glissa en elle alors que l'avion se mettait à trembler. Il sentit le bord du lavabo sous ses doigts lorsque tout le poids de sa victime reposa sur ses mains. Il y eut une seconde de résistance sèche, puis, pour la seconde fois, une bouleversante impression de chaleur et de reddition. Harod se pressa violemment contre elle. La dent de requin rebondit sur les seins écrasés.

« Kristen ? Qu'est-ce qui se passe, bon sang ? Le temps se gâte. Kristen ? » L'avion s'inclina sur la droite. Le lavabo et les cloisons vibrèrent. Harod donna un coup de reins, pressa sa proie contre lui, en donna un deuxième.

« Vous cherchez l'hôtesse de l'air ? » Harod reconnut la voix de Maria Chen à travers la porte. « Elle aidait une vieille dame qui était malade… très malade, j'en ai peur. »

Il y eut un murmure inintelligible. La sueur luisait entre les seins de Kristen. Harod la serra encore plus contre lui, la pressa, l'enserra dans l'étau de sa volonté, pénétra en elle, percevant le va-et-vient de son membre par l'entremise de ses pensées en plein désarroi, goûta le sel de sa chair et l'écume amère de sa panique, la força à bouger comme une immense marionnette molle, sentit l'orgasme monter en elle, non, en lui, les deux courants de pensées et de sensations se déversant dans un unique et noir chaudron de réaction physique.

« Je ne manquerai pas de l'en informer », dit Maria Chen. On tapa doucement à la porte, à quelques centimètres du visage de Harod.

Il se tendit, explosa, sentit le médaillon les érafler tous les deux, et enfouit son visage au creux du cou de Kristen. La tête de celle-ci était rejetée en arrière. Sa bouche était grande ouverte sur un cri silencieux et ses yeux fixaient le plafond bas.

L'avion tressauta et vira. Harod embrassa la sueur qui perlait à la gorge de sa victime et se baissa pour récupérer le slip. Ses doigts tremblaient lorsqu'il reboutonna le chemisier. Le collant était filé en plusieurs endroits. Il le fourra dans la poche de son blouson et défroissa la jupe de Kristen. Ses jambes étaient assez hâlées pour dissimuler l'absence de bas.

Harod relâcha peu à peu son emprise. Les pensées de Kristen étaient désordonnées, mélange confus de souvenirs et de rêves. Il la laissa renversée sur le lavabo pendant qu'il ouvrait le verrou.

« Il faut aller attacher votre ceinture, Tony. » La mince silhouette de Maria Chen emplissait le seuil.

« Ouais.

– Hein ? » dit Kristen d'une voix absente. Ses yeux étaient toujours dans le vague. « Hein ? » Elle se pencha au-dessus du bassin en acier et vomit doucement.

Maria entra et prit la jeune femme par les épaules. Lorsqu'elle eut fini de vomir, Maria lui épongea le visage avec une serviette mouillée. Harod resta dans le couloir, s'accrocha au montant de la porte pendant que l'avion tanguait comme un frêle esquif sur une mer déchaînée.

« Hein ? demanda Kristen en regardant Maria Chen sans la voir. Je ne… pourquoi… souviens pas ? »

Maria se tourna vers Harod tout en caressant le front de la jeune femme. « Vous feriez mieux d'aller vous asseoir, Tony. Vous allez avoir des ennuis si vous n'attachez pas votre ceinture. »

Harod regagna son siège et reprit le script qu'il avait commencé à lire. Maria Chen le rejoignit quelques instants plus tard. Le temps se calma. A l'avant, on entendait la voix soucieuse de Curt par-dessus le bruit des moteurs.

«Je ne sais pas, répondait Kristen d'une voix atone. Je ne sais pas.» Harod les ignora et rédigea quelques notes en marge du manuscrit. Quelques minutes plus tard, il leva les yeux et vit que Maria Chen le regardait. Il sourit, la commissure de ses lèvres incurvée vers le bas. «Je n'aime pas attendre mon deuxième verre», dit-il doucement.

Maria Chen se détourna et fixa les ténèbres où perçait la lumière rouge clignotant au bout de l'aile.

Le lendemain matin Tony Harod se rendit chez Willi de bonne heure. Le gardien reconnut sa Ferrari de loin et le portail était déjà ouvert lorsque la voiture fit halte devant lui.

«Bonjour, Chuck.

– Bonjour, Mr. Harod. Je ne vous ai jamais vu aussi matinal.

– Moi non plus, Chuck. Je dois encore fouiller dans la paperasse. Il faut que je fasse le point sur certains projets lancés par Willi. En particulier un truc intitulé *Traite des Blanches.*

– Oui, m'sieur, on en a parlé dans la presse.

– La maison est toujours bien gardée, Chuck?

– Oui, m'sieur, au moins jusqu'à la vente aux enchères le mois prochain.

– C'est McGuire qui vous paie?

– Oui, m'sieur. Avec l'argent de la succession.

– Bien. A tout à l'heure, Chuck. Faites attention à vous.

– Vous aussi, Mr. Harod.»

Il démarra sur les chapeaux de roue et accéléra encore en s'engageant dans la longue allée. Le soleil matinal créait un effet stroboscopique à travers l'écran des peupliers. Harod fit le tour de la fontaine asséchée qui se trouvait devant l'entrée principale et se gara près de l'aile ouest, là où Willi avait ses bureaux.

La maison de Bel Air de Bill Borden ressemblait à un palais importé d'une république bananière. Ses arpents de stuc, de carrelage rouge et de vitres innombrables resplendissaient dans la lumière du matin. Ses portes s'ouvraient sur des patios bordés de galeries ombragées qui donnaient sur de vastes pièces bien aérées, reliées à d'autres patios par des couloirs carrelés. La maison semblait avoir été bâtie au fil des générations, alors qu'elle avait été édifiée durant l'été 1938 par un petit magnat du cinéma qui était mort trois ans plus tard en visionnant des rushes.

Harod se servit de sa clé pour pénétrer dans l'aile ouest. Les stores vénitiens projetaient des bandes jaunes sur la moquette du bureau des secrétaires. Celui-ci était propre et net, les tables vierges de paperasse et les machines à écrire sous leurs housses. Harod eut un petit pincement au cœur en pensant à l'agitation qui régnait d'ordinaire dans cette pièce. Le bureau de Willi était à deux portes de là, derrière la salle de conférences.

Harod sortit un bout de papier de sa poche et ouvrit le coffre-fort. Il posa les chemises de différentes couleurs et les documents sous pli au centre du large bureau blanc de Willi. Il déverrouilla le classeur et soupira. La matinée s'annonçait longue.

Trois heures plus tard, Harod s'étira, bâilla et écarta son siège du bureau en désordre. Il n'avait rien trouvé parmi les papiers de William Borden qui soit susceptible d'embarrasser quiconque, excepté quelques pique-assiette et quelques cinéphiles. Harod se leva et boxa quelques instants avec son ombre. Il se sentait agile et léger dans ses Adidas. Il portait un jogging bleu clair, ouvert aux chevilles et aux poignets. Il avait faim. Il remonta d'un pas souple et presque silencieux le couloir principal de l'aile gauche, traversa un patio orné d'une fontaine, longea une terrasse ouverte assez vaste pour abriter un congrès du syndicat des acteurs, et entra dans la cuisine par la porte sud. Le réfrigérateur était encore bien garni. Il avait débouché un magnum de champagne et se préparait une tartine de mayonnaise lorsqu'il entendit un bruit. La bouteille de champagne à la main, il traversa l'immense salle à manger et entra dans le salon.

«Hé, qu'est-ce que vous foutez ici?» cria Harod. A dix mètres de lui, un homme était occupé à fouiller les étagères où Willi rangeait ses cassettes vidéo. Il se redressa vivement et l'ombre de son torse envahit l'écran de plus de trois mètres de large.

«Oh, c'est vous», dit Harod. Il s'agissait d'un des petits amis de Willi que McGuire et lui avaient chassés de la maison quelques jours plus tôt. Il était très jeune, très blond, et arborait un bronzage que peu de personnes au monde pouvaient se permettre d'entretenir. Il mesurait plus d'un mètre quatre-vingts et n'était vêtu que d'un short moulant et de tennis. Son torse nu n'était qu'un ondoiement de muscles. Ses deltoïdes et ses pectoraux témoignaient à eux seuls des centaines d'heures qu'il avait passées à soulever des haltères et à lutter contre une machine Universal. En voyant son ventre, Harod eut l'impression qu'on pouvait casser des briques dessus.

«Ouais, c'est moi.» Harod trouva que sa voix ressemblait davantage à celle d'un Marine qu'à celle d'un minet de Malibu. «Ça vous dérange?»

Harod eut un soupir de lassitude et avala une bonne gorgée de champagne. Il s'essuya la bouche. «Foutez le camp d'ici, mon vieux. C'est une propriété privée.»

Une moue plissa le visage du bel éphèbe bronzé. «Ah ouais, et alors? Bill était un ami à moi.

– Tiens donc.

– J'ai le droit de venir ici. Une grande amitié nous liait.

– Ouais, et aussi un tube de vaseline. Maintenant, foutez le camp d'ici avant qu'on vous jette dehors.

– Ah ouais? Et qui va me jeter dehors?

– Moi.

– Tout seul comme un grand?» Le jeune homme se dressa de toute sa taille et fit rouler ses muscles. Harod ne savait pas si c'étaient des biceps ou des triceps qu'il voyait ; tous ses muscles semblaient s'entremêler comme des hamsters en train de forniquer sous une couverture.

« Moi et les flics, dit Harod en se dirigeant vers un téléphone posé près du canapé.

– Ah ouais ? » Le jeune homme prit le combiné de la main de Harod, puis arracha le cordon du téléphone. Sur sa lancée, il saisit le fil et l'arracha à la prise murale.

Harod haussa les épaules et posa la bouteille de champagne. « On se calme, mon chou. Il y a d'autres téléphones dans cette baraque. Willi avait plein de téléphones. »

En trois enjambées, le jeune homme se retrouva devant Harod, lui bloquant le passage. « Pas si vite, fumier.

– Fumier ? Bon Dieu, on ne m'avait pas dit ça depuis que j'ai quitté le lycée d'Evanston. T'as d'autres compliments en réserve, mon chou ?

– Ne m'appelle pas mon chou, connard.

– Celui-là, je l'ai souvent entendu », et Harod fit mine de contourner l'intrus. Celui-ci lui posa trois doigts sur la poitrine et poussa. Harod rebondit sur l'accoudoir du canapé. Le jeune homme se recula et se mit en position de combat, les bras levés selon des angles bizarres. « Karaté ? dit Harod. Hé, c'est pas la peine de te fâcher comme ça. » Un tremblement infime était perceptible dans sa voix.

« Connard, dit le jeune homme. Fumier, fils de pute.

– Oh-oh, tu commences à radoter. Ça doit être l'âge. » Harod fit mine de s'enfuir. Le jeune homme bondit. Lorsque Harod se retourna, la bouteille de champagne était de nouveau dans sa main. Elle décrivit un arc de cercle qui s'acheva sur la tempe gauche de l'intrus. La bouteille ne se brisa pas. Il y eut un bruit sourd évoquant curieusement celui d'une cloche dont le battant aurait été remplacé par un chat mort, et le jeune homme se retrouva à genoux, dodelinant de la tête. Harod s'avança et shoota dans un ballon imaginaire situé juste en dessous de son menton.

« Argh ! » hurla Tony Harod en saisissant son Adidas. Il sautilla à cloche-pied pendant que le jeune homme allait rebondir sur les coussins du canapé pour atterrir ensuite devant lui, agenouillé comme un pécheur repentant. Harod saisit une lourde lampe mexicaine et en frappa son beau visage. Contrairement à la bouteille, la lampe se brisa de façon tout à fait satisfaisante. Ainsi que le nez du jeune homme et divers autres détails de son visage. Il s'effondra sur l'épaisse moquette comme un homme-grenouille plongeant de son radeau.

Harod l'enjamba et se dirigea vers le téléphone de la cuisine. « Chuck ? Ici Tony Harod. Dites à Leonard de vous remplacer à votre poste et venez jusqu'ici en voiture, voulez-vous ? Willi a laissé un tas d'ordures qu'il faut emporter à la décharge. »

Plus tard, après que le petit ami de Willi eut été conduit en salle des urgences, Harod mangea un sandwich au pâté arrosé de champagne, puis retourna examiner la vidéothèque de Willi. Elle contenait plus de trois cents cassettes. Certaines étaient des copies des premiers triomphes de Willi — des films inoubliables comme *Trois sur une balançoire, La Créature de la plage* et *Souvenirs de Paris.* On y trouvait aussi les films que Harod avait coproduits avec Willi, tels que *Massacre au bal du lycée, Les enfants sont morts* et deux suites de *La Nuit de Walpurgis.* Plus des vieux classiques du cinéma de minuit, des bouts d'essai, des chutes, un téléfilm-pilote, trois épisodes de « A toi et à moi », la série télé ringarde que Willi avait tenté de lancer, une collection complète des films X de Jerry Damiano, quelques nouveautés, et d'autres cassettes au contenu indéterminé. Le petit ami en avait prélevé plusieurs et Harod s'agenouilla pour les examiner. La première était étiquetée *A & B.* Harod brancha le magnétoscope et y inséra la cassette. Un titre apparut sur l'écran : « Alexander et Byron 4/23 ».

L'immense piscine de Willi apparut à l'image. La caméra fit un travelling latéral sur la droite, s'arrêtant sur la porte de la chambre de Willi sans s'attarder sur la chute d'eau artificielle. Un jeune homme mince vêtu d'un maillot de bain rouge apparut en pleine lumière. Il fit un signe à la caméra dans le plus pur style «film de vacances», puis s'immobilisa au bord de la piscine, un peu gêné, évoquant irrésistiblement l'image d'une Vénus anémique et plate posant pour Botticelli. Soudain, le petit ami musclé jaillit de l'ombre. Il portait un maillot de bain rouge encore plus minuscule que celui de son partenaire et il prit immédiatement une série de poses de culturiste. Le jeunot élancé — Alexander? — mima son admiration. Harod savait que Willi possédait un excellent système de prise de son relié à ses caméras vidéo, mais cette bobine de cinéma-vérité était aussi muette qu'un vieux film de Charlot.

Le petit ami acheva sa démonstration par une rotation du torse à se déboîter les vertèbres. Alexander s'était mis à genoux, prosterné aux pieds du dieu Adonis. Tandis que celui-ci gardait la pose, l'adorateur tendit une main et abaissa le slip de sa divinité. Le bronzage du jeune homme était bel et bien parfait. Harod éteignit le magnétoscope.

«Byron? marmonna-t-il. Seigneur.» Il retourna près des étagères. Au bout d'un quart d'heure, il avait trouvé la cassette qu'il cherchait. Étiquetée «En cas de malheur», elle était rangée juste après *Dans la chaleur de la nuit* et *De sang-froid*. Harod alla s'asseoir sur une ottomane et manipula la cassette un long moment. Une boule lui pesait sur l'estomac et il avait envie de ficher le camp sans tarder. Il inséra la cassette dans le magnétoscope, appuya sur la touche PLAY et se pencha en avant.

«Salut, Tony, dit Willi, bonjour d'outre-tombe.» Son image était plus grande que nature. Il était assis sur une chaise longue près de sa piscine. Derrière lui, les palmiers ondoyaient sous la brise, mais personne d'autre, pas même un serviteur, ne se trouvait dans le champ. Les cheveux blancs de Willi étaient peignés vers l'avant, mais Harod distinguait des coups de soleil sur sa calvitie. Le vieil homme portait une chemise hawaiienne déboutonnée et un ample short vert. Ses genoux étaient tout blancs. Harod sentit son cœur battre plus fort. «Si vous avez trouvé cette cassette, dit la voix de Willi, je me vois obligé de supposer qu'un malheur m'a arraché à votre affection. Tony, j'espère que vous êtes le premier à avoir trouvé ce… mmm… cet ultime testament, et que vous êtes le seul à le visionner.»

Harod serra les poings. Il ne savait pas exactement quand cette cassette avait été enregistrée, mais c'était sans doute récemment.

«J'espère que vous vous êtes occupé des projets que nous pourrions avoir en cours, dit Willi. Je sais que la compagnie de production sera en de bonnes mains. Détendez-vous, mon ami, et si mon testament a déjà été lu, ne vous inquiétez pas. Cette cassette ne contient aucun codicille surprise. La maison est à vous. Ceci n'est qu'une rencontre entre deux vieux amis, *ja*?»

«Bordel», souffla Harod. Il commençait à avoir la chair de poule.

«… profitez bien de cette maison, disait Willi. Je sais que vous ne l'avez jamais aimée, mais vous n'aurez aucune difficulté à la convertir en capital si le besoin s'en fait sentir. Peut-être pourriez-vous l'utiliser pour monter notre *Traite des Blanches,* hein?»

La cassette était *très* récente. Harod frissonna en dépit de la chaleur.

«Je n'ai pas grand-chose à vous dire, Tony. Vous serez d'accord avec moi pour reconnaître que je vous ai traité comme un fils, *nicht wahr?* Enfin, sinon comme un fils, du moins comme un neveu bien aimé. Et cela en dépit du fait que vous n'ayez pas toujours été aussi honnête avec moi que vous auriez pu l'être. Vous avez des amis dont vous ne m'avez jamais parlé… n'est-il pas vrai? Enfin, nulle amitié n'est parfaite, Tony. Peut-être ne vous ai-je pas tout dit au sujet de mes propres amis. Chacun de nous doit vivre sa vie, non?»

Harod se redressa, retenant son souffle.

«Ça n'a plus d'importance maintenant», dit Willi. Il se détourna de l'objectif pour contempler les taches de lumière qui dansaient dans la piscine. «Si vous visionnez cette cassette, cela veut dire que j'ai disparu. Personne n'est éternel, Tony. Vous le comprendrez quand vous aurez mon âge...» Willi se retourna vers la caméra. «*Si* vous atteignez mon âge.» Il sourit. Son dentier était parfait. «J'ai encore trois choses à vous dire, Tony. Premièrement, je regrette que vous n'ayez jamais appris à jouer aux échecs. Vous savez combien c'est important pour moi. C'est beaucoup plus qu'un jeu, mon ami. *Ja,* c'est beaucoup plus qu'un jeu. Vous m'avez dit un jour que vous étiez trop occupé à vivre votre vie pour perdre du temps à de tels jeux. Eh bien, vous avez encore le temps d'apprendre, Tony. Même un mort pourrait vous aider à apprendre. *Zweitens,* deuxièmement, je dois vous dire que j'ai toujours détesté ce nom, Willi. Si nous devions nous rencontrer dans l'autre monde, Tony, je vous prierais de m'appeler différemment. Herr von Borchert conviendrait parfaitement. Ou Der Meister. Croyez-vous en l'autre monde, Tony? Moi, j'y crois. Je suis sûr qu'il existe. Comment imaginez-vous un tel endroit, hein? J'ai toujours pensé que le paradis était une île merveilleuse où l'on ne manquait de rien, où l'on rencontrait des gens à la conversation intéressante, et où l'on pouvait Chasser tout son soûl. Une bien belle image, n'est-ce pas?»

Harod cilla. Il avait souvent entendu l'expression «avoir des sueurs froides», mais il n'en avait jamais fait l'expérience. Jusqu'à aujourd'hui.

«Finalement, Tony, je dois vous poser une question. Harod : quel genre de nom est-ce là, hein? Vous vous dites issu d'une famille chrétienne du Middle West et vous invoquez souvent le nom du Seigneur, mais je pense que le nom de Harod a d'autres origines, pas vrai? Je pense que mon cher neveu est peut-être juif. Enfin, ça n'a plus d'importance maintenant. Nous en reparlerons si jamais nous nous revoyons au paradis. En attendant, cette cassette ne s'arrête pas là, Tony. J'y ai ajouté quelques extraits du journal télévisé. Vous les trouverez instructifs, même si, d'habitude, vous n'avez pas le temps de vous intéresser à ce genre de choses. Adieu, Tony. Ou plutôt : *Auf Wiedersehen.*» Willi fit un signe à la caméra. L'image disparut quelques instants, puis fit place à un reportage vieux de cinq mois sur l'arrestation de l'Étrangleur d'Hollywood. D'autres documents suivirent, consacrés à des meurtres commis durant l'année écoulée. La cassette s'acheva vingt-cinq minutes plus tard et Harod éteignit le magnétoscope. Il se prit la tête dans les mains et resta immobile un long moment. Finalement, il se leva, éjecta la cassette, l'empocha et s'en fut.

Il prit le chemin des écoliers pour rentrer chez lui, roulant à vive allure, passant les vitesses avec brusquerie, pénétrant sur la Hollywood Freeway à plus de 120 km/h. Personne ne l'arrêta. Son jogging était humide de transpiration lorsqu'il entra dans son jardin et pila net sous les yeux furibonds de son satyre.

Harod alla au bar de son jacuzzi et se servit une vodka bien tassée. Il l'engloutit en quatre gorgées et sortit la cassette de sa poche. Il tira sur la bande magnétique et la déroula sur le sol, l'arrachant aux deux bobines de plastique. Il lui fallut plusieurs minutes pour brûler la bande dans le vieux barbecue de la terrasse. Un résidu fondu gisait parmi les cendres. Harod cogna à plusieurs reprises la cassette vide sur la cheminée en pierre du barbecue. Il jeta la boîte fracassée dans une poubelle et alla se servir une nouvelle vodka, coupée cette fois-ci de jus de citron.

Harod se dévêtit et s'immergea dans le jacuzzi. Il était sur le point de s'assoupir lorsque Maria Chen entra avec le courrier du jour et un magnétophone Sony.

«Laissez ça là», dit-il, et il se remit à somnoler. Un quart d'heure plus tard, il ouvrit les yeux et commença à trier le paquet d'enveloppes, s'interrompant de temps en temps pour dicter quelques brèves instructions. Quatre nouveaux scénarios étaient arrivés. Tom McGuire lui avait envoyé un tas de paperasses relatives à la maison de Willi, à la vente aux enchères et aux impôts. Il était invité à trois réceptions et il prit note de confirmer pour l'une d'elles. Dans sa lettre manuscrite, Michael May-Dreinan, ce jeune scribouillard insolent, se plaignait que Schubert Williams, le metteur en scène, était déjà en train de réécrire son scénario alors que *ce foutu truc n'était même pas encore achevé.* Harod pouvait-il intervenir? Sinon Dreinan laisserait tomber le projet. Harod jeta la lettre au loin et ne dicta aucune réponse.

La dernière lettre était glissée dans une enveloppe rose postée à Pacific Palisades. Harod la déchira. Le papier à lettres était assorti à l'enveloppe et discrètement parfumé. La missive était rédigée d'une écriture soignée, avec des ronds en guise de points sur les i.

Cher Mr. Harod,

Je ne sais pas ce qui m'a pris samedi dernier. Je ne le comprendrai jamais. Mais je ne vous en veux pas et je vous pardonne, même si je ne peux pas me pardonner.

Loren Sayles, mon imprésario, a reçu aujourd'hui les contrats relatifs au rôle que vous m'avez proposé. J'ai dit à Loren et à ma mère qu'il devait s'agir d'une erreur. Je leur ai dit que j'avais parlé de ce film avec Mr. Borden peu de temps avant son décès, mais sans m'engager à quoi que ce soit.

Je ne saurais être associée à un tel projet à ce stade de ma carrière, Mr. Harod. Je suis *sûre* que vous comprendrez ma position. Cela ne nous empêchera pas de travailler ensemble sur un autre film à l'avenir. J'espère que vous comprendrez ma décision et que vous ne dresserez aucun obstacle — fût-ce un détail embarrassant — qui soit de nature à compromettre nos relations futures.

Je sais que je peux compter sur vous pour agir comme il convient en la circonstance, Mr. Harod. Samedi dernier, vous avez affirmé savoir que j'étais membre de l'Église de Jésus-Christ des Saints des Derniers Jours. Vous devez également comprendre que ma foi est forte et que mes responsabilités envers le Seigneur et Ses lois doivent passer avant toute autre considération.

Je prie de tout mon cœur pour que Dieu vous aide à comprendre quelle est la meilleure façon d'agir.

Très sincèrement,

Shayla Berrington

Harod remit la lettre parfumée dans son enveloppe. *Shayla Berrington.* Il l'avait presque oubliée. Il prit le petit magnétophone et colla ses lèvres au micro. «Maria, lettre à Tom McGuire. Cher Tom. Je m'occuperai de la paperasse dès que possible. Prépare la vente aux enchères comme prévu. A la ligne. Enchanté de savoir que les chutes X que je t'avais envoyées pour l'anniversaire de Cal vous ont plu. Je pensais bien que ça vous botterait. Je vous envoie une autre cassette qui risque de vous amuser. Ne me demandez pas d'où ça vient et prenez votre pied. Faites autant de copies qu'il vous plaira. Peut-être que ça fera rigoler Mary Sandborne et ses copains de Four Star. A la ligne. Je t'enverrai l'acte de cession dès que possible. Mon comptable te contactera. A la ligne. Meilleur souvenir à Sarah et aux gamins. A la ligne. Amicalement. Oh, Maria, faites-moi signer cette lettre dès aujourd'hui, d'accord? Joignez-y la cassette VHS n°165. Et, Maria… envoyez-moi ça en exprès.»

6.
Charleston,
mardi 16 décembre 1980

La jeune femme se tenait immobile, les bras tendus, les deux mains serrées sur la crosse du pistolet braqué sur la poitrine de Saul Laski. Celui-ci savait qu'elle risquait de tirer s'il sortait de la garde-robe, mais rien au monde n'aurait pu le forcer à rester dans ce sombre réduit où la puanteur de la Fosse montait à ses narines. Il émergea en trébuchant dans la lumière grise de la chambre.

La femme recula d'un pas sans baisser son arme. Elle ne tira pas. Saul inspira profondément à plusieurs reprises et remarqua qu'elle était jeune, noire, et qu'il y avait des gouttes de pluie sur son imperméable blanc et sur ses cheveux courts coiffés à l'afro. Peut-être était-elle séduisante, mais Saul ne voyait que l'arme qu'elle braquait sur lui. C'était un petit pistolet automatique — un calibre 32, pensa-t-il — mais en dépit de sa petite taille, la gueule noire de son canon retenait totalement son attention.

« Les mains en l'air », dit-elle. Sa voix était douce, sensuelle, et son accent fleurait le Sud sans être fruste. Saul leva les mains et croisa les doigts sur sa nuque.

« Qui êtes-vous ? » demanda-t-elle. Elle tenait toujours l'automatique des deux mains, mais ne semblait pas se fier à son arme. Elle était trop près de lui, à un mètre vingt environ. Saul savait qu'il aurait sans doute le temps de détourner le canon avant qu'elle n'appuie sur la détente. Mais il ne bougea pas. « Qui êtes-vous ? répéta-t-elle.

– Je m'appelle Saul Laski.
– Que faites-vous ici?
– Je pourrais vous poser la même question.
– Répondez-moi.» Elle leva un peu plus son arme pour l'encourager. Saul savait à présent qu'il avait affaire à un amateur, une femme à qui la télévision avait fait croire que les armes à feu étaient des baguettes magiques conçues pour faire obéir les gens. Il l'étudia du regard. Elle était plus jeune qu'il ne l'avait cru de prime abord, à peine une vingtaine d'années. Elle avait un visage ovale et séduisant, des traits délicats, des lèvres pleines et de grands yeux qui paraissaient noirs dans la pénombre. Sa peau avait la couleur du café-crème.

«Je jette un coup d'œil», dit Saul. Sa voix était posée, mais il constata avec intérêt que son corps réagissait comme d'habitude dans de telles circonstances; ses testicules s'efforçaient de remonter dans son ventre et il avait une envie irrésistible de se cacher derrière quelqu'un, derrière n'importe qui, y compris lui-même.

«Cette maison a été scellée par la police», dit-elle. Saul remarqua qu'elle n'avait pas détaché les syllabes du mot «police», contrairement à l'usage de tant de Noirs américains de New York.

«Oui, je sais.
– Que *faites-vous* ici?»

Saul hésita. Il la regarda dans les yeux. Il y lut de l'anxiété, de la tension et une forte détermination. Ces émotions humaines le rassurèrent et le convainquirent de lui dire la vérité. «Je suis médecin. Psychiatre. Je m'intéresse aux meurtres qui ont été perpétrés ici la semaine dernière.

– Un psychiatre?» La jeune femme semblait dubitative. Le pistolet ne trembla point. La maison, à présent presque entièrement plongée dans les ténèbres, n'était éclairée que par le réverbère de la cour. «Pourquoi êtes-vous entré par effraction?» demanda-t-elle.

Saul haussa les épaules. «Je craignais que les autorités me refusent la permission d'examiner les lieux. J'espérais trouver quelque chose qui puisse m'aider à expliquer les événements. Je pense que je ne trouverai rien.

– Je devrais appeler la police.

– Faites. Je n'ai pas vu de téléphone au rez-de-chaussée, mais il y en a sûrement un quelque part. Appelons la police. Appelons le shérif Gentry. Je serai inculpé pour effraction. Quant à vous, vous le serez pour effraction, agression caractérisée et port d'arme prohibée. Cette arme n'est pas déclarée, je suppose ? »

La jeune femme avait sursauté en entendant le nom de Gentry. Elle passa outre à la question de Saul. « Que savez-vous sur les meurtres de samedi dernier ? » Sa voix faillit se briser lorsqu'elle prononça le mot « meurtres ».

Saul s'étira pour calmer la douleur qui lui taraudait la nuque et les bras. « Je ne sais que ce que j'en ai lu. Bien que j'aie connu une des victimes de son vivant : Nina Drayton. Je pense que cette affaire est plus complexe que ne l'imaginent le shérif Gentry et Haines, l'agent du F.B.I.

– Que voulez-vous dire ?

– Je veux dire que neuf personnes ont été tuées dans cette ville samedi dernier, et que personne ne peut expliquer leur mort. Mais je pense que ces personnes ont un point commun qui a échappé aux enquêteurs. J'ai mal aux bras, mademoiselle. Je vais les baisser, mais je ne bougerai plus ensuite. » Il baissa les mains avant qu'elle ait eu le temps de réagir. Elle fit un pas en arrière. La vieille maison craquait autour d'eux. Quelque part dans la rue, un autoradio brailla pendant une seconde, puis se tut.

« Je pense que vous mentez, dit la jeune femme. Peut-être que vous êtes un banal cambrioleur. Ou une espèce de goule en quête de souvenirs. Ou peut-être que vous êtes vous-même mêlé à cette série de meurtres. »

Saul resta muet. Il examina la jeune femme dans l'obscurité. Le petit automatique était à peine visible dans ses mains. Il percevait sans peine son indécision. Finalement, il prit la parole. « Preston. Joseph Preston, le photographe. Sa femme ? Non, pas sa femme. Le shérif Gentry m'a dit que Mr. Preston vivait ici depuis... depuis vingt-six ans, je crois. Sa fille, peut-être. Oui, sa fille. »

La jeune femme fit un autre pas en arrière.

« Votre père a été tué en pleine rue, dit Saul. Un meurtre brutal. Insensé. Les autorités ne peuvent vous donner aucune explication concluante et leurs réponses ne vous satisfont pas. Alors vous attendez. Vous observez. Peut-être surveillez-vous cette maison depuis plusieurs jours. Puis un Juif new-yorkais coiffé d'un bob escalade la barrière. *Peut-être que je vais apprendre quelque chose,* pensez-vous. Est-ce que je me trompe ? »
La jeune femme resta muette, mais elle abaissa son arme. Saul vit ses épaules frémir et se demanda si elle pleurait.

« Eh bien, dit-il en lui posant une main sur le bras, peut-être que je *peux* vous aider. Peut-être que nous pourrons trouver ensemble un sens à ces événements insensés. Venez, quittons cette maison. Elle pue la mort. »

La pluie avait cessé. Le jardin sentait l'humus et la terre mouillée. La jeune femme conduisit Saul jusqu'à la remise, près de laquelle elle avait ouvert une brèche dans la grille. Il se faufila derrière elle. Saul remarqua qu'elle avait rangé le pistolet dans la poche de son imperméable blanc. Ils s'avancèrent dans l'allée cendrée qui crissait doucement sous leurs pas. La nuit était fraîche.

« Comment saviez-vous qui j'étais ? demanda-t-elle.

– Je ne le savais pas. Je l'ai deviné. »

Une fois dans la rue, ils restèrent silencieux une minute. « Ma voiture est garée devant la maison, dit finalement la jeune femme.

– Ah bon ? Comment m'avez-vous vu entrer, alors ?

– Je vous ai remarqué quand vous êtes passé devant la porte. Vous regardiez les maisons avec attention et vous avez failli vous arrêter devant celle-ci. Quand vous vous êtes éloigné, je suis allée faire un tour derrière.

– Hmmm. Je ferais un bien piètre espion.

– Vous êtes vraiment psychiatre ?
– Oui.
– Mais vous n'êtes pas d'ici.
– Non. De New York. Je travaille parfois à la clinique de l'université de Columbia.
– Vous êtes citoyen américain ?
– Oui.
– Votre accent. C'est un accent... allemand, peut-être ?
– Non. Je suis né en Pologne. Comment vous appelez-vous ?
– Natalie. Natalie Preston. Mon père était... mais vous savez déjà tout.
– Non. Je ne sais pas grand-chose. En ce moment, il y a une seule chose que je sais avec certitude.
– Laquelle ? » Le regard de la jeune femme était chargé d'intensité.
« Je suis affamé. Je n'ai rien mangé depuis le petit déjeuner, et je n'ai rien bu à part l'horrible café que m'a offert le shérif. Si vous voulez bien m'accompagner pour dîner, nous pourrions poursuivre cette conversation.
– Oui, mais à deux conditions.
– Lesquelles ?
– Premièrement, vous me donnerez toutes les informations susceptibles selon vous d'expliquer le meurtre de mon père.
– Oui ?
– Et deuxièmement, vous enlèverez ce bob tout mouillé pendant le repas.
– Accordé. »

Le restaurant s'appelait Chez Henry et se trouvait à quelques pâtés de maisons de là, près du vieux marché. Vu de l'extérieur, il ne payait pas de mine. Sa façade blanchie à la chaux était dépourvue de vitrine et de décoration, excepté une enseigne lumineuse accrochée au-dessus de la porte. L'intérieur était sombre, vieillot, et rappela à Saul une auberge des environs de Lodz que sa famille avait l'habitude de fréquenter durant son enfance. Des Noirs élancés en veste blanche allaient et venaient discrètement entre les tables. L'atmosphère était imprégnée d'un parfum stimulant de vin, de bière et de fruits de mer.

« Excellent, dit Saul. Si le goût des plats correspond à leur parfum, ce sera une merveilleuse expérience. » Il ne se trompait pas. Natalie commanda une salade de crevettes, Saul des brochettes d'espadon aux petits légumes. Ils burent du vin blanc frais et abordèrent tous les sujets, sauf celui dont ils avaient prévu de discuter. Natalie apprit que Saul vivait seul mais qu'il était persécuté par une gouvernante mi-yenta, mi-psychothérapeute. Il affirma à Natalie qu'il n'aurait jamais besoin de consulter un collègue tant que Tema continuerait à lui expliquer ses névroses et à leur chercher des remèdes.

« Vous n'avez pas de famille, alors ? demanda Natalie.

– Rien qu'un neveu aux États-Unis, dit Saul en adressant un hochement de tête au garçon qui venait débarrasser la table. J'ai un cousin en Israël, ainsi que plusieurs parents éloignés. »

Saul parvint à apprendre que la mère de Natalie était morte quelques années auparavant et que Natalie poursuivait actuellement des études supérieures. « Vous dites que vous fréquentez une faculté du Nord ? demanda-t-il.

– Ce n'est pas tout à fait le Nord. C'est à Saint Louis. L'université Washington.

– Pourquoi avez-vous choisi un établissement aussi éloigné ? Il y a une fac à Charleston. Un de mes amis a donné des cours dans une université de Caroline du Sud... Columbia, c'est ça ?

– Oui.

– Et le collège de Wofford. C'est en Caroline du Sud, n'est-ce pas ?

– Bien sûr. Et il y a aussi l'université Bob Jones à Greenville, mais mon père voulait que j'aille le plus loin possible de ce qu'il appelait la Ceinture des Bouseux. L'université Washington à Saint Louis a un excellent centre de formation des enseignants… un des meilleurs parmi ceux qui acceptent les diplômés en arts plastiques. Ou du moins les boursiers.

– Vous êtes artiste ?

– Photographe. Parfois cinéaste. Un peu dessinatrice et peintre. J'ai aussi un diplôme de lettres. J'ai étudié à Oberlin, dans l'Ohio. Ça vous dit quelque chose ?

– Oui.

– Bref, une de mes amies — une excellente aquarelliste du nom de Diana Gold — m'a convaincue que le métier d'enseignante était formidable. Mais pourquoi suis-je en train de vous raconter tout ça ? »

Saul sourit. Le garçon vint leur apporter la note et Saul insista pour payer. Il laissa un généreux pourboire.

« Vous n'allez rien me dire, n'est-ce pas ? » demanda Natalie. Sa voix avait des accents peinés.

« Au contraire. Je vais probablement vous en dire plus que je n'en ai jamais dit à quiconque. La question est : pourquoi ?

– Que voulez-vous dire ?

– Je veux dire… pourquoi avons-nous une telle confiance l'un dans l'autre ? Vous surprenez un inconnu qui entre par effraction dans une maison, et deux heures plus tard nous voilà en train de bavarder après un excellent repas. Je rencontre une jeune femme qui me menace d'un pistolet, et en moins de quelques heures je suis prêt à partager avec elle des choses que j'ai gardées secrètes pendant plusieurs années. Pourquoi, Ms. Preston ?

– Miss Preston. Natalie. Je ne peux que parler pour moi.

– Alors allez-y, je vous en prie.

– Vous avez un visage honnête, docteur Laski. Peut-être le mot "honnête" est-il mal choisi. Un visage *compatissant.* Vous avez connu la tristesse… » Natalie s'interrompit.

« Nous avons tous connu la tristesse », dit doucement Saul.

La jeune Noire hocha la tête. « Mais il y a certaines

personnes auxquelles elle n'a rien appris. Je pense que ce n'est pas votre cas. C'est… c'est dans vos yeux. Je ne sais pas comment l'exprimer autrement.

– C'est donc là-dessus que nous fondons nos jugements et notre avenir ? Les yeux d'une personne ? »

Natalie se tourna vers lui. « Pourquoi pas ? Existe-t-il un meilleur moyen ? » Ce n'était pas un défi mais une question sérieuse.

Saul secoua lentement la tête. « Non. Peut-être n'existe-t-il pas de meilleur moyen. Du moins au début. »

Ils sortirent du Charleston historique et prirent la direction du sud-ouest, Saul suivant la Nova verte de la jeune femme au volant de sa Toyota de location. Ils traversèrent l'Ashley River sur l'autoroute 17 et firent halte quelques minutes plus tard dans un quartier du nom de Saint Andrews. Les maisons étaient en majorité blanches, d'aspect modeste mais bien entretenues. Saul se gara dans l'allée derrière la voiture de Natalie Preston.

L'intérieur de la maison était propre et confortable : un vrai foyer. Dans la salle de séjour, un fauteuil à oreillettes et un canapé bien rembourré se disputaient l'espace disponible. La cheminée était prête à accueillir un feu ; au-dessus d'elle se trouvaient une plante verte et plusieurs photos de famille encadrées. Il y avait d'autres cadres sur le mur, mais ils abritaient des œuvres d'art, pas des instantanés. Saul les examina une par une tandis que Natalie allumait les lumières et rangeait son imperméable.

« Ansel Adams », dit Saul en contemplant une superbe photo en noir et blanc montrant un petit village désert et son cimetière baigné par la lumière du soir sous une lune pâlotte. « J'ai entendu parler de lui. » Sur une autre épreuve, un banc de brume envahissait une ville nichée sur le flanc d'une colline.

« Minor White, dit Natalie. Mon père l'a bien connu dans les années 50. »

Il y avait des œuvres signées Imogen Cunningham, Sebastian Milito, George Tice, André Kertész et Robert Frank. Saul tomba en arrêt devant la photo due à ce dernier. Un homme vêtu d'un costume sombre, une canne à la main, se tenait sous la véranda d'un vieil immeuble, maison ou hôtel. Un escalier conduisant à une seconde véranda dissimulait le visage du sujet. Saul avait envie de faire deux pas de côté pour l'identifier. Quelque chose dans cette photo suscitait en lui une profonde tristesse. «Je regrette de ne pas connaître tous ces noms, dit-il. Ce sont des photographes célèbres?

– Certains. Ces épreuves valent aujourd'hui cent fois le prix que mon père les a payées, mais il ne les vendra jamais.»

Silence. Saul prit un instantané montrant une famille noire en train de pique-niquer. L'épouse avait un sourire chaleureux et ses cheveux étaient coiffés dans le style du début des années 60. «Votre mère?

– Oui. Elle est morte dans un accident bizarre en juin 1968. Deux jours après l'assassinat de Robert Kennedy. J'avais neuf ans.»

Sur la photographie, une petite fille était debout sur la table de pique-nique, tout sourire, lorgnant son père. A côté de cette photo se trouvait un portrait du père de Natalie à un âge plus avancé, sérieux et plutôt bel homme. En voyant sa petite moustache et ses yeux brillants, Saul pensa à Martin Luther King en plus maigre. «C'est un très beau portrait, dit-il.

– Merci. Je l'ai fait l'été dernier.»

Saul regarda autour de lui. «Il n'y a aucune œuvre de votre père?

– Par ici, dit Natalie en le conduisant vers la salle à manger. Papa ne voulait pas les accrocher dans la même pièce que les autres.» Quatre photographies en noir et blanc décoraient un large mur au-dessus d'une épinette. Les deux premières étaient des études de lumière sur de vieilles maisons en brique. La troisième était une vue au grand angle d'une plage et d'un océan s'étendant à l'infini sous une lumière fabuleuse. La quatrième, qui montrait un sentier forestier, était un chef-d'œuvre de composition.

«Elles sont merveilleuses, dit Saul, mais on ne voit personne dessus.»

Natalie eut un petit rire. «C'est vrai. Papa gagnait sa vie en faisant des portraits et il refusait de consacrer ses loisirs à cette activité. De plus, c'était un homme timide. Il détestait photographier les gens par surprise… et il a toujours insisté pour que j'aie leur autorisation écrite quand je le faisais. Il détestait s'immiscer dans la vie privée des gens. Et puis Papa était… eh bien… tout simplement *timide.* Quand il voulait se faire livrer une pizza à domicile, il me demandait toujours de téléphoner.» La voix de Natalie se brisa et elle détourna les yeux pendant quelques secondes. «Voulez-vous un peu de café ?

– Oui. Volontiers.» Il y avait une chambre noire attenante à la cuisine. A l'origine, ce devait être un réduit ou une petite salle de bains. «C'est là que votre père et vous développiez vos photos ?» demanda Saul. Natalie hocha la tête et alluma une lampe monochromatique. La petite pièce était impeccablement organisée : bacs, agrandisseurs, produits chimiques, tout était rangé et étiqueté. Une dizaine d'épreuves étaient suspendues à un fil de nylon. Saul les étudia. Elles montraient toutes la maison Fuller, photographiée sous divers angles et à diverses heures de la journée.

«C'est vous qui les avez prises ?

– Oui. Je sais que c'est idiot, mais ça valait mieux que de rester toute la journée dans la voiture en attendant qu'il se passe quelque chose.» Elle haussa les épaules. «Je suis allée au bureau du shérif chaque jour, et ça ne m'a servi à rien. Voulez-vous de la crème ? Du sucre ?»

Saul secoua la tête. Ils se rendirent dans la salle de séjour et s'assirent près de la cheminée, Natalie sur le fauteuil, Saul sur le canapé. Les tasses de café étaient d'une porcelaine si fine qu'elle semblait presque transparente. Natalie s'affaira près des bûches et des brindilles, puis alluma un bout de papier. Le feu prit aussitôt. Ils passèrent tous deux un long moment à contempler les flammes.

« Samedi dernier, je faisais mes achats de Noël à Clayton, avec des amies, dit finalement Natalie. Clayton est une banlieue de Saint Louis. Nous sommes allées voir un film... *Popeye,* avec Robin Williams. Je suis rentrée à mon appartement de la cité universitaire vers onze heures et demie. Dès que le téléphone a sonné, j'ai su qu'il était arrivé quelque chose de grave. Je ne sais pas pourquoi. Je reçois souvent des appels tard le soir. Frederick, un de mes meilleurs amis, ne sort jamais du centre d'informatique avant onze heures, et il a souvent envie d'aller manger une pizza avec moi. Mais cette fois-ci, je savais qu'on m'appelait de loin pour m'annoncer de mauvaises nouvelles. C'était Mrs. Culver, qui habite la maison voisine. Ma mère et elle étaient de très bonnes amies. Bref, elle n'arrêtait pas de dire qu'il y avait eu un accident — c'est le mot qu'elle a employé : "accident". Il m'a fallu une ou deux minutes pour comprendre que Papa était mort, qu'on l'avait tué.

« Le dimanche matin, j'ai pris le premier avion. Ici, tout était fermé. J'avais appelé les pompes funèbres depuis Saint Louis, mais quand je suis arrivée là-bas, j'ai trouvé porte close. J'ai dû faire le tour des bureaux avant de tomber sur quelqu'un qui veuille bien m'ouvrir, et rien n'était prêt. Mrs. Culver était venue m'attendre à l'aéroport, mais elle ne cessait de pleurer et elle était restée dans la voiture.

« Ça ne ressemblait pas à Papa. Et la façon dont on l'a maquillé pour la cérémonie de mardi n'a rien arrangé. J'étais complètement déboussolée. Le dimanche, à la police, personne n'était au courant de rien. On m'a promis qu'un certain inspecteur Holman me rappellerait ce soir-là, mais il ne l'a pas fait, il ne m'a téléphoné que le lundi après-midi. Par contre, le shérif du comté — Mr. Gentry, je crois que vous l'avez déjà rencontré — est venu aux pompes funèbres le dimanche. Il m'a raccompagnée chez moi et a essayé de répondre à mes questions. Tous les autres n'ont fait que me *poser* des questions.

«Bref, le lundi, ma tante Leah et mes cousins sont arrivés, et j'ai été trop occupée pour réfléchir jusqu'au mercredi. Beaucoup de gens sont venus aux obsèques. J'avais oublié que Papa avait tant d'amis. Il y avait beaucoup de commerçants et d'habitants du Vieux Quartier. Le shérif Gentry était là.

«Leah voulait rester ici une semaine ou deux, mais Floyd, son fils, devait retourner à Montgomery. Je lui ai dit que tout irait bien. Que j'irais peut-être passer Noël chez elle.» Natalie marqua une pause. Saul était penché en avant, les mains jointes. Elle reprit son souffle et indiqua la fenêtre d'un geste vague. «C'est à ce moment de l'année que Papa et moi mettons l'arbre dans le jardin. C'est un peu tard, mais Papa disait toujours que c'était plus amusant si l'arbre arrivait peu de temps avant Noël. En général, on va l'acheter au Dairy Queen de Savannah. Vous savez, je lui avais acheté une chemise Pendleton samedi, une chemise écossaise rouge. Je l'ai emportée avec moi. Je ne sais pas pourquoi. Il va falloir que je la rapporte au magasin.» Elle s'interrompit et baissa la tête. «Excusez-moi.» Elle se précipita dans la cuisine.

Saul contempla le feu quelques minutes, les doigts croisés. Puis il alla la rejoindre. Elle était appuyée contre l'évier, un Kleenex serré dans la main gauche, les bras rigides. Saul s'arrêta à un mètre d'elle.

«Ça me rend tellement *furieuse,* dit-elle sans regarder Saul.

– Oui.

– Je veux dire, c'est comme s'il ne *comptait* même pas. Comme s'il n'était pas important. Vous me comprenez?

– Oui.

– Quand j'étais petite, je regardais souvent les westerns à la télévision. Et quand quelqu'un se faisait tuer — ni le héros ni le méchant, un type ordinaire —, c'était comme s'il n'avait jamais existé, vous voyez? Et ça m'embêtait. Je n'avais que six ou sept ans, mais ça m'embêtait. Je pensais toujours à lui, à ses parents, à son enfance, à sa jeunesse, à la façon dont il avait choisi de s'habiller ce jour-là, et puis, bang ! il n'existe plus, tout ça parce que le scénariste voulait montrer que le bon tirait vite, ou quelque chose comme ça. Oh, *merde,* je raconte n'importe quoi… » Natalie frappa le bord de l'évier de la main.

Saul s'avança et lui toucha le bras. « Non, ce n'est pas n'importe quoi.

– Ça me rend tellement *enragée.* Mon père était *réel.* Il n'avait jamais fait de mal à personne. *Jamais.* C'était l'homme le plus adorable que j'aie jamais connu, et quelqu'un l'a tué, et personne ne sait pourquoi. Ils ne *savent* rien. Bon sang, je suis désolée… » Saul la prit dans ses bras et la serra contre lui pendant qu'elle pleurait.

Natalie avait fait réchauffer leurs cafés. Elle s'assit sur le fauteuil. Saul resta debout près de la cheminée, caressant machinalement les feuilles de la plante verte. « Ils étaient trois, dit-il. Melanie Fuller, Nina Drayton et un Californien du nom de Borden. C'étaient des tueurs, tous les trois.

– Des tueurs ? Mais la police dit que Miz Fuller était une vieille dame… une très vieille dame… et que Mrs. Drayton faisait partie des victimes.

– Oui, dit Saul, et c'étaient des tueurs tous les trois.

– Personne n'a mentionné le nom de Borden.

– Il était là. Et il était à bord de l'avion qui a explosé vendredi… dans la nuit de vendredi à samedi, exactement. Ou plutôt, il était censé être à bord.

– Je ne comprends pas. C'est arrivé plusieurs heures avant le meurtre de mon père. Comment ce Borden — ou les deux autres, d'ailleurs — peuvent-ils être responsables de la mort de mon père ?

– Ils utilisaient les gens, dit Saul. Ils… *contrôlaient* les gens. Chacun d'eux avait des employés à sa disposition. C'est difficile à expliquer.

– Vous voulez dire qu'ils étaient en rapport avec la Mafia ou quelque chose de ce genre ? »

Saul sourit. « Si seulement c'était aussi simple. »

Natalie secoua la tête. « Je ne comprends pas.

– C'est une longue histoire. En grande partie fantastique, incroyable même. Il vaudrait mieux que vous ne l'écoutiez pas. Soit vous allez penser que je suis fou, soit vous allez vous retrouver impliquée dans quelque chose d'horrible.

– Je suis déjà impliquée, dit Natalie d'une voix ferme.

– Oui. » Saul hésita. « Mais il est inutile de vous impliquer davantage.

– Je *resterai* impliquée, du moins tant qu'on n'aura pas retrouvé l'assassin de mon père. Si vous ne me communiquez pas vos informations, je m'en passerai, docteur Laski. Je le jure. »

Saul regarda la jeune femme pendant un long moment. Puis il soupira. « Oui. Je vous crois. Mais peut-être changerez-vous d'avis après avoir entendu mon histoire. Si je dois vous expliquer ce que je sais sur ces trois vieillards — les trois tueurs responsables de la mort de votre père —, j'ai bien peur d'être obligé de vous raconter ma propre histoire. Je ne l'ai jamais racontée à personne. C'est une très longue histoire.

– Allez-y. J'ai tout mon temps. »

« Je suis né en 1925, à Lodz, en Pologne, commença Saul. Ma famille était relativement aisée. Mon père était médecin. Nous étions juifs, mais nous n'étions pas des Juifs orthodoxes. Ma mère avait pensé se convertir au catholicisme dans sa jeunesse. Mon père se considérait d'abord comme un médecin, ensuite comme un Polonais, puis comme un citoyen de l'Europe, et enfin comme un Juif. Peut-être même accordait-il encore moins d'importance à sa judaïté.

« A cette époque, Lodz était une ville relativement accueillante pour les Juifs. Un tiers de ses six cent mille habitants étaient juifs. Nombre de ses citoyens les plus importants, artisans et hommes d'affaires, étaient juifs. Ma mère comptait beaucoup d'artistes parmi ses amis. Son oncle a fait partie de l'orchestre symphonique pendant plusieurs années. Lorsque j'ai fêté mon dixième anniversaire, les choses avaient changé. Certains politiciens locaux s'étaient fait élire en promettant de chasser les Juifs de la ville. Le pays semblait se retourner contre nous, contaminé par l'antisémitisme qui faisait rage chez nos voisins allemands. Mon père attribuait ce phénomène à la dure période que nous venions de vivre. Il répétait sans cesse que les Juifs européens avaient pris l'habitude de vivre des années de pogroms suivies par des générations de progrès. "Nous sommes tous des êtres humains, disait-il, en dépit des différences qui nous séparent temporairement." Je suis sûr que mon père a conservé cette croyance jusqu'à l'heure de sa mort.»

Saul s'interrompit. Il se mit à arpenter la pièce, s'arrêtant finalement près du canapé, les mains posées sur le dossier. «Vous voyez, Natalie, je n'ai pas l'habitude de raconter tout cela. Je ne sais pas faire le tri entre le nécessaire et le superflu. Peut-être devrions-nous attendre un autre jour.

– Non, continuez. Prenez tout votre temps. Vous m'avez dit que votre histoire m'aiderait à comprendre la mort de mon père.

– Oui.

– Continuez. Racontez-moi tout.»

Saul hocha la tête et vint s'asseoir à côté d'elle. Il posa les coudes sur ses genoux. Ses larges mains s'agitaient pour souligner ses paroles. «J'avais quatorze ans quand les Allemands sont entrés dans notre ville. C'était en septembre 1939. Tout d'abord, ce ne fut pas si grave. Ils créèrent un Conseil juif pour les assister dans l'administration de ce nouvel avant-poste du Reich. A en croire mon père, cela prouvait que des négociations civilisées permettaient de s'entendre avec tout le monde. Il ne croyait pas aux démons. En dépit des protestations de ma mère, mon père a proposé sa candidature au conseil.

Elle n'a pas été retenue. Trente et un notables juifs avaient déjà été désignés. Un mois plus tard, en novembre, les Allemands ont envoyé les membres du conseil dans un camp de déportation et ont incendié notre synagogue.

«Notre famille a alors envisagé de rejoindre notre oncle Moshe dans sa ferme, près de Cracovie. Il y avait déjà des restrictions de nourriture à Lodz. Nous avions l'habitude de passer l'été à la ferme et l'idée de retrouver le reste de la famille nous séduisait. Oncle Moshe nous a appris que sa fille Rebecca avait épousé un Juif américain et qu'ils comptaient aller s'établir en Palestine pour y devenir fermiers. Elle avait souvent tenté de convaincre ses jeunes frères et cousins de se joindre à elle. Personnellement, j'aurais été enchanté d'aller vivre à la ferme. J'avais déjà été renvoyé de mon école, ainsi que tous les élèves juifs. Oncle Moshe avait jadis enseigné à l'université de Varsovie et je savais qu'il aurait été heureux de devenir mon précepteur. Les nouvelles lois obligeaient mon père à ne soigner que des Juifs, et la plupart de ses patients habitaient très loin de chez nous, dans les quartiers pauvres de la ville. Nous avions peu de raisons de rester à Lodz, beaucoup d'en partir.

«Mais nous sommes restés. Nous avions prévu de rendre visite à l'oncle Moshe en juin, comme d'habitude, et de prendre notre décision à ce moment-là. Comme nous étions naïfs!

«En mars 1940, la Gestapo nous a chassés de notre maison et a créé un ghetto juif dans la ville. Le jour de mon anniversaire, le 5 avril, le ghetto était complètement scellé. Tout déplacement était formellement interdit aux Juifs.

«Les Allemands ont créé un nouveau conseil, le *Judenrat,* et cette fois-ci mon père a été choisi pour en faire partie. Chaim Rumkowski, un des doyens, venait souvent chez nous — nous vivions à huit dans une chambre minuscule — et passait des nuits entières à discuter avec mon père de l'administration du ghetto. Si incroyable que cela puisse paraître, l'ordre régnait malgré la surpopulation et la famine. Je suis retourné à l'école. Quand mon père n'assistait pas aux réunions du conseil, il travaillait seize heures par jour dans l'un des hôpitaux que Rumkowski et lui avaient créés à partir de rien.

«Nous avons survécu ainsi pendant un an. J'étais petit pour mon âge, mais j'ai vite appris à survivre dans le ghetto, même s'il me fallait pour cela voler, stocker, ou marchander de la nourriture et des cigarettes avec les soldats allemands. A partir de l'automne 1941, les Allemands ont transféré dans notre ghetto des milliers de Juifs de l'Ouest. Certains chassés de pays aussi éloignés que le Luxembourg. Beaucoup étaient des Juifs allemands qui nous regardaient de haut. Je me rappelle m'être battu avec un garçon plus âgé que moi, un Juif de Francfort. Il était beaucoup plus grand que moi. J'avais seize ans à ce moment-là, mais on m'en aurait donné treize. N'empêche que je l'ai battu. Quand il a voulu se relever, je l'ai frappé avec une planche et lui ai fait une large entaille au front. Il était arrivé la semaine précédente dans un wagon plombé et il était encore très faible. Je ne me souviens plus pourquoi nous nous sommes battus.

«Cet hiver-là, ma sœur Stefa est morte du typhus. Ainsi que plusieurs milliers d'autres malheureux. Nous avons vu arriver le printemps avec joie, en dépit de l'avance des armées allemandes sur le front de l'Est. Mon père considérait la chute imminente de la Russie comme un bon signe. Il pensait que la guerre serait finie en août. Il s'attendait à voir la plupart des Juifs relogés dans des villes nouvelles à l'est du pays. "Peut-être deviendrons-nous fermiers afin de nourrir leur nouveau Reich, disait-il. Mais ce n'est pas si mal d'être fermier."

«En mai, la plupart des Juifs venus d'Allemagne et de l'étranger ont été déportés à Oswiecim. Auschwitz. Peu d'entre nous avaient entendu parler d'Oswiecim avant l'établissement d'une ligne régulière au départ de notre ghetto.

«Jusqu'à ce printemps-là, notre ghetto avait servi de gigantesque enclos. Désormais, il en partait quatre trains par jour. En tant que membre du *Judenrat,* mon père était obligé de superviser les rafles et les expulsions de milliers de personnes. Tout se déroulait dans un ordre parfait. Mon père détestait ça. Il travaillait vingt-quatre heures sur vingt-quatre à l'hôpital comme pour faire acte de pénitence.

«Notre tour est venu à la fin du mois de juin, à peu près à l'époque où nous partions d'ordinaire pour la ferme de l'oncle Moshe. On nous a ordonné à tous les sept de nous présenter à la gare. Ma mère et mon jeune frère Josef ont pleuré. Mais nous y sommes allés. Je pense que mon père était soulagé.

«On ne nous a pas envoyés à Auschwitz. Nous sommes allés à Chelmno, un petit village situé à une soixantaine de kilomètres au nord de Lodz. J'avais eu un camarade, un petit garçon nommé Mordechai, dont la famille était originaire de Chelmno. Beaucoup plus tard, j'ai appris que c'était à Chelmno que les Allemands avaient effectué leurs premières expériences sur les chambres à gaz... durant l'hiver où ma pauvre Stefa avait péri du typhus.

«On nous avait raconté beaucoup d'horribles histoires sur ces wagons plombés, mais notre voyage ne fut pas désagréable et ne dura que quelques heures. Nous étions entassés dans les wagons, mais c'étaient des wagons de passagers et non des wagons de marchandise. Il faisait très beau ce jour-là. C'était le 24 juin. A notre arrivée, c'était comme si nous étions allés chez l'oncle Moshe. La gare de Chelmno était minuscule, un petit dépôt de campagne au sein d'une épaisse forêt verdoyante. Les soldats allemands nous ont conduits vers des camions, mais ils semblaient détendus, presque joviaux. Nous n'étions nullement bousculés, contrairement à ce qui se passait à Lodz. Nous avons roulé plusieurs kilomètres avant de découvrir une immense propriété aménagée en camp. Une fois arrivés là, on nous a enregistrés — je me souviens encore des bureaux alignés sur le gravier et du chant des oiseaux —, puis on nous a séparés en fonction de notre sexe pour nous envoyer aux douches. J'étais impatient de rejoindre les autres hommes, et je n'ai jamais vu ma mère et mes quatre sœurs disparaître derrière la barrière du quartier des femmes.

« On nous a dit de nous déshabiller et de nous mettre en rang. J'étais très embarrassé, car je venais juste d'atteindre ma puberté. Je ne me rappelle pas avoir eu peur. Il faisait chaud, on nous avait promis un repas après la douche, et la proximité de la forêt et du camp donnait à cette journée une atmosphère de fête. Dans une clairière, un peu plus loin, on pouvait voir un grand fourgon sur les flancs duquel étaient peints des arbres et des animaux. Nous commencions à nous diriger vers lui lorsqu'un S.S., un jeune lieutenant aux verres épais et au visage timide, a entrepris de séparer les malades, les vieillards et les enfants en bas âge des hommes mûrs. Le lieutenant a hésité quand il est arrivé devant moi. J'étais encore petit pour mon âge, mais j'avais été relativement bien nourri durant l'hiver et j'avais fait une crise de croissance au début du printemps. Il a souri et m'a fait signe de sa matraque de me joindre à la file des hommes valides. Mon père a été sommé de m'y joindre peu après. Josef, qui n'avait que huit ans, devait rester avec les enfants et les vieillards. Il s'est mis à pleurer et mon père a refusé de le quitter. Je suis retourné dans la file pour me placer à côté de mon père et de Josef. Le jeune S.S. a fait signe à un garde. Mon père m'a ordonné de rejoindre les autres. J'ai refusé.

« C'est la seule fois de ma vie où mon père m'a frappé. Il m'a poussé et m'a dit : “Va-t'en !” J'ai secoué la tête et suis resté dans la file. Le garde, un sergent massif, s'avançait vers nous, le visage cramoisi. Mon père m'a donné une gifle, une seule, très violente, et a répété : “Va-t'en !” Choqué, vexé, j'ai rejoint la seconde file avant l'arrivée du garde. Le S.S. a continué son inspection. J'étais en colère contre mon père. Je ne voyais pas pourquoi nous n'aurions pas pu nous doucher ensemble. Il m'avait humilié en public. Pleurant des larmes de rage, je l'ai vu partir, son dos nu tout pâle dans la lumière du matin, portant dans ses bras Josef qui avait cessé de sangloter et regardait autour de lui. Mon père m'a adressé un dernier regard avant de disparaître au milieu des enfants et des vieillards.

«Le reste d'entre nous, environ un cinquième du contingent de la journée, ne fut pas désinfecté. On nous a conduits dans un baraquement où on nous a donné des uniformes de prisonniers.

«Je n'ai pas revu mon père cet après-midi-là, ni ce soir-là, et je me rappelle avoir pleuré de solitude avant de m'endormir dans ce baraquement sordide. J'étais persuadé qu'en me rejetant ainsi, mon père m'avait obligé à rester en dehors de la partie du camp où séjournaient les familles.

«Le matin, on nous a servi de la soupe aux patates et on nous a répartis en groupes de travail. Le mien a été conduit dans la forêt. On avait creusé une fosse dans une clairière. Elle faisait soixante mètres de long, douze mètres de large et au moins cinq mètres de profondeur. La terre fraîchement remuée m'a appris que d'autres fosses identiques avaient été récemment comblées. L'odeur aurait dû me faire comprendre, mais j'ai continué de nier la vérité jusqu'à l'arrivée des premiers fourgons de la journée. C'étaient ces mêmes fourgons que j'avais vus la veille.

«Chelmno était un terrain d'expériences, voyez-vous. Himmler devait ordonner par la suite d'y installer des chambres à gaz à l'acide prussique, mais cet été-là ils utilisaient encore du monoxyde de carbone qu'ils envoyaient dans des chambres scellées et dans ces fourgons bariolés.

«Notre travail consistait à séparer les corps, à les détacher les uns des autres en fait, à les jeter dans la fosse et à les recouvrir de chaux et de terre avant l'arrivée des chargements suivants. Les fourgons n'étaient pas très efficaces. La plupart du temps, la moitié des victimes survivaient aux émanations de gaz et devaient être abattues au bord de la fosse par les *Totenkopfverbände* — les Troupes à Tête de Mort — qui attendaient l'arrivée des fourgons en fumant et en plaisantant. Certains survivaient même à ce coup de grâce et bougeaient encore lorsqu'on les enterrait.

« Ce soir-là, je suis retourné à mon baraquement couvert de sang et d'excréments. Durant la nuit, j'ai pensé à me laisser mourir, mais j'ai fini par décider de vivre. Vivre en dépit de tout, vivre au sein de cette horreur, vivre pour vivre, tout simplement.

« J'ai prétendu être le fils d'un dentiste et avoir reçu de mon père un début de formation. Les kapos ont bien ri en découvrant un dentiste si jeune, mais dès la semaine suivante on m'a transféré au service de récupération des dents. En compagnie de trois autres Juifs, je fouillais les cadavres nus en quête de bagues, de bijoux et d'objets de valeur. On leur sondait l'anus et le vagin avec des crochets en acier. Puis, à l'aide d'une paire de tenailles, je leur arrachais leurs dents en or. On m'envoyait souvent travailler à la Fosse. Un sergent S.S. s'amusait à me jeter des mottes de terre sur le crâne. Lui-même avait deux dents en or.

« Les Juifs chargés de l'ensevelissement des cadavres étaient d'ordinaire fusillés au bout d'une ou deux semaines, pour être remplacés par de nouveaux arrivants. Je suis resté neuf semaines à la Fosse, peut-être parce que j'étais rapide et efficace. Chaque matin, j'étais sûr que ça allait être mon tour. Chaque soir, dans le baraquement, pendant que les plus vieux récitaient leur Kaddish et se lançaient des "Elie, Elie" d'un lit à l'autre, je passais des marchés désespérés avec un Dieu en qui je ne croyais plus. "Encore un jour, disais-je. Rien qu'un jour." Mais c'était en *ma propre* volonté de survivre que je croyais le plus. Peut-être souffrais-je du solipsisme propre à l'adolescence, mais j'étais convaincu que si je *croyais* assez fort en la continuation de ma propre existence, celle-ci ne cesserait pas.

«En août, le camp a été agrandi et, pour une raison inconnue, j'ai été transféré au *Waldkommando,* la brigade forestière. Nous abattions des arbres, arrachions des souches et transportions des pierres destinées à la construction des routes. De temps en temps, tout un groupe d'ouvriers était envoyé aux fourgons ou directement à la Fosse dès la fin de la journée. C'était ainsi que tournaient les effectifs de la brigade. Lorsque les premiers flocons sont tombés, en novembre, j'étais le plus ancien du *Waldkommando,* à l'exception de Karski, le vieux kapo.

– Qu'est-ce qu'un kapo ? demanda Natalie.

– Un kapo est un Juif armé d'un fouet.

– Ils assistaient les Allemands ?

– Il existe toute une littérature sur les kapos et sur leurs relations avec leurs maîtres nazis, dit Saul. Stanley Elkins et d'autres ont étudié ce genre de soumission propre aux camps de concentration et ses rapports avec la docilité des esclaves noirs d'Amérique. En septembre dernier, j'ai participé à un débat portant sur le prétendu syndrome de Stockholm, ce syndrome qui frappe les victimes de prises d'otages et les force à s'identifier à leurs tortionnaires et même à les soutenir.

– Comme dans l'affaire Patty Hearst.

– Oui. Et cette… cette *domination* par la seule force de la volonté est un phénomène qui m'obsède depuis plusieurs années. Mais nous en reparlerons plus tard. Pour le moment, je me contenterai de préciser que si l'on peut dire quelque chose en ma faveur, c'est que durant tout le temps que j'ai passé dans les camps *je ne suis jamais devenu un kapo.*

«En novembre 1942, l'aménagement du camp était terminé et on m'a fait quitter les baraquements provisoires pour me transférer dans la partie principale. On m'a de nouveau affecté à la Fosse. Les fours crématoires étaient prêts, mais on avait sous-estimé le nombre de

Juifs amenés par les trains, si bien que les fourgons et la Fosse étaient toujours en activité. On n'avait plus besoin de mes services en tant que dentiste des morts. Je répandais de la chaux, frissonnais dans l'air hivernal et attendais. Je savais que ce n'était plus qu'une question de jours avant que je rejoigne ceux que j'ensevelissais quotidiennement.

«Puis, un jeudi soir, le 19 novembre 1942, il s'est passé quelque chose.» Saul s'interrompit. Au bout de quelques secondes de silence, il se leva et alla près de la cheminée. Le feu était presque éteint. «Natalie, pourriez-vous me servir quelque chose de plus fort que le café? Un xérès, peut-être?

– Bien sûr. Voulez-vous du cognac?

– Ce sera parfait.»

Lorsqu'elle revint quelques instants plus tard avec un verre à cognac presque plein, Saul avait attisé les braises, remis quelques bûches dans la cheminée et ranimé les flammes.

«Merci, ma chère.» Il agita le liquide ambré et le huma longuement avant d'en avaler une gorgée. Le feu crépita et crachota. «Un jeudi soir — je suis raisonnablement sûr que c'était le 19 novembre 1942 —, cinq Allemands sont entrés dans mon baraquement tard dans la nuit. Ils étaient déjà venus. A chaque fois, ils avaient emmené quatre hommes. On n'avait jamais revu ces hommes. Les occupants des sept autres baraquements que comprenait notre section nous avaient dit que la même chose s'était produite chez eux. Nous ne savions pas pourquoi les nazis avaient choisi cette forme d'élimination alors que des milliers d'hommes étaient envoyés à la Fosse chaque jour, mais il y avait quantité de choses que nous ne comprenions pas. Certains parlaient à mots couverts d'expériences médicales.

«Cette nuit-là, il y avait un jeune Oberst, un colonel, parmi les gardes. Et cette nuit-là, ils m'ont choisi.

«J'avais décidé de me battre si jamais ils venaient me chercher. Je me rends compte que cela semble contraire à la décision que j'avais prise de vivre en dépit de tout, mais l'idée d'être emporté en pleine nuit me paniquait, m'enlevait tout espoir. J'étais prêt à me battre. Lorsque les gardes m'ont ordonné de quitter ma couche, je savais qu'il ne me restait que quelques secondes à vivre. J'étais résolu à tenter de tuer une de ces ordures avant qu'ils ne m'assassinent.

«Il en est allé autrement. L'Oberst m'a ordonné de me lever *et je lui ai obéi.* Ou plutôt, mon corps m'a désobéi. Ce n'était pas seulement de la lâcheté ou de la soumission, l'Oberst *a pénétré dans mon esprit.* Je ne vois aucune autre façon d'exprimer ce qui m'est arrivé. Je l'ai senti, tout comme j'étais prêt à sentir les balles qui ne sont jamais venues. Je l'ai senti, *lui,* faire bouger mes muscles, faire traîner mes pieds sur le sol et faire sortir mon corps du baraquement. Et pendant ce temps-là, les S.S. riaient.

«Il est impossible de décrire ce que j'ai éprouvé à ce moment-là. On pourrait qualifier cela de viol mental, mais même cette expression est trop faible. A cette époque, je ne croyais pas à la possession démoniaque et aux phénomènes surnaturels — pas plus que je n'y crois aujourd'hui. Ce qui m'est arrivé résultait d'un talent psychique ou psychologique permettant de contrôler directement l'esprit d'autrui, un talent monstrueux mais *réel.*

«On nous a embarqués dans un camion. Ce détail était proprement incroyable. Les Juifs n'étaient jamais autorisés à monter dans un véhicule, sauf lorsqu'ils arrivaient de la gare de Chelmno. Cet hiver-là, en Pologne, les esclaves coûtaient moins cher que l'essence.

«Nous sommes entrés dans la forêt. Nous étions seize dans le camion, y compris une jeune femme. Le viol mental s'était interrompu, mais il m'avait laissé au fond de l'esprit un résidu plus répugnant et plus humiliant que les excréments dont mon corps était maculé quand je travaillais à la Fosse. A en juger par les murmures et l'attitude des autres Juifs, cette expérience leur avait été épargnée. Pour être tout à fait honnête, je commençais à douter de ma raison.

«Le trajet a duré moins d'une heure. Il y avait un garde auprès de nous pour nous surveiller. Il était armé d'un pistolet mitrailleur. Les gardes n'avaient jamais d'armes automatiques dans l'enceinte du camp, car ils redoutaient que nous nous en emparions. Si je n'avais pas été en train de me remettre de ma terrible expérience, j'aurais été tenté de maîtriser l'Allemand ou au moins de sauter de la remorque. Mais la seule présence invisible de l'Oberst dans la cabine m'emplissait d'une terreur plus aiguë que tout ce que j'avais pu ressentir jusque-là.

«Il était minuit passé lorsque nous sommes arrivés devant un bâtiment encore plus grand que celui autour duquel on avait édifié le camp. Il était au cœur de la forêt. Un Américain l'aurait qualifié de château, mais c'était à la fois plus et moins qu'un château. C'était un de ces anciens manoirs comme on en trouve parfois dans les forêts de mon pays : un immense tas de pierres, plus ancien que notre histoire, entretenu et agrandi durant plusieurs générations par des familles de reclus dont l'origine remonte plus loin que la christianisation du pays. Le camion a fait halte et on nous a conduits dans une cave située non loin de la grande salle. Plusieurs véhicules militaires étaient garés dans les ruines d'un jardin jadis majestueux, on entendait des rires et des chants dans l'édifice, et je supposais que les Allemands avaient réquisitionné les lieux pour les transformer en pension pour soldats privilégiés. En fait, une fois dans la cave, un Juif lituanien arrivé dans un second camion a affirmé avoir reconnu l'insigne figurant sur les véhicules. C'était celui du *Einsatzgruppen 3* — un groupe d'action spéciale — qui avait massacré des villages entiers de Juifs près de Dvensk, sa ville natale. Même les *Totenkopfverbände,* les S.S. des camps d'extermination, redoutaient ces troupes d'élite.

«Quelque temps plus tard, les gardes sont revenus avec des torches. Nous étions trente-deux dans la cave. On nous a divisés en deux groupes de seize et on nous a conduits au rez-de-chaussée. Là, les membres de mon groupe ont dû revêtir des tuniques rouges portant des insignes blancs sur le devant. Ce sont les gardes qui ont choisi nos uniformes. L'insigne que je portais — une tour ou un lampadaire de forme bizarre — ne signifiait rien pour moi. Mon voisin le plus proche portait la silhouette d'un éléphant blanc en train de lever sa patte antérieure droite.

« On nous a conduits dans la grande salle. Là nous attendait un spectacle médiéval revu et corrigé par Jérôme Bosch; des centaines de S.S. et d'assassins du *Einsatzgruppen* en train de boire, de jouer et de lutiner les servantes. Celles-ci, des paysannes polonaises parfois à peine pubères, étaient traitées comme des esclaves par les hommes en gris. Les torches accrochées au mur qui éclairaient ce tableau infernal le faisaient ressembler à un rêve fiévreux. Des reliefs de nourriture pourrissaient sur le sol. Les tapisseries vieilles de plusieurs siècles étaient souillées de vin et de suie. Une table immense et jadis somptueuse était recouverte de graffiti gravés à la baïonnette. Des hommes ivres morts ronflaient sur le parquet. Sous mes yeux, deux soldats ont uriné sur un tapis qui devait avoir été ramené de Terre sainte à l'époque des croisades.

« La salle était gigantesque, mais en son centre se trouvait un carré d'environ onze mètres de côté qui était curieusement resté vide. Le sol était revêtu de dalles noires et blanches, dont chacune mesurait dans les un mètre quarante. De chaque côté de ce carré, juste en dessous des balcons, on avait disposé deux immenses fauteuils sur des estrades de pierre. Le jeune Oberst était assis sur l'un de ces trônes. Il était pâle, blond, le parfait Aryen. Ses mains étaient fines et blanches. En face de lui se trouvait un vieil homme qui paraissait aussi antique que les pierres du manoir. Il était également vêtu d'un uniforme de S.S., un uniforme de général, mais il ressemblait à un mannequin en cire que des enfants facétieux auraient affublé de vêtements trop grands pour lui.

«Les Juifs du second camion sont entrés par une autre porte. Ils étaient vêtus de tuniques bleu pâle arborant des insignes noirs semblables aux nôtres. J'ai remarqué que dans ce groupe se trouvait une femme vêtue d'une robe bleu pâle sur laquelle figurait une couronne. J'ai alors compris ce qui se passait. J'étais dans un tel état d'épuisement et de terreur qu'aucune bizarrerie ne me semblait trop incroyable.

«On nous a ordonné de prendre place sur les cases. J'étais un pion, le pion du fou du roi blanc. Je me trouvais à trois mètres du trône de l'Oberst, face au Juif lituanien terrorisé qui était le pion du fou du roi noir.

«Les cris et les chants ont cessé. Les soldats se sont rassemblés autour de l'échiquier, jouant du coude pour se placer le plus près possible du bord. Certains d'entre eux ont préféré se masser sur les balcons ou sur les escaliers. Suivirent trente secondes de silence uniquement troublé par le crachotement des torches et le souffle de la foule. Nous étions immobiles sur les cases qu'on nous avait indiquées : trente-deux Juifs affamés, terrifiés, livides, le souffle court, attendant la suite des événements.

«Le vieil homme s'est légèrement penché en avant et a fait un signe à l'Oberst. Celui-ci a eu un petit sourire et a hoché la tête. La partie a commencé.

«L'Oberst a de nouveau hoché la tête et le pion placé à ma gauche, un vieillard émacié à la barbe grise, a avancé de deux rangées. En réponse, le vieil homme a fait avancer de deux rangées le pion de son roi. J'ai vu aux gestes et à l'embarras des malheureux prisonniers qu'ils ne contrôlaient pas les mouvements de leur corps.

«J'avais fait quelques parties d'échecs avec mon père et avec mon oncle. Je connaissais les ouvertures les plus classiques. Celle-ci n'était guère surprenante. L'Oberst a jeté un coup d'œil sur sa droite et un Polonais massif portant l'insigne du cavalier est venu se placer devant moi. Le vieil homme a déplacé le cavalier de sa reine.

L'Oberst a envoyé le fou qui se trouvait derrière moi, un vieillard au bras gauche bandé, à cinq rangées de la ligne du cavalier. L'autre a fait avancer d'une case le pion de sa reine.

«Je regrettais à ce moment-là d'avoir revêtu une tunique de pion. Le corps massif du cavalier-paysan qui se trouvait devant moi ne me donnait aucune impression de sécurité. A ma droite, un autre pion a jeté un coup d'œil par-dessus son épaule, puis a grimacé de douleur lorsque l'Oberst l'a forcé à regarder devant lui. Je ne me suis pas retourné. Mes jambes commençaient à trembler.

«L'Oberst a fait avancer de deux rangées le pion de notre reine, le plaçant à côté du vieux pion en face du roi adverse. Le pion de notre reine était un tout jeune homme, un adolescent, et il ne cessait de regarder furtivement à droite et à gauche sans tourner la tête. Le cavalier qui se trouvait devant moi était ma seule protection.

«Le vieil homme a fait un geste de la main gauche et son fou s'est placé devant sa reine, une Juive hollandaise. Le visage du fou était très pâle. Au cinquième coup, l'Oberst a déplacé son autre cavalier. Je ne pouvais distinguer son visage. Les S.S. s'étaient mis à crier et à applaudir comme s'ils avaient assisté à un match de football. J'entendais des bribes de conversation dans leurs rangs : l'adversaire de l'Oberst était désigné sous le nom de *Der Alte,* le vieil homme. L'Oberst était *Der Meister.*

«*Der Alte* s'est penché en avant, telle une araignée blafarde au centre de sa toile, et le cavalier de son roi s'est placé devant le pion du fou. Ce cavalier était jeune et fort, trop fort pour avoir passé plus de quelques jours dans le camp. Il avait un sourire stupide aux lèvres, à croire qu'il goûtait ce jeu de cauchemar. Comme en réaction à son sourire, l'Oberst a fait avancer notre fou mal en point sur la case qu'il occupait. Je le reconnaissais à présent. C'était un charpentier de notre baraquement qui s'était blessé deux jours plus tôt en sciant des planches pour le sauna des gardes. Le petit homme a levé son bras valide et a tapoté le cavalier noir sur l'épaule, comme une sentinelle venant relever un camarade.

«Je n'ai pas vu le coup de feu. Il est parti du balcon derrière moi, mais avec un tel bruit que j'ai sursauté et commencé à me retourner avant de sentir l'étau mental de l'Oberst se resserrer sur ma nuque. Le crâne du jeune cavalier a explosé et son sourire a disparu dans une brume grise et rouge. Les pions placés derrière lui ont fait mine de se jeter à terre mais on les a obligés à se redresser. Le corps du cavalier a glissé en arrière et failli retourner dans sa case initiale. Une flaque de sang maculait déjà la case du pion blanc. Deux S.S. se sont avancés et ont évacué le cadavre. Quelques pièces voisines étaient aspergées d'éclats d'os et de fragments de cervelle, mais personne n'avait été blessé. La grande salle croulait sous les applaudissements.

«Le vieil homme s'est de nouveau penché en avant et son fou s'est déplacé en diagonale vers le nôtre. Le fou noir a légèrement touché le bras bandé du charpentier. Cette fois-ci, il y a eu une pause avant la détonation. La balle a touché notre fou sous l'omoplate gauche, le petit homme a fait deux pas en avant, puis il est resté immobile une seconde, a fait mine de se gratter le dos, et s'est effondré sur le carreau. Un sergent s'est avancé, a appuyé le canon de son luger sur le crâne du charpentier, a tiré, puis a traîné le cadavre encore tressautant loin de l'échiquier. La partie a repris son cours.

«L'Oberst a fait avancer notre reine de deux rangées. Seule une case vide la séparait à présent de moi, et j'ai vu qu'elle s'était rongé les ongles jusqu'à la chair. Cela m'a rappelé ma sœur, Stefa, et je me suis aperçu avec surprise que mes yeux se brouillaient de larmes. C'était la première fois que je pleurais Stefa.

«Lorsque le vieil homme a joué son coup suivant, la meute a rugi de satisfaction. Le pion de son roi a pris le pion de notre reine. Notre pion était un Polonais barbu, de toute évidence un Juif orthodoxe. Deux coups de feu ont retenti. Le pion du roi noir était couvert de sang lorsqu'il a pris la place du mort sur sa case.

« Il n'y avait plus personne devant moi. A trois rangées de là, je voyais le visage du cavalier noir. Les torches projetaient des ombres longilignes. Les S.S. hurlaient leurs conseils tactiques depuis les bords de l'échiquier. Je n'osais pas me retourner vers l'Oberst, mais je voyais le vieil homme s'agiter sur son trône. Il avait dû se rendre compte qu'il perdait le contrôle du centre de l'échiquier. Il a tourné la tête et le pion du cavalier de son roi s'est avancé d'une case. L'Oberst a déplacé d'une case notre fou survivant, bloquant le pion ennemi et menaçant le fou de son adversaire. La foule a applaudi.

« L'ouverture était achevée et les deux joueurs ont commencé à développer leur tactique. Tous deux ont roqué. Les deux tours sont entrées en jeu. L'Oberst a placé notre reine devant moi. Je contemplais ses omoplates osseuses sous le mince tissu de sa tunique, les mèches bouclées qui retombaient sur sa nuque. Je ne cessais de nouer et de dénouer mes mains. Je n'avais pas bougé d'un pouce depuis le début de la partie. Une horrible migraine faisait danser des phosphènes devant mes yeux et je redoutais de m'évanouir. Que se passerait-il alors ? L'Oberst me laisserait-il m'effondrer ou mon corps inconscient serait-il obligé de rester debout ? Je respirais par à-coups et me forçais à regarder la lueur des torches jouer sur une tapisserie ornant le mur du fond.

« Lors du quatorzième coup des noirs, le vieil homme a envoyé son fou prendre notre cavalier-paysan au centre de l'échiquier. Pas de détonation cette fois-ci. Le sergent S.S. s'est avancé sur l'échiquier et a tendu son poignard d'apparat au fou noir. Silence dans la salle. La lueur des torches se reflétait sur la lame d'acier. Le cavalier-paysan tremblait et se tortillait. Je voyais les muscles de ses bras se tendre dans un effort désespéré pour échapper au contrôle de l'Oberst. Vaine tentative. Le fou lui a tranché la gorge d'un seul coup de lame. Le sergent a récupéré son poignard et fait signe à deux soldats de venir emporter le cadavre. La partie a repris son cours.

« Une de nos tours a pris le fou noir. De nouveau, le couteau a parlé. Debout derrière la jeune reine, je me suis forcé à fermer les yeux. Je les ai ouverts plusieurs coups plus tard, lorsque l'Oberst a fait avancer ma reine d'une case. J'ai eu envie de pleurer, de crier, quand elle m'a ainsi abandonné. Le vieil homme a immédiatement déplacé sa reine hollandaise en diagonale, l'immobilisant sur la cinquième case de la ligne de sa tour. Seule une case vide me séparait de la reine adverse. Rien ne l'empêchait de me prendre. J'ai senti mes entrailles se nouer de terreur.

« L'Oberst est alors passé à l'attaque. Tout d'abord, il a fait avancer le pion de son cavalier sur la gauche. Son adversaire a déplacé le pion de sa tour, un homme au visage rougeaud qui avait fait partie de la brigade de la forêt avec moi, pour contrer notre pion. En réponse, l'Oberst a déplacé le pion de notre tour. J'avais du mal à distinguer tous les mouvements. La plupart des autres prisonniers étaient plus grands que moi et je voyais des dos, des épaules, des crânes rasés et des hommes suants et terrifiés plutôt que des pièces. J'essayais de visualiser l'échiquier en esprit. Je savais qu'il n'y avait plus derrière moi que le roi et une tour. La seule autre pièce placée sur ma rangée était le pion du roi. Devant moi, sur ma gauche, se trouvait un groupe formé de la reine, d'un pion, d'une tour et d'un fou. Un peu plus à gauche, notre cavalier survivant, isolé. A sa gauche, deux pions adverses se bloquaient mutuellement. Sur ma droite, la reine noire continuait de me menacer.

«Notre roi, un Juif émacié d'une soixantaine d'années, a avancé en diagonale sur sa droite. Le vieil homme a renforcé la position de ses tours. Soudain, notre reine a reculé sur la deuxième rangée. A présent, j'étais seul. Quatre cases devant moi, le Juif lituanien me regardait fixement. J'ai lu dans ses yeux une panique animale.

« Soudain, voilà que j'avançais, mes pieds traînant sur le marbre. Il y avait dans mon esprit une terrible et indéniable *présence* qui me poussait en avant, me maîtrisait, me serrait les mâchoires pour étouffer le cri qui montait de ma gorge. Je me suis immobilisé sur la case noire où notre reine s'était trouvée quelques instants plus tôt, entouré de deux pions blancs. Le vieil homme a déplacé le cavalier noir, dont seule une case blanche me séparait. La foule hurlait plus fort que jamais. J'entendais les soldats scander : "Meister ! Meister !"

« J'ai de nouveau avancé — d'une seule case cette fois-ci. A présent, j'étais la seule pièce dans le camp adverse. Quelque part derrière moi, sur ma droite, se trouvait la reine noire. Je sentais sa présence avec autant de force que celle du tireur invisible sur le balcon. Quelques dizaines de centimètres devant moi se trouvaient le visage et les yeux égarés du cavalier noir. Derrière lui se tapissait le Juif lituanien.

« La tour noire est passée sur ma gauche. Lorsqu'elle a mis le pied sur la case du pion blanc, les deux hommes se sont agrippés. J'ai d'abord cru que l'Oberst ou le vieil homme avaient perdu le contrôle de leurs pièces, puis je me suis rendu compte que cela faisait partie du jeu. Les soldats allemands hurlaient leur soif de sang. La tour noire était plus forte, ou moins maîtrisée, et le pion blanc s'est effondré sous ses coups. La tour noire l'a serré à la gorge, accentuant son emprise. Un long râle sec et le pion est tombé à terre.

« On n'avait pas plus tôt évacué son cadavre que l'Oberst déplaçait son cavalier sur sa case et que la lutte reprenait. Cette fois-ci, c'était la tour noire qu'on emportait, les pieds traînant sur le marbre, les yeux fixes et exorbités.

« Le cavalier noir est passé près de moi et ç'a été une nouvelle lutte. Les deux hommes se sont jetés l'un sur l'autre, cherchant à crever les yeux de leur adversaire, jusqu'à ce que le cavalier blanc se retrouve sur la case vide derrière moi. Le tireur devait être posté sur le balcon juste devant moi. J'ai senti le souffle de la balle et entendu l'impact. Le cavalier mourant s'est effondré tout près de moi. L'espace d'une seconde, sa main a enserré faiblement ma cheville, comme pour quémander de l'aide. Je ne me suis pas retourné.

« Ma reine se trouvait de nouveau derrière moi. Sur ma droite, un pion noir est venu la menacer. J'aurais pu l'attraper à la gorge si on me l'avait permis. On ne m'a pas fait agir. La reine a battu en retraite de trois cases. Le vieil homme a fait avancer d'une case le pion de sa reine. L'Oberst a fait entrer en jeu le pion de notre fou.

« La meute scandait : "*Meister! Meister!*" Le vieil homme a fait reculer sa reine de deux cases.

« On m'a de nouveau forcé à bouger. Je me suis retrouvé face à face avec le Juif lituanien. Il était raide, paralysé par la peur. Savait-il que je ne pouvais rien contre lui tant que nous étions sur la même ligne ? Peut-être pas, mais je savais avec certitude que la reine noire pouvait m'éliminer d'une seconde à l'autre. Seule la présence invisible de ma propre reine, cinq cases derrière moi, me procurait une sensation de sécurité. Et si *Der Alte* était prêt à échanger les reines ? Au lieu de cela, il a déplacé sa tour sur la case initialement occupée par le roi.

« J'ai perçu de l'agitation sur ma gauche : le pion de notre fou éliminait un pion noir, puis était pris par le fou noir survivant. Pendant quelques instants, je suis demeuré seul en territoire ennemi. Puis l'Oberst a déplacé la reine blanche sur la case derrière moi. Quoi qu'il arrive par la suite, je ne serais pas seul. J'ai retenu mon souffle et attendu.

« Rien ne s'est passé. Ou plutôt, le vieil homme est descendu de son trône, a fait un geste et s'est éloigné. Il venait de reconnaître sa défaite. Les *Einsatzgruppen* ivres ont hurlé leur admiration. Un contingent de soldats portant l'insigne de la Tête de Mort s'est précipité vers l'Oberst et l'a porté en triomphe autour de la salle. Je suis resté immobile, face au Lituanien, clignant stupidement des yeux comme lui. La partie était terminée et je savais confusément que c'était grâce à moi que l'Oberst l'avait gagnée, mais j'étais trop étourdi pour comprendre pourquoi. Je ne voyais que des Juifs épuisés, soulagés et confus au milieu de cette salle résonnant de cris et de chants. Six hommes étaient morts parmi les blancs. Six pièces noires avaient disparu. Les survivants pouvaient de nouveau bouger, se mêler. Je me suis retourné pour embrasser la femme derrière moi. Elle pleurait. “Shalom, lui ai-je dit en lui baisant les mains. Shalom.” Le Juif lituanien était tombé à genoux sur sa case. Je l'ai aidé à se relever.

«Un peloton de soldats armés de pistolets mitrailleurs nous a conduits au milieu de la cohue vers une pièce vide. Ils nous ont ordonné de nous déshabiller et ont fait un tas de nos tuniques. Puis ils nous ont emmenés dans la nuit pour nous fusiller.

«On nous a ordonné de creuser nous-mêmes nos tombes. Une demi-douzaine de pelles nous attendaient dans une clairière située quarante mètres derrière le manoir, et nous avons ouvert une large tranchée, peu profonde, pendant que les soldats nous éclairaient ou fumaient dans le noir. Le sol était couvert de neige. La terre gelée et dure comme la pierre. A peine si nous sommes arrivés à creuser plus de cinquante centimètres. Entre deux pelletées, des rires nous parvenaient de la grande maison. Les hautes fenêtres étaient éclairées et découpaient des rectangles jaunes sur les pignons d'ardoise. Seuls l'exercice et notre terreur nous ont empêchés de geler sur place. Mes pieds nus avaient pris une horrible couleur bleutée et je ne sentais plus mes orteils. Nous avions presque fini de creuser et je savais qu'il me fallait prendre une décision. Il faisait très sombre et ma meilleure chance, pensais-je, était de fuir vers la forêt. Il aurait été préférable de nous enfuir tous en même temps, mais les plus âgés d'entre nous étaient trop épuisés pour courir et on nous avait interdit de parler. Les deux femmes se tenaient à quelques mètres de la tranchée, tentant vainement de dissimuler leur nudité tandis que les gardes les éclairaient de leurs torches en proférant des obscénités.

«Je n'arrivais pas à me décider : devais-je tenter de m'enfuir, ou bien essayer d'assommer un garde avec ma pelle et de m'emparer de son arme? C'étaient des *Einsatzgruppen,* des *Totenkopfverbände,* mais ils étaient ivres et semblaient d'humeur coulante. Je devais me décider.

«La pelle. J'ai sélectionné un garde : un jeune homme de petite taille qui semblait somnoler à quelques pas de moi. J'ai raffermi mon étreinte sur le manche de l'outil.

«*"Halt! Wo ist denn mein Bauer?"* C'était l'Oberst blond qui s'avançait vers nous en faisant crisser la neige sous ses pas. Il portait un épais manteau et était coiffé d'une casquette d'officier. Il a pénétré dans le disque de lumière et regardé autour de lui. Il avait demandé son pion. *Quel* pion?

«*"Du! Komm her!"* Il a fait un geste dans ma direction. Je me suis recroquevillé sur moi-même, m'attendant à un nouveau viol mental, mais rien de tel ne s'est produit. Je suis sorti de la tranchée, ai tendu ma pelle à un garde et me suis placé, nu et frissonnant, devant celui qu'ils avaient appelé *Der Meister.*

«Il s'est adressé au sergent responsable du peloton : "Finissez-en. *Schnell!*"

«Le sergent a acquiescé et placé les Juifs ensemble au bord de la tranchée. Les deux femmes étaient blotties au bout de la rangée, dans les bras l'une de l'autre. Le sergent a ordonné aux prisonniers de se coucher dans la tranchée. Trois d'entre eux ont refusé et ont été aussitôt abattus. Celui qui avait été le roi noir s'est effondré en tressautant à deux mètres de moi. J'ai baissé les yeux sur mes pieds exsangues et me suis efforcé de ne pas bouger, mais mes tremblements se sont intensifiés. On a ordonné aux autres Juifs de tirer les cadavres vers la fosse où ils se trouvaient déjà. Silence. Les dos et les fesses pâles de mes amis prisonniers luisaient à la lueur des torches. Le sergent a donné un ordre et la fusillade a commencé.

«Cela a pris moins d'une minute. Le vacarme des carabines et des pistolets mitrailleurs semblait étouffé, insignifiant : un léger *pop* et une nouvelle forme blafarde se convulsait dans le trou avant de s'immobiliser. Les deux femmes sont mortes dans les bras l'une de l'autre. Le Juif lituanien a poussé un cri en hébreu et lutté pour se redresser, levant les bras vers les gardes ou vers le ciel — je ne saurais le dire —, puis il a été presque coupé en deux par une rafale.

«Durant tout ce temps-là, je suis resté debout, tremblant, contemplant mes pieds et priant pour devenir invisible. Mais avant même qu'ils en aient fini, le sergent s'est tourné vers moi et a dit : "Celui-ci, *mein Oberst?*

«– *Mein zuverlässiger Bauer?*" a dit l'Oberst. *Mon fidèle pion.* "Nous allons organiser une chasse, a-t-il ajouté.

«– *Eine Jagd?* s'est étonné le sergent. *Heute Nacht?*

«– *Wenn est dämmert.*

«– *Auch Der Alte?*

«– *Ja.*

«– *Jawohl, mein Oberst.*" J'ai vu que le sergent était dégoûté. Il n'aurait pas le temps de dormir cette nuit-là.

«Pendant que les gardes recouvraient les cadavres d'une mince couche de terre gelée, on m'a reconduit au manoir et enchaîné dans la cave où j'avais été enfermé à mon arrivée. Mes pieds ont commencé à me picoter, puis à brûler. C'était très douloureux. Mais je commençais néanmoins à m'assoupir lorsque le sergent est revenu, m'a ôté mes chaînes et m'a tendu une tenue : sous-vêtements, pantalon de laine bleue, chemise, pull-over, chaussettes de laine, et une paire de bottes à peine trop petites pour moi. Ces humbles vêtements me semblaient merveilleux après les mois que j'avais passés au camp vêtu de haillons.

«Le sergent m'a conduit au-dehors, où quatre S.S. attendaient dans la neige. Ils portaient des lampes-torches et des fusils. L'un d'eux tenait un berger allemand en laisse et l'animal m'a soigneusement reniflé pendant plusieurs minutes. La grande salle était plongée dans l'ombre, les clameurs s'étaient tues pour la nuit. Une pointe de gris signalait l'imminence de l'aube.

«Les autres gardes venaient d'éteindre leurs lampes lorsque l'Oberst et le vieux général sont apparus. Ils n'étaient pas en uniforme, mais vêtus de lourdes vestes de chasse et de capes. Chacun d'eux portait un fusil de gros calibre muni d'un viseur longue distance. C'est alors que j'ai compris. Je savais exactement ce qui allait arriver, mais j'étais trop épuisé pour m'en soucier.

«L'Oberst a fait un geste et les gardes se sont écartés de moi pour se placer à côté des deux officiers. Je suis resté là pendant une bonne minute, hésitant, refusant de faire ce qu'ils attendaient de moi. Le sergent s'est adressé à moi en mauvais polonais : "Cours! Cours, vermine juive! Va-t'en!" Et je ne bougeais toujours pas. Le chien tirait sur sa laisse en grondant. Le sergent a levé son fusil et tiré une balle qui a fait exploser la neige à mes pieds. Je n'ai pas bougé. Puis j'ai senti les premières caresses d'approche dans mon esprit.

«*Va, kleiner Bauer. Va!* Ce murmure soyeux en moi m'a donné la nausée. Je me suis retourné et j'ai couru vers la forêt.

«Je n'étais pas en état de courir très longtemps. Au bout de quelques minutes, je suffoquais et titubais. La trace de mes pas était clairement visible sur la neige, mais je ne pouvais rien y faire. Le ciel s'est éclairci tandis que j'avançais péniblement vers le sud, du moins l'espérais-je. J'ai entendu des aboiements frénétiques derrière moi et j'ai su que les chasseurs s'étaient lancés sur ma piste.

«J'avais franchi à peine un kilomètre lorsque je suis

arrivé dans une zone dégagée. Une bande de terre large d'une centaine de mètres avait été déboisée et débroussaillée. Des rouleaux de fil de fer barbelé avaient été placés au milieu de ce no man's land, mais ce n'est pas cet obstacle qui m'a forcé à faire halte. Au centre de la clairière, une pancarte annonçait en allemand et en polonais : DANGER ! CHAMP DE MINES !

« Les aboiements se rapprochaient. J'ai obliqué sur la gauche et adopté un petit trot douloureux. Je savais à présent qu'il n'y avait aucune issue. Le périmètre miné entourait sûrement la totalité de la propriété — leur réserve de chasse privée. Mon seul espoir était de retrouver la route par laquelle j'étais arrivé la veille, il y avait une éternité de cela. Il y aurait certainement des gardes en poste au portail, mais j'ai quand même décidé de tenter le coup. Je préférais être abattu par les gardes que par les monstres lancés à mes trousses. J'étais même prêt à affronter le champ de mines avant d'offrir une cible aux chasseurs.

« Je venais d'atteindre un petit ruisseau lorsque j'ai été à nouveau victime d'un viol mental. J'étais immobile, en train de contempler le courant à moitié gelé, lorsque je l'ai *senti* me pénétrer. J'ai lutté quelques secondes, les mains sur les tempes, à genoux dans la neige, puis l'Oberst a été en moi, a empli mon esprit comme l'eau les narines, la bouche et les poumons d'un homme qui se noie. C'était encore pire. On aurait dit qu'un immense ver était entré dans mon crâne et me taraudait le cerveau. J'ai hurlé, mais aucun son n'est sorti de ma bouche. Je me suis péniblement relevé.

« *Komm her, mein kleiner Bauer !* La voix de l'Oberst m'adressait ses murmures muets. Ses pensées se mêlaient aux miennes, plongeaient ma volonté dans une fosse de ténèbres. J'apercevais des images confuses : visages, lieux, uniformes, pièces. J'étais ballotté par des vagues de haine et d'arrogance. Son amour de la violence m'emplissait la bouche et je sentais le goût cuivré du sang. *Komm !* Le murmure mental était séduisant, écœurant, comme si un homme avait insinué sa langue dans ma bouche.

«Je me suis regardé courir dans le ruisseau, reprendre la direction de l'ouest, courir *vers* les chasseurs, courir à vive allure, le souffle court, les poumons en feu. L'eau glacée m'aspergeait les jambes et alourdissait mes pantalons. Mon nez s'est mis à saigner, m'inondant les joues et le cou.

«*Komm her!*

«Je suis sorti du courant et j'ai gagné un tas de rochers sous les arbres. Mon corps tressautait comme une marionnette lorsque j'ai escaladé les rocs pour me dissimuler dans une anfractuosité. Je suis resté là, la joue contre la pierre, mon sang dégoulinant sur la mousse gelée. Des voix s'approchaient. Les chasseurs n'étaient qu'à cinquante pas de moi, derrière le rideau des arbres. Je supposais qu'ils allaient encercler mon abri rocheux, puis que l'Oberst me forcerait à me relever afin que je leur fournisse une cible bien visible. J'ai lutté pour bouger les bras, pour bouger les jambes, mais on aurait dit que quelqu'un avait tranché les câbles reliant mon esprit à mon corps. J'étais coincé ici aussi sûrement que si les rochers étaient tombés sur moi.

«J'ai entendu des bruits de conversation, puis, à ma grande surprise, les hommes ont emprunté le chemin que j'avais pris dix minutes plus tôt. J'ai entendu le chien aboyer en suivant ma piste. Pourquoi l'Oberst jouait-il ainsi avec moi? Je me suis efforcé de saisir ses pensées, mais il a repoussé mes pitoyables sondes mentales comme il aurait chassé un moustique agaçant.

«Soudain, je bougeais de nouveau, je courais à croupetons le long des arbres, puis rampais sur le ventre à travers la neige. J'ai senti l'odeur de leurs cigarettes avant de les voir. Le vieil homme et le sergent se trouvaient dans une clairière. Le vieil homme était assis sur un tronc d'arbre, son fusil de chasse posé sur les genoux. Le sergent était debout près de lui, le dos tourné, tapotant machinalement la crosse de son fusil.

« Alors je me suis mis à courir, plus vite que je n'avais jamais couru. Le sergent s'est retourné au moment précis où je bondissais sur lui et le cognais de l'épaule. J'étais plus petit et moins lourd que lui, mais le choc l'a jeté à terre. J'ai roulé sur moi-même, hurlant en silence, souhaitant de tout mon cœur reprendre le contrôle de mon corps et m'enfuir dans la forêt, puis je me suis retrouvé avec le fusil du vieil homme dans les mains et je me suis mis à frapper le sergent en plein visage, utilisant la crosse superbement ouvragée en guise de gourdin. Le sergent a tenté de se relever et je l'ai terrassé une nouvelle fois. Il a cherché à prendre son fusil; je lui ai écrasé la main, puis assené des coups de crosse au visage jusqu'à ce qu'il n'en reste plus rien. Ensuite, j'ai lâché le fusil et me suis tourné vers le vieil homme.

« Il était toujours assis sur le tronc d'arbre, une cigarette encore plantée entre ses lèvres minces, mais il tenait dans sa main un luger qu'il avait sorti de son holster. Il paraissait âgé de mille ans, mais il y avait un sourire sur son visage de caricature.

« "*Sie!*" a-t-il dit, et j'ai su que ce n'était pas à moi qu'il s'adressait.

« "*Ja, Alte*", ai-je dit, tout étonné d'entendre ces mots sortir de ma bouche. "*Das Spiel ist beendet.*

« – Nous allons voir", a dit le vieil homme en levant son arme. J'ai bondi sur lui et la balle a transpercé mon pull-over, m'éraflant les côtes. J'ai agrippé son poignet avant qu'il ait pu tirer une seconde fois, et il s'est levé pour entamer une danse grotesque avec moi : un jeune Juif émacié au nez pissant le sang et un vieillard perdu dans son grand manteau de laine. Son luger a craché une nouvelle balle qui est allée se perdre en l'air, puis j'ai saisi son arme et tâché tant bien que mal de prendre du recul pour la braquer sur lui.

« "*Nein!*" a crié le vieil homme, puis j'ai senti sa présence tel un coup de marteau résonnant dans mon crâne. L'espace d'une seconde, j'ai sombré dans le néant pendant que ces deux obscènes parasites luttaient pour le contrôle de mon corps. Puis il m'a semblé que j'observais la scène de haut, que j'avais quitté mon corps. J'ai vu le vieil homme rigide et mon corps comme agité par de terribles convulsions. Mes yeux roulaient dans leurs orbites et j'avais la bouche grande ouverte, comme un débile mental. De la vapeur montait de l'urine qui avait coulé dans son pantalon.

«Puis j'ai retrouvé l'usage de mes yeux et le vieil homme n'était plus dans mon esprit. Il a reculé de trois pas et s'est affaissé sur le tronc d'arbre. "*Willi*, a-t-il dit. *Mein Freund...*"

«Mon bras s'est levé et j'ai abattu le vieil homme de deux balles au visage et d'une balle dans le cœur. Il est tombé en arrière et je me suis retrouvé devant les semelles cloutées de ses bottes.

«*Nous arrivons, pion,* a murmuré l'Oberst. *Attends-nous.*

«Je suis resté immobile jusqu'à ce que j'entende leurs cris et les grondements du berger allemand derrière les arbres. Je tenais toujours le pistolet à la main. J'ai essayé de me détendre, de concentrer toute ma volonté et toute mon énergie sur l'index de ma main droite, sans penser à ce que j'allais faire. Les chasseurs étaient presque en vue lorsque le contrôle de l'Oberst s'est relâché, juste assez pour me permettre d'agir. Ç'a été la lutte la plus cruciale et la plus difficile de ma vie. Je devais seulement bouger un doigt de quelques millimètres, mais j'ai eu besoin pour cela de toute l'énergie et de toute la détermination qui subsistaient encore dans mon esprit et mon corps.

«J'y suis arrivé. Le luger a tiré et la balle m'a éraflé toute la longueur de la cuisse avant d'emporter le petit orteil de mon pied droit. La douleur ressemblait à un feu purificateur. Elle a semblé prendre l'Oberst par surprise et j'ai senti sa présence se retirer quelques secondes.

«J'ai fait demi-tour et me suis mis à courir, laissant des empreintes de sang sur la neige. Des cris ont retenti derrière moi. Une rafale d'arme automatique a déchiré l'air et j'ai entendu les projectiles passer près de moi en vrombissant comme des abeilles. *Mais l'Oberst ne me contrôlait pas.* Je suis arrivé devant le champ de mines et m'y suis précipité sans hésitation. J'ai écarté les barbelés de mes mains nues, m'en suis dépêtré d'un coup de pied et j'ai repris ma course. Si incroyable que cela paraisse, j'ai réussi à atteindre sain et sauf l'autre bout de la clairière. C'est à ce moment-là que l'Oberst a de nouveau pénétré mon esprit.

«*Halt!* Je me suis immobilisé. Je me suis retourné pour voir l'Oberst et les quatre gardes qui me faisaient face de l'autre côté de la zone mortelle. *Reviens, petit pion,* a murmuré la voix de la créature. *La partie est terminée.*

«J'ai essayé de coller le luger à ma tempe. Impossible. Mon corps s'est mis à marcher vers eux, vers le champ de mines, vers leurs armes levées. C'est alors que le berger allemand a échappé au garde qui le tenait en laisse et foncé sur moi. Le chien venait tout juste de pénétrer dans le champ, il était à six ou sept mètres de l'Oberst, lorsque la mine a explosé. C'était une mine antichar, un modèle très puissant. Un nuage de terre, de métal et de chair a envahi l'air. J'ai vu les cinq hommes se jeter à terre, puis un objet mou m'a frappé en pleine poitrine et m'a fait tomber par terre.

«Je me suis relevé et j'ai vu la tête du berger allemand gisant à mes pieds. L'Oberst et deux des soldats étaient à quatre pattes, étourdis, secouant la tête. Les deux autres ne bougeaient plus. *L'Oberst n'était plus en moi.* J'ai levé le luger et vidé son chargeur sur lui. Il était trop loin. Je tremblais trop. Aucune de mes balles n'a atteint sa cible. J'ai fait demi-tour et me suis mis à courir.

«Je ne sais toujours pas pourquoi l'Oberst m'a permis de m'échapper. Peut-être avait-il été blessé par l'explosion. Ou peut-être qu'une démonstration trop poussée du contrôle qu'il exerçait sur moi aurait prouvé aux soldats que la mort du vieil homme était son œuvre. Je n'en sais rien. Mais j'ai toujours pensé que si j'ai réussi à m'enfuir ce jour-là, c'est parce que ma fuite servait les buts de l'Oberst... »

Saul s'interrompit. Le feu était éteint et minuit était largement passé. Natalie Preston et lui étaient assis dans le noir. Depuis une demi-heure, la voix de Saul n'était plus qu'un murmure rauque.

« Vous êtes épuisé », observa Natalie.

Saul ne tenta pas de la contredire. Cela faisait deux nuits qu'il n'avait pas dormi — depuis qu'il avait vu la photo de « William Borden » dans le journal du dimanche matin.

« Mais votre histoire ne s'arrête pas là, n'est-ce pas ? reprit Natalie. Tout cela a un rapport avec les gens qui ont tué mon père, n'est-ce pas ? »

Saul acquiesça.

Natalie quitta la pièce et y revint quelques instants plus tard avec des draps, des couvertures et un oreiller bien épais. Elle se mit à déplier le canapé-lit. « Restez ici cette nuit. Vous finirez votre histoire demain matin. Je nous préparerai un bon petit déjeuner.

– J'ai loué une chambre dans un motel », articula Saul d'une voix rauque. L'idée de reprendre la route 52 pour rejoindre son motel lui donnait envie de fermer les yeux et de s'endormir sur place.

« Mais je vous serais reconnaissante de rester ici. Je veux entendre... non, je *dois* entendre le reste de votre histoire. » Elle marqua un temps. « Et je ne veux pas rester seule dans cette maison cette nuit. »

Saul acquiesça.

« Bien. Il y a une brosse à dents neuve au-dessus du lavabo. Je peux sortir un des pyjamas de Papa si vous voulez...

– Non. C'est inutile.

– Entendu. » Natalie s'immobilisa devant la porte du couloir. « Saul... » Elle s'interrompit et se frotta les bras. « Tout ce que vous m'avez raconté... c'est vrai, n'est-ce pas ?

– Oui.

– Et votre Oberst était ici, à Charleston, la semaine dernière, n'est-ce pas ? C'est un des responsables du meurtre de mon père.

– Je le pense. »

Natalie hocha la tête, fit mine de parler, se mordilla la lèvre et se contenta de dire : « Bonne nuit, Saul.

– Bonne nuit, Natalie. »

Tout fatigué qu'il était, Saul ne trouva pas le sommeil tout de suite. Il observa les rectangles de lumière qui couraient le long du mur couvert de photographies chaque fois que passait une voiture. Il essaya de penser à des choses agréables : à une lumière dorée caressant les branches d'un saule ployant au-dessus d'un ruisseau, à un champ de pâquerettes blanches près d'une ferme où il avait joué étant enfant. Mais lorsqu'il finit par s'endormir, Saul rêva d'une belle journée de juin, de son frère Josef, et d'un cirque planté dans un joli pré où des wagons joliment décorés conduisaient des groupes d'enfants rieurs vers la Fosse qui les attendait.

7.
Charleston,
mercredi 17 décembre 1980

Le shérif Bobby Joe Gentry fut tout d'abord enchanté de constater qu'on le suivait. A sa connaissance, c'était la première fois que ça lui arrivait. Lui-même avait déjà filé bien des gens. Pas plus tard que la veille, il avait suivi Laski, le psychiatre, l'avait regardé entrer par effraction dans la maison Fuller, avait attendu patiemment dans la Dodge de Linda Mae que Laski et la petite Preston aient fini de dîner, puis avait passé une bonne partie de la nuit dans le quartier de Saint Andrews, à boire du café et à surveiller la maison de Natalie Preston. La nuit s'était avérée singulièrement froide et décevante. Le matin, il était repassé devant la maison et avait vu que la Toyota du psychiatre était toujours garée dans l'allée. Quel rapport y avait-il entre ces deux-là ? Laski avait fait une impression bizarre à Gentry — et ce dès son premier coup de fil —, une impression qui s'était vite transformée en un picotement intuitif entre les omoplates que l'expérience lui avait appris à considérer comme un des meilleurs outils du flic consciencieux. Il avait donc filé Laski la veille. Et aujourd'hui, c'était lui — le shérif Bobby Joe Gentry, du Comté de Charleston — qu'on avait pris en filature.

Tout d'abord, il eut du mal à le croire. Il s'était levé à six heures du matin, comme d'habitude, fatigué par le manque de sommeil et l'abus de caféine. Il était allé faire un tour à Saint Andrews pour vérifier que Laski avait bien passé le reste de la nuit dans la maison Preston, puis il avait mangé un beignet chez Sarah Dixon, sur Rivers Avenue, et s'était ensuite rendu à Hampten Park pour aller interroger une certaine Mrs. Lewellyn. Le mari de cette dernière avait quitté la ville quatre jours plus tôt, le jour des meurtres de Mansard House, et il était mort dans un accident de la route le dimanche, près d'Atlanta. Lorsqu'un policier géorgien avait appelé Mrs. Lewellyn pour lui apprendre qu'elle était veuve et que son mari avait percuté un pilier de pont à 130 km/h sur la rocade de l'I-285, elle lui avait posé la question suivante : «Que diable Arthur faisait-il à Atlanta? Il était sorti hier soir pour aller acheter le journal et un cigare.»

C'était une bonne question, avait pensé Gentry. Elle était toujours sans réponse lorsqu'il sortit de la maison Lewellyn à neuf heures, après avoir interrogé la veuve pendant une demi-heure. Ce fut à ce moment-là qu'il remarqua la Plymouth verte garée un peu plus loin à l'ombre des arbres immenses plantés le long du trottoir.

Il avait déjà remarqué cette Plymouth en sortant du parking du restaurant moins d'une heure plus tôt. Il n'y avait prêté attention que parce qu'elle était immatriculée dans le Maryland. Gentry savait d'expérience que les flics étaient obsédés par ce genre de détails anodins, la plupart du temps totalement inutiles. En se glissant au volant de sa voiture de patrouille, il régla le rétroviseur pour mieux observer la Plymouth. C'était bien la même voiture. Le soleil se reflétait sur son pare-brise et il était impossible de voir si elle était occupée. Gentry haussa les épaules et démarra, tournant à gauche au premier carrefour. La Plymouth quitta sa place juste avant que la voiture de Gentry ne soit hors de vue. Celui-ci tourna de nouveau à gauche et prit la direction du sud, ne sachant s'il devait retourner à Saint Andrews ou aller remplir des paperasses à l'hôtel du Comté. Il remarqua que la conduite intérieure verte restait à deux voitures de distance de lui.

Gentry roulait lentement. Il tapotait le volant de ses

grosses mains rouges tout en sifflotant doucement un air de country. Il écouta d'une oreille distraite les messages transmis par la radio et s'interrogea sur les raisons susceptibles de pousser quelqu'un à le filer. Il n'en trouva guère. Si l'on exceptait quelques voyous qu'il avait mis derrière les barreaux ces deux dernières années, personne n'avait de comptes à régler avec Bobby Joe Gentry, et il ne voyait pas qui irait perdre son temps à le suivre dans ses vagabondages quotidiens. Il se demanda s'il n'avait pas peur de son ombre. Il y avait plus d'une Plymouth verte à Charleston. *Avec une plaque du Maryland?* ricana la partie la plus méfiante de son esprit de flic. Gentry décida de prendre le chemin des écoliers pour regagner son bureau.

Il obliqua à gauche pour s'engager dans Cannon Street. La Plymouth le suivit à trois voitures de distance. S'il ne s'était pas attendu à la voir, il n'aurait jamais remarqué sa présence. Seule la relative tranquillité de la rue où vivait Mrs. Lewellyn lui avait permis de repérer son suiveur. Il prit la bretelle d'accès à l'Interstate 26, roula un peu moins de deux kilomètres en direction du nord, puis quitta l'autoroute, empruntant les petites rues pour rejoindre Meeting Street. La Plymouth ne quitta pas son rétroviseur une seule seconde, s'abritant derrière d'autres véhicules quand c'était possible, demeurant à une distance respectable quand la chaussée était déserte.

« Tiens, tiens, tiens », fit Gentry. Il prit la direction de Charleston Heights et passa devant la base navale. Les masses grises des navires étaient visibles derrière l'enchevêtrement des grues. Il tourna à gauche, remonta Dorchester Road et rejoignit l'I-26, en direction du sud cette fois-ci. La Plymouth avait disparu. Il était prêt à sortir de l'autoroute, pensant qu'il regardait trop de séries policières à la télé, lorsqu'un semi-remorque changea de file huit cents mètres derrière lui, lui permettant d'entrevoir un capot vert.

Gentry quitta l'autoroute à la sortie 221 et se

retrouva dans les rues étroites avoisinant l'hôtel du Comté. Il s'était mis à bruiner. Le conducteur de la Plymouth avait actionné ses essuie-glaces à la même seconde que Gentry. Le shérif chercha une loi que son poursuivant soit susceptible d'avoir violée. Il n'en trouva aucune. Bien, pensa-t-il, comment puis-je arriver à le semer ? Il songea à toutes les scènes de poursuite qu'il avait vues au cinéma. Non merci. Il tenta de se rappeler une ruse figurant dans un des nombreux romans d'espionnage qu'il avait lus, mais n'arriva à se souvenir que d'un brusque changement de rame dans le métro moscovite. Merci bien. Le fait d'être au volant d'une voiture de patrouille clairement identifiée comme appartenant au shérif du Comté de Charleston ne faisait qu'aggraver la situation.

Gentry savait qu'il lui suffisait de lancer un appel radio et de faire le tour du pâté de maisons, et dès qu'il reviendrait à ce carrefour la moitié de ses hommes seraient là pour réceptionner le pigeon. Et ensuite ? Il s'imagina en face du juge Trantor, accusé de persécuter un touriste cherchant le ferry conduisant à Fort Sumter et ayant décidé de suivre le shérif de la ville pour y parvenir.

La solution la plus intelligente, il le savait, était celle de l'attente. Que ce type continue de le suivre — pendant des jours, des semaines, des années — jusqu'à ce que Gentry comprenne à quel jeu il jouait. Le conducteur — ou la conductrice — de la Plymouth était peut-être un huissier, un journaliste, un témoin de Jéhovah têtu, ou un membre de la police des polices récemment fondée par le gouverneur. La solution la plus intelligente, Gentry en était absolument certain, était de retourner à son bureau, de ne plus penser à ça et de laisser la situation se décanter toute seule.

« Et puis merde », dit-il. La patience n'était pas son fort. Il fit faire une tête-à-queue à sa voiture sur la chaussée mouillée, brancha son gyrophare et sa sirène, et fonça vers la Plymouth qui venait de s'engager dans l'étroite rue en sens unique. Il déboucla la gaine du holster où était glissé son pistolet non réglementaire et jeta un coup d'œil par-dessus son épaule pour vérifier que sa matraque était bien à sa place sur la banquette arrière. Puis il accéléra, donnant du klaxon pour accroître encore le vacarme produit par son véhicule.

La calandre de la Plymouth eut l'air toute surprise. Gentry vit qu'il n'y avait qu'un homme dans la voiture. Celle-ci fit une embardée sur sa droite. Gentry donna un coup de volant à gauche pour lui bloquer le passage. La Plymouth feignit d'obliquer sur sa gauche, puis monta sur le trottoir de droite, tentant de se faufiler entre les immeubles et la voiture du shérif. Gentry donna un violent coup de volant à gauche, décolla de son siège en montant sur le trottoir et se prépara à la collision.

La Plymouth dérapa, accrocha une rangée de poubelles métalliques avec son pare-chocs arrière et emboutit un poteau téléphonique. Gentry immobilisa sa voiture devant le radiateur fumant de la conduite intérieure, de façon à lui bloquer le passage si le conducteur tentait de s'enfuir. Puis il descendit, acheva d'ouvrir son holster et saisit sa matraque de la main gauche.

« Pourrais-je voir votre permis de conduire et votre attestation d'assurance, monsieur ? » demanda-t-il. Un visage pâle et émacié le regardait fixement. Le choc avait été tout juste assez violent pour tordre la portière avant gauche et secouer le conducteur. Celui-ci avait un front haut et des cheveux noirs. Gentry lui donna une quarantaine d'années. Il était vêtu d'un costume foncé, d'une chemise blanche et d'une cravate sombre et étroite qui semblait dater de l'époque Kennedy.

Gentry observa les mouvements de l'homme pendant qu'il cherchait son portefeuille. « Voulez-vous sortir votre permis de conduire, s'il vous plaît, monsieur ? » L'homme s'immobilisa, cilla, puis fit mine de s'exécuter.

Gentry s'avança vivement et ouvrit la portière de la main gauche, laissant la lanière de sa matraque pendre à son poignet. Sa main droite était posée sur la crosse de son Ruger Blackhawk. « Monsieur ! Veuillez descendre de… merde ! »

Le conducteur de la Plymouth se retourna, son pistolet automatique braqué sur le visage de Gentry. Les cent vingt kilos du shérif s'engouffrèrent dans la voiture quand il plongea sur le poignet de son adversaire. Il y eut deux coups de feu : la première balle passa en sifflant près de l'oreille du shérif et traversa le toit, la seconde transforma le pare-brise de la Plymouth en toile d'araignée poudreuse. Puis Gentry enserra le poignet de l'homme de ses deux mains et tous deux se retrouvèrent couchés sur la banquette comme des adolescents en train de se peloter dans un drive-in. Ils suffoquaient et haletaient tous les deux. La matraque de Gentry s'était coincée dans le volant et la Plymouth beuglait comme un cerf blessé. Le conducteur tenta de labourer les joues du shérif à coups de griffes. Gentry abaissa sa tête massive et lui assena un coup de boule, deux, entendit le troisième lui couper le souffle. L'automatique dégringola de la main du type, rebondit sur le levier de vitesse et la jambe de Gentry, et alla atterrir bruyamment sur la chaussée. Redoutant les armes qui tombent comme tout bon chasseur qui se respecte, Gentry s'attendit à entendre partir l'automatique et à recevoir la moitié du chargeur dans le dos, mais rien de tel ne se produisit.

« Amène-toi par ici », dit Gentry, et il se redressa, entraînant dans le même mouvement le conducteur hors de la voiture. Il l'avait empoigné au collet de la main droite et, après avoir vérifié que l'automatique était à moitié sous la voiture, il jeta l'homme sur le sol à plus de deux mètres de distance. Lorsqu'il réussit à se relever, Gentry avait dégainé le Ruger Blackhawk que son oncle lui avait offert le jour où il avait pris sa retraite. L'arme avait une consistance rassurante dans sa main.

« Plus un geste. On ne bouge pas d'un poil », ordonna Gentry. Une douzaine de curieux étaient sortis des boutiques et des bureaux pour observer la scène. Gentry vérifia qu'ils étaient tous hors de portée de son arme et que seul un mur de briques se trouvait derrière le conducteur. Il eut une violente nausée en se rendant compte qu'il était prêt à abattre ce pauvre type. Gentry n'avait jamais tiré sur un être humain. Au lieu d'empoigner le revolver à deux mains et d'écarter les jambes comme on le lui avait appris, il se redressa de toute sa taille, pointant le canon de son arme vers le ciel. La pluie était une brume caressante sur son visage rougeaud. «La bagarre est finie, haleta-t-il. Détendez-vous une minute, mon vieux. Et discutons un peu de tout ça.»

Il y avait un couteau dans la main du conducteur lorsqu'elle jaillit de sa poche. La lame sortit du manche avec un déclic parfaitement audible. L'homme se mit en position de combat, en équilibre sur la pointe des pieds, les doigts de son autre main bien écartés. Le shérif fut navré de constater qu'il tenait son couteau parfaitement, dangereusement, le pouce posé sur le manche à la naissance de la lame. Le morceau d'acier long d'une douzaine de centimètres décrivait déjà des arcs courts et fluides. D'un coup de pied, Gentry propulsa l'automatique sous la Plymouth, puis il recula de trois pas.

«Allons, mon vieux, dit Gentry. Ne faites pas de bêtises. Rangez ce couteau.» Il ne sous-estimait nullement la vitesse avec laquelle l'homme pourrait franchir les cinq mètres qui les séparaient. Et il savait qu'à une telle distance, un couteau pouvait être aussi fatal qu'une balle. Mais il se rappelait aussi les trous creusés par le Blackhawk dans une cible noire placée à quarante pas. Il ne voulait pas imaginer les dégâts que causeraient les balles de .357 à cette distance.

«Baissez votre arme», dit Gentry. Sa voix était douce et unie, ne contenait aucune menace, n'admettait aucune discussion. «Réfléchissons quelques instants et parlons de tout ça.» L'homme n'avait ni parlé ni émis d'autre son que deux ou trois grognements depuis que Gentry s'était approché de la Plymouth. A présent, un étrange sifflement sortait de sa bouche crispée, pareil à celui d'une bouilloire en train de refroidir. Il commença à lever le couteau à la verticale.

«*Stop!*» Gentry abaissa son pistolet, visant le centre

de la cravate de l'homme. Si le couteau se mettait en position de lancer, Gentry serait obligé de tirer. Son doigt était tellement crispé sur la détente que le percuteur était prêt à se lever.

Gentry vit alors quelque chose qui lui bloqua douloureusement le cœur. Le visage de l'homme sembla frémir, trembler, ou plutôt *se liquéfier*, comme si un masque de caoutchouc mal ajusté glissait pour révéler ses véritables traits. Ses yeux s'écarquillèrent, comme pour exprimer la surprise ou la terreur, puis ils roulèrent, telles des petites bêtes prises de panique. L'espace d'un instant, Gentry vit une autre personnalité émerger sur ce visage mince, une expression d'horreur et de confusion apparaître dans ces yeux captifs, puis les muscles du visage et du cou se raidirent, comme si le masque venait de se rajuster. Le couteau se leva jusqu'à toucher le menton de l'homme, assez haut pour être correctement lancé.

«Hé!» cria Gentry. Il relâcha la pression de son doigt sur la détente.

Le conducteur inséra le couteau dans sa propre gorge. Il ne se poignarda pas, il ne se taillada pas, il *inséra* les douze centimètres d'acier comme un chirurgien pratiquant une incision ou une ménagère perçant soigneusement une pastèque avant de la couper en tranches. Puis, avec une force et une lenteur délibérées, il fit aller la lame de droite à gauche sous ses mâchoires.

«Doux Jésus!» murmura Gentry. Un des spectateurs poussa un cri.

Le sang coula sur la chemise blanche de l'homme comme si un ballon plein de peinture rouge venait d'exploser. L'homme dégagea sa lame et resta immobile pendant une bonne dizaine de secondes, les jambes écartées, le corps rigide, le visage sans expression, pendant qu'une cascade de sang inondait son torse et coulait à grosses gouttes sur le trottoir mouillé. Puis il s'effondra sur le dos, les jambes agitées de spasmes.

«Restez à l'écart, bon sang!» hurla Gentry en direction des badauds, et il se précipita vers le mourant. Il écrasa le poignet droit de l'homme sous sa botte et dégagea le couteau d'un coup de matraque. La tête du conducteur était rejetée en arrière et la plaie écarlate de sa gorge béait comme le sourire obscène d'un requin. Gentry aperçut des cartilages déchiquetés et des lambeaux de tissu gris avant que le sang ne bouillonne à nouveau. La poitrine de l'homme commença à s'élever et à s'abaisser lorsque ses poumons se remplirent.

Gentry retourna près de sa voiture et appela une ambulance. Puis il ordonna une nouvelle fois à la foule de s'écarter et récupéra l'automatique sous la Plymouth à l'aide de sa matraque. C'était un browning 9 mm muni d'un chargeur supplémentaire qui l'alourdissait considérablement. Il trouva le cran de sûreté, le bloqua, passa l'arme à son ceinturon et alla s'agenouiller près du mourant.

Le conducteur avait roulé sur son flanc droit, les genoux relevés, les bras autour du torse, les poings serrés. Son sang s'étalait en une flaque d'un bon mètre de large et continuait de couler à chaque battement de cœur. Gentry s'agenouilla dedans et essaya de refermer la blessure avec ses mains nues, mais la plaie était trop large et trop irrégulière. Sa chemise fut trempée de sang en moins de cinq secondes. Les yeux de l'homme avaient pris une nuance vitreuse que Gentry avait déjà vue sur nombre de cadavres.

La respiration entrecoupée et le bouillonnement cessèrent au moment où la sirène d'une ambulance se faisait entendre au loin.

Gentry recula, se redressa sur les genoux et s'essuya les mains sur les cuisses. Le portefeuille du conducteur avait atterri sur la chaussée durant leur brève lutte, et Gentry le saisit avant qu'il soit maculé de sang. Ignorant la procédure en vigueur dans un tel cas, il l'ouvrit et passa son contenu en revue. Il s'y trouvait neuf cents dollars en liquide, une photo en noir et blanc du shérif Bobby Joe Gentry, et rien d'autre. Rien. Ni permis de conduire, ni carte de crédit, ni photo de famille, ni carte de sécurité sociale, ni carte de visite, ni vieille facture — rien.

« Qu'est-ce que c'est que cette histoire », murmura Gentry. La pluie avait cessé de tomber. Le corps du conducteur gisait sur le macadam. Son mince visage était si blanc qu'il semblait de cire. Gentry secoua la tête et regarda sans les voir les badauds et les policiers et ambulanciers qui approchaient. « Quelqu'un serait-il assez aimable pour me dire *ce qui se passe ici ?* » hurla-t-il.

Personne ne lui répondit.

8.
Bayerisch-Eisenstein,
jeudi 18 décembre 1980

Tony Harod et Maria Chen prirent la direction du nord en sortant de Munich, passèrent près de Deggendorf et de Regen, puis s'enfoncèrent dans la région montagneuse et forestière située près de la frontière tchèque. Harod n'avait aucune pitié pour sa B.M.W. de location; il changeait de vitesse avec nervosité pour négocier les virages en dérapage contrôlé, accélérant jusqu'à 120 km/h dans les lignes droites. Même la concentration nécessitée par cette activité ne suffisait pas à dissiper la tension consécutive au long voyage en avion. Il avait tenté de dormir durant cette interminable traversée de l'Atlantique, mais il n'avait pu oublier une seule seconde qu'il était enfermé dans un tube fragile et pressurisé suspendu à des milliers de pieds au-dessus de l'océan. Harod frissonna, poussa le chauffage de la B.M.W. et doubla deux voitures. A mesure qu'ils prenaient de l'altitude, la neige tapissait les champs et s'amoncelait au bord de la route.

Deux heures plus tôt, alors qu'ils sortaient de Munich sur une *autobahn* encombrée, Maria avait étudié sa carte routière Shell et s'était exclamée : «Oh, Dachau n'est qu'à quelques kilomètres d'ici.

– Et alors ?

– Et alors, c'est là que se trouvait un de ces camps de la mort. Là où on envoyait les Juifs pendant la guerre.

– Et alors ? C'est de l'histoire ancienne, bordel.

– Pas si ancienne que ça.»

Harod avait pris une sortie numérotée 92, échangeant une *autobahn* encombrée contre une autre. Il prit la file de gauche et l'aiguille du compteur se maintint à 100.
« Quand êtes-vous née ? demanda-t-il.

– En 1948.

– Ça ne sert à rien d'imaginer ce qui a pu arriver avant votre naissance. C'est de l'histoire ancienne. »

Maria Chen s'était tue et avait contemplé le ruban glacé de l'Isar. Une lumière grise tombait du ciel de cet après-midi finissant.

Harod jeta un regard à sa secrétaire et se rappela leur première rencontre, quatre ans plus tôt, durant l'été 1976, alors que Harod se trouvait à Hong Kong pour convaincre les frères Foy de financer un film de kung fu débile que Willi voulait produire. Harod avait été ravi de quitter les U.S.A. plongés dans la folie du Bicentenaire. Le plus jeune Foy l'avait accompagné dans une boîte de Kowloon.

Quelque temps s'était écoulé avant que Harod s'aperçoive que le night-club où ils se trouvaient, situé au huitième étage d'un gratte-ciel de Kowloon, était en fait un bordel, et que les jeunes femmes superbes et sophistiquées qui leur tenaient compagnie étaient des putes.

Harod avait perdu tout intérêt pour elles à ce moment-là, et il aurait quitté les lieux sur-le-champ s'il n'avait pas remarqué une superbe Eurasienne assise toute seule au bar, dont le regard exprimait une indifférence trop profonde pour être feinte. Lorsqu'il demanda des renseignements sur elle à Two-Bit Foy, l'Asiatique obèse eut un large sourire et dit : « Ah, très intéressant. Une histoire très triste. Sa mère était une missionnaire américaine, son père un professeur sur le continent. Sa mère est morte peu de temps après être venue à Hong Kong. Son père aussi est mort. Maria Chen est restée ici et elle est devenue un mannequin très célèbre et très cher.

– Un mannequin ? dit Harod. Qu'est-ce qu'elle fiche ici ? »

Foy haussa les épaules et sourit de nouveau, exhibant sa dent en or. « Elle gagne beaucoup d'argent, mais ça ne lui suffit pas. Elle a des goûts très coûteux. Elle veut aller en Amérique — c'est une citoyenne américaine —, mais ses goûts coûteux l'empêchent d'y aller. »

Harod hocha la tête. « Cocaïne ?

– Héroïne, dit Foy en souriant. Vous aimeriez la rencontrer ? »

Harod répondit que oui. Une fois les présentations faites, lorsqu'ils se retrouvèrent tout seuls au bar, Maria Chen dit : « J'ai entendu parler de vous. Vous avez bâti votre carrière sur vos mauvais films et vos mauvaises manières. »

Harod acquiesça de la tête. « Et j'ai entendu parler de vous, dit-il. Vous êtes une pute accro à l'héroïne. »

Il vit venir la gifle et tendit son esprit pour la bloquer. En vain. La claque fit un bruit retentissant. Toutes les personnes présentes se turent et se tournèrent vers eux. Lorsque les conversations reprirent, Harod sortit un mouchoir de sa poche et le posa sur sa bouche. La bague de l'Eurasienne lui avait coupé la lèvre.

Harod avait déjà rencontré des Neutres : des hommes et des femmes sur lesquels le Talent n'avait aucune prise. Mais rarement. Très rarement. Et jamais dans une situation où son ignorance s'était retournée contre lui. « Bien, dit-il. Les présentations sont faites. Maintenant, j'ai une proposition à vous faire.

– Rien de ce que vous pourrez me proposer ne m'intéressera. » La sincérité de Maria Chen ne faisait aucun doute. Mais elle resta assise sur son tabouret de bar.

Harod acquiesça. Il réfléchissait à toute allure, repensant à l'inquiétude qu'il éprouvait depuis maintenant des mois. Willi le terrifiait. Le vieillard n'utilisait son Talent que rarement, mais son pouvoir était incontestablement plus développé que le sien. Même si Harod passait des années à conditionner un assistant, Willi n'aurait aucune difficulté à retourner ce pion contre lui. Harod se sentait de plus en plus angoissé depuis que ce foutu

Island Club l'avait convaincu de devenir un des proches du vieil assassin. Si Willi apprenait la vérité, il utiliserait le premier instrument venu...

« Je vous offre un travail aux U.S.A., dit Harod. Vous serez ma secrétaire personnelle et la secrétaire de direction de la compagnie que je représente. »

Maria Chen le toisa du regard. Ses superbes yeux marron n'exprimaient aucun intérêt.

« Cinquante mille dollars américains par an, ajouta-t-il, plus d'autres avantages. »

Elle ne cilla même pas. « Je gagne beaucoup plus que ça ici, à Hong Kong. Pourquoi échangerais-je ma carrière de mannequin contre un boulot de secrétaire mal payé ? » La façon dont elle insista sur le mot « secrétaire » traduisait clairement le mépris que lui inspirait cette proposition.

« Les autres avantages. » Comme Maria Chen restait muette, Harod poursuivit à voix basse : « Une réserve permanente de... ce dont vous avez besoin. Vous n'aurez plus à faire les démarches nécessaires pour vous approvisionner. »

Cette fois-ci, Maria Chen cilla. Son assurance la déserta comme un voile arraché à son visage. Elle baissa les yeux.

« Réfléchissez-y, reprit Harod. Je suis à l'Hôtel Victoria & Albert jusqu'à mardi matin. »

Elle ne leva pas la tête lorsque Harod sortit du nightclub. Le mardi matin, il se préparait à partir, le portier avait déjà pris ses valises, et il examinait une dernière fois son reflet dans la glace, achevant de boutonner sa veste de safari taillée dans le plus pur style république bananière, lorsque Maria Chen apparut sur le seuil.

« Quelles seront mes obligations, en dehors de celles d'une secrétaire ? » demanda-t-elle.

Harod se retourna lentement, résista à son envie de sourire, et haussa les épaules. « Toutes celles que je pourrai vous indiquer. » Il daigna sourire. « Mais pas celles auxquelles vous pensez. Je n'ai pas besoin de putes.

– J'accepte, mais à une condition. »

Harod la regarda sans rien dire.

« L'année prochaine, il faut que… que je m'arrête. » Une pellicule de sueur apparut sur son front lisse. « Que je… comment dit-on en Amérique ? Que je décroche. Et quand je vous le demanderai, le moment venu, vous devrez prendre… des dispositions. »

Harod réfléchit durant une minute. Il ne savait pas si une Maria Chen libérée de l'influence de la drogue servirait ses buts, mais il ne croyait pas vraiment qu'elle tenterait de décrocher. Si c'était le cas, il aviserait à ce moment-là. En attendant, il aurait à son service une secrétaire belle et intelligente à laquelle Willi ne pourrait pas toucher. « Entendu, dit-il. Maintenant, il faut prendre les dispositions nécessaires pour que vous obteniez votre visa.

– C'est inutile. » Maria Chen s'écarta pour le laisser passer et lui emboîta le pas en direction de l'ascenseur. « Toutes les dispositions ont déjà été prises. »

Trente kilomètres après Deggendorf, ils approchèrent de Regen, une cité médiévale bâtie à l'ombre de pics rocheux. Alors qu'ils descendaient une route de montagne vers ses faubourgs, Maria Chen désigna l'endroit où, l'espace d'un instant, les phares de la voiture avaient éclairé une planche ovale plantée sous les arbres au bord de la chaussée. « Vous avez remarqué ces trucs près de la route ? demanda-t-elle.

– Ouais, dit Harod en rétrogradant pour négocier un virage en épingle à cheveux.

– Selon le guide, c'est sur ces planches qu'on portait les cercueils lors des enterrements. On y inscrivait le nom du défunt ainsi qu'une invitation à prier pour le salut de son âme.

– Charmant. » La route traversa une ville. Harod entrevit des lampadaires perçant la pénombre hivernale, des pavés mouillés dans les rues latérales et un édifice sombre dressé au-dessus de la ville sur une crête boisée.

«Ce château a jadis appartenu au comte Hund, lut Maria Chen. Il a ordonné que son épouse soit enterrée vivante après qu'elle eut noyé leur bébé dans la rivière.»

Harod resta muet.

«Une curieuse histoire, n'est-ce pas?» dit Maria Chen.

Harod rétrograda et tourna à gauche, suivant l'autoroute 11 en direction de la montagne. La neige était visible à la lueur des phares. Harod tendit une main pour s'emparer du guide de Maria Chen et pour éteindre la veilleuse qui lui permettait de le lire. «Rendez-moi un service, dit-il. Fermez votre gueule.»

Il était neuf heures passées lorsqu'ils arrivèrent au petit hôtel de Bayerisch-Eisenstein, mais leurs chambres les attendaient et le dîner était encore servi dans une minuscule salle contenant à peine cinq tables. Celle-ci était chauffée par une immense cheminée qui fournissait également la quasi-totalité de l'éclairage. Ils mangèrent en silence.

Bayerisch-Eisenstein avait paru minuscule et désert à Harod d'après les quelques aperçus qu'il en avait eus avant de trouver l'hôtel. Une grand-rue, quelques immeubles de style bavarois blottis dans une étroite vallée entre des collines noires; cet endroit lui rappelait une ville frontière dans les Catskills. A l'entrée de l'agglomération, une pancarte les avait informés qu'ils n'étaient qu'à quelques kilomètres de la frontière tchèque.

Lorsqu'ils regagnèrent leurs chambres adjacentes au deuxième étage, Harod dit : «Je vais descendre jeter un coup d'œil au sauna. Préparez les affaires pour demain.»

L'hôtel comprenait vingt chambres, occupées en majorité par des skieurs de fond venus explorer les pistes de la Grosse Arber, une montagne haute de quatorze cents mètres située quelques kilomètres plus au nord. Plusieurs couples étaient assis dans le petit salon du rez-de-chaussée, buvant de la bière ou du chocolat chaud et riant de ce rire jovial et typiquement allemand qui semblait toujours forcé à Harod.

Le sauna se trouvait au sous-sol et n'était guère plus qu'un caisson en cèdre muni de bancs. Harod augmenta la température, ôta ses vêtements dans le minuscule vestiaire et pénétra dans la chaleur, vêtu d'une simple serviette. Il sourit en lisant la pancarte rédigée en allemand et en anglais : LES VISITEURS SONT AVISÉS QUE LES VÊTEMENTS NE SONT PAS OBLIGATOIRES DANS LE SAUNA. De toute évidence, certains touristes américains avaient été surpris par l'absence de pudeur des Allemands en pareille circonstance.

Il s'était presque assoupi lorsque les deux filles entrèrent. Elles étaient jeunes — pas plus de dix-neuf ans —, allemandes et gloussantes. Elles n'eurent aucune réaction en voyant Harod. «*Guten Abend*», dit la plus grande des deux blondes. Elles gardèrent les serviettes dont elles s'étaient enveloppées. Harod portait également une serviette; il ne dit mot et, les yeux mi-clos, observa les deux filles.

Il se rappela le jour où, trois ans plus tôt, Maria Chen lui avait annoncé que le moment était venu pour lui de l'aider à décrocher.

«Pourquoi ferais-je cela? avait-il dit.

– Parce que vous l'avez promis», avait-elle répliqué.

Harod l'avait regardée fixement en pensant aux mois de tension sexuelle qu'il avait endurés, à la façon dont elle repoussait froidement la moindre de ses avances, et à la nuit durant laquelle il était allé doucement devant la porte de sa chambre et l'avait ouverte. Il était deux heures passées, mais elle était en train de lire au lit. Lorsqu'il était apparu sur le seuil, elle avait calmement reposé son livre, avait sorti un .38 du tiroir de sa table de nuit, l'avait calé sur ses cuisses et avait demandé : «Oui, qu'y a-t-il, Tony?» Il avait secoué la tête et battu en retraite.

«D'accord, chose promise, chose due, dit Harod. Que voulez-vous que je fasse?»

Maria Chen le lui expliqua.

Elle n'avait pas quitté la cave fermée à clé pendant trois semaines. Dans un premier temps, elle avait déchiré de ses ongles le capitonnage qu'il l'avait aidée à installer sur les murs et sur la porte. Elle avait hurlé, tapé sur les murs, déchiqueté le sommier et le matelas auxquels se réduisait le mobilier de la pièce, puis hurlé de nouveau. Harod, assis dans la salle de projection adjacente à la cave, était le seul à entendre ses hurlements.

Elle avait refusé de manger les repas qu'il lui glissait sous la porte. Au bout de deux jours, elle avait cessé de se lever, restant étendue sur le matelas, recroquevillée sur elle-même, tantôt à transpirer, tantôt à trembler, gémissant faiblement pour se mettre l'instant d'après à hurler d'une voix inhumaine. En fin de compte, Harod avait passé trois jours et trois nuits à ses côtés dans la pièce minuscule, l'aidant à aller aux toilettes quand elle arrivait à se lever, la lavant et prenant soin d'elle quand elle n'y arrivait pas. Finalement, le quinzième jour, elle avait dormi pendant vingt-quatre heures, puis Harod l'avait lavée et avait pansé les plaies qu'elle s'était infligées. En épongeant ses joues pâles, ses seins parfaits et ses cuisses en sueur, il avait repensé à toutes les fois où il avait vu son corps vêtu de soie et regretté amèrement qu'elle soit Neutre.

Après l'avoir baignée et séchée, il lui avait fait enfiler un pyjama propre, avait changé les draps et les couvertures, puis l'avait laissée dormir.

Elle avait émergé de la cave la troisième semaine : son maintien et ses manières légèrement distantes étaient aussi intacts, aussi parfaits que ses cheveux, sa mise et son maquillage. Ni l'un ni l'autre n'avait jamais parlé de ces trois semaines.

La plus jeune des deux Allemandes gloussa, leva les bras au-dessus de sa tête et murmura quelque chose à son amie. Harod les observa à travers les nuages de vapeur. Ses yeux noirs étaient deux trous sombres sous ses paupières lourdes.

L'aînée des deux filles cligna des yeux à plusieurs reprises et dénoua sa serviette. Ses seins étaient lourds et fermes. La cadette eut un mouvement de surprise, les bras toujours levés. Harod vit une masse de poils drus sous ses bras et se demanda pourquoi les Allemandes ne se rasaient pas les aisselles. La cadette fit mine de dire quelque chose, se ravisa et dénoua sa serviette. Ses doigts étaient hésitants, comme s'ils étaient à moitié endormis ou peu habitués à cette tâche. La serviette tomba alors que l'aînée tendait les mains vers les seins de sa sœur.

Des sœurs, comprit Harod alors qu'il plissait les yeux pour mieux savourer le flot de sensations. *Kirsten* et *Gabi.* Ce n'était pas facile avec deux sujets. Il devait constamment aller de l'une à l'autre, contrôlant la première tout en veillant à ce que la seconde ne lui échappe pas. C'était comme s'il avait joué au tennis contre lui-même : ce genre de partie ne devait pas se prolonger. Mais les parties les plus courtes sont parfois les meilleures. Harod ferma les yeux et sourit.

Lorsqu'il remonta, il trouva Maria Chen près de la fenêtre, en train de regarder un groupe de choristes chanter des chants de Noël autour d'un traîneau tiré par un cheval. Elle se retourna alors que des rires et des fragments de «*Oh Tannenbaum*» emplissaient l'air glacé.

«Où est-il?» demanda Harod. Il était vêtu d'un pyjama en soie et d'un peignoir doré. Ses cheveux étaient mouillés.

Maria Chen ouvrit sa valise et en sortit un pistolet automatique de calibre .45. Elle le posa sur une table basse.

Harod prit l'arme à feu, fit mine de tirer et hocha la tête. «Je me doutais qu'on ne vous emmerderait pas à la douane. Où est le chargeur?»

Maria Chen sortit trois magasins de sa valise et les posa sur la table. Harod fit glisser l'arme sur le verre jusqu'à ce qu'elle s'immobilise près de la main de sa secrétaire.

«Okay, dit-il. Voyons un peu la gueule qu'a ce foutu pays.» Il déroula une carte topographique sur la table, calant ses quatre coins avec le pistolet et les trois chargeurs. Son index se posa sur un groupe de points situés de part et d'autre d'une ligne rouge. «Bayerisch-Eisenstein. Nous sommes ici.» Son doigt se planta deux centimètres plus au nord-ouest. «La propriété de Willi est ici, derrière cette colline...

– La Grosse Arber, dit Maria Chen.

– Peu importe. Ici, en plein milieu de la forêt...

– Le Bayerischer Wald», dit Maria Chen.

Harod la regarda en silence pendant deux bonnes minutes, puis se repencha sur la carte. «Ça fait partie d'un parc national... mais c'est quand même une propriété privée. N'importe quoi!

– Il existe des propriétés privées dans l'enceinte des parcs nationaux américains, lui rappela Maria Chen. De plus, cette propriété est censée être vide.

– Ouais.» Harod enroula la carte et se rendit dans sa chambre par la porte de communication. Une minute plus tard, il revenait avec un verre de scotch prélevé sur la bouteille qu'il avait achetée à la Duty Free Shop de Heathrow. «Bien, dit-il, vous savez ce que vous avez à faire demain matin?

– Oui, dit Maria Chen.

– S'il n'est pas là, ça baigne. S'il est là, s'il est tout seul et s'il a envie de parler, pas de problème.

– Et s'il y a un problème?»

Harod s'assit, posa son verre sur la table et inséra un magasin dans la crosse de l'automatique. Il lui tendit le pistolet et attendit qu'elle le prenne. «Alors, vous l'abattez. Vous l'abattez, ainsi que toute personne se trouvant en sa compagnie. Visez la tête. Tirez plusieurs balles si vous en avez le temps.» Il retourna à la porte, puis hésita. «D'autres questions?

– Non.»

Harod entra dans sa chambre et ferma la porte. Maria Chen entendit le déclic du verrou. Elle resta assise un long moment, l'automatique dans ses mains, écoutant les échos de *Gemütlichkeit* qui lui parvenaient de temps en temps de la rue tout en contemplant la mince bande de lumière jaune sous la porte de la chambre de Tony Harod.

9.
Washington, D.C., jeudi 18 décembre 1980

C. Arnold Barent prit congé du président élu, sortit du Mayflower Hotel et alla jusqu'à l'aéroport national en passant par l'immeuble du F.B.I. Sa limousine était précédée par une Mercedes grise et suivie par une Mercedes bleue ; ces deux véhicules appartenaient à l'une de ses compagnies et leurs occupants étaient aussi bien entraînés que les agents peu discrets en poste au Mayflower.

« Je trouve que la conversation s'est très bien passée », dit Charles Colben, le seul autre passager de la limousine.

Barent acquiesça.

« Le président a très bien accueilli vos suggestions, poursuivit Colben. Apparemment, il risque de venir à la retraite de l'Island Club en juin. Ce serait intéressant. Nous n'avons jamais reçu un président en exercice jusqu'ici.

– Le président élu, corrigea Barent.

– Hein ?

– Vous avez dit que le président avait très bien accueilli mes suggestions, dit Barent. Vous voulez dire : le président élu. Carter reste notre président jusqu'en janvier. »

Colben eut un petit ricanement moqueur.

« Que disent vos informateurs au sujet des otages ? demanda Barent à voix basse.

– Que voulez-vous dire ?

– Seront-ils libérés durant les dernières heures du mandat de Carter ou bien pendant celui de son successeur ? »

Colben haussa les épaules. « Nous, c'est le F.B.I., pas la C.I.A. Nous travaillons sur le territoire national, pas à l'étranger. »

Barent hocha la tête, un petit sourire aux lèvres. « Et une partie de votre travail sur le territoire national consiste à espionner la C.I.A. Je vous demande donc : quand les otages vont-ils rentrer chez nous ? »

Colben plissa le front et contempla les arbres nus du Mail. « A notre avis, dans les vingt-quatre heures qui précéderont ou suivront la prise d'investiture. Mais vu la façon dont l'ayatollah a baisé Carter pendant un an et demi, ça m'étonnerait qu'il lui fasse une fleur au dernier moment.

– Je l'ai rencontré une fois. Un personnage très intéressant.

– Hein ? Qui ça ? » dit Colben, déconcerté. Au cours des quatre dernières années, Barent avait souvent invité les Carter dans sa propriété de Palm Springs et dans son château de Thousand Islands.

« L'ayatollah Khomeiny, dit patiemment Barent. J'étais à Paris et je suis allé le voir à Neauphle-le-Château peu de temps après son départ en exil. Un de mes amis m'avait dit que je trouverais cet imam fort amusant.

– Amusant ? dit Colben. Ce connard fanatique ? »

Barent se renfrogna légèrement devant un tel langage. Il n'aimait guère les grossièretés. Quelques jours plus tôt, il avait utilisé le mot « emmerdeuse » en s'adressant à Tony Harod, pensant qu'une expression vulgaire était nécessaire pour se faire comprendre d'un homme vulgaire. Charles Colben était également vulgaire. « Ce fut très amusant, continua Barent, regrettant à présent d'avoir abordé ce sujet. Nous avons eu un entretien d'un quart d'heure avec le chef religieux — il y avait un interprète, bien qu'on m'ait dit que l'Ayatollah comprenait parfaitement le français —, et vous ne devinerez jamais ce que ce petit bonhomme a fait juste avant la fin de notre audience.

– Il vous a demandé de financer sa révolution ? proposa Colben d'une voix qui trahissait sa totale indifférence.

– Il a essayé de m'Utiliser, dit Barent en souriant de nouveau, sincèrement amusé par ce souvenir. Je l'ai senti sonder mon esprit à l'aveuglette, à l'instinct. J'ai eu l'impression qu'il se croyait le seul être au monde doué du Talent. J'ai également eu l'impression qu'il se prenait pour Dieu. »

Colben eut un nouveau haussement d'épaules. « Il se serait senti un peu moins divin si Carter avait eu assez de couilles pour lui envoyer quelques B-52 dès la première semaine de la prise d'otages. »

Barent changea de sujet. « Et où est notre ami Mr. Harod aujourd'hui ? »

Colben sortit un inhalateur de sa poche, se l'appliqua sur les deux narines et grimaça. « Lui et sa secrétaire — si c'en est bien une — se sont envolés hier soir pour l'Allemagne.

– Afin de voir si notre ami Willi ne serait pas bien vivant et de retour au Vaterland, je présume.

– Exact.

– Avez-vous envoyé quelqu'un pour l'accompagner ? »

Colben secoua la tête. « Inutile. Trask a demandé à ses vieux contacts de Francfort et de Munich de garder un œil sur le château. Harod ira sûrement y faire un tour. Nous surveillerons de loin les manœuvres de la C.I.A.

– Y trouvera-t-il quelque chose ? »

Charles Colben haussa les épaules.

« Vous ne pensez pas que notre Mr. Borden soit encore en vie, n'est-ce pas ? demanda Barent.

– Non, je ne vois pas comment il aurait pu être assez malin pour s'en tirer. Je veux dire, c'est *nous* qui avons eu l'idée de contacter la Drayton pour qu'elle élimine *Borden*. Ses actes devenaient trop publics, nous en avons décidé à *l'unanimité*, pas vrai ?

– Pour découvrir ensuite les petites indiscrétions de Nina Drayton. Ah, quel dommage !

– Quel dommage ? »

Barent se tourna vers le bureaucrate chauve. « Quel dommage qu'ils n'aient pas été membres de l'Island Club tous les deux. C'étaient des individus exceptionnels.

– Conneries, dit Colben. C'étaient des dingues. »

La limousine s'arrêta. Les verrous de la portière se débloquèrent du côté de Colben. Barent regarda l'entrée de service du nouvel immeuble du F.B.I., un monument de laideur. « Vous êtes arrivé », dit-il, puis, lorsque Colben fut descendu et alors que le chauffeur se préparait à refermer la porte, il ajouta : « Il faudra vraiment que vous surveilliez votre langage, Charles. » Il laissa l'homme chauve debout sur le trottoir, les yeux fixés sur la limousine qui s'éloignait.

Il ne fallut que quelques secondes à Barent pour atteindre l'aéroport national. Son 747 reconverti l'attendait devant son hangar privé ; les moteurs de l'avion tournaient, l'air conditionné était branché et un verre d'eau minérale glacée attendait Barent près de son fauteuil préféré. Don Mitchell, le pilote, entra dans le compartiment avant et le salua. « Tout est prêt, Mr. Barent, dit-il. Il ne reste plus qu'à communiquer le plan de vol à la tour. Quelle est notre destination, monsieur ?

– J'aimerais aller sur mon île », dit Barent en sirotant son eau minérale.

Mitchell eut un petit sourire. C'était une vieille plaisanterie. C. Arnold Barent possédait plus de quatre cents îles dans le monde entier et des résidences sur une vingtaine d'entre elles. « A vos ordres, monsieur », dit le pilote, puis il attendit.

« Informez la tour que nous suivrons le plan de vol E. » Barent se leva, gardant son verre à la main, et alla vers la porte de sa chambre. « Je vous ferai savoir quand je serai prêt.

– A vos ordres, monsieur. Nous avons l'autorisation de décoller dans le quart d'heure qui vient. »

Barent congédia Mitchell d'un hochement de tête et attendit qu'il soit parti.

L'agent spécial Richard Haines était assis sur l'immense lit lorsque Barent entra. Il se leva, mais fut invité à se rasseoir par Barent, qui finit son verre et ôta son veston, sa cravate et sa chemise. Il jeta la chemise froissée dans un panier et prit une chemise propre dans un tiroir encastré dans la cloison.

« Quoi de neuf, Richard ? » dit Barent en boutonnant sa chemise.

Haines cilla et prit la parole. « Mr. Colben et Mr. Trask se sont de nouveau rencontrés ce matin avant votre rendez-vous avec le président élu. Trask fait partie de l'équipe de transition…

– Oui, oui, dit Barent, toujours debout. Et où en est la situation à Charleston ?

– Le F.B.I. surveille toujours son évolution. L'équipe chargée d'enquêter sur la catastrophe aérienne est persuadée que l'avion a été détruit par une bombe. Un des passagers — enregistré sous le nom de George Hummel — a payé son billet avec une carte de crédit volée à Bar Harbor, dans le Maine.

– Dans le Maine », répéta Barent. Nieman Trask était un des « assistants » du principal sénateur du Maine. « Très maladroit.

– Oui, monsieur. Quoi qu'il en soit, Mr. Colben n'a pas apprécié votre directive selon laquelle il ne fallait pas interférer avec l'enquête du shérif Gentry. Hier, il a rencontré Mr. Trask et Mr. Kepler au Mayflower, et je suis presque sûr qu'ils ont envoyé une ou plusieurs personnes à Charleston hier soir.

– Un des plombiers de Trask ?

– Oui, monsieur.

– D'accord, continuez, Richard.

– Aujourd'hui, à environ neuf heures vingt, heure locale, le shérif Gentry a intercepté un homme qui l'avait pris en filature dans une Plymouth Volare 1976. Gentry a tenté d'appréhender l'homme. Celui-ci a commencé par résister, puis il s'est tranché la gorge avec un couteau à cran d'arrêt de fabrication française. Il a été déclaré mort à son arrivée à l'Hôpital général de Charleston. Ni ses empreintes digitales ni la plaque d'immatriculation de sa voiture n'ont permis d'obtenir le moindre renseignement. On a lancé des recherches à partir de ses empreintes dentaires, mais elles prendront plusieurs jours.

– Ils ne trouveront rien si c'est un des plombiers de Trask, dit Barent d'une voix songeuse. Le shérif a-t-il été blessé ?

– Non, monsieur, si l'on s'en rapporte à notre équipe de surveillance. »

Barent hocha la tête. Il prit une cravate en soie accrochée à un râtelier et se mit à la nouer. Il laissa son esprit se tendre vers la conscience de l'agent spécial Richard Haines. Il sentit le bouclier mental qui faisait de Haines un Neutre, une coque solide abritant le flot de pensées, d'ambitions et de sombres pulsions qu'était Richard Haines. Comme la plupart des personnes douées du Talent, tel Barent lui-même, Colben avait choisi un Neutre comme bras droit. Bien qu'incapable d'être conditionné, Haines ne risquait pas non plus d'être dévoyé par une personne douée d'un Talent plus puissant. Du moins Colben le croyait-il.

Barent glissa le long de la surface du bouclier mental jusqu'à ce qu'il ait trouvé l'inévitable faille, pénétra plus avant dans le pitoyable labyrinthe des défenses de Haines, fit courir sa volonté le long des fils qui formaient la trame de la conscience de l'agent du F.B.I. Il toucha le centre du plaisir de Haines et l'agent ferma les yeux comme si un courant avait traversé son corps.

« Où est la Fuller ? » demanda Barent.

Haines ouvrit les yeux. « Aucune nouvelle depuis l'incident de lundi soir à l'aéroport d'Atlanta.

– Avez-vous pu remonter à la source de l'appel téléphonique ?

– Non, monsieur. Selon l'opérateur de l'aéroport, c'était un appel local.

– Pensez-vous que Colben, Kepler ou Trask puissent obtenir des informations sur l'endroit où elle se trouve… et sur celui où se trouve Willi ? »

Haines hésita une seconde. « Non, monsieur, dit-il enfin. Quand on les retrouvera, je pense que ce sera grâce au travail du F.B.I. Je le saurai en même temps que Mr. Colben.

– Avant lui, de préférence, dit Barent avec un sourire. Merci, Richard. Comme toujours, j'ai trouvé votre compagnie extrêmement stimulante. Lester se trouvera à l'endroit habituel si jamais vous avez besoin de me contacter. Je veux être informé dès que vous saurez où se trouvent la Fuller ou notre ami allemand.

– Oui, monsieur. » Haines fit mine de partir.

« Oh, Richard. » Barent était en train d'enfiler un blazer en cachemire bleu. « Pensez-vous toujours que le shérif Gentry et ce psychiatre…

– Laski, dit Haines.

– Oui, fit Barent en souriant. Pensez-vous toujours qu'il soit nécessaire d'annuler définitivement les contrats de ces messieurs ?

– Oui. » Haines plissa le front et formula sa réponse avec soin. « Gentry est trop intelligent pour son bien. J'ai cru tout d'abord que les meurtres de Mansard House l'avaient troublé parce qu'ils affectaient son image de marque dans le comté, mais j'ai fini par acquérir la conviction qu'il les considérait comme un affront *personnel*. C'est un gros péquenot de flic buté.

– Mais intelligent.

– Oui. » Haines plissa de nouveau le front. « Pour Laski, je ne sais pas, mais il est déjà trop… *impliqué*. Il connaissait Mrs. Drayton et…

– Oui, oui, l'interrompit Barent. Eh bien, peut-être avons-nous d'autres plans pour le Dr Laski. » Il regarda l'agent du F.B.I. pendant un long moment. « Richard ?

– Oui, monsieur ? »

Barent joignit les extrémités de ses doigts. « Il y a une chose que je voulais vous demander, Richard. Vous avez travaillé pour Mr. Colben pendant plusieurs années avant qu'il n'adhère au Club. Est-ce exact?

– Oui, monsieur.»

Barent se tapota la lèvre inférieure avec le sommet du prisme formé par ses doigts. «Ma question, Richard, est la suivante : pourquoi?»

Haines plissa le front en signe d'incompréhension.

«Je veux dire, poursuivit Barent, pourquoi faire toutes les choses que vous demandait Colben... qu'il vous demande encore... si vous avez le choix?»

Le visage de Haines s'éclaira. Son sourire révéla des dents superbes. «Oh, dit-il. Je pense que j'aime mon travail. Est-ce que ce sera tout pour aujourd'hui, Mr. Barent?»

Barent regarda fixement l'autre pendant une seconde, puis répondit : «Oui.»

Cinq minutes après le départ de Haines, Barent appela le pilote par l'interphone. «Donald, veuillez décoller maintenant. J'aimerais aller sur mon île.»

10.
Charleston,
mercredi 17 décembre 1980

Saul fut réveillé par les cris des enfants qui jouaient dans la rue et fut tout d'abord incapable de se rappeler où il était. Il ne se trouvait pas chez lui; il était couché dans un canapé-lit sous des fenêtres aux rideaux jaunes. L'espace d'une seconde, ces rideaux lui rappelèrent sa maison de Lodz, les cris des enfants… Stefa et Josef…

Non, ces enfants-ci criaient en anglais. Charleston. Natalie Preston. Il se rappela lui avoir raconté son histoire et se sentit soudain embarrassé, comme s'il s'était montré nu à la jeune Noire. Pourquoi lui avait-il raconté tout ça ? Après toutes ces années, pourquoi…

« Bonjour. » Natalie passa la tête par la porte de la cuisine. Elle était vêtue d'un sweat-shirt rouge et d'un blue-jean délavé.

Saul s'assit et se frotta les yeux. Sa chemise et son pantalon étaient soigneusement pliés sur l'accoudoir du canapé. « Bonjour.

– Œufs au bacon avec toasts, ça vous va ? » demanda-t-elle. L'air embaumait le café chaud.

« Formidable, mais pas de bacon pour moi. »

Natalie serra le poing et fit mine de se taper sur la tête. « Bien sûr. C'est à cause de votre religion ?

– Non, à cause de mon cholestérol. »

Ils échangèrent des banalités pendant le petit déjeuner : quel effet ça faisait de vivre à New York, d'aller à la fac à Saint Louis, de grandir dans le Sud.

« C'est difficile à expliquer, dit Natalie, mais il est plus facile d'être Noir ici que dans le Nord. Il y a toujours du racisme par ici, mais... je ne sais pas comment expliquer ça... c'est en train de changer. Les gens ont joué leurs rôles respectifs pendant si longtemps... le fait qu'ils doivent à présent en changer les rend peut-être un peu plus honnêtes. Dans le Nord, c'est beaucoup plus dur, beaucoup plus méchant.

– Je ne considère pas Saint Louis comme une ville nordiste », dit Saul en souriant. Il avala la dernière bouchée de son toast et sirota son café.

Natalie éclata de rire. « Non, et ce n'est pas non plus une ville *sudiste*. Je pense que c'est une ville du Middle West, tout simplement. Je pensais plutôt à Chicago.

– Vous avez vécu à Chicago ?

– J'y ai passé quelques semaines en été. Un ami de Papa m'avait trouvé un job de photographe au *Sun Times*. » Natalie s'interrompit et contempla sa tasse en silence.

« C'est dur, n'est-ce pas ? dit doucement Saul. On oublie pendant quelques minutes, puis on mentionne le nom du défunt sans y penser, et ça vous revient tout d'un coup... »

Natalie acquiesça.

Saul regarda les branches du palmier visibles derrière la fenêtre de la cuisine. Celle-ci était entrouverte et laissait pénétrer une douce brise. Il avait peine à croire qu'on était à la mi-décembre.

« Vous étudiez pour devenir enseignante, mais la photographie est votre passion. »

Natalie acquiesça de nouveau et se leva pour leur resservir du café. « J'avais passé un accord avec Papa. » Cette fois-ci, elle sourit. « Il devait m'aider à apprendre la photographie si j'acceptais d'étudier pour trouver ce qu'il appelait "du travail honnête".

– Est-ce que vous allez enseigner ?

– Peut-être. »

Elle lui sourit de nouveau et Saul remarqua la perfection de ses dents. Son sourire était à la fois timide et chaleureux, une bénédiction.

Saul l'aida à faire la vaisselle du petit déjeuner, puis ils se servirent à nouveau du café et se rendirent dans la petite véranda côté rue. Les voitures étaient rares et on n'entendait plus les rires des enfants. Saul se rappela qu'on était mercredi; les enfants devaient être à l'école. Ils s'assirent l'un en face de l'autre sur des fauteuils en osier blanc. Natalie avait passé un léger sweater sur ses épaules et Saul avait enfilé le vieux blouson confortable qu'il portait la veille.

« Vous m'avez promis de me raconter la suite de votre histoire », dit doucement Natalie.

Saul acquiesça. « Le début ne vous a pas paru trop fantastique ? Genre élucubrations d'un dément ?

– Vous êtes psychiatre. Vous ne pouvez pas être fou. »

Saul éclata de rire. « Ah ! je pourrais vous raconter de ces histoires… »

Natalie sourit. « Oui, mais d'abord, la suite de celle-ci. »

Saul se tut et contempla la surface noire de son café.

« Vous aviez échappé à l'Oberst », souffla Natalie.

Saul ferma les yeux pendant une minute, les rouvrit et s'éclaircit la gorge. Lorsqu'il prit la parole, il n'y avait presque aucune trace d'émotion dans sa voix — à peine quelques accents de tristesse.

Natalie ferma les yeux au bout de quelques minutes, comme pour visualiser les scènes que lui décrivait Saul de sa voix douce, étrangement agréable, légèrement triste.

« Un Juif ne pouvait s'échapper nulle part en Pologne durant l'hiver 1943. J'ai erré pendant des semaines dans les forêts situées au nord et à l'ouest de Lodz. Mon pied a fini par cesser de saigner, mais l'infection était inévitable. Je l'ai pansé avec de la mousse, bandé avec des lambeaux de tissu, et j'ai continué à marcher. Les plaies de mon flanc et de ma cuisse m'ont élancé pendant plusieurs jours, mais elles ont fini par se cicatriser. Je volais de la nourriture dans les fermes, je restais à l'écart des routes et j'évitais les quelques groupes de partisans polonais opérant dans cette région. Ils étaient capables de fusiller un Juif aussi vite que des Allemands.

«Je ne sais pas comment j'ai survécu à cet hiver. Je me souviens de deux familles de fermiers — des chrétiens — qui m'ont permis de me cacher dans la paille de leur grange et m'ont apporté de la nourriture alors qu'eux-mêmes n'avaient presque rien à manger.

«Le printemps venu, j'ai pris la direction du sud pour tenter de rejoindre la ferme d'oncle Moshe, près de Cracovie. Je n'avais pas de papiers, mais j'ai réussi à me joindre à un groupe d'ouvriers qui venaient de bâtir des défenses à l'est pour le compte des Allemands. Au printemps 1943, il ne faisait plus aucun doute que l'Armée rouge foulerait bientôt le sol polonais.

«Je n'étais plus qu'à huit kilomètres de la ferme d'oncle Moshe quand un des ouvriers m'a dénoncé. J'ai été arrêté par la police polonaise, qui m'a interrogé pendant trois jours d'affilée, mais les flics ne cherchaient pas vraiment à obtenir des renseignements, ils ne cherchaient qu'une excuse pour me passer à tabac. Puis ils m'ont livré aux Allemands.

«La Gestapo ne s'est pas intéressée à moi, pensant sans doute que j'étais un des nombreux Juifs ayant fui les villes ou s'étant évadé d'un train. Il y avait beaucoup de trous dans la nasse que les Allemands avaient lancée pour capturer les Juifs. Et comme dans la majorité des pays occupés, seule la collaboration des Polonais a fait qu'il était impossible aux Juifs d'éviter d'échouer dans un camp.

«Pour je ne sais quelle raison, on m'a expédié à l'est. On ne m'a pas envoyé à Auschwitz, ni à Chelmno, ni à Belzec, ni à Treblinka, qui étaient pourtant les camps les plus proches, mais à l'autre bout de la Pologne. Nous avons passé quatre jours dans un wagon plombé — quatre jours durant lesquels le tiers des passagers a péri —, puis les portes se sont ouvertes et nous sommes sortis en titubant, les yeux pleins de larmes sous l'effet de la lumière, pour nous retrouver à Sobibor.

«C'est à Sobibor que j'ai revu l'Oberst.

«Sobibor était un camp de la mort. Il n'y avait pas d'usines ici, contrairement à Auschwitz ou à Belsen, pas de trompe-l'œil comme à Theresenstadt ou à Chelmno, pas de slogan proclamant ironiquement *Arbeit Macht Frei* au-dessus des portes de tant d'antichambres de l'enfer nazi. En 1942 et 1943, les Allemands avaient établi seize immenses camps de concentration comme Auschwitz, cinquante camps plus petits, des centaines de camps de travail, mais seulement trois *Vernichtungslager*, des camps conçus uniquement pour l'extermination : Belzec, Treblinka et Sobibor. Durant leurs vingt mois d'existence, ces camps ont vu mourir plus de deux millions de Juifs.

«Sobibor était un petit camp — plus petit que Chelmno situé sur le fleuve Bug. Ce fleuve avait matérialisé la frontière orientale de la Pologne avant la guerre et, durant l'été 1943, l'Armée rouge en était à faire reculer la Wehrmacht jusqu'à ses berges. A l'ouest de Sobibor se trouvait la forêt de Parczew, la forêt des Hiboux, une immense étendue sauvage.

«La surface totale de Sobibor n'était pas plus grande que celle de trois ou quatre terrains de football américain. Mais on y œuvrait avec efficacité à l'accomplissement de la solution finale imaginée par Himmler.

«Je m'attendais à mourir ici. Quand nous sommes sortis des wagons, on nous a conduits derrière une immense haie de barbelés. On l'avait recouverte de paille afin que nous ne puissions rien voir de ce qu'elle dissimulait, excepté un mirador, la cime des arbres et deux cheminées de brique. A la gare, on avait accroché trois pancartes indiquant les directions suivantes : CANTINE, DOUCHES, ROUTE DU CIEL. Le sens de l'humour des S.S. s'en donnait à cœur joie. On nous a envoyés aux douches.

«Les Juifs venus de France et de Hollande se sont montrés plutôt dociles ce jour-là, mais je me rappelle qu'il a fallu donner des coups de crosse aux Juifs polonais pour les faire avancer. Près de moi, un vieillard hurlait des obscénités et menaçait du poing les S.S. qui nous obligeaient à nous dévêtir.

«Je ne saurais vous dire exactement ce que j'ai ressenti en entrant dans la salle des douches. Je n'éprouvais aucune colère, et seulement très peu de crainte. Peut-être était-ce le soulagement qui dominait en moi. Pendant presque quatre ans, j'avais obéi à un unique impératif — *je vivrai* —, et pour satisfaire à cet impératif, j'avais regardé mes compatriotes, mes coreligionnaires et les membres de ma famille se faire broyer et massacrer par cette obscène machine allemande. Je les avais regardés. Peut-être même avais-je aidé la machine. A présent, j'allais trouver le repos. J'avais fait de mon mieux pour survivre, mais tout était fini. Je ne regrettais qu'une chose : ne pas avoir tué l'Oberst comme j'avais tué le vieil homme. A ce moment-là, l'Oberst représentait à mes yeux tout le mal qui m'avait conduit en ce lieu. C'était le visage de l'Oberst que je voyais en esprit lorsqu'on a refermé les lourdes portes de cette salle des douches en ce mois de juin 1943.

«Nous étions entassés les uns sur les autres. Ce n'étaient que bousculades, hurlements et gémissements. Pendant une minute, il ne s'est rien passé, puis les tuyaux se sont mis à vibrer. Les douches sont entrées en action et les prisonniers s'en sont écartés. Je n'ai pas bougé. J'étais juste en dessous d'un pommeau et j'ai levé mon visage. J'ai pensé à ma famille. Je regrettais de ne pas avoir pu dire adieu à ma mère et à mes sœurs. C'est à cette seconde précise que la haine m'a envahi. Je me suis concentré sur le visage de l'Oberst tandis que la colère brûlait en moi comme une flamme, que les hommes criaient, que les tuyaux vibraient, que leur contenu se déversait sur nous.

«C'était de l'eau. De l'eau. Les douches — ces mêmes douches qui tuaient des milliers de malheureux chaque jour — étaient aussi utilisées en tant que douches pour quelques groupes chaque mois. La salle n'était pas scellée. On nous a conduits dehors pour nous épouiller. On nous a rasé la tête. On m'a donné un uniforme de prisonnier. On a tatoué un numéro sur mon bras. Je ne me rappelle pas avoir souffert.

« A Sobibor, on traitait plusieurs milliers de prisonniers chaque jour, mais on en épargnait quelques-uns chaque mois pour les employer à l'entretien du camp et à divers autres travaux. Notre chargement avait été choisi.

« C'est à ce moment-là — toujours engourdi, n'arrivant pas à croire que je venais à nouveau d'émerger à la lumière — que j'ai compris que j'avais été choisi pour accomplir une certaine tâche. Je refusais toujours de croire en Dieu... un Dieu qui trahissait Son Peuple ne méritait pas que je croie en Lui... mais j'ai été convaincu dès cet instant qu'il y avait une raison à mon existence. Cette raison trouvait son expression dans le visage de l'Oberst, avec l'image duquel je m'étais préparé à mourir. L'immensité du mal qui avait englouti mon peuple était trop démesurée pour que quiconque puisse la comprendre — et encore moins un gamin de dix-sept ans. Mais je n'avais aucun mal à comprendre l'obscénité que représentait l'existence de l'Oberst. Il *fallait* que je vive. Que je vive tout en ayant cessé de réagir à tout impératif de survie. Que je vive pour accomplir le destin qui m'attendait, quel qu'il soit. Que je m'oblige à vivre, à tout supporter afin de pouvoir un jour effacer cette obscénité.

« Durant les trois mois qui ont suivi, j'ai vécu dans le Camp I de Sobibor. Le Camp II n'était qu'un point de passage et personne ne revenait du Camp III. Je mangeais ce qu'on me donnait, je dormais quand on m'y autorisait, je déféquais quand on me l'ordonnait, et j'accomplissais mes devoirs de *Banhofkommando*. Je portais une casquette bleue et un uniforme bleu frappé des lettres BK. Nous allions accueillir les trains plusieurs fois par jour. Aujourd'hui encore, lorsque je n'arrive pas à m'endormir, je revois les lieux d'origine de ces wagons écrits à la craie sur leurs flancs : Turobin, Gorzkow, Wlodawa, Siedlce, Izbica, Markugzow, Kamorow, Zamosc. Nous prenions les bagages de ces Juifs déboussolés et leur remettions des reçus. Comme les Juifs polonais manifestaient une certaine résistance qui ralentissait tout le processus, on a pris de nouveau l'habitude de dire aux survivants que Sobibor n'était qu'une étape, un lieu où ils pourraient se reposer en attendant d'être répartis dans d'autres centres de déportation. On a même installé à la gare des pancartes indiquant la distance les séparant de ces centres mythiques. Les Juifs polonais ne se laissaient que rarement berner, mais ils finissaient par aller aux douches avec les autres. Et les trains continuaient d'arriver : Baranow, Ryki, Dubienka, Biala-Polaska, Uchanie, Demblin, Rejowiec. Au moins une fois par jour, nous devions distribuer des cartes postales aux Juifs en provenance de certains ghettos. Le texte était déjà imprimé : NOUS SOMMES BIEN ARRIVÉS AU CENTRE DE DÉPORTATION. LE TRAVAIL A LA FERME EST DUR, MAIS IL Y A DU SOLEIL ET NOUS MANGEONS TRÈS BIEN. NOUS ESPÉRONS VOUS VOIR BIENTÔT. Les Juifs devaient adresser et signer ces cartes avant d'aller se faire gazer. Vers la fin de l'été, alors que les ghettos étaient presque vides, cette ruse est devenue inutile. Konskowola, Jozefow, Michow, Grabowic, Lublin, Lodz. Certains trains arrivaient sans survivants. Nous devions alors remiser nos reçus et évacuer les cadavres nus des wagons puants. Cela me rappelait les fourgons à gaz de Chelmno, sauf que ces corps-là étaient restés enfermés durant plusieurs jours, voire plusieurs semaines, pendant que le train cuisait au soleil dans un quelconque dépôt rural. Un jour, alors que je tirais sur le cadavre d'une jeune femme étreignant celui d'un enfant et celui d'une femme plus âgée, son bras m'est resté dans les mains.

«Je maudissais Dieu, puis je revoyais le visage pâle et ricanant de l'Oberst. *Je vivrais*.

«En juillet, Heinrich Himmler est venu visiter le camp de Sobibor. Ce jour-là, il y a eu une importante arrivée de Juifs de l'Ouest afin qu'il puisse inspecter la totalité du processus. Moins de deux heures se sont écoulées entre le moment où le train est arrivé et celui où la fumée a cessé de sortir des cheminées des fours. Durant ces deux heures, toutes les possessions des Juifs avaient été confisquées, triées, enregistrées et stockées. Au Camp II, on rasait les femmes afin que leurs cheveux puissent être utilisés pour les besoins des Allemands, par exemple comme rembourrage dans les U-Boots.

« J'étais en train de trier les bagages à la gare lorsque le Kommandant y a fait entrer Himmler et son entourage. Je ne me rappelle pas grand-chose de Himmler — c'était un petit homme avec une moustache et des lunettes de bureaucrate —, mais derrière lui s'avançait un jeune officier blond que j'ai remarqué tout de suite. C'était l'Oberst. Il s'est penché à deux reprises pour murmurer quelque chose à Himmler, et la seconde fois le S.S. Reichsführer a rejeté la tête en arrière pour éclater d'un rire curieusement féminin.

« Ils sont passés à moins de cinq mètres de moi. Penché sur ma tâche, j'ai levé les yeux et vu que l'Oberst me dévisageait. Je ne pense pas qu'il m'ait reconnu. Il ne s'était écoulé que huit mois depuis les événements de Chelmno, mais je n'étais à ses yeux qu'un Juif anonyme en train de trier les valises des morts. A ce moment-là, j'ai hésité. J'avais une chance, j'ai hésité, et j'ai tout perdu. Je pense que j'aurais pu lui sauter dessus à ce moment-là. J'aurais pu l'étrangler avant qu'on me tire dessus. Peut-être même aurais-je pu m'emparer du pistolet d'un officier et abattre l'Oberst avant qu'il ait eu conscience du danger.

« Je me suis demandé depuis lors si cette occasion manquée était seulement due à la surprise et à l'indécision. Je ne ressentais nulle peur à ce moment-là, j'en suis sûr. Toute peur était morte en moi depuis plusieurs semaines, depuis le jour où j'étais entré dans les douches sans broncher. Mais quelles qu'en soient les raisons, j'ai hésité pendant plusieurs secondes, peut-être pendant une bonne minute, et l'occasion s'est envolée à jamais. Himmler et sa suite se sont éloignés vers le quartier général du Kommandant, une zone baptisée la Puce Joyeuse. Alors que je regardais fixement la porte qu'ils venaient de franchir, le sergent Wagner m'a ordonné de me remettre au travail si je ne voulais pas me retrouver à l' “hôpital”. Personne ne revenait jamais de l'hôpital. J'ai baissé la tête et obéi.

«J'ai observé la suite des événements durant le reste de la journée, je n'ai pas pu dormir de la nuit, et j'ai attendu ma chance le lendemain, mais je n'ai plus jamais revu l'Oberst. Himmler et sa suite étaient repartis pendant la nuit.

«Le 14 octobre, les Juifs de Sobibor se sont révoltés. J'avais entendu des rumeurs annonçant un soulèvement, mais elles m'avaient paru si absurdes que je ne leur avais prêté aucune attention. Au bout du compte, leurs plans soigneusement conçus ont abouti à la mort de quelques gardes et à la fuite désordonnée d'un millier de Juifs. La plupart d'entre eux ont été fauchés par les mitraillettes en moins d'une minute. D'autres ont profité de la confusion pour se glisser sous les barbelés à l'arrière du camp. Mon groupe de travail revenait de la gare lorsque la révolte a éclaté. Le caporal qui nous encadrait a été assommé par l'avant-garde des évadés et j'ai bien été obligé de me joindre à ceux-ci. J'étais sûr que mon uniforme bleu allait attirer le feu des Ukrainiens en poste dans le mirador. Mais j'ai réussi à atteindre les premiers arbres alors que les deux femmes qui me suivaient étaient abattues. Une fois à l'abri, j'ai échangé mon uniforme contre la tenue grise d'un vieux prisonnier qui n'était parvenu à la lisière de la forêt que pour tomber sous une balle perdue.

«Je pense que deux cents d'entre nous ont réussi à s'évader du camp ce jour-là. Nous étions seuls ou par petits groupes, sans chef pour nous organiser. Ceux qui avaient fomenté la révolte n'avaient pris aucune disposition pour survivre une fois libres. La plupart des prisonniers, juifs ou russes, ont été par la suite capturés par les Allemands ou tués par les partisans polonais. Nombre d'entre eux ont cherché un abri dans les fermes des environs, dont les occupants les ont aussitôt dénoncés. Quelques-uns ont réussi à survivre dans la forêt, et quelques autres ont traversé le Bug pour rejoindre l'Armée rouge. Quant à moi, j'ai eu plus de chance. Le troisième jour, j'ai été découvert par les membres d'un groupe de partisans juifs appelé le *Chil*. Ils étaient commandés par un homme courageux et résolu nommé Yechiel Greenshpan, qui m'a accepté dans son groupe et a ordonné à son médecin de me faire recouvrer la santé. Pour la première fois depuis l'hiver précédent, mon pied a été convenablement soigné. J'ai accompagné le *Chil* dans la forêt des Hiboux pendant cinq mois. J'ai aidé le médecin, le Dr Yaczyk, à sauver des vies lorsque c'était possible, même des vies allemandes.

«Les nazis ont fermé le camp de Sobibor peu de temps après la révolte. Ils ont détruit les baraquements, ont démonté les fours, et ont planté des patates dans les champs où les Fosses avaient recueilli les milliers de Juifs qui n'avaient pas été incinérés. Lorsque mon groupe de partisans a fêté la Hanukkah, la Pologne était plongée dans le chaos et la Wehrmacht battait en retraite vers l'ouest et vers le sud. En mars, l'Armée rouge a libéré notre zone d'opérations et la guerre s'est achevée pour moi.

«J'ai été emprisonné et interrogé par les Soviétiques pendant plusieurs mois. Certains membres du *Chil* ont été déportés dans des camps russes, mais j'ai été libéré en mai et je suis retourné à Lodz. Il ne restait plus rien. Le ghetto juif n'avait pas seulement été décimé, il avait été éliminé. Notre vieille maison de l'ouest de la ville avait été détruite au cours des combats.

«En août 1945, je suis allé à Cracovie, puis j'ai loué une bicyclette pour me rendre à la ferme d'oncle Moshe. C'était une autre famille qui l'occupait — une famille chrétienne. Elle avait acheté la propriété aux autorités civiles pendant la guerre. Ses membres ne savaient rien du sort des précédents propriétaires.

«C'est au cours de ce même voyage que je suis retourné à Chelmno. Les Soviétiques avaient déclaré cette région zone interdite et je n'ai pas eu l'autorisation de m'approcher du camp. J'ai passé cinq jours à camper dans la forêt et à parcourir toutes les routes et tous les sentiers des environs. Finalement, j'ai trouvé les ruines du manoir. Il avait été détruit par les bombardements ou par les Allemands eux-mêmes, et il n'en restait que quelques moellons, quelques poutres calcinées et le monolithe noir de la grande cheminée. Je n'ai vu aucune trace de l'échiquier de la grande salle.

«En revanche, j'ai trouvé des traces d'excavations récentes dans la clairière où avait été creusée la fosse. Des mégots de cigarettes russes étaient dispersés un peu partout à cet endroit. Quand j'ai interrogé les clients de l'auberge locale, ils m'ont affirmé avec insistance tout ignorer d'une quelconque exhumation. Et ils ont ajouté — avec une certaine colère — que les gens du pays avaient toujours pensé que Chelmno n'était qu'un camp de détention provisoire pour les criminels et les prisonniers politiques, la version officielle des Allemands. J'étais las de camper et j'aurais bien voulu passer la nuit à l'auberge avant de repartir vers le sud, mais cela m'a été impossible. Les Juifs y étaient interdits de séjour. Le lendemain, j'ai pris le train de Cracovie pour aller y chercher du travail.

«L'hiver 1945-46 a été presque aussi rude que l'hiver 1941-42. Le nouveau gouvernement était en formation, mais les citoyens étaient surtout préoccupés par le rationnement de nourriture, le manque de carburant, le marché noir, les réfugiés qui revenaient par milliers pour essayer de reprendre le cours de leur vie, et l'occupation soviétique. Surtout l'occupation soviétique. Nous avions combattu les Russes pendant des siècles, nous les avions dominés, nous avions résisté à leurs invasions, nous avions vécu sous leur menace, et puis nous les avions accueillis comme des libérateurs. Nous étions en train de nous éveiller du cauchemar de l'occupation allemande pour découvrir le matin glacé de la libération russe. Tout comme mon pays, j'étais épuisé, engourdi, quelque peu surpris d'avoir survécu, et je ne me souciais plus que de survivre à ce nouvel hiver.

« Au printemps 1946, j'ai reçu une lettre de ma cousine Rebecca. Elle vivait à Tel-Aviv, avec son époux américain. Elle avait passé des mois à écrire, à contacter des officiels, à envoyer des câbles à diverses agences et institutions, s'efforçant de localiser ce qui restait de sa famille. Elle avait retrouvé ma trace grâce à des amis travaillant pour la Croix-Rouge internationale.

« Je lui ai répondu et un câble m'est parvenu : elle m'invitait à la rejoindre en Palestine. David et elle m'ont proposé de m'envoyer l'argent nécessaire au voyage.

« Je n'avais jamais été sioniste — en fait, notre famille n'avait jamais cru qu'un état juif puisse être fondé en Palestine —, mais lorsque je suis descendu de ce cargo turc en juin 1946 pour poser le pied sur ce qui allait devenir l'État d'Israël, j'ai eu l'impression que mes épaules étaient libérées d'un lourd fardeau et, pour la première fois depuis le 8 septembre 1939, j'ai pu enfin respirer librement. Je le confesse : ce jour-là, je suis tombé à genoux et j'ai pleuré à chaudes larmes.

« Peut-être que je me suis cru libre trop tôt. Quelques jours après mon arrivée en Palestine, il y a eu une explosion au King David Hotel de Jérusalem, où se trouvait le commandement de l'armée britannique. Comme je n'ai pas tardé à l'apprendre, Rebecca et son mari David participaient activement à la Haganah.

« Un an et demi plus tard, je les ai rejoints dans la guerre d'Indépendance, mais en dépit de mon expérience de partisan, je suis allé à la guerre en tant que médecin. Ce n'étaient pas les Arabes que je haïssais.

« Rebecca a insisté pour que je poursuive mes études. David était à cette époque le directeur local d'une importante compagnie américaine, et l'argent n'était pas un problème. C'est ainsi qu'un écolier médiocre de Lodz — un gamin dont la scolarité avait été interrompue pendant cinq ans — est retourné en classe à l'âge d'homme, un homme cynique et mûr, un vieillard de vingt-trois ans.

«Si incroyable que cela puisse paraître, j'ai réussi. Je suis entré à l'université en 1950 et j'ai entamé des études médicales trois ans plus tard. J'ai étudié à Tel-Aviv pendant deux ans, à Londres pendant quinze mois, à Rome pendant un an, et à Zurich pendant tout un printemps pluvieux. Je retournais en Israël chaque fois que c'était possible, pour travailler dans le kibboutz situé près de la ferme de David et de Rebecca, et pour renouer de vieilles amitiés. J'avais une dette inestimable envers ma cousine et son mari, mais Rebecca affirmait que le seul survivant de la branche Laski de la famille Eshkol devait bien compter pour quelque chose.

«J'ai opté pour la psychiatrie. Mes études médicales me paraissaient être un prologue indispensable à l'étude de l'esprit. Je suis bientôt devenu obsédé par les théories sur la violence et la domination dans les relations humaines. J'ai été stupéfait de constater que ce terrain de recherche était quasiment vierge. Il existait nombre de données expliquant avec précision les mécanismes de domination hiérarchiques dans une famille de lions, toute une littérature sur l'ordre de préséance chez quantité d'espèces d'oiseaux, les primatologues recueillaient de plus en plus d'informations sur le rôle de la domination et de l'agression dans les groupes sociaux de nos plus proches cousins, mais on ne savait presque rien sur les mécanismes de la violence humaine dans le cadre de la domination et de l'ordre social. J'ai rapidement commencé à développer mes propres théories et mes propres spéculations.

«Durant ces années d'études, je me suis livré à de nombreuses enquêtes au sujet de l'Oberst. J'avais sa description, je savais qu'il appartenait à l'*Einsatzgruppe* 3, je l'avais vu en compagnie de Himmler, et je me rappelais que les derniers mots que lui avait adressés *Der Alte* étaient : “Willi, mon ami”. J’ai contacté les diverses branches de la Commission alliée des crimes de guerre, la Croix-Rouge, le Tribunal du peuple soviétique chargé des crimes fascistes, le Comité juif et d’innombrables ministères et administrations diverses. Je n’ai rien trouvé. Au bout de cinq ans, je suis allé voir le Mossad, les services secrets israéliens. Ils se sont montrés très intéressés par mon récit, mais à cette époque le Mossad n’était pas encore devenu l’organisation efficace que l’on connaît aujourd’hui. Et ils avaient du plus gros gibier à traquer : Eichmann, Murer et Mengele étaient plus importants à leurs yeux qu’un Oberst connu d’un seul survivant de l’Holocauste. En 1955, je me suis rendu en Autriche afin de rencontrer Simon Wiesenthal, le chasseur de nazis.

«Le “centre de documentation” de Wiesenthal occupait un étage dans un immeuble miteux des quartiers pauvres de Vienne. On aurait dit un abri temporaire édifié pendant la guerre. Wiesenthal disposait de trois pièces, dont deux étaient pleines à craquer d’armoires débordantes de paperasses, et on marchait directement sur le béton dans son bureau. C’était un homme passionné, nerveux, aux yeux troublants. Il y avait quelque chose de familier dans ces yeux. J’ai cru de prime abord que c’étaient des yeux de fanatique, puis je me suis rappelé où je les avais vus. Les yeux de Simon Wiesenthal me rappelaient ceux que je voyais chaque matin en me rasant.

«Je lui ai raconté une version abrégée de mon histoire, me contentant de suggérer que l’Oberst avait commis des atrocités à Chelmno dans le seul but de distraire ses soldats. Wiesenthal m’a écouté avec attention lorsque je lui ai dit que j’avais revu l’Oberst à Sobibor, en compagnie de Heinrich Himmler. “Vous en êtes sûr ? m’a-t-il demandé. — Sûr et certain.”

«En dépit de son emploi du temps chargé, Wiesenthal a passé deux journées entières à m’aider dans mes recherches. Le caveau chaotique qui lui tenait lieu de bureau contenait des centaines de dossiers, des douzaines d'index et plus de vingt-deux mille noms de S.S. Nous avons étudié des photographies d'*Einsatzgruppen*, des photos de promotion de l'Académie militaire, des coupures de journaux, et des photos extraites de la revue officielle des S.S., *Le Corps noir*. Au bout de la première journée, je n'y voyais déjà plus clair. Cette nuit-là, j'ai rêvé de photographies montrant des officiers de la Wehrmacht recevant des médailles de la main de chefs nazis ricanants. Il n'y avait aucune trace de l'Oberst.

«C'est à la fin de la seconde journée que j'ai trouvé. La coupure de presse était datée du 23 novembre 1942. La photo était celle d'un baron von Büler, un aristocrate prussien, héros de la Grande Guerre, qui avait repris du service actif et avait le grade de général. A en croire l'article, le général von Büler était mort au combat alors qu'il commandait une contre-attaque héroïque destinée à repousser une division russe sur le front de l'Est. J'ai passé un long moment à contempler le visage ridé, osseux, que montrait ce bout de papier jauni. C'était le vieil homme. *Der Alte*. Puis j'ai rangé la photo dans son dossier et repris mes recherches.

«“Si seulement nous connaissions son nom”, a dit Wiesenthal ce soir-là, alors que nous dînions dans un petit restaurant situé non loin de la cathédrale Saint-Étienne. “Je suis sûr que nous pourrions le retrouver si nous connaissions son nom. Les S.S. et la Gestapo tenaient un registre exhaustif de leurs officiers. Si seulement nous connaissions son nom.”

«J'ai haussé les épaules et lui ai dit que je repartirais pour Tel-Aviv le lendemain matin. Nous avions fouillé la quasi-totalité des archives de Wiesenthal relatives aux *Einsatzgruppen* et au front de l'Est, et mes études allaient bientôt exiger que je leur consacre tout mon temps.

«“Mais non! s'est exclamé Wiesenthal. Vous avez

survécu au ghetto de Lodz, à Chelmno et à Sobibor. Vous devez avoir quantité d'informations sur d'autres officiers, d'autres criminels de guerre. Passez au moins une semaine ici. Je vous interrogerai et transcrirai vos réponses pour mes dossiers. Qui sait quelles informations cruciales sont en votre possession?

«– Non. Les autres ne m'intéressent pas. Je veux seulement retrouver l'Oberst.»

«Wiesenthal a contemplé sa tasse de café, puis s'est de nouveau tourné vers moi. Il y avait un étrange éclat dans ses yeux. "Ainsi, seule la vengeance vous intéresse.

«– Oui. Tout comme vous."

«Wiesenthal a secoué la tête avec tristesse. "Non. Peut-être sommes-nous obsédés tous les deux, mon ami. Mais ce n'est pas la vengeance que je recherche, c'est la justice.

«– Mais dans un cas pareil, c'est sûrement la même chose."

«Wiesenthal a secoué la tête une nouvelle fois. "Justice doit être rendue", a-t-il dit, si doucement que c'est à peine si j'ai pu l'entendre. "Elle est réclamée par les millions de voix qui s'élèvent des tombes anonymes, des fours rouillés, des maisons vides peuplant des milliers de villes. Mais pas la vengeance. La vengeance est indigne.

«– Indigne de quoi? ai-je sèchement rétorqué, plus sèchement que je ne l'aurais voulu.

«– De nous. D'eux. De leur mort. De la continuation de notre existence."

«J'ai fait non de la tête, mais j'ai souvent repensé à cette conversation par la suite.

«Wiesenthal était déçu, mais il a accepté de rechercher toutes les informations relatives à l'Oberst à partir de la description que je lui en avais donnée. Quinze mois plus tard, quelques jours après que j'eus obtenu mon diplôme, j'ai reçu une lettre de Simon Wiesenthal. Elle contenait des photocopies de bulletins de paye émis à l'intention des "conseillers spéciaux" des *Einsatzgruppen* par la Section IV des *Sonderkommando*, Sous-

Section IV-B. Wiesenthal avait entouré le nom de l'Oberst Wilhelm von Borchert, un officier envoyé par Reinhard Heydrich en mission spéciale auprès de l'*Einsatzgruppe Drei*. Agrafée à ces photocopies se trouvait une coupure de presse provenant des archives de Wiesenthal. Sept jeunes officiers souriaient sur une photo prise lors d'une soirée musicale donnée par le Philharmonique de Berlin au profit de la Wehrmacht. La coupure était datée du 23/6/41. On jouait du Wagner. Les noms des officiers étaient indiqués sous la photo. Le cinquième à partir de la gauche, à peine visible derrière les épaules de ses camarades, la casquette enfoncée sur son crâne, avait un visage pâle que j'ai aussitôt reconnu. Il s'agissait de l'Oberleutnant Wilhelm von Borchert.

« Deux jours plus tard, j'étais à Vienne. Wiesenthal avait ordonné à ses correspondants de faire des recherches sur von Borchert, mais les résultats étaient décevants. La famille von Borchert appartenait à l'aristocratie du pays et avait des racines en Prusse et en Bavière orientale. Elle avait fait fortune grâce aux investissements fonciers, à l'industrie minière et à l'exportation d'objets d'art. Les agents de Wiesenthal avaient fait des recherches dans l'état civil en remontant jusqu'à 1880, sans trouver trace de la naissance ou du baptême d'un Wilhelm von Borchert. Ils avaient cependant trouvé sa notice nécrologique. Selon une annonce publiée dans le *Regen Zeitung* du 19 juillet 1945, l'Oberst Wilhelm von Borchert, seul héritier du comte Klaus von Borchert, était mort au combat en défendant héroïquement Berlin contre l'envahisseur soviétique. Le vieux comte et son épouse avaient appris la nouvelle alors qu'ils se trouvaient dans leur résidence d'été, Waldheim, située non loin de Bayerisch-Eisenstein. La famille avait sollicité auprès des Forces alliées la permission de fermer leur propriété afin de se rendre à leur maison de Brême, où devaient se dérouler les funérailles. Wilhelm von Borchert, poursuivait l'article, avait reçu la Croix de fer en récompense de sa bravoure, et il avait été proposé au grade de S.S. Oberstgruppenführer peu de temps avant sa mort.

« Wiesenthal avait ordonné à ses agents de suivre toutes les autres pistes. Il n'y en avait aucune. En 1956, la famille von Borchert se composait en tout et pour tout d'une vieille tante demeurant à Brême et de deux neveux ayant dilapidé la quasi-totalité de la fortune familiale en investissements mal avisés. Leur propriété de Bavière était fermée depuis plusieurs années et la majorité de leur terres de chasse avait dû être vendue pour payer des arriérés d'impôts. Wiesenthal avait quelques contacts derrière le Rideau de fer, mais selon eux, les Soviétiques et les Allemands de l'Est n'avaient en leur possession aucune information relative à la vie et à la mort de Wilhelm von Borchert.

« Je suis allé à Brême pour interroger la tante de l'Oberst, mais elle était complètement sénile et ne se souvenait d'aucun neveu nommé Willi. Elle croyait que j'étais envoyé par son frère pour la conduire aux fêtes estivales de Waldheim. Un des deux neveux a refusé de me recevoir. J'ai rattrapé l'autre, un jeune homme efféminé, alors qu'il se trouvait à Bruxelles, en route vers une station thermale française, et il m'a dit qu'il n'avait rencontré son oncle Willi qu'une seule fois, en 1937. Il avait neuf ans à l'époque. Il se souvenait seulement du superbe costume en soie porté par son oncle et du canotier planté sur son crâne. Il était persuadé que son oncle était un héros mort à la guerre, une victime de la lutte contre les communistes. Je suis retourné à Tel-Aviv.

« J'ai pratiqué ma profession durant plusieurs années en Israël, apprenant comme tous les psychiatres que mon diplôme me permettait seulement de *commencer* à étudier les mécanismes et les errements de la personnalité humaine. En 1960, ma cousine Rebecca est morte d'un cancer. David m'a poussé à aller en Amérique afin d'y poursuivre mes recherches sur les mécanismes de la domination humaine. Lorsque je lui disais que j'avais tout le matériel nécessaire à Tel-Aviv, il me répliquait en riant que c'était aux États-Unis que l'éventail de la violence était le plus complet. Je suis arrivé à New York en janvier 1964. La nation se remettait de la perte de son président et se préparait à noyer son chagrin dans des crises d'hystérie adolescente suscitées par un groupe de rock appelé The Beatles. L'université de Columbia m'avait proposé un poste de professeur pour une durée d'un an. En fait, je devais rester là-bas le temps d'achever mon livre sur la pathologie de la violence, et j'allais finir par devenir citoyen américain.

«C'est en novembre 1964 que j'ai pris la décision de rester aux États-Unis. Je me trouvais en visite chez des amis de Princeton, dans le New Jersey, et un soir, après dîner, ils m'ont demandé en s'excusant si cela me dérangerait de regarder la télévision avec eux. Je ne possédais pas de poste et je leur ai assuré que ce serait pour moi une expérience distrayante. En fait, l'émission qu'ils voulaient regarder était un documentaire commémorant le premier anniversaire de l'assassinat du président Kennedy. Cela m'intéressait énormément. Même en Israël, tout obsédés que nous étions par nos propres problèmes, la mort du président américain nous avait causé à tous un grand choc. J'avais vu des photographies de la voiture présidentielle à Dallas, j'avais été touché par la photographie maintes fois reproduite du jeune fils de Kennedy saluant le cercueil de son père, j'avais lu des reportages sur Jack Ruby, l'assassin du meurtrier présumé, mais je n'avais jamais vu le film de la mort d'Oswald. Et ce documentaire le diffusait : le petit homme souriant vêtu d'un pull-over sombre, les policiers en civil de Dallas, aux visages si typiquement américains, l'homme massif qui surgit de la foule, le pistolet qu'il enfonce dans le ventre d'Oswald, la détonation sèche qui m'a rappelé le bruit des corps nus tombant dans la Fosse, Oswald qui grimace et qui agrippe son estomac. J'ai vu les policiers maîtriser Ruby. Dans la confusion, la caméra s'est mise à balayer la foule des témoins.

«"Grand Dieu!" me suis-je exclamé en polonais, bondissant de mon siège. L'Oberst était dans cette foule.

«Incapable d'expliquer mon agitation à mes hôtes, je suis reparti cette nuit-là pour New York. Dès le lendemain matin, je me suis rendu aux bureaux new-yorkais de la chaîne qui avait diffusé le documentaire. J'ai utilisé mes contacts dans le milieu universitaire et dans celui de l'édition pour accéder aux films, aux bandes vidéo et aux "chutes" de la chaîne. Le visage m'apparaissait tel qu'au cours des quelques secondes de film que j'avais vues à la télévision. Un de mes étudiants a accepté de prendre quelques photos à partir de la table de montage et les a agrandies le plus possible avant de me les transmettre.

«Sur ces documents, le visage était encore moins reconnaissable que sur l'écran, où il n'était pourtant apparu qu'une seconde et demie : une masse floue entre deux stetsons, la vague impression d'un sourire filiforme, des orbites aussi sombres que celles d'un squelette. Aucune cour au monde n'aurait accepté cette image comme preuve, mais je savais que c'était l'Oberst.

«Je me suis rendu à Dallas. Les autorités locales ne s'étaient pas encore remises des critiques de la presse et de l'opinion mondiale. Rares ont été les personnes qui ont accepté de me parler, encore plus rares celles qui ont accepté d'évoquer ce qui s'était passé dans ce parking souterrain. Personne n'a reconnu mes photos — ni celles extraites du film, ni la vieille coupure berlinoise. J'ai parlé à des journalistes. J'ai parlé à des témoins. J'ai essayé de parler à Jack Ruby, l'assassin de l'assassin, mais je n'ai pas pu obtenir l'autorisation nécessaire. La piste de l'Oberst était vieille d'un an et elle était aussi froide que le cadavre de Lee Harvey Oswald.

«Je suis retourné à New York. J'ai contacté des connaissances à l'ambassade d'Israël. Elles m'ont affirmé que jamais des agents israéliens n'opéreraient sur le territoire américain, mais elles ont accepté de faire une enquête discrète. J'ai engagé un détective privé de Dallas. Il m'a envoyé une facture de sept mille dollars et un rapport qui aurait pu se résumer en un seul mot : rien. L'ambassade ne m'a adressé aucune facture pour son rapport négatif, mais je suis sûr que mes contacts ont pensé que j'étais fou de chercher un criminel de guerre sur les lieux de l'assassinat d'un président. L'expérience leur avait appris que la plupart des anciens nazis en exil recherchaient surtout l'anonymat.

« J'ai commencé à douter de ma raison. Le visage qui avait hanté mes rêves durant tant d'années était de toute évidence devenu la principale obsession de ma vie. En tant que psychiatre, je comprenais parfaitement l'ambiguïté de cette obsession : gravée au fer rouge sur ma conscience dans les douches de Sobibor, puis trempée par l'hiver glacial de ma détermination, la fixation que m'inspirait l'Oberst était devenue ma *raison de vivre*; si j'effaçais l'une, l'autre disparaîtrait. Si j'admettais la mort de l'Oberst, autant admettre la mienne.

« En tant que psychiatre, je comprenais parfaitement mon obsession. Je la comprenais, mais je ne croyais pas en ma propre explication. Et même si j'y avais cru, cela n'aurait pas suffi pour me "guérir". *L'Oberst était bien réel. La partie d'échecs était bien réelle.* L'Oberst n'était pas homme à mourir dans un bunker de fortune des faubourgs de Berlin. C'était un monstre. Les monstres ne meurent pas. Il faut les *tuer*.

« Durant l'été 1965, j'ai finalement réussi à obtenir l'autorisation de rencontrer Jack Ruby. Cela ne m'a pas servi à grand-chose. Ruby n'était plus qu'une coquille vide aux yeux tristes. Il avait perdu du poids en prison, et la peau pendait sur son visage et ses bras comme des lambeaux sales. Il avait un regard vague, absent, et une voix rauque. J'ai tenté de le faire sortir de son hébétude durant toute une journée de novembre, mais il se contentait de hausser les épaules et de répéter ce qu'il avait déjà dit si souvent lors de ses interrogatoires. Non, il ne savait pas qu'il allait abattre Oswald avant de passer à l'acte. Si on l'avait laissé entrer dans ce parking souterrain, c'était par accident. Quelque chose s'était emparé de lui quand il avait vu Oswald, une pulsion incontrôlable. C'était l'homme qui avait tué son président bien-aimé.

«Je lui ai montré les photographies de l'Oberst. Il a secoué la tête avec lassitude. Il connaissait plusieurs personnes parmi les policiers et les journalistes présents sur les lieux, mais il n'avait jamais vu cet homme. Avait-il ressenti quelque chose *d'étrange* juste avant d'abattre Oswald? Lorsque je lui ai posé cette question, Ruby a levé sa tête de basset épuisé pendant une seconde et j'ai aperçu une lueur d'embarras dans ses yeux, mais cette lueur s'est estompée et il m'a répondu de la même voix monocorde que précédemment. Non, rien d'étrange, rien que la colère à l'idée qu'Oswald soit encore en vie alors que le président Kennedy était mort et que cette pauvre Mrs. Kennedy et les enfants étaient désormais tout seuls.

«Je n'ai guère été surpris lorsque, un an plus tard, en décembre 1966, Ruby a été admis à l'hôpital de Parkland pour y suivre un traitement contre le cancer. Il m'avait fait l'effet d'un mourant lorsque je l'avais rencontré. Peu de gens l'ont pleuré lorsqu'il est mort en janvier 1967. La nation était allée au bout de son chagrin et Jack Ruby n'était qu'une relique d'une époque qu'il valait mieux oublier.

«Durant la fin des années 60, je me suis de plus en plus impliqué dans mes recherches et dans mes cours. J'ai essayé de me convaincre que mon travail théorique me permettrait d'exorciser le démon symbolisé par le visage de l'Oberst. Mais au fond de moi, je savais que c'était faux.

«J'ai continué d'étudier la violence durant ces années de violence. Comment était-il possible que certaines personnes puissent si facilement en dominer d'autres? Au cours de mes recherches, je rassemblais des petits groupes d'hommes et de femmes, des gens qui ne se connaissaient pas et qui étaient chargés d'accomplir ensemble une tâche quelconque, et une esquisse de hiérarchie se mettait inévitablement en place dans la demi-heure qui suivait. Les participants n'étaient parfois même pas conscients de la mise en place de cette hiérarchie, mais lorsqu'on les interrogeait par la suite, ils pouvaient presque tous identifier le membre le “plus important” ou le “plus dynamique” du groupe. Avec mes étudiants, j'ai procédé à quantité d'interrogatoires, lu quantité de transcriptions, visionné quantité de cassettes vidéo. Nous avons simulé des affrontements entre nos sujets et diverses figures d'autorité : doyens de faculté, officiers de police, professeurs, inspecteurs des impôts, directeurs de prison, ecclésiastiques. Dans tous les cas de figure, les problèmes de hiérarchie et de domination étaient plus complexes que n'auraient pu le laisser croire les questions de position sociale.

«C'est à cette époque que j'ai commencé à travailler avec la police de New York sur la psychologie des assassins. Les données que je recueillais étaient fascinantes. Les interrogatoires que je dirigeais étaient déprimants. Les résultats que j'obtenais étaient inexploitables.

«Quelle est la cause première de la violence chez l'homme? Quels rôles jouent la violence et la menace dans nos relations quotidiennes? En essayant de répondre à ces questions, j'espérais naïvement pouvoir expliquer un jour comment un psychopathe de génie comme Adolf Hitler avait pu transformer une des nations les plus civilisées du monde en une machine à tuer obtuse et dénuée de sens moral. J'ai commencé par constater que nombre d'espèces animales possèdent un mécanisme leur permettant d'établir une hiérarchie dominante dans un groupe donné. En général, ce processus se déroule sans drame. Même des prédateurs aussi féroces que les loups ou les tigres connaissent des signaux de soumission qui mettent immédiatement fin à tout affrontement violent avant qu'un des membres du groupe ne meure ou ne soit gravement blessé. Mais *quid* de l'homme? Sommes-nous, ainsi que certains le supposent, privés de ce genre d'instinct et par conséquent condamnés à faire éternellement la guerre? Existe-t-il une folie génétique propre à l'espèce humaine? Je ne le pensais pas.

«Durant les années que j'ai passées à rassembler mes données et à tenter d'établir les bases de ma réflexion, j'ai soutenu en secret une théorie si bizarre et si peu scientifique qu'elle aurait ruiné ma réputation professionnelle si j'en avais fait part à mes collègues, même sous le sceau du secret. Et si l'humanité avait évolué jusqu'au point où l'établissement de la domination était devenu un phénomène psychique — ou, comme le diraient les plus irrationnels de mes amis, un phénomène *parapsychologique*? Il est certain que la séduction exercée par certains politiciens, ce que les médias appellent le *charisme* faute d'un terme plus approprié, n'est fondée ni sur la taille, ni sur la fertilité, ni sur l'agressivité. Et s'il se trouvait, quelque part dans un lobe ou dans un hémisphère du cerveau, une zone consacrée à la projection de cette volonté de domination personnelle? Je connaissais parfaitement les études neurologiques suggérant que le sens de la hiérarchie était une fonction des parties les plus primitives de notre esprit — le prétendu cerveau reptilien. Mais supposons que soit intervenue une extraordinaire progression — une *mutation* — douant certaines personnes d'un talent similaire à l'empathie ou à la télépathie, mais infiniment plus puissant et plus utile en termes de survie. Et supposons que ce talent, nourri par sa propre soif de domination, ait trouvé dans la violence son ultime moyen d'expression. Les êtres humains possesseurs d'un tel talent seraient-ils encore des êtres humains?

«En fin de compte, je ne pouvais qu'émettre théorie sur théorie pour expliquer ce que j'avais *ressenti* lorsque la volonté de l'Oberst m'avait pénétré. A mesure que les années passaient, les détails de ces horribles journées s'estompaient dans mon esprit, mais la *douleur* causée par ce viol mental, la révulsion et la terreur que j'avais éprouvées, m'empêchaient toujours de dormir en paix. Je continuais d'enseigner, de faire des recherches, de vivre ma petite existence grise et monotone. Le printemps dernier, je me suis réveillé un beau matin pour constater que j'avais vieilli. Il s'était presque écoulé seize ans depuis le jour où j'avais vu cette bande vidéo. Si l'Oberst était bien réel, s'il était encore en vie quelque part, c'était sûrement un très vieil homme. J'ai pensé aux criminels de guerre que l'on retrouvait encore de temps en temps : de pitoyables vieillards édentés. L'Oberst était probablement mort.

«J'avais oublié que les monstres ne meurent pas. Il faut les tuer.

«Il y a moins de cinq mois de cela, j'ai aperçu l'Oberst dans une rue de New York. C'était un soir étouffant de juillet. Je me promenais près de Central Park tout en composant mentalement un article sur la réforme pénitentiaire lorsque l'Oberst est sorti et a hélé un taxi à quelques mètres à peine de moi. Il était en compagnie d'une femme, une femme d'un certain âge mais encore très séduisante, dont les cheveux blancs retombaient sur une superbe robe de soirée. L'Oberst était vêtu d'un costume sombre. Il était bronzé et semblait en pleine forme. Il avait perdu la quasi-totalité de ses cheveux, et ceux qui lui restaient étaient passés du blond au gris, mais son visage, bien qu'empâté et rougi par l'âge, continuait d'afficher les rudes méplats de la cruauté et de l'arrogance.

«Après quelques secondes durant lesquelles je suis resté figé sur place, je me suis mis à courir derrière le taxi. Il s'est engagé dans la circulation et j'ai évité plusieurs voitures en tentant de le rattraper. Les occupants de la banquette arrière ne se sont pas retournés une seule fois. Le taxi s'est éloigné et j'ai regagné le trottoir au bord de l'épuisement.

«Le directeur du restaurant n'a pas pu m'aider. Oui, un couple fort distingué avait dîné chez lui ce soir-là, mais il ignorait son nom. Non, leur table n'avait pas été réservée à l'avance.

«J'ai hanté durant des semaines le quartier de Central Park, fouillant les rues, cherchant le visage de l'Oberst dans tous les taxis qui passaient. J'ai de nouveau engagé un détective, et j'ai de nouveau payé une facture pour un rapport négatif.

«C'est à ce moment-là que j'ai souffert de ce que j'identifie à présent comme une grave dépression nerveuse. Je ne dormais plus. Je ne pouvais plus travailler, et les cours que je donnais à l'université ont été supprimés, ou assurés par des maîtres-assistants anxieux. Je restais plusieurs jours sans me changer, ne retournant chez moi que pour manger et faire les cent pas. La nuit, j'errais dans les rues, et la police m'a interpellé à plusieurs reprises. Seuls ma position à Columbia et le mot magique de "Docteur" m'ont évité de me retrouver interné à Bellevue. Puis, une nuit, alors que j'étais étendu sur le plancher de mon appartement, j'ai soudain pris conscience d'un détail que j'avais jusque-là ignoré. *Le visage de la femme m'était familier.*

«Durant cette nuit-là, et durant la journée qui a suivi, je me suis efforcé de me rappeler où j'avais déjà vu son visage. C'était sur une photographie, j'en étais sûr. J'associais à cette image un sentiment de lassitude, une vague anxiété et une musique lénifiante.

«Cet après-midi-là, à cinq heures et quart, j'ai appelé un taxi et je me suis précipité chez mon dentiste. Il venait de partir, son cabinet était fermé, mais j'ai réussi à convaincre la réceptionniste de me laisser entrer dans la salle d'attente pour y consulter les magazines. Il y avait des vieux numéros de *Seventeen, Gentleman's Quarterly, Mademoiselle, U.S. News and World Report, Time, Newsweek, Vogue, Consumer Reports* et *Tennis World.* Je les ai tous feuilletés une première fois, puis une deuxième, sentant que mon comportement commençait à paniquer sérieusement la réceptionniste. Seules la profondeur de mon obsession et la certitude qu'un dentiste ne changeait son stock de revues que quatre fois par an me poussaient à continuer mes recherches pendant que la pauvre femme menaçait d'appeler la police.

«Et j'ai fini par trouver. Sa photo en noir et blanc était imprimée dans ce paquet de publicités sophistiquées et d'adjectifs mirobolants qu'est le magazine *Vogue*. Elle était placée en tête d'un billet consacré à l'achat d'accessoires de mode. Ce billet était signé NINA DRAYTON.

«Il ne m'a fallu que quelques heures pour retrouver sa trace. Mon détective privé était enchanté de travailler sur un sujet plus accessible que mon fantôme habituel. En moins de vingt-quatre heures, Harrington m'avait fourni un épais dossier sur cette femme. La plupart de ses informations provenaient de sources publiques.

«Mrs. Nina Drayton était un nom bien connu dans les milieux de la mode new-yorkais : c'était une riche veuve qui possédait une chaîne de boutiques. Elle avait épousé Parker Allan Drayton, un des fondateurs d'American Airlines, en août 1940. Il était décédé dix mois plus tard et sa veuve avait repris le flambeau, faisant des investissements judicieux et participant à des conseils d'administration jusque-là exempts de toute présence féminine. Mrs. Drayton s'était retirée des affaires pour se consacrer exclusivement à sa chaîne de boutiques, mais elle participait à plusieurs œuvres de charité parmi les plus prestigieuses, fréquentait politiciens, artistes et écrivains, avait eu une liaison avec un célèbre compositeur et chef d'orchestre new-yorkais, et possédait un appartement de seize pièces sur Park Avenue ainsi que plusieurs résidences secondaires.

«Je n'ai eu aucune difficulté à arranger une rencontre. J'ai consulté la liste de mes patients et j'y ai trouvé le nom d'une riche matrone maniaco-dépressive qui vivait dans le même immeuble que Nina Drayton et fréquentait le même milieu qu'elle.

«J'ai rencontré Nina Drayton le deuxième week-end du mois d'août, lors d'une garden-party organisée par mon ex-patiente. Les invités étaient peu nombreux. La plupart des New-Yorkais sensés avaient fui la ville pour aller au bord de la mer ou dans les Rocheuses. Mais Mrs. Drayton était là.

«Avant même de lui serrer la main ou de contempler

ses yeux bleu clair, je savais sans l'ombre d'un doute que c'était l'une d'entre *eux*. Elle ressemblait à l'Oberst. Sa présence semblait emplir le patio, faisait briller les lampes japonaises avec plus d'intensité. Ma certitude m'a fait l'effet d'une main glacée enserrant ma gorge. Peut-être a-t-elle perçu ma réaction, peut-être aimait-elle provoquer les psychiatres, toujours est-il que Nina Drayton s'est livrée avec moi à une véritable joute verbale, faisant montre d'un mélange de mépris amusé et de défi malicieux, aussi subtile qu'un chat faisant patte de velours tout en se préparant à sortir ses griffes.

« Je l'ai invitée à assister à une conférence publique que je devais prononcer à Columbia durant la semaine. À ma grande surprise, elle y est venue, traînant derrière elle une petite femme à l'air méchant nommée Barrett Kramer. Ma conférence portait sur la politique de violence délibérée du Troisième Reich et ses ressemblances avec certains régimes dictatoriaux du tiers-monde. J'ai délibérément adapté mon discours dans le sens d'une hypothèse contraire aux théories généralement admises : la brutalité inexplicable manifestée par des millions d'Allemands était due, au moins en partie, à une manipulation exercée par un petit groupe secret formé de puissantes personnalités. Mrs. Drayton n'a cessé de me sourire durant toute la conférence. C'est ce genre de sourire qu'une souris doit voir sur la gueule d'un chat qui s'apprête à la dévorer.

« Une fois la conférence achevée, Mrs. Drayton souhaitait me parler en privé. Elle m'a demandé si j'exerçais encore mon activité professionnelle et a manifesté le désir de me voir en tant que patiente. J'ai hésité, mais nous savions tous deux quelle serait ma réponse.

« Je l'ai vue deux fois, chaque fois en septembre. Nous avons fait mine de jeter les bases d'une thérapie. Nina Drayton était convaincue que son insomnie chronique était la conséquence directe du décès de son père, survenu plusieurs dizaines d'années auparavant. Elle m'a révélé qu'elle faisait un cauchemar récurrent au cours duquel elle *poussait* son père sous les roues du tramway de Boston qui l'avait écrasé, alors qu'elle se trouvait à plusieurs kilomètres de là le jour de sa mort. Lors de notre seconde séance, elle m'a posé la question suivante : “Docteur Laski, est-il vrai que nous tuons toujours ceux que nous aimons ?” Je lui ai répondu qu'à mon avis c'était tout le contraire ; que nous cherchions, du moins inconsciemment, à tuer ceux que nous prétendions aimer mais que nous méprisions en secret. Nina Drayton s'est contentée de me sourire.

« Je lui avais suggéré d'utiliser l'hypnose au cours de notre troisième séance, afin qu'elle puisse revivre ses réactions à l'annonce de la mort de son père. Elle a accepté, mais je n'ai guère été surpris lorsque sa secrétaire m'a appelé début octobre pour annuler tous nos futurs rendez-vous. A ce moment-là, j'avais engagé un détective privé pour surveiller Mrs. Drayton vingt-quatre heures sur vingt-quatre.

« Quand je parle de détective privé, je devrais être un peu plus précis. Plutôt que d'engager un ex-policier cynique, j'avais contacté, sur les conseils de quelques amis, un ancien étudiant de Princeton âgé de vingt-quatre ans qui écrivait des poèmes durant ses loisirs. Cela faisait deux ans que Francis Xavier Harrington était devenu enquêteur privé, mais il s'est trouvé obligé de s'acheter un costume neuf pour pouvoir entrer dans les restaurants fréquentés par Mrs. Drayton. Lorsque je lui ai demandé de la surveiller vingt-quatre heures sur vingt-quatre, Harrington a dû engager deux anciens camarades de fac pour étoffer son personnel. Mais ce n'était pas un imbécile ; il travaillait vite, avec beaucoup de sérieux, et il me faisait parvenir un rapport écrit tous les lundis et vendredis matin. Il lui arrivait parfois de contourner la loi, comme lorsqu'il a réussi à se procurer une copie de la facture téléphonique de Nina Drayton. Elle appelait beaucoup de gens. Et Harrington de relever les numéros d'appel ne figurant pas sur la liste rouge et de me communiquer les noms et adresses de leurs détenteurs. Certains de ces noms étaient très connus. D'autres étaient assez étonnants. Aucun ne m'a conduit à l'Oberst.

«Plusieurs semaines s'étaient écoulées. J'avais dépensé la quasi-totalité de mes économies pour apprendre quelles étaient les habitudes de Nina Drayton, ses restaurants préférés, ses associés en affaires et ses correspondants au téléphone. Le jeune Harrington savait que mes ressources étaient limitées, et il m'a proposé d'intercepter le courrier adressé à la vieille dame et de mettre son téléphone sur table d'écoute. J'ai décliné son offre, du moins dans un premier temps. Je ne tenais pas à nous faire repérer.

«Puis, il y a à peine quinze jours, Mrs. Drayton m'a appelé. Elle m'a invité à une réception qui devait se tenir chez elle le 17 décembre. Elle m'appelait personnellement, m'a-t-elle dit, afin que je n'aie aucune excuse pour décliner son invitation. Elle voulait que je rencontre un de ses amis les plus *chers* venu tout droit de Hollywood, un producteur qui était impatient de faire ma connaissance. Elle venait de lui envoyer un exemplaire de mon livre, *Pathologie de la violence*, et il n'avait pas tari *d'éloges* à mon égard.

«"Comment s'appelle-t-il? je lui demande. — Aucune importance, répond-elle. Peut-être le reconnaîtrez-vous en le voyant."

«Je tremblais tellement lorsque j'ai raccroché qu'il m'a fallu une bonne minute avant de pouvoir composer le numéro de Harrington. Ce soir-là, j'ai retrouvé mes trois jeunes alliés pour une conférence stratégique. Nous avons de nouveau épluché les factures téléphoniques. Cette fois-ci, nous avons appelé tous les numéros de Los Angeles figurant sur la liste rouge. Au sixième appel, une voix de jeune homme nous a répondu : "Résidence de Mr. Borden. — Je suis bien chez Thomas Borden? demande Francis. — Vous avez fait un faux numéro, lui répond-on d'un ton sec. Ici, c'est la résidence de Mr. William Borden."

«J'ai écrit les deux noms sur le tableau noir de mon bureau. Wilhelm von Borchert. William Borden. C'était si typique de la nature humaine; un homme commettant un adultère inscrit toujours un nom proche du sien sur le registre de l'hôtel; un criminel recherché par la police adopte six faux noms différents, dont cinq flanqués du même prénom que le sien. Notre nom nous est tellement précieux que nous avons peine à y renoncer complètement, même si les circonstances l'exigent.

«Le lundi suivant, quatre jours avant les événements de Charleston, Harrington s'est envolé pour Los Angeles. J'avais initialement prévu d'y aller moi-même, mais Francis m'avait fait remarquer qu'il vaudrait mieux qu'il parte en avant-garde afin d'enquêter sur ce Borden, de le photographier et de vérifier qu'il s'agissait bien de von Borchert. Je souhaitais l'accompagner, mais je me suis rendu compte que je n'avais pas réfléchi à ce que je devrais faire une fois que j'aurais retrouvé l'Oberst.

«Ce soir-là, Harrington m'a téléphoné pour m'apprendre qu'il avait vu un film médiocre durant le vol, que son hôtel n'était vraiment pas de la classe du Beverly Wilshire, et que la police de Bel Air avait tendance à stopper les automobilistes qui se promenaient dans le quartier ou avaient la témérité de se garer dans les rues tortueuses pour regarder les maisons des stars. Le mardi, il m'a appelé pour me demander s'il y avait du nouveau au sujet de Mrs. Drayton. Je lui ai appris que ses deux amis, Dennis et Selby, étaient moins actifs que lui mais que Mrs. Drayton n'avait rien changé à ses habitudes. De son côté, Francis m'a appris qu'il avait visité le studio auquel la carrière de Mr. Borden avait été associée — une visite fort peu enthousiasmante —, et que Mr. Borden avait beau avoir encore un bureau dans l'immeuble, personne ne savait quand il s'y trouverait. La dernière fois qu'on l'y avait vu remontait à 1979. Francis avait espéré obtenir une photo de Borden, mais aucune n'était disponible. Il avait envisagé de montrer aux employés du studio la photographie de von Borchert prise à Berlin, mais avait fini par décider, je le cite, que “ça n'aurait pas été très cool de ma part”. Il projetait de se munir de son appareil photo à téléobjectif lorsqu'il retournerait à Bel Air le lendemain.

«Le mercredi, Harrington n'a pas appelé à l'heure prévue. J'ai téléphoné à son hôtel, où on m'a appris qu'il était toujours inscrit au registre mais qu'il n'avait pas retiré sa clé ce soir-là. Le jeudi matin, j'ai appelé la police de Los Angeles. Elle a accepté de me renseigner mais, vu les maigres informations que je lui avais données, elle ne pensait pas qu'il y ait des raisons de suspecter un coup fourré. “Il se passe beaucoup de choses dans cette ville, m'a dit le sergent qui avait pris mon appel. Les gens sont parfois trop occupés pour penser à appeler leurs amis.”

«Durant toute la journée, j'ai essayé d'entrer en contact avec Dennis ou avec Selby. Impossible. Même le répondeur de l'agence de Francis avait été débranché. Je suis allé dans l'immeuble de Nina Drayton, sur Park Avenue. Le gardien m'a appris que Mrs. Drayton était en vacances. Je n'ai pas pu aller plus loin que le rez-de-chaussée.

«Durant toute la journée du vendredi, je suis resté bouclé dans mon appartement et j'ai attendu. La police de Los Angeles a appelé à onze heures et demie. Elle avait fait ouvrir la chambre que Mr. Harrington occupait au Beverly Hills Hotel. Ses vêtements et ses bagages avaient disparu, mais il n'y avait aucun signe suspect. Savais-je à qui il fallait transmettre la note de 329 dollars et 48 *cents* ?

«Ce soir-là, je me suis obligé à aller dîner chez un ami, comme prévu. Une distance interminable semblait séparer l'arrêt de bus de sa maison de Greenwich Village. Le samedi soir, le soir où votre père a été tué ici, à Charleston, je suis allé à l'université pour y participer à un débat sur la violence en milieu urbain. Plus de deux cents personnes y assistaient, parmi lesquelles plusieurs candidats à des élections diverses. Durant toute la discussion, je n'ai cessé de parcourir le public du regard, m'attendant à découvrir le sourire de cobra de Nina Drayton ou les yeux glacés de l'Oberst. J'avais l'impression d'être redevenu un pion — mais dans quel jeu ?

« Dimanche dernier, en lisant le journal du matin, j'ai eu connaissance des meurtres de Charleston. Un peu plus loin, en pages intérieures, un bref entrefilet annonçait que le producteur hollywoodien William D. Borden se trouvait à bord de l'avion qui s'était écrasé samedi matin quelque part en Caroline du Sud. Le journal avait réussi à dénicher une photo du producteur reclus. Elle datait des années 60. L'Oberst était tout sourire. »

Saul cessa de parler. Leurs tasses, oubliées sur la rambarde de la véranda, ne contenaient plus que du café froid. L'ombre de la grille avait rampé le long des jambes de Saul durant son récit. Le silence qui se fit était si soudain que les rumeurs de la rue redevinrent audibles.

« Lequel d'entre eux a tué mon père ? » demanda Natalie. Elle avait resserré son sweater autour d'elle et se frictionnait les bras comme si elle avait froid.

« Je ne sais pas.

– Cette Melanie Fuller, elle était l'une d'entre eux ?

– Oui, j'en suis presque sûr.

– Et c'est peut-être elle qui a tué mon père ?

– Oui.

– Et vous êtes sûr que cette Nina Drayton est morte ?

– Oui. Je suis allé à la morgue. J'ai vu des photos prises sur le lieu du crime. J'ai lu le rapport d'autopsie.

– Mais elle aurait pu tuer mon père avant de mourir ? »

Saul hésita. « C'est possible.

– Et Borden — l'Oberst — est censé avoir péri vendredi soir, quand l'avion a explosé. »

Saul hocha la tête.

« Pensez-vous qu'il soit mort ?

– Non. »

Natalie se leva et se mit à arpenter la minuscule véranda. « Avez-vous une preuve quelconque vous permettant de le penser ?

– Non.

– Mais vous le croyez en vie.

– Oui.

– Et il aurait très bien pu tuer mon père, ainsi que Miz Fuller ?

– Oui.

– Et vous êtes toujours résolu à le retrouver ? Ce Borden… ou von Borchert ?

– Oui.

– Bon Dieu. » Natalie regagna l'intérieur de la maison et en revint peu après avec deux verres de cognac. Elle en tendit un à Saul et avala l'autre cul sec. Elle sortit un paquet de cigarettes de la poche de son sweater, trouva des allumettes, et alluma une cigarette d'une main tremblante.

« Ce n'est pas bon pour votre santé », dit doucement Saul.

Natalie eut un petit reniflement sec. « Ces types sont des vampires, n'est-ce pas ?

– Des vampires ? » Saul secoua la tête en signe d'incompréhension.

« Ils utilisent les gens, puis ils les jettent comme des emballages en plastique. Ils ressemblent à ces vampires ringards qu'on voit dans les vieux films d'horreur, mais ces types-là sont bien *réels*.

– Des vampires… » Saul se rendit compte qu'il venait de parler en polonais. « Oui, reprit-il en anglais, c'est une analogie qui convient à merveille.

– Bon, alors, que faisons-nous à présent ?

– Nous ? » Saul était surpris. Il se frictionna les genoux.

« Nous, insista Natalie d'une voix où perçaient des accents de colère. Vous et moi. Nous. Si vous m'avez raconté toute cette histoire, ce n'était pas pour tuer le temps. Vous avez besoin d'un allié. Bon, alors, quelle est l'étape suivante ? »

Saul secoua la tête et se gratta la barbe. « Je ne sais pas exactement pourquoi je vous ai raconté tout ça, mais…

– Mais quoi ?

– C'est très dangereux. Francis et les autres… »

Natalie alla jusqu'à lui, s'accroupit et lui posa une main sur le bras. « Mon père s'appelait Joseph Leonard Preston, dit-elle doucement. Il avait quarante-huit ans… il aurait eu quarante-neuf ans le 6 février. C'était un homme bon, un bon père, un bon photographe et un commerçant médiocre. Quand il riait… » Natalie s'interrompit. « Quand il riait, il était très difficile de ne pas rire avec lui. »

Elle resta immobile durant plusieurs secondes, la main posée sur le poignet de Saul, tout près de son tatouage aux chiffres bleu pâle. Puis elle reprit : « Qu'allez-vous faire à présent ? »

Saul inspira. « Je ne sais pas trop. Je dois retourner à Washington samedi pour rencontrer quelqu'un qui aura peut-être des informations à me transmettre… des informations grâce auxquelles nous saurons peut-être si l'Oberst est encore en vie. Il est très possible que mon.. contact n'ait aucune information.

– Et ensuite ? insista Natalie.

– Ensuite, il faudra attendre. Attendre et veiller. Fouiller les journaux.

– Les journaux ? Pour quoi faire ?

– Pour y chercher d'autres meurtres », dit Saul.

Natalie tiqua et se balança sur ses talons. La cigarette qu'elle tenait de la main droite s'était presque entièrement consumée. Elle l'écrasa sur le plancher. « Vous parlez sérieusement ? L'Oberst et Miz Fuller ont tout intérêt à quitter le pays… à aller se cacher… quelque part. Pourquoi se retrouveraient-ils si vite mêlés à une nouvelle affaire criminelle ? »

Saul haussa les épaules. Il se sentait soudain épuisé.

«C'est dans leur nature. Les vampires doivent se nourrir.»

Natalie se redressa et alla jusqu'au coin de la véranda. «Et quand vous... quand *nous* les aurons retrouvés, que ferons-nous?

– Nous aviserons le moment venu. D'abord, il faut les retrouver.

– Pour tuer un vampire, il faut lui planter un pieu dans le cœur», dit Natalie.

Saul resta muet.

Natalie prit une autre cigarette, mais ne l'alluma pas. «Supposons que vous vous approchiez de trop près et qu'ils découvrent que vous cherchez à leur nuire, dit-elle. Ils seraient capables de s'en prendre à *vous*.

– Ça me simplifierait les choses.»

Natalie allait reprendre la parole lorsqu'une automobile portant l'insigne du comté s'arrêta devant la maison. Un homme massif au visage rougeaud, coiffé d'un stetson, en descendit. «Le shérif Gentry», dit Natalie.

Ils virent l'officier bedonnant les dévisager, puis s'approcher lentement, presque avec hésitation. Gentry fit halte devant la véranda et ôta son chapeau. Son visage cuivré ressemblait à celui d'un petit garçon venant de voir quelque chose d'horrible.

«Bonjour, Ms. Preston, professeur Laski.

– Bonjour, shérif», dit Natalie.

Saul regarda attentivement Gentry, cette caricature de flic sudiste, et perçut la même intelligence et la même sensibilité qui l'avaient marqué la veille. Les yeux de cet homme démentaient l'impression suggérée par son apparence.

«J'ai besoin d'aide, dit Gentry d'une voix où perçaient des accents de douleur.

– Quel genre d'aide?» demanda Natalie. Saul décela une certaine affection dans sa voix.

Gentry contempla son chapeau. Il en caressa les bords d'un mouvement gracieux de ses doigts roses et boudinés, puis leva les yeux. «J'ai neuf citoyens morts sur les bras, dit-il. Les circonstances de leur mort sont totalement insensées, quel que soit l'angle sous lequel on les examine. Il y a deux heures, j'ai voulu arrêter un type dont le portefeuille ne contenait qu'une photo de moi. Plutôt que de discuter avec moi, ce type s'est tranché la gorge.» Il regarda Natalie, puis Saul. «Pour une raison que j'ignore, reprit-il, pour une raison qui est sans doute aussi insensée que le reste de cette affaire délirante, j'ai l'impression que vous êtes en mesure de m'aider, tous les deux.»

Saul et Natalie le regardèrent sans mot dire.

«Pouvez-vous m'aider? demanda finalement Gentry. *Voulez*-vous m'aider?»

Natalie se tourna vers Saul. Celui-ci se gratta la barbe pendant quelques secondes, puis il ôta ses lunettes, les remit, se tourna vers Natalie et eut un léger hochement de tête.

«Entrez donc, shérif, dit Natalie en ouvrant la porte. Je vais préparer le déjeuner. Ça risque de prendre un peu de temps.»

11.
Bayerisch-Eisenstein, vendredi 19 décembre 1980

Tony Harod et Maria Chen prirent leur petit déjeuner dans la minuscule salle à manger de l'hôtel. Ils descendirent dès sept heures, mais les amateurs de ski de fond étaient déjà partis explorer les pistes. Le feu crépitait dans la cheminée et Harod apercevait le blanc de la neige et le bleu du ciel par la petite fenêtre du mur sud.

« Pensez-vous qu'il sera là ? » demanda Maria Chen alors qu'ils finissaient leur café.

Harod haussa les épaules. « Comment le saurais-je, bordel ? » La veille, il était persuadé que Willi ne se trouverait pas dans la maison de ses ancêtres, que le vieux producteur était bien mort lors de l'accident d'avion. Willi lui avait appris l'existence de cette propriété cinq ans plus tôt. Ce jour-là, Harod était ivre ; Willi, de retour d'un voyage de trois semaines en Europe, s'était soudain exclamé, les larmes aux yeux : « Qui a dit qu'on ne pouvait jamais revenir chez soi, hein, Tony ? Qui a dit ça ? » Puis il lui avait décrit la maison de sa mère en Allemagne du Sud. C'était sûrement par erreur qu'il avait mentionné le nom de la ville la plus proche. Harod avait décidé de faire le voyage par acquit de conscience. Mais aujourd'hui, sous la lumière crue du matin, assis en face de Maria Chen qui avait glissé le Browning 9 mm dans son sac à main, l'improbable ne lui semblait que trop possible.

« Et si Tom et Jensen étaient là ? » demanda Maria Chen. Elle portait un pantalon en velours bleu, des chaussettes montantes, un pull-over à col roulé rose et un blouson de ski rose et bleu qui lui avait coûté six cents dollars. Elle s'était fait une queue de cheval pour retenir ses cheveux noirs et semblait toute fraîche en dépit de son maquillage. Elle ressemblait, pensa Harod, à une jeune girl-scout eurasienne se préparant à aller skier avec des amis.

«Si vous devez les éliminer, occupez-vous d'abord de Tom, lui dit-il. Willi a tendance à Utiliser Reynolds plutôt que le Nègre. Mais Luhar est fort… très fort. Assurez-vous de ne pas le rater. Si les choses se gâtent, c'est Willi qu'il faudra éliminer en premier. D'une balle dans la tête. Une fois qu'il sera hors course, Reynolds et Luhar ne représenteront plus aucun danger. Ils sont si bien conditionnés qu'ils ne peuvent même pas aller pisser sans l'autorisation de Willi.»

Maria Chen cilla et regarda autour d'elle. Les quatre autres tables étaient occupées par des couples d'Allemands riant et parlant avec animation. Personne ne semblait avoir entendu les instructions que Harod venait de formuler à voix basse.

Harod fit signe à la serveuse de leur apporter un peu plus de café, sirota le breuvage noir et fronça les sourcils. Il ne savait pas si Maria Chen était capable de tuer quelqu'un sur ses instructions. Il *supposait* qu'elle le ferait — elle n'avait jamais désobéi à ses ordres —, mais il regretta brièvement qu'elle soit Neutre. D'un autre côté, si elle n'avait pas été Neutre, Willi n'aurait eu aucune peine à l'Utiliser contre lui. Harod ne se faisait aucune illusion sur le Talent du vieux Boche : le fait que Willi ait pu avoir en permanence deux pions près de lui montrait l'étendue de son pouvoir. Harod avait pensé que le Talent de Willi s'était estompé — sous l'effet de l'âge, de la drogue et de la débauche —, mais vu les récents événements, il aurait été stupide et dangereux de continuer à agir d'après cette hypothèse. Harod secoua la tête. Bon sang. Ce foutu Island Club le tenait déjà par les couilles. Harod n'avait aucune intention de s'intéresser au sort de la vieille de Charleston. Il n'avait aucune envie de contrarier quelqu'un qui avait passé cinquante ans à jouer à ce foutu petit jeu avec Willi Borden — ou von Borchert, si c'était là son nom. Et qu'allaient faire Barent et sa clique s'ils apprenaient que Willi était encore en vie ? S'il était encore en vie. Harod se rappela sa réaction lorsqu'il avait appris la mort de Willi, six jours plus tôt. Il avait d'abord été ennuyé — qu'allaient devenir tous les projets que Willi avait lancés ? Qu'allait devenir son fric ? —, puis il avait ressenti du soulagement. Ce vieux fils de pute était enfin mort. Harod avait passé des années à redouter que le vieil homme apprenne l'existence de l'Island Club, apprenne que Tony l'espionnait…

« J'ai toujours pensé que le paradis était une île merveilleuse où l'on pouvait chasser tout son soûl, pas vrai, Tony ? » Willi avait-il vraiment dit ça sur la cassette vidéo ? Harod se rappela avoir eu l'impression de plonger dans des eaux glacées lorsque l'image de Willi avait prononcé ces mots. Mais il était impossible que Willi ait su. De plus, cette cassette avait été enregistrée avant l'accident. Willi était mort.

Sinon, il le serait bientôt, pensa Harod. « Prête ? » dit-il.

Maria Chen s'essuya les lèvres avec une serviette en papier et hocha la tête.

« Alors, allons-y », dit Tony Harod.

« Alors, c'est ça, la Tchécoslovaquie ? » dit Harod. Comme ils sortaient de la ville, il avait aperçu derrière la gare une barrière, un petit bâtiment blanc et plusieurs gardes portant des uniformes verts et des casques de forme bizarre. Un petit panneau routier indiquait : *übergangstelle.*

« C'est ça, acquiesça Maria Chen.

– Foutrement intéressant. » Il s'engagea sur la route tortueuse, ignorant les panneaux indiquant la direction de la Grosse Arber et de la Kleine Arbersee. Il aperçut au loin la bande blanche d'une piste de ski et les points noirs des télésièges. Des petites voitures munies de pneus à chaîne et de galeries fonçaient sur les routes transformées en couloirs de neige et de glace. Harod frissonna lorsqu'un courant d'air froid pénétra dans la voiture par les vitres arrière. Les deux paires de skis de fond que Maria Chen avait louées le matin à l'hôtel émergeaient de la vitre arrière droite. «Vous croyez qu'on aura besoin de ces foutus machins?» demanda-t-il en indiquant la banquette arrière d'un mouvement du menton.

Maria Chen sourit et leva ses ongles vernis. «Peut-être.» Elle consulta la carte routière Shell, puis une carte topographique. «La prochaine à gauche, dit-elle. Ensuite, il reste six kilomètres avant le chemin d'accès privé.»

La B.M.W. eut quelques difficultés à négocier les quinze cents derniers mètres du «chemin d'accès», qui n'était guère plus qu'une piste d'ornières creusées dans la neige. «Quelqu'un est passé par là il n'y a pas longtemps, dit Harod. C'est encore loin?

– Plus qu'un kilomètre après le pont.»

La route obliqua pour s'engager dans un épais bosquet d'arbres dénudés, puis le pont apparut devant eux: un petit ouvrage d'art protégé par une barrière apparemment plus solide que celle du poste-frontière tchèque. Un petit chalet alpin s'élevait vingt mètres en aval. Deux hommes en sortirent et se dirigèrent lentement vers la voiture. Harod s'attendait à les voir vêtus de costumes typiques, version hivernale, mais ils portaient un pantalon de velours brun et une veste fourrée aux couleurs éclatantes. Le plus jeune, âgé d'une vingtaine d'années, était sans doute le fils de l'autre. Il tenait un fusil de chasse au creux de son bras.

«*Guten Morgen, haben Sie sich verfahren*? demanda le plus âgé des deux en souriant. *Das hier ist ein Privatgrundstick.*»

Maria Chen traduisit: «Ils nous souhaitent le bonjour

et nous demandent si nous sommes perdus. Ils disent que ceci est une propriété privée.»

Harod sourit aux deux hommes. Le plus âgé lui rendit son sourire, montrant ses dents en or; le plus jeune garda un visage inexpressif. «Nous ne sommes pas perdus, dit Harod. Nous sommes venus voir Willi — Herr von Borchert. Il nous a invités ici. Nous sommes venus de Californie exprès pour le voir.»

Le vieil homme le regarda sans comprendre et Maria Chen remplit à nouveau son rôle d'interprète.

«*Herr von Borchert lebt hier nicht mehr*, dit le vieil homme. *Schon seit vielen Jahren nicht mehr. Das Gut ist schon seit sehr langer Zeit geschlossen. Niemand geht mehr dorthin.*

– Il dit que Herr von Borchert est mort, traduisit Maria Chen. Depuis plusieurs années. La propriété est fermée. Ça fait très longtemps qu'elle est fermée. Personne ne vient jamais ici.»

Harod sourit et secoua la tête. «Alors comment se fait-il que vous montiez la garde, hein?

– *Warum lassen Sie es noch bewachen?*» demanda Maria Chen.

Le vieil homme sourit. «*Wir werden von der Familie bezahlt, so dadort kein Vandalismus ensteht. Bald wird all daein Teil des Nationalwaldes werden. Die Halten Häuser werden abgerissen. Bis dahin schickt der Neffe uns Schecks aus Bonn, und wir halten alle Wilddiebe und Unbefugte fern, so wie es mein Vater vor mir getan hatte. Mein Sohn wird sich andere Arbeit suchen müssen.*

– La famille nous paie pour empêcher le vandalisme, traduisit Maria Chen. Euh… bientôt… un de ces jours, cette propriété fera partie du parc national. La maison sera détruite. En attendant, le neveu… celui de von Borchert, je présume… le neveu nous envoie des chèques de Bonn et nous écartons les intrus et les braconniers, comme mon père l'a fait avant moi. Mon fils devra chercher un autre travail. Ils ne vont pas nous laisser entrer, Tony», ajouta-t-elle.

Harod tendit à l'homme trois pages concernant le prochain projet de Willi, *Traite des Blanches.* Un billet de cent marks avait été glissé, bien visible, entre deux pages. «Dites-lui que nous sommes venus exprès de Hollywood pour faire des repérages. Dites-lui que la vieille maison ferait un merveilleux château hanté.»

Maria Chen s'exécuta. Le vieil homme regarda les feuilles de papier et le billet, puis les rendit à Harod d'un geste machinal. «*Ja, es wäre eine wunderbare Kulisse fur einer Grusefilm. Es besteht kein Zweifel, daes hier spukt. Aber ich glaube, da es keine weiteren Gespenster braucht. Ich schlage vor, daSie umdrehen, so daSie hier nicht stecken bleiben. GrüGott!*

– Qu'est-ce qu'il a dit? demanda Harod.

– Il trouve lui aussi que cette propriété ferait un décor idéal pour un film d'horreur, dit Maria Chen. Il dit qu'elle est effectivement hantée. Il ne pense pas qu'elle ait besoin de nouveaux fantômes. Il nous dit de faire demi-tour ici tant que c'est encore possible et nous souhaite une bonne journée.

– Dites-lui d'aller se faire foutre, dit Harod tout en souriant aux deux hommes.

– *Vielen Dank für Ihre Hilfe,* dit Maria Chen.

– *Bitte sehr*, dit le vieil homme.

– Il n'y a pas de quoi», dit le jeune homme au fusil.

La B.M.W reprit la longue allée en sens inverse, tourna à l'ouest pour s'engager sur l'équivalent allemand d'une route de campagne, puis roula huit cents mètres avant de s'immobiliser sur la neige à cinq mètres d'une clôture. Harod prit des cisailles dans le coffre et découpa le grillage en quatre endroits. Il acheva d'ouvrir la brèche à coups de botte. On ne risquait guère de la voir de la route en raison des arbres et la circulation était pratiquement inexistante. Harod retourna près de la B.M.W. et troqua ses bottes contre des chaussures de ski aux motifs comiques, puis Maria Chen l'aida à enfiler ses skis.

Harod n'avait skié que deux fois dans sa vie, à Sun Valley, dont une en compagnie d'Ann-Margret et de la nièce de Dino de Laurentiis, et il avait détesté ça.

Maria Chen laissa son sac à main dans la voiture, glissa le Browning dans la ceinture de son pantalon, mit un chargeur de rechange dans la poche de sa veste, se passa une paire de jumelles autour du cou, et s'engouffra dans la brèche. Harod se propulsa tant bien que mal derrière elle.

Il tomba à deux reprises durant les quinze cents premiers mètres, se relevant chaque fois en faisant fuser un chapelet de jurons sous le regard amusé de Maria Chen. On n'entendait aucun bruit, excepté le bruissement de leurs skis sur la neige, le bavardage occasionnel d'un écureuil et les halètements de Harod. Lorsqu'ils eurent parcouru environ trois kilomètres, Maria Chen fit halte pour consulter sa boussole et la carte topographique.

« Voilà le ruisseau. Nous pouvons le traverser ici. La maison se trouve dans une clairière, à environ un kilomètre dans *cette* direction. » Elle indiqua une partie de la forêt particulièrement dense.

Encore trois terrains de foot, pensa Harod en s'efforçant de reprendre son souffle. Il se rappela le fusil de chasse que portait le jeune homme et se rendit compte que le Browning ne serait pas à la hauteur au cours d'un éventuel affrontement. Et pour ce qu'il en savait, Reynolds et Luhar, ainsi qu'une douzaine d'autres esclaves, les attendaient dans le bois, armés d'Uzi et de Mac-10. Harod se força à inhaler une bouffée d'air glacé et s'aperçut qu'il avait l'estomac noué. Et puis merde, pensa-t-il. Il s'était cassé le cul pour venir jusqu'ici. Il ne repartirait pas avant de savoir si Willi était là.

« Allons-y », dit-il. Maria Chen acquiesça, rempocha sa carte et s'avança gracieusement sur ses skis.

Il y avait deux cadavres devant la maison.

Tapis derrière l'abri précaire d'une rangée d'épicéas, Harod et Maria Chen observèrent les corps à tour de rôle à l'aide des jumelles. A cinquante mètres de distance, les deux masses sombres gisant sur la neige auraient pu être n'importe quoi — des paquets de linge abandonnés, peut-être —, mais les jumelles permettaient de distinguer la courbe d'une joue pâle et des membres figés dans une position qu'un dormeur aurait trouvée pénible. Ces deux-là ne dormaient pas.

Harod les examina une nouvelle fois. Deux hommes. Manteaux noirs. Gants de cuir. L'un des cadavres avait porté un feutre brun; il gisait sur la neige à deux mètres de lui. La neige était tachée de sang tout autour des deux corps. Une traînée écarlate reliait les empreintes de leurs pas à la grande porte-fenêtre du vieux manoir. Trente mètres plus loin, à l'est, se trouvaient des sillages parallèles, des traces de pas se dirigeant vers la maison ou s'en éloignant, et de larges amas circulaires de neige poudreuse, comme si un immense ventilateur avait été pointé vers le sol. *Un hélicoptère*, pensa Harod.

Aucune trace d'automobile, de chasse-neige ou de ski. L'allée qui reliait le bâtiment au chemin d'accès sur lequel Maria et lui avaient été arrêtés un peu plus tôt n'était qu'un ruban de neige sinuant entre les arbres. Impossible de voir le chalet et le pont d'où ils étaient.

Quoique plus vaste qu'une demeure typique, l'édifice principal ne pouvait cependant prétendre au nom de château. Il s'agissait d'une immense masse de pierres sombres et de fenêtres étroites, formée de plusieurs ailes et de plusieurs niveaux, dans le genre manoir imposant agrandi au fil des générations. La couleur de la pierre et la taille des fenêtres variait par endroits, mais l'effet d'ensemble demeurait lugubre : pierre sombre, verre rare, portes étroites, murs épais décorés par les ombres d'arbres dénudés. Harod estima que cette maison reflétait davantage la personnalité de Willi que sa villa de Bel Air.

«Qu'est-ce qu'on fait maintenant? murmura Maria Chen.

– Fermez-la.» Harod leva les jumelles pour observer

à nouveau les deux cadavres. Ils gisaient tout près l'un de l'autre. Le visage du premier était tourné de l'autre côté, à moitié enfoui dans la neige, si bien que Harod n'en apercevait qu'une touffe de cheveux noirs faiblement agitée par la brise, mais le second, étendu sur le dos, laissait voir une joue pâle et un œil vitreux fixé sur les arbres, comme dans l'attente de leur arrivée. Ils n'étaient pas morts depuis longtemps, estima Harod. Apparemment, les petits animaux de la forêt ne s'étaient pas encore intéressés à eux.

« Allons-nous-en, Tony.

– Fermez votre gueule. » Harod rabaissa ses jumelles et réfléchit. Ils ne voyaient pas l'autre côté du manoir de l'endroit où ils se trouvaient. S'ils devaient s'approcher de la maison, mieux valait rester dans la forêt et contourner le bâtiment afin de l'examiner sous tous les angles. Les yeux plissés, Harod inspecta la vaste clairière. Le rideau d'arbres se prolongeait des deux côtés de façon plus ou moins régulière ; il leur faudrait une bonne heure pour regagner la forêt et effectuer leur manœuvre d'approche. Le soleil était masqué par les nuages et un vent froid s'était levé. De petits flocons commençaient à tomber. Le blue-jean de Harod était trempé de neige fondue et ses jambes lui faisaient atrocement mal. Il n'était pas encore midi, mais la lumière était carrément crépusculaire.

« Allons-nous-en, Tony. » La voix de Maria Chen n'était ni suppliante ni terrifiée, seulement insistante.

« Passez-moi le flingue. » Elle dégagea le pistolet, le lui tendit, et il le pointa sur la maison grise et la masse noire des cadavres. « Allez là-bas, ordonna-t-il. Sur vos skis. Je reste ici pour vous couvrir. Je pense que cette foutue maison est vide. »

Maria Chen le regarda. On ne lisait ni interrogation ni défi dans ses yeux noirs, seulement de la curiosité, comme si elle n'avait jamais vu Harod auparavant.

« *Allez-y* », dit sèchement Harod en baissant l'automatique, ne sachant ce qu'il ferait si elle refusait.

Maria Chen se retourna, écarta les branches d'épicéa d'un élégant mouvement de bâton de ski, et se dirigea vers la maison. Harod s'accroupit et s'éloigna de quelques mètres, s'immobilisant derrière un large érable entouré de jeunes pins. Il leva ses jumelles. Maria Chen était arrivée près des corps. Elle fit halte, enfonça ses deux bâtons dans la neige, et se tourna vers la maison. Puis elle jeta un bref regard vers l'endroit où elle avait laissé Harod et se dirigea vers la maison, s'arrêtant un instant devant les portes-fenêtres avant d'obliquer sur la droite pour longer la façade. Elle disparut au coin droit de l'édifice, le plus proche du chemin d'accès; Harod ôta ses skis et s'accroupit sur un coin sec près de l'arbre.

Une éternité sembla s'écouler avant son retour. Elle apparut à gauche de la façade, revint se placer devant les portes-fenêtres et agita les bras vers l'endroit où Harod était censé se trouver.

Celui-ci attendit encore deux minutes, puis il se courba et se mit à courir vers la maison. Il avait cru pouvoir se débrouiller sans skis. C'était une erreur. La neige ne lui arrivait qu'aux genoux, mais elle le ralentissait et gênait sa progression; à peine avait-il franchi trois mètres que la croûte céda sous son poids, l'obligeant à balayer la neige devant lui. Il tomba à trois reprises, allant jusqu'à lâcher son automatique. Il vérifia que le canon n'était pas bouché, épousseta la crosse, et reprit sa course hasardeuse.

Il s'arrêta près des corps.

Tony Harod avait produit vingt-huit films, dont vingt-cinq avec Willi. Tous faisaient largement appel au sexe et à la violence, et souvent aux deux réunis. Les cinq films de la série *La Nuit de Walpurgis* — la plus grande réussite commerciale de Harod — se résumaient plus ou moins à une succession de meurtres dont les victimes étaient le plus souvent des jeunes gens séduisants surpris en pleine copulation ou juste après. Ces meurtres étaient en majorité filmés à la caméra subjective, du point de vue du meurtrier. Harod avait souvent débarqué sur le plateau de tournage et y avait vu des gens se faire poignarder, tirer dessus, empaler, brûler, éviscérer et décapiter. A force de fréquenter les techniciens des effets spéciaux, il n'ignorait plus rien des mystères des poches de sang, des sacs pneumatiques, des yeux crevés et des pompes hydrauliques. Il avait personnellement écrit la scène de *La Nuit de Walpurgis V : Le cauchemar continue* où la tête de la baby-sitter explosait en mille morceaux après qu'elle avait avalé la capsule explosive que Golon, l'assassin masqué, avait substituée à sa pilule.

En dépit de tout cela, Tony Harod n'avait jamais vu de victime d'un vrai meurtre. Les seuls cadavres qu'il avait approchés étaient celui de sa mère et de sa tante Mira, qu'il avait découverts dans des cercueils impeccables, au milieu des parents éplorés rassemblés dans une chapelle ardente. Harod avait neuf ans le jour des funérailles de sa mère; treize le jour de celles de tante Mira. Personne ne faisait jamais allusion à la mort du père de Harod.

Un des deux hommes gisant devant la demeure familiale de Willi Borden avait reçu cinq ou six balles dans le corps; le second avait la gorge arrachée. Tous deux avaient copieusement saigné. La quantité de sang parut absurde à Harod, comme si un metteur en scène trop zélé avait déversé des baquets de peinture rouge sur le plateau. Rien qu'en jetant un coup d'œil aux corps, au sang et aux traces de pas, Harod pensa pouvoir reconstituer la scène. Un hélicoptère s'était posé à une trentaine de mètres de la maison. Ces deux-là en étaient descendus, chaussés de souliers vernis, et s'étaient dirigés vers les portes-fenêtres. Ils avaient commencé à s'affronter ici, sur les dalles. Harod vit en esprit le plus petit, celui qui gisait face contre terre, bondir soudain sur son équipier, toutes griffes dehors. Le plus grand des deux hommes avait battu en retraite — Harod distingua des empreintes de talon dans la neige —, puis il avait brandi son luger et tiré plusieurs coups de feu. Le petit homme avait continué d'avancer, peut-être même après avoir été touché au visage : il avait deux impacts de balle sur la joue droite, un bout de muscle et de chair était coincé entre ses mâchoires. Le plus grand avait fait quelques pas hésitants après avoir abattu son équipier; puis, comme s'il venait de prendre conscience qu'on lui avait déchiré la gorge, que son sang jaillissait dans l'air glacé, que son larynx était déchiqueté, il était tombé, avait roulé sur lui-même et était mort les yeux fixés sur les conifères au milieu desquels Harod et Maria Chen devaient apparaître quelques heures plus tard. Son bras était à moitié levé, sculpté par la rigidité cadavérique. Harod savait que celle-ci se manifestait un certain temps après la mort et durait quelques heures; il ne se rappelait pas combien. Il s'en fichait. Il avait supposé que les deux hommes étaient des équipiers, qu'ils étaient descendus ensemble de l'hélicoptère, qu'ils étaient morts ensemble. Les traces de pas ne le prouvaient pas de façon absolue. Harod s'en fichait. A en juger par d'autres traces de pas allant des portes-fenêtres au point d'atterrissage, plusieurs personnes étaient sorties de la maison pour partir à bord de l'hélicoptère. Il était impossible de déduire d'où était venu l'appareil, qui le pilotait, qui y était monté et quelle était sa destination. Harod s'en fichait.

«Tony? demanda doucement Maria Chen.

– Un instant.» Harod se retourna, s'éloigna en titubant de la flaque de sang et vomit dans la neige. Il se pencha, goûtant une nouvelle fois au café et à la saucisse qu'il avait pris au petit déjeuner. Lorsqu'il eut fini, il ramassa une poignée de neige propre, se rinça la bouche, se redressa et, faisant un large détour pour éviter les cadavres, rejoignit Maria Chen sur les dalles.

«La porte n'est pas fermée», murmura-t-elle.

Harod ne distinguait que des rideaux derrière les vitres. La neige tombait dru à présent, et les flocons occultaient les arbres à cinquante mètres de distance.

Harod hocha la tête et inspira. « Allez récupérer le flingue de ce type, dit-il. Et trouvez-moi leurs papiers. »

Maria Chen regarda Harod pendant une seconde, puis elle se dirigea vers les cadavres. Elle dut écarter les doigts du plus grand des deux pour saisir son pistolet. Ses papiers étaient rangés dans son portefeuille ; l'autre avait son passeport, ainsi qu'une liasse de billets, dans la poche de son manteau. Maria Chen dut faire rouler les cadavres dans la neige avant de trouver ce que Harod lui avait demandé. Lorsqu'elle revint près de lui, son pull rose et sa veste étaient tachés de sang. Elle ôta ses skis d'un geste vif et passa de la neige sur ses vêtements.

Harod examina son butin. Le grand se nommait Frank Lee, ainsi que l'attestaient son permis de conduire international, son adresse temporaire à Munich et son permis de conduire américain vieux de trois ans. L'autre se nommait Ellis Robert Sloan, trente-deux ans, demeurant à New York, possesseur d'un passeport visé pour l'Allemagne fédérale, l'Autriche et la Belgique. Il avait sur lui huit cents dollars et six cents marks. Harod secoua la tête et laissa tomber argent et papiers sur les dalles. Son butin ne lui avait rien appris d'important : il savait qu'il temporisait, qu'il retardait l'instant où il allait falloir pénétrer dans la maison.

« Suivez-moi », dit-il, et il entra.

La maison était vaste, froide, sombre et — du moins Harod l'espérait-il avec ferveur — vide. Il n'avait plus envie de parler à Willi. Il savait que s'il voyait son vieux mentor hollywoodien, sa première réaction serait de lui vider le chargeur du browning dans la tête. Si Willi le laissait faire. Tony Harod ne se faisait plus aucune illusion sur son propre Talent comparé à celui de Willi. Peut-être avait-il affirmé à Barent et aux autres que le pouvoir de Willi était sur le déclin — et peut-être l'avait-il cru en partie —, mais il savait au fond de ses tripes que, même affaibli, Willi Borden était capable de maîtriser mentalement Tony Harod en dix secondes. Ce vieux salopard était un monstre. Harod se prit à regretter d'être venu en Allemagne, d'avoir quitté la Californie, d'avoir permis à Barent et à sa clique de l'obliger à s'associer à Willi. «Tenez-vous prête», murmura-t-il d'une voix stupidement tendue, et il précéda Maria Chen dans les profondeurs de la masse de pierres sombres.

Les meubles étaient recouverts de draps blancs dans toutes les pièces. Harod avait déjà vu des scènes identiques au cinéma, tout comme il y avait déjà vu des cadavres, mais l'effet produit était beaucoup plus troublant dans la réalité. Il se surprit à braquer son automatique sur chaque chaise et chaque lampe, s'attendant à voir les meubles se dresser et foncer sur lui comme la silhouette drapée de blanc dans le premier *Halloween* de Carpenter.

L'entrée principale était immense, carrelée en noir et blanc, et vide. Harod et Maria Chen avançaient à pas de loup, mais l'écho de leurs pas était néanmoins perceptible. Harod se sentit ridicule de marcher dans une maison avec ses chaussures de ski. Maria Chen le suivait calmement, le Luger ensanglanté pendant au bout de son bras. Elle semblait détendue, comme si elle fouillait la maison hollywoodienne de Harod en quête d'un magazine égaré.

Un quart d'heure s'écoula avant que Harod acquière la certitude que le rez-de-chaussée et l'immense cave étaient également vides. La monumentale maison semblait abandonnée; s'il n'y avait pas eu les cadavres dehors, Harod aurait été persuadé que personne n'était entré ici depuis plusieurs années. «On monte», dit-il, l'automatique toujours levé. Ses phalanges étaient blêmes.

L'aile ouest était sombre, froide et dépourvue de tout ameublement, mais lorsqu'ils entrèrent dans le couloir conduisant à l'aile est, Harod et Maria Chen se figèrent. Le passage leur parut tout d'abord bloqué par un immense rideau de glace ondoyante — Harod repensa à la scène où Jivago et Lara retournent dans la maison de campagne ravagée par l'hiver —, mais Harod s'avança prudemment et découvrit que la faible lumière se reflétait sur un mince rideau de plastique translucide accroché au plafond et fixé le long d'un mur. Deux mètres plus loin, ils découvrirent un rideau identique. Ils avaient été installés pour assurer l'isolation thermique de l'aile est. Le couloir était sombre, mais une lueur pâle se glissait par plusieurs portes ouvertes le long de ses quinze mètres. Harod adressa un hochement de tête à Maria Chen, puis s'avança avec souplesse, tenant l'automatique des deux mains, les jambes écartées. Il pivota sur lui-même devant chaque porte, prêt à tirer, en alerte, tendu comme un chat à l'affût. Des images de Clint Eastwood et de Charles Bronson dansaient dans sa tête. Maria Chen resta près du rideau en plastique et le regarda faire.

«Merde», lâcha Harod au bout de dix minutes. On aurait dit qu'il était déçu et — compte tenu du flot d'adrénaline qui avait parcouru son organisme quelques minutes plus tôt — il était effectivement un peu déçu.

A moins qu'il n'existât des pièces secrètes, la maison était vide. Quatre des pièces donnant sur ce couloir semblaient avoir été récemment occupées : lits défaits, réfrigérateurs garnis, vaisselle, papiers sur les bureaux. En examinant l'une d'elles, un immense bureau pourvu d'étagères, d'un vieux canapé et d'une cheminée aux cendres encore chaudes, Harod pensa qu'il avait raté Willi de quelques heures à peine. Peut-être étaient-ce les visiteurs descendus d'hélicoptère qui l'avaient obligé à partir à l'improviste. Mais il ne restait ni vêtements ni objets personnels; l'occupant des lieux s'était tenu prêt à partir. Dans le bureau, près d'une étroite fenêtre, un échiquier était posé sur une table basse, ses pièces ouvragées déployées pour une partie en cours. Harod alla jusqu'au secrétaire et dispersa du bout de son automatique les quelques papiers qui y traînaient. L'adrénaline désertait son organisme, remplacée par un souffle court, des tremblements de plus en plus accentués et une envie dévorante d'être ailleurs.

Les papiers étaient en allemand. Harod ne parlait pas cette langue, mais il eut l'impression qu'ils se rapportaient à des problèmes banals : taxes foncières, rapports d'exploitation agricole, débits et crédits. Il les jeta à terre, ouvrit quelques tiroirs vides et décida que le moment était venu de décamper.

« Tony ! »

En entendant la voix de Maria Chen, il fit volte-face, le browning levé.

Elle était près de l'échiquier. Harod s'approcha, pensant qu'elle avait vu quelque chose par la fenêtre, mais c'était le grand échiquier qu'elle regardait. Harod fit de même. Au bout d'une minute, il baissa son arme, se mit à genoux et murmura : « Bon Dieu de merde. »

Harod ne connaissait pas grand-chose aux échecs, n'y avait joué qu'en de rares occasions durant son enfance, mais il vit que la partie en cours sur cet échiquier était dans ses premières phases. Seules quelques pièces, deux noires et une blanche, avaient été perdues et posées sur la table. Harod s'approcha un peu plus, toujours à genoux, jusqu'à ce que ses yeux ne soient qu'à quelques centimètres des pièces les plus proches.

Les pièces étaient en ivoire et en ébène sculptés. Délicatement ouvragées, elles mesuraient une douzaine de centimètres de haut et avaient dû coûter une fortune à Willi. Le maigre savoir de Harod en matière d'échecs lui permit de déduire que la partie en cours n'était guère orthodoxe. Le gamin qui l'avait battu lors de sa seconde et dernière partie, trente ans auparavant, avait éclaté de rire lorsque Harod avait déplacé sa reine en début de partie. Il avait prétendu que seuls les amateurs utilisaient leur reine si tôt dans le jeu. Mais ici, de toute évidence, les deux reines avaient déjà été jouées. La reine blanche se trouvait au centre de l'échiquier, juste devant un pion blanc. La reine noire avait quitté le jeu et reposait à côté de l'échiquier. Harod se pencha un peu plus. Le visage d'ébène était élégant, aristocratique, toujours séduisant en dépit de ses rides méticuleusement gravées. Harod avait vu ce visage cinq jours plus tôt, à Washington, D.C., lorsque C. Arnold Barent lui avait montré une photo de la vieille dame qui s'était fait abattre à Charleston et avait eu l'imprudence de laisser traîner son album macabre dans sa chambre d'hôtel. Tony Harod avait devant lui Nina Drayton.

Harod s'empressa d'examiner toutes les pièces. Il ne reconnut pas la plupart des visages, mais certains lui sautèrent aux yeux comme s'il avait utilisé un zoom ainsi qu'il aimait le faire dans ses films.

Le roi blanc n'était autre que Willi; cela ne faisait aucun doute, bien que son visage fût plus jeune, ses traits plus anguleux, ses cheveux plus abondants, et qu'il portât un uniforme à présent illégal en Allemagne. Le roi noir était C. Arnold Barent, costume trois-pièces et tout. Harod reconnut Charles C. Colben dans le fou noir. Le fou blanc n'était autre que le révérend Jimmy Wayne Sutter. Kepler était en place dans la rangée des pions noirs, mais le cavalier noir s'était avancé pour se lancer dans la bataille. Harod le fit tourner de quelques degrés et reconnut les traits pincés de Nieman Trask.

Harod ne reconnut pas le visage âgé et boulot de la reine blanche, mais il devina facilement son identité. «Nous la retrouverons, avait dit C. Arnold Barent. Ensuite, il faudra nous tuer cette emmerdeuse.» La reine blanche était bien engagée dans le camp des noirs, ainsi que deux pions blancs. Harod ne reconnut pas celui qui semblait entouré de toutes parts par des pions noirs; on aurait dit un homme âgé de cinquante ou soixante ans, avec une barbe et des lunettes. En détaillant son visage, Harod pensa : *Juif.* Mais l'autre pion blanc, celui qui se trouvait quatre cases devant le cavalier de Willi, apparemment exposé aux attaques simultanées de plusieurs pièces noires... ce pion, il le retourna et n'eut aucune peine à l'identifier. Tony Harod avait devant lui son propre visage.

«Bordel!» Les échos de son cri résonnèrent dans l'immense maison. Il se remit à hurler et balaya l'échiquier avec le canon de son browning, une fois, deux fois, trois fois, dispersant les pièces d'ébène et d'ivoire sur le sol.

Maria Chen recula et se tourna vers la fenêtre. Au-dehors, la lumière semblait avoir fui sous la pression des nuages, la forêt n'était plus qu'un banc de brume grise, et la neige recouvrait les deux cadavres gisant comme des pièces d'échecs sur la pelouse du manoir.

12.
Charleston, jeudi 18 décembre 1980

« Ça m'étonne qu'il n'ait pas encore neigé », dit Saul Laski.

Ils étaient tous les trois assis dans la voiture du shérif, Saul et Gentry à l'avant, Natalie à l'arrière. Il bruinait et la température avoisinait les dix degrés. Natalie et Gentry ne portaient qu'une veste. Saul avait enfilé un pull-over bleu sous son vieux blouson en tweed. Du bout de l'index, il remonta ses lunettes sur son nez et regarda la rue à travers le pare-brise strié de pluie. « Dans six jours, c'est Noël, et il ne neige toujours pas. Je me demande comment vous pouvez vous y faire.

– J'avais sept ans la première fois que j'ai vu de la neige, dit Bobby Joe Gentry. On a fermé l'école en milieu d'après-midi. Il y en avait à peine deux centimètres, mais nous avons tous couru chez nous comme si c'était la fin du monde. J'ai lancé une boule de neige... la première boule de neige de ma vie... et j'ai brisé la fenêtre du salon de la vieille Miz McGilvrey. Ça a *failli* être la fin du monde pour moi. Quand mon père est rentré à la maison, ça faisait trois heures que je l'attendais, j'avais même sauté le dîner. J'ai été enchanté de recevoir une raclée et de m'en tirer à si bon compte. » Gentry appuya sur un bouton et les essuie-glaces balayèrent deux fois le pare-brise avant de s'immobiliser avec un bruit sec. De nouvelles gouttes vinrent aussitôt consteller la vitre. « Eh oui, dit Gentry d'une voix basse et agréable que Saul commençait à bien connaître. Chaque fois que je vois de la neige, je repense à cette raclée et aux efforts que je faisais pour ne pas pleurer. Il me semble que les hivers deviennent de plus en plus froids, que la neige tombe de plus en plus souvent.

– Est-ce que le docteur est arrivé ? demanda Natalie.

– Non. Il n'est que quatre heures moins trois, dit Gentry. Calhoun se fait vieux et à ce qu'on m'a dit, il a ralenti son activité, mais il est aussi ponctuel qu'une horloge suisse. Comme un chat à l'heure de la pâtée. S'il a dit qu'il serait là à quatre heures, il y sera.»

Comme pour confirmer cette remarque, une longue Cadillac noire apparut devant eux et alla se garer à quelques mètres de la voiture de Gentry.

Saul examina la rue. Le quartier où ils se trouvaient, situé à plusieurs kilomètres du Vieux Quartier chic, était séduisant, associant l'élégance de l'âge à l'aspect pratique de l'architecture moderne. Une vieille conserverie avait été convertie en immeuble de bureaux et d'habitation; on y avait ajouté des garages et des fenêtres, on avait décapé ses murs de briques à la sableuse et complété, réparé ou repeint ses boiseries. La restauration avait dû être effectuée avec beaucoup de soin, pensa Saul. «Êtes-vous sûr que les parents d'Alicia sont disposés à collaborer ?» demanda-t-il.

Gentry ôta son chapeau et passa un mouchoir sur le cuiret. «Tout à fait disposés. Mrs. Kaiser est folle d'inquiétude pour sa fille. Elle dit qu'Alicia ne mange plus, qu'elle se réveille en hurlant chaque fois qu'elle essaie de s'endormir, et qu'elle passe ses journées à regarder dans le vide.

– Ça fait à peine six jours qu'elle a vu sa meilleure amie se faire assassiner, dit Natalie. Pauvre petite.

– Ainsi que le grand-père de sa meilleure amie, ajouta Gentry. Et peut-être d'autres personnes, pour ce que nous en savons.

– Vous pensez qu'elle était à Mansard House ? demanda Saul.

– Les témoins ne se rappellent pas l'y avoir vue, mais

ça ne veut pas dire grand-chose. S'ils n'ont pas reçu un entraînement adéquat, la plupart des gens ne remarquent rien de ce qui se passe autour d'eux. Il existe des exceptions, bien sûr — des gens qui remarquent tout. Malheureusement, ce ne sont jamais ceux que l'on trouve sur les lieux d'un crime.

– On a retrouvé Alicia non loin de là, n'est-ce pas? demanda Saul.

– En plein milieu du périmètre des meurtres. Une voisine l'a vue au coin d'une rue, les yeux hagards et en larmes, à peu près à mi-chemin de Mansard House et de la maison Fuller.

– Est-ce que son bras va mieux ? » demanda Natalie.

Gentry se tourna vers la banquette arrière. Il sourit à la jeune femme; ses petits yeux bleus semblaient plus éclatants que la faible lumière hivernale. « Bien sûr, m'dame. Ce n'était qu'une simple fracture.

– Si vous m'appelez encore une fois m'dame, shérif, je vous casse le bras.

– Oui, m'dame », dit Gentry, apparemment sans malice. Il se retourna vers le pare-brise. « C'est bien ce vieux Dr C. Il a acheté cette monstruosité noire quand il est allé en Angleterre avant la Seconde Guerre mondiale. Il devait donner des conférences au London City Hospital, je pense. Il faisait partie de l'équipe chargée des préparatifs en cas de guerre. Il y a quelques années, il a raconté à mon oncle Lee que les médecins britanniques ont eu cent fois moins de blessés que prévu pendant le Blitz. Je ne veux pas dire qu'ils s'étaient préparés à en avoir une grosse quantité... mais ils en attendaient davantage.

– Votre Dr Calhoun a-t-il une bonne expérience de l'hypnose ? demanda Saul.

– Je crois bien que oui, grasseya Gentry. C'est de ça qu'il est allé parler aux Anglais en 1939. Apparemment, certains experts locaux pensaient que les bombardements seraient si traumatisants qu'ils risquaient de plonger certains citoyens dans un état de choc. Ils ont estimé que Jack pourrait les aider grâce à ses connaissances en matière de suggestions post-hypnotiques.» Il ouvrit la portière. «Vous venez, Miz Preston?

– Bien sûr», et Natalie sortit sous la pluie.

Gentry descendit de voiture et s'immobilisa. La pluie tambourina doucement sur les bords de son chapeau. «Vous êtes sûr de ne pas vouloir venir avec nous, professeur?

– Non, je ne veux pas assister à ça. Je ne tiens pas à orienter les résultats de cette expérience. Mais il me tarde d'entendre ce que cette petite fille va vous dire.

– Moi aussi. J'essaierai de garder un esprit ouvert, quoi qu'il arrive.» Il referma la portière et se mit à courir — d'une foulée élégante pour un homme de sa corpulence — afin de rattraper Natalie Preston.

Un esprit ouvert, songea Saul. *Oui, je pense que vous avez cette qualité. Je le pense sincèrement.*

«Je vous crois», avait dit le shérif la veille, lorsque Saul était parvenu au terme de son histoire.

Saul s'était efforcé de condenser son récit, transformant une narration de plusieurs heures en un synopsis de quarante-cinq minutes. Natalie l'avait interrompu à plusieurs reprises pour lui demander de mentionner certains détails qu'il avait omis. Gentry lui avait posé quelques questions concises. Ils avaient déjeuné pendant que Saul poursuivait son récit. En moins d'une heure, récit et déjeuner avaient été achevés et Gentry avait hoché la tête et dit: «Je vous crois.»

Saul avait tiqué. «Vous me croyez?»

Gentry acquiesça. «Ouaip.» Il se tourna vers Natalie. «Est-ce que vous l'avez cru, Miz Preston?»

La jeune femme n'hésita qu'une seconde. «Oui.» Elle regarda Saul. «Je le crois toujours.»

Gentry n'ajouta rien.

Saul tirailla sa barbe, ôta ses lunettes pour les nettoyer, puis les remit en place. «Ne pensez-vous pas que mon histoire est quelque peu… fantastique?

– Oh que oui ! Mais il est tout aussi fantastique d'avoir sur les bras neuf assassinats dont les victimes n'ont aucun lien apparent les unes avec les autres. » Le shérif se pencha en avant. « Avez-vous déjà raconté cette histoire à quelqu'un ? Toute l'histoire, je veux dire. »

Saul se gratta la barbe. « Je l'ai racontée à ma cousine Rebecca, dit-il doucement. En 1960, peu de temps avant sa mort.

– Est-ce qu'elle vous a cru ? »

Saul regarda le shérif droit dans les yeux. « Elle m'aimait. Elle m'avait recueilli après la guerre et elle m'avait aidé à retrouver la raison. Elle m'a cru. Elle m'a *dit* qu'elle me croyait, et j'ai choisi de la croire. Mais pourquoi accepteriez-vous de me croire ? »

Natalie restait muette. Gentry s'adossa à son siège et en fit craquer le bois. « Eh bien, en ce qui me concerne, Professeur, je dois confesser que j'ai deux gros défauts. Premièrement, j'ai tendance à juger les gens en fonction de *l'impression* qu'ils me font quand je les rencontre et que je les entends parler. Prenez cet agent du F.B.I. que vous avez vu dans mon bureau hier, Dickie Haines. Tout ce qu'il *raconte* est exact, logique et sensé. Il a l'*air* réglo. Bon Dieu, même son *odeur* est réglo. Mais il y a quelque chose chez ce type qui le rend à peu près aussi digne de confiance qu'un blaireau affamé. Ce cher Mr. Haines n'est pas vraiment présent parmi nous, en quelque sorte. La lumière est allumée mais il n'y a personne à la maison, si vous voyez ce que je veux dire. Il existe quantité de gens comme lui. Quand je rencontre quelqu'un que je crois, je le crois jusqu'au bout, voilà tout. Ça m'attire pas mal d'ennuis.

« Deuxième défaut : je lis énormément. Je suis célibataire. Je n'ai aucun violon d'Ingres en dehors de mon boulot. Il y a eu un temps où je voulais devenir historien… puis écrivain spécialisé dans la vulgarisation historique, comme Catton ou Tuchman… puis romancier. Je suis trop paresseux pour y avoir réussi, mais je continue à lire des tonnes de bouquins. J'adore la littérature populaire. J'ai donc passé un accord avec moi-même : pour trois livres sérieux que je lis, je m'autorise un livre distrayant. Des livres bien écrits, hein, mais des livres de distraction. Je lis des polars — John D. MacDonald, Robert Parker, Donald Westlake —, je lis des suspenses — Robert Ludlum, Trevanian, John Le Carré, Len Deighton — et je lis de l'épouvante — Stephen King, Steve Rasnic Tem, ce genre de types. » Il regarda Saul en souriant. « Votre histoire n'est pas si étrange… »

Saul regarda le shérif en fronçant les sourcils. « Mr. Gentry, vous voulez dire que c'est parce que vous êtes un amateur de fantastique que mon histoire fantastique ne vous semble pas si fantastique que ça ? »

Gentry secoua la tête. « Non, m'sieur, je veux dire que votre récit concorde avec les faits et que c'est la seule explication que j'ai pour l'instant de cette série de meurtres.

– Haines avait une théorie au sujet de Thorne. Le serviteur de la vieille dame aurait conspiré avec Miss Kramer pour dépouiller leurs employeurs respectifs.

– Haines déconne, excusez l'expression, m'dame. Et il est impossible que ce pauvre Albert LaFollette, le groom qui est devenu enragé à Mansard House, ait été le complice de quiconque. Je connaissais bien le père d'Albert. Ce gamin était à peine assez malin pour lacer ses souliers tout seul, mais c'était un brave gars. Il a refusé de faire partie de l'équipe de foot de son lycée et il a dit à son père que c'était parce qu'il ne voulait blesser personne.

– Mais mon récit est illogique… surnaturel, même », dit Saul. Il se sentait stupide d'argumenter ainsi, mais il n'arrivait pas à se convaincre que le shérif le croyait.

Gentry haussa les épaules. « Je déteste les films de vampires où on voit des tas de cadavres avec deux petits trous dans la gorge qui ressuscitent et où le héros met une heure et demie à convaincre ses alliés que les vampires sont bien réels. »

Saul se frotta la barbe.

« Écoutez, reprit doucement Gentry, quelles que soient vos raisons, vous nous avez *raconté* votre histoire. Trois hypothèses se présentent à moi. Premièrement : vous êtes impliqué dans ces meurtres. D'accord, je sais que vous ne les avez pas commis personnellement. Samedi après-midi et samedi soir, vous participiez à un débat à Columbia. Mais peut-être êtes-vous quand même impliqué. Peut-être avez-vous hypnotisé Mrs. Drayton. Je sais, je sais, l'hypnotisme ne marche pas comme ça — mais les gens n'ont pas non plus l'habitude de dominer mentalement leur prochain.

« Deuxièmement : vous êtes fou à lier. Comme un de ces dingues qui viennent se confesser à la police chaque fois qu'un meurtre est commis.

« Troisièmement : vous dites la vérité. Pour l'instant, j'adopte cette dernière hypothèse. De plus, il est arrivé d'autres trucs bizarres qui concordent avec votre histoire et avec elle seule.

– Quels trucs bizarres ? demanda Saul.

– Par exemple, il y a ce type qui m'a suivi ce matin et qui a préféré se tuer plutôt que de me parler. Et il y a l'album de la vieille dame.

– L'album ? dit Saul.

– Quel album ? » ajouta Natalie.

Gentry ôta son chapeau, en lissa les bords et le regarda en plissant le front. « J'ai été le premier flic à entrer dans la chambre où Mrs. Drayton a été tuée. Les infirmiers étaient en train d'évacuer le corps et les flics en civil de la ville étaient occupés à compter les cadavres au rez-de-chaussée, aussi ai-je jeté un petit coup d'œil dans la chambre de la dame. Je n'aurais peut-être pas dû. C'est contraire à la procédure en vigueur. Mais je ne suis qu'un flic bouseux, après tout. Bref, il y avait un gros bouquin dans l'une de ses valises et je l'ai feuilleté. Il ne contenait que des coupures de presse relatives à des assassinats celui de John Lennon et un tas d'autres. Survenus à New York pour la plupart. Les plus anciens remontaient au mois de janvier. Le lendemain, la brigade criminelle avait pris l'enquête en main, le F.B.I. mettait son nez partout bien que ce ne soit pas leur genre d'affaire, et quand je suis allé à la morgue dimanche soir, plus d'album, personne ne l'avait vu, il ne figurait sur aucun rapport, sur aucun reçu, rien.

– Vous en avez parlé à quelqu'un ? demanda Saul.

– Oh que oui ! A tout le monde, depuis les infirmiers jusqu'aux flics de la criminelle. Personne ne l'a vu. Tous les autres objets trouvés dans la chambre avaient été transférés à la morgue et inventoriés le dimanche matin — les sous-vêtements de la victime, ses vêtements, ses pilules pour le cœur —, mais il n'y avait aucune trace d'un album relatif à une vingtaine de meurtres.

– Qui a effectué l'inventaire ? demanda Saul.

– La brigade criminelle et le F.B.I. Mais Tobe Hartner un des employés de la morgue — m'a dit que ce cher Mr. Haines avait examiné les objets prélevés sur le lieu du crime une heure environ avant l'arrivée des autres flics. Dickie s'est rendu directement à la morgue à sa descente d'avion. »

Saul s'éclaircit la gorge. « Vous pensez que le F.B.I. a délibérément tenté de vous soustraire une preuve ? »

Gentry ouvrit de grands yeux innocents. « Mais pourquoi diable le F.B.I. ferait-il une chose pareille ? »

Un ange passa. Finalement, Natalie Preston dit : « Shérif, si une de ces... de ces créatures est responsable de la mort de mon père, que faisons-nous à présent ? »

Gentry se croisa les mains sur le ventre et se tourna vers Saul. Les yeux du shérif étaient d'un bleu intense. « C'est une excellente question, Miz Preston. Qu'en pensez-vous, docteur Laski ? Supposez que nous réussissions à capturer votre Oberst ou cette Fuller. Pensez-vous qu'il serait facile de les inculper ? »

Saul écarta les mains. « Ça a l'air dingue, je l'admets. Si vous croyez mon récit, alors tout devient possible. Aucun assassin ne peut être reconnu coupable s'il reste l'ombre d'un doute. Aucune preuve ne suffit à distinguer le coupable de l'innocent. Je vois où vous voulez en venir, shérif.

– Non. Ce n'est pas si grave. Je veux dire, la *plupart* des meurtres sont encore des meurtres, exact ? Ou bien pensez-vous que ces vampires psychiques se comptent par centaines de milliers ? »

Saul ferma les yeux à cette pensée. « Je prie sincèrement pour que tel ne soit pas le cas. »

Gentry acquiesça. « Nous avons donc à résoudre une énigme d'un genre spécial, n'est-ce pas ? Ce qui nous ramène à la question de Miz Preston. Que faisons-nous à présent ? »

Saul inspira profondément. « Il faut que vous m'aidiez à… les *guetter*. Il y a une chance — une chance infime — pour que l'un ou l'autre des deux survivants revienne à Charleston. Peut-être que Melanie Fuller n'a pas eu le temps d'emporter de sa maison des objets importants à ses yeux. Peut-être que William Borden… s'il est encore en vie… reviendra la chercher.

– Et ensuite ? demanda Natalie. Ils ne peuvent pas être châtiés. Pas par les tribunaux. Que se passe-t-il si *nous* les retrouvons ? Que pouvez-*vous* faire ? »

Saul pencha la tête, rajusta ses lunettes et passa des doigts tremblants sur son front. « Ça fait quarante ans que je réfléchis à cette question, dit-il à voix basse, et j'en ignore toujours la réponse. Mais j'ai l'impression que l'Oberst et moi sommes destinés à nous revoir.

– Ils sont mortels, observa Gentry.

– Hein ? fit Saul. Oui, bien sûr, ils sont mortels.

– Quelqu'un pourrait s'approcher en douce de l'un d'eux et lui faire sauter la tête, pas vrai ? Ils ne sortent pas de leur tombe à la pleine lune ou je ne sais quoi. »

Saul considéra l'officier de police pendant une bonne minute. « Où voulez-vous en venir, shérif ? demanda-t-il finalement.

– A ça : en supposant que ces types ont effectivement les pouvoirs que vous leur attribuez… ce sont les créatures les plus terrifiantes que j'aie jamais rencontrées.

Autant essayer de capturer des serpents venimeux à mains nues la nuit dans les marais. Mais une fois que vous en avez identifié un, vous disposez d'une cible aussi visible que vous, moi, John Kennedy ou John Lennon. Il suffit d'avoir un bon fusil et de savoir s'en servir pour abattre une de ces créatures, pas vrai, professeur ? »

Saul regarda le shérif d'un air placide. « Je ne possède pas de fusil. »

Gentry opina. « Avez-vous apporté une arme à feu avec vous ? »

Saul secoua la tête.

« *Possédez*-vous une arme à feu, professeur ?

– Non. »

Gentry se tourna vers Natalie. « Mais vous en avez une, m'dame. Vous avez dit tout à l'heure que vous l'aviez suivi dans la maison Fuller et que vous étiez prête à le menacer d'une arme pour l'arrêter. »

Natalie rougit. Saul fut surpris de constater à quel point sa peau couleur café pouvait s'assombrir quand elle rougissait.

« Ce pistolet n'est pas à moi, dit-elle. Il était à mon père. Il le gardait à son magasin. Il avait un permis en règle. Il y a eu plusieurs cambriolages dans le quartier. Je suis allée le chercher lundi.

– Pourrais-je le voir ? » demanda doucement Gentry.

Natalie alla dans l'entrée et prit le pistolet dans la poche de son imperméable. Elle le posa sur la table devant le shérif. Gentry le fit pivoter du bout du doigt afin qu'il ne vise personne.

« Vous vous y connaissez en armes à feu, professeur ? demanda-t-il.

– Je ne connais pas ce modèle.

– Et vous, Miz Preston ? Êtes-vous familiarisée avec les armes à feu ? »

Natalie se frictionna les bras comme si elle avait froid. « J'ai un ami à Saint Louis qui m'a appris à tirer. On vise et on appuie sur la détente. Ce n'est pas compliqué.

– Vous connaissez bien ce pistolet ? » demanda Gentry.

Natalie secoua la tête. «Papa l'a acheté après mon départ à la fac. Je ne pense pas qu'il s'en soit jamais servi. Je ne pense pas qu'il aurait été capable de tirer sur *quelqu'un.*»

Gentry haussa les sourcils et prit l'automatique; il le braqua sur le sol en le tenant fermement par le pontet. «Est-ce qu'il est chargé?

– Non, dit Natalie. J'ai vidé le chargeur hier, avant de sortir.»

Ce fut au tour de Saul de hausser les sourcils.

Gentry hocha la tête et appuya sur un levier pour éjecter le chargeur de la crosse. Il le tendit à Saul pour lui montrer qu'il était bien vide.

«Calibre trente-deux, n'est-ce pas? dit Saul.

– Modèle Llama automatique trente-deux, acquiesça le shérif. Un joli petit objet. Il a dû coûter trois cents dollars à Mr. Preston s'il l'a acheté neuf. Miz Preston, personne n'aime recevoir des conseils, mais je me sens obligé de vous en donner quelques-uns, d'accord?»

Natalie acquiesça d'un bref mouvement de tête.

«Premièrement, ne braquez jamais une arme à feu sur quelqu'un si vous n'avez pas l'intention de lui tirer dessus. Deuxièmement, ne braquez jamais un pistolet vide sur quiconque. Et troisièmement, si vous voulez que votre arme soit vide, assurez-vous qu'elle est *vide.*» Gentry désigna le pistolet. «Vous voyez ce petit indicateur, m'dame? Ce petit indicateur rouge? Ça s'appelle un indicateur de charge et, comme son nom l'indique, il veut vous indiquer quelque chose.» Gentry secoua le pistolet et une cartouche tomba de la crosse sur la table.

Natalie blêmit et sa peau prit une couleur cendrée. «C'est impossible, dit-elle d'une voix à peine audible. J'ai compté les balles quand je les ai éjectées. Il y en avait sept.

– Votre papa en avait sûrement coincé une dans la chambre avant de rabaisser le percuteur. Certaines personnes ont cette habitude. Comme ça, elles peuvent tirer huit balles au lieu de sept.» Le shérif inséra le chargeur vide et appuya sur la détente.

Natalie tiqua en entendant le déclic. Elle jeta un regard à l'«indicateur de charge», ainsi que l'avait appelé Gentry, et vit qu'il n'était plus au rouge. Elle repensa au moment où elle avait braqué son arme sur Saul… persuadée qu'elle n'était pas chargée… et se sentit un peu malade.

«Où voulez-vous en venir cette fois-ci, shérif?» demanda Saul.

Gentry haussa les épaules et reposa le petit pistolet sur la table. «Je pense que si nous nous lançons aux trousses de ces assassins, il vaudrait mieux que quelqu'un s'y connaisse un peu en armes à feu.

– Vous ne comprenez pas, dit Saul. Les armes à feu sont impuissantes contre ces types. Ils peuvent vous obliger à retourner votre arme contre vous. Ils peuvent vous transformer en arme. Si nous nous lancions à la poursuite de l'Oberst… ou de la Fuller… aucun des membres de notre équipe ne pourrait se fier entièrement aux autres.

– J'ai bien compris. Et j'ai également compris que si nous les retrouvons, ils seront vulnérables. S'ils sont dangereux, c'est surtout parce que personne ne sait qu'ils existent. A présent, *nous* le savons.

– Mais nous ne savons *pas* où ils se trouvent. Je pensais être si près. *J'étais* si près…

– Borden n'est pas un inconnu. Il a une histoire, une compagnie de production, des associés, des amis. C'est un début.»

Saul secoua la tête. «Je pensais que Francis Harrington ne courait aucun danger. Il devait seulement recueillir quelques renseignements. Si Borden était bien l'Oberst, il risquait de me reconnaître. Je pensais que Francis ne courait aucun danger et il est probablement mort à l'heure qu'il est. Non, je ne veux pas impliquer d'autres personnes…

– Nous sommes *déjà* impliqués, dit sèchement Gentry. Nous sommes *déjà* mêlés à cette affaire.

– Il a raison», approuva Natalie.

Les deux hommes se tournèrent vers elle. Sa voix était de nouveau résolue. «Saul, si vous n'êtes pas fou, ces salauds ont tué mon père sans la moindre raison. Que ce soit avec vous ou sans vous, je retrouverai ces assassins séniles et je trouverai un moyen de les amener devant la justice.

– Agissons comme si nous étions intelligents, dit Gentry. Saul, est-ce que lors de vos séances, Nina Drayton vous a dit quelque chose qui soit susceptible de nous aider?

– Pas vraiment. Elle m'a surtout parlé de la mort de son père. J'ai déduit qu'elle avait utilisé son talent pour l'assassiner.

– Elle ne vous a parlé ni de Borden ni de Melanie Fuller?

– Pas directement, bien qu'elle ait mentionné des amis qu'elles avait connus à Vienne durant les années 30. D'après la description qu'elle m'en a faite, peut-être s'agissait-il de l'Oberst et de Miz Fuller

– Quelque chose d'utile là-dedans?

– Non. Il était surtout question entre eux de compétition et de jalousie sexuelle.

– Saul, *vous* avez été utilisé par l'Oberst, dit le shérif.

– Oui.

– Mais vous ne l'avez pas oublié. N'avez-vous pas dit tout à l'heure que Jack Ruby et les autres souffraient d'un genre d'amnésie après avoir été utilisés?

– Oui. A mon avis, les personnes utilisées par l'Oberst et ses semblables se souviennent de leurs actes — à condition qu'elles s'en souviennent — comme on se souvient d'un rêve.

– N'est-ce pas ainsi que les psychotiques se souviennent de leurs actes de violence?

– Parfois. Dans d'autres cas, le psychotique considère sa vie quotidienne comme un rêve et ne se sent vivant *que* lorsqu'il inflige la douleur et la mort. Mais les personnes utilisées par l'Oberst et ses semblables ne sont pas nécessairement des psychotiques — ce ne sont que des victimes.

– Mais *vous* vous souvenez de tout ce qui vous est arrivé pendant que l'Oberst vous a... possédé. Pourquoi ? »

Saul ôta ses lunettes et les nettoya. « Ce n'est pas pareil. C'était la guerre. J'étais un prisonnier juif. Il savait que je ne survivrais pas. Il était inutile de gaspiller de l'énergie à effacer mes souvenirs. De plus, j'ai réussi à m'échapper, j'ai pris l'Oberst par surprise en me tirant une balle dans le pied…

– Je voulais vous poser une question à ce sujet, dit Gentry. Selon vous, l'Oberst, surpris par la douleur, a relâché son contrôle pendant une minute ou deux…

– Pendant quelques secondes.

– Okay, pendant quelques secondes. Mais *tous* les gens qu'ils ont utilisés ici, à Charleston, ont dû souffrir horriblement. Haupt… Thorne, l'ex-cambrioleur que Melanie Fuller avait pris à son service, a perdu un œil et ça ne l'a pas arrêté. La petite fille — Kathleen — a été battue à mort. Barrett Kramer est tombée du haut de l'escalier et a reçu plusieurs balles dans le corps. Mr. Preston a été… enfin, vous voyez ce que je veux dire…

– Oui, j'y ai beaucoup réfléchi. Par chance, quand l'Oberst était… dans mon esprit, impossible de le formuler autrement… j'ai eu un aperçu de ses pensées…

– Télépathie ? demanda Natalie.

– Non, pas vraiment. Pas comme on décrit la chose dans les romans de science-fiction. C'était un peu comme un rêve dont on essaye de se souvenir une fois réveillé. Mais j'ai suffisamment perçu les pensées de l'Oberst pour comprendre qu'il n'avait pas coutume de fusionner avec ses pions comme il l'avait fait avec moi en m'utilisant pour tuer *der Alte* — le vieux S.S. Il voulait jouir de cette expérience en totalité, en savourer la moindre des nuances et des sensations. J'ai eu l'impression qu'il utilisait d'ordinaire ses pions comme tampons entre lui-même et la douleur éprouvée par ses victimes.

– Comme si on regardait la télé en coupant le son ? dit Gentry.

– Peut-être, mais dans ce cas de figure, il ne perdait aucune information, seulement le choc consécutif à la douleur. J'ai eu l'impression que l'Oberst *jouissait* non seulement de la douleur de ses victimes, mais aussi de celle des marionnettes qu'il *utilisait* pour commettre ses meurtres...
– Pensez-vous qu'on puisse vraiment occulter de tels souvenirs? demanda Gentry.
– Dans l'esprit de ceux qu'il utilisait?» Gentry acquiesça et Saul reprit : «Non. On peut peut-être les enfouir. Tout comme la victime d'un grave traumatisme en enfouit le souvenir au fond de son subconscient.»

Gentry se leva alors, un large sourire aux lèvres, et tapa Saul sur l'épaule. «Professeur, vous venez de nous donner le moyen de trier le vrai du faux, les fous des sains d'esprit.
– Vraiment?» demanda Saul. Il commença à comprendre alors même que Gentry répondait par un sourire au regard interrogateur de Natalie Preston.

«Vraiment, répéta le shérif, et dès demain nous procéderons à un test qui nous fixera les idées pour de bon.»

Assis dans la voiture du shérif, Saul écoutait la pluie tomber. Environ une heure s'était écoulée depuis que Gentry et Natalie étaient entrés dans la clinique en compagnie du vieux médecin. Quelques minutes plus tard, une Toyota bleue s'était garée au bord du trottoir et Saul avait aperçu une fillette blonde, le bras gauche en écharpe et les yeux épuisés, escortée par un homme et une femme vêtus dans le style aussi impeccable que prévisible des yuppies.

Saul attendait. C'était une chose qu'il savait bien faire; il avait acquis ce talent durant son adolescence passée dans les camps de la mort. Pour la vingtième fois, il réexamina les raisons qui l'avaient poussé à impliquer Natalie Preston et le shérif Gentry. Elles paraissaient bien faibles : l'impression d'être arrivé dans une impasse, la confiance que lui inspiraient ces deux improbables alliés après tant d'années de solitude et de soupçons et, finalement, le simple besoin de raconter son histoire.

Saul secoua la tête. Il savait pertinemment que c'était une erreur, mais le fait de raconter son histoire lui avait fait énormément de bien. Rassuré par l'idée qu'il avait des alliés, que d'autres personnes avaient décidé de *s'impliquer activement*, Saul était tout disposé à se contenter d'attendre la suite des événements dans la voiture.

Il était épuisé. Il savait que son épuisement n'était pas uniquement causé par le manque de sommeil et l'excès d'adrénaline dans son organisme; c'était une fatigue aussi douloureuse qu'un os meurtri et aussi vieille que Chelmno. Un épuisement aussi permanent chez lui que le tatouage sur son avant-bras. Il emporterait cet épuisement dans la tombe, ainsi que le tatouage, pour l'éternité. Saul secoua de nouveau la tête, ôta ses lunettes et se frotta le nez. *Laisse tomber, vieil imbécile,* se dit-il. *Le Weltschmerz est un état d'esprit des plus pénibles. Plus pénible encore pour les autres que pour soi-même.* Il pensa à la ferme de David, en Israël, à ses neuf arpents de terre loin des champs et des vergers, au pique-nique que David et Rebecca y avaient organisé peu de temps avant son départ pour l'Amérique. Aaron et Isaac, les jumeaux de David et Rebecca, alors âgés de sept ans, avaient joué aux cow-boys et aux Indiens parmi les pierres et les fossés où les légionnaires romains avaient jadis traqué les partisans israélites.

Aaron, pensa Saul. Il devait le retrouver samedi après-midi à Washington. Saul sentit aussitôt son estomac se nouer à l'idée d'impliquer une nouvelle personne dans son cauchemar. Et un membre de sa famille, cette fois. *Qu'a-t-il pu découvrir?* se demanda-t-il. *Et comment faire pour ne pas l'impliquer davantage?*

La fillette et ses parents sortirent de la clinique; le médecin les suivit, serra la main du père, et la famille s'en fut. Saul s'aperçut qu'il avait cessé de pleuvoir. Gentry et Natalie apparurent, échangèrent quelques mots avec le médecin, puis se dirigèrent vers la voiture.

«Eh bien? demanda Saul lorsque le shérif se fut glissé au volant et la jeune femme sur la banquette arrière. Qu'est-ce que ça a donné?»

Gentry ôta son chapeau et s'essuya le front avec un mouchoir. Il baissa sa vitre et Saul sentit l'odeur de mimosa et d'herbe mouillée apportée par la brise. Gentry se tourna vers Natalie. «Racontez-lui donc.»

Natalie inspira et hocha la tête. Elle paraissait secouée, troublée, mais sa voix était ferme. «Il y a une salle d'observation attenante au cabinet du Dr Calhoun. Avec un miroir sans tain. Les parents d'Alicia et nous-mêmes avons pu observer la séance sans interférer avec son déroulement. Le shérif m'a présentée comme étant son assistante.

– Ce qui est théoriquement exact dans le cadre de cette enquête, dit Gentry. Je n'ai le droit de nommer des adjoints que lorsque l'état d'urgence est décrété dans le comté, sinon vous auriez été le *Deputy Preston*.»

Natalie sourit. «Les parents d'Alicia ne se sont pas opposés à notre présence. Le docteur a utilisé un appareil ressemblant à un métronome lumineux pour hypnotiser la petite fille…

– Oui, oui», dit Saul, luttant pour maîtriser son impatience. «Qu'est-ce qu'elle a *dit*?»

Les yeux de Natalie regardèrent dans le vague tandis qu'elle se remémorait la scène. «Le docteur l'a amenée à se rappeler en détail la journée de samedi. Le visage d'Alicia était inexpressif à son arrivée, avant qu'elle soit hypnotisée. Mais il s'est brusquement éclairé, animé. Elle parlait à son amie Kathleen… la petite fille qui s'est fait tuer.

– Oui, dit Saul, sans la moindre impatience cette fois-ci.

– Kathleen et elle étaient en train de jouer dans la salle de séjour de Mrs. Hodges. Debra, la sœur de Kathleen, regardait la télévision dans la pièce voisine. Soudain, Kathleen a lâché la poupée Barbie avec laquelle elle jouait et s'est précipitée dehors... de l'autre côté de la cour et dans la maison de Mrs. Fuller. Alicia l'a appelée, est allée dans la cour et s'est mise à crier...» Natalie frissonna. «A ce moment-là, elle s'est tue. Son visage est redevenu inexpressif. Elle a dit qu'il lui était interdit d'en dire davantage.

– Était-elle toujours sous hypnose? demanda Saul.

– Elle était toujours sous hypnose, lui répondit Gentry, mais elle était incapable de décrire ce qui s'est produit ensuite. Le Dr Calhoun a tenté à plusieurs reprises de l'aider à surmonter son blocage. Elle a continué de regarder dans le vide et de répondre qu'il lui était interdit d'en dire davantage.

– Et c'est tout? demanda Saul.

– Pas tout à fait», dit Natalie. Elle regarda la rue lavée par la pluie, puis se tourna de nouveau vers Saul. Ses lèvres pleines étaient pincées tant elle était tendue. «Le Dr Calhoun lui a alors demandé : "A présent, vous entrez dans la maison de l'autre côté de la cour. Dites-nous *qui* vous êtes." Et Alicia n'a pas hésité une seule seconde. Elle a dit — et sa voix était différente, plus vieille, presque chevrotante : "Je suis Melanie Fuller."»

Saul se redressa de toute sa hauteur. Sa peau le picotait comme si des doigts glacés venaient de se poser sur sa colonne vertébrale.

«Puis le Dr Calhoun lui a demandé si elle — Melanie Fuller — pouvait nous dire quelque chose, poursuivit Natalie. Et le visage de la petite Alicia a changé — il a en quelque sorte *ondoyé* —, des rides sont apparues sur sa peau là où il n'y en avait aucune quelques secondes auparavant... et elle a dit, toujours avec cette voix de petite vieille : "Je viens te chercher, Nina." Elle n'a cessé de répéter cette phrase, de plus en plus fort — "Je viens te chercher, Nina" — jusqu'à finir par la hurler.

– Grand Dieu, dit Saul.

– Le Dr Calhoun était tout secoué. Il a calmé la fillette et l'a fait sortir d'hypnose, lui disant qu'elle se sentirait heureuse et apaisée à son réveil. Elle ne l'était guère… heureuse, je veux dire. Quand elle est sortie de sa transe, elle s'est mise à pleurer et à dire que son bras lui faisait mal. Sa mère m'a dit que c'était la première fois qu'elle se plaignait de son bras cassé depuis qu'on l'avait retrouvée dans la rue le jour des meurtres.

– Qu'est-ce que ses parents ont pensé du travail du Dr Calhoun ? demanda Saul.

– Ils étaient troublés, répondit Natalie. Sa mère a failli aller la rejoindre quand elle s'est mise à hurler. Mais ils semblaient soulagés à la fin de la séance. Son père a dit à Calhoun que les larmes et les plaintes d'Alicia étaient une amélioration notable par rapport à son apathie de ces derniers jours.

– Et que dit le Dr Calhoun ? » demanda Saul.

Gentry posa un bras sur le dossier de son siège. « Que ça ressemble à un cas de “transfert consécutif à un traumatisme”. Il leur a recommandé de prendre rendez-vous avec un psychiatre — un type de Savannah que le toubib connaît bien —, un spécialiste de la psychologie des enfants. Ça a pas mal discuté parce que les Kaiser se demandaient si les soins leur seraient remboursés. »

Saul hocha la tête et ils restèrent silencieux un moment. Au-dehors, le soleil transperça les nuages et inonda de lumière les arbres, l'herbe et les buissons constellés de gouttes de pluie. Saul respira un parfum de pelouse fraîchement tondue et tenta de se rappeler qu'on était en décembre. Il se sentait perdu dans l'espace et le temps, égaré sur un courant qui l'emportait de plus en plus loin de tout rivage connu.

« Je propose que nous allions dîner et que nous reparlions de tout cela, dit soudain Gentry. Professeur, vous prenez l'avion pour Washington demain de bonne heure, exact ?

– Oui.

– Eh bien, allons-y. C'est le Comté qui régale. »

Ils mangèrent dans un excellent restaurant de fruits

de mer situé sur Broad Street, dans le Vieux Quartier. La file d'attente était longue, mais dès que le directeur aperçut Gentry, il les conduisit dans une salle adjacente où une table libre apparut comme par magie. L'établissement étant plein à craquer, ils parlèrent de tout et de rien, évoquant tour à tour le climat de New York, celui de Charleston, la photographie, la crise des otages en Iran, la vie politique du comté de Charleston, celle de New York et celle des États-Unis en général. Aucun d'eux ne semblait enchanté du résultat des dernières élections. Après le café, ils allèrent chercher des vêtements chauds dans la voiture de Gentry puis se promenèrent le long de la Batterie.

La nuit était fraîche et le ciel dégagé. Les derniers nuages s'étaient dissipés et les constellations hivernales étaient visibles en dépit du halo des lumières de la ville. A l'est, de l'autre côté du port, on apercevait les réverbères de Mount Pleasant. Un petit bateau aux feux de position rouges et verts faisait route vers l'ouest, suivant les bouées de navigation. Derrière Saul, Natalie et Gentry, les hautes fenêtres des imposantes demeures brillaient d'une clarté orangée dans la nuit.

Ils firent halte devant le mur de la Batterie. L'eau venait lécher les pierres trois mètres plus bas. Gentry regarda autour de lui, ne vit personne et dit à voix basse : « Et maintenant, professeur ?

– Excellente question. Des suggestions ?

– Votre rendez-vous de samedi à Washington a-t-il un rapport avec ce dont nous avons discuté ? demanda Natalie.

– Peut-être. Probablement. Je ne le saurai qu'après. Je regrette de ne pas pouvoir vous en dire plus. Cela concerne… ma famille.

– Et ce type qui me filait le train ? dit Gentry.

– Oui. Le F.B.I. a-t-il pu vous apprendre son nom ?

– Négatif. Sa voiture a été volée il y a cinq mois à Rockville, dans le Maryland. Mais on ne sait rien du tout sur cet homme. Les empreintes digitales n'ont rien donné, les empreintes dentaires non plus… rien.

– N'est-ce pas inhabituel? demanda Natalie.

– C'est presque inouï», dit Gentry. Il ramassa un caillou et le jeta dans la baie. «De nos jours, *tout le monde* laisse des empreintes d'un genre ou d'un autre.

– Peut-être que le F.B.I. n'a pas cherché à fond, intervint Saul. Est-ce là votre théorie?»

Gentry lança un autre caillou et haussa les épaules. Il portait des vêtements civils — pantalon de toile et chemise écossaise —, mais en sortant du restaurant il avait pris dans le coffre de sa voiture son lourd manteau de shérif et un stetson taché de sueur, et il ressemblait de nouveau à la caricature d'un shérif sudiste. «Je ne pense pas que le F.B.I. utiliserait les services d'un vagabond comme ce type, dit-il. Et s'il ne travaillait pas pour eux, alors qui donc l'utilisait? Et pourquoi a-t-il préféré se tuer plutôt que de se faire arrêter?

– Cela ressemble à la façon dont l'Oberst utilise ses victimes, dit Saul. À moins que ce ne soit Melanie Fuller.»

Gentry lança un autre caillou et tourna les yeux vers Fort Sumter, à trois kilomètres de là. «Ouais, mais ça n'a aucun sens. Pourquoi votre Oberst s'intéresserait-il à moi?... Bon sang, je n'avais jamais entendu parler de lui avant que vous me racontiez votre histoire, Saul. Et si Miz Fuller redoute des poursuivants éventuels, elle ferait mieux de surveiller les patrouilles de l'autoroute, la brigade criminelle et le F.B.I. Ce type n'avait rien dans son portefeuille, excepté une photo de *moi*.

– Est-ce que vous avez cette photo sur vous?» demanda Saul.

Gentry hocha la tête, la sortit de sa poche et la tendit au psychiatre. Celui-ci se dirigea vers un réverbère tout proche afin d'avoir un peu plus de lumière. «Intéressant, dit-il. C'est bien la façade de l'hôtel du Comté derrière vous?

– Ouais.

– Vous est-il possible de dire quand cette photo a été prise?

– Ouaip. Vous voyez ce bout de sparadrap sur ma joue ?

– Oui.

– J'utilise le rasoir à main de mon père — il appartenait à son père — mais il m'arrive rarement de me couper en me rasant. Or, je me suis coupé dimanche matin, quand Lester… un de mes adjoints… m'a appelé de bonne heure. J'ai porté ce sparadrap pendant presque toute la journée.

– Dimanche, dit Natalie.

– Oui, m'dame.

– Donc, la personne souhaitant vous faire suivre a pris cette photo… c'est du 35 mm, on dirait, pas vrai ? dit Saul.

– Ouaip.

– A pris une photo de vous depuis l'autre côté de la rue, puis quelqu'un a commencé à vous filer jeudi.

– Ouaip.

– Pourrais-je voir cette photo, s'il vous plaît ? » demanda Natalie. Elle l'étudia une minute, puis déclara : « La personne qui a pris cette photo avait un appareil automatique… votre visage est moins exposé que la porte derrière vous. Sans doute un objectif de 200 mm. C'est relativement grand. Cette photo a été développée dans une chambre noire privée plutôt que dans un laboratoire commercial.

– Comment le savez-vous ? demanda Gentry.

– Vous avez remarqué la découpe du papier ? Pas assez nette pour un travail de professionnel. Je parierais qu'il n'a même pas été massicoté… c'est pour ça que je pense qu'il s'agit d'un téléobjectif… mais le développement a été fait à la hâte. Les amateurs pouvant faire des travaux couleur ne sont pas rares de nos jours, mais à moins que l'Oberst ou Miz Fuller ne demeurent chez une personne bien équipée, ils n'ont pas pu développer ce truc dans le coffre d'une voiture. Shérif, avez-vous vu récemment une personne possédant un SLR automatique avec téléobjectif ? »

Gentry eut un large sourire. « Dickie Haines avait un

machin comme ça. Un minuscule Konika avec un énorme objectif Bushnell.»

Natalie lui rendit la photo et se tourna vers Saul en plissant le front. «Est-il possible qu'il y en ait... d'autres? D'autres créatures comme ces monstres?»

Saul croisa les bras et se tourna vers la ville. «Je ne sais pas. J'ai cru pendant des années que l'Oberst était le seul. Un monstre engendré par le Troisième Reich, si une telle chose est possible. Puis mes recherches m'ont amené à penser que la faculté d'influer sur les actes d'autrui était peut-être beaucoup plus répandue. J'ai bien étudié l'histoire, et je me demande si des personnages historiques aussi divers que Hitler, Raspoutine et Gandhi ne possédaient pas ce pouvoir. Peut-être que ce pouvoir existe chez chacun de nous, à des degrés divers, et qu'il s'est développé au maximum chez l'Oberst, chez Melanie Fuller, chez Nina Drayton et chez d'autres, Dieu sait combien d'autres...

– Il *pourrait* donc en exister d'autres?

– Oui, dit Saul.

– Et pour une raison inconnue, ils s'intéressent à ma petite personne.

– Oui.

– Okay, retour au point de départ, alors, dit le shérif.

– Pas tout à fait. Demain, je vais essayer d'en apprendre davantage à Washington. Quant à vous, shérif, peut-être pourriez-vous continuer de rechercher Mrs. Fuller et essayer de voir où en est l'enquête sur l'accident d'avion.

– Et moi?» demanda Natalie.

Saul hésita. «Peut-être serait-il plus sage que vous retourniez à Saint Louis et...

– Pas si je peux servir à quelque chose ici, insista la jeune femme. Que puis-je faire pour vous aider?

– J'ai quelques idées à ce sujet, dit Gentry. Nous en parlerons demain, quand nous emmènerons le professeur à l'aéroport.

– Entendu, dit Natalie. Je compte rester ici au moins jusqu'au premier de l'an.

– Je vais vous donner le numéro de téléphone de mon domicile et de mon bureau, dit Saul. Nous devrions nous contacter au moins tous les deux jours. Et même si notre enquête ne donne rien, shérif, nous pourrons toujours les retrouver grâce aux médias…

– Ah oui ? Et comment ?

– Miss Preston n'est pas très loin de la vérité quand elle les qualifie de vampires. Tout comme les vampires, ces créatures obéissent à de sombres pulsions. Quand elles les assouvissent, cela ne passe pas inaperçu.

– Vous voulez dire que nous devons faire attention si on signale de nouveaux meurtres ?

– Exactement.

– Mais il se commet plus de meurtres dans ce pays en une journée qu'en Angleterre pendant un an ! s'exclama Gentry.

– Oui, mais l'Oberst et ses semblables ont un penchant pour… le bizarre, dit doucement Saul. Cela m'étonnerait qu'ils changent leurs habitudes au point que la marque de leur perversité ne soit plus perceptible.

– D'accord. Dans le pire des cas, nous n'aurons qu'à attendre que ces… ces *vampires* se remettent à tuer, puis nous remonterons jusqu'à eux. Nous les retrouverons. Et *ensuite* ? »

Saul sortit un mouchoir de la poche de son pantalon, ôta ses lunettes et lorgna les lumières du port tout en nettoyant ses verres. Les lueurs lui apparaissaient comme des prismes flous, la nuit lui semblait diffuse et envahissante. « Nous les retrouverons, nous les suivrons et nous les capturerons. Et ensuite, nous les traiterons comme on doit traiter les vampires. » Il remit ses lunettes et adressa un sourire glacial à Natalie et au shérif. « Nous leur planterons un pieu dans le cœur, dit-il. Nous leur planterons un pieu dans le cœur, nous leur couperons la tête et nous leur bourrerons la bouche d'ail. Et si ça ne marche pas… » Le sourire de Saul se fit encore plus froid. « … nous trouverons autre chose. »

13.
Charleston, mercredi 24 décembre 1980

C'était le soir de Noël le plus solitaire que Natalie Preston ait jamais connu, et elle décida de réagir. Elle prit son sac à main et son Nikon avec l'objectif portrait 135 mm, se mit au volant de sa voiture et alla se promener dans le Vieux Quartier de Charleston. Il était à peine quatre heures de l'après-midi mais la nuit commençait déjà à tomber.

Longeant les vieilles maisons et les boutiques de luxe, elle écouta des chants de Noël à l'autoradio et laissa son esprit vagabonder.

Son père lui manquait. Elle l'avait vu de moins en moins fréquemment ces dernières années, mais l'idée qu'il ne soit plus là — qu'il ne soit plus *nulle part* —, qu'il ne pense plus à elle, qu'il n'attende plus son retour, lui donnait l'impression que quelque chose s'était éteint en elle, que l'essence même de son être était menacée de disparition. Elle avait envie de pleurer.

Elle n'avait pas pleuré en apprenant la nouvelle au téléphone. Ni lorsque Fred l'avait conduite à l'aéroport de Saint Louis — il avait insisté pour l'accompagner, elle avait insisté pour qu'il n'en fasse rien, il s'était laissé convaincre. Elle n'avait pas pleuré pendant l'enterrement, ni durant les jours de confusion qui avaient suivi, entourée de ses parents et de ses amis. Mais une nuit, cinq jours après le meurtre de son père, quatre jours après son retour à Charleston, incapable de s'endormir, elle avait cherché un livre dans la maison et était tombée sur un ouvrage humoristique de Jean Shepherd. Celui-ci s'était ouvert sur une page dans la marge de laquelle son père avait écrit, de son écriture ronde et généreuse : *A raconter à Nat le jour de Noël.* Et elle avait lu l'histoire hilarante et terrifiante d'un petit garçon rendant visite au père Noël dans un grand magasin — alors que Natalie avait quatre ans, ses parents l'avaient emmenée en ville dans le même but, et elle avait attendu patiemment durant une heure avant de s'enfuir à l'instant crucial. Arrivée à la fin du récit, Natalie s'était mise à rire, puis son rire s'était transformé en pleurs, ses pleurs en sanglots; elle avait passé presque toute la nuit à pleurer, ne dormant qu'une heure ou deux avant l'aube, et quand elle s'était réveillée dans le petit matin d'hiver, elle s'était sentie épuisée, vidée, mais aussi rassérénée, un peu comme une personne atteinte de nausées après le premier spasme. Le pire était passé.

Natalie tourna à gauche et longea les façades en stuc des maisons de Rainbow Row, dont la lueur des réverbères affadissait à présent les couleurs, et s'interrogea.

Elle avait commis une erreur en restant à Charleston. Pas une heure ne s'écoulait sans que Mrs. Culver vienne la voir, mais la conversation de la vieille veuve lui semblait pénible et forcée. Natalie avait fini par comprendre que Mrs. Culver avait espéré devenir la seconde Mrs. Preston, et cette idée lui donnait envie d'aller s'enfermer dans sa chambre chaque fois qu'elle entendait la voisine frapper timidement à la porte.

Frederick l'appelait de Saint Louis tous les soirs, à huit heures pile, et Natalie n'avait aucune peine à imaginer le visage sérieux de son ami et ex-amant quand il lui disait : «*Reviens*, mon bébé. Tu te fais du mal en te terrant dans la maison de ton père. Tu me manques, bébé. Reviens près de ton Frederick.» Mais son minuscule appartement de la cité universitaire lui paraissait désormais étranger... quant à la chambre de Frederick, ce débarras d'Alamo Street, ce n'était guère plus qu'un dortoir qu'il regagnait lorsqu'il était à bout de forces après avoir passé toute une journée au centre d'informatique à calculer la distribution des masses dans une nébuleuse stellaire. Frederick était un garçon intelligent mais dépourvu de manières qui lui avait été présenté par des amis communs. Il était revenu du Viêt-nam avec un caractère irascible, une foi renouvelée en sa dignité et un esprit révolutionnaire qui lui avait permis de devenir un mathématicien et un chercheur de premier ordre. C'était quelqu'un que Natalie avait bien connu et… du moins l'année précédente… aimé. Ou cru aimer. « Reviens à la maison, bébé », lui répétait-il chaque soir, et Natalie — esseulée, souffrant encore des stigmates de son chagrin — lui répondait : « Encore quelques jours, Frederick. Encore quelques jours. »

Quelques jours pour quoi faire? pensa-t-elle. Près de la Batterie, les fenêtres des vieilles grandes maisons illuminaient des superpositions de galeries, de palmiers, de belvédères et de balustrades. Elle avait toujours adoré cette partie de la ville. Son père l'y avait souvent emmenée en promenade quand elle était petite. Elle avait douze ans lorsqu'elle s'était rendu compte qu'aucune famille noire n'habitait ici, que ces belles maisons et ces belles boutiques n'abritaient que des Blancs. Des années plus tard, elle s'était étonnée qu'une fillette noire grandissant dans le Sud des années 60 ait attendu si longtemps pour avoir une telle révélation. Il y avait tant de choses qui lui paraissaient naturelles, tant de préjugés contre lesquels il *fallait* lutter chaque jour, qu'elle n'en revenait pas de ne pas avoir remarqué que les rues où elle aimait à se promener le soir — les grandes maisons dont elle rêvait étant enfant — étaient aussi interdites aux membres de sa race que ces piscines, ces cinémas et ces églises où elle n'aurait jamais imaginé pouvoir entrer. Quand Natalie avait atteint l'âge de se promener toute seule dans les rues de Charleston, les pancartes infamantes avaient été enlevées et les fontaines publiques étaient devenues publiques pour de bon, mais les vieilles habitudes avaient la vie dure, les barrières érigées par les traditions séculaires étaient encore debout, et il lui paraissait incroyable qu'elle puisse encore se souvenir de ce jour — une froide journée de novembre 1972 — où elle était tombée en arrêt devant les grandes maisons, et avait *compris* qu'aucun membre de sa famille n'avait jamais vécu ici, ne *pourrait* jamais y vivre. Mais cette dernière constatation avait été bannie de son esprit aussi vite qu'elle y était apparue. Natalie avait hérité des yeux de sa mère et de la fierté de son père. Joseph Preston était le premier commerçant noir à posséder une boutique prospère dans ce quartier prestigieux. Elle était la fille de Joseph Preston.

Natalie s'engagea dans Dock Street, passant devant le théâtre rénové dont le fenestrage en fer forgé suspendu à une corniche ressemblait à du lierre métallique.

Cela faisait dix jours qu'elle était à Charleston et tout ce qui lui était arrivé auparavant semblait s'être déroulé dans une autre vie. Gentry devait avoir quitté son service à présent, souhaitant une bonne soirée et un joyeux Noël à ses adjoints, à ses secrétaires et aux autres Blancs qui travaillaient dans l'immense bâtiment de l'hôtel du Comté. Il n'allait pas tarder à téléphoner chez elle.

Elle se gara près de l'église épiscopale de Saint Michael et pensa à Gentry. A Robert Joseph Gentry.

Le vendredi précédent, après avoir accompagné Saul Laski à l'aéroport, ils avaient passé presque toute la journée ensemble. Ainsi que celle du samedi. Le premier jour, ils avaient surtout discuté de l'histoire de Laski — de l'idée que des gens puissent utiliser mentalement leur prochain. «Si le professeur est dingue, ça ne fait sûrement de mal à personne, avait dit Gentry. S'il n'est pas dingue, ça explique pas mal de crimes.»

Natalie avait raconté au shérif qu'elle avait aperçu le psychiatre lorsqu'il était sorti de la salle de bains pour aller se coucher dans son canapé-lit. Il était pieds nus et ne portait qu'un pantalon et un gilet de corps d'une coupe démodée. Depuis la porte de sa chambre, elle avait observé son pied droit. Son petit orteil avait disparu, ne laissant qu'une cicatrice blanche aussi visible qu'une veine sur sa peau pâle.

« Ça ne prouve rien », lui avait rappelé Gentry.

Le dimanche, ils avaient abordé d'autres sujets. Gentry l'avait invitée à dîner chez lui. Natalie était tombée amoureuse de sa maison : un vieil immeuble victorien situé à dix minutes à peine du Vieux Quartier. Le voisinage était dans une phase transitoire; certains des immeubles étaient laissés à l'abandon, d'autres étaient en voie de rénovation et retrouveraient bientôt leur beauté. Les voisins de Gentry étaient en majorité des jeunes couples — noirs et blancs — et il y avait des tricycles dans les allées, des cordes à sauter sur les minus cules pelouses et des rires dans les cours.

Trois des pièces du rez-de-chaussée étaient pleines de livres : dans le bureau, ils étaient rangés dans des bibliothèques superbes, dans la salle à manger sur des étagères faites main disposées de part et d'autre de la baie vitrée, et dans la cuisine sur des étagères métalliques bon marché dissimulant un mur de briques. Pendant que Gentry préparait la salade, Natalie avait exploré les lieux avec sa bénédiction, admirant les vieux volumes reliés plein cuir, étudiant les étagères emplies de livres cartonnés traitant d'histoire, de sociologie, de psychologie et d'une douzaine d'autres sujets, et souriant devant plusieurs rangées de livres de poche : romans policiers, romans d'espionnage, romans de suspense. En entrant dans le bureau de Gentry, elle eut immédiatement envie de se blottir dans un coin avec un bouquin. Elle compara l'immense secrétaire croulant sous les papiers et les dossiers, le fauteuil et le canapé en vieux cuir, et les étagères bourrées de livres avec son studio spartiate de Saint Louis. Le bureau du shérif Bobby Joe Gentry lui faisait l'effet d'un lieu convivial, d'un centre de vie, le même effet que lui avait toujours fait la chambre noire de son père.

La salade était remuée, les lasagnes cuisaient, et Gentry et elle s'étaient assis dans le bureau pour savourer un verre de scotch pur malt et pour reprendre leur conversation sur la fiabilité de Saul Laski et leurs réactions à son récit.

«Toute cette histoire ressemble à un délire paranoïaque classique, avait déclaré Gentry, mais si un Juif européen avait prévu tous les détails de l'Holocauste dix ans avant son déclenchement, n'importe quel bon psychiatre — même un psychiatre juif n'aurait pas hésité à diagnostiquer un cas de paranoïa ou de schizophrénie.»

Ils avaient mangé sans se presser tout en regardant l'obscurité monter derrière la baie vitrée. Gentry était descendu fouiller dans sa cave, rougissant presque lorsqu'elle lui avait demandé s'il y avait du vin dans la maison, puis était remonté avec deux bouteilles d'un excellent cabernet sauvignon pour accompagner le dîner. Elle avait trouvé celui-ci excellent et avait complimenté son hôte pour ses réels talents de cuisinier. Il lui avait rétorqué que si les femmes sachant bien cuisiner étaient qualifiées de cordons bleus, les vieux célibataires sachant se débrouiller avec un fourneau étaient forcément des cuisiniers accomplis. Elle avait éclaté de rire et promis de chasser ce stéréotype de son esprit.

Les stéréotypes. Seule le soir de Noël, assise dans une voiture de plus en plus froide près de Saint Michael, Natalie songea aux stéréotypes.

Saul Laski lui était apparu comme un exemple idéal de stéréotype : celui du Juif polonais de New York, avec sa barbe et ses yeux tristes qui semblaient la contempler depuis les profondeurs d'une nuit européenne qu'elle ne pouvait même pas *concevoir*, encore moins comprendre. Un professeur… un psychiatre… avec un doux accent étranger qui aurait pu être celui du dialecte viennois parlé par Freud tant les oreilles de Natalie y étaient peu accoutumées. Et il portait des lunettes rafistolées avec du *ruban adhésif*, rendez-vous compte, tout comme sa tante Ellen qui avait souffert de sénilité — aujourd'hui, on appelait ça la maladie d'Alzheimer — pendant onze ans avant de s'éteindre alors que Natalie avait à peu près cet âge.

Par son aspect, ses paroles, ses actes, Saul Laski *était* différent de la plupart des gens — blancs et noirs — que Natalie avait connus durant son existence. Même si elle ne se faisait qu'une vague idée du stéréotype du Juif — vêtements sombres, coutumes bizarres, physique typé, amour de l'argent et du pouvoir, cet argent et ce pouvoir qui étaient encore refusés à sa propre race —, elle n'aurait dû avoir aucun problème à concilier l'étrangeté fondamentale de Saul Laski avec ce stéréotype.

Mais elle n'y arrivait pas. Natalie n'était pas naïve au point de croire qu'elle était trop intelligente pour réduire les gens à des stéréotypes; elle n'avait que vingt et un ans, mais elle avait vu des gens comme son père et comme Frederick — des gens intelligents — se contenter d'inverser les stéréotypes qu'ils choisissaient d'appliquer aux autres. Son père — qui était pourtant un homme sensible et généreux, farouchement fier de sa race et de son héritage — avait considéré l'avènement de ce qu'on appelait le Nouveau Sud comme une expérience dangereuse, une manipulation exercée par les gauchistes, noirs et blancs, et destinée à changer un système qui avait suffisamment changé de lui-même pour permettre enfin aux hommes de couleur durs à la tâche comme lui de trouver un peu de réussite et de dignité.

Frederick considérait que les gens étaient des dupes du système, des maîtres du système ou des victimes du système. Il avait une vision très claire du système; c'était la structure politique qui avait rendu inévitable la guerre du Viêt-nam, la structure dirigeante qui l'avait fait durer, et la structure sociale qui avait voulu faire de lui de la chair à canon. Frederick avait eu une réaction en deux temps : *sortir* du système pour se consacrer aux mathématiques pures, discipline inutile et anodine par excellence, et devenir si bon dans sa partie qu'il aurait le pouvoir d'échapper au système jusqu'à la fin de ses jours. En attendant, Frederick ne vivait que pour les heures qu'il passait devant ses ordinateurs, évitait les complications inhérentes aux relations humaines, faisait l'amour à Natalie avec autant d'ardeur et de compétence qu'il en mettait à affronter quiconque osant l'offenser, et lui apprenait à se servir du revolver qu'il gardait dans son appartement-capharnaüm.

Natalie frissonna et tourna la clé de contact pour remettre le chauffage en route. Elle passa devant Saint Michael, remarqua les fidèles qui venaient assister à une messe de minuit anticipée, et se dirigea vers Broad Street. Elle pensa à la messe du matin de Noël dans l'église baptiste située à trois pâtés de maisons de chez elle ; que de fois elle y avait assisté en compagnie de son père ! Elle avait décidé de ne pas l'accompagner cette année, de renoncer à son hypocrisie. Elle savait que ce refus lui ferait de la peine, le mettrait en colère, mais elle s'était préparée à défendre son point de vue. Natalie sentit le vide qui l'habitait croître jusqu'à devenir physiquement douloureux. Elle aurait tout donné pour s'incliner devant les arguments de son père et l'accompagner à l'église le lendemain matin.

Sa mère avait péri dans un accident pendant l'été de ses neuf ans. Un accident bizarre et imprévisible, lui avait dit son père ce soir-là, à genoux devant elle, tenant ses deux mains dans les siennes ; sa mère rentrait du travail et traversait un petit parc, à une centaine de mètres de la chaussée, lorsqu'une voiture décapotable occupée par cinq étudiants, tous ivres, s'était brusquement engagée sur la pelouse. Le conducteur avait réussi à éviter une fontaine, puis il avait perdu le contrôle de son véhicule et embouti une femme de trente-deux ans qui rentrait chez elle pour aller pique-niquer avec son mari et sa fille et qui, selon les témoins, n'avait vu la voiture qu'à la dernière seconde, la regardant foncer sur elle d'un air non pas choqué, ni horrifié, mais surpris.

Le jour de la rentrée, l'institutrice de Natalie avait demandé à ses élèves d'écrire une rédaction sur ce qu'ils avaient fait pendant leurs vacances. Natalie avait considéré le papier réglé de bleu pendant une dizaine de minutes, puis elle avait pris son stylo à encre tout neuf acheté la veille chez Keener et avait écrit de sa plus belle écriture : *Cet été je suis allée à l'enterrement de ma mère. Ma mère était très douce et très gentille. Elle m'aimait beaucoup. Elle était trop jeune pour mourir cet été. Un monsieur qui n'aurait pas dû conduire sa voiture l'a écrasée et l'a tuée. Il n'est pas allé en prison et il n'a pas été puni. Après l'enterrement, mon père et moi nous sommes allés chez ma tante Leah pendant trois jours. Mais après, nous sommes revenus. Ma mère me manque beaucoup.*

Sa rédaction finie, Natalie avait demandé la permission d'aller aux toilettes, elle avait couru le long des couloirs à la fois étranges et familiers, puis elle avait vomi à plusieurs reprises dans le troisième cabinet des toilettes des filles.

Les stéréotypes. Natalie s'engagea dans Broad Street et se dirigea vers la maison de Melanie Fuller. Elle passait devant chaque jour, ressentant la même douleur et la même colère, sachant bien que c'était un instinct similaire qui vous poussait à asticoter une dent gâtée du bout de la langue. Chaque jour, elle regardait la maison — aussi sombre que sa voisine maintenant que Mrs. Hodges était partie — et pensait au jour où elle avait suivi le barbu qui y était entré.

Saul Laski. Il correspondait parfaitement à un stéréotype, mais ce n'en était pas un. Natalie pensa à ses yeux tristes, à sa voix douce, et se demanda où il était. Que lui était-il arrivé ? Ils étaient convenus de se contacter tous les deux jours, mais ni Gentry ni elle n'avaient de nouvelles de Saul depuis qu'ils l'avaient quitté à l'aéroport, vendredi dernier. Hier, mardi, Gentry avait appelé Saul à son domicile et à son bureau de l'université. Personne n'avait répondu chez lui, et la secrétaire du département de psychologie de Columbia lui avait dit que le Dr Laski était en vacances jusqu'au 6 janvier. Non, le Dr Laski n'avait pas contacté son bureau depuis le 16 décembre, jour de son départ pour Charleston, mais il serait sûrement de retour pour le 6 janvier. C'était ce jour-là qu'il reprenait ses cours.

Le dimanche, alors que Gentry et elle conversaient chez le shérif, Natalie lui avait montré une coupure de presse relative à une explosion survenue durant la nuit dans le bureau d'un sénateur à Washington, D.C. Quatre personnes y avaient trouvé la mort. Est-ce que ça avait un rapport avec le mystérieux rendez-vous que Saul avait pris pour le même jour ?

Gentry avait souri et lui avait rappelé qu'un garde du bâtiment avait péri lors de ce même incident, que la police de Washington et le F.B.I. avaient conclu à un acte terroriste isolé, qu'aucune des quatre victimes n'avait été identifiée comme étant Saul Laski et qu'une *partie* des actes de violence insensés commis en ce bas monde n'avait aucun rapport avec le cauchemar décrit par Saul.

Natalie avait souri en signe d'assentiment et siroté son scotch. Trois jours plus tard, il n'y avait toujours aucune nouvelle de Saul.

Le lundi matin, Gentry l'avait appelée depuis son bureau. « Aimeriez-vous participer à l'enquête sur les meurtres de Mansard House ? avait-il demandé.

– Bien sûr. Qu'est-ce que je dois faire ?

– Eh bien, nous sommes à la recherche d'une photographie de Miz Fuller. Selon la brigade criminelle et le bureau local du F.B.I., il n'existe aucune photo de cette dame. Ils n'ont pu trouver aucun parent, les voisins affirment qu'ils n'ont aucune photo d'elle et la perquisition domiciliaire n'a rien donné. L'avis de recherche qui vient d'être émis ne contient que sa description. Mais je pense qu'il nous serait utile d'avoir sa photo, vous ne croyez pas ?

– Comment puis-je vous aider ?

– Retrouvez-moi devant la maison Fuller dans un quart d'heure. Vous n'aurez pas de peine à me reconnaître, j'aurai une rose à la boutonnière. »

Gentry arriva avec une rose glissée dans la poche de poitrine de son uniforme. Il l'offrit à Natalie alors qu'ils se dirigeaient vers la cour placée sous scellés de la maison Fuller.

«Qu'est-ce que j'ai fait pour mériter ça? demanda Natalie en humant la fleur rose pâle.

– C'est peut-être le seul paiement que vous recevrez pour ce travail pénible, fastidieux et probablement inutile.» Gentry sortit de sa poche un assortiment de clés, en choisit une lourde, à l'ancienne mode, et ouvrit le portail.

«Est-ce qu'on va encore fouiller toute la maison?» demanda Natalie. L'idée d'y pénétrer une nouvelle fois lui répugnait. Elle se rappelait encore le soir où elle y avait suivi Saul, cinq jours plus tôt. Elle frissonna en dépit de la douceur relative de l'air.

«Non», fit Gentry, et il la précéda jusqu'à l'autre vieille maison de brique qui donnait sur la cour. Il chercha une autre clé et ouvrit la lourde porte ouvragée. «Après la mort de son mari et de sa petite-fille, Ruth Hodges est allée vivre chez sa fille, dans le nouveau lotissement de Sherwood, à l'ouest de la ville. Elle m'a donné la permission de récupérer quelques trucs.»

La maison était sombre — vieux meubles et bois ciré —, mais Natalie la trouva moins poussiéreuse et plus accueillante que la maison Fuller. Au premier étage, Gentry entra dans une petite pièce meublée d'un canapé et d'une table et aux murs couverts de photos de chevaux de course. Il alluma une lampe de bureau. «Ceci était la tanière de George Hodges», dit Gentry. Il prit un album de timbres, feuilleta lentement ses pages rigides, et prit la loupe qui y était insérée. «Ce pauvre diable n'avait jamais fait de mal à personne. Il a travaillé comme employé des postes pendant trente ans et comme veilleur de nuit à la marina pendant neuf ans. Et puis ce truc lui est tombé dessus…» Gentry secoua la tête. «Bref, à en croire Mrs. Hodges, George avait encore un appareil photo en 1977 et il s'en servait souvent. Elle est sûre que Miz Fuller ne s'est jamais laissé prendre en photo… elle dit que la vieille dame refusait catégoriquement d'être photographiée... mais George a pris pas mal de diapos et Mrs. Hodges ne saurait jurer que Melanie Fuller ne figure sur aucune d'entre elles...

– Vous voulez donc que je regarde ces diapos et que je la retrouve, dit Natalie. D'accord. Mais je n'ai jamais vu Melanie Fuller.

– Je sais, mais je vais vous donner une copie de la description qui figure sur l'avis de recherche. Vous n'aurez qu'à mettre de côté les photos où figurent des vieilles dames d'environ soixante-dix ans.» Gentry marqua un temps. «Est-ce que vous ou votre père possédez une table lumineuse ou un appareil pour trier les diapos ?

– Il y a une table lumineuse large de plus d'un mètre dans son studio. Mais pourquoi ne pas utiliser un simple projecteur ?

– Ça risque d'aller plus vite avec une table lumineuse, dit Gentry en ouvrant la porte du placard.

– Grand Dieu», s'exclama Natalie.

Le placard était immense et rempli d'étagères. Sur celles de gauche étaient rangés des albums et des boîtes étiquetées *Timbres*, mais sur celles de droite, du sol au plafond, il y avait des boîtes contenant des albums de diapositives Kodak. Natalie se retourna vers Gentry. «Il y a des *milliers* de diapos là-dedans. Peut-être même des dizaines de milliers.»

Gentry écarta les bras, paumes tournées vers le ciel, et lui adressa le plus large et le plus juvénile des sourires. «J'ai dit qu'il me fallait un volontaire pour ce boulot. Je le confierais bien à un de mes adjoints, mais Lester est le seul à avoir du temps libre et il n'est pas très futé... c'est un type sympa, mais il est à peu près aussi malin qu'une poutre... et je crains qu'il ne puisse se concentrer sur une telle tâche.

– Hmm. Voilà qui en dit long sur la police de Charleston.»

Gentry continua de lui sourire.

«Enfin, soupira Natalie. Je n'ai rien de mieux à faire et le studio est à ma disposition tant que Lorne Jessup...

l'avocat de mon père... n'aura pas vendu le fonds de commerce, voire tout l'immeuble, à la chaîne Shutterbug. D'accord, au boulot.

– Je vais vous aider à transporter ces boîtes dans votre coffre.

– Merci mille fois.» Natalie huma la rose et soupira.

Il y avait des milliers de diapositives et chacune d'elles était au mieux un instantané passable. Natalie savait à quel point il était difficile de prendre une photo vraiment bonne — elle avait passé plusieurs années à essayer de satisfaire son père après qu'il lui avait offert son premier appareil pour son neuvième anniversaire, un Yashica manuel bon marché — mais, bon sang, n'importe qui ayant pris des *milliers* de photographies sur une durée de *vingt* ou *trente* ans *aurait dû* réussir à produire au moins une ou deux diapos intéressantes.

Pas George Hodges. Il avait pris des photos de famille, des photos de vacances, des photos de famille en vacances, des photos de maisons et de bateaux, des photos de cérémonies, des photos de fêtes familiales — Natalie eut l'occasion d'examiner tous les arbres de Noël des Hodges entre 1948 et 1977 — et des photos de tous les jours, mais chacune d'elles était au mieux un instantané médiocre. En dix-huit ans d'activité, George Hodges n'avait jamais appris à ne pas se placer face au soleil, à ne pas placer ses sujets face au soleil, à ne pas les placer devant des arbres, des poteaux ou d'autres objets qui semblaient sortir de leurs oreilles ou de leurs coiffures démodées, à ne pas faire basculer l'horizon, à ne pas forcer ses sujets à se tenir comme des piquets, à ne pas photographier ses natures mortes à plusieurs kilomètres de distance, à ne pas compter sur son flash pour photographier des sujets trop proches ou trop éloignés de son objectif, et à ne pas chercher à inclure *toute* la personne dans ses portraits.

Ce fut grâce à ce dernier défaut que Natalie finit par découvrir Melanie Fuller.

Il était sept heures passées, Gentry venait d'arriver au studio avec un repas qu'il était allé chercher dans un restaurant chinois et qu'ils avaient mangé debout près de la table lumineuse, et Natalie lui avait montré le petit tas de diapos intéressantes. «Je ne pense pas qu'il s'agisse de l'une de ces vieilles dames, dit-elle. Elles prennent toutes la pose et la plupart paraissent trop jeunes ou trop âgées. Heureusement que Mr. Hodges classait ses boîtes par année.

– Ouais, dit Gentry en posant les diapos sur la table lumineuse pour mieux les examiner. Aucune ne correspond à notre description. Les cheveux ne collent pas. A en croire Mrs. Hodges, Miz Fuller avait la même coiffure depuis les années 60, à tout le moins. Le genre cheveux courts bouclés et bleuis par le rinçage. Aussi enjoué que vous en ce moment.

– Merci», dit Natalie, mais elle sourit en reposant son assiette en carton et en défaisant l'élastique d'une nouvelle boîte de diapos. Elle commença à disposer celles-ci dans l'ordre. «Le plus dur, c'est de ne pas jeter chaque paquet par terre quand j'ai fini de le trier. Pensez-vous que Mrs. Hodges accepterait de les examiner?

– Probablement pas. Elle m'a dit que si George avait fini par renoncer à la photographie, c'était en partie parce qu'elle avait toujours refusé de regarder ses diapos.

– Je me demande bien pourquoi.» Natalie étala sur la table la trois centième série de photos de Lawrence (le fils) et Nadine (la belle-fille) — la plupart des diapos étaient étiquetées — debout dans la cour, clignant des yeux sous le soleil, tenant dans leur bras la petite Laurel, qui clignait des yeux elle aussi, pendant que Kathleen, alors âgée de trois ans, tirait sur la robe trop courte de sa mère… et clignait des yeux. Lawrence portait des souliers noirs et des chaussettes blanches. «Un instant», dit Natalie.

Gentry, réagissant immédiatement à l'émoi que trahissait sa voix, reposa les diapos qu'il tenait et se pencha vers elle. «Qu'y a-t-il?»

Natalie désigna du doigt la dixième diapo de la série. «Ici. Vous voyez? Ces deux-là. Ce grand type chauve, ça ne serait pas... comment s'appelait-il, déjà?

– Mr. Thorne, alias Oscar Felix Haupt. Oui, oui, oui. Et cette dame mal fagotée avec ses boucles bleues... Mais oui, bonjour, Miz Fuller.» Ils se penchèrent sur la diapo et l'étudièrent à la loupe.

«Elle n'a pas remarqué qu'il photographiait tout le groupe, dit doucement Natalie.

– En effet, acquiesça Gentry. Je me demande pourquoi.

– A en juger par le nombre de diapos représentant cette petite famille, on peut raisonnablement estimer que Mr. Hodges les faisait poser dans sa cour environ deux cents jours par an. Miz Fuller pensait probablement qu'il s'agissait d'un groupe de statues.

– Ouais, fit Gentry en souriant. Hé, est-ce que vous arriverez à en faire un tirage? D'elle toute seule, je veux dire.

– Sûrement, dit Natalie en reprenant son sérieux. Apparemment, il utilisait du Kodachrome 64 et ça supporte très bien l'agrandissement. Faites d'abord refaire un négatif si vous voulez un tirage de bonne qualité. Découpez ici, ici et ici, et vous aurez un excellent portrait de trois quarts.

– Formidable! dit Gentry. Vous avez fait un excellent boulot. Nous allons... hé! qu'est-ce qui ne va pas?»

Natalie leva les yeux vers lui et serra ses bras contre sa poitrine pour s'empêcher de frissonner. Elle n'y parvint pas. «Elle ne fait pas ses soixante-dix ans», dit-elle.

Gentry examina de nouveau la diapositive. «Cette photo a été prise il y a... voyons... il y a environ cinq ans, mais non, vous avez raison. Elle a l'air âgée de... d'une soixantaine d'années. Quoique... d'après les archives municipales, elle était déjà propriétaire de cette maison durant les années 20. Mais ce n'est pas ça qui vous trouble, n'est-ce pas?

– Non. J'ai vu tellement de photos de la petite Kathleen. Je n'arrête pas d'oublier qu'elle est morte. Et que son grand-père… celui qui a pris toutes ces photos… est mort, lui aussi.»

Gentry hocha la tête. Il regarda Natalie, de nouveau penchée sur la diapositive. Sa main gauche s'éleva, se dirigea vers l'épaule de la jeune femme, puis retomba. Natalie n'avait rien remarqué. Elle examina la diapositive de plus près.

«Et ceci est le monstre qui les a sans doute tués, reprit-elle. Cette vieille dame inoffensive. Aussi inoffensive qu'une grosse veuve noire qui tue toute créature osant pénétrer dans sa tanière. Et quand elle en sort, c'est pour tuer d'autres créatures, y compris mon père.» Natalie éteignit la table lumineuse et tendit la diapositive à Gentry. «Tenez, je regarderai les autres diapos demain au cas où je trouverais autre chose. En attendant, faites tirer ceci et ajoutez-le à vos mandats d'arrêt, à vos bulletins de recherche ou je ne sais quoi.»

Gentry avait acquiescé et accepté la diapositive avec répugnance, la tenant à bout de bras comme s'il s'était agi d'une araignée, encore vivante et encore meurtrière.

Natalie s'arrêta en face de la maison Fuller, jeta un coup d'œil au bâtiment pour se conformer à son rituel quotidien, passa en première pour partir en quête d'un téléphone et contacter Gentry au sujet de leur dîner de ce soir, et se figea soudain. Elle serra le frein à main et coupa le moteur. Elle attrapa son Nikon d'une main tremblante et examina la maison au téléobjectif, calant celui-ci sur la vitre partiellement ouverte de la portière avant gauche.

Il y avait de la lumière dans la maison Fuller. Au premier étage. Pas dans une des pièces donnant sur la rue, mais assez près de la façade pour éclairer le couloir et être visible à travers les volets. Natalie était passée devant la maison chaque soir durant les trois derniers jours. Elle n'y avait jamais vu de lumière.

Elle abaissa son appareil photo et inspira profondément. Son cœur battait la chamade. Il y avait *forcément* une explication rationnelle. La vieille femme n'était sûrement pas revenue s'installer chez elle alors que la police et le F.B.I. la recherchaient dans une douzaine d'États.

Pourquoi pas?

Non, pensa Natalie, il y a une autre explication. Peut-être que Gentry ou un autre enquêteur est passé ici aujourd'hui. Peut-être la brigade criminelle; Gentry lui avait dit qu'ils envisageaient de stocker les possessions de la vieille dame jusqu'à la fin de l'enquête. Il pouvait y avoir une centaine d'explications rationnelles.

La lumière s'éteignit.

Natalie sursauta comme si une main venait de se poser sur sa nuque. Elle reprit son appareil photo, le leva. La fenêtre du premier étage emplit le viseur. Aucune lumière n'était visible derrière les volets.

Natalie reposa soigneusement l'appareil sur le siège avant droit, se redressa, respira à fond pour se calmer, puis sortit son sac à main de la boîte à gants et le posa sur ses cuisses. Sans quitter des yeux la façade obscure de la maison, elle fouilla dans son sac, en sortit le Llama automatique calibre 32 et reposa son sac. Elle resta immobile, laissant le canon de l'arme reposer sur le volant. La pression de ses doigts sur la crosse avait automatiquement libéré le premier cran de sûreté. Le second était toujours en place, mais il lui faudrait moins d'une seconde pour le relâcher. Mardi soir, Gentry l'avait emmenée dans un stand de tir privé et lui avait montré comment charger, manipuler et faire tirer le pistolet. Il était chargé à présent, sept balles blotties dans sa crosse comme des œufs dans un nid. L'indicateur de charge affichait une couleur rouge sang.

Les pensées de Natalie étaient aussi agitées que des rats de laboratoire cherchant frénétiquement la sortie d'un labyrinthe. Que devait-elle faire? Devait-elle faire quelque chose? Il y avait déjà eu des rôdeurs par ici... Saul lui était apparu comme un rôdeur... Où diable *était*

Saul? Était-il revenu ici? Natalie élimina cette hypothèse absurde avant même d'avoir achevé de la formuler. Qui était-ce, alors? Natalie revit en esprit la diapo de Miz Fuller et de son Mr. Thorne. Non, Thorne est mort. Miz Fuller est sans doute morte, elle aussi. *Alors qui est-ce?*

Natalie serra plus fort la crosse de son arme, veillant à ne pas appuyer sur la détente, et observa la maison. Son souffle était rapide mais régulier.

Fiche le camp. Appelle Gentry.

Où ça? Chez lui ou à son bureau? Les deux. Demande à parler à un adjoint si nécessaire. Sept heures un soir de Noël. A quelle vitesse réagirait le bureau du shérif ou celui de la police? Et où était le téléphone le plus proche? Natalie essaya de visualiser une cabine, mais ne revit que les magasins et les restaurants obscurs devant lesquels elle était passée.

Alors, va donc à l'hôtel du Comté ou chez Gentry. Ce n'est qu'à dix minutes de route. *La personne qui s'est introduite dans la maison aura disparu dans dix minutes.* Bien.

Une chose en tout cas était sûre : Natalie n'entrerait pas dans cette maison toute seule. Elle avait agi de façon stupide l'autre jour, mais elle avait été poussée par la colère, le chagrin, et la témérité que confère l'ignorance. Récidiver cette nuit serait criminellement stupide. Pistolet ou pas.

Quand Natalie était petite, elle adorait se coucher tard le vendredi ou le samedi soir pour regarder des films d'épouvante à la télé. Son père lui donnait la permission de préparer le canapé-lit pour qu'elle puisse s'endormir tout de suite dès la fin du film… le plus souvent avant la fin, d'ailleurs. Parfois, il se joignait à elle — lui vêtu de son pyjama rayé bleu et blanc, elle de son pyjama en flanelle —, et ils s'installaient avec leur pop-corn et commentaient les scénarios et les déferlements de sang également improbables. Ils étaient en accord parfait sur un point : ne jamais avoir pitié de l'héroïne qui agissait de façon stupide. La jeune femme vêtue d'une chemise de nuit en dentelle recevait à plusieurs reprises le même avertissement : N'OUVREZ PAS LA PORTE FERMÉE AU FOND DU COULOIR SOMBRE. Et que faisait-elle une fois que tout le monde était parti ? Dès que leur héroïne du vendredi soir ouvrait la porte, Natalie et son père se mettaient à encourager le monstre qui la guettait. Le père de Natalie avait un dicton qui collait parfaitement à ce genre de situation : « La stupidité a un prix et il faut toujours le payer. »

Natalie ouvrit la portière et descendit de voiture. Le poids du pistolet automatique dans sa main droite lui paraissait étrange. Elle resta immobile une seconde, observant les maisons obscures et la cour qui les desservait. A dix mètres de là, un réverbère éclairait la brique et l'ombre des arbres. *Je vais jusqu'au portail, c'est tout,* se dit Natalie. Si quelqu'un sortait de la maison, elle pourrait toujours s'enfuir. De toute façon, le portail était fermé.

Elle traversa la rue silencieuse et s'approcha du portail. Il était légèrement entrouvert. Elle en toucha le métal froid de la main gauche et regarda les fenêtres obscures de la maison. Son cœur saturé d'adrénaline battait contre ses côtes, mais elle se sentait forte, vive, légère. C'était un vrai pistolet qu'elle tenait dans sa main. Elle libéra le cran de sûreté comme Gentry le lui avait appris. Elle ne tirerait que si on l'attaquait… de n'importe quelle façon… mais elle tirerait.

Elle savait qu'il était temps de reprendre le volant et d'aller chercher Gentry. Elle poussa le portail et entra dans la cour.

La grande fontaine projetait une ombre qui l'abrita pendant une longue minute. Immobile, Natalie observa la porte et les fenêtres de la maison Fuller. Elle avait l'impression d'être une gamine de dix ans mise au défi d'aller frapper à la porte de la maison hantée du quartier. *J'ai vu de la lumière.*

Si quelqu'un était venu ici, il était peut-être entré par

derrière, suivant l'exemple de Saul et le sien. Il n'allait pas ressortir par la porte de devant, bien visible depuis le trottoir. De toute façon, elle en avait assez fait. Le moment était venu de reprendre le volant et de ficher le camp d'ici.

Natalie s'avança lentement jusqu'au petit perron, levant légèrement son arme. Elle aperçut alors un détail que l'ombre du porche lui avait dissimulé ; la porte d'entrée était ouverte. Natalie haletait, au bord de la suffocation, mais l'air ne semblait pas pouvoir parvenir à ses poumons. Elle respira trois fois à fond et retint son souffle. Les battements de son cœur se calmèrent. Elle tendit la main droite et poussa doucement la porte du canon de son arme. La porte s'ouvrit sans le moindre bruit, comme si ses charnières avaient été parfaitement huilées, lui révélant les boiseries de l'entrée et les premières marches de l'escalier. Natalie crut voir les taches de sang laissées par les cadavres de Kathleen Hodges et de Barrett Kramer. Si quelqu'un descendait l'escalier, elle apercevrait d'abord deux pieds, puis deux jambes plongées dans l'ombre…

Et puis merde, pensa Natalie. Elle fit demi-tour et se mit à courir. Le talon de son soulier se coinça entre deux pavés et elle faillit tomber avant de regagner le trottoir. Elle retrouva l'équilibre, jeta un regard paniqué derrière elle, vers la porte ouverte, la fontaine sombre, les ombres sur les briques, le verre et la pierre, puis se retrouva devant le portail, de l'autre côté de la rue, cherchant à tâtons le loquet de sa portière, l'ouvrant et regagnant l'abri de sa voiture.

Elle verrouilla la portière, eut la présence d'esprit de remettre le cran de sûreté du pistolet avant de le poser à côté d'elle et tendit la main vers la clé de contact, priant pour qu'elle l'ait laissée dans le démarreur. Oui. Le moteur se mit aussitôt en marche.

Natalie allait desserrer le frein à main lorsque deux bras surgirent du siège arrière, une main se plaquant sur sa bouche tandis que l'autre se refermait brutalement sur sa gorge. Elle hurla, hurla, mais la main plaquée sur sa bouche étouffa son cri et lui fit ravaler son souffle. Elle avait les deux mains libres et griffa un épais manteau, des gants lourds pressés contre son visage. Elle se hissa sur son siège, tentant désespérément de se dégager, d'atteindre son agresseur de ses griffes.

Le pistolet. Natalic tendit la main droite vers le siège voisin, sans parvenir à l'atteindre. Elle heurta le frein à main, puis tenta de nouveau de griffer son agresseur. Son corps était rigide, à moitié dressé, ses genoux touchaient le volant. Un visage lourd et moite était pressé contre son cou et sa joue droite. Les doigts de sa main gauche accrochèrent ce qui ressemblait à une casquette. La main plaquée sur sa bouche descendit jusqu'à sa gorge. Le bras droit de son agresseur jaillit entre les sièges et Natalie entendit le pistolet tomber sur le tapis de sol. Elle tenta de saisir le gant lorsque la main revint lui enserrer la gorge. Elle essaya de labourer le visage pressé contre son cou, mais son agresseur repoussa sans peine ses assauts. Sa bouche était dégagée à présent, mais il ne lui restait plus de souffle pour crier. Des points lumineux dansaient au coin de ses yeux et le sang rugissait à ses oreilles.

Voilà l'effet que ça fait d'être étranglée, pensa-t-elle, déchirant le tissu, expédiant des ruades dans le tableau de bord et essayant de lever les genoux jusqu'au klaxon. Elle jeta un coup d'œil dans le rétroviseur et aperçut des yeux rouge sang près de son cou, une joue écarlate, puis se rendit compte que même sa propre peau était rouge, que la lumière était rouge, que ses yeux s'emplissaient de points rouges.

Une peau mal rasée lui râpa la joue, un souffle chaud lui caressa le visage, et une voix pâteuse lui murmura à l'oreille : « Vous voulez retrouver la vieille ? Allez voir à Germantown. »

Natalie s'arc-bouta et rejeta la tête en arrière le plus violemment possible, sentant avec joie son crâne heurter la chair et l'os.

La pression se relâcha pendant une fraction de seconde, Natalie s'effondra en avant, obligea sa gorge et ses poumons meurtris à inhaler une bouffée d'air, puis une autre, et se pencha sur la droite, tomba à terre, touchant le frein à main, puis le siège, en quête du pistolet automatique.

Les doigts se refermèrent sur sa gorge, avec plus de force cette fois-ci, cherchant un point plus vulnérable que les autres. On la tira de nouveau vers le haut.

Une explosion de points rouges, une violente douleur dans son cou.

Puis plus rien.

LIVRE DEUXIÈME

Milieu de partie

Ô l'esprit, l'esprit a des montagnes ; des falaises de vertige,
Immenses, terrifiantes, immesurées par l'homme…

GERARD MANLEY HOPKINS

14.
Melanie

Le déroulement des événements est confus dans mon esprit. Je me rappelle parfaitement les dernières heures que j'ai passées à Charleston, mais j'ai des difficultés à me souvenir des journées et des semaines qui ont suivi. D'autres souvenirs s'imposent à moi. Je me rappelle les yeux vitreux et les cheveux clairsemés du petit garçon grandeur nature dans la nursery hantée de Grumblethorpe. Comme c'est étrange, j'ai passé si peu de temps là-bas. Je me souviens des enfants qui jouaient et de la petite fille qui chantait dans la lumière hivernale, sur le flanc de la colline, au-dessus de la forêt, le jour où l'hélicoptère a heurté le pont. Je me souviens du lit blanc, bien sûr, cet étrange espace carcéral qui contenait la prison de mon corps. Je me souviens de Nina s'éveillant de son sommeil de mort, de ses lèvres bleues retroussées sur des dents jaunes, de ses yeux bleus flottant dans leurs orbites au milieu d'une marée de vers, du sang en train de couler à nouveau du minuscule trou percé dans son front pâle. Mais ce n'est pas un véritable souvenir. Je ne le pense pas.

Lorsque je tente de me rappeler les heures et les jours qui ont suivi notre dernière Réunion à Charleston, je ressens tout d'abord un certain enthousiasme, l'impression d'avoir retrouvé ma jeunesse. Je croyais alors que le pire était passé.

Comme j'étais stupide.

J'étais libre !

Libérée de Willi, libérée de Nina, libérée du Jeu et de tous les cauchemars qui l'accompagnaient.

Je laissai derrière moi le bruit et la confusion de Mansard House et m'enfonçai lentement dans le silence de la nuit. En dépit de toutes les douleurs qui m'avaient été infligées durant la journée, je me sentais plus jeune que jamais. Libre ! J'avançais d'un pas léger, savourant l'obscurité et la fraîcheur de l'air nocturne. Les sirènes faisaient retentir leur mélodie lugubre, mais je ne leur accordais aucune attention. J'étais libre !

Je fis halte à un carrefour animé. Le feu passa au rouge et une longue voiture bleue — une Chrysler, je pense — s'arrêta. Je descendis du trottoir et tapai à la vitre avant droite. Le conducteur, un quadragénaire massif aux cheveux rares, se pencha et me regarda d'un air soupçonneux. Puis il sourit et appuya sur un bouton pour baisser la vitre. « Oui, madame, que puis-je faire pour vous ? »

Je hochai la tête et montai. Les sièges en velours artificiel étaient fort moelleux. « Allez-y », dis-je.

Quelques minutes plus tard, nous étions sortis de la ville et roulions sur l'Interstate. Je n'ouvrais la bouche que pour donner des instructions à mon chauffeur. En dépit de ma fatigue, je n'avais aucune difficulté à le contrôler. Avec ma jeunesse, j'avais également retrouvé des forces et un pouvoir qui m'avaient fait défaut depuis longtemps. Je m'adossai à mon siège et regardai les lumières de Charleston s'enfuir derrière nous. Nous étions à plusieurs kilomètres de la ville lorsque je me rendis compte que le conducteur fumait un cigare. Je déteste le cigare. Il baissa sa vitre et le jeta. Je l'obligeai à régler le chauffage, puis nous continuâmes à rouler en silence vers le nord-ouest.

Peu de temps avant minuit, nous passâmes près des marais où s'était écrasé l'avion de Willi. Je fermai les yeux et évoquai Vienne et les jours enfuis : la gaieté des *biergartens* éclairés par des ribambelles d'ampoules jaunes, les promenades nocturnes sur les berges du Danube, l'excitation que nous partagions lorsque nous étions tous les trois réunis, le frisson de nos premiers Festins. Durant ces étés où nous retrouvions Willi dans des capitales ou des villes d'eau, j'ai cru que j'allais tomber amoureuse de lui. Seul le souvenir de mon cher Charles m'a empêchée de céder à la moindre inclination envers ce séduisant jeune homme qui nous accompagnait dans nos voyages nocturnes. J'ouvris les yeux et scrutai la muraille d'arbres et de buissons qui se dressait à droite de la route. Je pensai au corps mutilé de Willi, gisant quelque part dans la boue, assailli par les reptiles et les insectes. Je ne ressentis rien.

Nous nous arrêtâmes à Columbia pour faire le plein, puis nous reprîmes la route. Quand mon chauffeur eut payé le pompiste, j'examinai le contenu de son portefeuille. Il ne contenait que trente dollars, ainsi que l'assortiment habituel de photos de famille et de cartes de crédit. Son nom n'avait aucune importance, et je l'oubliai aussitôt après l'avoir lu sur son permis de conduire.

La conduite est presque un réflexe. Je n'avais guère besoin de me concentrer pour maîtriser mon chauffeur. J'allai même jusqu'à m'assoupir quelques instants alors que nous dépassions Augusta pour pénétrer en Georgie. Il commençait à s'agiter lorsque je me réveillai, marmonnant et secouant la tête pour chasser la confusion de son esprit, mais je resserrai mon emprise et il braqua de nouveau ses yeux sur la route. De vagues images de phares blancs et rouges apparurent devant mes yeux lorsque je les refermai.

Nous arrivâmes à Atlanta peu après trois heures du matin. Je n'ai jamais aimé Atlanta. Il manque à cette ville le charme et la grâce qui caractérisent la culture de la côte atlantique et, comme pour montrer le mépris que lui inspire le style sudiste, elle n'a cessé de s'agrandir dans toutes les directions en un étalage de parcs industriels et de lotissements anonymes. Nous sortîmes de l'autoroute non loin d'un immense stade. Les rues étaient désertes. Suivant mes instructions, mon chauffeur me conduisit devant la banque où je comptais me rendre, mais sa façade obscure ne fit qu'assombrir encore mon humeur. J'avais eu une excellente idée en enfermant les documents relatifs à ma nouvelle identité dans un coffre-fort ; comment aurais-je pu savoir que j'en aurais besoin un dimanche à trois heures et demie du matin ?

Je regrettais d'avoir perdu mon sac à main durant la journée. Les poches de mon imperméable mastic étaient pleines des objets que j'avais transférés de mon manteau déchiré. Je vérifiai la présence de ma carte bancaire et de la clé de mon coffre dans mon portefeuille. Elles s'y trouvaient bien. Je forçai mon chauffeur à rouler dans les rues avoisinantes, mais me rendis vite compte de la futilité de cette décision. Les feux orange clignotaient à la plupart des carrefours, traversés de temps en temps par une voiture de police roulant lentement, suivie par les volutes vaporeuses des gaz d'échappement.

Il y avait plusieurs hôtels corrects près de ma banque, mais mon aspect échevelé et mon absence de bagages éliminaient toute possibilité d'y trouver un havre pour la nuit. J'ordonnai en silence à mon chauffeur de prendre une voie express conduisant vers la banlieue. Il nous fallut quarante minutes pour trouver un motel dont la pancarte CHAMBRES LIBRES était encore allumée. Sortant de la voie express à un endroit nommé Sandy Springs, nous approchâmes d'un de ces sinistres établissements affublés d'un nom du genre Super 8 ou Motel 6, comme si les gens étaient trop stupides pour se souvenir d'un nom sans qu'un chiffre y soit accolé. J'envisageai d'envoyer mon chauffeur nous faire inscrire sur le registre, mais cela me parut difficile ; il pouvait être obligé de faire la conversation au réceptionniste et j'étais trop épuisée pour l'Utiliser de façon aussi poussée. Je regrettais de n'avoir pas eu le temps de le conditionner proprement, mais c'était comme ça. Finalement, je remis un peu d'ordre dans mes cheveux en m'aidant du rétroviseur et y allai moi-même. La réceptionniste était une jeune femme ensommeillée vêtue d'un short et d'un tee-shirt sale aux couleurs de l'université de Mercer. J'inventai un nom, une adresse et un numéro de plaque minéralogique, mais elle ne prit même pas la peine de jeter un regard en direction de la Chrysler. Comme il est de coutume dans de tels établissements minables, elle exigea d'être payée d'avance.

« Une nuit ? demanda-t-elle.

– Deux. Mon mari sera absent demain toute la journée. Il est démarcheur pour Coca-Cola et doit visiter leur usine. Quant à moi, j'ai l'intention de...

– Soixante-trois dollars et quatre-vingt-cinq cents », coupa-t-elle.

Il fut un temps où cette somme aurait permis à toute ma famille de séjourner pendant une semaine dans un grand hôtel du Maine. Je payai la femme.

Elle me tendit une clé attachée à un petit sapin en plastique. « Vingt et un seize. Faites le tour du bâtiment et garez-vous près des poubelles. »

Je suivis ses instructions. Le parking était bourré ; il y avait même plusieurs semi-remorques près de la grille. J'allai ouvrir la porte de la chambre, puis revins près de la voiture.

Affalé sur le volant, le chauffeur tremblait de tous ses membres. Son front était couvert de sueur et ses bajoues frémissaient tandis qu'il luttait pour se libérer de l'espace réduit où j'avais confiné sa volonté. J'étais épuisée, mais je le contrôlais encore bien. Mr. Thorne me manquait. Pendant des années, il m'avait été inutile de formuler mes vœux pour les voir réalisés. Il était frustrant d'Utiliser cet homme obèse, comme si j'avais dû travailler sur des rebuts après avoir appris à ciseler le métal le plus fin. J'hésitai. Il aurait été avantageux de le conserver près de moi jusqu'à lundi, surtout à cause de son automobile. Mais c'était beaucoup trop risqué. Son absence avait peut-être été déjà remarquée. La police recherchait peut-être déjà sa voiture. Tout cela était important, mais ce qui me décida, ce fut la terrible fatigue qui avait remplacé mon enthousiasme initial. Il fallait que je dorme, que je me rétablisse des blessures et de la tension qui m'avaient été infligées durant cette journée de cauchemar. Exempt de conditionnement, le chauffeur ne resterait sûrement pas passif pendant mon sommeil.

Je m'approchai de lui et posai doucement ma main sur sa nuque. « Vous allez retourner sur l'Interstate, murmurai-je. Faites le tour de la ville. Chaque fois que vous passerez devant une sortie, augmentez votre vitesse de quinze kilomètres à l'heure. Quand vous arriverez devant la quatrième sortie, fermez les yeux et ne les rouvrez pas tant que je ne vous en aurai pas donné l'ordre. Hochez la tête si vous avez compris. »

L'homme hocha la tête. Ses yeux étaient fixes et vitreux. Il ne m'aurait pas fourni un bon Festin, même si j'en avais eu envie.

« Allez-y », dis-je.

Je regardai la Chrysler sortir du parking et tourner à gauche en direction de la voie express. Je fermai les yeux et vis le long capot, le blanc des phares des voitures qui venaient en sens inverse et le rouge des feux arrière de celles que je dépassais à mesure que j'accélérais. J'entendis le bourdonnement du chauffage et sentis la laine du pull-over sur mes bras nus. J'avais un goût de cigare dans la bouche. Je frissonnai et retirai en partie ma conscience. Le chauffeur accéléra jusqu'à 100 km/h en passant devant la première sortie. Il était désormais à plusieurs kilomètres de moi et mes perceptions devenaient plus vagues, se mêlaient aux bruits du parking et à la brise qui me caressait le visage. Je ne sentis que vaguement le moment où la voiture atteignit les 145 km/h et où le chauffeur ferma les yeux.

La chambre de motel était aussi sinistre et utilitaire que je l'avais imaginée, mais quelle importance ? J'ôtai mon imperméable et ma robe à fleurs déchirée. L'entaille que j'avais du côté gauche n'était qu'une égratignure, mais ma robe et mon jupon étaient fichus. Mon auriculaire me faisait beaucoup plus mal que mon flanc. Je résistai au sommeil assez longtemps pour prendre un bain bien chaud et me laver les cheveux. Ensuite, je m'assis sur le lit, enveloppée dans une paire de serviettes de bain, et pleurai. Je n'avais même pas de chemise de nuit, ni de sous-vêtements de rechange. Je n'avais pas de *brosse à dents*. La banque n'ouvrirait pas avant lundi matin, dans plus de vingt-quatre heures. Je m'assis et pleurai, me sentant vieille, oubliée, délaissée. Je voulais rentrer chez moi, dormir dans mon lit, et me faire apporter mon café et mes croissants par Mr. Thorne, comme chaque matin. Mais je ne pouvais pas revenir en arrière. Mes sanglots ressemblaient davantage à ceux d'un enfant abandonné qu'à ceux d'une femme de mon âge.

Au bout d'un certain temps, toujours enveloppée dans mes serviettes, je m'étendis, ramenai les couvertures sur moi et m'endormis.

Je fus réveillée vers midi, quand une femme de ménage tenta d'entrer dans ma chambre. J'allai boire un verre d'eau dans la salle de bains, évitant soigneusement de me regarder dans la glace, puis retournai me coucher. Les rideaux étaient tirés, la chambre était plongée dans l'ombre, le ventilateur ronronnait doucement, et je retrouvai le sommeil comme un animal blessé retrouvant l'abri de sa tanière. Je ne me souviens pas d'avoir rêvé.

Le soir venu, je me levai, toujours étourdie et souffrant davantage que la veille, et tâchai d'améliorer mon apparence. Je ne pouvais pas faire grand-chose dans ce sens. Ma robe à fleurs était en lambeaux et je devais me débarrasser de mon imperméable dès que possible. J'avais désespérément besoin d'un coiffeur. En dépit de tout cela, ma peau avait un certain éclat, la chair de ma gorge avait retrouvé sa fermeté, et les rides que le temps y avait gravées avaient en grande partie disparu. Je me sentais plus jeune. En dépit de l'horreur que j'avais vécue la veille, le Festin m'avait fait du bien.

Il y avait un restaurant à l'autre bout de l'immense parking. C'était un lieu inhumain : éclairage aussi intense que celui d'une salle d'opération, nappes en toile cirée à carreaux rouges et blancs portant encore les traces humides de l'éponge crasseuse du garçon, énormes menus en plastique arborant les photographies en couleur des «spécialités» de la maison. Je supposai que ces photographies étaient destinées aux clients illettrés incapables de déchiffrer la prose ampoulée vantant les «frites croustillantes à souhait» et les «traditionnels plats sudistes à base de maïs — un délice — préparés à la façon de Grand-Maman !!» Le menu regorgeait de notes et de commentaires dithyrambiques. Un encadré expliquait en détail les spécialités sudistes et encourageait le touriste yankee à les goûter. Comme il était étrange, songeai-je, que le régime fade d'un peuple trop pauvre ou trop ignorant pour bien se nourrir soit devenu la «cuisine typique» de la nouvelle génération. Je commandai du thé et des gâteaux que j'attendis pendant une demi-heure, agacée par les chamailleries et les bruits de mandibules de la famille nordiste installée à la table voisine. Pour la énième fois, je songeai que la santé mentale de cette nation ferait de grands progrès si la loi exigeait que les enfants et les adultes mangent dans des établissements distincts.

Il faisait noir lorsque je regagnai le motel. Faute d'avoir mieux à faire, j'allumai la télévision. Plus de dix ans s'étaient écoulés depuis que j'avais cessé de la regarder, mais pas grand-chose n'avait changé. Une des chaînes diffusait ce pugilat stupide qu'on appelle le football. La chaîne «éducative» se proposait de m'apprendre tout ce que je souhaitais savoir sur l'esthétique du sumo. Au troisième essai, je tombai sur un téléfilm sans cesse entrecoupé de pauses publicitaires, dont le héros, un jeune travailleur social, consacrait son énergie à sauver l'héroïne d'un réseau de prostitution enfantine. Ce programme débile me rappela les crapuleuses «histoires policières» à trois sous si populaires durant ma jeunesse; en décriant les outrances des comportements tabous — à l'époque, c'était *l'amour libre*, aujourd'hui, je crois bien que les médias s'en prennent à la pédophilie — on permet au lecteur ou au spectateur de se vautrer dans les détails les plus excitants.

Au quatrième essai, je trouvai le journal local.

La présentatrice, une jeune femme de couleur, ne cessa pas un instant de sourire tandis qu'elle lisait le reportage sur ce qu'on avait baptisé les Meurtres de Charleston. La police cherchait à la fois des suspects et des mobiles. Les témoins avaient décrit le carnage survenu dans un hôtel bien connu de Charleston. La brigade criminelle et le F.B.I. étaient à la recherche de Mrs. Fuller, citoyenne de longue date de Charleston et employeur de l'une des victimes. Il n'existait aucune photographie de cette dame. Le reportage dura à peine quarante-cinq secondes.

J'éteignis le poste, puis la lumière, et m'étendis dans l'obscurité, frissonnante. Dans moins de quarante-huit heures, me dis-je, je serais bien au chaud et bien à l'abri dans ma villa du midi de la France. Je fermai les yeux et essayai de visualiser les petites fleurs blanches qui poussaient entre les dalles de l'allée conduisant au puits. L'espace d'une seconde, je parvins presque à sentir la fraîcheur salée que le vent du sud amène de la mer en été. Je pensai aux toits du village voisin, aux trapèzes de leurs tuiles rouges et orangées visibles derrière les rectangles verts des vergers de la vallée. Mais à ces images agréables se superposa la dernière vision que j'avais eue de Nina, ses yeux bleus agrandis par la surprise, sa bouche légèrement entrouverte, le trou dans son front, pas plus effrayant qu'une tache qu'elle ne tarderait pas à effacer d'un geste gracieux de ses longs doigts manucurés. Puis, alors que je me mettais à rêver à l'approche du sommeil, le sang perla et se mit à couler, non seulement de sa blessure, mais aussi de sa bouche, de son nez et de ses yeux accusateurs.

Je remontai les couvertures sous mon menton et m'efforçai de ne penser à rien.

Il me fallait absolument un sac à main. Mais si je devais prendre un taxi pour aller à la banque, il ne me resterait pas assez d'argent pour en acheter un. D'autre part, je ne pouvais pas aller à la banque sans sac à main. Je passai en revue le contenu de mon portefeuille, mais même en comptant la petite monnaie, je n'aurais pas assez. Alors que je réfléchissais ainsi dans ma chambre, le taxi que j'avais appelé klaxonna avec impatience dans le parking.

Je résolus mon problème en demandant au chauffeur de s'arrêter en chemin devant un magasin de soldes permanentes. Pour la somme de sept dollars, je me procurai un «fourre-tout» en paille parfaitement atroce. La course, y compris le temps que j'avais consacré à l'achat de mon trésor, me coûta un peu plus de treize dollars. Je donnai un dollar de pourboire au chauffeur et gardai mon dernier dollar pour d'éventuels menus frais.

Je devais offrir un spectacle pittoresque, debout sur le trottoir à attendre l'ouverture de la banque. Mes cheveux ne ressemblaient plus à rien. Je n'étais pas maquillée. Mon imperméable, qui sentait encore la poudre, était boutonné jusqu'en haut. Je serrais dans ma main droite mon sac en paille flambant neuf. Il ne me manquait plus que des tennis aux pieds pour ressembler à ces clochardes qui pullulent dans les rues des grandes villes. Puis je me rendis compte que je portais toujours mes souliers à talons plats qui ressemblaient vaguement à des tennis.

Si incroyable que cela parût, le directeur adjoint me reconnut et sembla enchanté de me voir. «Ah, Mrs. Straughn, dit-il alors que je m'approchais de son guichet d'un pas hésitant. Quel plaisir de vous revoir!»

J'étais stupéfaite. Il y avait près de deux ans que je n'avais pas remis les pieds dans cette banque. Mon compte n'était pas garni au point de me valoir une telle considération de la part d'un directeur adjoint. Durant quelques secondes de panique, j'ai pensé que la police était déjà passée ici et qu'elle m'avait tendu un piège. J'étais en train de dévisager employés et clients, essayant de reconnaître les policiers en civil infiltrés parmi eux, lorsque je remarquai l'attitude détendue et le sourire satisfait du directeur adjoint. Je poussai un long soupir. J'avais affaire à un homme qui se targuait de pouvoir retenir le nom de ses clients, rien de plus.

« Cela fait bien longtemps, dit-il d'un air affable tout en jetant un bref coup d'œil à ma vêture.

– Deux ans.

– Votre mari va bien ? »

Mon mari? J'essayai désespérément de me rappeler quelles fables je lui avais racontées lors de mes précédentes visites. Je n'avais mentionné aucun... soudain, je me rendis compte qu'il parlait du gentleman chauve, élancé et silencieux qui m'avait accompagné chaque fois que j'étais venue ici. « Ah, vous voulez dire Mr. Thorne, mon secrétaire. Mr. Thorne n'est plus à mon service, j'en ai peur. Quant à Mr. Straughn, il est mort d'un cancer en 1956.

– Oh, fit le directeur adjoint, dont le visage rougeaud s'empourpra un peu plus. Excusez-moi. »

Je hochai la tête et nous observâmes quelques secondes de silence en hommage au mythique Mr. Straughn.

« Eh bien, que pouvons-nous faire pour vous, Mrs. Straughn ? Un dépôt, j'espère.

– Un retrait, j'en ai peur. Mais d'abord, j'aimerais voir mon coffre. »

Je produisis la carte appropriée, veillant à ne pas la confondre avec la douzaine d'autres cartes bancaires rangées dans mon portefeuille. Nous accomplîmes ensemble le rituel solennel de l'ouverture des portes. Puis je me retrouvai seule dans un lieu guère plus grand qu'un confessionnal et soulevai alors le couvercle dissimulant ma nouvelle vie.

Le passeport était vieux de quatre ans, mais encore valide. C'était un passeport émis durant l'année du Bicentenaire imprimé sur un papier au filigrane rouge et bleu; le gentleman qui me l'avait donné au bureau de poste d'Atlanta m'avait dit qu'il vaudrait beaucoup d'argent dans quelques années. L'argent, douze mille dollars en diverses devises, était encore valide lui aussi. Et lourd. Je rangeai les liasses de billets dans mon fourre-tout et priai pour que la paille bon marché ne se casse pas. Les titres et actions émis au nom de Mrs. Straughn n'allaient pas me servir à grand-chose dans les circonstances présentes, mais ils dissimuleraient les tas de billets dans le sac. Je ne m'encombrai pas des clés de la Ford Granada. Je n'avais aucune envie d'accomplir les formalités nécessaires pour sortir la voiture de son garage et il serait dangereux pour moi qu'on la retrouve au parking de l'aéroport. Le dernier objet qui se trouvait dans la boîte était le petit Beretta destiné à Mr. Thorne en cas de besoin, mais je n'en aurais pas besoin là où j'allais.

Là où je comptais aller.

Après avoir rangé la boîte avec la même solennité funèbre que lors du précédent rituel, je fis la queue devant la caisse.

« Vous voulez vos dix mille dollars aujourd'hui ? demanda la fille qui mâchait son chewing-gum derrière les barreaux.

– Oui, comme indiqué sur le bon de retrait.

– Ça veut dire que vous allez clore votre compte chez nous ?

– Oui, en effet. » Étonnant comme des années de formation professionnelle peuvent produire de tels exemples d'efficacité. La fille jeta un regard vers le directeur adjoint, assis les doigts croisés sur le ventre comme un parent éploré. Il lui adressa un bref hochement de tête et elle s'acharna de plus belle sur son chewing-gum. « Bien, madame. Sous quelle forme souhaitez-vous recevoir votre argent ? »

Je fus tentée de lui répondre : *En centavos péruviens.* « En chèques de voyage, s'il vous plaît. » Je souris. « Mille dollars en chèques de cinquante. Mille dollars en chèques de cent. Et le reste en chèques de cinq cents.

– Il y aura des frais pour ceux-là », dit l'employée en

se renfrognant légèrement, comme si cette perspective était de nature à me faire changer d'avis.

« Ce n'est pas grave, ma chère. » La journée était encore jeune. *Je* me sentais jeune. Il ferait frais dans le Midi, mais la lumière serait comme du beurre fondu. « Prenez votre temps, ma chère. Rien ne presse. »

Le Sheraton d'Atlanta n'était qu'à deux pâtés de maisons de la banque. J'y pris une chambre. Comme on me demandait une empreinte de ma carte de crédit, je payai avec un chèque de voyage de cinq cents dollars et rangeai la monnaie dans mon portefeuille. La chambre était un peu moins plébéienne que celle du motel numéroté, mais tout aussi nue. Je décrochai le téléphone et appelai une agence de voyages. Après avoir consulté son ordinateur, la jeune femme qui m'avait répondu me donna le choix entre décoller d'Atlanta à six heures sur un vol de la T.W.A. qui ferait escale à Heathrow pendant quarante minutes avant de continuer sur Paris ou prendre un vol direct de la Pan Am à dix heures du soir. Dans les deux cas, la correspondance était assurée avec l'avion à destination de Marseille décollant en fin d'après-midi. Elle me recommanda la seconde option car elle était moins coûteuse. Je choisis la première option et la première classe.

Il y avait trois magasins de vêtements respectables à faible distance de l'hôtel. Je les appelai tous les trois et me décidai pour celui qui rechignait le moins à l'idée de *livrer* des articles à l'hôtel de leur cliente. Puis j'appelai un taxi et partis faire mes achats.

Je jetai mon dévolu sur huit robes signées Albert Nipon, quatre jupes — dont une adorable jupe en laine verte signée Pierre Cardin —, un ensemble complet de bagages en cuir fauve de chez Gucci, deux tailleurs Evan-Picone, dont l'un m'aurait paru convenir à une femme beaucoup plus jeune que moi quelques jours plus tôt, une quantité adéquate de sous-vêtements, deux sacs à main, trois chemises de nuit, une robe de chambre bleue très confortable, cinq paires de chaussures, dont une paire de souliers noirs à talons hauts signée Bally, une demi-douzaine de pull-overs en laine, deux chapeaux — dont un large chapeau de paille assez bien assorti à mon fourre-tout à sept dollars —, une douzaine de chemisiers, des accessoires de toilette, un flacon de parfum Jean Patou qui prétendait être «le parfum le plus cher du monde», ce qui était fort possible, un radio-réveil à affichage numérique et calculette incorporée qui ne me coûta que dix-neuf dollars, une trousse de maquillage, des bas nylon (pas ces horribles «collants», mais d'authentiques bas nylon), une demi-douzaine de best-sellers au rayon librairie, un Guide Michelin de la France, un portefeuille plus gros, divers chocolats et gâteaux anglais, et une petite malle en métal. Puis, pendant que l'employé cherchait un manutentionnaire pour livrer mon butin à mon hôtel, je me rendis dans un salon Elizabeth Arden pour une orgie de soins de beauté.

Plus tard, rafraîchie, détendue, toute picotante, vêtue d'une jupe confortable et d'un chemisier blanc, je retournai au Sheraton. Je commandai un déjeuner — café, sandwich au rosbif et à la moutarde de Dijon, pommes de terre en salade, glace à la vanille — et donnai cinq dollars de pourboire au groom qui me l'apporta. Il y avait un journal télévisé à midi, mais on n'y fit aucune mention des événements survenus samedi à Charleston. Je pris un long bain chaud.

Je mis de côté un tailleur bleu marine pour le voyage. Puis, vêtue d'un simple jupon, je commençai à faire mes bagages. Je rangeai dans le sac de voyage un tailleur de rechange, une chemise de nuit, ma trousse de toilette, des sandwiches, deux livres et la majorité de mon argent liquide. Je dus me faire monter des ciseaux pour ôter les étiquettes de mes achats. A deux heures, j'en avais fini — ma malle n'était qu'à moitié pleine et je fus obligée d'en caler le contenu à l'aide d'une couverture trouvée dans le placard — et je m'étendis pour faire la sieste en attendant quatre heures et quart, heure à laquelle une limousine devait me conduire à l'aéroport. Comme il était agréable de regarder les chiffres noirs défiler doucement sur le cadran d'affichage gris de mon radio-réveil tout neuf. Je n'avais aucune idée de la façon dont fonctionnait ce gadget. Il y a beaucoup de choses que je ne comprends pas dans cette fin de vingtième siècle, mais ça n'a aucune importance. Je m'endormis le sourire aux lèvres.

L'aéroport d'Atlanta ressemble à tous les grands aéroports que j'ai fréquentés et j'en ai fréquenté beaucoup. Je regrette les grandes gares des décennies passées : la dignité marbrée et ensoleillée de Grand Central à son apogée, la majesté aérée de la Gare Terminus de Berlin avant la guerre, et même la débauche architecturale et le chaos populeux de Victoria Station à Bombay. L'aéroport d'Atlanta est le symbole même du voyage dépourvu de classe : interminables corridors carrelés, sièges en plastique moulé, rangées de moniteurs vidéo affichant en silence les horaires d'arrivée et de départ. Les couloirs étaient peuplés d'hommes d'affaire pressés et de familles bruyantes et suantes en guenilles pastel. Ça n'avait aucune importance. Dans vingt minutes, je serais libre.

J'avais fait enregistrer tous mes bagages, excepté mon sac de voyage et mon sac à main. Un employé de la compagnie aérienne m'avait poussée le long des couloirs sur une petite chaise roulante électrique. En fait, mon arthrite me faisait *mal* et mes jambes souffraient encore de mes efforts de samedi. Je présentai mon billet dans la zone de départ, vérifiai qu'il était bien interdit de fumer dans la partie de l'appareil où se trouvait ma place de première, puis allai m'asseoir en attendant l'embarquement, prévu dans une vingtaine de minutes.

«Ms. Fuller. Melanie Fuller. Veuillez décrocher le téléphone blanc le plus proche, s'il vous plaît.»

Je me raidis sur mon siège. Le haut-parleur n'avait cessé de jacasser depuis mon arrivée, appelant passagers et employés, menaçant les voitures mal garées de contraventions et d'enlèvement, déclinant toute responsabilité pour les fanatiques religieux qui infestaient le terminal comme une meute de chacals bardés de tracts. C'était sûrement une erreur! Si on avait vraiment appelé mon nom, je l'aurais entendu plus tôt. Je me redressai, respirant à grand-peine, écoutant la voix asexuée réciter sa litanie de noms propres. Je me détendis en entendant prononcer celui d'une Miss Renée Fowler. C'était une erreur bien naturelle. Cela faisait des jours, des semaines, que mes nerfs étaient à vif. Je n'avais cessé de penser à la Réunion depuis l'automne.

«Ms. Fuller. Melanie Fuller. Veuillez décrocher le téléphone blanc le plus proche, s'il vous plaît.»

Mon cœur cessa de battre une seconde. Je sentis les muscles de ma poitrine se contracter douloureusement. C'est une erreur. Mon nom est fort répandu. Je suis sûre que j'ai mal entendu cet appel…

«Mrs. Straughn. Beatrice Straughn. Veuillez décrocher le téléphone blanc le plus proche, s'il vous plaît. Mr. Bergstrom. Harold Bergstrom…»

L'espace d'un instant, je fus persuadée — à en avoir la nausée — que j'allais m'évanouir ici, dans la salle des départs internationaux de la Trans World Airlines. Je baissai la tête tandis que la pièce bleue et rouge vacillait devant moi et qu'une myriade de points lumineux dansaient à la lisière de mon champ de vision. Puis je me levai, serrant contre moi sac à main, fourre-tout et sac de voyage. Un homme vêtu d'un blazer bleu auquel était accroché un badge passa devant moi et je lui agrippai le bras. «Où est-il?»

Il me regarda sans comprendre.

«Le téléphone blanc, sifflai-je. Où *est-il?*»

Il me désigna un mur tout proche. Je m'approchai de l'appareil comme s'il s'agissait d'une vipère. Durant une minute — une éternité —, il me fut impossible de le saisir. Puis je posai mon sac de voyage par terre, décrochai le combiné et murmurai mon nouveau nom dans le microphone. Une voix étrange me répondit : «Mrs. Straughn? Un instant, s'il vous plaît. Il y a un appel pour vous.»

Je restai immobile pendant que les connexions se mettaient en place avec des bruits caverneux. Lorsque la voix se fit entendre, elle était également caverneuse, vide, à croire qu'elle émanait d'un tunnel ou d'une pièce vide. Ou d'une tombe. Je connaissais bien cette voix.

«Melanie? Melanie, ma chérie, ici Nina... Melanie? Ma chérie, ici Nina...»

Je lâchai le combiné et reculai. Le vacarme qui m'entourait s'estompa jusqu'à devenir un bourdonnement lointain et abstrait. Il me semblait que je voyais des silhouettes minuscules s'agiter au bout d'un tunnel infiniment long. Prise de panique, je fis volte-face et m'enfuis dans le corridor, oubliant mon sac de voyage, oubliant l'argent qu'il contenait, oubliant mon avion, oubliant tout ce qui n'était pas la voix morte qui résonnait à mes oreilles comme un cri dans la nuit.

Alors que je m'approchais des portes du terminal, un ouvrier d'entretien se précipita vers moi. Je ne pris pas le temps de réfléchir. Je jetai un regard au Noir qui courait dans ma direction et il s'effondra sur le sol. Je ne crois pas avoir jamais Utilisé un sujet aussi vite ni aussi brutalement. Il entra en convulsions, se tapant à plusieurs reprises la tête contre les carreaux. Je me glissai entre les portes automatiques pendant que les passants se précipitaient vers l'employé en pleine crise.

Je m'immobilisai au bord de la chaussée et tentai sans succès de dominer le tourbillon de panique qui menaçait de m'engloutir. Chaque visage s'approchant de moi menaçait de devenir le masque mortuaire, blafard et souriant, que je m'attendais vaguement à voir. Je tournai sur moi-même, serrant contre ma poitrine mon sac à main et mon fourre-tout, vieille femme pathétique au bord de l'hystérie. *Melanie? Ma chérie, ici Nina...*

«Taxi, madame?»

Je me tournai vivement vers celui qui m'avait posé cette question. Un taxi vert et blanc s'était immobilisé près de moi sans que je le remarque. D'autres taxis attendaient derrière lui sur la voie qui leur était réservée. Le chauffeur était blanc, âgé d'une trentaine d'années, bien rasé mais pourvu d'une peau translucide où perçait déjà la barbe du lendemain.

« Vous voulez un taxi ? »

Je hochai la tête et m'escrimai sur la portière. Le chauffeur se pencha en arrière et la déverrouilla. L'intérieur de la voiture sentait la fumée refroidie, la sueur et le vinyle. Je jetai un regard par la lunette arrière alors que nous nous engagions sur la courbe de sortie. Des rectangles de lumière verte balayaient la vitre du taxi. Impossible de dire si une voiture nous suivait. Il y avait une circulation folle.

« J'ai dit : où on va ? » hurla le chauffeur.

Je cillai. Mon esprit était vide.

« En ville ? A l'hôtel ?

– Oui. » J'avais l'impression de parler dans une autre langue que lui.

« Lequel ? »

Une douleur atroce éclata derrière mon œil gauche. Je la sentis couler de mon crâne jusqu'à mon cou, puis se répandre dans mon corps comme une flamme liquide. Il me fut impossible de respirer pendant une seconde. Je restai immobile, serrant mon sac à main et mon fourre-tout, attendant que la douleur s'estompe.

« … ou quoi ? demanda le chauffeur.

– Pardon ? » Ma voix était aussi râpeuse que le bruissement du vent dans des tiges de maïs desséchées.

« Je prends la voie express ou quoi ?

– Sheraton. » Ce mot n'était pour moi qu'une suite de syllabes dépourvues de sens. La douleur commença à se dissiper, laissant derrière elle un écho de nausée.

« En ville ou près de l'aéroport ?

– En ville, dis-je sans comprendre de quoi nous discutions.

– Okay. »

Je m'adossai au siège de vinyle froid. Des rais de lumière traversaient l'intérieur du taxi avec une régularité hypnotique et je me concentrai sur mon souffle afin d'en ralentir le rythme. Le bruit des pneus sur le bitume mouillé pénétra le bourdonnement qui avait envahi mes oreilles. *Melanie, ma chérie…*

« Votre nom ? murmurai-je.

– Hein ?

– Votre nom, exigeai-je.

– Steve Lenton. C'est indiqué sur la carte. Pourquoi ?

– Où habitez-vous ?

– Pourquoi ? »

Il commençait à m'horripiler, celui-là. Je poussai. En dépit de ma migraine, en dépit des tourbillons de nausée, je poussai. L'impact fut si fort qu'il s'effondra sur son volant pendant quelques secondes, puis je lui permis de se redresser et de consacrer de nouveau son attention à la route.

« Où habitez-vous ? »

Une image, celle d'une jeune femme aux cheveux blonds et raides devant un garage.

Parlez.

« Beulah Heights. » La voix du chauffeur était dépourvue de timbre.

« Est-ce loin d'ici ?

– Un quart d'heure.

– Est-ce que vous vivez seul ? »

Tristesse. Chagrin. Jalousie. Image pénible de la blonde tenant dans ses bras un enfant morveux, voix dont le ton monte, colère, une robe rouge qui s'éloigne le long de l'allée. Dernière vision du break dans lequel elle s'est engouffrée. Apitoiement. Paroles d'une chanson de country-music aux accents de vérité.

« Nous allons là-bas », dis-je. Oui, je crois l'avoir dit. Je fermai les yeux et écoutai le bruit des pneus sur le bitume mouillé.

La maison du chauffeur n'était pas éclairée. Elle ne différait en rien des autres bicoques du lotissement où nous venions d'entrer : façade en stuc, « fenêtre panoramique » donnant sur un minuscule jardin rectangulaire, garage aussi grand que le reste de la maison. Personne ne nous remarqua à notre arrivée. Le chauffeur ouvrit la porte du garage et y fit entrer son taxi. Il s'y trouvait une autre voiture, une Buick d'un modèle récent, noire ou bleu marine, je n'aurais su le dire tant la lumière était faible. Je forçai le chauffeur à sortir la Buick dans l'allée, puis le fis revenir. Nous laissâmes le moteur du taxi allumé. Le chauffeur rabaissa la porte du garage.

« Faites-moi visiter la maison », dis-je à voix basse. Elle était aussi prévisible que déprimante. Des assiettes sales s'empilaient dans l'évier, chaussettes et sous-vêtements traînaient par terre dans la chambre, il y avait des journaux partout, et des portraits bon marché d'enfants aux yeux candides contemplaient le désordre.

« Où sont vos armes ? » demandai-je. Je n'avais pas besoin de sonder son esprit pour savoir qu'il en possédait. Nous étions dans le Sud, après tout. Le chauffeur cligna des yeux et me conduisit au sous-sol, dans un atelier chichement éclairé. Des calendriers périmés exhibaient leurs femmes nues sur les murs en parpaings. Le chauffeur me désigna une armoire métallique où étaient rangés un fusil à pompe, un fusil de chasse et deux pistolets. Ces derniers étaient enveloppés dans des chiffons graisseux. Le premier était un pistolet de tir à canon long, de petit calibre et ne tirant qu'un coup. Le second était un revolver qui m'était plus familier, un calibre 38 me rappelant un peu celui que m'avait laissé Charles. Je le mis dans mon fourre-tout, ainsi que trois boîtes de cartouches, et nous remontâmes dans la cuisine.

Il me donna les clés de la Buick et nous nous assîmes tous les deux pendant que je composais la note qu'il allait écrire. Elle n'était guère originale. Solitude. Remords. Mal de vivre. Les autorités remarqueraient peut-être l'absence du revolver et se mettraient certainement à la recherche de l'automobile, mais l'authenticité de la note et de la méthode choisie dissiperait probablement les soupçons. Du moins l'espérais-je.

Le chauffeur retourna dans son taxi. La porte donnant

sur le garage ne resta ouverte que quelques secondes, mais les gaz d'échappement me piquèrent les yeux. Le bruit du moteur me sembla horriblement fort. Lorsque je vis le chauffeur pour la dernière fois, il était assis sur son siège, les mains posées sur le volant, les yeux fixés sur l'horizon de quelque autoroute invisible. Je refermai la porte.

J'aurais dû partir tout de suite, mais il fallait que je m'assoie un peu. Mes mains tremblaient, des spasmes contractaient ma jambe droite et l'arthrite me poignardait la hanche. Je m'accrochai à la table en Formica et fermai les yeux. *Melanie? Ma chérie, ici Nina...* Impossible de se méprendre sur cette voix. Ou Nina était encore à mes trousses ou j'avais perdu l'esprit. *Le trou de son front était de la taille d'une pièce de monnaie et parfaitement rond. Il n'y avait pas de sang.*

Je fouillai les placards en quête de vin ou de cognac. Je ne trouvai qu'une bouteille de Jack Daniel's à moitié vide. Je dénichai un verre propre et bus. Le bourbon me brûla la gorge et l'estomac, mais mes mains avaient cessé de trembler lorsque je nettoyai le verre avant de le ranger.

J'envisageai pendant quelques secondes de retourner à l'aéroport, mais j'eus vite fait d'écarter cette idée. Mes bagages étaient déjà en route pour Paris. Je pourrais les rattraper en prenant le vol de la Pan Am, mais la seule idée de monter à bord d'un avion me donnait des frissons. *Détendu, Willi se tourne vers l'un de ses compagnons. Puis c'est l'explosion, les hurlements, la longue chute vers l'oubli et les ténèbres.* Non, je ne prendrais plus l'avion de sitôt.

Le bruit du moteur me parvint à travers la porte; un bourdonnement monotone et insistant. Plus d'une demi-heure avait passé. Il était temps que je m'en aille.

Je m'assurai que la rue était déserte et refermai la porte de la maison derrière moi. Le déclic de la serrure prenait tout à coup une résonance définitive. J'entendis à peine le moteur du taxi gronder derrière la porte du garage lorsque je me glissai au volant de la Buick. Il y eut quelques secondes de panique pendant lesquelles je n'arrivais pas à trouver la clé de contact, puis je recommençai mes recherches en prenant tout mon temps, et le moteur démarra tout de suite. Il me fallut une minute supplémentaire pour ajuster le siège et le rétroviseur et allumer les phares. Cela faisait plusieurs années que je n'avais pas conduit une voiture — par moi-même, je veux dire. Je sortis de l'allée en marche arrière et roulai lentement le long des rues tortueuses du lotissement. Je me rendis alors compte que je n'avais aucune destination de rechange, aucun plan de secours. Je n'avais pensé qu'à ma villa des environs de Toulon et à la nouvelle identité qui m'y attendait. Celle de Beatrice Straughn ne devait être que temporaire, un pseudonyme à endosser le temps d'un voyage. Je sursautai en me rappelant que mes douze mille dollars en liquide se trouvaient dans le sac de voyage que j'avais abandonné près du téléphone, à l'aéroport. Il me restait encore plus de neuf mille dollars en chèques de voyage dans mon sac à main et dans mon fourre-tout, ainsi que mon passeport et d'autres papiers, mais je ne possédais en tout et pour tout que le tailleur bleu dont j'étais vêtue. Ma gorge se serra lorsque je pensai aux merveilleux achats que j'avais faits le matin. Je sentis les larmes perler à mes yeux, mais je secouai la tête et démarrai lorsque le feu passa au vert, encouragée par le crétin qui klaxonnait impatiemment derrière moi.

Je réussis sans trop savoir comment à trouver la bretelle d'accès à l'Interstate et pris la direction du nord. J'hésitai en apercevant un panneau vert indiquant la sortie de l'aéroport. Mon sac de voyage se trouvait peut-être encore près du téléphone. Il me serait facile d'embarquer à bord d'un autre avion. Je n'en continuai pas moins ma route. Rien n'aurait pu me convaincre de poser le pied dans ce mausolée bien éclairé où m'attendait la voix de Nina. Nouveaux frissons lorsque apparut soudain dans mon esprit l'image de la salle de départ de la T.W.A. où je m'étais trouvée deux heures plus tôt, une éternité plus tôt. Nina était là, assise dans un fauteuil, toujours vêtue de la robe rose qu'elle portait lors de notre dernière rencontre, les mains croisées au-dessus du sac à main posé sur son giron, les yeux bleus, le front percé d'un trou de la taille d'une pièce de monnaie, un large sourire aux lèvres. Ses dents avaient été taillées en pointe. Elle allait monter à bord de l'avion. Elle n'attendait que moi.

Jetant de fréquents regards dans le rétroviseur, je changeai de file, ralentis et sortis de l'autoroute, la regagnant aussitôt. J'accomplis cette manœuvre à deux reprises. Il me fut impossible de savoir si j'étais suivie, mais je ne le pensais pas. La lueur des phares me brûlait les yeux. Mes mains recommencèrent à trembler. Je baissai un peu la vitre et laissai un filet d'air froid me caresser la joue. Je regrettais de ne pas avoir emporté la bouteille de bourbon.

Un panneau annonça I-85 NORD, CHARLOTTE, N.C. Je haïssais le Nord, la sécheresse des Yankees, la grisaille des villes, la froideur de l'air et les jours sans soleil. Toutes les personnes qui me connaissaient savaient que je détestais les États nordistes, en particulier en hiver, et que je ferais tout mon possible pour les éviter.

Je suivis les voitures qui obliquaient vers la sortie. Les lettres réfléchissantes d'un panneau aérien m'indiquèrent : CHARLOTTE, N.C. : 360 km, DURHAM, N.C. : 505 km, RICHMOND, VA : 810 km, WASHINGTON, D.C. : 975 km.

Agrippant le volant de toutes mes forces, tentant de suivre la vitesse folle de la circulation, je m'enfonçai dans la nuit en direction du nord.

« Hé, madame ! »

Je me réveillai en sursaut et fixai l'apparition immobilisée à quelques centimètres de mon visage. Un soleil éclatant illuminait de longues mèches de cheveux raides qui recouvraient à moitié une figure de rongeur ; petits yeux fuyants, long nez, peau crasseuse et minces lèvres gercées. L'apparition eut un sourire forcé, me laissant entrevoir des dents jaunes et acérées. Une incisive était cassée. L'adolescent n'avait pas plus de dix-sept ans. «Hé, madame, vous allez dans ma direction?»

Je me redressai et secouai la tête. Le soleil était déjà haut dans le ciel et il faisait chaud dans l'habitacle hermétiquement fermé. Je jetai un regard circulaire sur l'intérieur de la Buick et me demandai pourquoi j'avais dormi dans une voiture et non dans mon lit. Puis je me souvins de mon interminable voyage nocturne et de la terrible fatigue dont le poids m'avait obligée à faire halte dans une aire de repos déserte. Quelle distance avais-je parcourue? Je me rappelai vaguement avoir vu la sortie de Greensboro, Caroline du Nord, avant de m'arrêter.

«Madame?» La créature tapota la vitre d'un doigt incrusté de crasse.

J'appuyai sur le bouton pour abaisser la vitre, mais rien ne se passa. Je faillis succomber à la claustrophobie avant de penser à tourner la clé de contact. Tout fonctionnait à l'électricité dans ce véhicule insensé. Je remarquai que la jauge d'essence indiquait un réservoir presque plein. Je me rappelai m'être arrêtée durant la nuit, écartant plusieurs stations avant d'en trouver une qui ne fonctionnait pas uniquement en self-service. En dépit des circonstances, je n'allais pas m'abaisser à manipuler moi-même une pompe à essence. La vitre coulissa à l'intérieur de la portière dans un petit bourdonnement.

«Vous acceptez les auto-stoppeurs, madame?» La voix nasale du garçon était aussi répugnante que son aspect. Il était vêtu d'un blouson kaki très sale et n'avait pour tout bagage qu'un sac à dos et un duvet. Derrière lui, le soleil se reflétait sur le pare-brise des voitures qui fonçaient sur l'Interstate. J'eus soudain la sensation exaltante de faire l'école buissonnière. Le garçon renifla et s'essuya le nez avec la manche de son blouson.

«Où allez-vous? demandai-je.

– Vers le nord», dit le garçon en haussant les épaules.

Je ne cesse d'être étonnée par le fait que nous ayons élevé toute une génération incapable de répondre à la question la plus simple.

«Vos parents savent-ils que vous faites de l'auto-stop?»

Il haussa de nouveau les épaules, ou plutôt une épaule, comme si hausser les deux lui avait demandé trop d'énergie. Je sus immédiatement que ce garçon était très certainement un fugueur, probablement un voleur, et sans doute un danger pour toute personne assez stupide pour le prendre à bord de sa voiture.

«Montez», dis-je, et j'appuyai sur le bouton qui ouvrait la portière côté passager.

Nous fîmes halte à Durham pour y prendre un petit déjeuner. Le garçon fronça les sourcils en contemplant les photographies reproduites sur le menu, puis me regarda en plissant les yeux. «Euh, je ne peux pas... je veux dire, je n'ai pas d'argent pour me payer un repas. Enfin, j'en ai assez pour arriver jusque chez mon oncle, mais...

– Ce n'est pas grave. Je vous invite.» Nous étions censés croire qu'il se rendait chez son oncle à Washington. Lorsque je lui avais redemandé où il allait, il m'avait gratifiée de son regard de fouine et avait dit : «Et vous, où allez-vous?» J'avais laissé supposer que ma destination était Washington, et il m'avait offert un nouvel aperçu de ses dents jaunies par la nicotine. «Génial, c'est là qu'habite mon oncle. C'est là que je vais, chez mon oncle. A Washington. *Génial.*»

Le garçon marmonna sa commande à la serveuse et se pencha au-dessus de son assiette pour jouer avec sa fourchette. Comme la majorité des jeunes que je rencontrais ces temps-ci, il m'était impossible de dire si celui-ci était un authentique attardé ou s'il était tout simplement mal élevé. La plupart des personnes âgées de moins de trente ans appartiennent à l'une de ces deux catégories.

Je sirotai mon café et lui demandai : «Vous vous appelez Vincent, c'est bien ça ?

– Ouais.» Le garçon se pencha sur sa tasse comme un cheval sur son abreuvoir. Les bruits qu'il émettait allaient dans le sens de cette comparaison.

«C'est un bien joli prénom. Vincent comment ?

– Hein ?

– Quel est votre nom de famille, Vincent ?»

Le garçon approcha de nouveau ses lèvres de la tasse pour gagner du temps. Il me lança un regard de fouine. «Euh… Vincent Pierce.»

Je hochai la tête. Il avait failli dire Vincent Price. J'avais rencontré Price lors d'une vente aux enchères à Madrid, vers la fin des années 60. C'était un homme extrêmement poli, raffiné, aux grandes mains douces et mobiles. Nous avions discuté art, cuisine et culture espagnole. Price avait été chargé d'acheter des œuvres d'art pour le compte de quelque conglomérat américain. Je l'avais trouvé parfaitement délicieux. Ce n'était que plusieurs années plus tard que j'avais appris qu'il avait joué dans quantité de films d'épouvante grotesques. Peut-être lui était-il arrivé de travailler avec Willi…

«Et vous faites de l'auto-stop pour aller chez votre oncle de Washington ?

– Ouais.

– A l'occasion des vacances de Noël, sans doute. L'école doit être fermée.

– Ouais.

– Dans quelle partie de Washington habite votre oncle ?»

Vincent se courba derechef sur sa tasse. Ses cheveux pendaient sur son visage comme un rideau de lianes graisseuses. Toutes les dix secondes, il levait une main paresseuse pour les chasser de ses yeux. Ce geste était aussi régulier et irritant qu'un tic nerveux. Cela faisait moins d'une heure que je connaissais ce vagabond et ses manières commençaient déjà à me rendre folle.

«Dans la banlieue, peut-être ? soufflai-je.

– Ouais.

– Quelle banlieue, Vincent? Il y a plusieurs villes autour de Washington. Peut-être traverserons-nous la bonne, et je pourrai alors vous déposer. Votre oncle habite-t-il dans une banlieue riche?

– Ouais. Mon oncle, il est plein aux as. Toute ma famille est riche, vous comprenez?»

Je ne pus m'empêcher de jeter un regard à son blouson crasseux, à présent ouvert sur un tee-shirt noir déchiré. Son blue-jean taché était reprisé en plusieurs endroits. La tenue vestimentaire ne veut plus dire grand-chose de nos jours, je le sais. Vincent était peut-être le petit-fils de J. Paul Getty. Les chemises de soie que portait mon cher Charles me sont revenues en mémoire. Ainsi que les tenues complexes que Roger Harrison réservait à chaque occasion; la cape et le manteau qu'il enfilait même pour partir en promenade, ses culottes de cheval, sa cravate noire et son habit de soirée. Dans le domaine de l'habillement, l'Amérique a réussi à imposer son idéal égalitaire. Nous avons réduit les options vestimentaires de tout un peuple au plus petit dénominateur commun de la société : les haillons.

«Chevy Chase? dis-je.

– Hein? fit Vincent en plissant les yeux.

– Cette banlieue. C'est peut-être Chevy Chase.»

Il secoua la tête.

«Bethesda? Silver Spring? Takoma Park?»

Vincent plissa le front comme s'il réfléchissait à la question. Il allait prendre la parole lorsque je m'exclamai : «Oh, je sais! Si votre oncle est vraiment riche, il habite sans doute à Bel Air. C'est ça?

– Ouais, c'est ça, acquiesça Vincent, soulagé. C'est là qu'il habite.»

Je hochai la tête. Mon thé et mes toasts arrivèrent. On posa devant Vincent une assiette contenant des œufs, une saucisse, du bacon, des pommes de terre et des gaufres. Nous mangeâmes dans un silence seulement interrompu par le bruit de sa mastication.

Passé Durham, l'I-85 obliquait à nouveau vers le nord. Nous entrâmes en Virginie un peu moins d'une heure après avoir pris notre petit déjeuner. Quand j'étais jeune, ma famille allait souvent en Virginie rendre visite à des amis ou à des parents. En général, nous prenions le train, mais je préférais monter à bord du ferry minuscule mais confortable qui partait de Newport News. Et voilà que je me retrouvais au volant d'une Buick immense mais peu puissante en train de rouler vers le nord sur une autoroute à quatre voies tout en écoutant des chants religieux sur la bande F.M., ma vitre légèrement baissée pour chasser l'odeur de sueur et d'urine sèche qui émanait de mon passager endormi.

Nous avions dépassé Richmond et le soir tombait lorsque Vincent se réveilla. Je lui demandai s'il voulait bien me relayer au volant pendant quelques heures. J'avais mal aux bras et aux jambes à force de conduire aussi vite que les autres automobilistes. Personne ne respectait la limitation de vitesse et tout le monde roulait à plus de 80 km/h. De plus, mes yeux commençaient à fatiguer.

« Ouais, d'accord, je veux dire, vous êtes sûre ?

– Oui. Vous roulerez prudemment, j'espère.

– Ouais, ouais. »

Nous nous arrêtâmes dans une aire de repos pour échanger nos places. Vincent se mit à rouler à 100 km/h, tenant le volant d'une seule main, les paupières si lourdes que je craignis un instant qu'il se fût endormi. Je me rassurai en pensant que les automobiles modernes étaient si simples que même un chimpanzé aurait pu les conduire. J'inclinai mon siège en arrière jusqu'à une position presque horizontale et fermai les yeux. « Réveillez-moi quand nous arriverons à Arlington, s'il vous plaît, Vincent. »

Il grogna. J'avais posé mon sac à main entre les deux sièges avant et je savais que Vincent le regardait. Il avait été incapable de dissimuler son intérêt lorsque j'en avais sorti une épaisse liasse de billets pour payer le petit déjeuner. Je courais un risque en m'endormant, mais j'étais épuisée. Une radio F.M. de Washington diffusait un concerto de Bach. Le bourdonnement du moteur et les échos de la circulation me berçaient et je m'endormis en moins d'une minute.

L'absence de mouvement me réveilla. Je fus aussitôt consciente, alerte — comme un prédateur s'éveillant à l'approche de sa proie.

Nous étions garés sur une aire de repos en cours d'aménagement. La position du soleil dans le ciel hivernal m'indiqua que j'avais dormi environ une heure. La densité de la circulation me suggéra que nous étions tout près de Washington. Le couteau à cran d'arrêt que Vincent tenait dans sa main me suggéra des choses plus sinistres. Il leva les yeux des chèques de voyage qu'il était en train de compter. Je lui rendis son regard sans broncher.

« Faut que vous signiez ces trucs », murmura-t-il.

Je le regardai sans rien dire.

« Faut que vous signiez ces putains de trucs pour que je les encaisse », siffla mon auto-stoppeur. Une mèche de cheveux retomba sur ses yeux; il l'écarta d'un geste. « Faut que vous les signiez *tout de suite*.

– Non. »

Les yeux de Vincent s'écarquillèrent de surprise. Un peu de salive apparut sur ses lèvres minces. Je pense qu'il aurait pu me tuer à ce moment-là, en plein jour, à moins de vingt mètres de la chaussée où défilait un flot de voitures, sans pouvoir jeter mon cadavre ailleurs que dans le Potomac, mais — et même cet imbécile de Vincent était capable de comprendre ça — il avait besoin de ma signature sur ces chèques.

« Écoute, vieille conne, dit-il en agrippant le devant de mon tailleur, tu signes ces putains de chèques ou je raccourcis ton putain de nez. Tu as compris, *connasse* ? » Il immobilisa la lame de son couteau à quelques centimètres de mon visage.

Je contemplai la main crasseuse qui empoignait ma veste et soupirai. Durant quelques brèves secondes, je me rappelai le jour, plus de trente ans plus tôt, où j'étais entrée dans ma chambre d'hôtel, dans un autre pays, dans un autre monde, pour y trouver un gentleman chauve mais séduisant vêtu d'un habit de soirée et en train de fouiller dans mon coffret à bijoux. Ce voleur-là m'avait adressé un sourire ironique et s'était incliné devant moi. Comme je regrettais sa grâce, la facilité avec laquelle je l'Utilisais, sa tranquille efficacité qui ne devait rien au conditionnement.

«*Allez*», siffla le jeune voyou qui m'avait empoignée. Il approcha son couteau de ma joue. «Tu l'auras voulu, bordel.» Il y avait dans ses yeux une lueur qui n'avait rien à voir avec la cupidité.

«Oui», dis-je. Son bras s'immobilisa à mi-course. Durant plusieurs secondes, il se contracta jusqu'à faire saillir les veines de son front. Il grimaça et ses yeux s'écarquillèrent lorsque sa main se rabaissa, se retourna, et dirigea la lame vers son propre visage.

«Il est temps de commencer», dis-je tout doucement.

La lame effilée comme un rasoir se dressa à la verticale. Elle se glissa entre ses lèvres minces, entre ses dents jaunies et cassées.

«Temps d'enseigner», poursuivis-je.

La lame entra dans sa bouche, tranchant langue et gencives. Ses lèvres se retroussèrent, puis se refermèrent sur l'acier. La lame se couvrit de sang lorsque sa pointe toucha le palais.

«Temps d'apprendre.» Je souris et la première leçon commença.

15.
Washington, D.C., samedi 20 décembre 1980

Saul Laski resta immobile pendant vingt minutes à contempler la petite fille. Elle lui rendit son regard, immobile elle aussi, figée par le temps. Elle portait un chapeau de paille légèrement incliné sur sa tête et un tablier gris sur une robe blanche toute simple. Ses cheveux étaient blonds, ses yeux bleus. Elle avait les bras tendus et les mains jointes, exprimant toute la grâce maladroite de l'enfance.

Quelqu'un s'arrêta devant lui, et Saul fit un pas de côté pour mieux voir le tableau. La petite fille au chapeau de paille continuait de fixer l'espace vide qu'il avait occupé. Saul ne savait pas pourquoi ce tableau l'émouvait à ce point; la plupart des œuvres de Marie Cassatt lui paraissaient trop sentimentales, un salmigondis de pastels flous, mais celle-ci l'avait fait pleurer la première fois qu'il avait visité la National Gallery presque vingt ans plus tôt, et il ne venait jamais à Washington sans se rendre en pèlerinage devant «La petite fille au chapeau de paille». Peut-être que ce visage poupin et ces yeux songeurs lui rappelaient sa sœur Stefa — morte du typhus pendant la guerre — en dépit de ses cheveux bien plus sombres et de ses yeux qui n'avaient rien de bleu.

Saul se détourna du tableau. Chaque fois qu'il visitait ce musée, il se promettait d'en voir d'autres sections, de s'attarder un peu devant les œuvres d'art moderne, et chaque fois il passait tout son temps devant la fillette. La prochaine fois, pensa-t-il.

Il était plus d'une heure de l'après-midi et le restaurant du musée commençait à se vider lorsque Saul y entra et fouilla les tables du regard. Il repéra tout de suite Aaron, assis dans un coin de la salle, près d'une plante verte. Saul adressa un signe de la main au jeune homme et le rejoignit.

«Bonjour, oncle Saul.

– Bonjour, Aaron.»

Le neveu de Saul se leva et le serra dans ses bras. Saul sourit, saisit le garçon par les épaules et l'examina. Non, ce n'était plus un garçon. Aaron aurait vingt-six ans en mars. Ce n'était peut-être plus un garçon, mais il était encore mince, et Saul vit sur son visage le sourire de David, les muscles qui se retroussaient à la commissure de ses lèvres, même si c'étaient les yeux immenses de Rebecca qui le regardaient derrière les verres de ses lunettes. Sa peau sombre et ses pommettes saillantes étaient néanmoins celles du seul David, comme s'il en avait hérité par le simple fait de sa naissance sur le sol d'Israël. Aaron et son frère jumeau avaient treize ans lorsque la guerre des Six Jours avait éclaté, et ils étaient encore petits pour leur âge. Saul, désirant se faire incorporer en tant que médecin, était arrivé cinq heures trop tard à l'aéroport de Tel-Aviv, mais il avait pu écouter Aaron et Isaac lui narrer par le menu les exploits d'Avner, leur frère aîné, capitaine dans l'aviation. Il avait également écouté les jumeaux lui raconter les hauts faits de leur cousin Chaim, qui avait conduit son bataillon sur les hauteurs du Golan. Deux ans plus tard, le jeune Avner était mort, abattu par un SAM égyptien, et Chaim avait été déchiqueté par une mine israélienne mal placée durant la guerre du Kippour. Aaron avait dix-huit ans cette année-là et souffrait encore de l'asthme qui le tourmentait depuis l'enfance. David avait usé de tous les moyens possibles et imaginables pour l'empêcher de s'engager.

Aaron était bien résolu à devenir parachutiste ou commando comme son frère Isaac. Lorsque l'armée l'avait réformé en raison de son asthme et de sa myopie, il avait achevé ses études et joué sa dernière carte. Aaron avait prié son père... avait supplié son père... d'utiliser ses contacts pour lui trouver un poste dans les services secrets du pays. Aaron était entré au Mossad en juin 1974.

On ne l'orienta pas vers le service action; il y avait trop de héros et d'ex-commandos dans les rangs des services secrets israéliens pour qu'on affecte à un tel rôle un jeune intellectuel menacé en permanence par la maladie. Comme le voulait l'usage, Aaron fut entraîné à l'autodéfense et au maniement des armes, apprenant à se servir du petit Beretta calibre 22 qui était l'arme préférée du Mossad à cette époque, mais son domaine d'élection était la cryptographie. Après avoir passé trois ans à Tel-Aviv, dans les transmissions, et un an sur le terrain, quelque part dans le Sinaï, Aaron avait été affecté à l'ambassade d'Israël à Washington. Le fait qu'il soit le fils de David Eshkol avait plaidé en sa faveur.

«Comment vas-tu, oncle Saul? demanda Aaron en hébreu.

– Très bien. Parle en anglais, s'il te plaît.

– Entendu.» Sa voix n'avait aucun accent.

«Comment vont ton père et ton frère?

– Encore mieux que la dernière fois qu'on s'est vus. Les médecins pensent que Papa pourra passer quelque temps à la ferme cet été. Isaac a été promu au grade de colonel.

– Bien, bien.» Saul regarda les trois dossiers que son neveu avait posés sur la table. Il cherchait un moyen de revenir en arrière, d'obtenir les informations qu'Aaron allait lui fournir sans avoir pour cela à l'entraîner dans son cauchemar.

Comme s'il avait lu dans son esprit, Aaron se pencha en avant et murmura d'une voix insistante : «Oncle Saul, dans *quoi* exactement es-tu impliqué ?»

Saul tiqua. Six jours plus tôt, il avait appelé Aaron et lui avait demandé de lui procurer des informations sur

William Borden et sur le sort de Francis Harrington. Il avait agi de façon stupide; pendant des années, Saul avait évité de s'adresser à sa famille ou aux contacts de celle-ci, mais la disparition du jeune Harrington l'avait plongé dans l'angoisse et il avait craint, en se rendant à Charleston, de n'obtenir par la suite aucune information sur Borden — sur l'Oberst. Aaron l'avait rappelé sur une ligne protégée et lui avait demandé : «Oncle Saul, ça a rapport avec ton colonel allemand, n'est-ce pas?» Saul ne l'avait pas nié. Toute la famille le savait obsédé par un mystérieux nazi qu'il avait rencontré dans les camps. «Tu sais que le Mossad n'opère jamais en territoire américain, n'est-ce pas?» avait ajouté Aaron. Saul n'avait rien répondu à cela, mais son silence en disait long. Il avait travaillé aux côtés du père d'Aaron lorsque l'Irgoun Zvai Leumi et le Hanagah étaient des mouvements illégaux et actifs, achetant des armes et des *usines d'armement* américaines qui étaient expédiées en Palestine en pièces détachées, pour être assemblées et prêtes à servir le jour où les armées arabes déferleraient sur les frontières de la jeune nation sioniste. «D'accord, avait dit finalement Aaron. Je ferai mon possible.»

Saul cilla une nouvelle fois et ôta ses lunettes pour les nettoyer avec une serviette de table. «*Nu,* que veux-tu dire? Cet homme, Borden, a excité ma curiosité. Francis est un de mes anciens étudiants. Il est allé à Los Angeles pour recueillir des renseignements sur cet individu. Sans doute une histoire de divorce, qui sait? Francis n'est pas revenu le jour prévu, Mr. Borden est apparemment mort, et un de mes amis m'a demandé si je pouvais l'aider. Alors j'ai pensé à toi, Aaron.

– Mouais.» Aaron fixa son oncle du regard, puis secoua la tête et soupira. Il regarda autour de lui pour s'assurer que personne ne pouvait les entendre ni les voir. Puis il ouvrit le premier dossier. «Lundi, je suis allé à Los Angeles.

– Tu as fait ça!» Saul était stupéfait. Il avait pensé que son neveu donnerait quelques coups de fil à Washington, qu'il utiliserait les ordinateurs sophistiqués de l'ambassade d'Israël — en particulier ceux du bureau qui abritait les six agents du Mossad — et qu'il jetterait peut-être un coup d'œil dans des dossiers secrets israéliens ou américains. Il n'aurait *jamais* cru que le garçon s'envolerait pour la Côte Ouest dès le lendemain.

Aaron écarta son objection d'un geste. « Pas de problème, dit-il. J'avais droit à plusieurs semaines de congé. Quand donc nous as-tu demandé quelque chose, oncle Saul ? Tu nous as toujours donné sans compter, et ce depuis mon enfance. C'est l'argent que tu nous a envoyé de New York qui a payé mes études à Haïfa, alors que nous aurions pu les financer sans problème. Pour une fois que tu me demandes quelque chose, je peux bien me remuer, non ? »

Saul se passa une main sur le front. « Tu n'es pas James Bond, Moddy », dit-il, employant le surnom donné à Aaron pendant son enfance. « De plus, le Mossad n'opère jamais en territoire américain. »

Aaron n'eut aucune réaction. « J'étais en vacances, oncle Saul. Tu veux savoir ce que j'ai fait pendant mes vacances, oui ou non ? »

Saul hocha la tête.

« C'est là que logeait ton ami Mr. Harrington », reprit Aaron en faisant glisser vers lui la photo en noir et blanc d'un hôtel de Beverly Hills. Saul examina l'image sans la toucher, puis la fit glisser vers son neveu.

« Je n'ai pas pu apprendre grand-chose, poursuivit celui-ci. Mr. Harrington est arrivé à l'hôtel le 8 décembre. Une serveuse se rappelle qu'un jeune homme roux dont la description correspond à celle de Mr. Harrington a pris son petit déjeuner à la cafétéria de l'hôtel le matin du 9. Un portier croit se rappeler avoir vu un homme au volant d'une Datsun jaune identique à celle louée par Harrington sortir du parking de l'hôtel le mardi à trois heures de l'après-midi. Il n'en était pas sûr. » Aaron fit glisser deux feuilles de papier vers Saul. « Voici les photocopies de l'article paru dans la presse…

à peine un entrefilet... et du rapport de police. La Datsun a été retrouvée le mercredi 10, garée non loin de l'agence Hertz de l'aéroport. Hertz a finalement envoyé la facture à la mère de Harrington. La note d'hôtel, 329 dollars 48 *cents*, a été réglée par une personne anonyme au moyen d'un mandat que l'hôtel a reçu le lundi 15. Le jour même de mon arrivée. L'enveloppe était postée de New York. Serais-tu par hasard au courant, oncle Saul ? »

Saul le regarda sans répondre.

« Je m'en doutais », dit Aaron. Il referma le dossier. « Ce qu'il y a d'étrange dans cette histoire, c'est que les deux assistants à temps partiel de Mr. Harrington, Dennis Leland et Selby White, sont morts dans un accident de la route cette même semaine. Le vendredi 12 décembre. Ils avaient quitté New York pour se rendre à Boston après avoir reçu un appel téléphonique longue distance... Qu'y a-t-il, oncle Saul ?

– Rien.

– Tu as eu l'air vraiment malade pendant une seconde. Connaissais-tu ces deux types ? White était allé à Princeton avec Harrington. Il faisait partie des White de Hyannis Port.

– Je ne les ai rencontrés qu'une fois. Continue, Aaron. »

Aaron regarda son oncle en plissant les yeux. Saul se rappela avoir vu cette même expression sur son visage d'enfant lorsqu'il doutait de la véracité des histoires fantastiques que lui racontait son oncle. « Je ne sais pas exactement ce qui est arrivé, mais c'est du travail de professionnel, dit Aaron. Tout à fait dans les cordes du syndicat du crime américain — la nouvelle Mafia. Trois meurtres. Très propres. Deux cadavres dans une épave ; aucune trace du camion qui leur a fait quitter la route. Un troisième corps disparu pour de bon. Mais la question est la suivante : quel lièvre Francis Harrington avait-il soulevé en Californie pour que les pros — s'il s'agit bien de la Mafia — en reviennent à leurs bonnes vieilles méthodes pour l'éliminer ? Et pourquoi les éliminer tous les trois ? Leland et White avaient un emploi stable, ils ne travaillaient pour l'agence de Harrington que pour se divertir durant les week-ends. Harrington a traité trois affaires l'année dernière, dont deux cas de divorce concernant des amis à lui. Quant au troisième cas, c'était celui d'un pauvre type que ses parents avaient abandonné il y a quarante-huit ans et auquel Harrington n'a pu donner satisfaction puisqu'il n'a pas réussi à retrouver les parents en question.

– Où as-tu appris tout ça ? demanda Saul à voix basse.

– J'ai passé une soirée à interroger la secrétaire de Harrington après mon retour de Los Angeles, mercredi dernier.

– Je retire ce que j'ai dit, Moddy. Il y a un peu de James Bond en toi.

– Mouais.» Aaron regarda autour de lui. Le restaurant avait cessé de servir le déjeuner et les tables se vidaient de plus en plus vite. Il restait assez de clients pour que la présence de Saul et d'Aaron ne paraisse pas déplacée, mais le plus proche se trouvait à quatre ou cinq mètres d'eux. Quelque part dehors, un enfant se mit à pleurer avec des accents de klaxon. «T'as encore rien vu, oncle Saul, dit Aaron dans son plus beau style cow-boy.

– Vas-y.

– A en croire sa secrétaire, Harrington a reçu plusieurs coups de fil d'un homme qui a refusé de s'identifier. La police voulait savoir qui était ce type. Elle leur a dit qu'elle n'en savait rien… et que Harrington n'avait gardé aucune trace de son enquête en cours, excepté quelques notes de frais. Quoi qu'il en soit, ce nouveau client a donné assez de travail à Harrington pour qu'il se sente obligé de faire appel à ses camarades de fac.

– Mouais», fit Saul.

Aaron sirota son café. «Tu m'as dit que Harrington était un de tes anciens étudiants, oncle Saul. Il ne figure pas dans les registres de Columbia.

– Il assistait à deux cours en tant qu'auditeur libre. *Guerre et comportement humain* et *Psychologie de l'agression.* Ce n'est pas par manque d'intelligence que Francis a raté ses études à Princeton… c'était un élève brillant, mais qui se lassait vite. Mes cours ne le lassaient pas. Continue, Moddy. »

Aaron avait une expression déterminée qui rappela à Saul l'entêtement de David Eshkol lorsqu'ils discutaient de la validité de la guérilla à la lueur des étoiles, dans sa ferme des environs de Tel-Aviv. « La secrétaire a dit à la police que le client de Harrington était sans doute un Juif. A l'en croire, elle reconnaît toujours les Juifs à leur accent. Celui-ci semblait étranger. Allemand, ou peut-être hongrois.

– *Nu?*

– Est-ce que tu vas me dire ce qui se passe, oncle Saul ?

– Pas maintenant, Moddy. Je ne le sais pas exactement moi-même. »

Aaron conserva son air buté. Il tapota les deux autres dossiers. Ils étaient plus épais que le premier. « J'ai là-dedans des trucs beaucoup plus dingues que l'impasse Harrington. Il me semble qu'un échange équitable s'impose. »

Saul haussa légèrement les sourcils. « C'est une transaction, alors, ce n'est plus un service ? »

Aaron soupira et ouvrit le deuxième dossier. « Borden, William D. Apparemment né le 8 août 1906, à Hubbard, Ohio, mais il n'existe aucune trace de lui entre son certificat de naissance et un flot de cartes de sécurité sociale, permis de conduire, et cetera, émis à son nom en 1946. C'est le genre de détails qui attire d'ordinaire l'attention des ordinateurs du F.B.I., mais personne ne semble s'être soucié de son cas. A mon avis, si on allait faire un tour dans les cimetières autour de Hubbard… du diable si je sais où se trouve ce patelin… on y trouverait une petite pierre tombale dressée en mémoire d'un bébé nommé Billy Borden, que les anges l'emmènent tout droit au paradis, et cetera, et cetera. En attendant, notre ami Borden semble être apparu subitement à Newark, New Jersey, début 46. Il s'est établi à New York l'année suivante. Quelle que soit sa véritable identité, il avait du fric. Il a fait partie des financiers occultes de Broadway durant les années 48 et 49. Il a fréquenté le haut du panier, mais sans ostentation... du moins, je n'ai trouvé aucune mention de son nom dans les potins de l'époque, et pas un des vétérans du monde du spectacle encore en vie aujourd'hui ne se souvient de lui.

« Bref, Borden a déménagé à Los Angeles en 1950, a produit son premier film cette même année, et il n'a pas changé d'activité depuis. Il a un peu fait parler de lui durant les années 60. La faune de Hollywood l'appelait le Boche ou Big Bill Borden. Il a donné quelques fêtes, mais les flics n'ont jamais eu à intervenir pour calmer le jeu. Cet homme était un saint : aucune amende, aucune contravention... rien. A moins qu'il n'ait eu assez d'influence pour faire disparaître toute trace de ses erreurs. Qu'en penses-tu, oncle Saul ?

– Qu'est-ce que tu as d'autre ?

– Rien. Rien, excepté quelques potins de studio, une photo du portail de Herr Borden à Bel Air... on ne peut pas voir la maison... et les notices nécrologiques parues dans le *L.A. Times* et dans *Variety* après son accident d'avion de samedi dernier.

– Puis-je les voir, s'il te plaît ? »

Lorsque Saul eut fini de lire les coupures de presse, Aaron lui demanda posément : « Est-ce que c'était ton Allemand, oncle Saul ? Ton Oberst ?

– Probablement. C'est ce que je voulais savoir.

– Et tu as envoyé Francis Harrington enquêter sur ce Borden quelques jours avant qu'il périsse dans un attentat.

– Oui.

– Et ton ancien étudiant et ses deux amis sont morts durant la même période de trois jours.

– C'est toi qui viens de m'apprendre la mort de Dennis et de Selby. Je ne pensais pas qu'ils seraient en danger.

– *Qui* représentait un danger pour eux ?

– Honnêtement, je n'en sais rien pour l'instant.

– Dis-moi ce que tu sais, oncle Saul. Peut-être pouvons-nous t'aider.

– Nous ?

– Levi. Dan. Jack Cohen et Mr. Bergman.

– Des gens de l'ambassade ?

– Jack est mon supérieur, mais c'est aussi un ami. Dis-nous ce qui se passe et nous t'aiderons.

– Non.

– Tu ne peux rien me dire, ou tu ne veux rien me dire ? »

Saul regarda par-dessus son épaule. « Le restaurant va fermer dans quelques minutes. Si on allait ailleurs ? »

Les lèvres d'Aaron se contractèrent. « Trois de ces personnes... le couple près de l'entrée et le jeune homme à la table voisine... sont des nôtres. Ils resteront ici tant que nous aurons besoin d'eux.

– Tu leur as déjà tout raconté ?

– Non, seulement à Levi. De toute façon, c'est lui qui a pris les photos.

– Quelles photos ? »

Aaron sortit une photographie du troisième dossier, le plus épais. Elle montrait un homme de petite taille, cheveux noirs, blouson et chemise à col ouvert, yeux sombres sous de lourdes paupières, bouche cruelle. Il était en train de traverser une rue, son blouson volant au vent. « Qui est-ce ? demanda Saul.

– Harod. Tony Harod.

– L'associé de William Borden. Son nom était mentionné dans l'article de *Variety*. »

Aaron sortit deux nouvelles photographies du dossier. Harod se trouvait devant la porte d'un garage, une carte de crédit à la main, apparemment prêt à l'insérer dans un petit panneau encastré dans le mur. Saul avait déjà vu des serrures électroniques similaires. « Où cette photo a-t-elle été prise ? demanda-t-il.

– A Georgetown, il y a quatre jours.

– *Ici*, à Georgetown ? Que diable faisait-il à Washington ? Et que diable faisais-tu à le photographier ?

– C'est Levi qui l'a photographié, dit Aaron avec un sourire. Lundi, j'ai assisté au service funèbre donné en l'honneur de Mr. Borden à Forest Lawns. C'est Tony Harod qui a prononcé son éloge. D'après les quelques renseignements que j'ai pu recueillir, Mr. Harod était très proche de ton Mr. Borden. Mardi, quand il s'est envolé pour Washington, je l'ai suivi. De toute façon, je devais rentrer chez moi. »

Saul secoua la tête. « Tu l'as donc suivi jusqu'à Georgetown.

– Ça n'a pas été nécessaire, oncle Saul. J'avais téléphoné à Levi et c'est lui qui l'a suivi depuis l'aéroport. Je l'ai rejoint un peu plus tard. C'est à ce moment-là que ces photos ont été prises. Je voulais te parler avant de les montrer à Dan ou à Mr. Bergman. »

Saul regarda les photographies en plissant le front. « Je ne vois pas ce qu'elles peuvent avoir d'intéressant, dit-il. Cette adresse a-t-elle une importance quelconque ?

– Non. La maison a été louée à Bechtronics, une filiale de H.R.L. Industries. »

Saul haussa les épaules. « C'est ça qui est important ?

– Non, mais ceci l'est. » Il fit glisser cinq nouvelles photos sur la table. « Levi avait pris son fourgon de la Compagnie téléphonique Bell, dit Aaron d'un air satisfait. Il était en haut d'un poteau quand il les a photographiés alors qu'ils sortaient par l'allée. Celle-ci est complètement couverte. Ces types n'ont eu qu'à la descendre, à franchir le portail, à monter dans leur limousine et à s'en aller. Les voisins ne pouvaient pas les voir. On ne pouvait même pas les voir depuis le bout de l'allée. C'était parfait. »

Les photographies en noir et blanc montraient chaque homme en train de franchir la distance qui séparait le portail de la limousine ; les épreuves étaient grenues tant elles avaient été agrandies. Saul les étudia avec soin, puis dit : « Ces hommes me sont inconnus, Moddy. »

Aaron se prit la tête dans les mains. « Depuis combien de temps vis-tu dans ce pays, oncle Saul ? » Comme Saul restait muet, Aaron désigna la photo d'un homme aux petits yeux, aux grosses bajoues et à la crinière blanche et ondulée. « Cet homme est James Wayne Sutter, mieux connu de ses fidèles sous le nom de révérend Jimmy Wayne. Ça te dit quelque chose ?

– Non, répondit Saul.

– C'est un évangéliste de télé, dit Aaron. Il a fait ses débuts en 1964 dans un drive-in reconverti en église, à Dotham, Alabama, et aujourd'hui il dispose de son propre satellite, de sa propre chaîne câblée, et d'un revenu annuel exonéré d'impôt évalué à soixante-dix-huit millions de dollars. Question politique, il est un peu plus à droite qu'Attila. Si le révérend Jimmy Wayne proclame que l'Union soviétique est l'instrument du diable — ce qu'il fait chaque jour sur le petit écran —, il se trouve environ douze millions de personnes pour crier "Alléluia". Menahem Begin lui-même a fait du plat à ce crétin. Une partie des dons faits à son église est convertie en armes acheminées vers Israël. Tout est bon quand il s'agit de sauver la Terre sainte.

– Ce n'est pas la première fois qu'Israël trafique avec ces intégristes d'extrême droite, dit Saul. C'est ça qui vous a excités, toi et ton ami Levi ? Peut-être que Mr. Harod fait partie de ses ouailles. »

Aaron était agité. Il rangea les photos de Harod et de Sutter dans son dossier et sourit à la serveuse qui leur apportait du café. Le restaurant était presque vide. Lorsqu'elle se fut éloignée, Aaron dit d'une voix tendue : « Jimmy Wayne Sutter est le cadet de nos soucis, oncle Saul. Est-ce que tu reconnais cet homme ? » Il produisit la photographie d'un individu au visage mince, aux cheveux sombres et aux yeux profondément enfoncés dans les orbites.

« Non.

– Nieman Trask. Proche conseiller de Kellog, sénateur du Maine. Tu te rappelles ? Kellog a failli être choisi comme candidat à la vice-présidence l'été dernier.

– Vraiment ? Pour quel parti ? »

Aaron secoua la tête. « Oncle Saul, que *fais*-tu de tes journées pour ne rien savoir de ce qui se passe autour de toi ? »

Saul sourit. « Pas grand-chose. Je donne trois cours magistraux par semaine. Je fais toujours partie du conseil d'administration de la fac, bien que je n'y sois plus obligé. J'ai un programme de recherche à la clinique. Je dois rendre mon deuxième livre à mon éditeur pour le 6 janvier…

– D'accord, d'accord…

– Je fais au moins douze heures de consultation par semaine à la clinique. Je me suis rendu à quatre séminaires en décembre, dont deux en Europe, j'y ai prononcé des conférences…

– D'accord.

– La semaine dernière, par extraordinaire, je n'ai participé qu'à un seul débat. D'habitude, je consacre au moins deux soirées à des réunions avec le doyen et avec le Conseil d'éducation de l'État. Bon, Moddy, pourquoi Mr. Trask est-il si important ? Parce que c'est l'un des conseillers du sénateur Kellog ?

– Pas *l'un* des conseillers, *le* conseiller. A en croire la rumeur, Kellog ne va jamais aux toilettes sans avoir consulté Nieman Trask au préalable. De plus, Trask a été responsable du financement du parti pendant la dernière campagne électorale. On dit qu'il laisse un sillage de billets verts sur son passage.

– Charmant. Et ce gentleman ? » Saul tapota le front d'un homme qui ressemblait vaguement à Charlton Heston.

« Joseph Philip Kepler. Ex-numéro trois de la C.I.A. sous Lyndon Johnson, ex-homme à tout faire du Département d'État, aujourd'hui consultant médiatique et animateur sur la chaîne P.B.S.

– Oui, son visage me disait quelque chose. Son émission passe le dimanche soir, non ?

– “Feux Croisés”. Il invite des bureaucrates du gouvernement à seule fin de les embarrasser. Celui-ci… »

Aaron indiqua la photographie d'un homme chauve aux lèvres déformées par un rictus. «… c'est Charles C. Colben, assistant spécial du directeur délégué du Federal Bureau of Investigations.

– Voilà un titre bien intéressant. Ça peut vouloir tout dire ou ne rien dire.

– Dans son cas, ça veut dire beaucoup. Colben est la seule personne un tant soit peu impliquée dans l'affaire du Watergate à ne pas s'être retrouvée en prison. C'était le contact de la Maison Blanche au F.B.I. Certains prétendent que c'était aussi le maître à penser de Gordon Liddy. Non seulement il n'a pas été inculpé, mais il a vu son importance croître quand toutes les têtes ont eu fini de tomber.

– Que signifie tout ceci, Moddy?

– Une minute, oncle Saul, nous avons gardé le meilleur pour la fin.» Aaron rangea ses photographies, excepté celle d'un homme mince et impeccablement vêtu, âgé d'une soixantaine d'années. Ses cheveux gris coiffés avec soin lui donnaient un air distingué. En dépit du grain de l'épreuve, Saul perçut chez lui un bronzage, une vêture et une autorité subliminale que seule la richesse pouvait conférer.

«C. Arnold Barent.» Aaron marqua une pause, puis reprit : «“L'ami des présidents”. Depuis Eisenhower, tous les chefs d'État de ce pays sont allés en vacances avec leur famille dans une des propriétés de Barent. Le père de Barent était dans l'acier et les chemins de fer… un simple milliardaire… un indigent comparé à Barent Junior et à ses centaines de milliards. Promène-toi au-dessus de Manhattan et choisis au hasard un gratte-ciel, n'importe lequel; il y a plus d'une chance sur deux pour que l'une des compagnies installées au dernier étage appartienne à une société qui est elle-même une filiale d'un conglomérat administré par un consortium dont la majorité des parts appartient à C. Arnold Barent. Médias, micro-puces, studios de cinéma, pétrole, œuvres d'art, petits pots pour bébés, Barent est partout.

– Que veut dire le “C” ?

– Personne n’en a la moindre idée. C. Arnold Senior ne l’a jamais révélé et son fils pas davantage. Quoi qu’il en soit, les services secrets sont enchantés quand le président et sa famille vont lui rendre visite. Les propriétés de Barent se trouvent en général sur des îles… il possède des îles dans le monde entier, oncle Saul… et leur installation — sécurité, héliport, liaison satellite, et cetera — n’a rien à envier à celle de la Maison Blanche.

« Une fois par an — en général durant le mois de juin —, l’Heritage West Foundation de Barent organise son “camp d’été” : une semaine de détente pour les hommes politiques les plus connus de l’Occident. On n’y est admis que sur invitation, et il est nécessaire pour cela d’être au moins chef de cabinet et en pleine ascension… ou d’avoir derrière soi une brillante carrière. A en croire certaines rumeurs, on y a vu d’anciens chanceliers d’Allemagne fédérale danser autour de feux de camp et chanter des chansons paillardes avec d’anciens secrétaires d’État américains et un ex-président ou deux. C’est un endroit où les grands de ce monde peuvent se déboutonner… c’est bien ainsi que l’on dit, oncle Saul ?

– Oui. » Saul regarda son neveu ranger la dernière de ses photographies. « Dis-moi ce que tout ceci signifie, Aaron. Pourquoi Tony Harod est-il venu de Hollywood pour rencontrer en secret ces cinq personnages que je devrais connaître — et pour cause — et que je ne connais pas ? »

Aaron rangea les dossiers dans son attaché-case et se croisa les doigts, les lèvres pincées. « C’est à *toi* de *me* le dire, oncle Saul. Un producteur et ancien nazi — du moins tu penses que c’est ton ancien nazi — est tué dans un accident d’avion, sans doute à cause d’une bombe. Tu envoies un étudiant jouer au détective à Hollywood, il enquête sur le producteur et il se fait enlever… presque certainement tuer… ainsi que ses deux collègues amateurs. Huit jours plus tard, l’associé de ton producteur nazi… un homme qui, selon les rumeurs, a autant de charme qu'un charlatan doublé d'un violeur d'enfants... s'envole pour Washington et y rencontre le plus étrange assortiment de politicards et de magouilleurs depuis la première réunion du Conseil exécutif de Yasser Arafat. Que se passe-t-il, oncle Saul ?»

Saul ôta ses lunettes et en nettoya les verres. Il resta silencieux pendant une bonne minute. Aaron attendit. «Moddy, dit finalement Saul, je ne sais pas ce qui se passe. Je ne m'intéressais qu'à l'Oberst... à l'homme qui à mon avis est devenu William D. Borden. Je n'avais jamais entendu parler de ces hommes-*là* avant aujourd'hui. J'ignorais qui était Borden avant de voir sa photo dans le *New York Times* de dimanche, et c'est seulement à ce moment-là que j'ai été persuadé qu'il s'agissait de l'Oberst Wilhelm von Borchert, de la Waffen S.S...» Saul s'interrompit, remit ses lunettes et se palpa le front d'une main tremblante. Il savait qu'il devait apparaître à son neveu comme un vieil homme désemparé, mais ce n'était pas de la comédie de sa part.

«Oncle Saul, tu peux me dire ce qui ne va pas, dit Aaron en hébreu. Laisse-moi t'aider.»

Saul hocha la tête. Il sentit les larmes perler à ses yeux et il se détourna.

«Si cette histoire a une importance quelconque vis-à-vis d'Israël, insista Aaron, si cela représente une menace pour nous... nous devons travailler ensemble, oncle Saul.»

Saul se redressa sur son siège. *Une menace*. Soudain, il revit son père à Chelmno, portant le petit Josef au milieu de la file d'hommes et de garçons nus et pâles, sentit à nouveau la brûlure de la gifle sur sa joue, son humiliation, et sut avec certitude... tout comme son père l'avait su... que la première, la seule des priorités était de sauver sa famille. Il prit la main d'Aaron dans les siennes. «Moddy... tu dois me faire confiance. Je pense qu'il est en train de se produire plusieurs choses qui n'ont aucun rapport entre elles. Cet homme, que je croyais être mon Oberst... ce n'était probablement pas lui. Francis Harrington était brillant mais instable… il a renoncé à toutes ses responsabilités tout comme il avait renoncé à ses études à Princeton il y a trois ans. Je lui avais versé une confortable avance sur ses frais afin qu'il puisse enquêter sur le passé de William Borden. Je suis sûr que la mère de Francis… ou sa secrétaire… ou sa petite amie va recevoir d'un jour à l'autre une carte postale expédiée de Bora-Bora ou d'un endroit de ce genre…

– Oncle Saul…

– *Écoute-moi*, Moddy, je t'en prie. Les amis de Francis… ils sont morts dans un accident. Tu n'as jamais connu personne qui soit mort dans un accident ? Ton cousin Chaim, peut-être, qui est parti en Jeep sur le Golan pour aller retrouver une fille qui n'était qu'une *nafkeh*…

– Oncle Saul…

– Écoute-moi, Moddy. Voilà que tu te prends pour James Bond, tout comme tu te prenais pour Superman quand tu étais petit. Tu te rappelles l'été où je suis venu vous voir… tu avais neuf ans… tu étais trop grand pour bondir du haut de la terrasse avec une serviette de bain autour du cou en guise de cape. Tu n'as pas pu jouer avec ton oncle préféré pendant tout l'été à cause de ta jambe dans le plâtre. »

Aaron rougit et s'abîma dans la contemplation de ses mains.

« Tes photos sont intéressantes, Moddy. Mais que suggèrent-elles ? Une conspiration contre Jérusalem ? Une cellule du Fatah d'Arafat se préparant à expédier des bombes sur la frontière ? *Moddy*, tu as vu des hommes de pouvoir pleins aux as retrouver un pornographe dans une ville de pouvoir pleine aux as. Penses-tu qu'il s'agissait vraiment d'une rencontre *secrète* ? Tu l'as dit toi-même, C. Arnold Barent possède des îles et des maisons où le président lui-même est plus en sécurité que chez lui. Ce n'était pas une rencontre publique, voilà tout. Qui sait quel projet de cinéma cochon ces gens ont décidé de financer, qui sait où passent les fonds de ton révérend Wayne Jim ?

– Jimmy Wayne, rectifia Aaron.

– Peu importe. Penses-tu vraiment que nous devrions déranger tes supérieurs à l'ambassade, faire intervenir de *vrais* agents et courir le risque de voir David mis au courant, malade comme il l'est en ce moment, à cause d'une *meshuggener* de rencontre où on n'a probablement parlé que de cinéma porno ? »

Aaron était rouge comme une écrevisse. Saul crut une seconde que le jeune homme allait se mettre à pleurer. « D'accord, oncle Saul, tu ne veux *vraiment* rien me dire ? »

Saul posa une nouvelle fois la main sur celle de son neveu. « Moddy, je te jure sur la tombe de ta mère que je t'ai dit tout ce que je comprenais de la situation. Je vais rester encore un jour ou deux à Washington. Peut-être aurai-je le temps de passer chez toi pour embrasser Deborah et les enfants, et nous en reparlerons. C'est de l'autre côté du fleuve, n'est-ce pas ?

– Oui. A Alexandria. Pourquoi pas ce soir ?

– J'ai un rendez-vous. Mais demain… j'aimerais bien un bon repas en famille. » Saul jeta un regard en direction des trois Israéliens qui composaient avec eux toute la clientèle du restaurant. « Qu'allons-nous leur dire ? »

Ce fut au tour d'Aaron d'ajuster ses lunettes. « Seul Levi est au courant des raisons de notre présence ici. De toute façon, nous devions aller déjeuner… » Aaron regarda Saul droit dans les yeux. « Est-ce que tu sais ce que tu fais, oncle Saul ?

– Oui. Et pour le moment, je veux en faire le moins possible, me détendre, profiter un peu de mes vacances et commencer à préparer mes cours de janvier. Moddy, tu ne vas pas demander à l'un d'eux… » Saul inclina la tête en arrière. « … de me suivre, n'est-ce pas ? Cela risquerait d'être fort embarrassant vis-à-vis de la… euh, de la collègue avec laquelle j'espère dîner ce soir. »

Aaron eut un large sourire. « De toute façon, nous

n'en aurions pas les moyens. Seul Levi est un homme de terrain. Les deux autres travaillent avec moi au chiffre.» Tous deux se levèrent. «Entendu pour demain, oncle Saul? Tu veux que je vienne te chercher?

– Non, j'ai loué une voiture. Six heures, ça ira?

– Un peu plus tôt si ça t'est possible. Tu auras le temps de jouer avec les jumelles avant dîner.

– Quatre heures et demie, alors.

– Et nous reparlerons de tout ça?

– Je te le promets.»

Les deux hommes se dirigèrent vers l'escalier qui conduisait sous le dôme, s'embrassèrent et se séparèrent. Saul resta immobile devant la boutique du musée jusqu'à ce qu'il ait vu Harry, Barbara et Levi, un homme trapu, s'éloigner ensemble. Puis il remonta lentement vers la section des Impressionnistes.

La petite fille au chapeau de paille l'attendait toujours, le regardait toujours de cet air un peu surpris, un peu intrigué, un peu blessé, qui ne manquait jamais de l'émouvoir. Saul resta là un long moment, pensant à la famille, à la vengeance et à la peur. Il se surprit à se demander s'il était juste, s'il était seulement raisonnable, d'impliquer deux goyim dans un combat qui ne pourrait jamais être le leur.

Il décida de retourner à son hôtel, de prendre une bonne douche, bien longue et bien chaude, et de lire le nouveau livre de Mortimer Adler. Ensuite, lorsque le tarif du soir entrerait en vigueur, il appellerait Charleston pour parler à Natalie ou au shérif, si possible aux deux. Il leur dirait que son rendez-vous s'était bien passé; qu'il savait à présent que le producteur décédé dans l'avion de Charleston n'était pas le colonel allemand qui hantait ses cauchemars. Il leur avouerait qu'il avait été fatigué ces derniers temps et les laisserait tirer leurs propres conclusions au sujet de son analyse de Nina Drayton et des événements de Charleston.

Saul était toujours planté devant la petite fille au chapeau de paille, perdu dans ses pensées, lorsqu'une voix de basse dit dans son dos : « C'est un très joli tableau, n'est-ce pas ? Quelle tristesse que la fillette qui a posé pour le peintre soit aujourd'hui morte et son cadavre rongé par les vers. »

Saul fit volte-face. Francis Harrington se tenait devant lui, les yeux brillant d'une lueur étrange, le visage aussi pâle qu'un masque mortuaire. Ses lèvres molles tressautèrent, comme tirées par des crochets, jusqu'à ce qu'un rictus dévoile ses dents en une grotesque parodie de sourire. Ses bras se levèrent, comme pour étreindre Saul, ou comme pour l'engloutir.

« *Guten Tag, mein alte Freund*, dit la chose qui avait été Francis Harrington. *Wie geht's, mein kleiner Bauer ?*… Mon petit pion préféré ? »

16.
Charleston,
jeudi 25 décembre 1980

Un petit arbre de Noël avait été installé au milieu de la salle d'attente de l'hôpital. Cinq paquets vides et enveloppés de papier aux couleurs gaies étaient posés à son pied, et à ses branches pendaient des décorations en papier confectionnées par les enfants. Le soleil découpait des rectangles jaunes et blancs sur le sol carrelé.

Le shérif Bobby Joe Gentry salua la réceptionniste d'un hochement de tête, puis se dirigea vers les ascenseurs. « Bonjour et joyeux Noël, Miz Howell. » Il appuya sur le bouton et attendit l'arrivée de la cabine, un gros sac en papier blanc dans les bras.

« Joyeux Noël, shérif ! répliqua la septuagénaire bénévole. Oh… puis-je vous déranger quelques instants ?

– Vous ne me dérangez pas, madame. » Ne prêtant aucune attention à la porte qui venait de s'ouvrir devant lui, Gentry se dirigea vers le guichet. La vieille dame était vêtue d'une blouse vert pastel qui jurait avec le bouquet d'aiguilles de pin en plastique posé sur le comptoir en Formica. Deux romans sentimentaux de la collection Silhouette gisaient près de son registre. « En quoi puis-je vous aider, Miz Howell ? » demanda Gentry.

La vieille dame se pencha et retira ses verres à double foyer, les laissant pendre au bout de leur chaîne. « C'est au sujet de cette jeune femme de couleur, au quatrième, celle qu'on a admise hier soir, dit-elle dans un murmure qu'on aurait pu qualifier de conspirateur.

– Oui ?

– D'après l'infirmière Oleander, vous êtes resté là-haut presque toute la nuit… à monter la garde… et un de vos adjoints vous a remplacé quand vous êtes parti ce matin…

– C'est Lester.» Gentry serra le sac contre lui pour l'empêcher de tomber. «C'est le seul de mes hommes qui soit célibataire comme moi. On se retrouve souvent de garde pendant les périodes de fête.

– Euh, oui, dit Ms. Howell, un peu prise de court, mais on se demandait, l'infirmière Oleander et moi, vu que c'est Noël, eh bien… de quoi est *accusée* cette fille de couleur? Je veux dire, c'est peut-être une enquête officielle ou je ne sais quoi, mais est-il exact que cette fille est soupçonnée d'être impliquée dans les meurtres de Mansard House et qu'il a fallu l'amener ici de force?»

Gentry sourit et se pencha. «Miz Howell, puis-je vous confier un secret?»

La réceptionniste remit ses verres épais en place, plissa les lèvres, se redressa sur son siège et hocha la tête. «Bien sûr que oui, shérif. Tout ce que vous me direz n'ira pas plus loin que ce bureau.»

Gentry opina et se pencha pour lui murmurer à l'oreille : «Ms. Preston est ma fiancée. Cette idée ne lui plaît pas et j'ai été obligé de la garder enfermée dans ma cave. Hier soir, elle a tenté de s'évader pendant que nous faisions la tournée des bars, et j'ai dû lui donner une correction. Lester la tient en respect en attendant mon retour.»

Gentry se retourna pour lancer un clin d'œil à la réceptionniste avant d'entrer dans l'ascenseur. La posture de Ms. Howell était toujours aussi parfaite, mais ses lunettes avaient glissé au bout de son nez et sa bouche était légèrement entrouverte.

Natalie leva les yeux lorsque Gentry entra dans la chambre à deux lits dont elle était la seule occupante.

«Bonjour et joyeux Noël!» s'exclama-t-il. Il plaça le

plateau roulant devant elle et y posa le sac blanc. « Ho, ho, ho.

– Joyeux Noël. » La voix de Natalie était éraillée. Elle grimaça et porta une main à sa gorge.

« On vous a fait voir vos bleus ? demanda Gentry en se penchant pour les inspecter une nouvelle fois.

– Oui, chuchota Natalie.

– Celui qui vous a fait ça avait des doigts de catcheur. Comment va votre tête ? »

Natalie toucha le large bandage qui recouvrait sa tempe gauche. « Que s'est-il passé ? demanda-t-elle d'une voix rauque. Je me rappelle que j'étais en train d'étouffer, mais je ne me rappelle pas m'être cognée... »

Gentry commença à sortir des petites boîtes en plastique de son sac. « Le docteur est passé vous voir ?

– Pas depuis mon réveil.

– Le toubib pense que vous vous êtes cognée à la portière pendant que vous vous débattiez. » Gentry ôta les couvercles des gobelets et des tasses en plastique contenant du jus d'orange et du café fumant. « Ce n'est qu'une contusion qui a un peu saigné. C'est parce que ce type vous a étouffée que vous êtes tombée dans les pommes. »

Natalie se toucha la gorge et grimaça à ce souvenir. « A présent, je sais quel effet ça fait d'être étranglée », murmura-t-elle en souriant faiblement.

Gentry secoua la tête. « Non. Il vous a fait une prise d'étranglement, mais c'était pour empêcher le sang d'arriver à votre cerveau, pas pour empêcher l'air d'arriver à vos poumons. Ce type est un expert. Quelques secondes de plus, et vous risquiez de devenir un légume. Vous voulez un muffin avec vos œufs brouillés ? »

Natalie contempla le petit déjeuner plantureux disposé devant ses yeux : café, muffins, œufs, bacon, saucisses, jus d'orange et fruits. « Où donc avez-vous trouvé tout ça ? On m'a déjà servi le petit déjeuner, et je n'ai pas pu l'avaler... un œuf poché en caoutchouc et de la lavasse en guise de thé. Vous avez trouvé un restaurant ouvert le jour de Noël ? »

Gentry ôta son chapeau, le plaqua contre son cœur et prit un air vexé. « Un restaurant ? *Un restaurant ?* Enfin, m'dame, cette ville respecte la volonté divine. Aucun restaurant n'est ouvert ce matin… sauf peut-être celui de Tom Delphin, sur l'Interstate. Tom est agnostique. Non, m'dame, cette bouffe vient tout droit de la cuisine de votre serviteur. Maintenant, mangez avant que ça refroidisse.

– Merci… shérif. Mais je ne pourrai jamais manger tout ça…

– Je le sais bien. C'est aussi l'heure de mon petit déjeuner. Voilà le poivre.

– Mais… ma gorge…

– Le toubib dit qu'elle va vous faire mal pendant quelque temps, mais ça ne vous empêchera pas de manger. A table ! »

Natalie ouvrit la bouche pour parler, se ravisa et attrapa sa fourchette.

Gentry sortit un petit transistor de son sac et le posa sur la table de chevet. La plupart des radios F.M. diffusaient des chants de Noël. Il trouva une station de musique classique qui avait programmé *Le Messie* de Haendel et laissa la musique prendre son essor.

Natalie semblait apprécier ses œufs brouillés. Elle avala une gorgée de café chaud. « C'est excellent, shérif. Et Lester, au fait ?

– Le mot "excellent" ne convient pas tout à fait pour le décrire.

– Non, je veux dire : il est toujours ici ?

– Non. Il est retourné au poste et il y restera jusqu'à midi. Ensuite, Stewart viendra le relever. Ne vous inquiétez pas, Lester a déjà pris son petit déjeuner.

– Ce café est vraiment bon. » Natalie contempla Gentry, assis derrière l'amas de récipients. « Lester m'a dit que vous avez passé la nuit ici. »

Gentry réussit à ôter son chapeau et à hausser les épaules en même temps. « Ces fichus œufs refroidissent même lorsque je les conserve dans ces saletés en plastique, dit-il.

– Vous aviez peur que ce type… mon agresseur… vienne ici ?

– Pas vraiment, mais on n'a pas eu le temps de discuter hier soir avant qu'ils vous fassent cette piqûre. J'ai pensé que ça ne vous ferait pas de mal de trouver quelqu'un à qui parler en vous réveillant.

– Et vous avez passé la nuit de Noël dans une chambre d'hôpital. »

Gentry lui sourit. « Bof, c'était plus distrayant que de regarder pour la vingtième fois Mister Magoo en Scrooge dans "Un conte de Noël".

– Comment avez-vous fait pour me retrouver si vite hier soir ? demanda Natalie d'une voix toujours rauque mais un peu moins éraillée.

– Eh bien, on s'était donné rendez-vous, rappelez-vous. Vous n'étiez pas chez vous, il n'y avait aucun message sur mon répondeur, aussi suis-je allé faire un tour devant la maison Fuller avant de rentrer chez moi. Je savais que vous passiez souvent par là.

– Mais vous n'avez pas vu mon agresseur ?

– Non. Je vous ai trouvée dans votre voiture, recroquevillée sur un appareil photo couvert de sang. »

Natalie secoua la tête. « Je ne me rappelle toujours pas l'avoir frappé avec. Je cherchais à récupérer le pistolet de Papa.

– Au fait, ça me rappelle quelque chose. » Gentry se dirigea vers le blouson vert qu'il avait posé sur une chaise, sortit de sa poche l'automatique calibre 32 et le posa sur le plateau à côté du jus d'orange de Natalie. « J'ai remis le cran de sûreté en place. Il est toujours chargé. »

Natalie approcha un toast de sa bouche, mais ne mordit pas dedans. « *Qui* était-ce ? »

Gentry secoua la tête. « Vous dites qu'il était blanc ?

– Oui. Je n'ai vu que son nez… un morceau de sa joue… et ses yeux, mais je suis sûre qu'il était blanc…

– Quel âge ?

– Je n'en suis pas sûre. J'ai eu l'impression qu'il avait à peu près votre âge… la trentaine, peut-être.

– Vous rappelez-vous un détail que vous n'auriez pas mentionné hier soir ?

– Non, je ne pense pas. Il était dans la voiture quand j'y suis montée. Il avait dû se coucher derrière la banquette avant... » Natalie reposa son toast et frissonna.

« Il avait cassé votre veilleuse, dit Gentry en avalant sa dernière bouchée d'œufs brouillés. C'est pour ça qu'elle ne s'est pas allumée quand vous avez ouvert la portière. Vous dites avoir vu de la lumière au premier étage de la maison Fuller ?

– Oui. Pas dans le couloir ni dans la chambre. Peut-être dans la chambre d'amis. Je l'ai aperçue à travers le volet.

– Tenez, finissez ça, dit Gentry en poussant vers elle une assiette de bacon. Saviez-vous qu'on avait coupé l'électricité dans la maison Fuller ? »

Natalie arqua les sourcils. « Non

– C'était probablement une lampe-torche. Peut-être une grosse lanterne électrique.

– Vous me croyez, alors ? »

Gentry était occupé à refermer ses récipients et à les jeter dans la corbeille. Il s'interrompit et se tourna vers Natalie. « Bien sûr que je vous crois. Vous ne vous êtes pas fait ces marques à la gorge toute seule.

– Mais pourquoi voudrait-on me tuer ? » Les blessures de Natalie ne suffisaient pas à expliquer la faiblesse de sa voix.

Gentry empila les assiettes. « Hum, fit-il. Quel que soit ce type, il ne cherchait pas à vous tuer. Il voulait vous faire *mal*...

– Il y a réussi, dit Natalie en palpant sa gorge et sa tête bandée.

– ... et vous faire *peur*.

– Idem. » Natalie parcourut la chambre du regard. « Bon Dieu, je déteste les hôpitaux.

– Et il y a ce qu'il vous a dit, poursuivit Gentry. Répétez-le, s'il vous plaît. »

Natalie ferma les yeux. « Vous voulez retrouver la vieille ? Allez voir à Germantown.

– Répétez ça encore une fois, insista Gentry. Essayez d'adopter la même intonation, le même débit que lui.»

Natalie répéta la phrase d'une voix sans relief.

«C'est tout ? dit Gentry. Pas d'accent particulier ?

– Pas vraiment. Il avait une voix neutre. Un peu comme un animateur de F.M. en train de donner le bulletin météo.

– Ce n'était pas un gars d'ici, alors.

– Non.

– Un Yankee, peut-être ?» Gentry répéta la phrase avec un accent new-yorkais si prononcé et si bien imité que Natalie éclata de rire en dépit de sa gorge douloureuse.

«Non, dit-elle.

– Un gars de la Nouvelle-Angleterre, alors ? Un Allemand ? Un Juif du New Jersey ?» Gentry répéta trois fois la même phrase en adoptant successivement trois accents différents.

«Non, dit Natalie en riant. Vous êtes vraiment doué. Mais non, sa voix était neutre, tout simplement.

– Et sa tonalité ? Grave ou aiguë ?

– Grave, mais pas autant que la vôtre. Une voix de baryton.

– Est-ce que ça aurait pu être une femme ?»

Natalie cilla. Elle revit le visage qu'elle avait aperçu dans le rétroviseur alors que des points rouges envahissaient son champ de vision : ce visage mince, cette joue creuse, ces yeux gris ardoise. Elle repensa à la force des mains et des bras. *Ça aurait pu être une femme*, songea-t-elle. *Une femme très costaud.* «Non, dit-elle à haute voix. Ce n'est qu'une *impression*, mais ça ressemblait à une attaque d'homme, si vous voyez ce que je veux dire. Ce qui ne veut pas dire que j'aie déjà été agressée par un homme. Et il n'y avait rien de sexuel dans cette agression…» Elle s'interrompit, gênée.

«Je comprends. Quoi qu'il en soit, ça tend à prouver que ce type n'avait pas l'intention de vous tuer. En général, les assassins ne transmettent pas un message à leurs victimes au moment de passer à l'acte.

– Un message destiné à qui ? demanda Natalie.

– "Avertissement" est peut-être le mot qui convient. Quoi qu'il en soit, j'ai enregistré ça comme une agression avec tentative de viol. Ce n'était pas du vol qualifié, puisqu'il ne vous a même pas pris votre sac à main.» Gentry rangea la vaisselle, excepté les tasses à café, et sortit une bouteille thermos de son sac blanc. «Vous vous sentez d'attaque pour reprendre un peu de café ?»

Natalie hésita. «Oui, dit-elle finalement en lui tendant sa tasse. En général, le café a tendance à m'énerver, mais on dirait qu'il compense les effets de la piqûre qu'on m'a faite hier soir.

– Et puis c'est Noël», dit Gentry en resservant. Ils écoutèrent en silence la conclusion triomphante du *Messie*.

Une fois l'oratorio achevé, le speaker annonça la suite du programme. Puis Natalie dit : «Je n'étais pas vraiment obligée de passer la nuit ici, n'est-ce pas ?

– Vous étiez gravement traumatisée. Vous êtes restée inconsciente au moins dix minutes. Il a fallu vous poser huit points de suture sur le cuir chevelu, là où vous aviez heurté l'attache de la ceinture.

– Mais j'aurais pu rentrer chez moi, pas vrai ?

– Probablement. Mais je ne le souhaitais pas. Il valait mieux que vous ne restiez pas seule, vous n'étiez pas en état d'accepter une invitation à venir chez moi, et je ne voulais pas passer la nuit de Noël dans une voiture banalisée garée devant chez vous. De plus, vous *deviez* rester en observation au moins jusqu'à ce matin. C'est le toubib qui l'a dit.

– J'aurais accepté d'aller chez vous.» Il n'y avait aucun soupçon de coquetterie dans la voix de Natalie. «J'ai peur.»

Gentry opina. «Ouais.» Il acheva son café. «Moi aussi. Je ne sais pas pourquoi, mais j'ai l'impression qu'on est embarqués dans quelque chose qu'on ne comprend pas.

– Vous croyez encore à l'histoire de Saul ?

– Je me sentirais plus rassuré si on avait eu de ses

nouvelles durant les six derniers jours. Mais on n'est pas obligés de croire tout ce qu'il nous a dit pour se rendre compte qu'il se passe quelque chose de bizarre par ici.

– Pensez-vous que vous réussirez à retrouver mon agresseur ?» Soudain épuisée, Natalie se laissa tomber sur son oreiller et changea la position du lit.

«Pas si on compte sur l'identité judiciaire. J'ai fait analyser le sang sur le Nikon, mais ça ne nous apprendra pas grand-chose. La seule façon de le retrouver, c'est de continuer l'enquête.

– Ou d'attendre qu'il s'en prenne de nouveau à moi.

– Ça m'étonnerait. Je pense qu'on vous a déjà transmis le message.

– "Vous voulez retrouver la vieille ? Allez voir à Germantown", entonna Natalie. La vieille en question étant Melanie Fuller ?

– Vous en voyez une autre ?

– Non. Où est Germantown ? Est-ce que c'est une vraie ville ? Pensez-vous que ça puisse avoir un rapport avec l'Oberst de Saul... que ce soit une sorte de code ?

– Je connais deux ou trois Germantown. Des quartiers de villes du Nord. Je crois qu'il existe un quartier historique de ce nom à Philadelphie. Mais il y a peut-être des centaines de villes qui s'appellent comme ça en Amérique. Je n'en ai pas trouvé dans mon petit atlas, mais j'irai faire des recherches à la bibliothèque. Ça ne ressemble pas à un code... seulement à un nom de lieu.

– Mais pourquoi nous dirait-on où elle se trouve ? Et qui pourrait le savoir ? Et pourquoi nous le dire à nous ?

– Excellentes questions. Je n'ai encore aucune réponse à vous proposer. Si l'histoire de Saul est véridique, il semble qu'il n'en connaissait pas tous les détails.

– Et si mon agresseur avait été... un agent de Ms. Fuller elle-même ? Quelqu'un qu'elle aurait utilisé comme l'Oberst a utilisé Saul ? Et si elle était encore à Charleston, et qu'elle ait voulu nous lancer sur une fausse piste ?

– Bien sûr, mais j'ai personnellement fabriqué quelques scénarios de ce genre et aucun ne tient la route. Si Melanie Fuller est encore vivante et se trouve encore à Charleston, pourquoi se signalerait-elle à notre attention? Qui diable sommes-*nous*? L'enquête a déjà mobilisé la brigade criminelle, la police de trois États et le F.B.I. Les trois networks ont diffusé un reportage la semaine dernière, il y avait cinquante journalistes à la conférence de presse du District Attorney il y a dix jours, et certains d'entre eux sont encore occupés à fouiner dans le coin… même si on ne les voit plus très souvent à mon bureau. Une autre raison pour laquelle je n'ai pas précisé dans mon rapport que vous étiez garée en face de la maison Fuller hier soir. Je vois déjà les manchettes des journaux à sensation : LA MAISON MEURTRIÈRE DE CHARLESTON A FAILLI FAIRE UNE NOUVELLE VICTIME.

– Quel scénario vous paraît le plus raisonnable, alors?»

Gentry acheva de ranger ses affaires, écarta le plateau mobile et s'assit au bord du lit. Il semblait étrangement souple pour un homme de sa corpulence, comme si sa graisse et sa peau rose dissimulaient un corps d'athlète. «Supposons que l'histoire de Saul soit véridique, dit-il doucement. Nous sommes alors en présence de plusieurs vampires psychiques en train de s'affronter. Nina Drayton est morte… j'ai vu son corps quand il est arrivé à la morgue et quand il en est reparti. Je ne sais pas ce qu'elle était avant, mais ce n'est plus désormais qu'un souvenir… des cendres… ceux qui sont venus réclamer son corps l'ont fait incinérer.

– De qui s'agissait-il?

– Pas de membres de sa famille. Ni d'amis à proprement parler. Un avocat de New York chargé de régler sa succession et deux membres du conseil d'administration d'une société dont elle faisait partie.

– Nina Drayton a donc disparu du tableau. Qui nous reste-t-il?»

Gentry leva trois doigts. «Melanie Fuller, William Borden… l'Oberst de Saul…

– Ça fait deux, dit Natalie en regardant le doigt restant. Qui d'autre?

– Un million d'inconnus, dit Gentry en agitant ses dix doigts. Hé, j'ai un cadeau de Noël pour vous.» Il retourna près de son blouson et en revint avec une enveloppe. Elle contenait une carte de vœux et un billet d'avion.

«Destination Saint Louis, lut Natalie. Départ demain.

– Ouaip. Il n'y avait plus de places aujourd'hui.

– Est-ce que vous me chassez de la ville, shérif?

– On pourrait dire ça.» Gentry se fendit d'un large sourire. «Je sais que j'abuse de la situation, Miz Preston, mais je me sentirais foutrement mieux si vous ne reveniez pas ici tant que cette affaire ne sera pas conclue.

– Je ne sais quoi penser. Pourquoi serais-je plus en sécurité à Saint Louis? Si quelqu'un m'en veut, pourquoi ne me suivrait-il pas là-bas?»

Gentry se croisa les bras. «Bien raisonné, mais je ne pense pas que quelqu'un vous en *veuille*, et vous?» Comme elle ne répondait pas, il poursuivit: «Quoi qu'il en soit, vous m'avez dit l'autre jour que vous aviez des amis là-bas... Frederick pourrait rester auprès de vous…

– Je n'ai besoin ni d'un garde du corps ni d'un babysitter, dit Natalie d'une voix glaciale.

– Non, mais là-bas, vous serez occupée et entourée par vos amis. Et vous serez en dehors de ce qui se passe ici.

– Et qui retrouvera l'assassin de mon père? Qui surveillera la maison Fuller en attendant que Saul reprenne contact avec nous?

– Je confierai la surveillance de la maison Fuller à un de mes adjoints. Mrs. Hodges m'a donné la permission de l'installer chez elle… en haut, dans la tanière de Mr. Hodges. Elle donne sur la cour.

– Et vous, que comptez-vous faire?»

Gentry prit son chapeau sur le lit, en lissa les bords et le vissa sur sa tête. «J'avais l'intention de prendre des vacances.

– Des vacances!» Natalie n'en revenait pas. «En plein milieu de cette affaire? Après tout ce qui est arrivé?»

Gentry sourit. «C'est presque exactement ce qu'on m'a dit à la mairie. Mais ça fait deux ans que je n'ai pas pris de congé et le Comté me doit au moins cinq semaines. Je pense que je peux en prendre au moins une ou deux.

– Quand partez-vous?

– Demain.

– Et où irez-vous?» Il y avait plus que de la curiosité dans la voix de Natalie.

Gentry se frotta la joue. «J'ai bien envie d'aller vers le nord et de visiter New York pendant quelques jours. Ça fait une éternité que je n'y ai pas mis les pieds. Ensuite, je crois que j'irai passer un jour ou deux à Washington.

– Pour y chercher Saul.

– Peut-être», grasseya Gentry. Il jeta un coup d'œil à sa montre. «Hé, il se fait tard. Le toubib devrait passer vous voir vers neuf heures. Ensuite, vous pourrez sans doute rentrer chez vous.» Il marqua un temps. «Revenons à ce que vous avez dit tout à l'heure : vous ne verriez aucune objection à vous faire héberger chez moi…»

Natalie se redressa sur ses oreillers. «Est-ce une invitation? demanda-t-elle.

– Oui, m'dame. Je me sentirais mieux si vous ne restiez pas trop longtemps chez vous avant de partir. Bien sûr, vous pouvez toujours prendre une chambre d'hôtel, et je peux toujours demander à Lester ou à Stewart de monter la garde avec…

– Shérif, coupa-t-elle, avant de vous répondre, je tiens à régler un détail avec vous.»

Gentry prit un air sérieux. «Je vous écoute, m'dame.

– J'en ai marre de vous appeler shérif, et j'en ai plus

que marre que vous m'appeliez m'dame. Appelons-nous par nos prénoms ou tout est fini entre nous.

– Ça me va, m'dame, dit Gentry en souriant.

– Il y a encore un problème. Jamais je n'arriverai à vous appeler Bobby Joe.

– Mes parents n'y arrivaient pas non plus. On n'a commencé à m'appeler comme ça que lorsque j'ai été engagé comme adjoint à Charleston. Et ça m'arrangeait de me faire appeler Bobby Joe quand j'ai fait campagne pour être élu shérif.

– Comment vous appelaient vos parents et vos camarades de classe ?

– Les autres gamins m'appelaient surtout Gros Lard, dit Gentry avec un sourire. Ma mère m'appelait Rob.

– Oui, dit Natalie. Je vous remercie de votre invitation, Rob. Je l'accepte. »

Ils s'arrêtèrent chez Natalie le temps qu'elle fasse ses bagages et appelle quelques amis, ainsi que l'avocat de son père. Il allait falloir au moins un mois à ce dernier pour régler la succession et vendre le magasin. Natalie n'avait aucune raison de rester.

La journée de Noël était chaude et ensoleillée. Gentry roulait lentement et prit le chemin des écoliers pour regagner le centre-ville. On était jeudi, mais on se serait cru un dimanche.

Ils dînèrent tôt. Gentry leur prépara du jambon cuit, de la purée de pommes de terre, des brocolis avec une sauce au fromage, et une mousse au chocolat. Ils installèrent la grande table ronde près de la baie vitrée et sirotèrent leur café en contemplant les arbres et les maisons du voisinage que le crépuscule privait peu à peu de couleurs. Puis ils enfilèrent des blousons et se promenèrent sous le ciel qui se piquetait d'étoiles. Les enfants renonçaient à leurs jouets tout neufs pour répondre aux appels lancés par leurs parents. Les pièces sombres s'animaient sous le pinceau des lueurs colorées de la télévision.

« Pensez-vous qu'il soit arrivé quelque chose à Saul ? » demanda Natalie. C'était la première fois qu'ils parlaient de choses sérieuses depuis le matin.

Gentry enfonça ses mains dans les poches de son blouson. « Je ne sais pas. Mais j'ai l'impression que oui.

– Ça m'embête un peu d'aller me planquer à Saint Louis. Même si je ne sais pas exactement ce qui se passe, j'ai l'impression qu'après ce qui est arrivé à mon père, je dois aller jusqu'au bout. »

Gentry ne chercha pas à discuter. « Voici ce que nous allons faire. Laissez-moi m'occuper du professeur, et ensuite nous reprendrons contact pour décider ensemble de la suite des opérations. Je pense qu'il vaut mieux qu'une seule personne essaie de le retrouver.

– Mais Melanie Fuller est peut-être ici, à Charleston. Nous ne savons même pas ce que voulait dire le type qui m'a agressée.

– Je ne pense pas que la vieille dame soit encore ici. » Gentry lui parla d'Arthur Lewellyn, qui avait pris sa voiture le soir des meurtres pour aller acheter des cigares — une voiture qui avait percuté un pilier de pont à cent cinquante kilomètres à l'heure aux environs d'Atlanta. « Le buraliste chez lequel se rendait Mr. Lewellyn se trouve tout près de Mansard House, conclut-il.

– Donc, si Melanie Fuller est capable de faire ce que nous a raconté Saul...

– Ouais. C'est complètement dingue, mais ça se tient.

– Vous pensez donc qu'elle se cache à Atlanta ?

– Pas exactement. C'est trop près d'ici. A mon avis, elle a dû en partir le plus tôt possible, en voiture ou en avion. J'ai passé toute la semaine accroché à mon téléphone. Il y a eu du grabuge à l'aéroport international de Hartsfield le lundi 15 deux jours après les meurtres. Une femme y a abandonné douze mille dollars en liquide dans un sac... personne n'a pu en donner une description. Un employé de l'entretien... un homme de quarante ans qui n'avait jamais eu d'ennuis de santé... est mort après avoir eu une crise d'épilepsie. J'ai recensé toutes les morts survenues ce soir-là. Une famille de six personnes tuée sur l'I-285, écrasée par un semi; le routier s'était endormi au volant. A Rockdale Park, un homme a tué son beau-frère après s'être disputé avec lui au sujet d'un bateau appartenant à la famille et dont il se prétendait le seul propriétaire. On a retrouvé le cadavre d'un clochard près du Stadium d'Atlanta... selon le bureau du shérif, ça faisait huit jours qu'il était là. Et un chauffeur de taxi nommé Steven Lenton s'est suicidé à son domicile. Ses amis ont déclaré à la police qu'il était très déprimé depuis que sa femme l'avait quitté.

– Quel rapport avec Melanie Fuller?

– C'est la partie la plus amusante de mon boulot. Spéculer.» Ils pénétrèrent dans un petit parc. Natalie s'assit sur une balançoire et oscilla d'avant en arrière. Gentry saisit la chaîne de l'autre balançoire. «Le plus drôle, dans la mort de Mr. Lenton, c'est qu'il s'est suicidé pendant qu'il était de service. La plupart des gens n'interrompent pas leur travail pour aller se tuer. Vous ne devinerez jamais où il était quand il a embarqué son dernier passager...»

Natalie cessa de se balancer. «Je ne... Oh! L'aéroport?

– Ouaip.»

Elle secoua la tête. «Ça n'a aucun sens. Si Melanie Fuller avait décidé de prendre l'avion à l'aéroport d'Atlanta, pourquoi y aurait-elle abandonné son argent, et pourquoi aurait-elle tué un employé et un chauffeur de taxi?

– Imaginons un instant que quelque chose l'ait affolée. Peut-être a-t-elle changé d'avis à la dernière minute. La voiture personnelle du chauffeur de taxi avait disparu – son ex-femme a cassé les pieds à la police pendant presque une semaine avant qu'on finisse par la retrouver.

– Où ça?

– A Washington, D.C. En plein centre-ville.

– Tout ça n'a aucun sens. N'est-il pas plus vraisemblable que cet homme se soit tout simplement suicidé et que quelqu'un ait volé sa voiture pour l'abandonner à Washington?

– Bien sûr. Mais ce qu'il y a de bien dans l'histoire de Saul Laski, c'est qu'elle remplace une série de coïncidences par une explication toute simple. J'ai toujours été un farouche partisan du rasoir d'Occam.»

Natalie sourit et recommença à se balancer. «Tant que vous le maniez avec précaution. Si son fil s'émousse, vous risquez de vous couper la gorge.

– Mmmm.» Gentry se sentait merveilleusement bien. La brise du soir, le bruit enfantin de la balançoire rouillée, la présence de Natalie, tout cela contribuait à le rendre heureux.

Natalie cessa de se balancer. «Je tiens quand même à rester dans la course. Peut-être pourrais-je aller à Atlanta et faire ma petite enquête pendant que vous irez à Washington.

– Attendez encore quelques jours. Retournez à Saint Louis et je reprendrai bientôt contact avec vous.

– C'est ce qu'avait dit Saul Laski.

– Écoutez, j'ai un répondeur chez moi. Et j'ai aussi un gadget qui me permet d'écouter mes messages au téléphone quand je ne peux pas rentrer chez moi. Comme je perds toujours mes affaires, j'ai même deux gadgets. Prenez-en un. J'appellerai chez moi chaque jour à onze heures du matin et à onze heures du soir. Si vous avez quelque chose à me dire, laissez un message sur mon répondeur. Et je vous transmettrai les miens de la même façon.»

Natalie cilla. «Ça ne serait pas plus facile de m'appeler, tout simplement?

– Ouais, mais si vous avez besoin d'entrer en contact avec moi, ça risque d'être difficile.

– Mais… tous vos messages privés…»

Gentry lui sourit dans le noir. «Je n'ai pas de secrets pour vous, m'dame. Ou plutôt, je n'en aurai plus une fois que je vous aurai donné ce bidule électronique.

– Je frétille d'impatience», dit Natalie.

Quelqu'un les attendait devant la maison de Gentry. Une cigarette luisait dans l'obscurité qui régnait sous la véranda. Gentry et Natalie firent halte sur l'allée pavée, le shérif fit lentement glisser la fermeture de son blouson et Natalie aperçut la crosse du revolver passé à son ceinturon. « Qui est là ? » demanda Gentry à voix basse.

La braise de la cigarette brilla avec plus d'éclat, puis disparut tandis que se dressait une silhouette sombre. Natalie agrippa le bras gauche de Gentry lorsque l'inconnu s'avança vers eux, s'immobilisant au bord des marches. « Salut, Rob, dit une belle voix de basse, il fait un temps idéal pour voler. Je venais voir si tu avais envie d'aller faire un tour sur la côte.

– Salut, Daryl », dit Gentry, et Natalie sentit le gros homme se détendre.

Les yeux de la jeune femme s'étaient accoutumés à l'obscurité et elle distinguait à présent un homme élancé aux longs cheveux qui grisonnaient sur les tempes. Il portait un blue-jean coupé aux genoux, des sandales et un sweat-shirt aux couleurs fanées portant l'inscription CLEMTON UNIVERSITY. En voyant son visage buriné et intelligent, Natalie pensa à Harry Dean Stanton en plus jeune.

« Natalie, dit Gentry, je vous présente Daryl Meeks. Daryl dirige un service de charter de l'autre côté du port. Il passe plusieurs mois par an à faire tourner un groupe de rock and roll dont il est aussi le batteur. Il se considère comme un mélange de Chuck Yeager et de Frank Zappa. Daryl et moi, on est allés à l'école ensemble. Daryl, je te présente Miz Natalie Preston.

– Enchanté », dit Meeks.

Il avait une poignée de main ferme et amicale que Natalie apprécia aussitôt.

« Sortez des chaises, dit Gentry. Je vais chercher de la bière. »

Meeks écrasa sa cigarette sur la balustrade et jeta le mégot dans un buisson pendant que Natalie installait un fauteuil en osier devant la balancelle de la véranda. Meeks s'assit sur la balancelle et croisa ses jambes osseuses, laissant une de ses sandales pendre au bout de son pied.

« A quelle école êtes-vous allés ensemble ? » demanda Natalie. Meeks lui paraissait plus âgé que Rob.

« Northwestern, dit Meeks de sa voix grave et amicale, mais Rob en est sorti avec un diplôme et moi, je me suis fait jeter et enrôler d'office. On a partagé la même chambre pendant deux ou trois ans. Deux gars du Sud terrifiés dans la grande ville.

– Mouais, tu parles, dit Gentry en revenant avec trois boîtes de Michelob bien fraîche. Daryl a grandi dans le sud, en effet le sud de Chicago. Il n'avait jamais franchi la ligne Mason-Dixon, sauf durant un été où il a passé ses vacances ici avec moi. Mais comme c'est un homme de goût, il est venu s'installer ici à son retour du Viêt-nam. Et il ne s'est pas fait jeter de la fac. Il a abandonné ses études pour s'engager, bien qu'il ait été Marine *avant* de poursuivre ses études et pacifiste *pendant* lesdites études. »

Meeks but une longue gorgée, examina la boîte de bière à la chiche lumière du soir et fit la grimace. « Bon Dieu, Rob, tu bois encore cette eau de vaisselle ? La bière Pabst est ce qui se fait de mieux. Combien de fois faudra-t-il que je te le dise ?

– Vous êtes allé au Viêt-nam ? » demanda Natalie. Elle repensa à Frederick, qui refusait catégoriquement de parler de l'année qu'il avait passée là-bas et entrait dans une colère noire dès que le nom de ce pays était mentionné.

Meeks sourit et acquiesça. « Oui, m'dame. J'ai été C.A.A. — Contrôleur Air Avancé — pendant deux ans. Je me baladais dans mon petit Piper Cub et je disais aux as, aux vrais pilotes, où ils devaient balancer leur marchandise. Je n'ai pas tiré un seul coup de feu durant mon séjour. C'était le boulot le plus peinard que j'aie jamais eu.

– Daryl a été descendu deux fois, dit Gentry. C'est le seul hippie quadragénaire que je connaisse à avoir un tiroir plein de médailles.

– Je les ai achetées aux puces», dit Meeks. Il acheva sa bière, rota et reprit : «On dirait que j'ai mal choisi mon jour pour te proposer une balade en avion, hein, Rob ?

– Ce sera pour une autre fois, amigo.»

Meeks hocha la tête, se leva et s'inclina devant Natalie. «C'était un plaisir, m'dame. Si vous avez besoin d'arroser des récoltes, de faire un petit voyage ou d'entendre un solo de batterie, allez faire un tour à l'aéroport de Mount Pleasant et demandez Daryl Meeks.

– Je n'y manquerai pas», dit Natalie en souriant.

Meeks tapa Gentry sur l'épaule et s'enfonça dans la nuit d'un pas vif, sifflant le thème musical d'*Écrit dans le ciel.*

Ils passèrent le reste de la soirée à écouter de la musique, à se raconter leur enfance, à jouer aux échecs, à parler des écoles du Sud et du Nord, puis ils lavèrent la vaisselle et burent un dernier verre de cognac. Natalie s'aperçut qu'il n'y avait aucune tension entre eux, qu'elle avait l'impression de connaître Rob Gentry depuis toujours.

Elle avait été enchantée en découvrant la superbe chambre d'amis que Gentry tenait prête en permanence. Un lit et des meubles tout simples lui conféraient une allure un peu spartiate, mais elle était égayée par des couvertures colorées et un subtil motif d'ananas au pochoir sur les murs.

Gentry montra à Natalie où étaient rangées les serviettes de toilette, lui souhaita une bonne nuit, vérifia que les verrous étaient fermés et la lumière du jardin allumée, puis alla dans sa chambre. Il se déshabilla et enfila un caleçon long et un tee-shirt propres. Au cours des huit dernières années, Gentry s'était fait enlever des calculs rénaux à quatre reprises. Chaque fois, la crise était survenue pendant la nuit. Il lui était impossible de prévenir ces crises — en dépit du régime pauvre en calcium qu'il s'imposait — et elles étaient si douloureuses qu'il se retrouvait incapable de bouger, sauf pour appeler une ambulance. Gentry n'aimait pas se retrouver réduit à une telle impuissance malgré toutes les précautions qu'il pouvait prendre, et il y avait beau temps qu'il avait renoncé au pyjama en faveur de sa tenue présente, car même s'il n'était hospitalisé qu'une fois tous les deux ans, au moins ne débarquait-il pas à l'hôpital en pyjama.

Il posa le holster contenant son Ruger Blackhawk 357 sur le dossier de sa chaise. Il était toujours rangé là; même dans la nuit la plus noire, il lui suffisait de tendre la main pour le saisir.

Il ne s'endormit pas tout de suite. Il savait qu'une jeune femme séduisante dormait dans sa maison, et il savait aussi qu'il ne la rejoindrait pas dans sa chambre cette nuit. Il percevait l'agréable tension qui s'était instaurée entre eux, parvenait à estimer l'attirance qu'elle exerçait sur lui et — par simple soustraction par rapport à la tension sexuelle générale qui régnait entre eux — pensait pouvoir évaluer l'attraction qu'il exerçait sur elle en retour. Gentry regarda la lueur des phares jouer sur son plafond et fronça les sourcils. Pas cette nuit. Quelle que soit la tournure que pouvait prendre leur relation, le moment était mal choisi. Son intuition lui commandait d'éloigner Natalie Preston de Charleston, de l'éloigner de la tragédie qui se déroulait autour d'eux. Gentry n'avait jamais eu à se plaindre de son intuition; elle lui avait sauvé la vie plus d'une fois. Il lui accordait une confiance totale.

Il courait un gros risque en hébergeant la jeune femme, mais il ne voyait aucun autre moyen de veiller sur elle en attendant son départ. On le suivait… non, pas on, ils le suivaient. Il n'en avait acquis la certitude que tout récemment — la veille, pour être exact. Le matin du 24, il s'était baladé pendant plus d'une heure et demie, confirmant ses soupçons, identifiant les véhicules qui le filaient. Leurs conducteurs n'étaient pas aussi maladroits que le pauvre diable qui avait conduit la Plymouth; en fait, ils étaient si rusés et si professionnels que seule sa paranoïa lui avait permis de les repérer.

Il y avait au moins cinq voitures en jeu; un taxi et quatre véhicules de tourisme d'une banalité à pleurer. Mais le jour précédent, il avait déjà joué au chat et à la souris avec trois d'entre eux. Une voiture se mettait à le suivre — toujours de loin, jamais de près — jusqu'à ce qu'il change brusquement de direction, et une autre prenait alors le relais. Gentry avait mis deux jours avant de s'apercevoir que la seconde voiture roulait en fait *devant* lui. Pour établir une filature aussi complexe, il fallait au moins une demi-douzaine de véhicules, une bonne douzaine d'hommes et une liaison radio. Gentry pensa que la police des polices était dans le coup, mais il écarta rapidement cette hypothèse; premièrement, rien dans sa carrière, dans son style de vie ou dans son compte en banque ne justifiait une telle initiative de la part de ce service. Deuxièmement, le budget de la police de Charleston était trop limité pour monter une telle opération. Troisièmement, ses collègues n'auraient jamais pu filer un suspect avec un tel brio même si leur vie en avait dépendu.

Que restait-il? Le F.B.I.? Gentry n'aimait pas Richard Haines, n'avait aucune confiance en lui, mais il ne voyait pas pourquoi le F.B.I. soupçonnerait le shérif de Charleston d'être mêlé à l'attentat de l'avion ou aux meurtres de Mansard House. La C.I.A.? Gentry secoua la tête et fixa le plafond.

Il venait tout juste de s'assoupir — il rêvait qu'il était de retour à la fac de Chicago et qu'il cherchait désespérément un amphi — lorsque Natalie hurla.

Gentry saisit son Ruger et se retrouva dans le couloir avant d'être réveillé. Il y eut un second cri, plus étouffé cette fois-ci, puis un bruit de sanglot. Gentry se mit à genoux devant la porte, tourna la poignée — la porte n'était pas fermée à clé — et poussa le battant devant lui tout en reculant dans le couloir. Quatre secondes plus tard, il s'avançait à quatre pattes, l'arme au poing.

Natalie était seule, assise sur son lit, en pleurs, le visage enfoui dans ses mains. Gentry fouilla la chambre du regard, vérifia que la fenêtre était bien fermée, posa doucement le Ruger sur la table de nuit et s'assit au bord du lit près de Natalie.

«Ex... ex... excusez-moi», bredouilla-t-elle, toujours en larmes. Il n'y avait aucune affectation dans sa voix, rien que de la terreur et de l'embarras. «Cha... chaque... chaque fois que je com... commence à m'endormir, les br... bras de cet homme surgissent de la banquette arrière et...» Elle s'obligea à cesser de pleurer, eut un hoquet et chercha à tâtons la boîte de Kleenex posée sur la table de nuit.

Gentry lui passa un bras autour des épaules. Elle se raidit l'espace d'une seconde, puis s'effondra doucement contre lui, lui caressant la joue de ses cheveux. Son corps continua de trembler pendant plusieurs minutes sous l'effet de la terreur qui l'avait réveillée. «Ce n'est rien, murmura Gentry en lui caressant le dos. Tout va bien.» Il était aussi apaisant de la calmer que de caresser un chaton.

Ce fut un peu plus tard, alors que Gentry était sur le point de s'assoupir, persuadé qu'elle dormait, que Natalie leva lentement la tête, lui passa les bras autour du cou et l'embrassa. Leur baiser fut très long, très doux, et leur donna le vertige à tous les deux. Les seins de Natalie étaient doux et gonflés contre la poitrine de Gentry.

Encore un peu plus tard, Gentry la regarda tandis qu'elle le chevauchait, son visage ovale rejeté en arrière, leurs doigts solidement noués, et il sentit un nouveau tremblement la parcourir, se communiquer à lui, mais ce n'était plus un tremblement de peur...

L'avion de Natalie partait deux heures avant celui de Gentry. Elle lui donna un baiser d'adieu. Chacun d'eux, né, élevé et conditionné dans le Sud, savait que le spectacle d'un Blanc embrassant une Noire dans un lieu public attirerait haussements de sourcils et reproches muets. Chacun d'eux s'en fichait complètement.

« Quelques petits cadeaux d'adieu », dit Gentry en lui tendant un exemplaire de *Newsweek*, le journal du matin et le gadget relié à son répondeur téléphonique. « J'appellerai chez moi dès ce soir. »

Natalie hocha la tête, décida de ne rien dire et se dirigea d'un pas vif vers la rampe d'accès.

Une heure plus tard, quelque part au-dessus du Kentucky, elle reposa *Newsweek*, ouvrit le quotidien et y trouva un article qui devait changer sa vie à jamais. Il était en page trois.

PHILADELPHIE (A.P.)

La police de Philadelphie n'a toujours aucun indice ni aucun suspect dans l'affaire des quatre jeunes gens assassinés à Germantown le soir de Noël, un crime que le lieutenant Leo Hartwell décrit comme « une des choses les plus horribles que j'aie vues en dix ans de carrière ».

Quatre membres du gang de jeunes connu sous le nom de « Soul Brickyard » ont été retrouvés assassinés le matin de Noël dans le quartier de Market Square, à Germantown. Bien que les noms des victimes et les circonstances exactes de leur mort n'aient pas été révélés, on sait que les quatre victimes étaient âgées de 14 à 17 ans et que leurs corps étaient mutilés. Le lieutenant Hartwell, à qui l'enquête a été confiée, n'a fait aucun commentaire sur les déclarations des témoins selon lesquels les quatre adolescents avaient été décapités.

« Nous avons lancé une enquête d'envergure qui ne tardera pas à donner des résultats », déclare le capitaine Thomas Morano, chef de la brigade criminelle de Germantown. « Tous les indices intéressants seront exploités. »

La violence liée aux gangs de jeunes n'est pas un

phénomène nouveau à Germantown, où on a déjà déploré deux morts violentes en 1980 et six meurtres en 1979, tous liés aux conflits entre gangs. «Les meurtres de Noël sont très surprenants», déclare le révérend William Woods, directeur de la Community Settlement House de Germantown. «Les phénomènes de violence liés aux gangs avaient fortement diminué ces dix derniers mois, et je n'ai eu connaissance d'aucune dispute ni d'aucune vendetta.»

Le «Soul Brickyard» n'est qu'une bande de jeunes de Germantown parmi des douzaines d'autres. Il compterait une quarantaine de membres actifs et environ quatre-vingts auxiliaires. Comme la plupart des gangs de Philadelphie, il a eu affaire à plusieurs reprises à la police locale, bien que plusieurs tentatives aient été effectuées ces dernières années pour améliorer l'image des gangs de ce type, grâce à des programmes sociaux tels que Covenant House et Community Access. Les quatre adolescents assassinés étaient tous des membres du «Soul Brickyard».

Natalie sut immédiatement, instinctivement, sans l'ombre d'un doute, que Melanie Fuller était liée à cette affaire. Elle ignorait comment la vieille dame de Charleston pouvait être mêlée à une guerre des gangs à Philadelphie, mais elle sentit de nouveau des mains se poser sur son cou et entendit une voix sifflante lui murmurer à l'oreille : «Vous voulez retrouver la vieille? Allez voir à Germantown.»

A l'aéroport international de Saint Louis — que les gens du coin appelaient encore Lambert Field —, Natalie prit sa décision et résolut d'agir avant d'être gagnée par la peur. Elle savait qu'une fois qu'elle aurait appelé Frederick et qu'elle aurait vu ses amis, elle ne repartirait plus d'ici. Elle ferma les yeux et se rappela l'image de son père, seul, pas encore maquillé, gisant dans une pièce vide, et l'entrepreneur des pompes funèbres qui ne cessait de répéter, agacé : «Nous n'attendions pas la famille avant demain.»

Utilisant sa carte de crédit, elle acheta un billet pour le prochain vol de la T.W.A. à destination de Philadelphie. Elle examina le contenu de son portefeuille ; il lui restait encore deux cents dollars en liquide et six cents dollars en chèques de voyage. Elle vérifia qu'elle avait toujours sa carte de presse acquise durant l'été où elle avait travaillé pour le *Chicago Sun Times*, puis appela Ben Yates, le chef du service photo du quotidien.

« Nat ! » Sa voix n'eut aucune peine à couvrir la friture et le brouhaha de l'aéroport. « Je croyais que tu étais à la fac jusqu'en mai.

– Tu ne te trompais pas, Ben, mais je dois aller à Philadelphie pendant quelques jours et je me demandais si ça t'intéresserait d'avoir des photos de cette affaire de guerre des gangs.

– Euh… oui, dit Yates d'une voix hésitante. Quelle guerre des gangs ? »

Natalie le mit rapidement au courant.

« Bon sang, dit Yates, il n'y a plus de photos à faire sur ce truc. Et même s'il y en a, on les recevra par télex.

– Mais si je dégotte quelque chose, est-ce que ça t'intéresse, Ben ?

– Bon, d'accord. Qu'est-ce qui se passe, Nat ? Est-que ça va, Joe et toi ? »

Natalie crut qu'elle venait de recevoir un coup de poing dans le ventre. Ben n'avait pas encore appris la mort de son père. Elle attendit d'avoir repris son souffle, puis dit : « Je te raconterai ça plus tard, Ben. Pour l'instant, si jamais la police de Philadelphie te contacte, peux-tu leur confirmer que je travaille en free-lance pour le *Sun Times ?* »

Le silence qui suivit ne dura que quelques secondes. « Entendu, Nat. Je leur dirai. Mais fais-moi savoir ce qui se passe, d'accord ?

– Bien sûr, Ben. Dès que possible. Promis. »

Avant de partir, Natalie appela le centre informatique de l'université pour laisser un message à Frederick. Puis elle appela le domicile de Gentry à Charleston, écouta sa voix sur la bande du répondeur, et dit aussitôt après le signal sonore : «Rob, ici Natalie.» Elle l'informa de son changement de plan et des raisons qui le lui avaient dicté. Elle hésita. «Sois prudent, Rob.»

L'avion de Philadelphie était plein à craquer. Son voisin était noir, extrêmement bien habillé, et bien fait en dépit de ses mâchoires un peu lourdes. Il était plongé dans la lecture du *Wall Street Journal* et Natalie regarda le paysage par le hublot avant de s'assoupir. Lorsqu'elle se réveilla trois quarts d'heure plus tard, elle se sentait étourdie, vaguement désorientée, et regrettait un peu de s'être lancée sur ce qui lui semblait à présent une fausse piste. Elle sortit le journal de Charleston de son sac et relut l'article pour la dixième fois. Il lui semblait que plusieurs jours s'étaient écoulés depuis qu'elle avait quitté Charleston... quitté Rob Gentry.

«Je vois que vous vous intéressez aux problèmes qu'il y a dans mon coin.»

Natalie leva la tête. Son voisin bien habillé avait reposé son *Wall Street Journal*. Il lui sourit en levant son verre de scotch. «Vous dormiez quand l'hôtesse de l'air est venue prendre les commandes. Voulez-vous que je la rappelle ?

– Non, merci.» Il y avait dans les manières de cet homme quelque chose qu'elle trouvait vaguement répugnant, alors même que son sourire, sa voix douce et sa décontraction ne suggéraient que l'amabilité. «Qu'entendez-vous par "les problèmes qu'il y a dans votre coin" ?» demanda-t-elle.

Il désigna le journal de la main qui tenait son verre de scotch. «Ces histoires de gangs. J'habite à Germantown. C'est toujours la même chose.

– Pouvez-vous m'en dire un peu plus ? Au sujet de ces gangs... et de ces meurtres ?

– Au sujet des gangs, oui.» En entendant sa voix, Natalie pensa à la basse grondante de l'acteur James Earl Jones. «Au sujet des meurtres, non. J'étais en voyage ces derniers jours.» Il lui adressa un large sourire. « De plus, mademoiselle, je viens d'un quartier plus respectable que ces pauvres diables. Comptez-vous visiter Germantown lors de votre séjour à Philadelphie ?

– Je ne sais pas. Pourquoi ? »

Le sourire de son interlocuteur se fit encore plus large, mais ses yeux restèrent indéchiffrables. « J'espère que vous irez y faire un tour, dit-il d'une voix enjouée. Germantown est un lieu riche en histoire et très intéressant à visiter. On y trouve de la beauté et de la grâce en plus des taudis et des gangs. J'aimerais bien que vous puissiez découvrir tout cela si vous visitez Philadelphie. A moins que vous n'y habitiez. J'ai peut-être parlé trop vite. »

Natalie s'obligea à se détendre. Elle ne pouvait pas se laisser aller à la paranoïa vingt-quatre heures sur vingt-quatre. « Non, je suis en visite. Et j'aimerais en savoir plus sur Germantown... en bien ou en mal.

– Entendu, dit son compagnon de voyage. Je vais commander un autre verre. » Il fit signe à l'hôtesse de l'air. « Vous êtes sûre que vous ne voulez rien ?

– Je crois que je vais prendre un Coca. »

Il passa commande, puis se tourna vers elle en souriant. « Bien. Si je dois vous guider dans Philadelphie, je pense que nous devrions au moins nous présenter...

– Natalie Preston.

– Enchanté de faire votre connaissance, Miss Preston, dit son compagnon de voyage en inclinant courtoisement la tête. Je m'appelle Jensen Luhar. A votre service. »

Le Boeing 727 continua sa route vers l'est, glissant sans effort vers la nuit hivernale toute proche.

17.
Alexandria, Virginie, jeudi 25 décembre 1980

Ils vinrent trouver Aaron Eshkol et sa famille pendant la nuit de Noël, à deux heures du matin.

Aaron avait eu un sommeil agité. Il s'était levé un peu après minuit et était descendu goûter les gâteaux offerts par leurs voisins, les Wentworth. Le réveillon avait été très agréable ; c'était la troisième année consécutive qu'ils passaient le soir de Noël avec les Wentworth et avec Don et Tina Seagram. Deborah, l'épouse d'Aaron, était juive comme lui, mais ni l'un ni l'autre n'étaient pratiquants ; Deborah était parfois gênée par le sionisme ouvertement affiché de son mari. Elle se sent à son aise en Amérique, pensait-il parfois. Elle voit toujours tous les tenants et aboutissants de n'importe quel problème. Y compris ceux qui n'existent pas. Aaron était souvent gêné quand elle défendait le point de vue de l'O.L.P. lors des réceptions organisées à l'ambassade. Non, pas de l'O.L.P., se reprit Aaron en achevant son troisième et dernier gâteau : des Palestiniens. *Pour le plaisir de polémiquer,* disait-elle, mais elle polémiquait à merveille… bien mieux qu'Aaron, qui pensait parfois qu'il ne savait rien faire, à part décrypter les messages codés. Oncle Saul adorait discuter avec Deborah.

Oncle Saul. Cela faisait quatre jours qu'il se demandait s'il devait signaler la disparition de son oncle à Jack Cohen, son supérieur, le chef du groupe du Mossad en poste à l'ambassade de Washington. Jack était un petit homme tranquille qui donnait une impression d'amabilité légèrement pataude. Quatre ans plus tôt, il avait pris part au raid sur Entebbe en qualité de capitaine d'un peloton de paras, et le bruit courait que c'était grâce à lui que l'armée israélienne avait pu s'emparer de tout un site de missiles SAM égyptiens durant la guerre du Kippour. Jack saurait lui dire si la disparition de Saul était grave ou non. Mais Levi lui avait conseillé la prudence. Levi Cole, qui travaillait au chiffre avec Aaron, avait photographié les participants de la réunion et l'avait aidé à les identifier. Levi bouillait d'impatience — il était sûr que l'oncle d'Aaron avait soulevé un lièvre de taille — mais il ne voulait pas en référer à Jack Cohen ou à Mr. Bergman, l'attaché d'ambassade, avant d'avoir obtenu davantage d'informations. C'était Levi qui avait aidé Aaron à faire le tour des hôtels de la ville le dimanche précédent afin de tenter de localiser Saul.

A une heure dix, Aaron éteignit les lumières dans la cuisine, vérifia le système d'alarme dans l'entrée, puis alla s'étendre sur le lit et se mit à contempler le plafond.

Becky et Reah étaient très déçues; Aaron avait dit aux jumelles qu'oncle Saul viendrait les voir samedi soir. Saul ne descendait de New York que trois ou quatre fois par an, mais les fillettes l'accueillaient chaque fois avec une joie sans mélange. Cela n'étonnait nullement Aaron; il se rappelait avec quelle impatience lui-même attendait son oncle Saul quand il venait à Tel-Aviv. Chaque famille devrait avoir un oncle qui ne se contente pas de gâter les enfants mais qui *fait attention à eux* quand ils disent quelque chose d'important, leur offre des cadeaux idéaux — pas nécessairement somptueux, mais en harmonie avec leur personnalité — et leur raconte des blagues et des histoires de cette voix sèche et tranquille qu'ils préfèrent de loin à la gaieté forcée de la plupart des adultes. Ça ne ressemblait pas à Saul d'avoir laissé passer une telle occasion.

Levi lui avait suggéré que Saul était peut-être impliqué dans l'incident survenu samedi au bureau du sénateur Kellog. Les liens de ce dernier avec Nieman Trask étaient trop évidents pour écarter cette hypothèse, mais Aaron savait que son oncle ne participerait jamais à un attentat : Saul avait eu sa chance à la fin des années 40, à l'époque où tout le monde, de Menahem Begin au père d'Aaron, prenait part aux activités de la Haganah, des activités que ces mêmes vétérans condamnaient aujourd'hui comme relevant du terrorisme. Aaron savait que Saul avait pris part à trois guerres, mais toujours en tant que médecin, jamais en tant que combattant. Il se rappelait le temps où, à l'appartement de Tel-Aviv ou dans la ferme de son père, certains soirs d'été, il s'endormait au son de la voix des deux hommes lancés dans une discussion sur l'éthique des bombardements — Saul soulignant d'un ton ferme que les A-4 Skyhawks partant pour des raids de représailles tuaient autant de bébés que les fedayins armés de kalashnikov.

Au bout de quatre jours d'enquête, Levi et Aaron n'étaient pas plus avancés. Les contacts de Levi au ministère de la Justice et au F.B.I. ne savaient rien sur l'attentat, à moins qu'ils n'aient refusé de parler. Aaron avait appelé New York à plusieurs reprises, sans réussir à retrouver la piste de Saul.

Il est en parfaite santé, pensa Aaron, puis, prenant mentalement l'accent de Saul : *Ne joue pas les James Bond, Moddy.*

Aaron était en train de s'assoupir, entamant un rêve dans lequel les jumelles jouaient au pied de l'arbre de Noël des Wentworth, lorsqu'il entendit un bruit dans le couloir.

Aaron réagit au quart de tour. Il rejeta ses couvertures, récupéra ses lunettes posées sur la table de nuit et saisit le Beretta calibre 22 rangé dans le tiroir.

« Que... ? demanda Deborah d'une voix ensommeillée.

– Silence », souffla-t-il.

Il était théoriquement impossible de pénétrer dans la maison sans déclencher une alarme. Plusieurs années auparavant, l'ambassade avait utilisé la maison d'Alexandria comme refuge. Elle était située dans une impasse tranquille, loin de la route. La cour était éclairée par des projecteurs, la barrière et les murs truffés de détecteurs électroniques reliés à la console de la chambre et à celle de l'entrée. La maison proprement dite était protégée par des portes renforcées et des verrous capables de décourager le plus accompli des cambrioleurs; portes et fenêtres étaient également pourvues de détecteurs reliés à la console principale. Deborah avait été irritée par les nombreuses fausses alertes survenues durant les semaines qui avaient suivi leur arrivée, et elle avait fini par déconnecter la plupart des systèmes d'alarme. Cette initiative avait été à l'origine d'une de leurs rares scènes de ménage. Aujourd'hui, Deborah acceptait le système d'alarme comme un prix à payer pour vivre dans une banlieue riche. Aaron détestait habiter aussi loin de son lieu de travail, aussi loin des autres employés de l'ambassade, mais il s'inclinait devant ses filles, qui adoraient la verdure, et devant Deborah, qui se plaisait dans le quartier. Il était impossible qu'un intrus ait franchi les deux niveaux du système de sécurité sans déclencher une alarme.

Nouveau bruit dans le couloir, en provenance de l'escalier de derrière et de la chambre des jumelles. Aaron crut percevoir un murmure étouffé.

Il fit signe à Deborah de se lever. Elle s'exécuta et disparut dans l'ombre, saisissant le téléphone au passage. Aaron fit trois pas en direction de la porte ouverte. Il respira à fond, ajusta ses lunettes sur son nez, leva le Beretta, l'arma et s'engagea dans le couloir.

Ils étaient trois, peut-être davantage, à cinq mètres de lui dans le couloir obscur. Ils portaient de larges blousons kaki, des gants et des passe-montagnes. Deux d'entre eux braquaient un revolver à canon long sur Rebecca et sur Reah; les jumelles ouvraient des yeux énormes au-dessus des mains gantées plaquées sur leurs bouches, leurs jambes pâles ballottaient devant le tissu sombre des vestes.

Sans même réfléchir, Aaron adopta la posture de tir qu'on lui avait enseignée lors de son entraînement : jambes écartées, les deux mains sur la crosse. Il entendait encore la voix d'Eilahu et n'avait aucune peine à se rappeler les instructions énoncées avec sécheresse : «S'ils ne sont pas prêts, *tirez*. S'ils sont prêts, *tirez*. S'ils ont des otages, *tirez*. S'il y a plus d'une cible, *tirez*. Deux balles pour chaque cible, *deux*. Ne réfléchissez pas — *tirez*.»

Mais ce n'étaient pas des otages; c'étaient ses *filles* — Rebecca et Reah. Aaron distinguait parfaitement la tête de Mickey sur leurs pyjamas. Il braqua son arme sur un passe-montagne. Au stand de tir, même avec une lumière si mauvaise, il aurait parié n'importe quoi qu'il était capable de loger deux balles dans une cible ayant la taille de la tête de cet homme, de pivoter et d'abattre aussi son complice, tout cela en un temps record. A une distance de cinq mètres, Aaron était de force à vider le chargeur de son Beretta dans une cible pas plus grosse que son poing.

Mais c'étaient ses *filles*.

«Lâchez votre arme.» La voix neutre de l'homme était étouffée par son masque. Son pistolet — un luger à canon long muni d'un silencieux — ne visait pas exactement la tête de Becky. Aaron était sûr de pouvoir abattre les deux hommes avant qu'ils aient eu le temps de tirer. Il sentit le contact du plancher sous ses pieds nus. Deux secondes s'étaient écoulées depuis qu'il avait pénétré dans le couloir. *Ne leur donnez jamais votre arme,* avait martelé Eilahu durant cet été brûlant à Tel-Aviv. *Jamais. Tirez toujours pour tuer. Mieux vaut causer la mort de l'otage, votre propre mort ou celle de l'ennemi que de lui donner votre arme.*

«Lâchez votre arme.»

Toujours en position de tir, Aaron posa le Beretta sur le sol et écarta les bras. «Je vous en prie. Je vous en prie, ne faites pas de mal à mes filles.»

Ils étaient huit en tout. Ils attachèrent les poignets d'Aaron dans son dos avec une bande adhésive, extirpèrent Deborah de sa cachette derrière le lit, et les firent descendre tous les quatre dans la salle de séjour. Deux des hommes masqués allèrent à la cuisine.

«Il n'y avait pas de tonalité, Moddy», hoqueta Deborah avant que l'homme qui la traînait ne lui couvre la bouche d'un morceau de bande adhésive.

Aaron hocha la tête. Il ne se sentait pas le courage de parler.

Le chef du groupe le fit asseoir sur le tabouret du piano. Deborah et les enfants étaient assises par terre, adossées au mur blanc. Les fillettes n'étaient ni ligotées ni bâillonnées; et elles sanglotaient, blotties contre leur mère. Deux hommes en blouson kaki, passe-montagne et blue-jean étaient accroupis à côté d'elles, les encadrant. Le chef hocha la tête et ils ôtèrent tous leurs masques.

Oh, mon Dieu, ils vont nous tuer, pensa Aaron. A cette seconde, il aurait tout donné pour pouvoir remonter le temps de trois minutes. Il aurait tiré deux coups de feu, puis il aurait pivoté, tiré deux autres fois, pivoté…

Les six hommes présents dans la pièce étaient blancs, bronzés, très soignés de leur personne. Ils ne ressemblaient ni à des agents palestiniens ni à des membres du groupe Baader-Meinhof. Ils ressemblaient aux gens qu'Aaron croisait tous les jours dans les rues de Washington. Le plus proche se pencha sur lui. Ses yeux étaient bleus, sa denture parfaite. Il avait un léger accent du Middle West. «Nous souhaitons vous parler, Aaron.»

Aaron acquiesça. Ses poignets étaient si étroitement liés que le sang ne circulait plus dans ses mains. S'il réussissait à tomber de son siège, il pourrait décocher un coup de pied au beau gosse penché sur lui. Les cinq autres étaient armés et trop loin de lui pour qu'il puisse seulement les atteindre. Aaron goûta la bile dans sa gorge et ordonna à son cœur de continuer à battre très fort.

«Où sont les photographies? demanda l'homme penché sur lui.

– Quelles photographies ? » Aaron n'arrivait pas à croire que sa voix puisse encore être si ferme, si neutre.

« Allons, Moddy, ne jouez pas à ce petit jeu avec nous. » L'homme adressa un hochement de tête au grand échalas posté près du mur. Sans changer d'expression, il décocha une forte gifle à la petite Becky.

La fillette se mit à hurler. Deborah lutta pour se dégager de ses liens, cria sous son bâillon. Aaron se redressa. « Espèce de salaud ! » cria-t-il en hébreu. Beau Gosse lui donna un coup de pied dans les jambes. Aaron atterrit sur son épaule droite, heurta violemment le plancher du nez et de la pommette. A présent, les deux enfants hurlaient. Aaron entendit un bruit de ruban adhésif qu'on déchire et leurs cris cessèrent brusquement. Grand Échalas s'approcha de lui et le releva sans ménagement, le reposant sur le tabouret du piano.

« Est-ce qu'elles sont ici ? demanda doucement Beau Gosse.

– Non », répondit Aaron. Du sang coulait de son nez sur sa lèvre supérieure. Il inclina la tête en arrière et sentit la douleur qui naissait dans sa joue. Son bras droit était engourdi. « Elles sont dans le coffre-fort de l'ambassade », lâcha-t-il en léchant le filet de sang.

L'autre hocha la tête et eut un léger sourire. « Qui les a vues, à part votre oncle Saul ?

– Levi Cole.

– Le chef des communications, encouragea l'homme à voix basse.

– Par intérim », corrigea Aaron. Peut-être avait-il une chance de s'en tirer. Son cœur battit de nouveau plus fort. « Uri David est en congé.

– Qui d'autre les a vues ?

– Personne », articula Aaron.

L'autre secoua la tête, apparemment déçu. Il fit un signe à un troisième homme. Deborah hurla lorsque la lourde botte lui cogna le flanc.

« *Personne !* cria Aaron. Je le *jure !* Levi ne voulait pas en parler à Jack Cohen tant que nous n'aurions pas davantage d'informations. Je le jure. Je peux vous donner ces photographies. Levi a caché les négatifs dans le coffre-fort. Vous aurez tous les…

– Chut», fit Beau Gosse. Il se tourna vers ses deux complices qui revenaient de la cuisine. Ils hochèrent la tête. Celui qui se trouvait près d'Aaron dit : «En haut.» Quatre hommes sortirent.

Aaron sentit soudain une odeur de gaz. *Ils ont ouvert la gazinière,* pensa-t-il. *Ils ont ouvert les valves.* Oh, mon Dieu, pourquoi ?

Les trois hommes restants ligotèrent les enfants avec de la bande adhésive. Aaron chercha désespérément quelque chose à marchander. «Je vais vous y conduire tout de suite, dit-il. L'ambassade est presque déserte. Quelqu'un n'a qu'à m'accompagner. Je vous donnerai les photographies… et tous les documents que vous voudrez. Dites-moi ce que vous voulez, et j'irai avec vous, et je jure que…

– Chut, refit l'homme. Est-ce que Hany Adam les a vues ?

– Non», hoqueta Aaron. Ils allongeaient Deb et les jumelles sur le sol, avec beaucoup de soin, veillant à ce que leur tête ne heurte pas le plancher. Deborah était blême, ses yeux roulaient dans leurs orbites. Aaron se demanda si elle s'était évanouie.

«Barbara Green ?

– Non.

– Moshe Herzog ?

– Non.

– Paul Ben-Brindsi ?

– Non.

– Chaim Tsolkov ?

– Non.

Zvi Hofi ?

– Non.»

La litanie se poursuivit, englobant tout le personnel de l'ambassade jusqu'aux plus proches collaborateurs de l'ambassadeur. Aaron avait tout de suite compris que c'était un jeu… une façon de tuer le temps en attendant que la fouille de l'étage soit achevée. Aaron était prêt à jouer à n'importe quel jeu, à révéler n'importe quel secret, pour épargner quelques minutes de souffrance à Deborah et aux jumelles. Une des fillettes gémit et essaya de rouler sur elle-même. Grand Échalas lui tapota l'épaule.

Les quatre hommes revinrent. Le plus grand secoua la tête.

Beau Gosse sourit et dit : « D'accord, au boulot. »

Un de ceux qui étaient montés à l'étage en avait ramené un drap blanc provenant du lit d'une des jumelles. Il l'accrocha au mur avec de la bande adhésive. Ils installèrent Deborah et les enfants devant le drap.

« Réveillez-la. »

Grand Échalas sortit un flacon de sels de sa poche et l'ouvrit sous le nez de Deborah. Elle reprit conscience dans un sursaut. Deux hommes saisirent Aaron par les cheveux, le traînèrent vers le mur et le forcèrent à s'agenouiller.

Grand Échalas recula de quelques pas, sortit un petit appareil Polaroid de sa poche et prit trois photos. Il attendit qu'elles sortent et les montra à Beau Gosse. Un de ses complices prit un petit magnétophone Sony et en colla le micro aux lèvres d'Aaron.

« Lisez ceci, s'il vous plaît », dit Beau Gosse en dépliant une feuille de papier sur laquelle on avait tapé un texte. Il la plaça à vingt centimètres des yeux d'Aaron.

« Non. » Aaron se prépara à recevoir un coup de poing. S'il parvenait à bouleverser leurs plans… à gagner du temps…

Beau Gosse hocha la tête d'un air pensif et se retourna. « Tuez l'une des filles. N'importe laquelle.

– Non, attendez, arrêtez, je vous en prie ! J'obéirai ! » Aaron hurlait littéralement. Grand Échalas avait collé son silencieux contre la tempe de Rebecca et avait relevé le percuteur de son arme. Il ne bougea pas, ne parut pas entendre les cris d'Aaron.

« Un instant, s'il vous plaît, Donald », dit Beau Gosse. Il plaça de nouveau la feuille de papier devant Aaron et actionna le magnétophone.

« Oncle Saul, Deb, les filles et moi sommes sains et saufs, mais je t'en prie, fais ce qu'ils te disent… » récita Aaron. Il lut le message jusqu'au bout. Cela lui prit moins d'une minute.

« C'est très bien, Aaron », dit Beau Gosse. Deux hommes saisirent Aaron par les cheveux et lui tirèrent la tête en arrière. Aaron hoqueta pour respirer tant il avait la gorge serrée et s'efforça d'observer la scène du coin de l'œil.

Le drap fut retiré et emporté hors de vue. Un homme sortit une toile de plastique noir de sa poche et la déroula sur le sol près de Deborah. Elle mesurait à peine un mètre sur un mètre vingt et dégageait une odeur de rideau de douche bon marché.

« Amenez-le par ici », dit Beau Gosse, et Aaron fut traîné jusqu'au tabouret. Il entra en action dès qu'on lâcha ses cheveux — ses jambes jaillissent comme un ressort, son crâne emboutit le menton du playboy, il se retourne, shoote dans le ventre d'un autre, se dégage des six mains qui cherchent à le saisir, vise un bas-ventre, le rate, puis il tombe, il y a un homme sous lui, deux autres dessus, on le cogne sur la joue droite, encore et encore, de plus en plus fort, mais il s'en fiche…

« Reprenons depuis le début », articula posément Beau Gosse. Il palpait le bleu sur son menton et bâillait pour faire jouer ses maxillaires. Le plus gros de l'hématome se situerait probablement sous son menton.

« Qui êtes-vous ? » hoqueta Aaron tandis qu'on le relevait pour le faire asseoir sur le tabouret. Quelqu'un lui attacha les chevilles.

Personne ne lui répondit. Grand Échalas tira Deborah jusqu'à ce qu'elle soit allongée sur la toile noire. Deux hommes brandirent des tiges de fer rigides, longues de quinze centimètres, à la pointe aiguisée, au manche en bois. La pièce empestait le gaz. Aaron avait envie de vomir.

« Qu'allez-vous faire ? » Aaron avait la gorge si sèche que sa question fut à peine audible. Alors même que

Beau Gosse lui répondait, il sentit son esprit patiner comme une automobile sur le verglas, sentit son point de vue se déplacer pour lui faire observer la scène à distance, *sachant* ce qui allait se produire sans pour autant l'accepter, éprouvant — absolument incapable de modifier une seule seconde de son passé ou de son futur — cette sensation incroyable, impitoyable, *d'impuissance* qu'une centaine de générations de Juifs avaient éprouvée avant lui, devant les fours crématoires, à l'entrée des douches, au spectacle du feu dévorant les cités millénaires, au milieu des hurlements féroces des goyim tout proches. Oncle Saul a connu cela, pensa Aaron en fermant les yeux et en ordonnant à son esprit de ne pas comprendre les mots.

« Il va y avoir une explosion de gaz », dit Beau Gosse. Il avait une voix patiente — une voix de professeur. « Un incendie. Les corps seront retrouvés dans leurs lits. Très grièvement brûlés. Un excellent coroner ou un excellent médecin légiste serait capable de prouver que les victimes étaient mortes avant que les flammes ne consument leurs corps, mais cela ne se produira pas. Cette tige pénètre juste au coin de l'œil… et atteint directement le cerveau. Elle ne laisse qu'un minuscule orifice… même sur un corps qui n'a pas été calciné. » Il s'adressa aux autres : « Je pense que l'on retrouvera Mr. Eshkol dans le couloir de l'étage… un enfant dans chaque bras… il aura presque réussi à échapper aux flammes. Occupez-vous d'abord de la femme. Ensuite, des jumelles. »

Aaron se débattit, hurla, donna des coups de pied dans le vide. On le maîtrisa sans peine. « Qui êtes-vous ? » cria-t-il.

A sa grande surprise, Beau Gosse lui répondit. « Qui sommes-nous ? Mais… personne. Personne. » Il s'écarta afin qu'Aaron puisse mieux voir ce que faisaient les autres.

Aaron ne leur résista pas lorsqu'ils finirent par tourner leurs tiges vers lui.

18.
Melanie

Dans l'autocar qui me conduisait vers le nord, à travers les interminables files de taudis de Baltimore et le cloaque industriel de Wilmington, j'ai repensé à ces lignes de saint Augustin : «Le diable a édifié ses cités dans le Nord.»

J'ai toujours détesté les grandes villes du Nord : l'odeur de folie impersonnelle qui s'en dégage, leur grisaille de suie et de fumée, l'impression de désespoir qui suinte de leurs rues et de leurs habitants également crasseux. A mes yeux, c'était en abandonnant le Sud en faveur des cañons glacés de New York que Nina avait manifesté sa trahison. Je n'avais aucune intention d'aller jusqu'à New York.

Une bourrasque de neige me dissimula soudain ce paysage déprimant et je me tournai vers l'intérieur de l'autocar. La femme qui était assise de l'autre côté de l'allée leva les yeux de son livre et m'adressa un sourire timide, le troisième depuis que nous avions quitté les faubourgs de Washington. Je hochai la tête et continuai de tricoter. Je pensais que cette femme effacée — une créature qui n'avait probablement pas plus de cinquante ans mais que son aspect de vieille fille décrépite vieillissait d'une vingtaine d'années — pourrait m'aider à résoudre mon problème.

Un de mes problèmes.

J'étais contente d'avoir quitté Washington. Durant ma jeunesse, j'avais bien aimé cette ville endormie et presque sudiste; elle avait conservé son atmosphère de désordre nonchalant jusqu'à la Seconde Guerre mondiale. Mais aujourd'hui ce n'était qu'une ruche de marbre qui me faisait penser à un mausolée prétentieux peuplé d'insectes agités et assoiffés de pouvoir.

Je contemplai les flocons au-dehors et, l'espace d'un instant, me retrouvai incapable de dire quel jour et quel mois nous étions. Je me rappelai d'abord le jour : jeudi. Nous avions passé les nuits de mardi et de mercredi dans un sinistre motel situé à quelques kilomètres du centre de Washington. Mercredi, j'avais ordonné à Vincent de conduire la Buick près du Capitole, de l'abandonner et de revenir à pied au motel. Il avait dû marcher pendant trois heures, mais Vincent ne se plaignait jamais. Il ne se plaindrait plus jamais. Mardi soir, je lui avais ordonné de s'occuper de certains détails relatifs à sa personne, utilisant pour ce faire du fil à coudre et une aiguille que j'avais stérilisée à la flamme d'une bougie.

Les vêtements que j'avais achetés dans un centre commercial le mercredi matin — quelques robes, un peignoir, des sous-vêtements — étaient bien modestes comparés aux beaux effets que j'avais perdus à Atlanta. Il me restait presque neuf mille dollars dans mon ridicule fourre-tout. Bien entendu, des sommes plus importantes m'attendaient dans des coffres à Charleston, Minneapolis, New Delhi et Toulon, mais je n'avais pas l'intention de les retirer pour le moment. Si Nina avait connu l'existence de mon compte à Atlanta, elle connaissait certainement celle des autres.

Nina est morte, pensai-je.

Mais, de nous tous, c'était elle qui avait le Talent le plus développé. Elle avait Utilisé un des pions de Willi pour détruire son avion alors qu'elle bavardait avec moi. Elle avait un Talent incroyable, terrifiant. Ce Talent était capable de m'atteindre depuis son tombeau, de croître alors même que son corps pourrissait dans son cercueil. Mon cœur se mit à battre la chamade et je me retournai pour examiner les visages à peine visibles des autres passagers...

Nina est morte.

On était jeudi, exactement une semaine avant Noël. Donc le 18 décembre. La Réunion avait eu lieu le 12 décembre. Une éternité séparait ces deux dates. Ma vie n'avait subi que de rares changements au cours des vingt dernières années, exception faite des caprices auxquels j'avais cédé par nécessité. A présent, tout avait changé.

« Excusez-moi, dit la femme assise de l'autre côté de l'allée, mais je ne peux pas m'empêcher d'admirer votre ouvrage. C'est un tricot pour un de vos petits-enfants ? »

Je me tournai vers elle et lui adressai mon sourire le plus radieux. Quand j'étais très jeune, avant de découvrir qu'il existait nombre de choses interdites aux jeunes dames, j'allais souvent à la pêche avec mon père. C'étaient les premiers mouvements de la ligne, les premiers tressautements hésitants du bouchon, qui m'excitaient le plus. C'était à cet instant-là, avant que l'hameçon ne se plante dans la gueule du poisson, que le pêcheur devait faire la preuve de son habileté.

« Ma foi oui, en effet. » L'idée d'avoir un petit-enfant vagissant me donnait la nausée, mais cela faisait longtemps que j'avais découvert les vertus thérapeutiques du tricot et le camouflage psychologique qui allait de pair avec cette activité.

« Un petit garçon ?

– Une petite fille. » Et je me glissai dans l'esprit de la femme. Autant enfoncer une porte ouverte. Je ne rencontrai aucune résistance. Avec un luxe de précaution, je m'insinuai le long de ses corridors mentaux, sans découvrir une seule porte close, jusqu'à ce que j'aie trouvé le centre du plaisir de son cerveau. Imaginant que je câlinais un chat persan, bien que je déteste les chats, je la caressai, sentant un flot de plaisir monter en elle avant de jaillir comme une giclée soudaine d'urine chaude.

« Oh. » Elle rougit, puis rougit derechef, sans savoir pourquoi elle rougissait. « Une petite fille, c'est merveilleux. »

Je modérai mes caresses, les modulai, les coordonnai avec chacun des timides regards qu'elle m'adressait, les intensifiai chaque fois qu'elle entendait ma voix. Certaines personnes nous font naturellement ce genre d'impression quand nous les rencontrons. Les jeunes appellent cela tomber amoureux. Les politiciens appellent cela le charisme. Quand on a affaire à un maître orateur doué d'une parcelle de Talent, le résultat est bien souvent qualifié d'hystérie collective. Bien que l'on n'ait guère prêté attention à leurs propos, les contemporains et les associés d'Adolf Hitler ont prétendu que les gens se sentaient bien en sa présence. Au bout de quelques semaines d'un conditionnement approprié, cette femme se retrouverait dans un état de dépendance encore plus radical que celui causé par l'héroïne. Si nous adorons l'amour, c'est parce que c'est le sentiment le plus proche de cette dépendance psychique qui soit à la portée d'un être humain normal.

Au bout de quelques instants de conversation banale, cette femme solitaire, qui paraissait plus vieille que son âge autant que je paraissais plus jeune que le mien, tapota le siège voisin du sien et dit en rougissant à nouveau : « Il y a de la place ici. Voulez-vous vous asseoir à côté de moi afin que nous puissions poursuivre notre conversation sans avoir à élever la voix ?

– J'en serais ravie. » Et je rangeai laine et aiguilles dans mon fourre-tout. Le tricot avait atteint son but.

Elle s'appelait Anne Bishop et elle retournait chez elle, à Philadelphie, après un long et irritant séjour chez sa sœur cadette, à Washington. Au bout de dix minutes, je savais tout ce que j'avais besoin de savoir. Mes caresses mentales étaient superflues ; cette femme mourait d'envie de parler à quelqu'un.

Anne appartenait à une famille respectable et respectée de Philadelphie. Sa principale source de revenus était une pension que lui avait léguée son défunt père. Elle ne s'était jamais mariée. Cette femme falote avait passé trente-deux ans de son existence à soigner son frère Paul, un paraplégique qu'une maladie nerveuse avait lentement transformé en quadriplégique. Paul était mort en mai dernier et Anne Bishop n'était pas encore arrivée à se faire à cette existence où elle n'avait plus besoin de s'occuper de lui. Son séjour chez sa sœur Elaine — elles ne s'étaient pas vues depuis huit ans — s'était fort mal déroulé; Anne avait été irritée par la grossièreté de son beau-frère et par les mauvaises manières de ses neveux, la famille d'Elaine avait été exaspérée par ses habitudes de vieille fille.

Je connaissais bien ce type de femme vaincue par la vie — je m'étais moi-même fait passer pour une copie d'Anne Bishop durant ma longue période d'hibernation. C'était un satellite en quête d'un monde autour duquel orbiter. N'importe quel monde ferait l'affaire, à condition qu'il lui épargne la longue ellipse glacée de l'indépendance. Un frère paraplégique était un don de Dieu pour une telle femme; elle aurait pu se consacrer de toute son âme à un mari et à des enfants, mais un frère impotent lui offrait beaucoup plus d'excuses pour éviter les tracas et les obligations inhérents à une vie normale. Toujours prévenantes, toujours effacées, ces femmes sont en fait des monstres d'égoïsme. Pendant qu'elle se répandait en éloges sur son cher disparu de frère, je percevais le fétichisme pervers que lui inspiraient bassinet et chaise roulante, l'admiration qu'elle se vouait à elle-même, qui avait sacrifié pendant plus de trente ans sa vocation d'épouse et de mère pour soigner avec amour un cadavre à peine mobile et constamment puant. Je connaissais bien Anne Bishop : sa vie était un long suicide masturbatoire. En y pensant, j'eus honte d'être du même sexe qu'elle. Souvent, lorsque je rencontre des loques dans son genre, j'ai envie de les forcer à s'enfoncer les deux mains dans la bouche jusqu'à ce qu'elles s'étouffent dans leurs vomissures, et que c'en soit fini.

« Oui, oui, je comprends, dis-je en lui tapotant le bras tandis qu'elle se lamentait sur sa misérable existence. Je comprends ce que vous devez ressentir.

– Oui, vous *comprenez*. C'est si rare de rencontrer quelqu'un qui comprenne votre peine. J'ai l'impression que nous avons beaucoup de choses en commun. »

Je hochai la tête et considérai Anne Bishop. Elle avait cinquante-deux ans et on lui en aurait facilement donné soixante-dix. Elle était bien habillée, mais elle avait une silhouette voûtée de potiche sur laquelle même une robe de soirée aurait ressemblé à un tablier mal repassé. Ses cheveux étaient d'un brun fadasse, la raie qui les séparait n'avait pas changé de place depuis quarante-cinq ans, et leurs boucles pendaient lamentablement. Ses yeux étaient cernés de gris, des yeux faits pour pleurer. Sa bouche était mince et sèche, pas assez volontaire pour être qualifiée de réprobatrice, mais de toute évidence peu accoutumée au rire. Ses rides étaient toutes orientées vers le bas; le verdict de la pesanteur était gravé sur sa peau. Son esprit avait la vacuité nerveuse et affamée d'un écureuil effarouché.

Elle était parfaite.

Je lui racontai mon histoire, me présentant sous le nom de Beatrice Straughn puisque c'était celui qui figurait sur mes papiers d'identité. Mon mari était un banquier prospère de Savannah. A sa mort, il y avait huit ans de cela, il avait confié la gestion de sa fortune au fils de ma sœur… Todd… qui avait apparemment réussi à dilapider tout mon capital en plus du sien avant de périr cet automne avec son épouse, une femme vulgaire, dans un accident de la route, me laissant en guise d'héritage les frais de leur enterrement, leurs dettes, et leur fils Vincent. Mon propre fils et sa femme, qui attendait un heureux événement, étaient missionnaires à Okinawa. A présent, j'avais vendu ma maison de Savannah, j'avais fini de payer les dettes de Todd, et je partais dans le nord pour y refaire ma vie avec mon petit-neveu.

Cette histoire était grotesque, mais j'aidai Anne Bishop à la croire grâce à de subtiles caresses mentales conçues pour ponctuer chaque révélation par une bouffée de plaisir.

« Votre neveu est très joli garçon », observa-t-elle.

Je souris et me tournai vers le siège où était assis Vincent. Il portait une chemise blanche bon marché, une cravate noire, un anorak bleu, un pantalon de toile et des souliers noirs, un ensemble que nous avions acheté dans un K-Mart de Washington. Je lui avais coupé les cheveux, mais je les avais laissés mi-longs, par pur caprice ; à présent, ils étaient tout propres et réunis en queue de cheval. Il contemplait le paysage enneigé d'un air totalement inexpressif. Il était impossible de modifier son visage de fouine et de faire disparaître son acné.

« Merci, fis-je. Il ressemble beaucoup à sa mère... que Dieu ait son âme.

– Il est très calme », remarqua Anne.

J'acquiesçai et me permis quelques larmes. « L'accident... » Je marquai une pause avant de poursuivre. « Le pauvre enfant a eu la langue en partie sectionnée durant l'accident de voiture. On m'a dit qu'il ne pourrait sans doute plus jamais parler.

– Ma pauvre chérie, caqueta Anne. Il ne nous appartient pas de comprendre la volonté de Dieu, mais nous devons en supporter les conséquences. »

Nous nous consolâmes mutuellement pendant que l'autocar glissait le long d'une voie express surélevée qui dominait les taudis sans fin de Philadelphie.

Anne Bishop fut enchantée lorsque nous acceptâmes de passer quelques jours chez elle comme elle nous y invitait.

Les rues de Philadelphie étaient bruyantes, crasseuses et noires de monde. Vincent prit nos bagages et nous nous dirigeâmes vers une gare locale où Anne acheta des billets pour Chelten Avenue par le train de Chestnut Hill. Elle m'avait décrit sa belle maison de Germantown pendant le voyage en autocar. Elle m'avait certes précisé que la ville s'était détériorée ces derniers temps suite à l'afflux d'« éléments indésirables », mais j'avais imaginé Germantown comme une entité distincte de la métropole de brique et d'acier qu'était Philadelphie. Je me trompais. Derrière la vitre du train, la lumière de l'après-midi finissant me montrait des rangées de maisons identiques, des usines désaffectées, des vérandas affaissées, des rues étroites peuplées de carcasses d'automobiles, des terrains vagues et des nègres. Hormis quelques passagers du train et quelques automobilistes roulant sur la voie express parallèle au chemin de fer, cette ville semblait uniquement peuplée de nègres. Épuisée, démoralisée, je voyais derrière la vitre sale des petits nègres en train de jouer dans un terrain vague, des petits visages noirs émergeant de parkas crasseuses, des nègres errant dans les rues glacées d'une démarche à la fois lasse et vaguement menaçante, de grosses négresses poussant des chariots volés, des aperçus de faces noires derrière des fenêtres sombres…

Je collai ma tête au verre froid et résistai à mon envie de pleurer. Mon père avait raison lorsqu'il prédisait, lors de ces derniers jours dorés qui avaient précédé la Grande Guerre, que le pays irait à vau-l'eau dès que les hommes de couleur auraient le droit de vote. Ils avaient transformé une nation jadis puissante en un champ de ruines à l'image de leur propre désespoir paresseux.

Nina ne me retrouverait jamais ici. Ces derniers jours, seul le hasard avait présidé à mon itinéraire. En passant une ou plusieurs semaines chez Anne — même si je devais pour cela descendre dans cette fosse grouillante de chômeurs de couleur —, j'ajouterais un nouvel élément de hasard à un comportement déjà erratique.

Nous descendîmes du train dans une gare nommée Chelten Avenue. La voie ferrée courait entre deux murailles de béton, la ville nous dominait de sa masse. Soudain terrifiée, trop épuisée pour gravir l'escalier qui montait jusqu'à la rue, je nous fis asseoir durant plusieurs minutes sur un banc inconfortable couleur de bile. Un train passa dans un grondement, fonçant vers le centre-ville. Une bande d'adolescents de couleur montèrent les marches quatre à quatre, hurlant des obscénités, bousculant quiconque ne leur cédait pas le passage. J'entendais des bruits de circulation au loin. Le vent était terriblement froid. De gros flocons surgirent de nulle part et maculèrent le ciment autour de nous. Vincent ne broncha pas, ne ferma pas son anorak.

«Nous allons prendre un taxi», dit Anne.

Je hochai la tête, mais me levai seulement lorsque j'aperçus deux rats aussi gros que des chats sortir d'une fissure du béton de l'autre côté de la voie et se mettre à fouiner dans les détritus éparpillés près des rails.

Le chauffeur de taxi était un homme de couleur renfrogné. Il exigea une somme démesurée pour nous faire parcourir huit pâtés de maisons. Germantown était un amalgame de pierres, de briques et de néons. Chelten Avenue et Germantown Avenue grouillaient de voitures, de magasins miteux, de bars crapuleux et de débris humains caractéristiques des villes du Nord. Mais on voyait d'authentiques tramways le long de Germantown Avenue, et au milieu des banques, des bars et des boutiques à cent sous se trouvaient de vieilles et belles demeures avec, de temps en temps, un beau bâtiment en brique du siècle dernier et même un parc aux grilles en fer forgé et aux statues vert-de-grisées. Il y a deux cents ans, cette ville avait sans doute été un hameau de riches maisons peuplé de fermiers et de négociants ayant choisi de vivre à quelque distance de Philadelphie. Il y a cent ans, c'était sans doute un village situé à quelques minutes de Philadelphie par le train — un endroit encore plein de charme, avec de belles maisons, des allées ombragées, quelques auberges le long de la route. Aujourd'hui, Philadelphie avait englouti Germantown tout comme une immense carpe aurait avalé un minuscule poisson bien plus beau qu'elle, laissant les arêtes blanchies de son passé se mêler à l'ordure sous l'action des terribles sucs digestifs du progrès.

Anne était si fière de sa petite maison qu'elle ne cessa de rougir en nous la faisant visiter. C'était un anachronisme : une jolie maisonnette blanche — peut-être une ancienne ferme — située à une douzaine de mètres de Germantown Avenue, dans une rue étroite baptisée Queen Lane. Elle était entourée d'une haute clôture de bois, couverte de graffiti en dépit du soin évident avec lequel l'entretenait sa propriétaire, donnait sur un jardin grand comme un timbre-poste, ou en tout cas plus petit que mon jardin de Charleston, était nantie d'une minuscule véranda, de deux lucarnes signalant l'existence d'un premier étage, et ornée d'un pêcher étique qui ne refleurirait sans doute jamais. La maison proprement dite était coincée entre une teinturerie dont la vitrine laissait croire qu'elle faisait commerce de mouches crevées et un immeuble collectif de deux étages qui aurait pu sembler abandonné depuis vingt ans si on n'avait aperçu des visages noirs épiant la rue à ses fenêtres. De l'autre côté de la rue, on trouvait un assortiment de petits entrepôts, de bâtiments en brique vétustes aménagés en duplex, et le début d'une de ces éternelles enfilades de maisons identiques qui se prolongeait vers le sud.

« Ce n'est pas grand-chose, mais c'est chez moi », dit Anne, attendant que je contredise la première partie de sa déclaration. Je m'exécutai.

Au premier étage se trouvaient la grande chambre d'Anne et une chambre d'amis plus petite. Son frère avait occupé une troisième chambre attenante à la cuisine, qui sentait encore la pharmacie et le cigare. De toute évidence, Anne avait l'intention d'offrir cette chambre à Vincent et de me proposer la chambre d'amis de l'étage. Je l'aidai à nous donner les deux chambres du haut et à se contenter de celle du rez-de-chaussée. Je visitai le reste de la maison pendant qu'elle déménageait ses vêtements et ses objets personnels.

Le rez-de-chaussée comprenait une salle à manger, trop guindée pour sa taille, une minuscule salle de séjour encombrée de meubles et de gravures, une cuisine aussi propre et aussi peu engageante qu'Anne elle-même, la chambre du frère, une salle de bains et une petite véranda donnant sur l'arrière-cour, à peine assez large pour qu'on puisse y promener un chien.

J'ouvris la porte de derrière pour aérer un peu la maison qui sentait le renfermé, et un gros chat gris se faufila entre mes jambes. «Oh, c'est Peluche», dit Anne, qui allait entrer dans la chambre, les bras chargés de vêtements. «C'est mon petit bébé. Mrs. Pagnelli s'est occupée de lui, mais il savait que sa maman allait bientôt rentrer. Je me trompe?» Elle s'adressait au chat.

Je souris et reculai d'un pas. Les femmes de mon âge sont censées adorer les chats, en emplir leur domicile à la moindre occasion et bêtifier sur ces créatures perfides et arrogantes. Quand j'étais enfant — j'avais à peine six ou sept ans —, ma tante amenait son siamois obèse lors de chacune de ses visites estivales. Je redoutais toujours que cette bête vienne se coucher sur mon visage pendant la nuit et me fasse périr étouffée. Je me rappelle avoir fourré ce chat dans un sac de jute par un bel après-midi, alors que les adultes dégustaient une citronnade dans la cour. Je l'ai noyé dans le réservoir, derrière la remise du voisin, et j'ai abandonné son cadavre ruisselant derrière un appentis où une meute de chiens jaunes se rassemblait fréquemment. Une fois que le conditionnement d'Anne serait achevé, je ne serais guère surprise si son «petit bébé» venait à connaître un sort semblable.

Quand on dispose du Talent, il est relativement facile d'Utiliser un sujet, beaucoup plus difficile de le conditionner avec succès. Lorsque Nina, Willi et moi avons entamé notre Jeu à Vienne, il y a presque un demi-siècle de cela, nous nous amusions à Utiliser les gens, en général des inconnus, sans trop tenir compte de la nécessité qu'il y avait d'éliminer par la suite ces instruments humains. Plus tard, lorsque nous avons usé de notre Talent avec plus de maturité, chacun de nous a ressenti le besoin d'avoir auprès de lui un compagnon — mi-serviteur, mi-garde du corps — si au fait de nos besoins qu'il ou elle pouvait être Utilisé presque sans le moindre effort. Avant de découvrir Mr. Thorne en Suisse, il y a vingt-cinq ans de cela, je voyageais en compagnie de Mme Tremont et, avant elle, d'un jeune homme que, dans un élan de sentimentalisme juvénile, j'avais baptisé Charles en souvenir de mon défunt soupirant. Nina et Willi avaient leur propre théorie de pions, dont les derniers en date étaient les deux brutes que Willi m'avait présentées quelques jours plus tôt et la répugnante Miss Barrett Kramer qui accompagnait Nina. Un tel conditionnement peut prendre un certain temps, mais ce sont les premiers jours qui sont les plus critiques. Il importe de laisser subsister un vague noyau de personnalité sans que celle-ci ait la possibilité d'agir de façon indépendante. Mais si les actions ne doivent jamais être indépendantes, elles doivent cependant rester *autonomes*, en ce sens que le sujet doit pouvoir accomplir des gestes simples et des actes routiniers sans avoir besoin pour cela d'être directement Utilisé. Si l'on souhaite apparaître en public avec ces assistants conditionnés, il doit subsister en eux au moins un simulacre de leur personnalité d'origine.

Les avantages d'un tel conditionnement sont évidents. Alors qu'il est difficile — quasiment impossible, bien que Nina en ait peut-être été capable — d'*Utiliser* deux personnes en même temps, il est relativement facile de diriger les actions de deux pions conditionnés. Willi ne voyageait jamais sans être accompagné d'au moins deux de ses «petits amis» et, avant de découvrir le féminisme, Nina se déplaçait le plus souvent en compagnie de cinq ou six célibataires au corps superbe.

Anne Bishop se révéla facile à conditionner tant elle désirait être soumise. Les trois jours que je passai chez elle me suffirent à la dresser complètement. Avec Vincent, ce fut une tout autre affaire. Bien que ma première «leçon» ait annihilé toute sa volonté consciente, son subconscient demeurait un grouillement chaotique et presque impossible à maîtriser de haines, de peurs, de préjugés, de désirs et de sombres pulsions. Je ne souhaitais pas éradiquer ces sentiments, car c'étaient des sources d'énergie que je comptais bien exploiter ultérieurement. Durant ces trois longues journées du dernier week-end avant Noël 1980, je demeurai dans la maison d'Anne, où régnait une vague odeur aigre, et explorai la jungle émotionnelle du ténébreux subconscient de Vincent, y traçant des pistes et y laissant des repères en vue d'une future utilisation.

Le dimanche 21 décembre, je pris un petit déjeuner tardif préparé par Anne et l'interrogeai sur ses amis, ses revenus et sa vie. Il s'avéra qu'elle n'avait aucun ami et presque aucune vie sociale. Mrs. Pagnelli, une de ses voisines, lui rendait visite de temps en temps et prenait parfois soin de Peluche. Lorsque Anne entendit le nom du félin disparu, ses yeux s'emplirent de larmes et je sentis ses pensées glisser comme une automobile sur une plaque de verglas. J'accentuai mon étreinte mentale et l'orientai vers sa toute nouvelle passion : me plaire.

Anne avait plus de soixante-treize mille dollars d'économies. Comme nombre de femmes égoïstes approchant du terme d'une vie sans intérêt, elle avait vécu pendant des dizaines d'années dans un état de quasi-pauvreté tout en accumulant liquidités, actions et obligations, tel un écureuil maniaque amassant des noisettes qu'il ne mangerait jamais. Je lui suggérai de convertir ses biens en liquide durant la semaine suivante. Anne trouva cette idée excellente.

Nous discutions de ses sources de revenu lorsqu'elle mentionna Grumblethorpe. « La Société me verse une petite somme pour surveiller cette maison, pour guider les visiteurs et pour l'entretenir quand elle reste fermée durant une longue période, comme c'est le cas en ce moment.

– Quelle société ?

– La Société pour la préservation des monuments de Philadelphie.

– Et quel genre de monument est ce Grumblethorpe ?

– Je serais enchantée de vous le montrer, dit Anne avec enthousiasme. C'est tout près d'ici. »

Je commençais à m'ennuyer après avoir passé trois jours à me reposer et à conditionner deux personnes dans le cadre étriqué de la maison d'Anne. J'acquiesçai donc. « Après le petit déjeuner. Si je me sens en forme pour marcher. »

Il m'est difficile, même aujourd'hui, de donner une idée du charme et de l'incongruité de Grumblethorpe, situé sur Germantown Avenue, cette artère de brique en voie de détérioration. Les rares beaux immeubles encore existants sont flanqués de bars et de boutiques à cent sous, de restaurants minables et d'épiceries sordides. Les rues étroites qui partent de cette partie de l'avenue donnent rapidement sur une zone de taudis et de terrains vagues. Mais ici, au 5267 Germantown Avenue, derrière l'enfilade de parcmètres et les deux chênes noircis par la suie et lacérés de graffiti, à moins de trois mètres du défilé incessant des tramways et des piétons invariablement noirs, se dresse la perfection des murs de pierre, des volets et des bardeaux de Grumblethorpe.

Il y avait deux portes d'entrée. Anne sortit un anneau encombré de clés et nous fit entrer par la porte est. L'intérieur du bâtiment était plongé dans l'ombre en raison de ses fenêtres occultées par des volets et de lourds rideaux. La maison sentait l'antique, le bois et la cire séculaires. Pour moi, cette odeur était celle d'un foyer.

« Cette maison a été édifiée en 1744 par John Wister », m'expliqua Anne, dont la voix prit un ton assuré de guide expérimenté. « C'était un marchand de Philadelphie qui utilisait cette demeure comme résidence d'été. Plus tard, sa famille a pris l'habitude d'y séjourner toute l'année. »

Nous quittâmes la minuscule entrée pour pénétrer dans le salon. Le parquet était soigneusement ciré, les moulures du plafond d'une élégante simplicité, et la petite cheminée flanquée d'un fauteuil à oreillettes. Une chandelle était posée sur un guéridon d'époque. On ne voyait ni ampoule ni prise électrique.

«Le général anglais James Agnew est mort dans cette pièce durant la bataille de Germantown, récita Anne. Les taches de sang sont encore visibles.» Elle désigna le sol.

Je jetai un coup d'œil au bois légèrement décoloré. «Il n'y a aucune pancarte dehors, dis-je.

– Un panneau était apposé à la fenêtre. La maison était ouverte au public les mardis et jeudis après-midi, de deux heures à cinq heures. La Société organisait aussi des visites privées pour les personnes s'intéressant à l'histoire de la région. A présent, la maison est fermée — et elle le restera pendant au moins un mois, le temps de rassembler les fonds nécessaires à la poursuite des travaux de restauration entamés dans la cuisine.

– Qui vit ici à présent?»

Anne eut un petit rire — un couinement de souris. «Personne ne *vit* ici. Il n'y a pas d'électricité, pas de chauffage à part les cheminées, et aucune plomberie. Je viens régulièrement faire un tour et Mrs. Waverly, de la Société, inspecte les lieux toutes les six ou huit semaines.»

J'acquiesçai. «Il y a une porte galante ici.

– En effet, dit Anne. Vous connaissez bien les vieilles coutumes. On s'en servait également lors des enterrements.

– Montrez-moi le reste de la maison», ordonnai-je.

La salle à manger contenait une table et des chaises rustiques à la beauté toute simple datant des débuts de l'époque coloniale. Je découvris un incroyable banc sur lequel s'étaient exprimés tous les talents d'un maître ébéniste. Anne attira mon attention sur une chaise conçue par Soloman Fussel, l'auteur des chaises de l'Independence Hall.

La cuisine donnait sur l'arrière-cour et, en dépit du sol boueux et moucheté de neige, je discernai les contours du superbe jardin qui devait y fleurir pendant l'été. Le sol de la cuisine était en pierre et la cheminée si vaste qu'on pouvait y entrer sans courber la tête. Un étrange assortiment d'outils et d'ustensiles antiques était accroché au mur — un sécateur, une immense faux, une houe, un râteau rouillé, des pinces en fer, et j'en passe — au voisinage d'une meule à pédales. Anne désigna un petit tas de pierres devant le mur et une feuille de plastique noir dissimulant une excavation. «Quelques pierres se sont descellées dans ce coin. En novembre, les ouvriers qui travaillaient à la réfection ont découvert une porte en bois pourri sous le sol et un tunnel partiellement obstrué.

– Une issue de secours?

– Probablement. Les Indiens étaient encore actifs à l'époque où la maison a été bâtie.

– Où débouche ce tunnel?

– On a retrouvé ce qui est sans doute la sortie derrière le garage d'une maison voisine, dit Anne en indiquant vaguement un bâtiment de l'autre côté des vitres givrées. Mais la Société n'avait pas assez de fonds pour poursuivre l'excavation et elle a préféré attendre la bourse de la Commission historique de Philadelphie qui doit lui être versée en février.

– Vincent aimerait jeter un coup d'œil dans le tunnel.

– Oh», fit Anne. Elle sembla vaciller, se passa une main sur le front. «Je ne pense pas qu'il soit permis de…

– Vincent va jeter un coup d'œil, insistai-je.

– Bien sûr», acquiesça Anne.

Il y avait une bougie dans le salon, mais je dus envoyer le garçon chez Anne pour y chercher des allumettes. Lorsqu'il ôta le rideau de plastique et descendit la petite échelle conduisant au tunnel, je fermai les yeux afin de mieux voir ce qu'il allait découvrir.

Terre, roc, odeur d'humidité et de tombe. Le tunnel n'avait été dégagé que sur une longueur de trois ou quatre mètres sous la cour. Son plafond était soutenu par des poutres toutes neuves. Je fis remonter Vincent et rouvris les yeux.

«Aimeriez-vous voir l'étage?» demanda Anne.

J'acquiesçai sans parler ni faire un geste.

La nursery m'adressa ses chuchotis dès que j'y entrai.

« Selon la légende, cette pièce est hantée, dit Anne. Le chien de Mrs. Waverly refuse d'y pénétrer. »

Je supposai tout d'abord qu'Anne entendait également les murmures, mais lorsque je touchai son esprit, je n'y trouvai aucun signe de leur présence, rien qu'un désir croissant de me plaire.

Je m'avançai dans la pièce. Les volets de la fenêtre donnant sur la rue ne laissaient passer presque aucune lumière. Je distinguai au sein de la pénombre un berceau en métal aussi laid qu'anachronique — la cage ternie d'un enfant maléfique. Il y avait aussi deux petits lits et une chaise d'enfant, mais je n'eus bientôt d'yeux que pour les jouets, les poupées et le mannequin grandeur nature. Une immense maison de poupée était posée dans un coin. Elle aussi n'était pas de la bonne époque — elle devait avoir un siècle de moins que la maison de taille réelle —, mais ce qui frappait chez elle, c'était qu'elle était en partie pourrie et affaissée comme un authentique foyer abandonné. Je m'attendais à moitié à voir des rats minuscules trottiner dans ses couloirs. Près de la maison miniature, une demi-douzaine de poupées gisaient sur un lit. Une seule semblait assez antique pour dater du dix-huitième siècle, mais plusieurs paraissaient assez réelles pour être confondues avec de vrais cadavres d'enfants en voie de décomposition.

Mais c'était le mannequin qui dominait la pièce. Il avait la taille d'un garçonnet de sept ou huit ans. Ses habits reconstituaient la tenue d'un enfant de l'époque de la guerre d'Indépendance, mais leur tissu s'était fané au fil des décennies, leurs coutures défaites, et une odeur de laine pourrie emplissait la pièce. Ses mains, son cou et son visage étaient écaillés en plusieurs endroits, révélant la porcelaine noire que dissimulait la peinture rose. Il s'était jadis enorgueilli d'une luxuriante perruque d'authentiques cheveux, mais il n'en subsistait que des touffes raides et son cuir chevelu était tout craquelé. Ses yeux semblaient absolument réels et je me rendis compte qu'il s'agissait de prothèses. Seul les yeux de verre avaient conservé leur éclat et leur lustre cependant que le mannequin se détériorait : les yeux vifs d'un petit garçon dans le corps rigide d'un mort.

Pour une raison indéterminée, je supposai que les murmures provenaient du mannequin, mais lorsque je m'en approchai, les vagues chuchotis se firent un peu plus lointains. C'étaient les murs qui parlaient. Sous le regard passif d'Anne et de Vincent, je m'appuyai contre les murs de plâtre et tendis l'oreille. Les murmures étaient bien audibles, mais pas tout à fait assez pour que je puisse en distinguer la teneur exacte. On aurait dit qu'il y avait plusieurs voix, mais j'eus l'impression d'entendre des messages qui m'étaient adressés plutôt que celle de surprendre une conversation.

« Vous entendez quelque chose ? » demandai-je à Anne.

Elle plissa le front, cherchant la réponse qui était la plus susceptible de me plaire. « Seulement la circulation, dit-elle finalement. Et des enfants qui crient dans la rue. »

Je secouai la tête et collai de nouveau mon oreille contre le mur. J'entendis de nouveau les murmures, qui n'étaient ni pressants ni menaçants. Je crus discerner les syllabes de mon nom parmi ce doux flot sonore.

Je ne crois pas aux fantômes. Je ne crois pas au surnaturel. Mais à mesure que je vieillis, j'en viens à croire que, tout comme les ondes radio continuent à se propager une fois que le transmetteur est éteint, l'émission de la volonté d'un individu continue à être diffusée après sa mort. Nina m'a dit un jour qu'un archéologue avait découvert la voix d'un potier mort depuis des milliers d'années enregistrée dans les sillons de son pot, le fer contenu dans son argile et les vibrations de ses doigts ayant agi comme un disque et un stylet. Je ne sais pas si cette anecdote était authentique, mais elle exprime le même concept que celui auquel j'ai fini par accorder foi. Peut-être sommes-nous capables — surtout si nous sommes doués du Talent — d'imprimer la force de notre volonté sur les objets aussi bien que sur les… sujets.

Je repensai à Nina et m'écartai vivement du mur. Les murmures cessèrent. «Non, dis-je à voix haute. Ceci n'a rien à voir avec Nina. Ces voix sont amicales.»

Mes deux compagnons me regardèrent, Anne ne sachant pas quoi dire et Vincent incapable de dire quoi que ce soit. Je leur souris et Anne me rendit mon sourire.

«Venez, dis-je. Nous allons déjeuner, et ensuite, nous reviendrons ici. Je suis très contente de Grumblethorpe, Anne. Vous avez bien fait de m'amener ici.»

Le sourire d'Anne Bishop était radieux.

Le lundi midi, Anne et Vincent avaient apporté un lit à roulettes et un matelas neuf à Grumblethorpe, acheté d'autres bougies et trois radiateurs à essence, empli les étagères de la cuisine de boîtes de conserve et de produits non périssables, installé le petit réchaud à butane sur la table de la cuisine et nettoyé à fond toutes les pièces de la maison. Je leur fis installer le lit dans la nursery. Anne apporta des draps propres, des couvertures et son couvre-lit préféré. Vincent rangea ses pelles et ses seaux tout neufs contre le mur de la cuisine. Je ne pouvais pas remédier pour l'instant à l'absence de plomberie — de plus, j'avais l'intention de passer le plus clair de mon temps chez Anne. Je me contentai d'aménager Grumblethorpe afin d'y trouver le confort lors de mes inévitables visites.

Le lundi après-midi, Anne solda son compte en banque et son livret de Caisse d'Épargne — pour un montant total de presque quarante-deux mille dollars — et entreprit de convertir ses actions et ses obligations en liquide. Elle fut parfois obligée d'acquitter une pénalité, mais cela nous était égal à toutes les deux. Je rangeai l'argent dans mes bagages.

A quatre heures de l'après-midi — la lumière hivernale achevait de mourir au-dehors —, des douzaines de chandelles éclairaient brillamment Grumblethorpe, le salon, la cuisine et la nursery étaient réchauffés par les radiateurs incandescents, et cela faisait trois heures que Vincent creusait le tunnel et déversait de la terre dans un coin du jardin, sous un immense gingko. C'était un travail salissant, difficile et probablement dangereux, mais qui lui faisait du bien. Ce labeur lui permettait de se libérer d'une partie de la rage qu'il réprimait. Je savais déjà que Vincent était très fort — bien plus fort que ne le laissaient supposer sa mince carrure et sa posture avachie —, mais je découvrais à présent la véritable étendue de sa robustesse et de son énergie quasi démoniaque. Il doubla presque la longueur du tunnel durant ce premier après-midi de travail.

Je ne dormis pas à Grumblethorpe, pas la première nuit, mais alors que nous éteignions chandelles et radiateurs avant de partir, je me rendis seule dans la nursery et m'immobilisai au centre de la pièce, tenant une bougie dont la flamme se reflétait dans les yeux de nacre des poupées et dans les yeux de verre du garçonnet.

Les murmures étaient plus forts à présent. Je sentis de la gratitude dans leur ton, sinon dans leur teneur. Ils me souhaitaient bonne chance — et m'invitaient à revenir.

Vincent déplaça une demi-tonne de terre le mardi, la veille de Noël. Après avoir dégagé quatre mètres supplémentaires, nous constatâmes que le reste du tunnel était pratiquement intact, à l'exception de quelques petits effondrements de terre et de cailloux survenus lors des deux derniers siècles. Le mercredi matin, il dégagea la sortie, qui se trouvait près de l'allée bordant la cour et l'arrière des maisons situées derrière la nôtre. Il dissimula la sortie sous des planches et retourna à Grumblethorpe. Vincent n'était pas beau à voir; sale, vêtu de vieux habits à présent déchirés et maculés de boue, les cheveux pendant en mèches graisseuses sur son visage strié de terre et ses yeux hagards. Ce jour-là, je n'avais apporté à Grumblethorpe qu'une grande bouteille thermos contenant de l'eau fraîche; j'ordonnai à Vincent de se dévêtir et de s'asseoir près du radiateur de la cuisine pendant que je retournais chez Anne pour y laver ses vêtements et les faire sécher dans son sèche-linge.

Anne avait passé tout l'après-midi à préparer le dîner de Noël. Les rues étaient sombres et presque désertes. Un tramway solitaire passa au loin en grondant, émettant une chaude lueur jaune. Il commençait à neiger.

C'est ainsi que je me suis retrouvée à marcher dans la rue, seule et sans défense. En temps normal, jamais je n'aurais franchi la longueur d'un pâté de maisons sans être suivie d'un compagnon bien conditionné, mais le travail accompli à Grumblethorpe durant la journée, ainsi que l'étrange avertissement qui semblait sourdre des murmures de la nursery, m'avaient inquiétée au point de me faire négliger mes précautions habituelles. En outre, je pensais à Noël.

Noël avait toujours été une fête importante à mes yeux. Je me souviens encore des immenses sapins et des copieux réveillons de mon enfance. Mon père découpait toujours la dinde lui-même; ma tâche consistait à offrir de modestes présents aux domestiques. Je me souviens d'avoir composé plusieurs semaines à l'avance les brefs compliments que j'adressais à nos gens, des hommes et des femmes de couleur beaucoup plus vieux que moi. Je louais la plupart d'entre eux, réprimandais gentiment ceux qui avaient commis quelque négligence en omettant soigneusement certaines phrases clés. Je réservais invariablement mes plus beaux présents et mes paroles les plus affectueuses à tante Harriet, la vieille femme plantureuse qui m'avait nourrie au sein et élevée. Harriet était née esclave.

Bien des années plus tard, à Vienne, Nina, Willi et moi avons constaté avec intérêt que les domestiques nous avaient inspiré la même tendresse durant notre enfance. Même à Vienne, Noël était un moment important pour nous. Je me souviens encore de l'hiver 1928, des promenades en traîneau le long du Danube et du banquet organisé par Willi dans la villa qu'il avait louée au sud de la ville. C'était seulement ces dernières années que je n'avais pas célébré Noël de façon aussi complète que je l'aurais souhaité. A peine quinze jours plus tôt, lors de notre dernière Réunion, Nina et moi avions discuté de la triste sécularisation de l'esprit de Noël. Aujourd'hui, les gens ne savent plus ce qu'être chrétien veut dire.

Ils étaient huit, huit garçons de couleur. Je ne sais pas quel était leur âge. Ils étaient tous plus grands que moi; trois ou quatre d'entre eux avaient une ligne de duvet noir au-dessus des lèvres. J'eus l'impression qu'un tourbillon de bruits, de coudes, de genoux et d'obscénités déferlait sur moi au coin de Bringhurst Street et de Germantown Avenue. L'un d'eux portait une énorme radio qui émettait un vacarme monocorde.

Je levai les yeux, surprise, encore distraite par le souvenir des Noëls anciens et des amis disparus. Toujours sans réfléchir, je fis halte, attendant qu'ils descendent du trottoir, qu'ils s'écartent de mon chemin. Peut-être fut-ce à cause de mon visage, de ma posture fière, si différente de l'humilité affichée par les Blancs égarés dans les quartiers nègres des villes du Nord, que l'un d'entre eux me remarqua.

«Qu'est-ce que tu regardes comme ça, madame?» demanda un garçon de haute taille coiffé d'une casquette rouge. Son visage exprimait toute la stupidité et tout le mépris que des siècles d'ignorance tribale ont insufflés à sa race.

«J'attends que vous vous écartiez pour laisser passer une dame, ainsi que le font les enfants bien élevés», dis-je. J'avais parlé doucement, poliment. En temps normal, je n'aurais rien dit, mais je pensais à autre chose.

«Des enfants! dit le nègre à la casquette rouge. Qui

c'est que tu traites d'enfants, bordel?» Toute la bande se rassembla en demi-cercle autour de moi. Je fixai un point situé au-dessus de leurs têtes.

«Hé, pour qui tu te prends, la vieille?» demanda un nègre obèse vêtu d'une parka gris sale.

Je restai muette.

«Allez», dit un garçon plus petit mais d'aspect moins fruste. Il avait les yeux bleus. «On se tire, les mecs.»

Ils commencèrent à s'écarter, mais le nègre à la casquette rouge avait encore son mot à dire. «Fais gaffe à qui tu dis de te laisser passer, vieux débris», cracha-t-il, et il fit mine de me planter un doigt sur l'épaule ou la poitrine.

Je reculai vivement pour éviter d'être touchée. Mon talon se coinça dans une lézarde du trottoir, je perdis l'équilibre, battis des bras, et tombai assise dans le caniveau, au milieu d'un magma de neige et d'excréments de chiens. La plupart des nègres éclatèrent de rire.

Le garçon aux yeux bleus les fit taire d'un geste et s'avança vers moi. «Ça va, madame?» Il tendit une main, comme pour m'aider à me relever.

Je regardai fixement devant moi, ignorant sa main. Au bout d'une seconde, il haussa les épaules et rejoignit sa bande. Les échos de leur horrible musique résonnaient sur les murs nus et les vitrines silencieuses.

Je restai assise jusqu'à ce que les huit voyous aient disparu au coin de la rue, puis j'essayai de me lever, y renonçai et rampai sur les mains et les genoux jusqu'à un parcmètre le long duquel je me hissai. Je restai là quelque temps, accrochée au parcmètre, tremblante. Les rares voitures qui passaient — leurs conducteurs pressés de rentrer chez eux pour réveillonner — projetaient sur moi des paquets de boue et de neige mêlée. Deux grosses négresses encore jeunes me frôlèrent, jacassant de leurs voix d'ouvrières agricoles. Personne ne daigna m'aider.

Je tremblais encore lorsque j'arrivai enfin chez Anne. Plus tard, je me rendis compte que je n'aurais eu aucune peine à la faire venir pour me secourir, mais je n'étais pas en état de penser clairement sur le moment. Le vent glacé m'avait arraché des larmes qui avaient gelé sur mes joues.

Anne me fit aussitôt couler un bain chaud, m'aida à ôter ma robe trempée et me prépara des vêtements propres pendant que je me baignais.

Il était neuf heures du soir lorsque je dînai — seule, Anne restant assise dans la pièce voisine — et quand j'eus fini mon dessert, une tarte aux cerises, je savais exactement ce qu'il fallait faire.

Je pris ma chemise de nuit et quelques objets de première nécessité. J'ordonnai à Anne de prendre un matelas pour elle, des vêtements propres pour Vincent, un peu de nourriture et de boisson, et le revolver que j'avais emprunté au chauffeur de taxi d'Atlanta.

Le trajet de retour fut bref et se déroula sans incident. Il neigeait très fort à présent. Je détournai les yeux en passant près de l'endroit où j'étais tombée.

Vincent était assis là où je l'avais laissé. Il s'habilla et mangea de bon appétit. Il m'indifférait que Vincent saute quelques repas, mais il avait dépensé des milliers de calories lors des deux derniers jours et je voulais qu'il retrouve toute son énergie. Il mangeait comme un animal. Ses mains, ses bras, son visage et ses cheveux étaient encore sales, maculés de boue rouge, et le spectacle qu'il offrait en dévorant son repas était authentiquement bestial.

Après avoir mangé, Vincent se mit au travail sur la meule, aiguisant la faux et une des pelles qu'Anne avait achetées deux jours plus tôt dans une quincaillerie de Chelten Avenue.

Il était presque minuit lorsque je montai me coucher dans la nursery. Je fermai la porte et me déshabillai pour enfiler ma chemise de nuit. Les yeux de verre de l'enfant-mannequin, éclatants et poussiéreux, me contemplaient à la lumière vacillante de la chandelle. Anne s'assit en bas dans le salon, surveillant la porte d'entrée, comblée, un léger sourire aux lèvres, le calibre 38 chargé reposant confortablement sur son giron.

Vincent sortit par le tunnel. La boue humide macula un peu plus son visage et ses cheveux tandis qu'il traînait la faux et la pelle le long du passage obscur. Je fermai les yeux et vis la neige tomber à la faible lueur d'un réverbère lorsqu'il émergea près du garage, tira les outils hors du trou et détala dans la ruelle.

L'air avait un parfum propre et froid. Je sentais le cœur de Vincent battre sur un rythme robuste et assuré, je sentais la jungle qu'était son esprit ondoyer comme sous l'effet d'une tempête tandis que l'adrénaline coulait à flots dans son organisme. Les muscles de mes joues se tordirent lorsque je me rendis compte que Vincent avait aux lèvres un large sourire, un rictus de prédateur.

Nous avançâmes vivement le long de la ruelle, nous arrêtâmes à l'entrée d'une rue sombre peuplée de taudis, et courûmes le long des maisons du côté sud, là où les ombres étaient les plus profondes. Nous observâmes une pause et j'ordonnai à Vincent de regarder dans la direction où les huit voyous avaient disparu. Je sentais les narines de Vincent palpiter tandis qu'il reniflait l'air nocturne en quête d'une odeur de nègre.

Il neigeait de plus en plus fort. Le silence de la nuit n'était rompu que par le lointain carillonnement des cloches annonçant la naissance de notre Sauveur. Vincent leva la tête, posa pelle et faux sur son épaule et s'engouffra dans les ténèbres d'une ruelle.

Au premier étage, à l'intérieur de Grumblethorpe, je souris, me tournai vers le mur de la nursery et pris vaguement conscience du flot de murmures sifflants qui montait autour de moi tel le bruit de la marée.

19.
Washington, D.C., samedi 20 décembre 1980

« Vous ignorez tout de la véritable nature de la violence », dit à Saul Laski la chose qui avait été Francis Harrington.

Ils marchaient le long du Mail en direction du Capitole. Les rayons glacés du soleil couchant illuminaient le granit blanc des bâtiments et les nuages de gaz qui s'échappaient des bus et des voitures. Quelques pigeons sautillaient précautionneusement près des bancs inoccupés.

Saul sentit les muscles de son ventre et de ses cuisses qui tressaillaient, et il sut que cette réaction n'était pas seulement due au froid. Un émoi extraordinaire l'avait saisi dès qu'ils avaient quitté la National Art Gallery. *Après toutes ces années*.

« Vous vous considérez comme un expert en matière de violence », dit Harrington en allemand, une langue que Saul ne l'avait jamais entendu parler, « mais vous n'y connaissez rien.

– Que voulez-vous dire ? » demanda Saul en anglais. Il enfonça ses mains dans les poches de son manteau. Il ne cessait de tourner la tête de droite à gauche, dévisageant un homme qui sortait du Bâtiment Est de la National Art Gallery, plissant les yeux pour mieux voir une silhouette solitaire assise sur un banc éloigné, essayant de voir à travers le pare-brise polarisé d'une limousine avançant au pas. *Où êtes-vous, Oberst?* L'idée que le colonel nazi puisse être tout proche noua les muscles de son diaphragme.

« Vous considérez la violence comme une aberration, poursuivit Harrington dans un allemand impeccable, alors qu'il s'agit en fait de la norme. C'est l'essence même de la condition humaine. »

Saul se força à prêter attention à la conversation. Il devait faire sortir l'Oberst de sa tanière… trouver un moyen de libérer Francis du contrôle exercé par le vieil homme… trouver l'Oberst lui-même. « Ridicule, dit-il. La violence est un défaut très répandu, mais ce n'est pas l'essence de la condition humaine, pas plus que la maladie. Nous sommes en voie d'éradiquer des maladies comme la polio et la variole. Nous sommes capables d'éradiquer la violence dans les relations humaines. » Saul avait pris un ton professoral. *Où êtes-vous, Oberst ?*

Harrington éclata de rire. C'était un rire de vieillard, saccadé, graillonnant. Saul regarda le jeune homme qui marchait à ses côtés et frissonna. Il eut soudain une pensée horrible : le visage de Francis — ses courts cheveux roux, les taches qui constellaient ses pommettes hautes — ressemblait à un masque de chair dissimulant le crâne d'un autre. Le corps de Harrington paraissait étrangement massif sous son long imperméable, comme si le jeune homme avait brusquement grossi ou comme s'il était vêtu de plusieurs couches de pull-overs.

« Il est impossible d'éradiquer la violence, pas plus que l'amour, la haine ou le rire, dit la voix de Willi von Borchert par la bouche de Francis Harrington. L'amour de la violence est un aspect de notre humanité. Même les faibles rêvent d'être forts afin de pouvoir manier le fouet.

– Ridicule, dit Saul.

– Ridicule ? » répéta Harrington. Ils avaient traversé Madison Drive et se trouvaient devant le bassin réfléchissant du Capitole. Harrington s'assit sur un banc face à la Troisième Rue. Saul fit de même, regardant tout autour de lui pour examiner tous les visages visibles. Il n'y en avait pas beaucoup. Aucun ne ressemblait à celui de l'Oberst.

«Mon cher Juif, dit Harrington, regardez donc Israël.

– Hein?» Saul se tourna vers Francis. Ce n'était plus l'homme qu'il avait connu. «Que voulez-vous dire?

– Votre cher pays adoptif est célèbre pour ses actes de violence à l'encontre de ses ennemis, dit Harrington. “Œil pour œil” est sa philosophie, la juste vengeance sa politique, l'efficacité de son armée et de son aviation sa fierté.

– Israël ne fait que se défendre.» L'aspect surréel de cette conversation donnait le vertige à Saul. Au-dessus d'eux, le dôme du Capitole accrocha les derniers rayons de lumière.

Harrington éclata de rire une nouvelle fois. «Ah, oui, mon fidèle pion. La violence est toujours plus acceptable si elle est exercée pour se défendre. D'où la Wehrmacht.» Il insista sur *Wehr* — défense. «Israël a des ennemis, *nicht wahr?* Mais le Troisième Reich en avait aussi. Et son pire ennemi était sans doute cette vermine même qui jouait les victimes impuissantes tout en complotant la destruction du Reich et joue aujourd'hui les héros tout en opprimant les Palestiniens.»

Saul ne répondit pas à cette provocation. L'antisémitisme de l'Oberst lui paraissait infantile. «Que voulez-vous?» demanda-t-il à voix basse.

Harrington haussa les sourcils. «Quel mal y a-t-il à retrouver une vieille connaissance pour avoir une discussion intéressante avec elle? dit-il en anglais.

– Comment m'avez-vous retrouvé?»

Harrington haussa les épaules. «Je dirais plutôt que c'est vous qui m'avez retrouvé, murmura-t-il d'une voix rauque totalement étrangère à celle de Francis Harrington. Imaginez quelle a été ma surprise lorsque mon cher pion a débarqué à Charleston. Mon jeune Juif errant est très loin de Chelmno.»

Saul faillit lui demander : *Comment m'avez-vous reconnu?* mais il se retint. Les quelques heures durant lesquelles ils avaient partagé le corps de Saul, presque quarante ans auparavant, avaient créé entre eux une répugnante intimité plus durable que les mots ne pouvaient l'exprimer. Saul savait qu'il reconnaîtrait tout de suite l'Oberst — qu'il l'avait tout de suite reconnu en dépit de l'érosion de sa mémoire au fil du temps. « Vous me suivez depuis Charleston ? » demanda-t-il.

Harrington sourit. « J'aurais eu beaucoup de plaisir à assister à une de vos conférences à Columbia. Peut-être aurions-nous pu débattre de l'éthique du Troisième Reich.

– Peut-être. Et peut-être pourrions-nous débattre de la santé mentale d'un chien enragé. Mais il n'existe qu'une seule solution à une telle maladie. Abattre le chien.

– C'est ça, siffla Harrington. Une nouvelle version de la solution finale. Les Juifs n'ont jamais été une race subtile. »

Saul frissonna. Derrière cette voix calme, derrière cette marionnette humaine, se dissimulait un homme qui avait assassiné des centaines — peut-être des milliers — d'êtres humains. Saul ne voyait qu'une seule raison pour laquelle l'Oberst s'était efforcé de le retrouver et l'avait suivi depuis Charleston : il voulait le tuer. L'Oberst Wilhelm von Borchert, alias William Borden, s'était dépensé sans compter pour convaincre le monde de sa mort. Il n'avait aucune raison de révéler ainsi sa présence à celui qui était peut-être le seul à connaître sa véritable identité, sauf pour mener à bien la phasc finale de quelque jeu du chat et de la souris. Saul enfonça sa main dans sa poche et agrippa le rouleau de pièces de monnaie qui y était caché. C'était la seule arme qu'il avait jamais portée depuis la forêt des Hiboux, en Pologne, vingt-six ans auparavant.

S'il réussissait à assommer Francis — une tâche bien plus difficile que ne le suggéraient le cinéma et la télévision, il le savait -, que ferait-il ensuite ? Fuir. Mais qu'est-ce qui empêcherait l'Oberst de pénétrer son esprit ? Saul frémit à l'idée de subir un nouveau viol mental. Il ne finirait même pas comme victime d'une agression, mais comme une simple donnée statistique :

un professeur distrait qui avait traversé une rue animée de Washington après le crépuscule…

Il n'abandonnerait pas Francis Harrington. Saul referma le poing autour du rouleau de pièces et sortit lentement sa main de sa poche. Il ne savait pas si le jeune homme pouvait être ramené à la vie — un regard jeté au masque qui lui faisait face le persuada du contraire — mais il savait qu'il devait essayer. Comment transporter un corps inconscient le long du Mail, sur une longueur d'un pâté de maisons et demi, jusqu'à sa voiture de location ? Connaissant Washington, Saul était persuadé que ce type de scène s'y était déjà déroulé. Il se décida : il laisserait le jeune homme sur le banc, se précipiterait vers sa voiture, regagnerait la Troisième Rue le pied au plancher, freinerait au bord du trottoir et jetterait le corps inanimé sur la banquette arrière.

Saul ne voyait aucun moyen d'empêcher l'Oberst de s'emparer mentalement de lui. Peu importait. D'un geste machinal, il sortit de sa poche son poing serré autour des pièces, le dissimulant à la vue en le plaquant contre sa cuisse.

« Je veux que vous rencontriez quelqu'un, dit Harrington.

– Hein ? » Le cœur de Saul battait si fort qu'il pouvait à peine parler.

« Je souhaite que vous rencontriez quelqu'un, répéta l'Oberst en forçant le corps de Harrington à se lever. Je pense que cela vous intéressera. »

Saul resta assis. Son poing était si serré que des vibrations parcouraient toute la longueur de son bras.

« Tu viens, Juif ? » Ces mots allemands et la voix qui les prononçait étaient presque identiques à ceux que l'Oberst avait utilisés dans le baraquement de Chelmno, presque trente-huit ans auparavant.

« Oui. » Saul se leva, mit les mains dans les poches de son manteau et suivit Francis Harrington dans la soudaine obscurité hivernale.

C'était le jour le plus court de l'année. Quelques touristes hardis attendaient l'autobus ou couraient vers leur voiture. Ils descendirent Constitution Avenue, passèrent devant le Capitole et firent halte devant la sortie du parking du bureau des sénateurs. Au bout de quelques minutes, les portes automatiques s'ouvrirent et une limousine sortit de l'immeuble. Harrington descendit la rampe d'accès en courant et Saul le suivit, baissant la tête alors que la grille métallique se remettait en place. Deux gardes les avaient vus. Le premier, un homme obèse au visage rougeaud, se dirigea vers eux. « Il est interdit d'entrer ici, bon sang, cria-t-il. Faites demi-tour et foutez le camp avant que je vous fasse jeter en taule.

– Hé, pardon ! s'exclama Francis Harrington, dont la voix semblait avoir retrouvé sa tonalité. Écoutez, on a des passes pour aller voir le sénateur Kellog, mais la porte qu'il nous a dit d'emprunter est fermée à clé et personne n'est venu quand on a frappé…

– Porte principale », dit le garde sans cesser d'agiter les bras. Son collègue était resté dans une cabine fermée. Sa main droite était posée sur la crosse de son revolver et il observait Saul et Harrington avec beaucoup d'attention. « Mais il n'y a plus de visites après cinq heures. Alors foutez le camp d'ici avant que je vous fasse arrêter. *Caltez*.

– Entendu », dit Harrington d'une voix aimable, et il sortit un pistolet automatique de la poche de son manteau. La balle qu'il tira alla se loger dans l'œil droit du garde. Le second garde resta cloué sur place. Saul avait tiqué en entendant la détonation, et il se rendait compte à présent que l'immobilité du garde n'était pas due à la peur. L'homme s'efforçait désespérément de bouger son bras droit, mais sa main se contentait de trembler comme celle d'un épileptique. La sueur se mit à couler sur son front et sur sa lèvre supérieure, et ses yeux s'exorbitèrent.

« Trop tard », dit Harrington, et il lui tira quatre balles dans le cou et dans le torse.

Saul entendit un *pft-pft-pft-pft* et se rendit compte qu'un silencieux était fixé au canon. Il fit mine de bouger, se figea lorsque Harrington braqua son arme sur lui. «Amenez-le à l'intérieur.» Saul obtempéra, exhalant des nuages de vapeur dans l'air glacé quand il traîna le corps massif du garde à travers la rampe et dans la cabine.

Harrington éjecta le chargeur de la crosse et en glissa un autre d'un geste sec. Il s'accroupit pour ramasser les cinq douilles. «Montons, dit-il.

– Il y a des caméras vidéo, hoqueta Saul.

– Oui, dans le bâtiment proprement dit, répondit Harrington, s'exprimant de nouveau en allemand. Le sous-sol n'est équipé que d'un téléphone.

– On va remarquer l'absence des gardes, dit Saul d'une voix plus ferme.

– Sans le moindre doute. Je vous suggère de presser le pas.»

Ils arrivèrent au rez-de-chaussée et s'engagèrent dans un long couloir. Un vigile leva les yeux de son journal pour les regarder avec surprise. «Je suis désolé, monsieur, mais cet immeuble est fermé après…» Harrington lui tira deux balles dans la poitrine et traîna son corps jusqu'à la cage d'escalier. Saul s'appuya contre une porte en bois. Il avait les jambes en coton et se demandait s'il n'allait pas se trouver mal. Il envisagea de fuir, envisagea de hurler, et se contenta de s'accrocher au montant de chêne pour ne pas tomber.

«L'ascenseur», dit Harrington.

Le couloir du deuxième étage était vide, mais Saul entendit un lointain bruit de rire et de conversation. Harrington ouvrit la quatrième porte à droite.

Une jeune femme était en train de poser une housse protectrice sur une machine à écrire électrique I.B.M. «Je suis désolée, dit-elle, mais il est…»

Le pistolet de Harrington décrivit un arc qui s'acheva sur sa tempe gauche. Elle s'effondra sur le sol presque sans un bruit. Harrington attrapa la housse qu'elle avait laissée tomber et la glissa sur la machine à écrire. Puis il agrippa Saul par son manteau et le traîna dans une antichambre vide, puis dans un vaste bureau obscur. Saul aperçut le dôme illuminé du Capitole entre deux rideaux sombres.

Harrington ouvrit une nouvelle porte et la franchit. «Salut, Trask», dit-il en anglais.

L'homme maigre assis derrière le bureau leva les yeux d'un air surpris et, au même instant, un homme robuste vêtu d'un costume marron bondit sur eux depuis le divan. Harrington tira à deux reprises sur le garde du corps, alla jeter un coup d'œil au petit automatique que l'homme avait laissé tomber sur le sol, puis lui tira une troisième balle derrière l'oreille gauche. Le corps massif tressauta, décocha un coup de pied sur l'épaisse moquette, puis cessa de bouger.

Nieman Trask n'avait pas bronché. Il tenait toujours un calepin dans sa main gauche et un stylo en or de chez Cross dans sa main droite.

«Asseyez-vous, dit Harrington à Saul en lui indiquant le divan de cuir.

– Qui êtes-vous?» s'enquit Trask. Le ton de sa voix exprimait une vague curiosité.

«Ce n'est pas le moment de poser des questions, dit Harrington. Premièrement, notez bien que mon ami...» Il indiqua Saul. «... doit être laissé en paix. S'il quitte ce divan, j'ouvre ma main gauche.

– Votre main gauche?» dit Trask.

La main gauche de Harrington était vide lorsqu'il était entré dans la pièce; à présent, on pouvait y voir un petit disque en plastique avec un bouton en son centre. Le fil électrique isolé qui y était connecté disparaissait dans la manche de son imperméable. Son pouce était posé sur le bouton.

«Oh, je vois», dit Trask d'une voix lasse, et il reposa son calepin. Il prit son stylo dans ses deux mains. «Explosifs?

– C-4.» Harrington écarta les pans de son imperméable avec le canon de son pistolet. Il portait une épaisse veste de pêcheur dont chacune des poches était remplie à ras bord. Saul aperçut des bouts de fil électrique. « Six kilos de plastic », précisa Harrington.

Trask hocha la tête. Il paraissait maître de lui, mais les phalanges qui enserraient son stylo étaient blanches. « C'est plus que suffisant, dit-il. Que voulez-vous ?

– Je souhaite vous parler, dit Harrington en s'asseyant sur une chaise placée à un mètre du bureau de Trask.

– Je vous en prie », dit celui-ci en s'adossant à son siège. Son regard allait sans cesse de Saul à Harrington. « Je vous écoute.

– Appelez Mr. Colben et Mr. Barent sur votre ligne de conférence, dit Harrington.

– Je suis navré. » Trask posa son stylo et écarta les bras. « A cette heure-ci, Colben est en route pour Chevy Chase et je crois que Mr. Barent a déjà quitté le pays. »

Harrington hocha la tête. « Je vais compter jusqu'à six. Si vous ne les avez pas appelés, je lève le pouce. Un… deux… »

A quatre, Trask avait décroché son téléphone, mais plusieurs minutes s'écoulèrent avant qu'il n'établisse les deux communications. Il trouva Colben dans sa limousine, sur la voie express de Rock Creek, et Barent quelque part au-dessus du Maine.

« Branchez le haut-parleur, dit Harrington.

– Qu'y a-t-il, Nieman ? demanda une voix mélodieuse où perçait une pointe d'accent de Cambridge. Charles, vous êtes là, vous aussi ?

– Ouais, grommela Colben. Je ne sais pas ce qui se passe. Qu'est-ce que vous foutez, Trask ? Ça fait deux minutes que vous me faites poireauter au bout du fil.

– J'ai un petit problème, dit Trask.

– Nieman, cette ligne n'est pas protégée, dit la voix onctueuse de Barent. Êtes-vous seul ? »

Trask hésita et se tourna vers Harrington. Comme celui-ci se contentait de sourire, il répondit : « Euh, non, monsieur. Il y a deux gentlemen avec moi dans le bureau du sénateur Kellog. »

La voix de Colben grésilla dans le haut-parleur. « Bordel, Trask, qu'est-ce qui se passe ? Qu'est-ce que ça veut dire ?

– Du calme, Charles, dit la voix de Barent. Continuez, Nieman. »

Trask leva la main vers Harrington, paume vers le ciel, comme pour lui dire : « Après vous. »

« Mr. Barent, nous aimerions déposer notre candidature pour devenir membre de l'un de vos clubs, dit Harrington.

– Je m'excuse, monsieur, mais nous n'avons pas été présentés, dit Barent.

– Je m'appelle Francis Harrington. Mon employeur, qui se trouve à mes côtés, est le Dr Saul Laski, de l'université de Columbia.

– Trask ! s'exclama la voix de Colben. Que se passe-t-il ?

– Chut, fit Barent. Mr. Harrington, docteur Laski, enchanté de faire votre connaissance. En quoi puis-je vous être utile ? »

Sur le divan, Saul poussa un soupir de lassitude. Jusqu'à ce que l'Oberst prononce son nom, il avait vaguement espéré sortir vivant de ce cauchemar. A présent, même s'il n'avait aucune idée du jeu auquel jouait l'Oberst, ni des liens entre ces trois personnages et le trio formé par Willi, Nina et Melanie Fuller, il pensait que l'Oberst ne l'aurait pas désigné par son nom s'il n'avait pas été résolu à le sacrifier.

« Vous avez parlé d'un club, souffla la voix de Barent. Pouvez-vous être plus précis ? »

Le sourire de Harrington était horrible à voir. Son bras gauche était toujours levé, son pouce pressé sur le détonateur. « J'aimerais adhérer à *votre* club », dit-il.

La voix de Barent semblait amusée. « J'appartiens à de nombreux clubs, Mr. Harrington. Pouvez-vous être encore plus précis ?

– Je ne m'intéresse qu'au plus sélect d'entre eux, dit Harrington. Et j'ai toujours eu un faible pour les îles.»

Le haut-parleur eut un gloussement. «Moi aussi, Mr. Harrington, mais bien que Mr. Trask soit un excellent parrain, je crains que la plupart des clubs auxquels j'appartiens n'exigent des références supplémentaires. Vous avez évoqué la présence de votre employeur, le Dr Laski. Souhaitez-vous également solliciter votre adhésion, docteur?»

Saul ne trouva aucune réponse susceptible d'améliorer sa situation. Il resta silencieux.

«Peut-être… euh… représentez-vous également un tiers», dit Barent.

Harrington gloussa.

«Il a sur lui six kilos de plastic reliés à un détonateur que sa mort suffirait à déclencher, dit Trask d'une voix dénuée de toute émotion. Je considère cette référence comme suffisante. Pourquoi ne pas convenir de nous retrouver ailleurs pour en discuter?

– Mes hommes sont en route, dit la voix sèche de Colben. Tenez bon, Trask.»

Nieman Trask soupira, se passa une main sur le front et se pencha sur le micro. «Colben, espèce de connard, si vous envoyez quelqu'un à moins de dix blocs de cet immeuble, je vous arracherai le cœur de mes mains nues. Ne vous *mêlez* pas de ça, bordel. Barent, vous m'entendez?»

Barent parla comme s'il n'avait rien entendu du dialogue précédent. «Je suis terriblement navré, Mr. Harrington, mais j'ai pour principe de ne jamais faire partie du comité de sélection d'un club dont je suis membre. Mais il m'arrive parfois de parrainer un postulant. A ce propos, peut-être auriez-vous l'amabilité de me communiquer l'adresse de certains membres potentiels que je souhaite contacter.

– Je vous écoute», dit Harrington.

Ce fut à ce moment-là que Saul Laski sentit Trask s'insinuer dans son esprit. Cela lui procura une douleur exquise — comme si on lui avait enfilé une longue tige aiguisée dans l'oreille gauche. Il frissonna, mais on ne lui permit pas de crier. Son regard se posa sur l'automatique qui gisait toujours sur la moquette, à trente centimètres de la main tendue du garde du corps. Il perçut les froides supputations provenant de l'esprit de Trask : deux secondes pour bondir, une seconde pour se redresser et tirer une balle dans le crâne de Harrington tout en lui saisissant le poignet et en maintenant son pouce pressé sur le détonateur comme sur une grenade. Saul sentit ses doigts s'ouvrir et se refermer comme de leur propre volonté, vit ses jambes frémir doucement, s'étirer comme celles d'un sprinter avant une course. Enfoui de plus en plus profondément dans les oubliettes de son propre esprit, Saul aurait voulu hurler mais il était sans voix. Était-ce cela que Francis Harrington avait vécu durant plusieurs semaines?

«William Borden», dit Barent.

Saul avait presque oublié le sujet de la discussion en cours. Trask fit légèrement bouger sa jambe droite, déplaça son centre de gravité, raidit son bras droit.

«Je ne connais pas ce gentleman, dit Harrington. Ensuite?»

Saul senti tous les muscles de son corps se tendre tandis que Trask le préparait à l'action. Il perçut un léger changement de plan. Trask allait le forcer à foncer sur Harrington, à le pousser en arrière tout en empêchant son pouce de lâcher le détonateur, puis il pousserait Francis dans le bureau privé du sénateur, et ferait obstacle à la force de l'explosion avec son corps pendant que Trask s'abriterait sous son bureau en chêne massif. Saul voulait hurler un avertissement à l'Oberst.

«Miss Melanie Fuller, dit Barent.

– Oh, oui, fit Harrington. Je pense que vous la retrouverez à Germantown.

– De quel Germantown s'agit-il?» demanda Trask tout en préparant Saul à l'assaut. Ignore le pistolet. Saisis sa main. Force-le à reculer. Veille à ce que ton corps reste toujours entre lui et moi.

«La banlieue de Philadelphie, dit Harrington d'une voix enjouée. Je ne me rappelle pas son adresse exacte, mais si vous inspectez les maisons de Queen Lane, vous devriez pouvoir la localiser.

– Très bien, dit Barent. Autre chose. Si vous pouviez…

– Excusez-moi un instant», le coupa Harrington. Il partit d'un nouveau rire, un rire de vieillard. «Bon Dieu, Trask. Vous pensez que je ne sens rien? Vous n'arriveriez pas à maîtriser cette carcasse au bout d'un mois d'efforts… *Mein Gott*, mon vieux, vous tâtonnez comme un adolescent essayant de peloter sa nana… c'est bien l'expression consacrée?… dans un cinéma de quartier. Et relâchez donc mon pauvre ami juif, tant que vous y êtes. Dès qu'il fait un geste, je lâche le détonateur. Ce bureau se transformera en un millier de missiles de bois. Là, c'est mieux…»

Saul s'effondra sur le divan. Libérés de leur étau, ses muscles furent agités de spasmes.

«Bien, où en étions-nous, Mr. Barent?» dit Harrington.

On entendit un grésillement pendant plusieurs secondes, puis la voix de Barent sortit à nouveau du haut-parleur. «Je suis navré, Mr. Harrington, mais je vous parle depuis mon avion privé et j'ai bien peur d'être obligé de vous quitter. Je vous remercie de votre appel et j'espère vous parler à nouveau très bientôt.

– Barent! hurla Trask. Bon Dieu, restez en…

– Adieu», dit Barent. Il y eut un déclic. Puis un grésillement sur la ligne.

«Colben! cria Trask. Dites quelque chose.»

On entendit une voix de basse. «Bien sûr. Allez vous faire foutre, Nieman, mon vieux.» Nouveau déclic, suivi du bourdonnement de la tonalité.

Trask leva les yeux tel un animal aux abois.

«Ce n'est pas grave, dit Harrington d'une voix apaisante. Je peux vous laisser un message. Nous pouvons encore faire affaire, Mr. Trask. Mais je préférerais que ce soit en privé. Docteur Laski, si vous le voulez bien… ? »

Saul ajusta ses lunettes et cilla. Il se leva. Trask lui lança un regard furibond. Harrington sourit. Saul se retourna, traversa le bureau du sénateur d'un pas vif et se mit à courir dès qu'il entra dans l'antichambre. Il courait le long du couloir lorsqu'il se rappela la secrétaire. Il hésita, puis se remit à courir.

Devant lui, quatre hommes apparurent au coin du couloir. Saul fit volte-face, vit cinq hommes vêtus de costumes sombres surgir à l'autre bout du couloir, deux d'entre eux fonçant vers le bureau de Trask.

Il se retourna à temps pour voir trois hommes lever leur arme dans un mouvement coulé, les deux mains sur la crosse, les bras tendus, et les gueules noires des canons lui parurent immenses, même à une telle distance. Soudain, Saul fut ailleurs.

Francis Harrington hurlait dans le silence de son propre esprit. Il percevait vaguement la présence de Saul à ses côtés dans le noir. Ensemble, ils regardèrent par les yeux de Harrington et virent Nieman Trask hurler quelque chose, se dresser sur son siège, lever les mains en signe de prière.

« Auf Wiedersehen », dit l'Oberst avec la voix de Francis Harrington, et il relâcha le détonateur.

Le mur sud du couloir explosa, donnant naissance à une gigantesque boule de flamme orangée. Soudain, Saul vola dans les airs en direction des trois hommes en costume sombre. Leurs bras se levèrent, un pistolet tira — le coup de feu fut inaudible au milieu du vacarme qui régnait dans le couloir —, puis ils se mirent à voler eux aussi, poussés en arrière, et ils heurtèrent le mur du fond une fraction de seconde avant Saul.

Après l'impact, alors même qu'un flot de ténèbres se déversait sur lui, Saul entendit un écho — pas celui de l'explosion, mais celui de la voix du vieil homme disant *Auf Wiedersehen.*

20.
New York, vendredi 26 décembre 1980

Le shérif Gentry aimait bien prendre l'avion, mais sa destination présente ne l'enchantait guère. S'il aimait les voyages aériens, c'était parce que le fait d'être coincé dans un fauteuil à l'intérieur d'un tube pressurisé flottant à des milliers de pieds au-dessus des nuages était fort propice à la méditation. Sa destination, New York, était au contraire un lieu où l'on était tenté de renoncer à toute activité mentale : une ruche bourdonnante en proie à la violence urbaine, à la paranoïa, à la surinformation et à la démence pure. Gentry avait compris depuis longtemps qu'il n'était pas fait pour les grandes cités.

Il savait se débrouiller dans Manhattan. Une douzaine d'années plus tôt, alors qu'il poursuivait ses études à la fac de Chicago et que la guerre du Viêt-nam battait son plein, il y avait passé plusieurs week-ends avec ses copains. Sa petite amie du moment travaillait dans une agence Hertz et il était parti un jour en virée à New York au volant d'une voiture de location dont le kilométrage avait été diminué de 3 500 km. Après quatre jours sans sommeil, ses cinq camarades et lui avaient été obligés de balader la voiture pendant deux heures dans la banlieue de Chicago afin de ramener le compteur à un chiffre légèrement supérieur à celui figurant sur le registre.

Gentry prit une navette qui le conduisit à Port Authority. Là, il héla un taxi qui l'emmena à l'Adison Hotel, non loin de Times Square. C'était un vieil établissement sur le déclin, surtout fréquenté par des putes et des touristes provinciaux, mais qui conservait encore une certaine fierté. Le cuisinier qui régnait sur la cafétéria était un Portoricain bruyant, grossier et talentueux, et le prix de la chambre était inférieur d'un bon tiers à la somme exigée par les autres hôtels de Manhattan. La dernière fois que Gentry était venu à New York, escortant un prisonnier extradé âgé de dix-huit ans qui avait assassiné quatre commerçants de Charleston, c'était le Comté qui avait réservé sa chambre et payé sa note.

Gentry prit une douche pour se remettre de la fatigue du voyage, puis changea de tenue, enfilant un pantalon de velours bleu confortable, un vieux pull à col roulé, son blouson de sport marron, une casquette, et un manteau qui lui tenait chaud à Charleston mais n'avait guère de chance de le protéger de l'hiver new-yorkais. Il hésita, puis sortit le Ruger 357 de sa valise et le glissa dans la poche de son manteau. Non, il prenait trop de place et était trop visible. Il le passa à son ceinturon. Non et non. Il n'avait pas apporté son étui, resté rangé avec son uniforme; quand il n'était pas en service, il prenait toujours le Police Special calibre 38. Pourquoi diable s'était-il encombré de ce Ruger au lieu de prendre une arme plus petite? Finalement, il glissa le revolver dans la poche de son blouson. Il ne pourrait pas boutonner son manteau et serait obligé de le garder même à l'intérieur afin de dissimuler la présence de son arme. *Et puis merde,* pensa-t-il. *Tout le monde ne peut pas être Steve McQueen.*

Avant de sortir de l'hôtel, il appela son domicile à Charleston et actionna son répondeur à distance. Il ne s'attendait pas à y trouver un message de Natalie, mais il espérait quand même entendre sa voix. Le premier message émanait d'elle. «Rob, ici Natalie. Il est environ deux heures de l'après-midi, heure de Saint Louis. Je viens juste d'arriver, mais je repars tout de suite à bord du prochain avion pour Philadelphie. Je pense avoir trouvé un indice sur la cachette de Melanie Fuller. Regarde en page 3 du journal de Charleston daté d'aujourd'hui... et peut-être en parle-t-on aussi dans les journaux de New York. Une guerre des gangs à Germantown. Non, je ne sais pas *pourquoi* la vieille serait mêlée à une guerre des gangs, mais ça se passe à *Germantown*. D'après Saul, le meilleur moyen de retrouver la trace de ces types, c'est de s'intéresser aux actes de violence insensée. Je te promets que je resterai discrète... je me contenterai de jeter un coup d'œil et de voir si cette piste vaut la peine d'être suivie. Je te laisserai un autre message ce soir, quand j'aurai trouvé une chambre d'hôtel là-bas. Il faut que j'y aille. Sois *prudent*, Rob. »

« Merde », murmura Gentry en raccrochant. Il composa de nouveau son numéro, soupira en entendant sa propre voix le prier de laisser un message, et dit après le signal sonore : « Natalie, bon sang, ne reste *pas* à Philadelphie, ou à Germantown, ne reste *pas* où tu es. Quelqu'un t'a vue le soir de Noël. Bon Dieu, si tu ne veux pas rester à Saint Louis, rejoins-moi ici, à New York. C'est *idiot* de rester séparés et de courir dans tous les coins en jouant aux petits détectives. Rappelle-moi ici dès que tu auras reçu ce message. » Il lui donna le numéro de téléphone de l'hôtel et le numéro de sa chambre, marqua une pause, puis raccrocha. « Bon sang », dit-il. Son poing s'abattit avec tant de force que le vieux bureau faillit s'écrouler.

Gentry prit le métro pour se rendre à Greenwich Village et descendit près de Saint Vincent. Durant le trajet, il feuilleta son carnet de notes, passant en revue ce qu'il y avait consigné : l'adresse de Saul, le nom de sa gouvernante, Tema, que lui avait communiqué Natalie, son numéro de téléphone à Columbia, le numéro du doyen, que Gentry avait appelé quinze jours plus tôt, le numéro de feue Nina Drayton. C'est maigre, pensa-t-il. Il appela Columbia et on lui confirma que tous les professeurs du département de psychologie étaient en congé jusqu'au lundi suivant.

Le quartier de Saul ne correspondait pas à l'image que s'était faite Gentry du style de vie d'un psychiatre new-yorkais. Mais il se rappela que Saul était professeur plutôt que psychiatre, et le quartier lui parut alors plus approprié. On y voyait surtout des immeubles de rapport de trois ou quatre étages, il y avait des restaurants et des épiceries fines à tous les coins de rue, et la compacité du tout évoquait une petite ville tranquille. Quelques couples se promenaient dans les rues — dont deux hommes se tenant par la main —, mais Gentry savait que la plupart des habitants du coin se trouvaient dans le centre-ville, enfermés dans les bureaux d'un éditeur, d'un agent de change ou d'un agent immobilier, bref dans une cage de verre et d'acier, quelque part entre secrétaire et vice-président sur l'échelle des salaires, occupés à gagner les quelques milliers de dollars nécessaires au paiement du loyer de leur trois-pièces, et attendant l'augmentation, la promotion, l'inévitable montée à l'échelon supérieur qui leur permettrait de travailler dans un bureau plus grand, avec baie vitrée donnant sur la ville, et de prendre le taxi tous les soirs pour rentrer dans leur superbe demeure de Central Park West. Le vent se leva. Gentry s'emmitoufla dans son manteau et pressa le pas.

Le Dr Saul Laski n'était pas chez lui. Gentry n'en fut pas surpris. Il frappa de nouveau à sa porte et attendit sur l'étroit palier, écoutant le bruit étouffé de la télévision et des cris d'enfants, reniflant un résidu d'odeur de corned-beef et de choux. Puis il sortit une carte de crédit de son portefeuille et fit jouer la serrure. Gentry secoua la tête; Saul Laski était un expert universellement reconnu en matière de violence, un survivant des camps de la mort, mais son domicile laissait beaucoup à désirer sur le plan de la sécurité.

C'était un appartement plutôt grand pour Greenwich Village : une salle de séjour confortable, une petite cuisine, une chambre encore plus petite, et un vaste bureau. Il y avait des livres dans toutes les pièces — même dans la salle de bains. Le bureau était plein de carnets de notes, de chemises soigneusement étiquetées, et de livres qui se comptaient par centaines — nombre d'entre eux étaient en polonais ou en allemand. Gentry fouilla toutes les pièces, feuilleta le manuscrit soigneusement empilé à côté d'une machine à écrire I.B.M., puis se prépara à partir. Il se faisait l'impression d'être un intrus. L'appartement semblait inhabité depuis une semaine ou deux, la cuisine était immaculée, le réfrigérateur presque vide, mais il n'y avait pas de poussière, pas de courrier accumulé dans un coin, aucun signe visible d'absence prolongée. Gentry vérifia qu'il n'y avait aucun message près du téléphone, fit un tour rapide des pièces pour s'assurer de n'avoir négligé aucun détail susceptible de lui apprendre où se trouvait Saul, puis sortit le plus discrètement possible.

Il avait descendu un étage lorsqu'il croisa une vieille dame aux cheveux gris retenus en chignon. Gentry s'arrêta près d'elle, toucha sa casquette et dit : « Excusez-moi, madame. Ne seriez-vous pas Tema ? »

La vieille dame fit halte et le regarda d'un air soupçonneux. Elle avait un fort accent slave. « Je ne vous connais pas.

– Non, madame. » Gentry ôta sa casquette. « Et je m'excuse de vous appeler par votre prénom, mais Saul n'a pas mentionné votre nom de famille quand il m'a parlé de vous.

– Mrs. Walisjezlski, dit la vieille dame. Qui êtes-vous ?

– Je suis le shérif Bobby Joe Gentry. Je suis un ami de Saul et j'essaie de le retrouver.

– Le Dr Laski ne m'a jamais parlé d'un shérif Gentry. » Elle prononça Gantry.

« Non, madame, c'est peu probable. Nous avons fait connaissance il y a à peine quinze jours, quand il est descendu à Charleston. C'est en Caroline du Sud. Peut-être vous a-t-il dit qu'il allait se rendre là-bas ?

– Le Dr Laski m'a seulement dit qu'il partait en voyage d'affaires », dit-elle sèchement. Elle renifla.

«Comme si je n'avais pas vu ses billets d'avion! Deux jours, il m'a dit. Peut-être trois. Mrs. W., il m'a dit, si vous voulez avoir la gentillesse d'arroser mes plantes... Au bout de dix jours, ses plantes seraient crevées si je n'étais pas là pour m'en occuper.

– Mrs. Walisjezlski, avez-vous vu le Dr Laski cette semaine?»

La vieille dame tirailla sur sa veste et ne dit rien.

«Nous avions rendez-vous. Saul m'a dit qu'il me rappellerait dès son retour… sans doute samedi dernier. Mais je n'ai pas eu de ses nouvelles.

– Il n'a aucune notion du temps. Son neveu m'a appelée de Washington la semaine dernière. "Est-ce qu'oncle Saul va bien? Il devait venir dîner chez moi samedi", il m'a dit. Tel que je connais le Dr Laski, il a dû oublier, il est allé quelque part participer à un séminaire. Est-ce que je pouvais le dire à son neveu? Sa seule famille ici, en Amérique?

– C'est ce neveu qui travaille à Washington?

– Il n'y en a pas d'autre.»

Gentry hocha la tête, puis remarqua que son interlocutrice était mal à l'aise et faisait mine de partir. «Saul m'a dit que je pouvais le contacter chez son neveu, mais j'ai égaré son numéro de téléphone. Il habite bien à Washington, n'est-ce pas?

– Non, non. C'est l'ambassade qui est à Washington. Le Dr Laski m'a dit que son neveu habitait à la campagne maintenant.

– Saul pourrait-il se trouver à l'ambassade de Pologne?»

Elle le regarda en plissant les yeux. «Qu'est-ce que le Dr Laski irait faire à l'ambassade de Pologne? Aaron travaille à l'ambassade d'Israël, mais ce n'est pas là qu'il *vit*. Vous dites que vous êtes un *shérif?* Qu'est-ce que le Dr Laski peut bien avoir à faire avec un shérif?

– J'ai été passionné par son livre.» Gentry prit un stylo à bille et griffonna au dos d'une de ses cartes de visite mal imprimées. «Voilà le numéro de l'hôtel où je loge ce soir. L'autre numéro est celui de mon domicile à Charleston. Dès que Saul sera revenu, dites-lui de m'appeler. C'est très important.» Il descendit quelques marches. «Au fait, dit-il en se retournant, quand j'appellerai l'ambassade, est-ce qu'il y a un seul *e* ou deux *e* dans le nom du neveu de Saul ?

– Comment pourrait-il y avoir deux e dans Eshkol? gloussa Mrs. Walisjezlski.

– En effet», et Gentry se remit à supplicier l'escalier sous son pas lourd.

Natalie ne l'appela pas. Gentry attendit jusqu'à dix heures, téléphona à Charleston, et n'eut droit qu'au premier message de la jeune femme et à sa propre tirade. Il rappela à onze heures dix. Toujours rien. A une heure et quart, il renonça et essaya de s'endormir. Le bruit qui traversait le mur semblait provenir d'un groupe d'Iraniens en train de se quereller. A trois heures du matin, il appela Charleston une nouvelle fois. Toujours rien. Il laissa un autre message, s'excusant de sa grossièreté et insistant sur le fait que Natalie ne devait pas rester seule à Philadelphie.

Il se leva de bon matin, appela de nouveau son répondeur, laissa un message pour indiquer à Natalie le nom de l'hôtel de Washington où il avait réservé une chambre, et prit le vol de 8 h 15. Le trajet était trop bref pour lui donner le temps de réfléchir en profondeur, mais il sortit de son attaché-case son carnet de notes et un dossier, et les étudia.

Natalie avait entendu parler de l'attentat du 20 décembre au Bureau des sénateurs et avait craint que Saul n'y soit mêlé. Gentry lui avait fait remarquer que le vieil Oberst de Saul ne pouvait pas être responsable de *tous* les assassinats, accidents et attentats terroristes survenant en Amérique. Il lui avait rappelé que d'après le journal télévisé, l'explosion, qui avait fait six morts, avait été revendiquée par des nationalistes portoricains. Il lui avait signalé que l'attentat avait été commis à peine quelques heures après l'arrivée de Saul en ville, que son nom ne figurait pas sur la liste des victimes — bien que l'auteur de l'attentat n'ait pas été identifié — et qu'elle devenait paranoïaque. Natalie avait été rassurée. Gentry avait encore des doutes.

Il était onze heures passées lorsque Gentry arriva devant le siège du F.B.I. Il ne savait pas si quelqu'un y travaillait le samedi matin. Une réceptionniste lui confirma que l'agent spécial Richard Haines était dans son bureau et elle le fit attendre plusieurs minutes avant d'appeler cet homme si occupé. Elle lui annonça que l'agent spécial Haines allait le recevoir. Gentry dissimula sa joie. Un jeune homme au costume coûteux et à la moustache pitoyable, un G-man qui avait encore une allure de boy-scout, le conduisit dans un local de sécurité, où il fut pris en photo, dut remplir une fiche, passa devant un détecteur de métal et se vit octroyer une carte d'accès temporaire. Gentry se félicita d'avoir laissé le Ruger dans sa valise, à l'hôtel. Sans dire un mot, le jeune homme conduisit Gentry au bout d'un couloir, dans un ascenseur, à travers un bureau compartimenté, au bout d'un autre couloir, et frappa à la porte du bureau de l'agent spécial Richard Haines. Lorsqu'une voix les eut invités à entrer, le jeune homme hocha la tête et tourna les talons. Gentry eut envie de le rappeler pour lui donner un pourboire, mais il se retint.

Le bureau de Richard Haines était aussi vaste et aussi bien décoré que celui de Gentry était étroit et désordonné. Plusieurs photographies étaient accrochées aux murs. Gentry aperçut un homme joufflu aux yeux porcins, peut-être le regretté J. Edgar Hoover, en train de serrer la main à un Richard Haines un peu moins grisonnant, puis on lui fit signe de prendre un siège. Richard Haines ne daigna ni se lever ni lui tendre la main.

« Qu'est-ce qui vous amène à Washington, shérif Gentry ? » demanda Haines de sa voix moelleuse de baryton.

Gentry changea de position sur son siège trop petit,

estima que celui-ci avait été conçu dans le but de mettre les gens mal à l'aise, et s'éclaircit la gorge. «Je suis en vacances, Dick, et j'avais envie de vous dire un petit bonjour.»

Haines haussa un sourcil sans cesser de trier ses papiers. «C'est fort aimable à vous, shérif, mais nous sommes très occupés ce week-end. Si vous venez me voir au sujet des meurtres de Mansard House, je n'ai rien à vous communiquer qui n'ait déjà été transmis à votre bureau par l'intermédiaire de notre agence d'Atlanta.»

Gentry croisa les jambes et haussa les épaules. «Je passais dans le coin et j'ai eu envie de vous voir, c'est tout. Vous êtes vraiment bien installés ici, Dick.»

Haines grogna une réponse.

«Hé, fit Gentry, qu'est-ce qui est arrivé à votre menton? On dirait qu'on vous a filé un fameux gnon. Une arrestation qui a mal tourné?»

Haines toucha son menton, où un hématome se devinait sous un pansement. Le fond de teint couleur chair ne parvenait pas à dissimuler entièrement la blessure. Il eut un sourire penaud. «Ça ne me vaudra pas une médaille, shérif. Hier, j'ai glissé en sortant de ma baignoire et je me suis cogné le menton à un porte-serviettes. J'aurais pu me tuer.

– Ouais, on dit que les accidents les plus graves se produisent toujours à la maison», dit Gentry d'une voix traînante.

Haines opina et jeta un coup d'œil à sa montre.

«Hé, fit Gentry, est-ce que vous avez reçu la photo qu'on vous a envoyée?

– La photo? Ah oui, celle de la femme qui a disparu. Mrs. Fuller. Oui, merci, shérif. Elle a été transmise à tous nos agents de terrain.

– Bien, bien. Vous ne savez toujours pas où elle a pu passer, n'est-ce pas?

– Cette Fuller? Non. Je continue de penser qu'elle est morte. A mon avis, nous ne retrouverons jamais son corps.

– Vous avez sans doute raison. Dites donc, Dick, je suis passé près du Capitole en venant ici, et au coin de la rue, il y avait un bâtiment entouré par des barricades, avec des ouvriers qui remplaçaient une fenêtre au premier étage. Est-ce que ce ne serait pas le... comment déjà... ?

– Le Bureau des sénateurs.

– Ouais, c'est bien là que des terroristes ont fait sauter un sénateur il y a environ huit jours ?

– Un terroriste. Il a agi seul. Et le sénateur du Maine n'était même pas en ville lorsque c'est arrivé. C'est son conseiller politique — un membre influent du Parti républicain nommé Trask — qui a été tué. Aucune autre victime notable.

– Je parie que vous vous occupez de cette affaire, pas vrai ? »

Haines soupira et reposa ses papiers. « Ce bureau est grand, shérif. Il y a beaucoup d'agents ici.

– Ouais. Pour sûr. On dit que ce terroriste était un Portoricain. C'est vrai ?

– Désolé, shérif. Je suis soumis à l'obligation de réserve.

– Bien sûr. Hé, vous vous rappelez ce psychiatre de New York, le Dr Laski ?

– Saul Laski. Il enseigne à Columbia. Oui, nous avons vérifié son emploi du temps durant le week-end du 13. Il participait à un débat, tout comme vos sources vous en avaient informé. Il est probablement descendu à Charleston pour faire de la pub pour son prochain livre.

– Peut-être. Mais le problème, c'est qu'il devait m'envoyer des informations sur ces meurtres en série, et maintenant je n'arrive plus à le retrouver. Vous ne l'avez pas mis sous surveillance, n'est-ce pas ?

– Non, fit Haines en jetant un nouveau coup d'œil à sa montre. Pourquoi aurions-nous fait ça ?

– Ce n'était pas nécessaire. Mais je pense que Laski est venu ici, à Washington. Samedi dernier, je crois bien. Le jour même où il y a eu cet attentat terroriste au Bureau des sénateurs.

– Et alors ? »

Gentry haussa les épaules. « J'ai eu l'impression que ce type essayait de mener sa propre enquête. Je pensais qu'il aurait pu venir faire un tour par ici.

– Je ne l'ai pas vu. Shérif, j'aimerais bien pouvoir bavarder encore avec vous, mais j'ai un autre rendez-vous dans quelques minutes.

– Bien sûr, bien sûr, dit Gentry en se levant et en remettant sa casquette. Vous devriez demander à quelqu'un de s'occuper de ça.

– De quoi ?

– De votre menton. C'est vraiment un sale gnon. »

Gentry descendit la Neuvième Rue en direction du Mail, traversa Pennsylvania Avenue et passa devant le ministère de la Justice. Il se dirigea ensuite vers Constitution Avenue, passa devant l'immeuble des Impôts, reprit Pennsylvania Avenue et monta quatre à quatre les marches de la Vieille Poste. Personne ne semblait le suivre. Il alla jusqu'à Pershing Park et aperçut le toit de la Maison Blanche. Il se demanda si Jimmy Carter s'y trouvait en ce moment, pensant aux otages et maudissant les Iraniens qui avaient peut-être causé sa défaite.

Gentry s'assit sur un banc et sortit son carnet de notes de sa poche. Il feuilleta ses observations rédigées d'une écriture serrée, puis referma le carnet et poussa un soupir.

Impasse.

Et si Saul était un escroc ? Ou un paranoïaque ?

Non.

Pourquoi ?

Parce que.

D'accord, où diable est-il passé, alors ? Va faire un tour à la Bibliothèque du Congrès et consulte les journaux de la semaine dernière : rubrique nécrologique et accidents de la route. Appelle les hôpitaux.

Et s'il était à la morgue, considéré comme un Portoricain non identifié ?

Ça n'a aucun sens. Quel rapport pourrait-il y avoir entre l'Oberst et le conseiller d'un sénateur?

Et entre l'Oberst, John Kennedy et Jack Ruby?

Gentry se frotta les yeux. Toute cette histoire se tenait à peu près lorsqu'il avait écouté Saul la raconter, à Charleston, dans la cuisine de Natalie. Les pièces du puzzle s'étaient assemblées; une série de meurtres sans mobile apparent était devenue une série d'attaques et de feintes orchestrée par deux ou trois adversaires doués d'incroyables pouvoirs. Mais aujourd'hui, ça n'avait plus aucun sens. A moins que…

A moins qu'il n'y en ait davantage.

Gentry se redressa sur son siège. Saul devait rencontrer quelqu'un ici, à Washington. En dépit de toutes les confidences qu'il leur avait faites, à Natalie et à lui, il avait refusé de leur dire qui. Un membre de sa famille. Pour quelle raison? Gentry se rappelait le chagrin avec lequel Saul avait évoqué la disparition du détective privé qu'il avait engagé, Francis Harrington. Peut-être avait-il décidé de demander de l'aide. A un neveu travaillant à l'ambassade d'Israël? Mais peut-être quelqu'un d'autre était-il impliqué. *Qui donc?* Le gouvernement? Gentry ne voyait pas pourquoi le gouvernement fédéral s'occuperait de la protection d'un ancien nazi vieillissant. Mais s'il y en avait d'autres comme l'Oberst, Fuller et Drayton?

Le shérif frissonna et resserra son manteau autour de lui. La journée était belle et le ciel dégagé. La température avoisinait le zéro. La faible lumière hivernale teintait d'or l'herbe brunâtre et cassante du parc.

Il trouva une cabine téléphonique non loin du Washington Hotel et utilisa sa carte de crédit pour appeler Charleston. Toujours aucun message de Natalie. Gentry appela l'ambassade d'Israël, composant le numéro qu'il avait trouvé dans l'annuaire de sa chambre. Il se demanda si le personnel de l'ambassade travaillait le jour du sabbat.

Une femme lui répondit.

«Bonjour, dit Gentry, réprimant l'envie soudaine qu'il avait de dire “Shalom”. Pourrais-je parler à Aaron Eshkol ?»

Sa correspondante hésita un bref instant avant de lui demander : «De la part de qui, s'il vous plaît ?

– Du shérif Robert Gentry.

– Une seconde, s'il vous plaît.»

La seconde s'étira jusqu'à devenir deux bonnes minutes. Gentry garda le combiné collé à son oreille et contempla l'immeuble du Trésor de l'autre côté de la rue.

S'il existait d'autres créatures comme l'Oberst... d'autres vampires psychiques... cela expliquerait bien des choses. Pourquoi l'Oberst avait estimé nécessaire de simuler sa propre mort, par exemple. Et pourquoi le shérif du comté de Charleston avait été pris en filature pendant une semaine et demie. Et pourquoi les propos de certain agent du F.B.I. lui donnaient envie de casser la figure audit agent. Et ce qui était arrivé à certain recueil de coupures de presse macabres aperçu pour la dernière fois sur les lieux d'un meurtre...

«Allô ?

– Oh, bonjour, Mr. Eshkol, ici le shérif Bobby Gentry...

– Ici Jack Cohen.

– Oh. Eh bien, Mr. Cohen, je souhaitais parler à Aaron Eshkol.

– Je suis le chef du service où travaille Mr. Eshkol. Vous pouvez vous adresser à moi, shérif.

– En fait, Mr. Cohen, j'appelle pour des raisons personnelles.

– Êtes-vous un ami d'Aaron, shérif ?»

Gentry savait que quelque chose clochait, mais il ne voyait pas quoi. «Non, monsieur. Je suis un ami de Saul Laski, l'oncle d'Aaron. J'ai besoin de parler à Aaron.»

Il y eut un bref silence. «Il vaudrait mieux que vous veniez ici en personne, shérif.»

Gentry consulta sa montre. «Je ne suis pas sûr d'en

avoir le temps, Mr. Cohen. Si vous voulez bien me passer Aaron, je verrai avec lui si c'est nécessaire.

– Très bien. D'où nous appelez-vous, shérif? De Washington?

– Ouais. D'une cabine.

– Êtes-vous dans le centre-ville? Quelqu'un peut-il vous indiquer la direction de l'ambassade?»

Gentry s'efforça de maîtriser son irritation grandissante. «Je suis juste à côté du Washington Hotel. Passez-moi Aaron Eshkol ou donnez-moi le numéro de son domicile. Si j'ai besoin d'aller le voir à l'ambassade, je prendrai un taxi.

– Très bien, shérif. Rappelez dans dix minutes, s'il vous plaît.» Cohen raccrocha avant que Gentry ait eu le temps de protester.

Il fit les cent pas devant l'hôtel, furibond, tenté par l'idée d'aller récupérer ses bagages et de prendre le premier avion pour Philadelphie. C'était ridicule. Il savait à quel point il était difficile de retrouver une personne portée disparue à Charleston, où il disposait de six adjoints et d'une soixantaine de contacts. C'était absurde.

Il rappela l'ambassade deux minutes avant l'expiration du délai qui lui avait été accordé. Ce fut la même femme qui lui répondit. «Oui, shérif. Une seconde, s'il vous plaît.»

Gentry soupira et s'appuya contre les montants métalliques de la cabine. Un objet pointu s'enfonça dans son flanc. Gentry se retourna, vit les deux hommes tout près de lui, trop près de lui, vit le plus grand des deux lui adresser un large sourire. Puis Gentry baissa les yeux et vit le canon d'un automatique de petit calibre pressé contre son flanc.

«Nous allons marcher jusqu'à cette voiture et y monter», dit l'homme avec un sourire radieux. Il tapa Gentry sur l'épaule, comme s'ils étaient deux vieux amis se retrouvant après une longue séparation. Le canon s'enfonça un peu plus.

Ce type était trop près de lui, pensa Gentry. Il avait une chance de détourner son arme avant qu'il ait le temps de tirer. Mais son équipier avait reculé d'un mètre cinquante, sa main droite était enfoncée dans la poche de son imperméable, et quoi que fasse Gentry, il resterait dans sa ligne de mire.

« Allons-y », dit l'homme.

Gentry obtempéra.

Ce fut une belle visite. Ils firent le tour de l'Ellipse, prirent la direction du Mémorial Lincoln, contournèrent le Bassin maritime, puis empruntèrent Jefferson Drive pour se diriger vers le Capitole, passant devant Union Station et repartant en sens inverse. Personne ne fit de commentaires. La limousine était confortable, vaste et silencieuse. Les vitres étaient opaques vues de l'extérieur, le verrouillage des portes se faisait par commande automatique depuis le siège du chauffeur, qu'une vitre en plexiglas séparait des autres passagers, et les deux hommes de la cabine étaient assis de part et d'autre de Gentry. Devant lui, assis sur un strapontin, se trouvait un homme aux cheveux blancs mal coiffés, aux yeux tristes et au visage bosselé et grêlé qui réussissait quand même à paraître beau.

« Je vais vous donner un tuyau, les mecs, dit Gentry. Le kidnapping est interdit par la loi dans ce pays.

– Pourrais-je voir une pièce d'identité, Mr. Gentry ? » demanda doucement l'homme aux cheveux blancs.

Gentry passa mentalement en revue plusieurs protestations indignées. Puis il haussa les épaules et sortit son portefeuille. Personne ne sursauta quand il le saisit ; les deux hommes l'avaient fouillé dès qu'il était monté dans la voiture. « Votre voix ressemble à celle de Jack Cohen, dit Gentry.

– Je suis Jack Cohen, dit l'autre en examinant le contenu de son portefeuille, et vous avez sur vous les papiers, les cartes de crédit et les objets personnels d'un shérif sudiste nommé Robert Joseph Gentry.

– Bobby Joe pour mes amis et mes administrés.

– L'Amérique est un des pays où les papiers d'identité ont le moins de valeur», dit Jack Cohen.

Gentry haussa les épaules. Son instinct lui conseillait de leur expliquer à quel point il s'en fichait et de leur suggérer de se livrer à certaines pratiques que la morale réprouve. «Pourrais-je voir vos papiers ? dit-il.

– Je suis Jack Cohen.

– Hum. Vous êtes vraiment le patron d'Aaron Eshkol ?

– Je suis le chef de la section Communication et Interprétariat de l'ambassade.

– C'est le service où travaille Aaron ?

– Oui. Vous ne le saviez pas ?

– Pour ce que j'en sais, Aaron Eshkol est l'un de vous trois. Je ne l'ai jamais rencontré. Et quelque chose me dit que je ne le rencontrerai jamais.

– Pourquoi dites-vous ça, Mr. Gentry ?» La voix de Cohen était aussi égale et glacée qu'une lame de couteau.

«Disons que c'est une intuition. Je téléphone à l'ambassade pour parler à Aaron Eshkol et on me fait poireauter le temps que vous bondissiez dans la limousine la plus proche pour me faire faire une visite guidée de la ville. Maintenant, si vous *êtes* celui que vous prétendez être… et qui diable le saurait avec certitude… votre conduite n'est guère conforme à celle d'un ressortissant de notre vaillant allié du Proche-Orient. Mon intuition me dit qu'Aaron Eshkol est mort ou a disparu et que ça vous embête… au point de menacer d'une arme un officier de police élu par le peuple américain.

– Continuez.

– Allez vous faire foutre. J'en ai assez dit. A votre tour : dites-moi ce qui se passe et je vous dirai pourquoi j'ai appelé Aaron Eshkol.

– Nous pourrions vous encourager à parler en utilisant… euh… d'autres moyens.» L'absence de toute menace dans la voix de Cohen était elle-même une menace.

«J'en doute. Sauf si vous n'êtes pas celui que vous prétendez être. Quoi qu'il en soit, je ne dirai rien tant que *vous* ne m'aurez rien dit d'intéressant.»

Cohen jeta un coup d'œil au paysage de marbre, puis se retourna vers Gentry. «Aaron Eshkol est mort. Assassiné. Lui, sa femme et ses deux filles.

– Quand ça?

– Il y a deux jours.

– Le jour de Noël, marmonna Gentry. Vous parlez d'une période de fête. Comment ont-ils été tués?

– On leur a enfoncé une tige d'acier dans le cerveau.» La voix de Cohen était aussi neutre que celle d'un mécanicien expliquant le déroulement d'une réparation.

«Bon Dieu, souffla Gentry. Pourquoi les journaux n'en ont-ils pas parlé?

– Il y a eu une explosion et un incendie. Le coroner de l'État de Virginie a conclu à une mort accidentelle… due à une fuite de gaz. Les agences de presse n'ont pas été informées des liens d'Aaron avec l'ambassade.

– Ce sont vos propres docteurs qui ont découvert la véritable cause de leur mort?

– Oui. Hier.

– Mais pourquoi vous être affolés comme ça quand j'ai appelé? Aaron devait avoir… non, attendez. J'ai mentionné le nom de Saul Laski. Vous pensez que Saul est peut-être indirectement à l'origine de la mort d'Aaron.

– Effectivement.

– D'accord, souffla Gentry. Qui a tué Aaron Eshkol?»

Cohen secoua la tête. «A votre tour, shérif.»

Gentry resta silencieux et ordonna ses pensées.

«Vous devez comprendre, poursuivit Cohen, qu'il serait en effet désastreux pour Israël d'offenser les contribuables américains durant cette période critique de l'histoire de nos deux pays. Nous sommes prêts à courir le risque de vous relâcher si vous parvenez à nous convaincre. Dans le cas contraire, il vaudrait mieux pour tout le monde que vous disparaissiez.

– Taisez-vous. Je réfléchis.» Ils passèrent pour la troisième fois devant le Monument Jefferson et traversèrent un pont. Le Monument Washington se dressait devant eux. «Il y a dix jours, Saul Laski est venu à Charleston pour enquêter sur les meurtres de Mansard House... C.B.S. a appelé ça le Massacre de Charleston... vous avez entendu parler de nos petits ennuis?

– Oui. Des personnes âgées assassinées pour leur argent et des témoins innocents éliminés, c'est ça?

– En gros. Une de ces personnes âgées était un ex-nazi vivant sous le nom de William D. Borden.

– Un producteur de cinéma», dit l'Israélien aux cheveux frisés assis à gauche de Gentry.

Celui-ci sursauta. Il avait presque oublié que les gardes du corps étaient doués de la parole. «Ouais. Et ça faisait quarante ans que Saul Laski pourchassait ce nazi — depuis Chelmno et Sobibor.

– C'est quoi, ça?» demanda le jeune homme assis à droite du shérif.

Gentry fixa sur lui des yeux ronds. Cohen lui parla sèchement en hébreu et le jeune agent rougit. «L'Allemand... Borden... il est mort, n'est-ce pas? demanda Cohen.

– Dans un accident d'avion. En théorie. Mais Saul ne le pensait pas.

– Le Dr Laski supposait donc que son vieux tortionnaire était encore en vie, dit Cohen d'une voix songeuse. Mais quel rapport y a-t-il entre Borden et les meurtres de Charleston?»

Gentry ôta sa casquette et en caressa la visière. «De vieux comptes à régler. Saul n'en était pas exactement sûr. Mais il avait l'impression que l'Oberst... c'est ainsi qu'il appelait Borden... était dans le coup d'une manière ou d'une autre.

– Pourquoi Laski est-il venu voir Aaron?»

Gentry secoua la tête. «Je ne savais pas qu'ils s'étaient vus. Ce n'est qu'hier que j'ai appris l'existence d'Aaron Eshkol. Saul a quitté Charleston pour Washington, où il devait retrouver quelqu'un le 20… il n'a pas voulu me dire qui. Il devait rester en contact avec moi, mais je n'ai pas eu de ses nouvelles depuis que je l'ai quitté. Hier, je suis allé visiter son appartement de New York et j'ai parlé à sa gouvernante…

– Tema, dit le premier garde du corps avant de se taire sous le regard noir que lui lança Cohen.

– Ouais. Elle m'a parlé d'Aaron. Et me voilà.

– Pour quelle raison le Dr Laski voulait-il parler à Aaron ?» demanda Cohen.

Gentry posa sa casquette sur ses genoux et écarta les bras. «Je n'en ai pas la moindre idée. J'ai eu l'impression que Saul cherchait des informations sur les activités de Borden en Californie. Aaron aurait-il pu l'aider à en obtenir ?»

Cohen se mordilla les lèvres quelques secondes avant de lui répondre. «Aaron a pris quatre jours de congé avant de rencontrer son oncle. Il en a passé une partie en Californie.

– Qu'a-t-il appris là-bas ?

– Nous l'ignorons.

– Comment savez-vous qu'il a rencontré Saul ? Est-ce que Saul est allé à votre ambassade ?»

Le premier garde du corps prononça en hébreu quelques phrases qui ressemblaient à un avertissement. Cohen choisit de l'ignorer. «Non, dit-il. Le Dr Laski a rencontré Aaron il y a huit jours à la National Gallery. Aaron et Levi Cole, un de ses collègues de travail, considéraient cette rencontre comme très importante. Durant cette semaine-là, selon certains de leurs amis, Aaron et Levi ont rangé dans le coffre de la section cryptographie des documents importants à leurs yeux.

– Que contenaient ces documents ? demanda Gentry, sans grand espoir d'obtenir une réponse.

– Nous l'ignorons. Quelques heures après le meurtre d'Aaron et de sa famille, Levi Cole est venu à l'ambassade et a soustrait ces documents. On ne l'a plus revu depuis.» Il se frotta l'arête du nez. «Et tout cela n'a aucun sens. Levi est célibataire. Il n'a aucune famille en Amérique, il n'a plus aucune famille en Israël. C'est un sioniste convaincu, un ancien commando. Je ne vois pas comment ils peuvent le tenir. Selon toute logique, c'est lui qu'ils auraient dû éliminer et Aaron Eshkol qu'ils auraient dû faire chanter. La question étant, bien sûr : qui sont-*ils* ? »

Gentry resta muet.

« D'accord, shérif, reprit Cohen. Veuillez à présent nous dire tout ce qui pourrait nous être utile.

– C'est à peu près tout. A moins que vous ne vouliez entendre l'histoire de Saul. » *Comment pourrais-je la leur raconter sans mentionner les pouvoirs de l'Oberst et des vieilles dames ?* pensa-t-il. *Ils ne me croiront jamais, et s'ils ne me croient pas, je suis un homme mort.*

« Nous voulons tout entendre, dit Cohen. Et depuis le début. »

La limousine passa devant le Mémorial Lincoln et se dirigea vers le Bassin maritime.

21.
Germantown, samedi 27 décembre 1980

Armée de son Nikon à objectif 135 mm, Natalie Preston photographia le paysage riche en contrastes de la cité mourante : les demeures de pierre, les maisons de brique anonymes, une banque conçue pour se fondre dans un ensemble architectural datant du dix-huitième siècle, des magasins d'antiquités, des antennes de l'Armée du Salut, des terrains vagues, des rues étroites et des passages, tous emplis de détritus. Natalie avait chargé son appareil avec une pellicule noir et blanc Plus-X, s'accordant de longs temps de pause pour chaque prise de vue afin de faire ressortir la moindre lézarde de chaque mur. Il n'y avait aucune trace de Melanie Fuller.

Après avoir chargé son Nikon, elle avait rassemblé son courage et chargé l'automatique Llama calibre 32. Il se trouvait à présent au fond de son sac à main, dans un double fond en carton, sous un fouillis de caches et de films.

La ville était beaucoup moins effrayante de jour. La veille au soir, complètement désorientée après son atterrissage nocturne, elle avait accepté de se faire conduire à Germantown par son compagnon de voyage, Jensen Luhar. C'était soi-disant sur son chemin. Sa Mercedes grise était garée dans le parking longue durée de l'aéroport. Elle s'était d'abord félicitée d'avoir accepté son invitation; la ville était fort loin — ils avaient emprunté une voie express, puis un pont à deux niveaux qui les avait conduits au centre de Philadelphie, puis une autre autoroute encombrée, retraversant la rivière — à moins qu'il ne s'agisse d'un autre cours d'eau — pour déboucher dans Germantown Avenue, une large artère sinueuse bordée de taudis et de boutiques vides. Lorsqu'ils étaient arrivés au cœur de Germantown, à l'hôtel qu'il lui avait recommandé, elle était pratiquement sûre qu'elle allait l'entendre dire : «Et si je montais cinq minutes?» ou «J'aimerais vous montrer ma maison — c'est tout près d'ici». La première proposition était la plus probable; il ne portait pas d'alliance, mais cela ne voulait pas dire grand-chose. En tout cas, Natalie était sûre qu'il allait formuler une invitation quelconque qu'elle devrait décliner avec maladresse.

Elle se trompait. Il se gara devant le vieil hôtel, l'aida à sortir ses bagages du coffre, lui souhaita bonne chance et s'en fut. Elle se demanda s'il n'était pas gay.

Natalie avait appelé Charleston avant onze heures et laissé le numéro de téléphone de son hôtel et le numéro de sa chambre sur le répondeur de Rob. Elle s'était attendue à un appel après onze heures, probablement pour lui suggérer de retourner à Saint Louis, mais son espoir avait été déçu. Un peu vexée et luttant contre le sommeil, elle avait rappelé Charleston à 23 h 30 et interrogé le répondeur grâce au gadget fourni par Rob. Il n'avait laissé aucun message et elle n'entendit que sa propre voix. Elle s'était endormie intriguée et un peu effrayée.

Elle se sentit mieux une fois le soleil levé. Il n'y avait toujours aucun message de Gentry, mais elle appela le *Philadelphia Inquirer* et réussit à arracher quelques informations au rédacteur en chef en se recommandant de son ami Ben Yates. Les circonstances exactes du massacre étaient encore tenues secrètes, mais on était sûr que certaines des quatre victimes, sinon toutes, avaient été décapitées. Le quartier général du Soul Brickyard se trouvait dans un foyer situé sur Bringhurst Street, à un peu plus d'un kilomètre de l'hôtel de Chelten Avenue où logeait Natalie. Elle consulta l'annuaire, appela le foyer et se présenta comme une journaliste du *Sun Times*. Un prêtre nommé Bill Woods lui accorda un entretien d'un quart d'heure à trois heures de l'après-midi.

Natalie passa la journée à explorer Germantown, s'enfonçant de plus en plus profondément dans des ruelles sordides et photographiant tout ce qui se présentait à elle. L'endroit avait un charme étrange. Au nord et à l'ouest de Chelten Avenue se cramponnaient de vieilles demeures imposantes aménagées en duplex dans lesquelles des familles noires et blanches menaient un semblant d'existence bourgeoise, tandis qu'à l'est, vers Bringhurst Street, on ne voyait que maisons éventrées, voitures abandonnées et regards désespérés.

Mais il faisait soleil, et un groupe d'enfants la suivit quelque temps, la suppliant d'être pris en photo. Natalie céda de bonne grâce. Un train ferrailla au-dessus de sa tête, une voix féminine hurla depuis un pas de porte, à un demi-pâté de maisons de là, et les enfants s'égaillèrent comme des feuilles mortes emportées par le vent.

Aucun message de Rob à dix heures, ni à midi, ni à deux heures. Elle allait devoir attendre jusqu'à onze heures du soir. *Merde.*

A trois heures, elle frappa à la porte d'un grand bâtiment datant des années 20 qui se dressait au milieu d'un pâté d'immeubles en ruine et d'entrepôts d'usines. Une partie de la grille en fer forgé de la galerie qui faisait le tour du bâtiment manquait à l'appel. Les fenêtres du deuxième étage étaient condamnées par des planches, qu'on avait récemment peintes en jaune vif. Le bâtiment semblait atteint de la jaunisse.

Le révérend Bill Woods était un homme de race blanche au visage bosselé. Il s'assit avec elle dans un bureau du rez-de-chaussée encombré de paperasses et se plaignit du manque de subventions, du cauchemar bureaucratique que représentait l'administration d'une œuvre sociale comme Community House et du manque de coopération des groupes de jeunes et de la communauté en général. Il refusait d'utiliser le mot «bande». Natalie aperçut des jeunes Noirs qui allaient et venaient dans les couloirs et entendit des cris et des rires en provenance du sous-sol et du premier étage.

«Pourrais-je parler à un membre du... groupe Soul Brickyard? demanda-t-elle.

– Oh, non! se récria Woods. Les garçons ne veulent parler à personne, sauf aux gens de la télévision. Ils aiment bien passer devant les caméras.

– Est-ce qu'ils *vivent* ici?

– Grand Dieu, non. Ils viennent souvent ici pour se réunir et s'amuser, c'est tout.

– J'ai besoin de leur parler, dit Natalie en se levant.

– J'ai bien peur que ce soit... hé, attendez un instant!»

Natalie traversa le couloir, ouvrit une porte et gravit un étroit escalier. Au premier étage, des jeunes Noirs étaient rassemblés autour d'une table de billard ou affalés sur des matelas posés à même le sol. Il y avait des volets en acier métallique et Natalie compta quatre fusils à pompe posés près des fenêtres.

Tout le monde se figea lorsqu'elle entra. Un homme d'une maigreur effroyable se pencha sur sa queue de billard et lui demanda sèchement : «Qu'est-ce que tu veux, radasse?

– Je veux vous parler.

– Bor-del! dit un jeune homme barbu étendu sur un matelas. Écoutez-moi ça : "Je veux vous parler", la singea-t-il. D'où tu débarques, beauté? D'un trou perdu du Sud?

– Je veux vous interviewer», dit Natalie, s'émerveillant du fait que ni sa voix ni ses jambes ne l'aient trahie. «Au sujet des meurtres.»

Un lourd silence s'installa, jusqu'à devenir menaçant. Le jeune homme qui s'était le premier adressé à elle s'avança lentement. Il s'arrêta à un mètre de distance, pointa sa queue de billard et en fit courir l'extrémité entre les pans ouverts de l'anorak de Natalie, le long de son chemisier, s'arrêtant sur la boucle de sa ceinture. «Je vais t'accorder une interview, moi, radasse. Une interview en profondeur, si tu vois ce que je veux dire.»

Natalie se força à ne pas broncher. Elle écarta son Nikon, plongea la main dans la poche de son anorak et en sortit un tirage en couleurs de la diapo prise par Mr. Hodges. «Est-ce que l'un d'entre vous a déjà vu cette femme ?»

Le joueur de billard regarda la photo et fit signe d'approcher à un gamin qui ne devait pas avoir plus de quatorze ans. Le gamin examina la photo à son tour, hocha la tête et retourna à son poste près de la fenêtre.

«Va chercher Marvin, ordonna sèchement le joueur de billard. Magne-toi le cul.»

Marvin Gayle était un jeune homme de dix-neuf ans, beau comme un dieu : yeux bleus, longs cils, peau de la même nuance que celle de Natalie — le meneur d'hommes né. Natalie prit conscience de ce dernier point dès qu'il entra dans la pièce. Le centre d'intérêt de celle-ci se *déplaça*, la posture de toutes les personnes présentes s'altéra de façon subtile, et Marvin *devint* le centre. Durant dix minutes, il exigea de savoir qui était la femme blanche. Durant dix minutes, Natalie lui proposa de le lui apprendre *après* qu'il lui aurait parlé des meurtres.

Finalement, Marvin Gayle sourit de toutes ses dents. «Tu es sûre de ce que tu veux, bébé ?

– Oui», dit Natalie. Bébé : c'était ainsi que l'appelait Frederick. Elle était un peu déconcertée d'entendre ce mot en ce lieu.

Marvin claqua des mains. «Leroy, Calvin, Monk, Louis, George, dit-il. Les autres, vous restez ici.»

Il y eut un chœur de protestations.

«Fermez vos *gueules*, trancha Marvin. On est encore en guerre, vous avez oublié ? Il y a quelqu'un qui veut nous faire la *peau*. Quand on saura qui est cette vieille carne et ce qu'elle a à voir dans tout ça, on saura à *qui* s'en prendre. Pigé? Pigé. Maintenant, fermez vos gueules.»

Ils retournèrent sur les matelas et autour de la table de billard.

Il était quatre heures et le ciel s'assombrissait. Natalie releva la fermeture à glissière de son anorak et attribua ses frissons au vent qui se levait. Ils prirent la direction du nord le long de Bringhurst Street, marchant sous la voie ferrée aérienne, puis tournèrent à gauche dans une rue que Natalie avait prise pour une impasse. Aucun réverbère ne l'éclairait. Il y avait des relents de neige dans l'air. Ainsi qu'une odeur de suie et d'égout.

Ils s'arrêtèrent à l'entrée d'une ruelle. Marvin se tourna vers le gamin de quatorze ans. «Raconte ce qui s'est passé, Monk.»

Le gamin enfonça ses mains dans ses poches et cracha en direction d'une parcelle envahie de briques et de mauvaises herbes. «Mohammed, lui et les trois autres, ils sont arrivés ici, tu vois? Je les suivais, mais j'étais pas encore là, tu vois? C'était Noël, quoi, et Mohammed et Toby ils voulaient sniffer un peu de coke, tu vois? Ils sont partis sans moi pour aller en chercher chez le frère de Zig, tu vois? Dans Pulaski Town, d'accord? Mais moi, j'étais si défoncé que je les ai pas vus partir, et je les ai suivis en courant, tu vois?

– Parle-lui du mec blanc, dit Marvin.

– Ce salaud de Blanc, il est sorti de la ruelle, ici, et il a fait un bras d'honneur à Mohammed. Il était à peu près là. Moi, j'étais un peu plus loin dans la rue, et j'ai entendu Mohammed qui disait: “Merde, t'as vu ça? Un connard de Blanc qui pointe son nez et qui emmerde Mohammed et ses trois frères.”

– A quoi ressemblait-il? demanda Natalie.

– La ferme, fit sèchement Marvin. C'est moi qui pose les questions. Dis-lui à quoi il ressemblait.

– A un tas de *merde*», dit Monk en crachant de nouveau. Gardant les mains dans les poches, il s'essuya le menton d'un mouvement d'épaule. «Ce salaud de Blanc, on aurait dit qu'il s'était trempé dans la merde, tu vois ? Comme s'il avait mangé que des ordures pendant un an, mec. Tu vois ? Les cheveux dégueulasses. Comme s'il avait des lianes qui lui pendaient sur la gueule, tu vois ? Balafré de partout, comme s'il avait saigné. Merde.» Monk frissonna.

«Vous êtes sûr que c'était un Blanc ?» demanda Natalie.

Marvin lui lança un regard furibond, mais Monk éclata de rire et dit : «Oh oui, c'était un Blanc. C'était un foutu monstre blanc, cet enfoiré. Sans blague.

– Parle-lui de la serpe», dit Marvin.

Monk hocha vivement la tête. «Ouais, alors, ce mec blanc, il a couru le long de la ruelle. Mohammed, Toby et les autres, ils l'ont regardé comme s'ils pigeaient pas, tu vois ? Et puis, Mohammed, il a dit : "Attrapez-le", et ils ont tous foncé sur lui, tu vois ? Ils avaient pas de flingues. Rien que leurs couteaux, tu vois ? Pas grave. Ils allaient le découper en morceaux, ce salaud de Blanc.

– Parle-lui de la serpe.

– Ouais.» Les yeux de Monk se firent légèrement vitreux. «J'ai entendu du bruit et je suis venu jusqu'ici. J'ai pas couru, tu vois ? Je me suis dit : Merde, déjà que je suis repéré depuis le braquage du King Liquor, j'ai pas besoin qu'on m'accuse de meurtre, tu vois ? Alors je voulais juste regarder comment ça se passait. Mais c'était pas le mec blanc qui pissait du sang, tu piges ? Il avait cette grande serpe... tu sais, comme dans les dessins animés ?

– Quels dessins animés ? demanda Natalie.

– Merde, tu sais bien, le squelette avec un grand bâton et une serpe au bout. Et aussi un sablier, tu vois ? Il vient chercher les morts dans les dessins animés. Merde.

– Une faux ? dit Natalie. Comme pour faucher les blés ?

– Ouais, merde, dit Monk en pointant un doigt sur

elle. Mais cet enfoiré de Blanc, c'était Mohammed et les autres frères qu'il fauchait. Et il était *rapide*. Bordel, qu'il était rapide. J'en avais assez vu et je me suis caché derrière ce truc... » Il indiqua une poubelle ventrue. « J'ai attendu qu'il ait fini, tu vois ? Et quand il est parti, j'ai encore attendu un moment. J'avais pas *besoin* de cette merde, mec. Ensuite, quand il a fait jour, je suis allé tout raconter à Marvin, tu vois ? »

Marvin se croisa les bras et regarda Natalie. « T'en sais assez, bébé ? »

Il faisait très sombre à présent. Au bout de la ruelle, Natalie vit des lumières qui étaient sans doute celles de Germantown Avenue. « Presque, dit-elle. Est-ce qu'il... est-ce que le mec blanc les a tous tués ? »

Monk se prit à bras-le-corps et éclata de rire. « Tu le sais bien, bordel. Et il a pris tout son temps. Il *aimait* ça.

– Est-ce qu'ils ont été décapités ?

– Hein ?

– Elle veut dire : est-ce qu'il leur a coupé la tête, expliqua Marvin. Raconte-lui, Monk.

– Foutre oui qu'ils ont été capités. Il leur a scié la tête avec sa serpe et avec sa pelle. Il a planté leurs têtes sur les parcmètres de l'avenue, tu vois ?

– Mon Dieu », dit Natalie. Des flocons de neige lui criblaient le visage, gelant sur ses joues et sur ses cils.

« Et c'est pas tout », continua Monk. Son rire était si haché qu'on aurait dit un sanglot. « Ce salaud leur a arraché le cœur, mec. Je crois bien qu'il les a tous mangés. »

Natalie s'éloigna de la ruelle à reculons. Elle se retourna pour s'enfuir, ne vit autour d'elle que briques et ténèbres, et se figea.

Marvin la prit par le bras. « Allez, bébé. Tu rentres avec nous. Maintenant, il faut tout nous dire. Tout nous raconter. »

22.
Beverly Hills,
samedi 27 décembre 1980

Tony Harod était planté dans une starlette vieillissante lorsqu'on l'appela de Washington.

Tari Easten avait quarante-deux ans, soit vingt ans de trop pour le rôle qu'elle souhaitait obtenir dans *Traite des Blanches,* mais l'âge et la forme de sa poitrine auraient été parfaits pour ce rôle. Harod contemplait ses seins tandis qu'elle le chevauchait vigoureusement, et il crut distinguer des traces rose pâle là où on y avait injecté du gel de silicone. Leur fermeté était si artificielle qu'ils bougeaient à peine alors que Tari allait et venait au-dessus de lui, rejetant la tête en arrière dans un excellent simulacre de passion, la bouche grande ouverte, les épaules rejetées en arrière. Harod ne l'Utilisait pas, il se contentait de se servir d'elle.

« Vas-y, chéri, mets-la-moi toute. Vas-y. Mets-la-moi toute », haleta l'ingénue vieillissante en qui *Variety* avait vue « la nouvelle Elizabeth Taylor ». C'était en 1963 et elle était finalement devenue la nouvelle Stella Stevens.

« Mets-la-moi toute, souffla-t-elle. Crache-moi ta purée, chéri. Vas-y, vas-y. »

Tony Harod faisait de son mieux. Durant le dernier quart d'heure, leur emportement s'était transformé en un acte mécanique laborieux. Tari était une experte ; elle était aussi bonne dans sa partie que toutes les starlettes porno que Harod avait pu faire tourner. C'était un pur fantasme, qui anticipait le moindre de ses désirs, dont la moindre des caresses lui procurait du plaisir, qui avait appris depuis longtemps que le mâle ne se souciait que de son pénis et qui agissait en conséquence. Elle était parfaite. Harod aurait tout aussi bien pu baiser un trou de serrure tant il se sentait excité.

« Vas-y, chéri. Mets-la-moi toute », haleta-t-elle, bien dans la peau de son personnage, se trémoussant comme une cow-girl chevauchant un taureau mécanique chez Gilleys.

« La ferme », dit Harod, et il se concentra pour atteindre l'orgasme. Il ferma les yeux et se rappela l'hôtesse de l'air à bord de l'avion de Washington, quinze jours plus tôt. Est-ce que c'était bien la dernière ? Les deux Allemandes qui s'étaient caressées dans le sauna… non, il ne voulait plus penser à l'Allemagne.

Plus ils se besognaient, moins Harod était dur. Des gouttes de sueur se détachaient des seins de Tari pour tomber sur son torse. Harod se rappela Maria Chen lorsqu'il l'avait libérée de la drogue, trois ans plus tôt, la sueur sur son front, son corps nu, ses mamelons durcis par l'eau glacée dont Harod humectait sa peau, les gouttelettes luisantes sur le triangle noir de sa toison pubienne.

« Vas-y, chéri », murmura Tari, percevant l'approche du triomphe, redressant la tête comme un cheval fourbu sentant enfin l'écurie. « Donne-moi tout ce que tu as, chéri. »

Harod s'exécuta. Tari gémit, se convulsa, se roidit dans un simulacre d'extase qui lui aurait valu un Oscar pour l'ensemble de sa carrière s'il avait existé une catégorie du meilleur orgasme.

« Oh, chéri, chéri, tu es si fort », dit-elle d'une voix languide, ses mains dans les cheveux de Harod, le visage au creux de son épaule, ses seins lui frôlant le torse.

Harod ouvrit les yeux et vit que le voyant du téléphone clignotait. « Dégage », dit-il.

Elle se blottit contre lui pendant qu'il demandait à Maria Chen de lui transmettre l'appel.

« Harod, ici Charles Colben, gronda une voix de brute qui lui était familière.

– Ouais ?

– Vous partez cette nuit pour Philadelphie. Nous vous retrouverons à l'aéroport. »

Harod écarta la main de Tari de son bas-ventre. Il contempla le plafond.

« Harod, vous êtes toujours là ?

– Ouais. Pourquoi Philadelphie ?

– Ne posez pas de questions et rappliquez.

– Et si je ne veux pas ? »

Ce fut au tour de Colben de rester silencieux.

« Je vous l'ai déjà dit la semaine dernière, je laisse tomber », dit Harod. Il jeta un regard à Tari Easten. Elle fumait une cigarette mentholée. Ses yeux étaient aussi bleus et aussi vides que l'eau de la piscine de Harod.

« Pas question, dit Colben. Vous savez ce qui est arrivé à Trask.

– Ouais.

– Ça veut dire qu'il y a une place à pourvoir au comité de direction de l'Island Club.

– Je ne suis pas sûr que ça m'intéresse encore. »

Colben éclata de rire. « Harod, pauvre connard, vous feriez mieux d'espérer que *nous* allons continuer à nous intéresser à *vous*. Sinon, tout vos petits copains de Hollywood vont être obligés d'aller assister à une nouvelle cérémonie à Forest Lawn. Vous prenez le vol de la United qui décolle à deux heures du matin. »

Harod reposa soigneusement le combiné, se leva et enfila un peignoir orange brodé à ses initiales.

Tari écrasa sa cigarette et le regarda à travers le rideau de ses cils. Sa posture nonchalante rappela à Tony Harod un film érotique à petit budget que Jayne Mansfield avait tourné en Italie peu de temps avant de perdre la tête dans un accident de voiture. « Chéri, souffla-t-elle, apparemment comblée par leurs ébats, tu veux en parler ?

– De quoi ?

– Du *projet*, évidemment, gros bêta, gloussa-t-elle.

– Bien sûr, dit Harod en allant au bar se servir un

grand verre de jus d'orange. Le film s'intitule *Traite des Blanches* et il est basé sur le bouquin qui s'est vendu comme des petits pains l'automne dernier. C'est Schu Williams qui le réalise. On a prévu un budget de douze millions de dollars, mais Alan s'attend à un dépassement, ça fait donc un million tout de suite plus un pourcentage.»

Harod savait que Tari était au bord d'un orgasme non simulé cette fois-ci.

«Ronny dit que je suis parfaite pour le rôle, murmura-t-elle.

– C'est pour ça que tu le paies.» Harod avala une grande gorgée de jus d'orange. Ronny Bruce était l'agent et l'animal de compagnie préféré de Tari.

«Ronny m'a dit que *tu* lui avais dit que j'étais parfaite pour le rôle.» Il y avait une nuance de bouderie dans sa voix.

«En effet. C'est exact.» Il eut un sourire de crocodile. «Pas pour le rôle principal, bien sûr. Tu as vingt-cinq ans de trop, tu as de la cellulite plein le cul et on dirait que tes roberts ont avalé une balle de base-ball.»

Tari hoqueta comme si on lui avait donné un coup de poing dans l'estomac. Ses lèvres remuaient, mais aucun son n'en sortait.

Harod finit son verre. Ses paupières étaient très lourdes. «Mais on n'a encore trouvé personne pour interpréter le rôle de la vieille tante de l'héroïne qui part à sa recherche. Son texte n'est pas terrible, mais elle a une très bonne scène de viol collectif dans le souk de Marrakech.»

Les mots se décidèrent à sortir de la bouche de Tari. «Espèce de petit enculé de...»

Harod eut un large sourire. «J'en déduis que tu es peut-être intéressée. Réfléchis encore un peu, ma chérie. Dis à Ronny de m'appeler et on déjeunera ensemble.» Il reposa son verre et se dirigea vers le jacuzzi.

«Pourquoi nous avoir fait prendre l'avion en pleine nuit?» demanda Maria Chen alors qu'ils se trouvaient quelque part au-dessus du Kansas.

Harod contempla les ténèbres au-dehors. «A mon avis, c'était juste pour m'embêter.» Il se cala dans son siège et regarda Maria Chen. Leur relation s'était altérée depuis l'Allemagne. Il ferma les yeux, revit son propre visage gravé sur une pièce d'échecs en ivoire, les rouvrit.

«Qu'y a-t-il à Philadelphie?» demanda Maria Chen.

Harod pensa à citer W.C. Fields, puis décréta qu'il était trop fatigué pour faire de l'humour. «Je n'en sais rien, dit-il. Willi ou cette Fuller.

– Que faisons-nous si c'est Willi?

– On fout le camp en vitesse. Je compte sur vous pour m'aider.» Harod regarda autour de lui. «Vous avez pris le browning comme je vous l'avais dit?

– Oui.» Elle rangea la calculette sur laquelle elle essayait d'établir un budget vestimentaire. «Et si c'est la Fuller?»

Personne n'était assis à moins de trois rangées d'eux. Les rares passagers de première classe étaient tous endormis. «S'il n'y a qu'elle, je la tue.

– Tout seul ou avec mon aide?

– *Tout seul*, répliqua sèchement Harod.

– Vous êtes sûr de pouvoir y arriver?»

Harod lui lança un regard noir et vit en esprit son poing défoncer sa denture parfaite. Ça vaudrait presque la peine de se faire arrêter, clouer au pilori, rien que pour briser cette putain d'impassibilité orientale. Rien qu'une fois. La cogner et la baiser, ici, dans la cabine de première classe du vol United reliant L.A. à Philly via O'Hare. «Oui, j'en suis sûr, dit-il. Ce n'est qu'une vieille dame, bordel.

– Willi était… est un vieil homme.

– Vous avez vu de quoi Willi est capable. Il a dû aller directement de Munich à Washington rien que pour régler son compte à Trask. Il est dingue, bordel.

– Vous ne savez rien sur cette Fuller. »

Harod secoua la tête. « C'est une femme. Aucune femme au monde ne peut être aussi vicelarde que Willi Borden. »

Leur avion atterrit à Philadelphie une demi-heure avant l'aube. Harod n'était pas parvenu à dormir, la cabine de première de l'avion qu'ils avaient pris à Chicago semblait avoir été reconvertie en frigo, et il avait l'impression que l'intérieur de ses paupières avait été enduit de gravier et de colle. Sa mauvaise humeur s'accentua encore lorsqu'il constata que Maria Chen paraissait fraîche et reposée.

Ils furent accueillis par trois agents du F.B.I. si propres sur eux que c'en était écœurant. Leur chef était un beau gosse au menton orné d'un bleu à moitié recouvert par un pansement. « Mr. Harod ? dit-il. Nous allons vous conduire à Mr. Colben. »

Harod lui tendit son sac de voyage. « Ouais, pressons. J'ai envie d'aller me coucher. »

L'agent tendit le sac à l'un de ses collègues et le petit groupe descendit une série d'escalators, franchit une série de portes étiquetées ENTRÉE INTERDITE, et aboutit sur la piste, entre le terminal principal et un hangar privé. A l'est, les nuages étaient striés de traînées rouges et jaunes annonciatrices du lever du soleil, mais les balises étaient encore allumées.

« Oh merde », dit Harod avec un désespoir non feint. Devant lui se trouvait un hélicoptère à six places, à la coque profilée peinte de rayures blanches et orange ; les rotors tournaient doucement et les feux de position clignotaient. Un des agents ouvrit la portière pendant que l'autre rangeait les bagages de Harod et de Maria Chen dans la soute. Charles Colben apparut derrière la portière ouverte. « Merde », répéta Harod en se tournant vers Maria Chen. Elle hocha la tête. Harod détestait voler en règle générale, mais il haïssait les hélicoptères plus que tout. A une époque où le plus minable des metteurs en scène hollywoodiens dépensait le tiers de son budget à louer ces engins stupides et dangereux qui ne cessaient de bourdonner et de tournoyer au-dessus du plateau comme des vautours déments se prenant pour Dieu le père, Tony Harod refusait purement et simplement de s'y laisser embarquer.

« Nom de Dieu de bordel de merde, il n'y a pas de transport terrestre dans ce trou ? glapit-il pour couvrir le bruit régulier des rotors.

– Montez ! » ordonna Colben.

Harod émit quelques ultimes commentaires et suivit Maria Chen dans l'engin. Il savait que les rotors étaient au moins à deux mètres quarante du sol, mais jamais un homme sain d'esprit n'aurait pu passer sous ces lames invisibles sans courber les épaules et marcher en crabe.

Ils étaient encore en train d'attacher leurs ceintures sur la banquette arrière lorsque Colben fit pivoter son siège et donna l'ordre de décoller au pilote. Harod trouva à celui-ci une allure de figurant stéréotypé : blouson de cuir fatigué, visage étroit et buriné sous une casquette rouge, yeux qui semblaient avoir vu le feu et qu'ennuyait tout le reste. Le pilote prononça quelques mots dans son micro, poussa un levier de la main gauche, en tira un autre de la main droite, et l'hélico rugit, s'éleva dans les airs, piqua du nez et s'avança doucement à moins de deux mètres au-dessus du sol. « Oh, merde », marmonna Harod. Il avait l'impression de faire du surf sur un océan de billes.

L'appareil s'éloigna du hangar et du terminal, le pilote eut un bref et incompréhensible dialogue avec la tour de contrôle, puis il prit de l'altitude. Avant de fermer les yeux, Harod aperçut des raffineries, un fleuve et la masse gigantesque d'un pétrolier.

« La vieille est ici, en ville, dit Colben.

– Melanie Fuller ?

– Bien sûr que oui, bordel, dit Colben. Qui d'autre ? Greta Garbo ?

– Où est-elle ?

– Vous le verrez tout à l'heure.
– Comment l'avez-vous retrouvée ?
– Ça nous regarde.
– Et qu'est-ce qui se passe ensuite ?
– On vous le dira en temps utile. »

Harod rouvrit les yeux. « J'aime bien discuter avec vous, Chuck. C'est aussi intéressant qu'une conversation avec vos fesses. »

Le chauve jeta un regard en biais à Harod, puis sourit. « Tony, mon vieux, je vous considère comme un tas de merde, mais Dieu sait pourquoi — Mr. Barent pense que vous êtes digne d'appartenir au Club. C'est la chance de votre vie, minable. Ne la gâchez pas. »

Harod éclata de rire et ferma les yeux.

Maria Chen contempla le fleuve gris et sinueux qu'ils survolaient. Les gratte-ciel du centre de Philadelphie disparurent à leur droite. Ils furent remplacés par un réseau serré de maisons en brique, entrecoupé de voies express, tandis que sur la rive gauche apparaissait un immense parc aux éminences couronnées d'arbres décharnés et de paquets de neige. Le soleil se leva, telle une torche pointant sa lumière dorée entre l'horizon et les nuages bas, et des centaines de fenêtres renvoyèrent son éclat. Colben posa une main sur le genou de Maria Chen. « Mon pilote est un ancien du Viêt-nam, dit-il. Il est comme vous.

– Je ne suis jamais allée au Viêt-nam, répondit posément Maria Chen.

– Non », dit Colben en faisant glisser sa main vers la cuisse de la jeune femme. Harod semblait endormi. « Je veux dire que c'est un Neutre. Personne ne l'embête. »

Maria Chen serra les jambes, bloqua d'une main l'avance de celle de l'homme du F.B.I. Les trois autres agents présents dans la cabine observaient la scène, tandis qu'un léger sourire se dessinait sur les lèvres de l'homme au pansement.

« Chuck, dit Harod sans ouvrir les yeux, vous êtes gaucher ou droitier ? »

Colben se renfrogna. «Pourquoi?

– Je voulais seulement savoir si vous seriez encore capable de vous branler une fois que je vous aurai brisé la main droite.» Harod ouvrit les yeux. Les deux hommes se regardèrent sans rien dire. Les trois agents déboutonnèrent leur manteau dans un mouvement d'ensemble qui paraissait presque chorégraphié.

«On arrive», dit le pilote.

Colben ôta sa main et pivota vers l'avant. «Posez-nous près du centre de communication.» Cet ordre était superflu. Au milieu d'un quartier misérable, peuplé de maisons identiques et d'usines désaffectées, se trouvait un terrain vague que l'on avait enclos de hautes barrières. En son centre étaient garés quatre mobile-homes reliés les uns aux autres, du côté sud étaient parquées des automobiles et des fourgonnettes. Des antennes paraboliques étaient disposées sur le toit de l'une des fourgonnettes et de deux des mobile-homes. Des panneaux de plastique orange désignaient clairement le point d'atterrissage.

Tous les passagers courbèrent la tête pour passer sous les pales du rotor, excepté Maria Chen. L'assistante de Harod se tenait bien droite, enjambait soigneusement les flaques d'eau et les zones boueuses, et ne semblait nullement tendue. Le pilote resta à bord de l'appareil, dont le moteur tournait toujours.

«Simple halte en chemin, dit Colben en conduisant la procession vers une caravane. Ensuite, vous avez du boulot.

– Le seul boulot qui m'attend, c'est de me trouver un lit», dit Harod.

Les deux caravanes du centre étaient orientées vers le nord et vers le sud, et reliées à leur extrémité par une porte commune. La paroi ouest n'était qu'une masse d'écrans de télévision et de consoles de communication. Huit hommes vêtus de chemises blanches et de cravates noires observaient les moniteurs et parlaient de temps en temps dans un microphone.

«Nom de Dieu, on dirait le centre spatial de Houston», dit Harod.

Colben acquiesça. «Ceci est notre centre de contrôle et de communication», dit-il avec un brin de fierté dans la voix. L'homme assis devant la première console leva la tête et Colben enchaîna : «Larry, voici Mr. Harod et Ms. Chen. Le Directeur leur a demandé de venir jeter un coup d'œil à notre opération.» Larry salua les deux V.I.P. d'un hochement de tête et Harod comprit que ces hommes étaient des agents du F.B.I. inconscients de la véritable nature de leur mission.

«Qu'est-ce qu'on voit en ce moment?» demanda Harod.

Colben désigna le premier moniteur. «Voici la maison de Queen Lane où séjournent la suspecte et un jeune homme de race blanche dont l'identité n'a pas été établie. Elle appartient à une certaine Anne Marie Bishop, cinquante-trois ans, célibataire, qui y vit seule depuis la mort de son frère survenue en mai dernier. L'équipe Alpha a établi sa base de surveillance au premier étage d'un entrepôt de l'autre côté de la rue. Sur l'écran numéro deux, on peut voir l'arrière de cette même maison, filmé depuis le deuxième étage d'une maison située de l'autre côté de la ruelle. Sur l'écran numéro trois, ladite ruelle, filmée depuis une fourgonnette mobile. Un faux véhicule de Bell Telephone.

– Elle est là en ce moment?» demanda Harod en désignant l'image en noir et blanc de la maisonnette blanche.

Colben secoua la tête et les conduisit devant un moniteur montrant un vieux bâtiment de pierre. De toute évidence, la caméra était placée au niveau du sol dans une rue animée; voitures et piétons entraient souvent dans le champ. «En ce moment elle se trouve à Grumblethorpe, dit Colben.

– Où ça?

– Grumblethorpe.» Colben désigna deux photocopies de documents architecturaux collées sur le mur au-dessus du moniteur. «C'est un monument historique. Fermé au public la plupart du temps. Elle y passe beaucoup de temps.

– Corrigez-moi si je me trompe, dit Harod. La vieille dame dont nous parlons se cache dans un monument national?

– Ce n'est pas un monument national, répondit sèchement Colben, rien qu'une maison d'intérêt historique au plan local. Mais oui, elle y passe le plus clair de son temps. Le matin… du moins depuis que nous la surveillons… elle retourne dans la maison de Queen Lane avec l'autre vieille dame et le gamin, sans doute pour se doucher et manger chaud.

– Bon Dieu.» Harod parcourut du regard les agents et leur équipement. «Combien d'hommes avez-vous mobilisés pour cette mission, Chuck?

– Soixante-quatre. Les autorités locales ont été informées de notre présence, mais elles ont reçu l'ordre de ne pas intervenir. Nous aurons sans doute besoin de faire un peu de nettoyage après la fin des opérations.»

Harod eut un large sourire et se tourna vers Maria Chen. «Soixante-quatre G-Men, cette saleté d'hélicoptère, un million de dollars de machines sorties tout droit de *La Guerre des étoiles*, tout ça pour capturer une vieille folle de quatre-vingts ans.» Larry et deux de ses collègues le regardèrent d'un air un peu surpris. «Continuez à bien bosser, mes amis, dit Harod de sa plus belle voix de V.I.P., la nation est fière de vous.

– Allons dans mon bureau», dit Colben d'une voix glaciale.

Les bureaux occupaient la totalité d'une caravane située au sud des deux précédentes. Celui de Colben était un peu plus grand qu'un placard à balais, un peu plus petit qu'une pièce normale.

«Qu'est-ce qu'il y a de l'autre côté de cette installation?» demanda Harod tandis que le directeur adjoint du F.B.I. les faisait asseoir autour d'un bureau minuscule.

Colben hésita. «Une salle de détention et une salle d'interrogatoire, dit-il finalement.

– Vous avez l'intention d'interroger la vieille?

– Non. Elle est trop dangereuse. Nous avons l'intention de la tuer.

– Est-ce que vous détenez ou interrogez quelqu'un en ce moment?

– Peut-être. Vous n'avez pas besoin de le savoir.»

Harod soupira. «Okay, Chuck, qu'est-ce que j'ai besoin de savoir?»

Colben jeta un regard vers Maria Chen. «C'est confidentiel. Pouvez-vous fonctionner sans la présence de Connie Chung, Tony?

– Non. Et si vous posez encore la main ou la bouche sur elle, mon vieux Chucky, Barent aura un autre siège à pourvoir à l'Island Club.»

Colben eut un sourire pincé. «Il faudra vraiment que nous réglions ça un jour ou l'autre. Plus tard. En attendant, nous avons une mission à accomplir et vous avez du travail — pour une fois.» Il fit glisser une photographie sur le bureau.

Harod l'étudia : un cliché Polaroid en couleurs, pris en lumière naturelle et montrant une jeune Noire séduisante — vingt-deux ou vingt-trois ans — debout au coin d'une rue et attendant que le feu passe au rouge. Elle avait les cheveux crépus mais pas assez longs pour qu'on puisse qualifier sa coiffure d'afro, des yeux expressifs, un visage à l'ovale délicat et une bouche aux lèvres pleines. Harod baissa les yeux vers ses seins, mais le manteau en poil de chameau qu'elle portait était trop épais pour lui permettre de les apprécier. «Pas mal, dit-il. Elle n'a pas l'étoffe d'une star, mais je pourrais sans doute lui obtenir un bout d'essai ou un petit rôle. Qui est-ce?

– Natalie Preston.»

Les yeux fixes de Harod trahissaient son ignorance.

«Son papa s'est retrouvé mêlé au règlement de comptes entre Nina Drayton et Melanie Fuller, il y a quinze jours à Charleston.

– Et alors ?

– Alors, il est mort, et voilà que la jeune Miss Preston débarque à Philly.

– Elle est ici en ce moment ?

– Oui.

– Vous pensez qu'elle est à la recherche de la vieille ?

– Non, Tony, nous pensons que la fille éplorée a laissé tomber le cadavre de son père, ainsi que ses études universitaires à Saint Louis, et qu'elle est venue à Germantown, Pennsylvanie, par pur intérêt pour l'histoire ancienne de l'Amérique. *Bien sûr* qu'elle est sur la piste de la vieille dame, espèce de crétin.

– Comment l'a-t-elle retrouvée ? » Harod fixait la photographie.

« Grâce aux membres de la bande. » Comme Harod le regardait sans comprendre, Colben s'exclama : « Bon Dieu, il n'y a donc ni journaux ni télé à Hollywood ?

– J'ai été très occupé à mettre sur pied un projet de film de douze millions de dollars. Quelle bande ? »

Colben lui parla des meurtres commis la nuit de Noël. « Et il y en a eu deux autres depuis, conclut-il. Des trucs atroces.

– Comment cette jolie poupée en chocolat a-t-elle pu faire le rapprochement entre Melanie Fuller et des nègres qui s'étripent à Philadelphie ? Et comment avez-vous appris sa présence ici et celle de la vieille dame ?

– Nous avons nos sources. Quant à cette salope de Noire, nous avons mis son téléphone sur table d'écoute, ainsi que celui du petit malin de shérif qui la baise. Ils se laissent des petits messages adorables sur son répondeur. Un de nos hommes va régulièrement en effacer certains et laisse ceux qui nous arrangent. »

Harod secoua la tête. « Je ne pige pas. Qu'est-ce que j'ai à voir dans tout ça ? »

Colben se mit à manipuler un coupe-papier. « Mr. Barent a décidé que ce travail était dans vos cordes, Tony.

– Quel travail ? » Harod tendit la photographie à Maria Chen.

« Vous occuper de Miss Preston.

– Hum. On avait dit que je m'occuperais de la Fuller. Et d'elle seulement. »

Colben haussa un sourcil. « Qu'est-ce qu'il y a, Tony ? Cette fille vous fait aussi peur que l'avion ? Vous avez peur d'autre chose, minable ? »

Harod se frotta les yeux et bâilla.

« Réglez ce petit détail, reprit Colben, et il est possible que vous n'ayez pas à vous soucier de Melanie Fuller.

– Qui a dit ça ?

– Mr. Barent. Bon Dieu, Harod, on vous propose une entrée gratuite dans le club le plus sélect de l'histoire. Je sais que vous n'êtes pas malin, mais ne vous faites pas plus stupide que vous ne l'êtes. »

Harod bâilla à nouveau. « Est-ce que l'un de vos empêchés du bulbe a seulement pensé que vous n'avez pas besoin de moi pour faire votre sale besogne ? Vous avez la vieille dame dans l'objectif de vos caméras plusieurs fois par jour, vous l'avez dit vous-même. Remplacez vos caméras par un fusil à lunette, et votre problème sera résolu. Et qu'est-ce que vous voulez à Natalie Machin ? Elle a le Talent ou quoi ?

– Non. Natalie Preston a une maîtrise de l'université d'Oberlin et les deux tiers de son diplôme d'enseignante. C'est une jeune dame non violente.

– Pourquoi moi, alors ?

– Votre écot. Nous devons tous payer notre écot. »

Harod reprit la photographie que lui tendait Maria Chen. « Quel sort lui réservez-vous ? Détention et interrogation ?

– Inutile. Nous pouvons obtenir toutes les informations qu'elle serait susceptible de nous fournir auprès de... euh... d'une autre source. Nous voulons seulement qu'elle se retire du jeu.

– De façon permanente ? »

Colben gloussa. « Vous aviez une autre idée, Mr. Harod ?

– Je pensais qu'elle aimerait peut-être prendre des vacances involontaires à Beverly Hills.» Les paupières de Harod étaient très lourdes. Il s'humecta les lèvres d'un bref coup de langue.

Nouveau gloussement de Colben. «Comme vous voulez. Mais en fin de compte, il vous faudra trouver une solution permanente en ce qui concerne cette... comment avez-vous dit? Cette jolie poupée en chocolat. Ce que vous ferez d'elle avant de conclure ne regarde que vous, mon vieux Tony. Mais pas de gaffe.

– Comptez sur moi.» Harod jeta un regard à Maria Chen, puis examina de nouveau la photographie. «Vous savez où elle est en ce moment?

– Oui.» Colben prit un porte-bloc et consulta le listing qui y était fixé. «Elle se trouve encore au Chelten Arms. Un petit hôtel à une douzaine de pâtés de maisons d'ici. Haines peut vous y conduire en voiture.

– Rien à faire. D'abord, je veux une chambre d'hôtel pour chacun de nous... une *belle* chambre, une suite si possible. Et ensuite, sept ou huit heures de sommeil.

– Mais Mr. Barent...

– Que C. Arnold Barent aille se faire foutre, dit Harod en souriant. Ou qu'il vienne lui-même s'occuper de cette nénette s'il n'est pas content. Maintenant, dites à Haines ou à un autre de nous conduire dans un bon hôtel.

– Et Natalie Preston?»

Harod s'arrêta sur le seuil. «Je suppose que cette jeune dame est elle aussi placée sous surveillance?

– Bien entendu.

– Eh bien, dites à vos gars d'essayer de ne pas la perdre de vue pendant encore huit ou neuf heures, Chuck.» Il se retourna vers la porte, mais marqua encore une pause, ramenant son regard sur Colben. «Vous n'avez pas répondu à ma question. Ça fait au moins deux ou trois jours que vous avez Melanie Fuller dans le collimateur. Pourquoi faites-vous traîner les choses? Pourquoi ne pas l'éliminer et foutre le camp d'ici?»

Colben ramassa le coupe-papier. «Eh bien, nous attendons au cas où il y aurait un rapport entre cette chère Miz Fuller et votre ancien boss, Mr. Borden. Nous attendons que Willi commette une erreur, nous attendons qu'il se montre.

– Et si ça arrive ?»

Colben sourit et fit courir la lame émoussée du coupe-papier sur sa gorge. «Si ça arrive... quand ça arrivera, votre ami Willi va regretter de ne pas s'être trouvé dans la même pièce que Trask quand la bombe a explosé.»

Harod et Maria se virent offrir des chambres au Chestnut Hill Inn, un hôtel huppé situé à une dizaine de kilomètres de Germantown Avenue, loin de la ville et de ses taudis, dans un quartier de parcs privés et d'allées bordées d'arbres. Colben y était également descendu. L'agent au menton blessé ordonna à un subalterne blond d'y rester en poste avec sa voiture. Harod dormit six heures et se réveilla désorienté et plus fatigué qu'à son arrivée. Maria Chen lui prépara une vodka-orange et s'assit au bord de son lit pendant qu'il la buvait.

«Qu'allez-vous faire de la fille ?» demanda-t-elle.

Harod reposa son verre et se frictionna les joues. «Ça a une importance quelconque pour vous ?

– Non.

– Dans ce cas, vous n'avez pas besoin de le savoir.

– Voulez-vous que je vous accompagne ?»

Harod réfléchit à cette proposition. Il ne se sentait jamais à l'aise quand personne n'était là pour protéger ses arrières, mais il ne pensait pas qu'une telle précaution soit nécessaire dans le cas présent. Plus il y réfléchissait, moins elle lui paraissait s'imposer. «Non. Restez ici et occupez-vous de la correspondance avec Paramount. Je n'en aurai pas pour longtemps.»

Maria Chen quitta la chambre sans ajouter un mot.

Harod se doucha et enfila un pull à col roulé en soie, un pantalon de laine coûteux et un blouson d'aviateur noir doublé en peau de mouton. Il appela le numéro que Colben lui avait donné.

« Natalie Machin est toujours dans le coin ? demanda Harod.

– Elle est allée se promener dans les taudis, mais elle est revenue dîner à son hôtel, dit Colben. Elle passe pas mal de temps avec cette bande de nègres.

– Celle qui a perdu quelques membres ? »

Colben se mit à rire de bon cœur.

« Qu'est-ce qu'il y a de si drôle, bordel ? demanda Harod.

– La façon dont vous le dites, répondit Colben en riant. Perdu quelques membres. C'est exactement ce qui leur est arrivé. Les deux derniers se sont fait découper en morceaux et on leur a tranché la bite.

– Nom de Dieu ! Et vous pensez que c'est Melanie Fuller qui a fait le coup ?

– Nous n'en savons rien. Nous n'avons pas vu le gamin qui l'accompagne quitter Grumblethorpe au moment des meurtres, mais peut-être qu'elle Utilise quelqu'un d'autre.

– Quel genre de surveillance effectuez-vous sur Grumblethorpe ?

– Ça pourrait être mieux. On ne peut pas installer un fourgon du téléphone dans chaque ruelle, même une vieille dame finirait par avoir des soupçons. Mais nous avons une bonne couverture sur le devant, une caméra à l'arrière, et des agents dans tout le pâté de maisons. Si cette vieille salope met le nez dehors, nous la tenons.

– Tant mieux pour vous. Écoutez, si j'arrive à régler l'autre détail ce soir, je veux être parti d'ici dès demain matin.

– Il faudra qu'on en parle à Barent.

– Pas question. Je ne vais pas poireauter ici jusqu'à ce que Willi se montre. Ça risquerait de prendre du temps. Willi est mort.

– Vous n'aurez pas longtemps à attendre. Nous avons reçu le feu vert au sujet de la vieille dame.

– C'est pour aujourd'hui ?

– Non, mais ça ne tardera pas.

– Quand ?

– Nous vous le dirons si vous avez besoin de le savoir.

– Ça m'a fait plaisir de vous parler, Lafesse », dit Harod, et il raccrocha.

Le jeune agent blond conduisit Harod en ville. Il lui montra le Chelten Arms et trouva une place de parking à un demi-pâté de maisons de là. Harod lui donna un pourboire de vingt-cinq cents.

C'était un vieil hôtel qui s'efforçait de conserver sa dignité en ces temps difficiles. Le foyer était plutôt miteux, mais le bar-restaurant, agréablement sombre, avait été récemment rénové. Harod songea que la clientèle du déjeuner devait être en majeure partie composée des rares hommes d'affaires blancs travaillant encore dans le quartier. La jeune Noire fut facile à repérer : elle était assise seule dans un coin, en train de manger une salade tout en lisant un livre de poche. Elle était aussi séduisante que l'avait promis le cliché Polaroid — plus séduisante même, pensa Harod en voyant les seins plantureux qui emplissaient son chemisier ocre. Il passa une minute au bar, tentant de repérer les fileurs du F.B.I. Le jeune type accoudé au bar — costume trois-pièces trop cher et sonotone — était sûrement l'un d'eux. Harod mit un peu plus longtemps à repérer le Noir obèse qui mangeait des moules et regardait Natalie toutes les cinq minutes. *Est-ce qu'on recrute des nègres au F.B.I. aujourd'hui ?* se demanda Harod. *Ils ont sans doute un quota à respecter.* Il supposa qu'un troisième agent devait être en poste dans le hall, sans doute en train de lire un journal. Il prit son verre de vodka and tonic et se dirigea vers la table de Natalie Preston. « Salut, ça vous dérange que je vous tienne compagnie quelques minutes ? »

La jeune femme leva les yeux de son livre. Harod en lut le titre : *Enseigner pour rester jeune.* « Oui, dit-elle, ça me dérange.

– Parfait, dit Harod en posant son blouson sur le dossier d'une chaise. Moi, ça ne me dérange pas. » Il s'assit.

Natalie Preston ouvrit la bouche et Harod tendit son esprit, *pressa*… doucement, tout doucement. Aucun mot ne franchit les lèvres de la jeune femme. Elle essaya de se lever et se figea après avoir esquissé un geste. Ses yeux étaient immenses.

Harod lui sourit et se laissa aller contre le dossier de son siège. Personne n'était à portée de voix de leur table. Il se croisa les mains sur le ventre. « Tu t'appelles Natalie. Moi, c'est Tony. Ça te dirait qu'on s'amuse un peu, tous les deux ? » Il relâcha son étreinte pour lui permettre de murmurer, mais pas de crier. Elle baissa la tête et hoqueta.

Harod secoua la tête. « Tu ne joues pas le jeu, Natalie, mon bébé. J'ai dit : ça te dirait qu'on s'amuse un peu, tous les deux ? »

Natalie leva la tête, pantelante, comme si elle courait depuis une heure. Ses yeux étaient luisants. Elle s'éclaircit la gorge, s'aperçut qu'elle pouvait parler et murmura : « Allez au diable… espèce de salaud… »

Harod se redressa. « Tut-tut, fit-il, réponse *incorrecte.* »

Il regarda Natalie se raidir sous l'effet de la douleur qui lui taraudait soudain le crâne. Harod avait souffert de terribles migraines étant enfant. Il savait les partager. Un garçon qui passait s'arrêta pour lui demander : « Vous vous sentez bien, mademoiselle ? »

Natalie se redressa lentement, comme une poupée mécanique qu'on déplie. Sa voix était rauque. « Oui, dit-elle, ça va. J'ai simplement des règles douloureuses. »

Le garçon s'éloigna lentement, gêné. Harod ne put s'empêcher de sourire. *Bon Dieu*, pensa-t-il, *quel ventriloque j'aurais fait*. Il se pencha pour caresser la main de la jeune femme. Elle essaya de la retirer. Harod dut se concentrer plus que de coutume pour l'en empêcher. Les yeux de Natalie ressemblaient à ceux d'un animal pris au piège, une expression qu'il adorait.

« Reprenons depuis le début, dit Harod. Qu'est-ce que tu aimerais faire ce soir, Natalie ?

– J'ai… me… rais… te… su… cer… la… bi… te. »

Harod dut lui arracher chaque syllabe de la gorge, mais cela ne le dérangeait pas. Les grands yeux bruns de Natalie s'emplirent de larmes.

«Et puis?» demanda Harod d'une voix langoureuse. Il plissa le front sous l'effet de la concentration. Cette poupée en chocolat était plus difficile à contrôler que la plupart de ses sujets habituels. «Et puis?

– Je… veux que… tu… me… baises.

– Bien sûr, chérie, je n'ai rien de mieux à faire durant les deux prochaines heures. Montons dans ta chambre.»

Ils se levèrent en même temps. «Vaudrait mieux laisser un peu de fric», dit Harod. Natalie laissa choir un billet de dix dollars sur la table.

Harod lança un clin d'œil aux deux agents en sortant du bar. Un troisième homme, vêtu d'un costume sombre, abaissa son journal et les regarda tandis qu'ils attendaient l'ascenseur. Harod lui sourit, forma un cercle avec l'index et le pouce de sa main gauche, et y fit coulisser à six reprises le médius de sa main droite. L'agent rougit et releva son journal. Personne ne les suivit dans l'ascenseur, ni dans le couloir du deuxième étage.

Harod prit les clés de Natalie et ouvrit la porte. Il la laissa debout sur le seuil, les yeux vides, pendant qu'il inspectait la chambre. Petite mais propre, avec un lit, une table, un poste de télé noir et blanc sur un support pivotant, une valise ouverte sur une étagère basse. Harod s'empara d'un slip, s'en caressa le visage, jeta un coup d'œil dans la salle de bains, un autre par la fenêtre, découvrant un escalier de secours, une ruelle et des toits.

«Bien!» dit-il d'une voix enjouée, jetant le slip au loin et tirant à lui un fauteuil bas dans les tons verts placé contre le mur. Il s'assit. «Que le spectacle commence, ma biche.» Elle s'immobilisa entre lui et le lit. Ses bras pendaient le long de ses flancs, son visage était flasque et inexpressif, mais Harod vit aux petits frissons qui la parcouraient qu'elle tentait désespérément de se libérer. Il sourit et raffermit son étreinte. «Un petit strip-tease avant d'aller se coucher, ça fait toujours plaisir, tu ne crois pas ? »

Natalie Preston continua de regarder droit devant elle lorsque ses mains se levèrent et commencèrent à déboutonner lentement son chemisier. Elle tira sur ses pans et le laissa tomber sur le sol. En voyant ses seins plantureux retenus par un soutien-gorge blanc d'un style démodé, Harod se rappela quelqu'un... mais qui ? Il se souvint soudain de l'hôtesse de l'air, quinze jours plus tôt. Sa peau était aussi pâle que celle de cette poule était sombre. Pourquoi donc portaient-elles toutes le même type de soutien-gorge banal et peu excitant ?

Harod hocha la tête et Natalie mit les mains derrière le dos pour dégrafer son soutien-gorge. Celui-ci glissa en avant, le long de ses bras, et tomba par terre. Harod contempla les larges aréoles brunes et s'humecta les lèvres. Elle allait s'amuser un peu toute seule avant de s'occuper de lui. « Bien, dit-il doucement, je pense que le moment est venu de... »

Il y eut un énorme fracas et Harod fit volte-face juste à temps pour voir la porte s'ouvrir à la volée et un corps massif occulter la lumière du couloir, juste à temps pour se rendre compte qu'il avait laissé le browning dans les bagages de Maria Chen.

Harod avait commencé à se redresser, commencé à lever les bras, lorsqu'un objet aussi gros et lourd qu'une enclume atterrit au sommet de son crâne et le fit retomber sur le fauteuil, à travers les coussins, à travers la substance molle d'un sol qui venait subitement d'adopter la texture du tapioca, puis dans les chaudes ténèbres qui l'attendaient sous le sol.

23.
Melanie

Vincent avait toutes les peines du monde à rester propre. C'était un de ces enfants qui semblent exsuder la saleté par tous les pores de la peau. Ses ongles étaient noirs une heure après que je lui avais ordonné de les nettoyer. Je devais constamment veiller à ce qu'il change de vêtements.

Le jour de Noël, nous nous sommes reposés. Anne a préparé le repas, mis des disques de saison sur le vieux Victrola et fait plusieurs lessives pendant que je lisais des passages des Saintes Écritures et méditais sur leur sens. La journée fut fort calme. De temps en temps, Anne faisait mine d'allumer la télévision — elle la regardait de six à huit heures par jour avant notre rencontre — mais son conditionnement reprenait le dessus et elle se trouvait autre chose à faire. Je m'étais permis quelques heures de télévision durant la première semaine de notre séjour chez elle, mais un soir, durant le journal de onze heures, on avait diffusé un reportage de trente-deux secondes sur ce que les médias appelaient les Meurtres de Charleston. «La brigade criminelle est toujours à la recherche de la vieille dame disparue», avait dit la jeune présentatrice. C'est à ce moment-là que j'ai décidé qu'on ne regarderait plus la télévision chez Anne Bishop.

Le samedi, deux jours après Noël, Anne et moi sommes allées faire des achats. Elle avait une DeSoto 1953 dans son garage; c'était une voiture verte et laide dont la calandre me fit penser à un poisson terrifié. Anne conduisait avec tant de prudence et d'hésitation que je lui ordonnai de passer le volant à Vincent avant que nous soyons sortis de Germantown. Il nous fit sortir de Philadelphie pour nous conduire vers un centre commercial huppé dans un quartier nommé King of Prussia — sans doute le nom le plus stupide jamais donné à une banlieue. Nous y avons passé quatre heures et j'y ai acheté plein de belles choses, qui n'égalaient malheureusement pas celles que j'avais abandonnées à l'aéroport d'Atlanta. Je me laissai tenter par un manteau à trois cents dollars — bleu marine, avec des boutons en ivoire — qui m'aiderait sans nul doute à résister aux rigueurs de l'hiver yankee. Anne était ravie de m'offrir ces quelques vêtements et je ne voulais pas lui gâcher son plaisir.

Cette nuit-là, je suis retournée à Grumblethorpe. Il était si agréable d'aller de pièce en pièce à la lueur des chandelles, avec pour seule compagnie les ombres et les murmures. Durant l'après-midi, Anne avait acheté deux fusils à pompe dans un magasin de sport du centre commercial. Le jeune vendeur aux cheveux blonds graisseux et aux baskets sales s'était amusé de la naïveté de cette vieille dame qui achetait une arme pour son grand fils. Il lui avait recommandé deux modèles également coûteux : un calibre 12 et un calibre 16, selon le type de gibier qui intéressait son fils. Anne les avait achetés tous les deux, ainsi que six boîtes de cartouches pour chacun. Pendant que je me promenais dans les pièces de Grumblethorpe, Vincent huilait et caressait les fusils dans l'obscurité pierreuse de la cuisine.

Jamais je n'avais Utilisé quelqu'un comme Vincent. J'avais déjà comparé son esprit à une jungle, et cette métaphore me paraissait de plus en plus correcte. Les images qui apparaissaient fugitivement dans ce qui restait de son esprit étaient presque invariablement des images de violence, de mort et de destruction. J'aperçus des scènes sanglantes où figuraient les membres de sa famille — sa mère dans la cuisine, son père dans la chambre, sa sœur aînée sur le carreau de la buanderie —

mais je ne savais pas si elles tenaient de la réalité ou du fantasme. Et il en allait sans doute de même pour Vincent. Je ne lui ai jamais posé la question, et de toute façon, il n'aurait pas pu me répondre.

En Utilisant Vincent, j'avais l'impression de monter un cheval fougueux; il me suffisait de lui laisser la bride sur le cou pour qu'il fasse tout ce que je souhaitais. Il était d'une force incroyable pour sa taille et sa carrure, d'une force presque inexplicable. On aurait dit que de violentes giclées d'adrénaline parcouraient son organisme même en période de repos, et quand il était excité sa force devenait quasiment surhumaine. C'était enivrant de partager ses sensations, même d'une façon passive. Je me sentais plus jeune chaque jour. Je savais que lorsque je retrouverais ma maison du midi de la France, peut-être dès le mois de janvier, j'aurais tellement rajeuni que même Nina ne pourrait me reconnaître.

Seuls mes cauchemars vinrent gâcher les jours qui suivirent Noël. Mes rêves étaient presque toujours identiques : Nina ouvre les yeux, Nina dont le visage n'est qu'un masque blafard au front percé d'un trou de la taille d'une pièce de monnaie, Nina s'assoit dans son cercueil, ses dents sont jaunes et pointues, ses yeux bleus montent lentement dans ses orbites vides, soulevés par une marée de vers.

Je n'aimais pas ces rêves.

Le samedi soir, j'ai laissé Anne monter la garde au rez-de-chaussée de Grumblethorpe pendant que je m'étendais sur le lit de la chambre d'enfant et laissais les murmures m'emporter dans un demi-sommeil.

Vincent sortit par le tunnel. Cela me suggérait des images de naissance : le long tunnel étroit, les murs rugueux qui se pressent contre lui, l'odeur douce-amère de la terre qui rappelle la senteur cuivrée du sang, l'étroite ouverture au bout, l'air nocturne si calme qui ressemble à une explosion de lumière et de bruit.

Vincent glissa le long de la ruelle obscure, enjamba une barrière, traversa un terrain vague et pénétra dans les ombres de la ruelle voisine. Les fusils à pompe étaient restés dans la cuisine de Grumblethorpe; il n'était armé que de la faux — dont le manche avait été raccourci de trente centimètres — et de son couteau.

J'étais sûre que ces rues devaient grouiller de nègres en été : femmes obèses assises sur le pas de leurs portes et bavardant comme des babouins ou contemplant d'un œil morne leurs enfants en haillons en train de courir dans tous les coins, hommes mollassons sans travail, sans aspirations, sans moyen d'existence visible, en quête d'un bar ou d'un coin de rue animé. Mais ce soir-là, en plein cœur d'un hiver rigoureux, les rues étaient calmes et obscures, les rideaux tirés aux étroites fenêtres des maisons étroites, les portes fermées le long des rangées de maisons identiques. Vincent ne se déplaçait pas comme une ombre silencieuse, il en devenait une : allant de la ruelle à la rue, de la rue au terrain vague, du terrain vague à la cour, sans plus troubler le calme qu'un souffle de vent nocturne.

Deux jours plus tôt, il avait suivi les membres de la bande jusqu'à leur repaire, une immense vieille maison entourée de terrains vagues, à un jet de pierre de la voie ferrée aérienne dont le talus traversait cette partie du ghetto comme une gigantesque muraille de Chine, tentative futile des civilisés pour emmurer les barbares. Vincent se nicha dans l'herbe givrée près d'une carcasse de voiture et attendit.

Des formes noires bougeaient derrière les fenêtres éclairées, telles des caricatures de nègres dans un spectacle de lanterne magique. Finalement, cinq d'entre elles sortirent du bâtiment. L'obscurité était telle que je ne les reconnus pas, mais cela n'avait aucune importance. Vincent attendit qu'ils aient presque disparu dans l'étroite ruelle qui longeait le talus, puis il se lança doucement à leur poursuite. C'était enivrant de partager cette traque silencieuse, cette course à travers les ténèbres effectuée presque sans effort. Les yeux de Vincent fonctionnaient presque aussi bien dans les ténèbres que ceux du commun des mortels en plein jour. J'avais l'impression de partager l'esprit et les sens d'un tigre souple et puissant. Un tigre affamé.

Il y avait deux filles de couleur dans le groupe. Vincent fit halte lorsque les autres firent halte. Il renifla l'air, percevant bel et bien la forte odeur animale des hommes en rut. Je sais bien qu'une telle expression serait aujourd'hui considérée comme vulgaire dans le Sud, mais elle est néanmoins appropriée. C'est un fait que le nègre mâle est prompt à s'exciter et se soucie aussi peu de ce qui l'entoure qu'un étalon ou un chien près d'une femelle en chaleur. Ces deux filles devaient être en chaleur; Vincent les regarda forniquer sur le talus plongé dans l'ombre, le troisième garçon observant la scène en attendant son tour, les jambes nues des filles s'ouvrant et se refermant autour des hanches tressautantes de leurs mâles. Tous les muscles de Vincent étaient tendus, tant il bouillait du désir d'agir *tout de suite*, mais je le forçai à détourner les yeux, à attendre que les mâles aient assouvi leur soif de luxure, que les filles soient reparties chez elles en riant — aussi dépourvues de honte et de regret que des chattes comblées. Puis je lâchai Vincent.

Il attendait les trois garçons lorsqu'ils tournèrent en bas de Bringhurst Street, près d'une fabrique de chaussures désaffectée. La faux s'enfonça dans l'estomac du premier, lui traversa le corps et se planta dans sa colonne vertébrale. Vincent l'y laissa et fonça sur le deuxième armé de son seul couteau. Le troisième s'enfuit en courant.

A l'époque où j'allais encore au cinématographe, avant la Seconde Guerre mondiale, avant que les films ne deviennent ces stupidités obscènes dont parlent les journaux, j'adorais les scènes qui montraient des domestiques de couleur terrifiés. Je me rappelle avoir vu *Naissance d'une nation* étant enfant et avoir beaucoup ri au moment où les enfants de couleur sont saisis par la terreur en voyant une forme enveloppée dans un drap. Je me rappelle être entrée avec Nina et Willi dans une salle de Vienne, à cinq pfennig la place, où l'on projetait un vieux film de Harold Lloyd dont les sous-titres étaient superflus, et avoir ri aux éclats de la stupidité terrifiée de Stepin Fetchit. Je me rappelle un vieux film de Bob Hope à la télévision — longtemps avant que la vulgarité des années 60 me pousse à renoncer définitivement à la télévision ; j'avais éclaté de rire devant le visage blanc de peur de l'assistant de couleur de Bob Hope dans une maison hantée de comédie. La deuxième victime de Vincent ressemblait à l'un de ces acteurs : les yeux immenses, blancs et fixes, la main devant sa bouche grande ouverte, les genoux serrés, les pieds en dehors. Dans la chambre de Grumblethorpe, mon rire vint briser le silence lorsque Vincent accomplit son œuvre avec son couteau.

Le troisième garçon réussit à s'échapper. Vincent voulait le rattraper, aussi impatient qu'un chien tirant sur sa laisse, mais je le retins. Le nègre connaissait mieux le dédale des rues, et l'efficacité de Vincent résidait dans la discrétion et la soudaineté de ses attaques. Je savais à quel point ce jeu était risqué et je n'avais pas l'intention de gaspiller les efforts de Vincent après tout le travail qu'il m'avait coûté. Avant de le ramener à moi, cependant, je le laissai s'amuser avec ses deux victimes. Ses petits jeux ne duraient pas très longtemps et satisfaisaient les pulsions qui sommeillaient encore au fond de la jungle de son esprit.

Ce fut lorsqu'il ôta la veste du second garçon que la photographie en tomba. Vincent était trop occupé pour s'en apercevoir, mais je lui ordonnai de poser sa faux et de ramasser la photographie. C'était un portrait de Mr. Thorne et de moi-même.

Je me redressai brusquement sur mon lit.

Vincent revint aussitôt à la maison. J'allai à sa rencontre dans la cuisine et arrachai la photographie de ses mains souillées. Impossible de s'y tromper : l'image était floue, provenait de toute évidence d'une photographie plus grande, mais j'étais bien visible et on reconnaissait sans peine Mr. Thorne. Je sus aussitôt que ceci était l'œuvre de Mr. Hodges. J'avais regardé durant des années ce misérable petit homme prendre des photos de sa misérable petite famille avec son misérable petit appareil. Je croyais avoir pris toutes les précautions nécessaires pour éviter de figurer sur l'un de ses clichés, mais j'avais la preuve que tel n'était pas le cas.

Je m'assis à la lueur des chandelles dans la froidure de la cuisine de Grumblethorpe et secouai la tête. Comment cette photographie avait-elle abouti dans les mains de ce jeune nègre ? De toute évidence, quelqu'un était à ma recherche, mais qui ? La police ? Comment pouvait-elle savoir que je me trouvais à Philadelphie ? Nina ?

Aucune de mes hypothèses ne me paraissait sensée.

J'ordonnai à Vincent de se baigner dans une grande bassine en fer galvanisé fournie par Anne. Elle apporta un radiateur dans la pièce, mais la nuit était glaciale et la vapeur monta de la chair blanche de Vincent durant tout son bain. Au bout d'un certain temps, je me levai et l'aidai à laver ses cheveux. Quel tableau nous devions faire ! Deux tantes pleines de dignité baignant leur jeune neveu revenant de guerre, dont la chair fumait dans l'air glacial pendant que nos ombres hautes de trois mètres dansaient sur le mur rugueux suivant les caprices des chandelles.

« Vincent, mon cher, murmurai-je tout en frictionnant ses longs cheveux, il faut que nous sachions d'où vient cette photographie. Non, pas ce soir, mon cher, les rues seront trop agitées une fois que ton œuvre sera découverte. Mais bientôt. Et quand tu auras trouvé la personne qui a donné cette photo au garçon de couleur, tu la conduiras ici… jusqu'à moi. »

24.
Washington, D.C.,
samedi 27 décembre 1980

Saul Laski gisait dans sa tombe d'acier et pensait à la vie. Frissonnant sous l'effet de la climatisation, il se mit en chien de fusil et essaya de se rappeler les détails d'un matin de printemps dans la ferme de son oncle. Il pensa à la lumière dorée qui caressait les lourdes branches des saules pleureurs et au champ de pâquerettes blanches derrière la forteresse de pierre qu'était la grange de son oncle.

Saul avait mal; son bras et son épaule gauches ne cessaient de le faire souffrir, une douleur lancinante lui taraudait le crâne, des picotements lui agaçaient les doigts, et la saignée de son bras droit portait encore les stigmates de toutes les injections qu'on lui avait faites. Saul accueillait la douleur avec joie et l'encourageait à persister. La douleur était son seul point de repère, un phare perçant l'épais brouillard où l'avait plongé la drogue.

Saul avait perdu toute notion du temps. Il en avait vaguement conscience mais ne pouvait rien faire pour y remédier. Toutes les séquences étaient bien là — du moins jusqu'à l'instant de l'explosion dans le Bureau des sénateurs —, mais il n'arrivait pas à en reconstituer l'ordre. A un moment donné, il se retrouvait étendu dans le froid glacial de sa cellule — étroite couchette encastrée dans le mur, grille d'arrivée d'air, banc et toilettes en acier, porte métallique coulissant dans le mur —, et l'instant d'après, il essayait de se blottir dans la paille froide, sentait l'air glacé de la nuit polonaise s'insinuer à travers les vitres brisées, et savait que l'Oberst et les gardes allemands viendraient bientôt le chercher.

La douleur était un phare. C'était à la douleur qu'il devait ses rares instants de lucidité lors des premiers jours qui avaient suivi l'explosion. L'intense douleur lorsqu'on avait réduit sa fracture de la clavicule ; des masques de chirurgiens dans un lieu aseptisé qui pouvait être n'importe quelle salle d'opération, n'importe quelle chambre d'hôpital, puis le choc glacé des corridors blancs et de la cellule d'acier, les hommes en costume de ville, un badge bariolé accroché à leur revers, la douleur de l'injection, suivie de rêves et d'instants éclatés.

Le premier interrogatoire avait été douloureux. Deux hommes : le premier chauve, le second blond et coiffé en brosse. Le chauve avait tapé sur l'épaule de Saul avec une matraque en métal. Saul avait hurlé, pleuré de douleur, mais il avait accueilli cette douleur avec joie — brouillard et vapeur s'étaient dissipés.

« Savez-vous qui je suis ? demanda le chauve.

– Non.

– Que vous a dit votre neveu ?

– Rien.

– A qui d'autre avez-vous parlé de William Borden et des autres ?

– A personne. »

Plus tard — ou plus tôt, Saul n'en était pas sûr —, toute douleur disparue, au sein de la brume lénifiante qui suivait l'injection :

« Savez-vous qui je suis ?

– Charles C. Colben, assistant spécial du directeur délégué du F.B.I.

– Qui vous a dit cela ?

– Aaron.

– Que vous a dit Aaron à part cela ? »

Saul répéta leur conversation de façon aussi exhaustive que possible.

« Qui d'autre est au courant en ce qui concerne Willi Borden ?

– Le shérif. La fille.» Saul expliqua qui étaient Gentry et Natalie.

«Dites-moi tout ce que vous savez.»

Saul s'exécuta.

Brouillard et rêves, rêves et brouillard. Saul redécouvrait fréquemment la cellule d'acier en ouvrant les yeux. La couchette encastrée dans le mur. Les toilettes trop petites et dont on ne pouvait pas tirer la chasse : celle-ci se déclenchait automatiquement à intervalles irréguliers. Des plateaux-repas en acier apparaissaient pendant que Saul était endormi. Il mangeait assis sur le banc en acier, y laissait le plateau. Celui-ci avait disparu à son réveil. De temps en temps, des hommes en blouse blanche ouvraient la porte métallique et lui faisaient une piqûre, ou le conduisaient le long des corridors blancs vers une pièce minuscule où il s'asseyait en face d'un miroir. Colben, ou un autre homme vêtu de gris, lui posait des questions. S'il refusait d'y répondre, on lui faisait une nouvelle injection, et il rêvait qu'il souhaitait désespérément se lier d'amitié avec ses tortionnaires et leur dire tout ce qu'ils voulaient entendre. Il sentit à plusieurs reprises que quelqu'un — Colben? — s'insinuait dans son esprit, et se rappelait un viol similaire survenu quarante ans plus tôt. Ces moments étaient rares. Les injections étaient fréquentes.

Saul allait et venait dans le temps; il appelait sa sœur Stefa dans la ferme d'oncle Moshe, il courait pour rattraper son père dans le ghetto de Lodz, il pelletait de la chaux sur les corps gisant dans la Fosse, il buvait de la citronnade et parlait avec Gentry et Natalie, il jouait avec Aaron et Isaac, ses neveux de dix ans, dans la ferme de David et de Rebecca, près de Tel-Aviv.

Le puzzle temporel induit par la drogue s'assembla. Le temps reprit son cours normal. Saul se recroquevillait sur le matelas nu — il n'avait pas de couverture et l'air provenant de la grille était glacé — et pensait à sa vie et à ses mensonges. Il s'était menti pendant des années. Sa quête de l'Oberst était un mensonge : une excuse pour ne pas agir. Sa carrière de psychiatre était un mensonge : une façon de mettre son obsession à distance en la théorisant. Sa participation en tant que médecin à trois guerres israélo-arabes était un mensonge : une façon d'éviter l'action directe.

Saul gisait dans le no man's land gris séparant le nirvana induit par la drogue de la douloureuse réalité et percevait la vérité de sa vie de mensonges. Il s'était menti à lui-même en se trouvant des raisons pour parler de Nina et de Willi au shérif de Charleston et à la jeune Preston. Il espérait secrètement qu'ils allaient agir — qu'ils libéreraient ses épaules du fardeau de la responsabilité et de la vengeance. Si Saul avait demandé à Aaron de rechercher Francis Harrington, ce n'était pas parce qu'il était trop occupé pour le faire, mais parce qu'il désirait secrètement qu'Aaron et le Mossad fassent ce qui devait être fait. Il savait à présent que s'il avait parlé de l'Oberst à Rebecca vingt ans plus tôt, c'était dans l'espoir secret qu'elle en parlerait à David et que David, cet Israélo-Américain puissant et efficace, prendrait l'affaire en mains…

Saul frissonna, ramena ses genoux contre sa poitrine, et contempla sa vie de mensonges.

A l'exception de quelques rares instants, tel celui où il avait résolu de tuer plutôt que de se laisser emporter dans la nuit de Chelmno, toute sa vie avait été un hymne à la gloire du compromis et de l'inaction. Les puissants semblaient l'avoir perçu. Il comprenait à présent que ce n'était ni par hasard ni grâce à la chance qu'on l'avait affecté à la Fosse de Chelmno et à la gare de Sobibor ; les ordures qui le tenaient entre leurs mains avaient senti que Saul Laski était un kapo né, un collaborateur, quelqu'un que l'on pouvait utiliser en toute sécurité. Cet homme-là était incapable de devenir violent, de se révolter, de sacrifier sa vie pour les autres — incapable même de sauver sa propre dignité. Même lorsqu'il s'était évadé de Sobibor, et du terrain de chasse de l'Oberst auparavant, cela avait été par accident, il s'était laissé porter par les événements.

Saul quitta sa couche et tituba jusqu'au centre de la petite cellule d'acier. Il portait une combinaison grise. On lui avait pris ses lunettes et les surfaces de métal autour de lui étaient floues et dénuées de substance. Son bras gauche avait été libéré de son écharpe. Il le remua légèrement et la douleur lui transperça l'épaule et le cou : une douleur violente qui lui éclaircit l'esprit. Il remua encore le bras. Le remua encore.

Saul alla jusqu'au banc en acier et s'effondra dessus.

Gentry, Natalie, Aaron et sa famille… ils étaient tous en danger. Mais qui leur en voulait ?

Saul baissa la tête, saisi par le vertige. Pourquoi avait-il été stupide au point de croire que Willi et les deux vieilles dames étaient les seules personnes douées de ce terrible pouvoir ? Combien d'autres créatures avaient le même talent et les mêmes pulsions que l'Oberst ? Saul eut un rire rauque. Il avait enrôlé Gentry, Natalie et Aaron sans même avoir élaboré une esquisse de plan pour régler le cas du seul Oberst. Il avait vaguement imaginé un piège quelconque : l'Oberst pris par surprise, les alliés de Saul protégés par leur anonymat. Et ensuite ? Le bruit des petits Beretta calibre 22 du Mossad ?

Saul s'adossa au mur de métal glacé, colla sa joue contre l'acier. Combien de personnes avait-il sacrifiées par sa lâcheté et son inaction ? Stefa. Josef. Ses parents. Presque certainement le shérif et Natalie. Francis Harrington. Saul poussa un gémissement en se remémorant le *Auf Wiedershen* prononcé d'une voix gutturale dans le bureau de Trask et l'explosion qui avait suivi. Une seconde avant, l'Oberst lui avait fait entrevoir la scène par les yeux de Francis et Saul avait perçu la présence terrifiée de l'esprit du jeune homme, prisonnier dans son propre corps, attendant l'inévitable sacrifice. C'était Saul qui l'avait envoyé en Californie. Et il y avait ses deux amis, Selby White et Dennis Leland. Deux nouvelles victimes sur l'autel de la couardise de Saul Laski.

Saul ignorait pourquoi, cette fois-ci, on laissait l'effet de la drogue se dissiper dans son organisme. Peut-être en avait-on fini avec lui; la prochaine fois qu'on viendrait le voir, ce serait pour l'exécuter. Il s'en fichait. La rage parcourait son corps meurtri comme un courant électrique. Il *agirait* avant que l'inévitable balle ne percute son crâne. Il blesserait *quelqu'un* en représailles. En cet instant, Saul aurait sacrifié sa vie avec joie pour pouvoir prévenir Aaron et les deux autres, mais il aurait donné *toutes* leurs vies pour pouvoir se venger de l'Oberst, de tous ces fumiers pleins d'arrogance qui régnaient sur le monde et se gaussaient de la douleur des êtres humains qu'ils utilisaient comme des pions.

La porte s'ouvrit avec fracas. Trois hommes massifs vêtus de blouses blanches entrèrent. Saul se leva, s'avança vers eux en titubant, lança un poing qui pesait des tonnes vers le visage du plus proche.

«Hé, dit le colosse en riant, saisissant le bras de Saul et le tordant dans son dos, le vieux Juif veut s'amuser avec nous.»

Saul se débattit, mais le colosse le tenait dans sa poigne comme s'il n'avait été qu'un enfant. Saul essaya de ne pas pleurer lorsqu'un deuxième homme lui releva la manche de sa veste.

«Tu vas nous quitter», dit le troisième homme en enfonçant la pointe de la seringue dans le bras émacié et meurtri de Saul. «Bon voyage, le vieux.»

Ils attendirent trente secondes, le relâchèrent et s'écartèrent. Saul les suivit en vacillant, les poings serrés. Il sombra dans l'inconscience avant que la porte ne se soit refermée.

Il rêva qu'il marchait, qu'on l'emmenait quelque part. Il y eut un bruit de réacteurs et une odeur de fumée de cigare. Il marcha à nouveau, soutenu par des mains robustes. La lumière était éblouissante. Lorsqu'il ferma les yeux, il entendit le clic-clic-clic des roues du train qui le conduisait à Chelmno.

Saul revint à lui dans un siège confortable à l'intérieur d'un véhicule indéfini. Il entendait un battement régulier, mais il lui fallut plusieurs minutes pour reconnaître le bruit des pales d'un hélicoptère. Il avait les yeux fermés. Un oreiller était placé sous sa tête, mais son visage était collé à une surface de verre ou de plexiglas. Il sentit qu'il était habillé et qu'il portait à nouveau des lunettes. Des hommes parlaient à voix basse et on entendait de temps en temps le grésillement d'une radio. Saul garda les yeux fermés, rassembla ses esprits et espéra que ses geôliers ne remarqueraient pas que la drogue avait presque cessé d'agir.

« Nous savons que vous êtes réveillé », dit un homme tout proche de lui. Sa voix était étrangement familière.

Saul ouvrit les yeux, releva péniblement la tête et ajusta ses lunettes. Il faisait nuit. Il se trouvait en compagnie de trois hommes dans la cabine passagers d'un hélicoptère d'un modèle sophistiqué. Le tableau de bord éclairait le pilote et le copilote d'une lueur écarlate. Assis à sa gauche, son attaché-case sur les genoux, l'agent spécial Richard Haines lisait des papiers à la lueur de la veilleuse. Saul s'éclaircit la gorge et s'humecta les lèvres, mais avant qu'il ait pu prononcer un mot, Haines dit : « Nous allons atterrir dans une minute. Tenez-vous prêt. » L'agent du F.B.I. avait un bleu au menton.

Saul réfléchit à quelques questions pertinentes, les chassa de son esprit. Il baissa les yeux et s'aperçut que son poignet gauche était relié à la main droite de Haines par une paire de menottes. « Quelle heure est-il ? demanda-t-il d'une voix qui se réduisait plus ou moins à un croassement.

– Environ dix heures. »

Saul jeta un regard vers les ténèbres et supposa qu'il faisait nuit. « Quel jour sommes-nous ?

– Samedi, grommela Haines avec un petit sourire.

– Quelle date ? »

L'agent du F.B.I. hésita, eut un léger haussement d'épaules. « Le 27 décembre. »

Saul ferma les yeux, soudain pris de vertige. Il avait perdu une semaine de sa vie. Cela lui avait paru plus long. Son bras et son épaule gauches lui faisaient atrocement mal. Il baissa les yeux et s'aperçut qu'il était vêtu d'un costume sombre, d'une chemise blanche et d'une cravate noire. Ces vêtements ne lui appartenaient pas. Il ôta ses lunettes. Les verres étaient corrects, mais la monture était neuve. Il examina les cinq hommes avec attention. Il ne reconnut que Haines. « Vous travaillez pour Colben », dit Saul. Comme l'agent ne répondait pas, il poursuivit : « Vous êtes descendu à Charleston pour vous assurer que la police locale resterait dans l'ignorance de ce qui s'était vraiment passé. C'est vous qui avez subtilisé l'album de Nina Drayton à la morgue.

– Attachez bien votre ceinture, dit Haines. Nous atterrissons. »

C'était un des plus beaux spectacles que Saul ait jamais vu. Il crut tout d'abord qu'il voyait un paquebot brillant de tous ses feux, silhouette blanche au milieu des ténèbres laissant derrière elle un sillage phosphorescent sur l'eau vert sombre, mais lorsque l'hélicoptère descendit vers la croix orange peinte sur le pont arrière, Saul se rendit compte qu'il s'agissait en fait d'un navire privé, d'un yacht blanc au profil superbe, aussi long qu'un terrain de football. Des hommes d'équipage guidèrent leur descente en agitant des bâtons lumineux et l'hélicoptère se posa en douceur à la lueur des projecteurs. Les quatre passagers s'éloignaient déjà de l'appareil alors que ses rotors n'avaient pas encore commencé à ralentir.

Plusieurs marins vêtus de blanc les rejoignirent. Lorsqu'ils purent relever la tête, Haines enleva les menottes qui l'attachaient à Saul et les empocha. Saul se frotta le poignet juste au-dessous de l'endroit où des chiffres bleus y étaient tatoués.

« Par ici. » La procession se dirigea vers le pont supérieur, puis vers la proue, empruntant de larges coursives. En dépit de l'absence de roulis, Saul avait du mal à marcher. Haines l'empêcha de tomber à deux reprises. Saul inspira un air tropical, lourd et moite — chargé d'une lointaine odeur de végétation — et remarqua l'opulence des cabines, des salons et des bars qui se trouvaient sur leur chemin. Tout était lambrissé et moquetté, décoré avec goût et rehaussé de cuivre et d'or. Ce vaisseau était un cinq étoiles flottant. Ils passèrent près de la passerelle de commandement et Saul aperçut des hommes en uniforme, l'éclat vert des consoles électroniques. Un ascenseur les conduisit dans un salon privé muni d'une loggia — mais peut-être le terme de passerelle volante était-il plus approprié. Un homme vêtu d'un costume blanc d'aspect coûteux y était assis, un grand verre à la main. Saul aperçut une île derrière lui à environ un mile nautique de distance. La végétation foisonnante était décorée de centaines de lanternes japonaises, les sentiers éclairés par des lueurs brillantes, la longue plage illuminée par une vingtaine de torches, et, dressé au-dessus de la scène, étincelant à la lueur des projecteurs — Saul pensa aux meetings de Nuremberg durant les années 30 —, un château aux murailles de bois et aux toits de tuiles semblait flotter en haut d'une falaise blanche.

« Savez-vous qui je suis ? » demanda l'homme assis sur la chaise longue.

Saul le regarda en plissant les yeux. « On tourne une publicité pour une carte de crédit ? »

Haines lui donna un coup de pied dans les jambes, le faisant tomber sur le sol.

« Vous pouvez nous laisser, Richard. »

Haines et les autres s'en furent. Saul se releva péniblement.

« Savez-vous qui je suis ?

– Vous êtes C. Arnold Barent », dit Saul. Il s'était mordu la joue. Dans son esprit, le goût de son propre sang se mêlait aux senteurs de la végétation tropicale. « Personne ne semble savoir ce que veut dire le C.

– Christian, dit Barent. Mon père était un homme très dévot. Et aussi une manière d'ironiste. » Il désigna une chaise toute proche. « Asseyez-vous, je vous en prie, docteur Laski.

– Non. » Saul se dirigea vers la balustrade de la loggia, de la passerelle, peu importait. L'eau formait un arc d'écume blanche dix mètres plus bas. Saul s'agrippa à la balustrade et se retourna vers Barent. « Ne prenez-vous pas un risque en restant seul avec moi ?

– Non, docteur Laski, dit Barent. Je ne prends jamais de risque. »

Saul indiqua du menton le château qui brillait dans le lointain. « C'est à vous ?

– A la fondation. » Barent avala une longue gorgée de sa boisson fraîche. « Savez-vous pourquoi vous vous trouvez ici, docteur Laski ? »

Saul ajusta ses lunettes. « Mr. Barent, je ne sais même pas où se trouve "ici". Ni même pourquoi je suis encore en vie. »

Barent hocha la tête. « Votre seconde remarque est la plus pertinente. Je présume que votre organisme est suffisamment purgé de... euh... de substances médicinales pour que vous puissiez tirer vos propres conclusions à ce sujet. »

Saul se mordilla la lèvre inférieure. Il se rendit compte à quel point il était faible... à moitié mort de faim, en partie déshydraté. Il faudrait probablement plusieurs semaines à son organisme pour se purger de la drogue qu'on lui avait administrée. « Vous pensez que je suis votre chemin vers l'Oberst, j'imagine », dit-il.

Barent éclata de rire. « L'Oberst. Comme c'est pittoresque. C'est ainsi que vous pensez à lui, j'imagine, étant donné votre... euh... relation particulière. Dites-moi, docteur Laski, les camps étaient-ils aussi horribles que le prétendent les médias ? Je les ai toujours soupçonnés de vouloir exagérer un peu la réalité peut-être de façon subliminale. Pour expier une sorte de culpabilité inconsciente, peut-être ? »

Saul l'examina avec attention. Il détailla son hâle impeccable, sa veste de sport en soie, ses sandales de chez Gucci, l'améthyste à son auriculaire. Il ne répondit pas.

«Peu importe, reprit Barent. Vous avez raison, bien sûr. Si vous êtes encore en vie, c'est parce que vous êtes le messager de Mr. Borden et parce que nous souhaitons ardemment parler à ce monsieur.

– Je ne suis pas son messager», dit Saul d'une voix atone.

Barent agita sa main manucurée. «Son message, alors. La différence est minime.»

On entendit une série de carillons et le yacht prit de la vitesse, obliqua à bâbord comme pour entamer un tour de l'île. Saul aperçut un vaste quai éclairé par des lampes à vapeur de mercure.

«Nous aimerions que vous transmettiez un message à Mr. Borden, poursuivit Barent.

– Je ne risque pas d'y parvenir si vous continuez à me droguer et à me garder enfermé dans une cellule en acier.» Pour la première fois depuis l'explosion, Saul sentait l'espoir renaître en lui.

«C'est exact. Nous allons nous arranger pour que vous ayez l'occasion de le retrouver... euh... en un lieu qu'il aura lui-même choisi.

– Vous savez où se trouve l'Oberst?

– Nous savons où... euh... où il a choisi d'opérer.

– Si je le vois, dit Saul, je le tue.»

Barent eut un rire aimable. Sa denture était parfaite. «C'est fort improbable, docteur Laski. Néanmoins, nous vous serions reconnaissants de lui transmettre notre message.»

Saul inspira profondément l'air marin. Il ne voyait pas pour quelle raison Barent et son groupe souhaiteraient lui confier des messages à transmettre, pour quelle raison on lui permettrait de conserver son libre arbitre, et ne parvenait pas à imaginer pourquoi on le laisserait en vie une fois qu'il aurait rempli sa mission. Il se sentait étourdi et légèrement grisé. «Quel est votre message?

– Dites à Willi Borden que le club serait honoré s'il acceptait d'occuper le siège laissé vacant au comité de direction.

– C'est tout?

– Oui. Voulez-vous boire ou manger quelque chose avant de partir?»

Saul ferma les yeux durant une minute. Il sentait les mouvements du navire le long de ses jambes, au creux de son bassin. Il s'accrocha à la balustrade et ouvrit les yeux. «Vous n'êtes pas différent d'eux, dit-il à Barent.

– De qui?

– Des bureaucrates, des commandants, des fonctionnaires reconvertis en commandos des *Einsatzgruppen*, des conducteurs de train, des industriels de la I.G. Farben, et des gros sergents puant la bière qui s'asseyaient au bord de la Fosse.»

Barent resta songeur un moment. «Non, dit il finalement. Je suppose que nous sommes tous pareils en fin de compte. Richard! Veuillez reconduire le Dr Laski, s'il vous plaît.»

Ils prirent l'hélicoptère pour se rendre à l'aérodrome de l'île, où ils embarquèrent dans un jet privé qui prit la direction du nord-ouest alors que le ciel pâlissait derrière eux. Saul s'assoupit pendant une heure avant l'atterrissage. C'était son premier somme naturel depuis une semaine. Haines le secoua pour le réveiller. «Regardez», dit-il.

Saul contempla la photographie. Aaron, Deborah et les enfants étaient ligotés, mais de toute évidence vivants. Le fond blanc ne donnait aucun indice sur l'endroit où ils se trouvaient. Le flash avait parfaitement saisi les yeux écarquillés et l'expression paniquée des fillettes. Haines lui tendit un petit magnétophone à cassettes. «Oncle Saul, dit la voix d'Aaron, je t'en prie, fais ce qu'ils te demandent. Ils ne nous feront aucun mal si tu leur obéis. Respecte leurs instructions et nous serons libérés. Je t'en prie, oncle Saul...» L'enregistrement cessa net.

«Si vous essayez de les retrouver ou de contacter l'ambassade, nous les tuerons», murmura Haines. Deux des agents étaient endormis. «Faites ce qu'on vous dit et il ne leur sera fait aucun mal. Vous avez compris ?

– J'ai compris», dit Saul. Il colla son visage au plastique glacé de la vitre. Ils descendaient vers le centre d'une grande ville américaine. Saul aperçut à la lueur des réverbères des immeubles en brique et des flèches blanches entre des tours de bureaux. Il sut à cette seconde qu'il n'y avait plus aucun espoir pour lui et les siens.

25.
Washington, D.C., dimanche 28 décembre 1980

Le shérif Bobby Joe Gentry était en colère. Sa Ford Pinto de location avait une boîte semi-automatique, mais Gentry passa en troisième avec autant de brutalité que s'il avait conduit une voiture de sport. Dès qu'il fut sorti de la rocade pour s'engager sur l'I-95, il adopta une vitesse de 100 km/h en dépit des protestations de son véhicule, mettant la Chrysler qui l'avait pris en filature au défi de suivre son allure et la police de l'autoroute au défi de l'intercepter. Gentry attrapa sa valise d'une main, la posa sur le siège avant droit, la fouilla pendant une minute, en sortit le Ruger chargé pour le placer dans la boîte à gants, et jeta sa valise sur la banquette arrière. Il était furieux.

Les Israéliens l'avaient gardé prisonnier jusqu'à l'aube, poursuivant son interrogatoire dans leur foutue limousine, puis dans une planque quelque part près de Rockville, puis de nouveau dans leur foutue bagnole. Il n'avait pas dévié d'un pouce dans son récit : Saul Laski voulait régler de vieux comptes avec un criminel de guerre nazi, Gentry voulait savoir si tout ça avait un lien avec les meurtres de Charleston. Les Israéliens n'avaient recouru ni à la violence ni — excepté les premières remarques de Cohen — aux menaces, mais s'étaient relayés, répétant les mêmes questions *ad nauseam* afin de le faire craquer. Si *c'étaient* des Israéliens. Gentry le *pensait*… croyait que Jack Cohen était exactement qui il prétendait être… acceptait le fait qu'Aaron

Eshkol et toute sa famille avaient été assassinés, mais il n'était plus sûr de rien. Il savait seulement que se déroulait un jeu dangereux dont les participants le considéraient au mieux comme une nuisance mineure. Il fit grimper la Pinto à 110 km/h, jeta un coup d'œil au Ruger et redescendit à quatre-vingt-dix. La Chrysler verte resta deux voitures derrière lui.

Après cette longue nuit, Gentry ne souhaitait qu'une chose : s'écrouler sur son lit et dormir jusqu'au Nouvel An. Au lieu de cela, il avait appelé Charleston depuis la cabine publique de son hôtel. Rien sur son répondeur. Il avait appelé son bureau. Lester lui répondit qu'il n'y avait aucun message pour lui et lui demanda comment se passaient ses vacances. Formidable, lui dit Gentry, j'ai vu tous les monuments. Il appela le numéro de Natalie à Saint Louis. Ce fut un homme qui décrocha. Gentry demanda à parler à Natalie.

«Qui êtes-vous? grinça une voix peu amène.

– Le shérif Gentry. Qui est à l'appareil?

– Nom de Dieu, Nat m'a parlé de vous la semaine dernière. Vous me faites l'effet d'un connard de flic du Sud. Qu'est-ce que vous voulez à Natalie, bordel?

– Je veux lui parler. Elle est là?

– Non, bon Dieu, elle n'est pas là. Et je n'ai pas de temps à perdre avec vous, flic de mes deux.

– Frederick Noble, dit Gentry.

– Hein?

– Vous êtes Frederick Noble. Natalie m'a parlé de vous.

– Arrêtez vos conneries.

– Vous n'avez pas porté de cravate pendant deux ans après votre retour du Viêt-nam. Vous pensez que les mathématiques sont ce qu'il y a de plus proche de la vérité absolue. Vous travaillez au centre informatique de huit heures du soir à trois heures du matin, sauf le samedi soir.»

Silence à l'autre bout du fil.

«Où est Natalie? insista Gentry. Je suis sur une

enquête. Cela concerne le meurtre de son père. Sa propre sécurité est peut-être menacée.

– Qu'est-ce que vous voulez dire par…

– *Où* est-elle ? aboya Gentry.

– A Germantown, répondit la voix furieuse. En Pennsylvanie.

– Est-ce qu'elle vous a appelé depuis qu'elle est arrivée là-bas ?

– Ouais. Vendredi soir. Je n'étais pas là, mais Stan a pris son message. Elle a dit qu'elle était descendue dans un hôtel qui s'appelle le Chelten Arms. Je l'ai appelée six fois, mais elle n'est jamais là. Et elle ne m'a pas encore rappelé.

– Donnez-moi le numéro de cet hôtel. » Gentry l'inscrivit dans le carnet de notes qui ne le quittait jamais. « Dans quels ennuis Nat s'est-elle fourrée ?

– Écoutez, Mr. Noble, Miss Preston est partie à la recherche de la personne ou des personnes qui ont assassiné son père. Je ne veux pas qu'elle retrouve ces personnes ni que ces personnes la retrouvent. Quand elle reviendra à Saint Louis, vous devrez vous assurer, petit a, qu'elle ne reparte pas, et petit b, qu'elle ne reste jamais seule pendant les quinze prochains jours. C'est clair ?

– Ouais. » Gentry percevait assez de colère dans cette voix pour souhaiter ne jamais en devenir directement la cible.

Il avait eu alors envie de se coucher, afin d'être en forme pour la soirée. Mais il avait appelé le Chelten Arms, laissé un message à l'intention de Miss Preston, toujours absente, avait loué une voiture — pas facile un dimanche matin de bonne heure —, réglé sa note, fait ses valises et pris la direction du nord.

La Chrysler verte resta deux voitures derrière lui pendant une soixantaine de kilomètres. Passé Baltimore, il sortit de l'autoroute pour prendre la Snowden River Parkway, rejoignit la Highway 1 et s'arrêta à la première gargote qu'il rencontra.

La Chrysler se gara à l'extrémité de l'immense parking. Gentry commanda un café et un beignet, et héla un jeune garçon qui portait dans ses bras une pile d'assiettes sales. «Hé, fiston, ça te dirait de gagner vingt dollars?» Le garçon le regarda d'un air soupçonneux. «Dans le parking, il y a une voiture sur laquelle j'aimerais en savoir plus, dit Gentry en désignant la Chrysler. Si tu as l'occasion de faire un tour par là-bas, j'aimerais savoir quel est le numéro de sa plaque, et tout ce que tu pourras me dire sur ses occupants sera le bienvenu.»

Le garçon revint avant que Gentry ait fini son café. Il fit son rapport d'une voix essoufflée, puis conclut: «Ils ne m'ont même pas remarqué. J'ai tout simplement jeté des ordures à la poubelle comme Nick me demande de le faire vers midi. Qui sont ces types, au fait?» Gentry paya le garçon, alla aux toilettes et appela le service de police responsable du Harbor Tunnel de Baltimore. Le bureau était fermé le dimanche matin, mais le message enregistré mentionnait un numéro à appeler en cas d'urgence. Ce fut une femme à la voix harassée qui décrocha.

«Merde, j'devrais pas vous appeler, y me tueraient s'ils le savaient, dit Gentry, mais Nick, Louis et Delbert ont décidé de commencer la révolution en faisant exploser le Harbor Tunnel.»

La voix de la femme ne semblait plus harassée lorsqu'elle lui demanda son nom. Gentry entendit un bip signalant la mise en marche d'un magnétophone.

«Pas l'temps, pas l'temps! dit-il d'une voix excitée. Delbert, il a trouvé les flingues, Louis a piqué trente-six bâtons de dynamite sur le chantier, et ils ont planqué tout ça dans le double-fond du coffre. Nick, il a dit que la révolution commence aujourd'hui. C'est lui qui a dégoté les faux papiers et tout le reste.»

La femme bafouilla une question, mais Gentry la coupa. «Faut que je me taille en vitesse. Ils me tueront s'ils apprennent que je les ai balancés. Ils ont pris la tire à Delbert... une LeBaron verte 76. Immatriculée dans le Maryland, DB7269. C'est Delbert qui conduit. C'est lui qu'a la moustache et le costume bleu. Oh, bon Dieu, ils ont tous un flingue et la tire est prête à sauter.» Gentry coupa la communication, commanda un café à emporter, paya sa note et regagna la Pinto d'un pas nonchalant.

Il n'était qu'à quelques kilomètres du tunnel et nullement pressé d'y arriver, aussi alla-t-il jusqu'au campus de l'université du Maryland, fit un tour dans le cimetière de Louden Park et roula quelque temps sur les quais. Comme la circulation était fluide, la Chrysler gardait ses distances, mais son chauffeur était très fort : il ne perdait jamais de vue la voiture de Gentry tout en se faisant remarquer le moins possible.

Gentry suivit les panneaux indicateurs jusqu'au Harbor Tunnel, paya son écot à la cabine de péage, et regarda dans son rétroviseur dès qu'il fut dans le tunnel illuminé. La Chrysler n'atteignit jamais la cabine de péage. Trois voitures de patrouille, une fourgonnette noire banalisée et un break bleu l'encerclèrent soudain à cinquante mètres de l'entrée du tunnel. Quatre autres voitures de police bloquèrent aussitôt la circulation. Gentry aperçut des hommes lever fusils et pistolets au-dessus des capots, vit les trois occupants de la Chrysler agiter les bras par les fenêtres, puis il accéléra pour s'éloigner du tunnel le plus vite possible. Si c'étaient des agents du F.B.I. qui le suivaient, ils se tireraient d'affaire en quelques minutes. Si c'étaient des Israéliens, et armés de surcroît, que Dieu leur vienne en aide.

Gentry prit la première bretelle à la sortie du tunnel, se perdit quelques minutes dans le centre-ville, s'orienta dès qu'il aperçut l'université Johns Hopkins, et prit la Highway 1 pour sortir de la ville. La circulation était fluide. Quelques kilomètres plus loin, il aperçut une sortie en direction de Germantown, Maryland, et ne put s'empêcher de sourire. Combien de Germantown y avait-il dans les États-Unis? Il espérait que Natalie n'avait pas choisi le bon.

Gentry arriva dans la banlieue sud de Philadelphie à 10 h 30 et à Germantown à 11 heures. Il n'avait plus revu la Chrysler et si une autre voiture l'avait pris en filature, son conducteur était trop fort pour se faire repérer. Le Chelten Arms semblait avoir connu des jours meilleurs mais ne vivrait pas assez longtemps pour saluer leur retour. Gentry gara la Pinto à un demi-pâté de maisons de l'hôtel, glissa le Ruger dans la poche de son manteau et se mit en route. Il compta cinq clochards — trois noirs, deux blancs — blottis sur les pas de porte.

Miz Preston ne répondit pas à l'appel du réceptionniste. Celui-ci était un homme de race blanche de petite taille, tout en nez, dont les trois mèches survivantes étaient plaquées sur le crâne de l'oreille gauche à l'oreille droite. Il gloussa et secoua la tête lorsque Gentry lui demanda un passe-partout. Gentry lui montra son insigne. Nouveau gloussement de l'employé. «*Charleston?* Mon ami, vous auriez été mieux inspiré d'acheter un autre insigne au magasin de jouets. Un policier de Georgie n'a aucune autorité ici.»

Gentry opina, soupira, jeta un regard circulaire sur le hall désert, et pivota sur lui-même pour saisir la cravate graisseuse de l'employé dix centimètres au-dessous de son nœud. Il n'exerça qu'une seule traction, mais elle suffit à amener le nez et le menton de l'homme à une vingtaine de centimètres du comptoir. «Écoute, *mon ami*, dit doucement Gentry, je travaille en liaison avec le capitaine Thomas Morano, le chef de la section Homicide du commissariat de Franklin Street. Cette femme a peut-être des informations susceptibles de nous permettre de procéder à l'arrestation d'un homme qui a assassiné six personnes de sang-froid. Bien, est-ce que j'appelle le capitaine Morano *après* t'avoir fracassé la tête sur le comptoir rien que pour me faire plaisir, ou est-ce qu'on opte pour la solution la plus simple?»

Le réceptionniste tendit une main derrière lui et fit apparaître un passe-partout. Gentry le relâcha et il rebondit comme un diable sortant de sa boîte, se frictionnant la pomme d'Adam et tâchant de déglutir.

Gentry fit trois pas vers l'ascenseur, pivota, regagna le comptoir en deux enjambées et agrippa de nouveau la cravate de l'employé au visage cramoisi avant que celui-ci ait eu le temps de réagir. Gentry l'attira contre lui, lui sourit et dit : « Autre chose, fiston : le comté de Charleston se trouve en Caroline du Sud, pas en Georgie. Ne l'oublie pas. Il y aura une interro écrite plus tard. »

Il n'y avait aucun cadavre dans la chambre de Natalie. Aucune tache de sang, excepté celles laissées par les insectes écrasés près du plafond. Aucune demande de rançon. Sa valise était posée sur le porte-bagages pliant, ouverte, ses vêtements soigneusement pliés, et une paire de chaussures était posée par terre. La robe qu'elle portait à l'aéroport de Charleston deux jours plus tôt était pendue à un cintre dans un placard. Pas de trousse de toilette dans la salle de bains ; la douche était sèche, mais contenait une savonnette récemment utilisée. Son appareil photo était absent. Ou on avait déjà fait le lit, ou personne n'y avait dormi la nuit précédente. A en juger par l'efficacité du personnel de l'hôtel, Gentry opta plutôt pour la seconde hypothèse.

Il s'assit au bord du lit et se frictionna le visage. Il n'avait aucune idée de ce qu'il convenait de faire à présent. Le plus judicieux était de se balader dans Germantown en espérant la retrouver par hasard, de revenir à l'hôtel toutes les heures, et d'espérer que le réceptionniste ou le directeur n'appellerait pas la police de Philly. Oui, de toute façon, quelques heures de marche dans le froid ne pouvaient pas lui faire de mal.

Gentry ôta son manteau et son blouson de sport, s'allongea sur le lit, posa le Ruger près de sa main droite, et s'endormit en moins de deux minutes.

Il se réveilla dans une pièce obscure, complètement désorienté, persuadé que quelque chose ne tournait pas rond. Sa montre Rolex, un cadeau de son père, indiquait 4 : 35. Il y avait une vague lumière grise au-dehors, mais la chambre était plongée dans le noir. Gentry alla se laver le visage dans la salle de bains, puis appela la réception. Miss Preston n'était pas rentrée et n'avait laissé aucun message.

Gentry alla à pied jusqu'à sa voiture, rangea sa valise dans le coffre, et partit se promener. Il descendit Germantown Avenue sur deux ou trois pâtés de maisons et passa devant un petit parc fermé. Il aurait voulu s'arrêter quelque part pour boire une bière, mais les bars étaient fermés. Gentry n'avait pas l'impression qu'on était dimanche, mais il n'aurait su dire *quel* jour de la semaine on était. Il commençait à neiger lorsqu'il récupéra sa valise et regagna l'hôtel. Un autre réceptionniste, plus jeune et plus poli, était de service. Gentry s'inscrivit, paya trente-deux dollars d'avance, et il était prêt à suivre le groom jusqu'à sa chambre lorsqu'il pensa à s'enquérir de Natalie. Il avait toujours le passe-partout dans sa poche ; peut-être que Gros Nez était rentré chez lui sans parler de l'incident à quiconque.

« Oui, monsieur, dit le jeune réceptionniste. Miss Preston a pris ses messages il y a environ un quart d'heure. »

Gentry tiqua. « Est-ce qu'elle est encore là ?

– Elle est montée quelques minutes dans sa chambre, monsieur, mais je crois l'avoir vue entrer dans la salle à manger. »

Gentry remercia le réceptionniste, donna trois dollars au groom pour qu'il monte ses bagages dans sa chambre, et se dirigea vers l'entrée du petit bar-restaurant.

Il sentit son cœur battre plus fort lorsqu'il vit Natalie assise à une table située à l'autre bout de la salle. Il se dirigea vers elle, puis se figea. Un petit homme aux cheveux noirs, vêtu d'un superbe blouson de cuir, était debout près de sa table en train de lui parler. Natalie le regardait d'un air étrange.

Gentry n'hésita qu'une seconde avant d'aller faire la queue à la table des hors-d'œuvre. Il attendit d'être assis pour regarder en direction de Natalie. Une serveuse passa près de lui et il lui commanda un café. Il commença à manger posément, sans jamais regarder directement vers la table de Natalie.

Quelque chose ne tournait pas rond. Gentry connaissait Natalie Preston depuis moins de quinze jours, mais il savait qu'elle était toujours pleine d'entrain. Il commençait tout juste à s'habituer aux nuances d'expression qui faisaient partie intégrante de sa personnalité. A présent, il ne voyait sur son visage ni entrain ni nuances. Natalie fixait l'homme assis devant elle comme si on l'avait droguée ou lobotomisée. Elle parlait de temps en temps et, en voyant les mouvements saccadés de ses lèvres, Gentry pensa à sa mère durant l'année qui avait suivi son attaque.

Il aurait bien voulu distinguer le visage de l'inconnu, apercevoir autre chose que ses cheveux noirs, son blouson et ses mains pâles posées sur la nappe. Lorsqu'il finit par se retourner, Gentry aperçut des yeux indolents, un teint pâle et une bouche pincée. Qui cherchait-il du regard ? Gentry ramassa un journal sur une table voisine et passa plusieurs minutes à se mettre dans la peau d'un représentant bedonnant et esseulé en train de manger sa salade. Lorsqu'il regarda de nouveau en direction de Natalie, il acquit la conviction que l'homme assis à sa table était surveillé de près par au moins deux autres clients. Des flics ? Des agents du F.B.I. ? Des Israéliens ? Gentry acheva sa salade, embrocha une tomate cerise qui lui avait échappé, et se demanda pour la millième fois de la journée dans quel pétrin Natalie et lui s'étaient fourrés.

Que faire ? Hypothèse du pire : l'homme aux yeux de lézard était l'un *d'eux*, un des monstres mentaux de Saul, et ses intentions à l'égard de Natalie n'avaient rien d'amical. Les types qui gardaient l'œil sur lui avaient pour rôle de protéger ses arrières. Il y en avait probablement d'autres dans le hall. S'ils s'en allaient et si Gentry les suivait, il se ferait aussitôt repérer. Il devait donc les précéder pour leur filer le train — mais dans quelle direction ?

Il paya son addition et alla récupérer son manteau au moment où Natalie et l'inconnu quittaient leur table. Elle regarda Gentry droit dans les yeux à six ou sept mètres de distance, mais il ne distingua pas la moindre lueur d'intelligence dans son regard; il n'y avait rien dans son regard. Gentry regagna le hall en hâte et s'attarda près de la porte d'entrée pour enfiler son manteau.

L'inconnu conduisit Natalie devant l'ascenseur, faisant halte pour adresser un geste obscène à un homme assis sur un canapé miteux. Gentry tenta sa chance. Natalie occupait la chambre 212. Gentry avait demandé la chambre 210. L'hôtel n'avait que deux étages. Si l'homme aux lourdes paupières emmenait Natalie ailleurs que dans sa chambre, Gentry les perdrait de vue.

Il se dirigea d'un pas vif vers l'escalier, monta les marches quatre à quatre, reprit son souffle pendant dix secondes sur le palier du deuxième étage, et ouvrit la porte juste à temps pour voir l'inconnu suivre Natalie dans la chambre 212. Il attendit une minute, au cas où un des autres les aurait suivis. Ne voyant personne, il avança à pas de loup dans le couloir jusqu'à la chambre de Natalie. Ses doigts se refermèrent sur la crosse du Ruger, puis il se ravisa. Si cet homme avait les mêmes pouvoirs que l'Oberst de Saul, il était capable de l'obliger à retourner son arme contre lui-même. Dans le cas contraire, Gentry ne pensait pas avoir besoin de son revolver.

Bon Dieu, pensa-t-il, et si je débarque comme un chien dans un jeu de quilles alors que c'est un vieux copain qu'elle a invité à monter dans sa chambre ? Il se rappela l'expression de son visage et glissa silencieusement le passe-partout dans la serrure.

Gentry fonça, emplissant de sa masse le mini-vestibule, vit l'homme assis dans un fauteuil qui se tournait vers lui, ouvrait la bouche. Une demi-seconde lui suffit pour constater que Natalie était à moitié déshabillée et que son visage était empreint de terreur, puis il leva le bras et l'abattit, cognant le crâne de l'inconnu avec autant de force que s'il avait voulu enfoncer un clou de son poing nu. L'homme avait commencé à se lever; il retomba au fond du fauteuil fatigué, rebondit à deux reprises, et s'effondra en travers de l'accoudoir gauche.

Gentry s'assura que l'inconnu était hors d'état de nuire, puis il se tourna vers Natalie. Son chemisier était déboutonné, son soutien-gorge par terre, mais elle ne fit aucun geste pour se recouvrir. Son corps se mit à trembler comme sous l'effet d'une crise d'épilepsie. Gentry ôta son manteau et le lui passa autour des épaules alors qu'elle s'effondrait dans ses bras, secouant la tête de droite à gauche en signe de dénégation. Lorsqu'elle tenta de parler, ses dents claquaient si fort que Gentry put à peine la comprendre. «Oh... R-Rob... ah... ah... il voulait q... que... je... n-n-n'ai r-r-rien pu... f-f-faire.»

Gentry l'étreignit, la soutint, lui caressa les cheveux. Il se demandait frénétiquement ce qu'ils allaient faire ensuite.

«Oh, m-mon D-Dieu, je... v-vais... me... t-trouver... mal.» Natalie se précipita vers la salle de bains.

Gentry l'entendit vomir derrière la porte pendant qu'il se penchait sur l'inconnu toujours inconscient, l'étendait par terre, le fouillait en hâte et récupérait son portefeuille. Anthony Harod, Beverly Hills. Mr. Harod avait une trentaine de cartes de crédit, une carte du Club Playboy, une carte de membre de la Writer's Guild of America, et d'autres documents en papier et en plastique l'identifiant comme un membre de l'industrie hollywoodienne. Il y avait dans sa poche la clé d'une chambre au Chestnut Hills Hotel. Harod commençait à revenir à lui lorsque Natalie émergea de la salle de bains, ses vêtements rajustés, son visage encore humide. Anthony Harod gémit et roula sur lui-même.

«Espèce de *salaud*», éclata Natalie, et elle lui donna un violent coup de pied dans le bas-ventre. Elle portait de robustes chaussures de marche et frappa avec une énergie qui aurait fait merveille dans une tentative de but des quarante mètres. C'étaient les testicules de Harod qu'elle visait, mais l'homme était en train de rouler sur lui-même et son pied le heurta à la hauteur de la hanche, ce qui accentua sa rotation et l'envoya donner du crâne contre le pied du lit.

«Du calme, du calme», dit Gentry, et il se mit à genoux pour vérifier que l'homme respirait encore. Anthony Harod, de Beverly Hills, Californie, était encore en vie, mais il était inconscient. Gentry se dirigea vers la porte. Elle n'était munie d'aucune chaîne de sécurité; il tira le verrou, revint auprès de Natalie et lui passa un bras autour des épaules.

«Rob, hoqueta-t-elle, il est entré *dans* mon es-esprit. Il m'a f-fait faire des choses, dire des choses…

– Tout va bien. Nous allons partir d'ici tout de suite.» Il ramassa ses souliers de rechange, ferma sa valise, l'aida à enfiler son manteau et prit son appareil photo en bandoulière. «Il y a un escalier de secours qui descend jusqu'à la ruelle. Tu te sens assez en forme pour le descendre?

– Oui, mais pourquoi sommes-nous obligés de…

– On en reparlera quand on sera loin d'ici. Ma voiture est garée au coin de la rue. Viens.»

Il faisait nuit dehors. L'escalier de secours était glissant et fragile, et Gentry s'attendait à voir accourir tout le personnel de l'hôtel lorsqu'il descendit les deux derniers mètres de marches rouillées et grinçantes. Personne ne sortit par la porte de service.

Il aida Natalie à descendre les derniers degrés et ils s'enfoncèrent en hâte dans la ruelle obscure. Gentry sentit une odeur de neige et d'ordure. Ils débouchèrent sur Germantown Avenue, parcoururent une trentaine de mètres et franchirent un coin de rue à dix mètres de la Pinto de Gentry. Il n'y avait personne en vue; personne ne surgit d'un pas de porte obscur lorsque Gentry fit démarrer le moteur, passa en prise et s'engagea dans Chelten Avenue.

« Où allons-nous ? demanda Natalie.

– Je n'en sais rien. On fout le camp d'ici, et ensuite on avisera.

– D'accord. »

Gentry pénétra dans Germantown Avenue et dut ralentir pour laisser passer un tramway qui allait dans la même direction qu'eux. « Merde, dit-il.

– Qu'y a-t-il ?

– Oh, rien. J'ai oublié ma valise dans ma chambre d'hôtel, juste à côté de la tienne.

– Il y avait quelque chose d'important dedans ? »

Gentry pensa à ses slips et à ses pantalons de rechange et gloussa. « Non. Et je n'ai aucune envie de faire demi-tour.

– Rob, que se *passe*-t-il ? »

Gentry secoua la tête. « Je pensais que tu pourrais me l'expliquer. »

Natalie frissonna. « Je n'ai jamais… jamais rien ressenti de semblable. Je ne pouvais rien faire. On aurait dit que mon corps ne m'appartenait plus.

– Nous savons donc qu'ils sont bien réels », dit Gentry.

Natalie eut un rire un peu forcé. « Rob, la vieille dame… Melanie Fuller… elle est ici. Quelque part dans Germantown. Marvin et les autres l'ont vue. Et elle a tué deux autres membres de la bande la nuit dernière. J'étais avec…

– Un instant », dit Gentry en dépassant le tramway et un bus de ville portant l'inscription SEPTA. Devant eux, la rue bordée d'immeubles en brique était déserte. « Qui est Marvin ?

– Marvin est le chef de la bande. Soul Brickyard. Il… »

Quelque chose heurta violemment l'arrière de la Pinto. Natalie fit un bond, leva les bras pour ne pas se cogner la tête dans le pare-brise. Gentry jura et regarda derrière lui. L'immense calandre de l'autobus emplissait la lunette arrière de la Pinto, et le monstre accélérait pour revenir à la charge. « Accroche-toi ! » cria Gentry, et il appuya sur le champignon. Le bus fonça sur eux, heurtant le pare-chocs de la Pinto une nouvelle fois avant que celle-ci ne s'éloigne.

Gentry fit monter le compteur à quatre-vingts et la Pinto fonça en trépidant sur la chaussée irrégulière et striée de rails. Les vitres étaient fermées, mais il entendit quand même le rugissement du diesel lorsque l'énorme bus accéléra pour les rattraper. « Oh, merde », dit Gentry. Un pâté de maisons plus loin, un semi-remorque reculait pour entrer dans un hangar, obstruant le passage. Gentry envisagea de monter sur le trottoir de droite, y vit un vieil homme en train de fouiller une poubelle, et donna un violent coup de volant à gauche, pénétrant dans une rue étroite après un dérapage contrôlé au cours duquel l'arrière de la Pinto rebondit sur le bord du trottoir. A en juger par le bruit, son pare-chocs arrière s'était partiellement détaché lors du premier choc et traînait derrière. Des rangées de maisons identiques défilaient à droite et à gauche. Des voitures neuves et des épaves étaient garées le long du trottoir de droite.

« Il est toujours derrière nous ! » cria Natalie.

Gentry jeta un coup d'œil dans le rétroviseur et vit l'autobus rebondir sur le trottoir en négociant son tournant, démolissant au passage deux panneaux de stationnement interdit et une boîte aux lettres, puis accélérant le long de la rue en pente dans un nuage de gaz d'échappement. Gentry distingua la petite bosse que la première collision avait laissée sur son pare-chocs avant. « C'est pas possible », dit-il.

En bas de la colline, la rue formait un croisement en T avec une avenue qui longeait un talus ferroviaire enneigé, le côté d'où ils venaient se réduisant quant à lui à une succession d'entrepôts et de terrains vagues. Gentry tourna à gauche, entendit le pare-chocs arrière les lâcher, écouta les toussotements asthmatiques du petit moteur quatre cylindres.

« Est-ce qu'ils peuvent nous rattraper ? » demanda

Natalie alors que l'autobus négociait le tournant en montant sur le talus avant de retomber sur la chaussée. Gentry aperçut le chauffeur vêtu de kaki agrippé au large volant et de vagues silhouettes qui s'agitaient derrière lui.

«Non, sauf si on fait une connerie.» La rue étroite obliquait brusquement sur la droite devant une usine abandonnée, se prolongeait en pente douce sur une cinquantaine de mètres entre des pâtés de maisons en ruine, et s'achevait par une impasse sur le talus de la voie ferrée. Ils n'avaient vu aucun panneau indicateur.

«Comme maintenant ? dit Natalie.

– Ouais.» Gentry freina et la Pinto s'immobilisa sur une étroite bande de terre au bord de la chaussée.

Il savait que sa voiture ne parviendrait jamais à grimper les trente mètres qui les séparaient du sommet du talus. Sur leur gauche se trouvaient un bâtiment en brique désaffecté muni d'une grille et un parking boueux séparé de la rue par une chaîne. La Pinto serait peut-être capable de défoncer la grille, pensa Gentry, mais leurs chances de s'en tirer ne seraient pas meilleures une fois qu'ils se retrouveraient dans le parking. Sur leur droite s'élevait une rangée de bâtisses vides aux fenêtres condamnées et aux portes couvertes de graffiti. Une étroite ruelle partait de la rue en direction de l'est.

Derrière eux, le bus tourna et commença à descendre la pente. Il gronda comme une bête blessée lorsque le chauffeur rétrograda.

«On descend !» cria Gentry. Il eut le temps d'attraper la valise de Natalie ; celle-ci récupéra son appareil photo. Ils se précipitèrent vers la ruelle.

L'autobus roulait encore à vive allure lorsqu'il emboutit la Pinto sur l'aile arrière gauche. La voiture fit un tour complet sur elle-même, des morceaux de métal volèrent, la lunette arrière explosa, et le bus rebondit sur sa gauche, manquant se renverser lorsque les roues du côté droit mordirent le talus, fracassant la chaîne et s'immobilisant sur le parking boueux. Sa boîte de vitesses gronda, ses stops laissèrent la place à ses feux de recul, et il passa sur la chaîne à reculons, emboutit la portière avant droite de la Pinto et la poussa jusqu'au bord du trottoir, à cinq ou six mètres de l'entrée de la ruelle d'où Gentry et Natalie observaient la scène. La Pinto heurta une bouche d'incendie et se retourna dans un bruit de métal torturé. Nul geyser ne jaillit de la bouche brisée, mais la puanteur de l'essence emplit l'air nocturne.

« C'est un cauchemar », dit Natalie.

Gentry se rendit compte qu'il avait dégainé le Ruger et qu'il le serrait dans sa main droite. Il secoua la tête et le remit dans la poche de son manteau.

L'autobus changea de vitesse et se plaça au centre de la chaussée, traînant derrière lui des lambeaux de chrome qui disparurent dans un nuage de gaz d'échappement. Gentry attira Natalie dans la ruelle large d'à peine un mètre vingt.

« Qui est derrière ça ? murmura Natalie.

– Je ne sais pas. » Pour la première fois, Gentry acceptait comme un fait, et non plus seulement comme une théorie, que des êtres humains puissent accomplir les actes décrits par Saul et par Natalie. Quelques années plus tôt, en lisant *L'Exorciste*, il avait parfaitement compris la joie ressentie par le prêtre agnostique à la vision d'une puissance qui ne pouvait être qualifiée que de démoniaque. L'existence du démon suggérait, à défaut de la prouver, celle de Dieu, dont le prêtre avait fini par douter. Mais que prouvait donc cette incroyable série d'événements ? L'existence de la perversité humaine ? La perfection d'un pouvoir parapsychologique qui avait toujours été partie intégrante de la condition humaine ?

« Il s'est arrêté », dit Natalie. L'autobus avait reculé jusqu'au talus, puis viré sèchement à gauche de façon à se replacer face à la rue.

« Peut-être que c'est fini », dit Gentry. Il passa un bras

autour des épaules frissonnantes de la jeune femme. «Quoi qu'il arrive, cette saleté de bus ne passera jamais par ici.»

Les portières du véhicule étaient situées du côté qui leur était caché, mais ils entendirent le sifflement d'air comprimé signalant leur ouverture. Gentry aperçut les silhouettes des passagers, découpées par le faible éclairage intérieur, en train de se diriger vers l'avant ou vers l'arrière. Que pensaient-ils donc de cette poursuite insensée? Que faisait le chauffeur à présent? Gentry ne distinguait qu'une ombre penchée sur le volant. Il vit les sept passagers s'avancer d'un pas hésitant, trois à l'avant et quatre à l'arrière. Ils marchaient comme des victimes de la polio, comme des marionnettes manipulées par un débutant. De temps en temps, l'un d'eux faisait quelques pas pendant que les autres restaient immobiles, puis c'était au tour d'un deuxième, puis d'un troisième. Le vieil homme qui ouvrait la marche se mit à quatre pattes et trottina vers la ruelle, comme un chien reniflant une piste.

«Oh, mon Dieu», souffla Natalie.

Ils se mirent à courir le long de l'étroite ruelle, enjambant des tas de détritus, se cognant les bras et les épaules contre la brique. Gentry s'aperçut qu'il tenait toujours la valise de Natalie d'une main tout en serrant de l'autre celle de la jeune femme. Le bout de la ruelle était obstrué par un grillage rouillé. Gentry entendit un souffle quasi animal derrière eux lorsque le premier de leurs poursuivants entra dans la ruelle. Il lâcha la main de Natalie, fonça dans le grillage en se protégeant avec la valise, et le déchira.

Ils émergèrent dans une rue qui s'achevait en impasse sur leur droite, mais à leur gauche elle descendait sous une voie de chemin de fer et continuait vers le nord en direction d'un pâté de maisons éclairé. Gentry tourna à gauche et se mit à courir, mais Natalie le dépassa avant qu'il ait posé le pied sur le trottoir défoncé. Quelqu'un se fraya un chemin à travers le grillage. Gentry jeta un regard par-dessus son épaule et vit un homme aux cheveux blancs et en costume de ville trotter sur les dalles de béton inclinées comme un doberman enragé. Gentry dégaina son Ruger sans cesser de courir.

Il y avait du verglas sous la voie de chemin de fer. Natalie s'enfonça dans l'ombre. Gentry vit ses jambes se dérober sous elle et l'entendit heurter la chaussée. Il eut le temps de ralentir, mais il glissa lui aussi et se retrouva sur les genoux.

« Natalie !

– Ça va ! »

Il se dirigea vers elle à tâtons et l'aida à se relever. « Je vais laisser ta valise ici », dit-il.

Natalie eut un rire rauque. « Allons-y. » Ils émergèrent des ténèbres dans une rue étroite bordée de voitures, des épaves pour la plupart. Les bâtiments en ruine alternaient avec les maisons éclairées. Il n'y avait aucun réverbère. Gentry entendit des bruits de pas résonner sous le tunnel de la voie ferrée. Aucun cri ni aucun juron ne s'éleva lorsque le premier poursuivant se cassa la figure, rien que des bruits de tâtonnements sur la glace et la brique.

« Par ici », dit Gentry, et il poussa Natalie vers la première maison éclairée, à cent mètres de là.

Il suffoquait et vacillait sur ses jambes lorsqu'ils arrivèrent devant le perron. Il se retourna et monta la garde tandis que Natalie tambourinait à la porte et appelait au secours. Une silhouette sombre tira un rideau l'espace d'une seconde, mais personne n'apparut sur le seuil. « Je vous en prie ! hurla Natalie.

– Natalie ! » lança Gentry. L'homme au costume déchiré et souillé franchissait les dix derniers mètres qui les séparaient. Grâce à la lumière issue de la fenêtre, Gentry vit ses yeux exorbités et sa bouche béante, la salive qui coulait sur son menton et le col de sa chemise. Il leva son Ruger et pressa sur la détente assez fort pour relever le percuteur. Puis il le laissa doucement retomber et abaissa son arme. « Et puis merde », dit-il, et il se tassa pour amortir le choc.

L'homme percuta l'épaule de Gentry à pleine vitesse et s'envola dans les airs, atterrissant sur le trottoir et sur la plus basse marche du perron. On entendit un bruit écœurant lorsque sa tête rebondit sur la pierre. Comme Gentry se penchait sur lui, le vieil homme se releva, les cheveux en bataille et ensanglantés, le dentier claquetant, et se jeta à sa gorge. Gentry l'agrippa par les revers de son veston, le fit tourner au-dessus de la chaussée et le lâcha brusquement. L'homme percuta le sol, roula sur lui-même, poussa un grondement inhumain qui ressemblait à un rire, et se releva aussitôt, repartant à l'attaque. Gentry l'assomma avec le canon de son Ruger. Il tomba face contre terre, agité de spasmes.

Gentry s'assit sur la plus basse marche, la tête entre les genoux. Natalie attaqua la porte à coups de pied et à coups de poing. «Je vous en prie, laissez-nous entrer !

– Je suis officier de police ! hurla Gentry avec ce qui lui restait de souffle. Laissez-nous entrer !» La porte resta fermée.

De nouveaux bruits de pas se firent entendre dans le tunnel. «Bon Dieu, hoqueta Gentry, je croyais… Saul nous avait dit… que l'Oberst ne pouvait… contrôler… qu'une personne… à la fois.»

La silhouette d'une femme de haute taille émergea des ombres sous le pont. Elle avait ôté ses chaussures pour mieux courir et tenait un objet pointu dans sa main droite.

«Viens», dit Gentry. Ils avaient parcouru une dizaine de mètres lorsqu'ils entendirent le grondement du bus dans la courbe que dessinait la rue. La lueur de ses phares éclaira les maisons de brique sur leur gauche.

Gentry chercha du regard une ruelle, un terrain vague, n'importe quoi, mais ne vit qu'une série de façades en brique sur les trente et quelques mètres qui les séparaient du tunnel. «Par ici ! cria-t-il. En haut du talus.» Il fit demi-tour au moment précis où la femme blonde, ayant achevé sa course en silence, entrait en collision avec lui. Tous deux tombèrent et roulèrent sur la chaussée humide, Gentry lâchant le Ruger pour tenter d'écarter les dents de la femme de sa gorge et essayer de lui agripper le cou. La femme était très forte. Elle dégagea sa tête et le mordit cruellement à la main gauche. Il serra le poing, visa sa mâchoire, mais elle baissa la tête à temps pour qu'il n'atteigne que son crâne. Il la repoussa, se demandant comment il pourrait l'assommer sans lui infliger des dommages irréparables, au moment même où la main droite de la femme se faufilait sous son bras. Il sentit un choc glacé et ne put rien faire lorsque les ciseaux s'abattirent une seconde fois. Elle se recula pour le frapper une troisième fois et il lui décocha un crochet qui l'aurait décapitée s'il avait atteint son but.

La femme blonde fit deux pas en arrière et leva les ciseaux à hauteur de ses yeux juste au moment où Natalie lui assenait un coup d'appareil photo sur l'occiput. La femme s'effondra mollement sur la chaussée alors que Gentry réussissait péniblement à se redresser. Son flanc et sa main gauches étaient en feu. Un rugissement s'éleva et les phares de l'autobus les clouèrent dans leur éclat. Gentry chercha le Ruger à tâtons, sachant qu'il était quelque part sur le sol. Le bus était à une quinzaine de mètres d'eux et descendait la pente en accélérant.

C'était Natalie qui avait le revolver. Elle laissa tomber son appareil photo, écarta les jambes et, tenant la crosse à deux mains, tira à quatre reprises comme Gentry le lui avait appris.

« Non ! » hurla Gentry alors que la première balle fracassait un phare. La deuxième découpa une étoile dans le pare-brise, à gauche du siège du chauffeur. Les deux autres se perdirent en l'air à cause du recul.

Gentry saisit l'appareil photo et tira Natalie vers le perron de la maison la plus proche alors que le bus fonçait droit sur eux. Il emboutit le perron dans une nuée d'étincelles, ses roues de droite écrasant la femme blonde sans même faire frémir son châssis. Natalie et Gentry se redressèrent tandis que le bus dérapait sur le verglas, pivotait de quatre-vingt-dix degrés et glissait en direction du tunnel. On entendit un hurlement de métal et de bois.

« Vite ! » hoqueta Gentry, et ils coururent vers le talus. Gentry était à moitié plié en deux, serrant son bras gauche contre son flanc.

Un grondement de moteur diesel, un grincement de boîte de vitesse, et la lueur borgne d'un phare balaya les murs du tunnel alors que les roues arrière du bus patinaient, trouvaient une prise, patinaient de nouveau. Une poutre céda dans un grincement tonitruant et le bus émergea du passage au moment où Gentry et Natalie atteignaient le talus et commençaient à gravir son flanc gelé. Un morceau de barbelé s'entortilla autour de la cheville de Gentry et lui fit perdre l'équilibre. L'espace d'une seconde, il se retrouva épinglé par la lueur du phare et découvrit son manteau en lambeaux, le sang qui coulait le long de son bras jusqu'à sa main mâchée. Il regarda par-dessus son épaule au moment où Natalie le saisissait par le bras droit pour l'aider à se relever. « Passe-moi le Ruger », dit-il.

Le bus reculait le long de la rue, prenant son élan.

« Le *revolver.* »

Natalie lui tendit l'arme alors que le chauffeur passait en première. Les deux corps gisant sur la chaussée semblaient totalement aplatis. « Fonce ! » ordonna Gentry. Natalie se retourna et commença à grimper en s'aidant de ses mains. Gentry la suivit. Ils étaient à mi-hauteur du talus lorsqu'ils tombèrent sur la clôture.

Le bus prit de la vitesse, l'écho de ses grondements résonna sur les murs de brique, son phare pointa vers le haut et vint éclairer Gentry et Natalie.

La clôture, invisible depuis la chaussée, était tellement affaissée qu'elle ressemblait à un tapis de grillage en accordéon. Natalie s'était accrochée à un bout de fil de fer. Gentry dégagea la jambe de son pantalon, entendit le tissu se déchirer, et la poussa vers le sommet. Elle fit quatre pas et s'accrocha de nouveau. Gentry se retourna, se campa solidement sur le flanc du talus et leva le Ruger. La longueur du bus était presque égale à la hauteur du talus. Le manteau de Gentry le gênait. Il l'ôta, fit pivoter son torse de quatre-vingt-dix degrés, leva le Ruger avec l'impression qu'il pesait une tonne.

Le bus écrasa à nouveau les corps, changea de vitesse, rebondit assez haut sur le trottoir invisible pour éviter de s'enfoncer dans la base du talus, et commença à grimper.

Gentry baissa légèrement son arme pour compenser la tendance que l'on avait à tirer trop haut dans une telle circonstance. La lumière reflétée par la neige éclaira le chauffeur. C'était une femme vêtue d'un uniforme kaki, aux yeux immenses.

Ils… il… ne la laissera pas vivre, de toute façon, pensa Gentry, et il tira ses deux dernières balles. Deux étoiles apparurent devant le chauffeur, le pare-brise parut se givrer et se pulvériser; Gentry fit volte-face et se mit à courir. Il était à trois mètres de Natalie lorsque le bus le rattrapa, le projetant en l'air comme une poupée jetée par un enfant capricieux. Il se reçut sur le flanc gauche, sentit Natalie tout près de lui, prit appui sur un rail glacé et ouvrit les yeux.

Le bus arriva à moins de deux mètres du sommet du talus, perdit son adhérence, et chassa de l'avant, son phare balayant la nuit comme un projecteur pris de démence. Son pare-chocs arrière heurta la chaussée avec un bruit sourd, définitif, et le long véhicule essaya de se tenir debout sur ses roues arrière, l'avant complètement décollé de la pente, avant de basculer sur la droite. Allait-il se retrouver sur le toit? Non, il retomba sur le côté, ses roues continuant de tourner.

«Ne bouge pas», murmura Natalie, mais Gentry s'efforçait déjà de se relever. Il baissa les yeux et faillit éclater de rire en voyant le Ruger toujours vissé à sa main glacée. Il voulut le mettre dans la poche de son manteau, s'aperçut qu'il ne portait plus ni manteau ni blouson, et le fourra dans son ceinturon.

Natalie l'empêcha de s'effondrer. «Qu'est-ce qu'on fait maintenant?» demanda-t-elle à voix basse.

Gentry essaya de s'éclaircir les idées. «On attend les flics, les pompiers. Une ambulance.» Il savait que ce n'était pas la bonne réponse, mais il était trop épuisé pour trouver mieux.

Des lumières s'étaient allumées un peu partout dans la rue, mais personne n'était sorti des maisons. Gentry resta un long moment appuyé contre Natalie. Il se mit à neiger. Aucune ambulance n'arrivait.

Un bruit sourd s'éleva en contrebas, et une vitre du bus se détacha de son châssis et tomba à terre. Trois ou quatre formes sombres émergèrent du véhicule, rampant sur sa carcasse métallique comme d'énormes araignées noires.

Sans dire un mot, Gentry et Natalie firent demi-tour et clopinèrent le long du ballast. A un moment donné, il tomba sur la voie ferrée et perçut une vibration régulière. Natalie le releva et le força à courir. Des bruits de pas lointains se firent entendre sur le mâchefer derrière eux.

«Là! hoqueta soudain Natalie. Là. Je sais où on est.»

Gentry ouvrit les yeux et découvrit un bâtiment de deux étages flanqué de terrains vagues. La lumière brillait à une douzaine de fenêtres.

Il trébucha et dégringola en bas du talus. Un objet pointu lui lacéra la jambe droite. Il se releva à grand-peine et aida Natalie à se redresser au moment où un train de banlieue passait au-dessus d'eux dans un grondement.

Il y avait des gens sous la galerie. Des voix aux accents typiques du parler noir leur lancèrent des sommations. Gentry vit deux adolescents armés de fusils de chasse. Il chercha à saisir son Ruger, mais ses doigts refusèrent de se refermer sur la crosse.

Il entendit la voix de Natalie, lointaine, pressante, insistante. Gentry décida de fermer les yeux pendant une seconde ou deux, le temps de retrouver ses forces.

Des bras robustes se refermèrent sur lui lorsqu'il s'effondra.

26.
Germantown, lundi 29 décembre 1980

Natalie resta toute la journée au chevet de Rob. Il était fiévreux, ne savait pas très bien où il se trouvait et parlait de temps en temps dans son sommeil. Elle était restée étendue à ses côtés pendant la nuit, veillant à ne toucher ni ses côtes bandées ni sa main pansée. A un moment donné, il avait levé sa main valide et lui avait doucement caressé les cheveux.

Marvin Gayle ne s'était guère montré enthousiaste lorsque Gentry et elle étaient apparus sur le seuil de la Community House le dimanche soir.

« Qui c'est, ce gros lard, bébé ? » avait demandé Marvin depuis la plus haute marche du perron. Il était flanqué de Leroy et de Calvin, tous deux armés d'un fusil à canon scié.

« C'est le shérif Rob Gentry », dit Natalie, regrettant aussitôt d'avoir identifié son compagnon comme un représentant de la loi. « Il est blessé.

– Je le vois bien, bébé. Pourquoi tu l'emmènes pas dans un hôpital de Blancs ?

– Il y a quelqu'un qui nous poursuit, Marvin. Laissez-nous entrer. » Natalie savait que si elle arrivait à se faire entendre du jeune chef charismatique, celui-ci lui viendrait en aide. Elle avait passé la majeure partie du week-end au foyer. Elle était là le samedi soir, lorsqu'on avait appris la mort de Lionel et de Monk. A la demande de Marvin, elle avait accompagné la bande pour photographier les corps démembrés. Puis elle s'était isolée dans un coin pour vomir en paix dans le noir. Marvin ne lui avait appris que plus tard que Monk avait sur lui une photographie de Melanie Fuller qu'il était chargé de montrer aux membres auxiliaires de la bande afin de retrouver la trace de la vieille dame. Cette photographie avait disparu. Natalie avait senti sa peau se glacer à cette nouvelle.

Si incroyable que cela parût, ni la police ni les médias ne réagirent aux meurtres. Le seul témoin était George, un gamin de quinze ans qui avait réussi à s'enfuir, et George n'avait parlé à personne excepté aux membres de Soul Brickyard. La bande décida de ne pas ébruiter la chose. Les deux cadavres furent enveloppés dans des rideaux de douche et confiés à un congélateur dans la cave de Louis Taylor. Monk avait vécu en solitaire dans un immeuble condamné de Pastorius Street. Lionel vivait avec sa mère dans Bringhurst Street, mais la vieille femme ne dessoûlait pratiquement jamais et ne remarquerait pas son absence avant plusieurs jours.

« D'abord, on règle son compte au salaud de Blanc qui a fait ça, et ensuite on en parlera aux flics et à la télé, dit Marvin ce samedi soir. Si on leur en parle maintenant, on n'aura plus assez de place pour se *remuer* dans le coin. » La bande avait suivi ses instructions. Natalie était restée auprès d'eux tout l'après-midi du dimanche, répétant à plusieurs reprises sa description édulcorée des pouvoirs de la vieille dame, puis les écoutant élaborer leurs plans de bataille. Ceux-ci étaient simples : retrouver la Fuller et le « monstre blanc » qui l'accompagnait, et les tuer tous les deux.

Le dimanche soir, elle s'était retrouvée devant le foyer, sous la neige qui tombait dru, essayant de soulever la masse d'un Rob à demi conscient et suppliant : « Il y a des gens qui nous poursuivent. »

Marvin avait fait un geste de la main. Louis, Leroy et un troisième membre de la bande que Natalie ne connaissait pas avaient sauté du perron et s'étaient enfoncés dans la nuit. « Qui c'est qui te poursuit, bébé ?

– Je ne sais pas. Des gens.

– Ils sont envoûtés comme le monstre blanc ?

– Oui.

– C'est encore un coup de la vieille peau ?

– Peut-être. Je ne sais *pas*. Mais Rob est blessé. On nous poursuit. Laissez-nous *entrer*. Je vous en supplie. »

Marvin l'avait regardée de ses magnifiques yeux bleus, puis s'était écarté et leur avait fait signe d'entrer. Ils durent installer Gentry dans la cave, sur un matelas posé à même le sol. Natalie avait insisté pour qu'on appelle un médecin ou une ambulance, mais Marvin avait secoué la tête. « Pas question, bébé. On a planqué deux morts dans le coin et on ne dit rien à personne tant qu'on n'a pas retrouvé la Sorcière Vaudou. Pas question d'alerter les flics à cause de ton copain blessé. On va appeler Jackson. »

Jackson était le demi-frère de George, un homme calme et compétent âgé d'une trentaine d'années, au crâne dégarni, qui avait été médecin militaire au Viêt-nam et avait abandonné ses études de médecine au bout de deux ans et demi. Il arriva avec une sacoche bleue emplie de bandages, de seringues et de drogues diverses. « Deux côtes cassées, dit-il à voix basse après avoir examiné Gentry. Cette plaie est profonde, mais ce n'est pas ça qui lui a brisé les os. Un centimètre plus bas, trois centimètres plus profond, et il serait mort. On lui a mordu la main, à ce que je vois. Peut-être souffre-t-il d'une commotion cérébrale. Impossible d'en mesurer la gravité sans radio. Écartez-vous, s'il vous plaît, et laissez-moi travailler. » Il commença par stopper l'hémorragie, nettoya et pansa les plaies les plus profondes, banda les côtes cassées, et fit une piqûre antitétanique à Gentry pour prévenir toute complication du côté de la morsure qui lui avait presque broyé la main gauche. Puis il brisa une capsule sous le nez du blessé, éveillant celui-ci presque instantanément. « Combien de doigts ?

– Trois, dit Gentry. Où suis-je, bon sang ? »

Ils parlèrent pendant plusieurs minutes, assez longtemps pour que Jackson écarte l'hypothèse d'un traumatisme crânien, puis Gentry se vit administrer une injection qui le replongea dans le sommeil. «Il s'en tirera, dit Jackson. Je reviendrai le voir demain.

– Pourquoi n'avez-vous pas achevé vos études?» demanda Natalie, rougissant de sa curiosité.

Jackson haussa les épaules. «Trop de conneries. J'ai préféré revenir ici. Réveillez-le toutes les deux heures.»

Dans le coin de cave que Marvin leur avait octroyé, Natalie avait réveillé Gentry toutes les quatre-vingt-dix minutes. Sa montre indiquait 4 : 35 au moment où elle l'avait secoué pour la dernière fois et où il lui avait caressé les cheveux avec tendresse.

«Y a des drôles de types dans le coin», dit Leroy.

Une douzaine de membres de la bande étaient réunis dans la cuisine, assis sur l'évier et autour de la table, ou adossés aux murs et aux placards. Gentry avait dormi jusqu'à deux heures de l'après-midi et s'était réveillé affamé. A quatre heures, lorsque le conseil de guerre s'était réuni, il était toujours en train de grappiller dans les plats chinois qu'un gamin était allé lui chercher. Natalie était la seule femme présente dans la pièce, en dehors de Kara, la petite amie taciturne de Marvin.

«Quel genre de drôles de types?» demanda Gentry, la bouche pleine de porc Moo Shu.

Leroy se tourna vers Marvin, qui hocha la tête, et dit: «Des drôles de types blancs de la *police*. Des flics. Comme toi, mec.

– En uniforme?» Gentry était debout près de l'évier, son torse bandé le faisant paraître plus massif encore.

«Oh que non, dit Leroy. Ils sont en *civil*. Super discrets, les enculés. Pantalons noirs, anoraks, jolis souliers pointus. Ces enfoirés cherchent à *se fondre* dans la foule. Tu parles.

– Où sont-ils?

– Ils sont partout, mec, répondit Marvin. Ils ont planqué une fourgonnette à chaque bout de Bringhurst. Ça fait deux jours qu'il y a un faux camion du téléphone au coin de Greene et de Queen. Douze types dans quatre voitures banalisées entre Church et ici. Tout un paquet au premier étage d'un immeuble qui fait le coin de Queen et de Germantown.

– Combien en tout ? demanda Gentry.

– Environ quarante. Peut-être cinquante.

– Ils font les trois huit ?

– Ouais. Ils se croient invisibles, à rester comme ça devant le lavomatic d'Ashmead. Les seuls culs-blancs de tous le quartier. Aussi réguliers que s'ils pointaient pour l'aciérie de Bethlehem, mec. Y en a un qui ne fait rien à part leur apporter du café.

– C'est la police de Philadelphie ? »

L'adolescent grand et mince nommé Calvin éclata de rire. « Tu rigoles ou quoi ? Les flics du coin, ils sont toujours en tenue quand ils se pointent pour piéger quelqu'un : blousons de cuir, chaussettes blanches, chaussures *orthopédiques*... toute la panoplie.

– Et puis ils sont trop nombreux, dit Marvin. Si tu prends tous les flics de la ville — la mondaine, la crime, les stups et la police des mômes —, ça t'en fait cinquante dans la rue, à tout casser. Ça doit être les stups fédéraux ou quelque chose comme ça.

– Ou le F.B.I. », dit Gentry. Il se frictionna doucement la tempe gauche. Natalie remarqua sa grimace de douleur.

« Ouais. » Le regard de Marvin se fit vague pendant qu'il réfléchissait. « Peut-être. Mais je comprends pas, mec. Pourquoi autant de flics ? J'ai cru qu'ils étaient sur la piste du mec qui a tué Zig, Mohammed et les autres, mais non, ils se foutent bien d'un mec qui s'amuse à tuer des nègres. A moins qu'ils ne recherchent déjà la Sorcière Vaudou et son monstre blanc. C'est ça, bébé ?

– Peut-être, dit Natalie. Mais c'est plus compliqué...

– Comment ça ? »

Gentry se dirigea vers la table, le torse raide. Il posa sa main bandée sur la nappe. « Il y a d'autres... sorciers vaudou. Il y a un homme qui est probablement planqué quelque part en ville. D'autres personnes haut placées ont les mêmes pouvoirs. Ils sont en train de se faire la guerre.

– Oh, le mec, j'adore la façon dont tu parles», dit Leroy, et il répéta la dernière phrase prononcée par Gentry en imitant son accent sudiste.

«Je trouve ton patois tout aussi agréable», grommela Gentry.

Leroy se dressa sur son siège, un rictus féroce aux lèvres. «Qu'est-ce que t'as dit, mec?

– Il t'a dit de fermer ta gueule, Leroy, dit doucement Marvin. Alors tu fermes ta gueule.» Il se tourna vers Gentry. «Okay, shérif, dis-moi une chose… ce type qui se planque dans le coin, c'est un Blanc?

– Ouaip.

– Les autres types qui lui courent après, c'est des Blancs?

– Ouaip.

– Les autres types qui sont sur le coup, c'est des Blancs?

– Hm-hm.

– Ils sont aussi salauds que la Sorcière Vaudou et son monstre blanc?

– Oui.»

Marvin soupira. «Je m'en doutais.» Il plongea une main dans la poche de son blouson kaki, en sortit le Ruger de Gentry et le posa sur la table —*plonk*. «C'est un sacré engin que tu trimbales sur toi, shérif. T'as jamais pensé à y mettre des balles?»

Gentry ne chercha pas à s'emparer du revolver. «J'ai des cartouches de rechange dans ma valise.

– Où est ta valise, mec? Si elle était dans la Pinto, tu peux lui dire *adieu*.

– Marvin est allé chercher ma valise dans la ruelle, dit Natalie. Elle avait disparu. Ainsi que ce qui restait de ta voiture. Et le bus aussi.

– Le bus?» Gentry haussa les sourcils avec tant de

force qu'il grimaça et se prit la tête dans les mains. «Le *bus* a disparu? Combien de temps s'est-il écoulé entre le moment de notre arrivée et celui où vous êtes allés là-bas?

– Six heures, dit Leroy.

– On n'a que la parole de bébé pour nous prouver que vous avez été chassés par le grand méchant bus, dit Marvin. Elle dit que vous avez été obligés de l'abattre. Peut-être qu'il est allé crever sous un buisson, shérif.

– Six heures», répéta Gentry. Il s'appuya contre le réfrigérateur pour se soutenir. «On en a parlé aux nouvelles? Les chaînes nationales en ont sûrement fait mention.

– Non, dit Natalie. Rien à la télé. Même pas un entrefilet dans le *Philadelphia Inquirer*.

– Bon Dieu, dit Gentry. Ils doivent avoir des appuis incroyables pour étouffer aussi vite une pareille affaire. Il y a eu au moins… quatre morts.

– Ouais, mec, et la SEPTA est furax, dit Calvin, évoquant la compagnie de bus de la ville. Je te conseille d'éviter les transports en commun tant que tu es dans le coin. La SEPTA n'aime pas du tout qu'on tue ses autobus.» Calvin rit si fort qu'il faillit tomber de son siège.

«Alors, où est ta valise, mec?» demanda Marvin.

Gentry secoua la tête pour s'éclaircir les idées. «Je l'ai laissée au Chelten Arms, chambre 210. Mais je n'ai payé qu'une nuit. On a dû la consigner à présent.»

Marvin pivota sur son siège. «Taylor, tu bosses dans cette taule. Tu peux entrer dans leur réserve, mec?

– Je veux.» Taylor était un adolescent de dix-sept ou dix-huit ans, au visage maigre et ravagé par l'acné.

«C'est peut-être dangereux, dit Gentry. Peut-être qu'elle n'est plus là, ou peut-être qu'on la surveille.

– Qui ça? Un des flics vaudou? demanda Marvin.

– Entre autres.

– Taylor», dit Marvin. C'était un ordre. L'adolescent eut un large sourire, descendit de l'évier et s'en fut.

«On a d'autres trucs à discuter, reprit Marvin. Les Blancs peuvent quitter les lieux.»

Natalie et Gentry, debout sur la petite galerie située derrière le foyer, regardaient la lumière hivernale s'assombrir à l'approche de la nuit. Le paysage n'avait rien de folichon : un vaste terrain vague empli de tas de briques cassées recouverts de neige et l'arrière de deux immeubles condamnés. La lueur des lampes à pétrole filtrant à travers un certain nombre de fenêtres sales trahissait la présence de squatters. Il faisait très froid. A un demi-pâté de maisons de là, les flocons voletaient à la lumière des rares réverbères encore intacts.

« On reste ici, alors ? » demanda Natalie.

Gentry se tourna vers elle. Il avait endossé une vieille couverture en guise de manteau et seule sa tête était visible. « Dans l'immédiat, cet endroit en vaut bien un autre. Nous ne sommes pas exactement entre amis, mais au moins avons-nous un ennemi commun.

– Marvin Gayle est intelligent.

– Foutrement intelligent, renchérit Gentry.

– A ton avis, pourquoi gâche-t-il sa vie avec cette bande ? »

Gentry plissa les yeux et contempla le crépuscule crasseux. « Quand j'étais à la fac de Chicago, j'ai un peu bossé avec des bandes de jeunes. Certains de leurs chefs étaient des connards — l'un d'eux était carrément psychopathe —, mais la plupart d'entre eux n'étaient pas des imbéciles. Si tu places une personnalité alpha dans un espace clos, elle se hissera au sommet du groupe social où la compétition est la plus acharnée. Dans un contexte comme celui-ci, ce groupe n'est autre que le gang du quartier.

– Qu'est-ce qu'une personnalité alpha ? »

Gentry se mit à rire, mais s'arrêta aussitôt et se palpa les côtes. « Quand les spécialistes du comportement animal étudient un groupe donné, ils appellent mâle alpha le bélier, le moineau ou le loup qui domine tous les autres. Comme je ne suis pas sexiste, je préfère raisonner en termes de personnalité. Il m'arrive parfois de penser que la discrimination raciale et autres conneries de la vie sociale engendrent un nombre peu ordinaire de personnalités alpha. Peut-être est-ce une sorte de sélection naturelle par laquelle les groupes ethniques et culturels trouvent leur juste place dans une société injuste.»

Natalie s'approcha de lui et lui caressa le bras à travers l'épaisseur de la couverture. «Tu sais, Rob, pour un shérif un peu plouc, tu as des idées vraiment intéressantes.»

Gentry baissa les yeux. «Ça n'a rien de terriblement original. Saul Laski développe une théorie similaire dans son livre *Pathologie de la violence.* Il expose la façon dont les sociétés opprimées ont tendance à produire des guerriers puissants lorsque la survie de leur nation ou de leur culture est en jeu... des sortes de personnalités alpha spécialisées. Même Hitler répond à cette description, d'une façon un peu perverse, je l'admets.»

Un flocon de neige atterrit sur la paupière de Natalie. Elle le chassa d'un clignement d'œil. «Crois-tu que Saul soit encore en vie?

– La logique suggère le contraire.» Gentry avait raconté les événements des derniers jours à Natalie après s'être réveillé cet après-midi-là. Il resserra la couverture autour de lui et posa sa main bandée sur la balustrade délabrée. «Quoique..., je ne sais pas pourquoi, mais j'ai l'impression qu'il est encore en vie. Quelque part.

– Et quelqu'un l'a capturé?

– Ouais. A moins qu'il n'ait réussi à disparaître de la circulation. Mais il nous aurait prévenus dans ce cas.

– Comment? Quelqu'un a effacé certains des messages que nous avions laissés sur ton répondeur. Comment Saul aurait-il pu nous joindre? Surtout s'il est en fuite?

– Bien raisonné.» Natalie frissonna. Gentry se serra contre elle et l'enveloppa dans sa couverture. «Tu penses à ce qui t'est arrivé hier?»

Elle acquiesça. Chaque fois qu'elle commençait à se sentir en sécurité, une partie d'elle-même se rappelait les sensations qu'elle avait éprouvées lorsque la conscience d'Anthony Harod avait pénétré son esprit, et tout son corps tremblait comme au souvenir d'un viol brutal. Mais ce qu'elle avait subi était-il autre chose ?

« C'est fini, dit Gentry. Ils ne t'auront plus.

– Mais ils sont toujours là, murmura Natalie.

– Oui. Raison de plus pour ne pas tenter de quitter Philadelphie cette nuit.

– Et tu penses toujours que ce n'est pas… Harod… qui a envoyé le bus… qui les a envoyés à nos trousses ?

– Je ne vois pas comment il aurait pu faire. Il était complètement dans le cirage quand on a quitté l'hôtel. Il a pu revenir à lui dix minutes plus tard, mais il n'était sûrement pas en état de faire un numéro de gymnastique mentale. De plus, tu as eu l'impression qu'il n'utilisait son… pouvoir vaudou… que sur les femmes, n'est-ce pas ce que tu m'as dit ?

– Oui, mais ce n'est qu'une *impression* que j'ai eue quand il… quand il était…

– Fie-toi à cette impression. Celui ou celle qui a lâché ces types à nos trousses hier soir utilisait aussi des hommes.

– Si ce n'était pas cet Anthony Harod, alors *qui* était-ce ? » Il faisait noir à présent. Une sirène hurla quelque part en ville. Les réverbères, les fenêtres faiblement éclairées, le reflet des lampes au mercure sur les nuages bas, tout cela paraissait irréel à Natalie, comme si la lumière n'avait pas eu droit de cité dans ces cañons de brique sale, de métal rouillé et de ténèbres.

« Je n'en sais rien. Mais je sais que notre boulot est de nous accrocher et de survivre. Le seul point positif dans ce qui est arrivé hier, j'en suis presque sûr maintenant que j'y réfléchis, c'est que ceux qui en avaient après nous voulaient nous *garder* ici mais ne voulaient pas nous tuer… ou du moins, ne voulaient pas *te* tuer. »

Natalie le regarda bouche bée. « Comment peux-tu

dire une chose pareille? Pense à tout ce qu'ils ont fait! Le bus... ces gens... pense à ce qu'ils t'ont fait.

– Ouaip, mais ils auraient pu parvenir au même résultat de façon beaucoup plus simple

– Comment?» Natalie sut ce que Rob allait lui répondre au moment même où elle posait cette question. «S'ils nous poursuivaient, ça veut dire qu'ils nous voyaient, et par conséquent qu'ils pouvaient nous contrôler physiquement. Je n'ai pas lâché mon revolver un seul instant. Ils auraient pu me forcer à te tirer dessus et à me tirer ensuite une balle dans la tempe.»

Natalie frissonna sous la couverture. Gentry lui passa un bras autour des épaules. «Donc, à ton avis, dit-elle, ils n'essayaient pas vraiment de nous tuer?

– C'est une possibilité.»

Natalie sentit qu'il ne souhaitait pas achever sa pensée. «Quelle est l'autre possibilité?» le relança-t-elle.

Gentry plissa les lèvres, puis eut un sourire penaud. «L'autre possibilité — et elle colle avec les faits, elle aussi —, c'est qu'ils sont tellement sûrs de nous tenir qu'ils se permettent de jouer un peu avec nous.»

Natalie sursauta lorsque la porte s'ouvrit brusquement derrière eux. C'était Leroy. «Hé, Marvin veut vous voir, tous les deux. Taylor est revenu et il a ramené ta valise, mec. Louis est revenu et il a de bonnes nouvelles. Lui, George et les autres, ils ont trouvé la cachette de la Sorcière Vaudou, ils ont attendu qu'elle dorme et il l'ont eue, mec. Et le monstre blanc aussi.»

Le cœur de Natalie se mit à battre la chamade. «Que voulez-vous dire, ils l'ont eue?»

Leroy les regarda avec un large sourire. «Ils les ont *tués*, je te dis. Louis a tranché la gorge de la vieille Sorcière pendant qu'elle dormait. George et Setch, ils ont attaqué le monstre au couteau. Ils l'ont poignardé douze fois, mec. Ils l'ont découpé en morceaux, mec. Ce salaud n'emmerdera plus la bande de Soul Brickyard.»

Natalie et Gentry échangèrent un regard, puis suivirent Leroy dans la maison emplie de bruits de fête.

Louis Solarz était un adolescent massif, à la peau café crème et aux yeux vifs. Il était assis à la table de la cuisine tandis que Kara, aidée d'une autre jeune femme, nettoyait et pansait sa gorge. Sa chemise jaune était tachée de sang.

« Qu'est-ce qui t'est arrivé, mec ? » demanda Marvin, qui venait tout juste de descendre. « Je croyais que c'était *toi* qui lui avais tranché la gorge. »

Louis hocha la tête d'un air excité, tenta de parler, ne réussit qu'à croasser, et reprit la parole, murmurant d'une voix rauque : « Ouais. Je lui ai tranché la gorge. C'est le monstre blanc qui m'a fait ça avant qu'on lui règle son compte. » Kara lui tapa sur la main pour l'empêcher de se toucher la gorge, puis lui appliqua un pansement.

Marvin s'assit sur la table. « Je pige pas, mec. Tu dis que t'as eu la Sorcière Vaudou pendant qu'elle dormait, mais que ce salaud de Blanc a eu le temps de te blesser. Où sont passés George et Setch ?

– Ils sont toujours là-bas, mec.

– Ils n'ont rien ?

– Non, ils n'ont rien. George voulait couper la tête du monstre blanc, mais Setch lui a dit d'attendre.

– D'attendre quoi ? demanda Marvin.

– D'attendre que tu sois là, mec. »

Natalie et Gentry se tenaient en retrait. Elle lança un regard interrogateur à Rob. Il haussa les épaules sous sa couverture.

Marvin croisa les bras et soupira. « Okay, raconte-moi tout, Louis. Depuis le début. »

Louis toucha sa gorge bandée. « Ça fait *mal*.

– Raconte, ordonna sèchement Marvin.

– D'accord, d'accord. George, Setch et moi, on interrogeait les gens dans la rue, comme tu nous l'avais demandé, et on s'est dit qu'on en avait marre, personne n'avait rien vu, tu vois ? Et on était dans Germantown Avenue quand elle est sortie du magasin qui est au coin de Wister.

– Chez Sam ? dit Calvin.

– Ouais, c'est ça, fit Louis avec un large sourire. C'était la Sorcière Vaudou en personne.

– Vous l'avez reconnue grâce à ma photo ? » demanda Natalie. Tout le monde se tourna vers elle et Louis lui lança un long regard étrange. Natalie se demanda si les femmes n'étaient pas censées se taire pendant un conseil de guerre. Elle s'éclaircit la gorge et répéta : « Est-ce que ma photo vous a aidés ?

– Ouais, un peu, murmura Louis. Mais le monstre blanc était avec elle.

– Tu es sûr que c'était *lui* ? demanda Leroy.

– Ouais, ouais, dit Louis. Et George l'avait déjà vu, rappelle-toi. Un type maigre. Des cheveux longs et graisseux. Des yeux bizarres. Tu crois qu'il y a beaucoup de types comme ça qui se promènent dans la rue avec une vieille dame ? »

Les vingt-cinq personnes présentes s'esclaffèrent. Natalie interpréta ce rire comme une manifestation de soulagement après une trop longue période d'angoisse.

« Continue, dit Marvin.

– On les a suivis, mec. Ils sont entrés dans une vieille baraque. On les suit. Setch dit : "On y va", mais moi je dis : "Jetons d'abord un coup d'œil." George monte en haut d'un arbre près de la maison et voit la Sorcière Vaudou qui dormait. Alors je dis : "On y va". Setch dit d'accord, il crochette la serrure et on entre.

– Où est la maison ? demanda Marvin.

– Je te montrerai, mec.

– *Dis*-le-moi », ordonna Marvin, et il saisit Louis par le col de sa chemise.

L'autre gémit et se protégea la gorge. « Elle est dans Queen Lane, mec. Pas loin de l'Avenue. Je te montrerai, mec. Setch et George attendent là-bas.

– Finis ton histoire, dit doucement Marvin.

– On est entrés en douce. Il n'était que quatre heures, tu vois ? Mais la Sorcière Vaudou, elle dormait en haut, dans une pièce pleine de poupées…

– De poupées ?

– Ouais, comme dans une chambre de gosse, tu vois ? Mais elle était pas vraiment endormie, on aurait dit qu'elle avait pris trop de came, tu vois ?

– Elle était en transe », dit Natalie.

Louis se tourna vers elle. « Ouais. Quelque chose comme ça.

– Et ensuite ? » dit Gentry.

Louis regarda l'assemblée, un large sourire aux lèvres. « Ensuite, je lui ai coupé la gorge, mec.

– Elle est morte ? » demanda Leroy.

Le sourire de Louis s'élargit encore. « Oh oui. Elle est *morte.*

– Et le monstre blanc ? demanda Marvin.

– Setch, George et moi, on l'a trouvé dans la cuisine. Il était en train d'aiguiser sa grande lame recourbée.

– La faux ? dit Natalie.

– Ouais. Et il avait un couteau, tu vois ? C'est comme ça qu'il m'a eu, quand on le lui a enlevé. Ensuite, Setch et George lui ont fait son affaire en beauté. Ils lui ont tranché la gorge, mec.

– Il est mort ?

– Ouais.

– Tu en es sûr ?

– Foutre oui. Tu crois qu'on sait pas dire quand un mec est mort, mec ? »

Marvin regarda fixement Louis. Il y avait une étrange lueur dans ses superbes yeux bleus. « Cet enfoiré de Blanc a tué cinq de nos frères, Louis. Il a tué Mohammed, qui était costaud et méchant. Comment toi, Setch et le petit George, vous êtes arrivés à avoir la peau de cet enfoiré ? »

Louis haussa les épaules. « Je sais pas, mec. C'était plus un monstre après la mort de la Sorcière. Rien qu'un gamin blanc tout maigre. Il pleurait quand Setch lui a tranché la gorge. »

Marvin secoua la tête. « Je pige pas, mec. Ça a l'air trop facile. Et les flics ? »

Louis le regarda sans comprendre. «Hé, mec, dit-il finalement. Setch m'a dit de te ramener tout de suite. Tu veux aller les voir, oui ou non?

– Ouais, dit Marvin. Ouais.»

«Tu n'y vas pas, dit Gentry.

– Comment ça, je n'y vais pas? protesta Natalie. Marvin veut que je prenne des photos.

– Je me contrefous de ce que veut Marvin. Tu restes ici.»

Ils se trouvaient dans une pièce du premier étage. Toute la bande était au rez-de-chaussée. Gentry avait monté sa valise et était en train d'enfiler un pull-over et un pantalon de velours. Natalie vit que le sang avait coulé sous ses bandages, au-dessus de ses côtes. «Tu es blessé. Tu ne devrais pas y aller, toi non plus.

– Je dois m'assurer que la Fuller est bien morte.

– Je veux voir, moi aussi…

– Non.» Gentry enfila un gilet matelassé par-dessus son pull et se tourna vers elle. «Natalie…» Il leva une de ses grosses pattes et lui caressa doucement la joue. «Je t'en prie. Je… je tiens beaucoup à toi.»

Natalie se pressa doucement contre lui, veillant à ne pas toucher ses blessures. Elle leva son visage vers lui et l'embrassa. Puis, nichant son visage dans la laine de son pull, elle murmura : «Je tiens beaucoup à toi, moi aussi, Rob.

– D'accord. Je reviendrai dès que j'aurai vu ce qui s'est passé.

– Mais les photos…

– Je prends ton Nikon, d'accord?

– Entendu, mais ça ne me plaît pas de…

– Écoute, dit Gentry de sa voix la plus traînante, ce Marvin n'est pas la moitié d'un con. Il ne va prendre aucun risque.

– Ne prends pas de risques, toi.

– Non, m'dame. Il faut que j'y aille.» Il l'attira contre lui pour lui donner un long baiser passionné, et Natalie, oubliant ses côtes, l'étreignit de toutes ses forces.

Natalie observa le départ de l'expédition depuis une fenêtre du premier étage. Elle réunissait Louis, Marvin, Leroy, la grande perche nommée Calvin, Trout, un membre plus âgé au visage renfrogné, des jumeaux dont Natalie ignorait l'identité, et Jackson. L'ex-médecin militaire était arrivé alors que le groupe se préparait au départ. Tous ses membres étaient armés, excepté Louis, Gentry et Jackson. Calvin et Leroy dissimulaient un fusil à canon scié sous leur manteau, Trout portait une 22 long rifle, et chacun des jumeaux disposait d'un petit pistolet bon marché que Rob appelait un *Saturday Night Special*[1]. Gentry avait demandé à Marvin qu'il lui rende son Ruger, mais le chef de bande avait éclaté de rire, achevé de charger le gros calibre, et l'avait glissé dans la poche de son blouson kaki. Au moment du départ, Gentry leva les yeux vers Natalie et agita le Nikon pour lui dire au revoir.

Natalie s'assit sur le matelas et lutta contre une soudaine envie de pleurer. Elle passa en revue toutes les éventualités possibles et imaginables.

Si Melanie Fuller était morte, peut-être pourraient-ils quitter la ville. *Peut-être*. Mais qu'allaient faire les autorités dont Rob avait parlé ? Et l'Oberst ?

Et Anthony Harod ? Natalie sentit un goût de bile dans sa bouche lorsqu'elle repensa à ce salopard aux yeux de lézard. Elle avait perçu la haine et la crainte que lui inspiraient les femmes durant les quelques minutes qu'elle avait passées sous son contrôle, et ce souvenir lui soulevait le cœur. Elle regretta de ne pas lui avoir défoncé la tête quand elle en avait eu l'occasion.

Un bruit dans l'escalier la fit sursauter.

Quelqu'un émergeait de la pénombre qui régnait sur le palier. Le premier étage était désert. Taylor était resté

1. Ainsi nommé parce qu'il s'agit de l'arme préférée des petits braqueurs du samedi soir. *(N.d.T.)*

pour monter la garde, les autres membres de la bande étaient allés alerter leurs camarades, et Natalie entendait des rires au rez-de-chaussée. L'intrus s'avança vers la lumière d'un pas hésitant et Natalie aperçut une main blanche, un visage pâle.

Elle jeta un rapide regard autour d'elle. Il ne restait plus aucune arme à l'étage. Elle se précipita vers la table de billard, brillamment éclairée par l'unique ampoule de la pièce, et saisit une queue, la soupesant pour déterminer l'emplacement de son centre de gravité. Elle l'agrippa des deux mains et dit : « Qui va là ?

– Ce n'est que moi. » Bill Woods, le prêtre qui dirigeait théoriquement le foyer, s'avança dans la lumière. « Excusez-moi si je vous ai fait peur. »

Natalie se détendit sans lâcher son arme improvisée. « Je croyais que vous étiez parti. »

Le prêtre se pencha sur la table et joua avec une boule blanche. « Oh, je n'ai cessé d'aller et venir durant tout l'après-midi. Savez-vous où sont partis Marvin et tous les autres ?

– Non. »

Woods secoua la tête et ajusta ses lunettes aux verres épais. « C'est vraiment quelque chose d'affreux, la discrimination et l'exploitation dont ces enfants sont victimes. Saviez-vous que le taux de chômage dépasse quatre-vingt-dix pour cent chez les adolescents noirs de ce quartier ?

– Non. » Natalie avait fait le tour de la table pour s'éloigner de cet homme au regard intense, mais il ne semblait animé que du désir de communiquer.

« C'est pourtant comme ça. Les magasins de Germantown Avenue appartiennent presque exclusivement à des Blancs. En majorité des Juifs. Ils ne vivent plus dans le quartier, mais ils continuent d'en contrôler les activités commerciales. C'est toujours la même histoire.

– Que voulez-vous dire ? » Natalie se demanda si Rob et les autres étaient arrivés à destination. Si la morte n'était pas Melanie Fuller, qu'allait faire Rob ?

« Les Juifs », articula Woods. Il se percha au bord de la table de billard et tira sur les plis de son pantalon. Il caressa sa petite moustache, un vague trait noir pareil à une chenille s'agitant au-dessus de ses lèvres. « L'histoire nous apprend que les Juifs ont souvent exploité les minorités pauvres d'Amérique. Vous êtes noire, Miss Preston. Vous devez savoir de quoi je parle.

– Je ne comprends rien à ce que vous racontez », dit Natalie, au moment précis où une explosion secouait la façade du bâtiment.

« Grand Dieu ! » s'écria Woods tandis que Natalie se précipitait à la fenêtre.

Deux automobiles abandonnées au bord du trottoir étaient en train de brûler. Des flammes hautes de dix mètres illuminaient les terrains vagues et les maisons désaffectées jusqu'au talus de la voie ferrée. Une douzaine de jeunes Noirs se précipitaient dehors en criant et en brandissant leurs fusils.

« Je ferais mieux de retourner au presbytère pour appeler les pompiers, dit Woods. Le téléphone du foyer ne marchait pas quand j'ai voulu… »

Natalie se retourna pour voir pourquoi le prêtre s'était interrompu. Woods avait les yeux fixés sur un nouveau venu qui se tenait en haut de l'escalier, à la lisière de la zone éclairée.

Il était jeune et mince, presque cadavérique, vêtu d'un blouson kaki souillé et déchiré. Ses joues creuses émettaient une lueur blanche, et ses longs cheveux emmêlés pendaient sur des yeux si profondément enfoncés dans leurs orbites qu'ils ressemblaient à des braises plantées dans un crâne de chair. Sa bouche était grande ouverte, et Natalie vit un moignon de langue s'y agiter tel un ver mutilé dans son trou. Il tenait dans ses mains une faux plus grande que lui, et lorsqu'il s'avança d'un pas, son ombre haute de trois mètres bondit sur le plâtre taché du mur.

« Vous n'avez rien à faire ici », commença le révérend Bill Woods. La faux siffla en achevant sa course. Des lambeaux de chair et de vertèbres reliaient encore la tête de Woods à son torse lorsque celui-ci s'effondra sur la table de billard. On entendit un battement sourd et un flot de sang jaillit sur le feutre vert, coulant vers la blouse la plus proche. D'un coup sec, la créature aux cheveux longs, toujours muette, dégagea la lame du cadavre et se tourna vers Natalie.

Alors même que Woods prononçait ses dernières et absurdes paroles, Natalie avait fracassé la fenêtre avec sa queue de billard. Toutes les ouvertures vitrées de l'immeuble étaient protégées par des barreaux métalliques. Elle hurla de toutes ses forces, surprise par l'hystérie qui perçait dans sa voix, puis se ressaisit. Le grondement des flammes et les cris des témoins étouffaient ses hurlements. Personne ne leva les yeux vers elle.

Natalie saisit la queue de billard par son extrémité et courut vers la table. La créature à la faux fit un pas vers sa gauche ; Natalie obliqua à droite, passa de l'autre côté de la table et jeta un regard vers l'escalier. Elle ne pourrait jamais y arriver à temps. Ses jambes se mirent à trembler, menaçant de la trahir. Natalie hurla, appela au secours, agita la lourde queue, sentant l'adrénaline envahir peu à peu son organisme. Le cauchemar ambulant fit un pas chassé sur sa droite. Natalie se déplaça, toujours de l'autre côté de la table, s'approchant un peu plus de l'escalier. La créature leva sa faux, fracassant l'abat-jour de la lampe qui se mit à osciller au bout de son fil.

Natalie entendit un bruit d'eau qui coulait. Elle baissa les yeux et se rendit compte que le sang jaillissait toujours du cou du cadavre couché sur la table. L'hémorragie cessa au moment où ses yeux tombaient dessus. La lampe projetait sur le mur des ombres fabuleuses et altérait les couleurs du feutre et du sang, le rouge et le vert virant au gris et au noir à chacune de ses oscillations. Natalie hurla lorsque la créature bondit, volant littéralement au-dessus de la table, et fit décrire un demi-cercle meurtrier à la lame de sa faux.

Elle se baissa vivement, pointant la queue de billard comme une lance, et sentit son extrémité s'enfoncer dans le blouson du monstre alors même qu'il s'effondrait sur elle. Le manche de la queue heurta le sol lorsque Natalie tomba à genoux, et fit office de levier, projetant le monstre au-dessus d'elle.

Il atterrit sur le dos avec un bruit sourd et, sans attendre de se relever, visa les jambes de Natalie, faisant résonner la lame de la faux sur le plancher. Natalie fit un bond pour esquiver le coup et se précipita vers l'escalier au moment où le monstre se remettait sur pied.

Elle lança la queue de billard dans sa direction, atteignit sa cible, mais ne prit pas le temps de voir ce qui en résultait. Natalie descendit les marches quatre à quatre. Un bruit de pas pesant résonna derrière elle.

Elle fit irruption dans l'entrée, rebondit sur Kara près de la porte de la cuisine, continua de courir.

« Où tu vas comme ça ? demanda Kara.

– Ne reste pas là ! »

La lame de la faux surgit sur le seuil de la cuisine et se planta entre les deux yeux de Kara. La belle jeune femme s'effondra sans un bruit, sa tête heurtant le pied du fourneau. Natalie ouvrit la porte de derrière d'un coup de pied, sauta par-dessus la balustrade, atterrit sur le sol gelé un mètre plus bas, roula sur elle-même, et se mit à courir avant d'entendre la porte se rouvrir derrière elle.

Fendant l'air glacé, elle traversa la désolation qui s'étendait derrière le foyer, s'engagea dans une ruelle plongée dans les ténèbres, traversa une rue éclairée, plongea dans une autre ruelle. Derrière elle, le bruit de pas se rapprochait. Elle entendit un souffle court, un halètement bestial.

Natalie baissa la tête et accéléra.

27.
Germantown,
dimanche 28 décembre 1980

Tony Harod n'avait qu'à moitié conscience de ce que disaient Colben et Kepler tandis qu'ils le ramenaient au Chestnut Hills Inn en fin de soirée. Harod était affalé sur la banquette arrière de la voiture, une compresse glacée sur la tête. Sa concentration fluctuait au rythme des vagues de douleur qui déferlaient dans son crâne et sa nuque. Il ne savait pas exactement pourquoi Joseph Kepler était ici, ni d'où il sortait.

« Du travail salopé, à mon avis, commenta Kepler.

– Ouais, approuva Colben, mais ne me dites pas que ça ne vous a pas plu. Vous avez vu la tête des passagers du bus quand le chauffeur a foncé ? » Colben eut un rire bizarrement enfantin.

« Et maintenant, vous avez trois morts, cinq blessés et un bus démoli sur les bras.

– Haines va s'en occuper, dit Colben. Pas de problème. On nous a donné carte blanche en haut lieu, rappelez-vous.

– Ça m'étonnerait que Barent soit ravi d'apprendre ce qui s'est passé.

– Que Barent aille se faire foutre. »

Harod gémit et ouvrit les yeux. Il faisait noir, les rues étaient presque désertes. A chaque cahot de la voiture sur un pavé ou un rail de tramway, des élancements douloureux lui taraudaient la nuque. Il commença à parler, mais sa langue lui donna l'impression d'être trop épaisse et trop engourdie pour fonctionner. Il décida de refermer les yeux.

«… plus important était qu'ils ne quittent pas la zone de sécurité, disait Colben.

– Et si nous n'avions pas été là en renfort ?

– Nous *étions* là. Vous pensez que j'irais confier une tâche importante à ce *connard*, là derrière ? »

Harod garda les yeux fermés et se demanda de qui ils parlaient.

Il entendit à nouveau la voix de Kepler. « Vous êtes sûrs que ces deux-là sont manipulés par le vieux ?

– Par Willi Borden ? dit Colben. Non, mais nous en sommes sûrs pour le Juif. Et nous sommes sûrs que ces deux-là étaient en liaison avec le Juif. Barent pense que le Boche ne cherchait pas seulement à démolir Trask.

– Pourquoi Borden s'en est-il pris à Trask, au fait ? »

Colben éclata de rire une nouvelle fois. « Ce vieux Nieman avait envoyé quelques plombiers en Allemagne avec mission d'éliminer Borden. Ils ont fini dans des sacs à viande et vous avez vu ce qui est arrivé à Trask.

– Et pourquoi Borden est-il ici ? Pour régler son compte à la vieille ?

– Qui diable le saurait ? Tous ces vieux schnocks sont fous à lier.

– Vous savez où est Borden en ce moment ?

– Vous croyez qu'on serait en train de courir dans tous les coins comme ça si on le savait ? Selon Barent, la mère Fuller est notre meilleur appât, mais je commence à en avoir marre d'attendre qu'il se passe quelque chose. C'est foutrement difficile de garder la crime et les flics du coin à distance.

– Surtout quand on se sert des bus de la ville comme vous le faites.

– Comme *nous* le faisons », rectifia Colben, et les deux hommes éclatèrent de rire.

Maria Chen leva un regard surpris lorsque Colben et un homme qui lui était inconnu ramenèrent Tony Harod dans le salon de la suite. « Votre patron a eu les yeux plus grands que le ventre », dit Colben en lâchant le bras de Harod, qui s'effondra sur le canapé.

Harod essaya de se redresser sur le bord de son siège, vacilla et replongea dans les coussins.

« Que s'est-il passé ? demanda Maria Chen.

– Ce cher Tony s'est fait surprendre par un petit ami jaloux dans la chambre d'une dame, s'esclaffa Colben.

– Un médecin l'a examiné au centre de contrôle, dit l'inconnu qui ressemblait un peu à Charlton Heston. A son avis, ce n'est rien de très grave, juste une légère commotion.

– Il faut qu'on retourne là-bas, dit Colben. Maintenant que votre Mr. Harod a semé le bordel dans notre opération, ça va être la panique chez les nègres. » Il désigna Maria Chen du doigt. « Veillez à ce qu'il soit au centre de contrôle demain matin à dix heures. Pigé ? »

Maria Chen ne prononça pas un mot, son visage demeura impénétrable. Colben eut un grognement qui exprimait peut-être la satisfaction et les deux hommes repartirent.

Harod ne perçut que des bribes de cette soirée ; il se rappela distinctement avoir vomi à plusieurs reprises dans la petite salle de bains carrelée, se rappela que Maria Chen l'avait déshabillé avec tendresse, et se souvint du contact rafraîchissant des draps sur sa peau. On lui appliqua des compresses froides sur le front durant toute la nuit. Il se réveilla une seule fois pour découvrir Maria Chen allongée à ses côtés, sa peau brune ponctuée d'un slip et d'un soutien-gorge blancs. Il tendit une main vers elle, se sentit pris de vertige et ferma les yeux durant quelques secondes.

Harod se réveilla à sept heures du matin avec une des pires migraines de son existence. Il tendit la main vers Maria Chen, ne trouva personne et s'assit en gémissant. Il était perché au bord du lit et se demandait dans quel motel de Sunset Strip il se trouvait lorsqu'il se rappela ce qui s'était passé. « Oh, bon Dieu », lâcha-t-il.

Il lui fallut trois quarts d'heure pour se doucher et se raser. Il était convaincu que le moindre mouvement brusque de sa part ferait tomber sa tête par terre, et il n'avait aucune envie de ramper à quatre pattes dans les ténèbres pour la retrouver.

Maria Chen entra à grand bruit alors que Harod se dirigeait péniblement vers le canapé, vêtu de son peignoir orange.

« Bonjour, dit-elle.

– Tu parles !

– Il fait un temps superbe.

– Rien à foutre.

– J'ai rapporté de quoi petit déjeuner de la cafétéria. Ça vous dirait de manger quelque chose ?

– Et vous, ça vous dirait de fermer votre gueule ? »

Maria Chen sourit et posa les deux sachets blancs qu'elle portait sur la tablette installée à l'autre bout de la pièce. Elle fouilla son sac à main et en sortit le browning.

« Écoutez-moi, Tony. Je vais vous suggérer une nouvelle fois de prendre votre petit déjeuner avec moi. Si vous me répondez encore par une grossièreté… ou si vous continuez à vous montrer aussi grognon… je vide le chargeur de ce pistolet sur le réfrigérateur. Je ne pense pas que le vacarme qui en résultera soit de nature à améliorer l'état de santé fort précaire qui est le vôtre en ce moment. »

Harod la fixa du regard. « Vous n'oseriez pas. »

Maria Chen arma le pistolet, le braqua sur le réfrigérateur, et détourna la tête, les yeux à demi fermés.

« Attendez ! fit Harod.

– Aimeriez-vous prendre votre petit déjeuner avec moi ? »

Harod porta les deux mains à ses tempes et les frictionna. « J'en serais ravi », dit-il finalement.

Maria avait rapporté quatre gobelets en plastique protégés par un couvercle ; quand ils eurent fini les œufs, le bacon et les steaks hachés, ils burent une seconde dose de café.

«Je donnerais dix mille dollars pour savoir qui m'a assommé», dit Harod.

Maria Chen lui présenta son chéquier et le stylo Cross avec lequel il signait ses contrats. «Il s'agit du shérif Bobby Joe Gentry. Il vient de Charleston. Barent pense qu'il est ici à la recherche de la fille, que la fille est à la recherche de Melanie Fuller, et qu'ils ont tous quelque chose à voir avec Willi.»

Harod reposa son gobelet et épongea le café renversé avec le pan de son peignoir. «Comment diable savez-vous *ça*?

– C'est Joseph qui me l'a dit.

– Qui est Joseph, *bordel*?

– Ah-ha, dit Maria Chen en désignant le réfrigérateur.

– Qui est Joseph?

– Joseph Kepler.

– Kepler. J'ai cru rêver qu'il était ici. Qu'est-ce que Kepler fiche ici, nom de Dieu?

– Mr. Barent l'a envoyé ici hier. Mr. Colben et lui se trouvaient devant l'hôtel lorsque les hommes de Haines leur ont signalé par radio que le shérif et la fille s'enfuyaient. Mr. Barent ne souhaitait pas qu'ils s'en aillent. C'est Mr. Colben qui a été le premier à Utiliser le bus.

– Le quoi?»

Maria Chen lui expliqua ce qui s'était passé.

«Bordel, c'est fantastique», dit Harod. Il ferma les yeux et se massa lentement le cuir chevelu. «Ce connard de flic m'a laissé une bosse aussi grosse que l'ego de Warren Beatty. Avec quoi il m'a tapé dessus?

– Avec son poing.

– Sans déconner!

– Sans déconner.»

Harod ouvrit les yeux. «Et c'est J.P. Kepler, cette hémorroïde inflammable, qui vous a raconté tout ça? Vous avez couché avec lui ou quoi?

– Joseph et moi avons fait du jogging ensemble ce matin.

– Il loge ici ?
– Chambre 1010. Juste à côté de Haines et de Mr. Colben. »

Harod se leva, retrouva l'équilibre qu'il avait failli perdre, et se dirigea d'un pas hésitant vers la salle de bains.

« Mr. Colben souhaite que vous soyez au centre de contrôle à dix heures », dit Maria Chen.

Harod sourit, vint récupérer l'automatique et répondit : « Dites-lui d'aller se faire mettre. »

Le téléphone se mit à sonner à 10 h 13. A 10 h 15 et 30 secondes, Tony Harod se redressa et attrapa le combiné.

« Ouais ?
– Harod, rappliquez ici, nom de Dieu.
– C'est vous, Chuck ?
– Ouais.
– Allez vous faire mettre, Chuck. »

Maria Chen décrocha lorsque le téléphone sonna de nouveau dans la soirée. Harod venait de finir de s'habiller pour aller dîner.

« Je crois que c'est pour vous, Tony. »

Harod saisit le combiné. « Ouais, qu'est-ce qu'il y a ?
– Je pense que vous devriez voir ça, dit Kepler.
– Quoi donc ?
– Le shérif avec qui vous avez fait un tour de danse hier se balade dans les rues.
– Ah ouais, où ça ?
– Venez au centre de contrôle et on vous montrera.
– Vous pouvez m'envoyer une voiture ?
– Un des agents en poste au motel va vous conduire.
– Okay. Écoutez, ne laissez pas filer ce trouduc. J'ai un compte à régler avec lui.
– Alors, vous avez intérêt à vous presser », dit Kepler.

Il faisait sombre et la neige tombait à gros flocons lorsque Harod entra dans la minuscule salle de contrôle. Kepler, penché sur l'un des écrans vidéo, leva les yeux en les apercevant. «Bonsoir, Tony. Bonsoir, Ms. Chen.

– Alors, où il est, ce putain de super-flic?»

Kepler désigna un moniteur montrant la maison d'Anne Bishop et la rue déserte. «Ils sont entrés dans Queen Lane il y a vingt minutes, en passant devant le poste d'observation du Groupe Bleu.

– Et maintenant, où est-il?

– On n'en sait rien. Les hommes de Colben ont été incapables de le suivre.

– Incapables de le suivre? Bon Dieu. Colben doit avoir trente ou quarante agents dans le coin…

– Presque une centaine, coupa Kepler. Washington a envoyé des renforts ce matin.

– Une centaine de G-Men, et ils n'arrivent pas à suivre ce gros lard de flic blanc dans un ghetto plein de bamboulas?»

Quelques-uns des hommes installés devant les consoles lui lancèrent un regard réprobateur, et Kepler fit signe à Harod et à Maria Chen de le suivre dans le bureau de Colben. Une fois la porte refermée, Kepler reprit : «Les hommes du Groupe Or avaient ordre de suivre le shérif et les jeunes Noirs qui l'accompagnent. Mais le Groupe Or a été incapable de remplir sa mission parce que leur véhicule de surveillance a été temporairement mis hors d'état de fonctionner.

– Qu'est-ce que vous voulez dire par là?

– Quelqu'un a crevé les pneus de la fausse camionnette AT & T dans laquelle ils se trouvaient.»

Harod éclata de rire. «Pourquoi ne les ont-ils pas suivis à pied?»

Kepler s'enfonça un peu plus dans le fauteuil de Colben et croisa les doigts sur son ventre plat. «Premièrement, parce que tous les membres du Groupe Or étaient blancs et qu'ils étaient sûrs de se faire remarquer.

Deuxièmement, parce qu'ils avaient ordre de ne pas quitter leur véhicule.

– Pourquoi donc ? »

Kepler eut un sourire quasi imperceptible. « Ce quartier est mal fréquenté. Colben et les autres avaient peur que la camionnette ne soit pillée. »

Harod éclata d'un rire tonitruant. Puis il demanda : « Où diable est passé Chucky, au fait ? »

D'un mouvement du menton, Kepler indiqua un récepteur radio posé sur la console près de la paroi nord du bureau. Il émettait un grésillement entrecoupé de bruits de voix. « Il est à bord de son hélicoptère.

– Tu m'étonnes », dit Harod. Il croisa les bras et eut un rictus. « Je veux voir à quoi ressemble ce foutu shérif. »

Kepler appuya sur le bouton de l'interphone et prononça quelques mots à voix basse. Trente secondes plus tard, un des moniteurs vidéo s'alluma et transmit une bande montrant Gentry et ses compagnons en train de marcher dans la rue. L'image tirait sur le vert, un effet de l'objectif spécial qui l'avait enregistrée, mais Harod distingua sans peine l'homme massif parmi les jeunes Noirs. Le code numérique de la bande et l'heure de son enregistrement figuraient en bas de l'écran.

« On ne va pas tarder à se *revoir*, toi et moi, murmura Harod.

– On a une autre équipe de surveillance sur le terrain, dit Kepler. Et nous sommes presque sûrs que toute la bande regagnera tôt ou tard le foyer où le gang a l'habitude de se réunir. »

Soudain, le récepteur radio se mit à couiner et Kepler augmenta le volume. La voix de Charles Colben était presque tremblante d'excitation. « Leader Rouge à Château. Leader Rouge à Château. Nous avons un foyer d'incendie dans la rue près de CH-1. Je répète : nous avons un… négatif, nous avons *deux* foyers d'incendie… dans la rue près de CH-1.

– Qu'est-ce que CH-1 ? demanda Maria Chen.

– Community House, dit Kepler en réglant le moniteur vidéo. Le grand bâtiment dont je viens de vous parler, là où se trouve le quartier général du gang. Charles l'a baptisé *Coon Hole*[1].»

Sur l'écran, les flammes étaient visibles à un demi-pâté de maisons de distance. La caméra devait se trouver dans un véhicule garé le long du trottoir. Filmées par un objectif à vision nocturne, les deux voitures incendiées ressemblaient à des bûchers ardents qui envahissaient toute l'image. Quelqu'un changea l'objectif. Il y avait assez de lumière pour qu'on puisse distinguer des silhouettes sombres qui se précipitaient hors du bâtiment en brandissant des armes. Kepler ralluma le récepteur radio. «... euh... négatif, Leader Rouge. Ici Groupe Vert, près de CH-1. Aucun signe de l'intrus.

– Eh bien, bon sang, fit la voix de Colben, envoyez Jaune et Gris pour fouiller le coin. Pourpre, vous avez envoyé quelqu'un par le nord?

– Négatif, Leader Rouge.

– Château, vous suivez les opérations?

– Affirmatif, Leader Rouge, dit d'une voix lasse l'agent en poste dans la salle de contrôle.

– Envoyez le camion UM qu'on a utilisé hier pour m'éteindre ce feu avant que les pompiers s'en mêlent.

– Message reçu, Leader Rouge.

– Qu'est-ce que c'est que ce camion UM? demanda Harod.

– Le camion d'Urgence Médicale. Colben l'a fait venir de New York. C'est une des raisons pour lesquelles cette opération nous coûte deux cent mille dollars par jour.»

Harod secoua la tête. «Cent fédés. Un hélicoptère. Des camions d'urgence. Tout ça pour mettre la main sur deux vieux schnocks qui n'ont même plus de dents.

---

1. Littéralement: «Trou à négros». *(N.d.T.)*

– Peut-être», dit Kepler en posant les pieds sur le bureau de Colben, prenant ses aises, «mais l'un d'entre eux au moins peut encore mordre.»

Harod et Maria Chen firent pivoter leurs fauteuils et se calèrent le dos pour profiter du spectacle.

Le mardi, Colben organisa une conférence à neuf heures du matin et à cinq mille pieds d'altitude. Harod laissa éclater sa répugnance mais monta néanmoins à bord de l'hélicoptère. Kepler et Maria Chen échangèrent un sourire, les joues encore légèrement empourprées par leurs dix kilomètres de jogging dans Chestnut Hill. Richard Haines prit la place du copilote cependant que le pilote Neutre de Colben gardait un air inexpressif derrière ses lunettes noires. Colben fit pivoter son siège et fit face aux trois personnes assises sur la banquette pendant que l'hélicoptère entamait un vol qui devait le conduire vers le sud (le fleuve et Fairmount Park), puis vers l'est (la voie express), et finalement vers le nord et vers l'ouest pour regagner Germantown.

«Nous ne savons toujours pas ce qui a déclenché la petite bagarre d'hier soir au cours de laquelle les négros se sont canardés les uns les autres, dit Colben. Il se peut que Willi ou la vioque n'y soient pas étrangers. Mais le nombre de types restés sur le carreau a sans doute aidé Barent à prendre sa décision. Il nous a donné le feu vert. L'opération est lancée.

– Tant mieux, dit Harod, parce que je fous le camp d'ici avant ce soir.

– Négatif. Nous avons quarante-huit heures pour faire sortir votre ami Willi de son trou. Ensuite, on s'occupe de cette salope de Fuller.

– Vous ne savez même pas si Willi est ici. Je continue de penser qu'il est mort.»

Colben secoua la tête et pointa un doigt vers Harod. «C'est faux. Vous savez aussi bien que nous que ce vieux salaud est dans le coin et qu'il mijote quelque chose. Nous ne savons pas si la Fuller est avec lui ou contre lui, mais à partir de jeudi matin, ça n'aura plus d'importance.

– Pourquoi attendre aussi longtemps ? demanda Kepler. Harod est ici. Vos hommes sont en place. »

Colben haussa les épaules. « Barent veut Utiliser le Juif. Si Willi mord à l'hameçon, on réagit aussitôt. Sinon, on élimine le Juif, on en finit avec la vieille, et on regarde ce qui se passe ensuite.

– Quel Juif ? demanda Harod.

– Un des vieux pions de votre ami Willi, expliqua Colben. Barent lui a fait son petit numéro de conditionnement et il veut que ce soit lui qui s'occupe du Boche.

– Arrêtez de dire que c'est "mon ami", lança sèchement Harod.

– D'accord. "Votre patron", ça ira ?

– Laissez tomber, tous les deux, dit posément Kepler. Exposez le plan à Harod. »

Colben se pencha vers le pilote et lui murmura quelques mots. Ils étaient immobilisés à cinq mille pieds au-dessus de la géométrie gris-brun de Germantown. « Jeudi matin, nous isolerons toute la zone. Personne ne rentre, personne ne sort. Nous aurons localisé la Fuller avec précision. La plupart du temps, elle passe la nuit dans cette ruine sur Germantown Avenue, Grumblethorpe. Haines commandera un groupe d'intervention qui y fera irruption. Les agents s'occuperont de cette Bishop et du gamin qu'elle Utilise. Il ne restera plus que Melanie Fuller. Vous voyez, on vous l'apporte sur un plateau, Tony. »

Harod croisa les bras et contempla les rues désertes. « Et ensuite ?

– Ensuite, vous l'éliminez.

– Comme ça ?

– Comme ça, Harod. Barent vous permet d'Utiliser qui vous voulez. Mais c'est *vous* qui devez faire ce boulot.

– Pourquoi moi ?

– Votre écot, Harod. Votre écot.

– Je pensais que vous auriez souhaité l'interroger.»

Kepler prit la parole : «Nous l'avons envisagé, mais Mr. Barent a décidé qu'il était plus important de la neutraliser. Notre but est avant tout de faire sortir le vieux de sa cachette.»

Harod mâchonna l'ongle de son pouce et regarda les toits. «Et si je ne réussis pas à… l'éliminer ?»

Colben sourit. «Dans ce cas, nous nous occuperons d'elle et il restera encore un siège vacant à pourvoir au Club. Personne n'en aura le cœur brisé, Harod.

– Mais nous devons d'abord essayer le Juif, dit Kepler. Nous ne savons pas quels résultats ça donnera.

– Quand est-ce que ça se passe ?» demanda Harod.

Colben consulta sa montre. «C'est déjà commencé.» Il fit signe au pilote de descendre. «Vous voulez voir ?»

28.
Melanie
Le week-end fut fort calme.

Le dimanche, Anne nous prépara un très bon dîner. Ses côtelettes de porc farcies étaient excellentes, mais j'ai trouvé qu'elle avait tendance à trop faire cuire les légumes. Pendant que Vincent débarrassait la table, Anne et moi avons bu du thé dans des tasses provenant de son plus beau service en porcelaine. J'ai repensé à mon service Wedgwood qui devait se couvrir de poussière à Charleston et éprouvé un pincement de chagrin et de nostalgie.

J'étais trop fatiguée pour faire sortir Vincent ce soir-là, en dépit de la curiosité que m'inspirait cette photographie. Cela pouvait attendre. Le plus important pour le moment, c'étaient les voix de la nursery. Elles devenaient un peu plus claires chaque soir, elles étaient presque compréhensibles à présent. La veille au soir, après avoir baigné Vincent et avant de m'endormir, j'étais parvenue à distinguer des voix individuelles parmi les murmures. Il y en avait au moins trois : un garçon et deux filles. Il n'était pas si invraisemblable d'entendre des voix d'enfants dans une nursery vieille de deux siècles.

Le dimanche soir, un peu après neuf heures, Anne et Vincent sont retournés à Grumblethorpe avec moi. Des sirènes hurlaient non loin de là. Après avoir fermé portes et fenêtres, j'ai laissé Anne au salon, Vincent à la cuisine, et suis montée à l'étage. La nuit était glaciale. Je me suis glissée sous les couvertures et j'ai contemplé les résistances du radiateur qui luisaient dans la pièce obscure. Les yeux de l'enfant-mannequin reflétaient la lumière et ses rares touffes de cheveux émettaient une lueur orange.

Les voix étaient très distinctes.

Le lundi, j'ai fait sortir Vincent.

Je n'aimais pas le savoir dehors en plein jour ; le quartier était mal famé. Mais il fallait que je sache d'où venait cette photographie.

Vincent était armé de son couteau et du revolver que j'avais emprunté au chauffeur de taxi d'Atlanta. Il resta assis pendant plusieurs heures sur la banquette arrière défoncée d'une voiture abandonnée, regardant passer les adolescents de couleur. A un moment donné, un poivrot mal rasé colla son visage à la vitre et lui hurla je ne sais quoi, mais Vincent ouvrit la bouche, siffla, et le poivrot eut vite fait de disparaître.

Finalement, Vincent aperçut un visage connu. C'était le troisième garçon, celui qui avait réussi à s'enfuir le samedi soir. Il était accompagné d'un adolescent corpulent et d'un troisième garçon plus âgé. Vincent les laissa prendre un pâté de maisons d'avance, puis les suivit.

Ils passèrent devant la maison d'Anne et continuèrent en direction du sud, vers un cañon artificiel occupé par la ligne de chemin de fer qui desservait la banlieue. Une rue étroite le longeait d'est en ouest. Là, les trois garçons pénétrèrent dans un immeuble de rapport abandonné. Il s'agissait d'une étrange caricature des demeures d'avant la guerre de Sécession : quatre colonnes disproportionnées tombant d'un avant-toit plat, de hautes fenêtres aux linteaux pourrissants, et les vestiges d'une grille en fer forgé délimitant un terrain envahi de mauvaises herbes et de boîtes de conserve rouillées. Les fenêtres du rez-de-chaussée étaient condamnées et la porte principale fermée par une chaîne, mais les garçons se dirigèrent vers un soupirail à la vitre brisée et aux barreaux tordus, et ce fut par là qu'ils se faufilèrent à l'intérieur.

Vincent retourna chez Anne au pas de course. Suivant mes instructions, il prit le large oreiller de plumes sur le lit d'Anne, le fourra dans son sac à dos, et repartit en courant vers l'immeuble, situé à quatre pâtés de maisons de là. Le temps était gris et maussade. Quelques flocons tombaient par intermittence du ciel bas. L'air sentait les gaz d'échappement et le tabac froid. Il n'y avait guère de circulation. Un train passa dans un grondement alors que Vincent glissait le sac à dos par la fenêtre brisée et entrait à son tour dans l'immeuble.

Les garçons se trouvaient au deuxième étage, rassemblés en cercle au milieu des gravats et des flaques d'eau glacée. Les fenêtres étaient brisées et on apercevait des bribes de ciel gris à travers le plafond pourri. Les murs étaient entièrement recouverts de graffiti. Les trois garçons étaient agenouillés, comme en adoration devant la poudre blanche qui bouillonnait dans les cuillères au-dessus d'un petit réchaud. Leur bras gauche était nu; leur biceps comprimé par une bande de caoutchouc. Des seringues étaient posées devant eux sur des chiffons sales. J'observai la scène par les yeux de Vincent et me rendis compte que ceci *était* un sacrement — la plus sacrée des cérémonies de la nouvelle Église du Désespoir des nègres urbains.

Deux des garçons levèrent les yeux et virent Vincent alors qu'il sortait de sa cachette, tenant l'oreiller devant lui à la façon d'un bouclier. Le plus jeune — celui que nous avions laissé échapper le samedi soir — amorça un cri au moment même où Vincent faisait feu dans sa bouche grande ouverte. Des plumes s'échappèrent de l'oreiller et se mirent à voleter comme des flocons tandis que s'élevait une odeur de duvet roussi. Le plus âgé des trois garçons pivota sur ses genoux et tenta de s'enfuir à quatre pattes, dérapant sur les gravats. Vincent tira à deux reprises; la première balle atteignit le garçon à l'estomac, la seconde manqua son but. Le garçon roula sur lui-même, agrippant son ventre des deux mains et frétillant comme une créature marine rejetée sur un rivage inhospitalier. Vincent plaqua l'oreiller sur le visage terrifié du nègre, y enfonça le revolver et tira de nouveau. Après un dernier spasme, le garçon cessa de bouger.

Vincent leva son arme et se tourna vers le troisième. C'était le plus corpulent. Il était resté à genoux devant le réchaud, une seringue au-dessus de son bras gauche, les yeux écarquillés. Son visage noir et bouffi était figé dans une expression de terreur sacrée.

Vincent rempocha son revolver et fit jaillir la longue lame de son couteau. Le garçon se mit à bouger — lentement — exagérant chacun de ses mouvements comme s'il était sous l'eau. Vincent lui décocha un coup de pied dans le front, le faisant tomber en arrière, et s'agenouilla sur sa poitrine. La seringue roula sur le sol crasseux. Vincent inséra l'extrémité de sa lame sous la peau du garçon, juste à droite de sa pomme d'Adam.

Ce fut à ce moment-là que je pris conscience du problème. Je consacrais déjà la quasi-totalité de mon énergie à maîtriser Vincent. J'avais besoin de ce garçon pour avoir des précisions au sujet de la photographie : qui l'avait introduite à Philadelphie, comment cette racaille de couleur était entrée en sa possession, et qu'en attendaient-ils. Mais Vincent ne pouvait lui poser aucune question. J'avais vaguement envisagé d'Utiliser directement ce garçon, mais cela me semblait à présent hors de question. Il est possible d'Utiliser un sujet que l'on n'a jamais vu par soi-même — difficile, mais possible. Je l'avais déjà fait à maintes occasions, par exemple quand j'Utilisais un pion conditionné pour entrer en contact avec un sujet. Dans le cas présent, la difficulté était double : premièrement, il est extrêmement difficile, sinon impossible, d'interroger une personne tout en l'Utilisant. Bien que l'on puisse avoir un aperçu des pensées du sujet, surtout durant la seconde où s'établit le contact, l'annihilation de sa volonté, absolument nécessaire si on veut l'Utiliser, inhibe ou élimine totalement tout processus rationnel de son esprit. Je ne pourrais plus jamais lire les pensées de ce gros nègre, pas plus qu'il ne pourrait déchiffrer les miennes. L'Utiliser équivaudrait à prendre place dans un véhicule répugnant mais nécessaire pour parcourir une courte distance; il me conduirait à destination mais ne pourrait répondre à mes questions. Deuxièmement, si je me concentrais suffisamment pour Utiliser le garçon — pour l'amener chez Anne, par exemple —, je n'étais pas sûre que le conditionnement de Vincent l'empêche d'obéir à ses impulsions et de trancher la gorge du nègre.

Dilemme.

Finalement, j'ordonnai à Vincent de tenir le garçon à l'œil pendant que j'envoyais Anne les rejoindre. Je ne me sentis guère à l'aise une fois seule — même à Grumblethorpe — mais je n'avais guère le choix. Je ne voulais pas conduire le garçon vers l'un de nos deux repaires car Vincent ou lui risquaient d'être vus.

Anne prit sa DeSoto et la gara au bout de la rue, prenant soin de verrouiller les portières. Comme elle aurait eu des difficultés à entrer par le soupirail, j'ordonnai à Vincent d'entraîner le garçon au rez-de-chaussée, où ils firent sauter le verrou d'une porte latérale. Il faisait très sombre dans la pièce où Anne s'installa pour l'interroger.

« D'où vient la photographie ? »

Les yeux du garçon s'écarquillèrent un peu plus et il s'humecta les lèvres. « Quelle photographie ? »

Vincent lui assena un violent coup de poing dans le ventre. Le nègre hoqueta, se débattit. Vincent plaqua son couteau sur sa gorge à vif.

« La photographie de la vieille dame. Un des garçons qui sont morts samedi l'avait sur lui », dit doucement Anne. Comme elle était conditionnée, il m'était facile de l'Utiliser tout en contrôlant Vincent.

« Vous voulez dire la Sorcière Vaudou ? hoqueta le garçon. Mais c'est pas vous ! »

Anne sourit en même temps que moi. « Qui est la Sorcière Vaudou ? »

Le garçon essaya de déglutir. Son expression était comique. « C'est à cause d'elle que le mons... que ce type fait ce qu'il fait. C'est ce qu'a dit la femme.

– Quelle femme ?

– Celle qui parle d'une drôle de façon.

– Comment parle-t-elle ?

– Vous savez... » Le garçon haletait comme s'il venait de courir un cent mètres. «... comme le gros flic blanc. Comme s'ils venaient du Sud.

– Et c'est elle qui vous a donné cette photographie ? Ou bien est-ce le... le policier corpulent ?

– C'est elle. Il y a trois jours. Elle cherche la Sorcière Vaudou. Quand Marvin a vu la photo, il s'est rappelé tout de suite. Maintenant, on la cherche tous.

– La femme sur la photographie. La... Sorcière Vaudou.

– Ouais. » Le garçon fit mine de se dégager. Vincent le frappa à la tempe du plat de la main, le fit pivoter sur lui-même, le plaqua contre le mur à deux reprises et le souleva par le devant loqueteux de sa chemise. La lame du couteau n'était qu'à deux centimètres de l'œil du nègre.

« Nous avons encore à parler, dit doucement Anne. Vous allez me dire tout ce que je souhaite savoir. »

Le garçon s'exécuta.

En fin de compte, je fis sortir Vincent de la pièce avant d'Utiliser le garçon. Je ne rencontrai aucune difficulté. Il m'était impossible de reproduire sa démarche exagérément molle, mais cela n'était pas nécessaire. Je devais par contre respecter sa façon de s'exprimer : le ton de sa voix, son vocabulaire, sa syntaxe. Je l'obligeai à parler à Anne pendant plus d'une heure avant de l'Utiliser directement. Il ne m'opposa aucune résistance. J'eus d'abord quelques difficultés à reproduire sa voix et son phrasé, mais en relâchant mon étreinte mentale, je permis au dialecte qu'il parlait d'émerger de son subconscient et je réussis à m'exprimer par son entremise d'une façon que j'espérais crédible.

Anne ramena Vincent et le garçon, Louis, non loin de Grumblethorpe, et les déposa au coin de la rue. Vincent disparut pendant quelques minutes et revint avec des cartouches pour son revolver. Je renvoyai Louis à la Community House pendant que Vincent descendait dans le tunnel et qu'Anne reconduisait sa voiture dans le garage derrière sa maison de Queen Lane.

Les membres du gang se laissèrent berner sans problème. Je sentis à deux ou trois reprises que je perdais le contrôle de Louis, mais je lui ordonnai de faire semblant d'avoir mal à la gorge et ma présence passa inaperçue. Je reconnus tout de suite le chef de la bande, Marvin. C'étaient ses yeux bleus qui m'avaient regardée avec tant de morgue le soir de Noël, lorsque je gisais dans les crottes de chien. Il me tardait de régler mes comptes avec ce garçon.

En plein milieu de la discussion, alors que je commençais à me sentir en sécurité, une jeune femme noire en retrait de la foule demanda : « Vous l'avez reconnue grâce à ma photo ? » et je faillis perdre le contrôle de Louis. Sa voix était exempte de cet horrible accent nordiste. Elle me rappela mon pays. A côté d'elle, enveloppé dans une couverture grotesque, se trouvait un homme blanc dont le visage me parut très familier. Il me fallut une minute pour me rendre compte que lui aussi venait sans doute de Charleston. Il me semblait avoir vu sa photographie dans un des journaux du soir de Mrs. Hodges, plusieurs années auparavant... Quelque chose au sujet d'une élection.

« ... Ça a l'air trop facile, disait Marvin. Et les flics ? »

La police. Louis m'avait déjà informée de la présence d'officiers en civil dans le quartier. Pas plus que moi il ne savait ce qu'ils faisaient là, mais je supposai que l'élimination de cinq personnes, même s'il ne s'agissait que de voyous, devait fatalement entraîner une réaction *quelconque* de la part des autorités. Les flics. Je fis le rapprochement dès qu'il prononça ce mot. Cet homme blanc au visage rougeaud était un officier de la police de Charleston — le shérif, si ma mémoire était bonne. J'avais lu un article sur lui quelques années plus tôt. « Hé, mec, fis-je dire à Louis, Setch m'a dit de te ramener tout de suite. Tu veux aller les voir, oui ou non ? »

Maintenant que je savais que deux personnes de Charleston me recherchaient et que les rues grouillaient de policiers en civil, je sentais monter en moi une certaine angoisse, mais ce sentiment était contrebalancé par un frisson proche de la jubilation. C'était *passionnant*. Je me sentais plus jeune à chaque heure qui passait.

Le minutage était très délicat. Vincent plaça les cocktails Molotov dans les voitures abandonnées au moment précis où Louis conduisait le chef de la bande, le shérif dont je ne parvenais pas à me rappeler le nom, et six autres nègres dans une rue proche de l'immeuble de rapport. Je restai avec Vincent pendant qu'il faisait le tour de la Community House, éliminait le voyou qui montait la garde derrière, et gagnait l'étage armé de sa faux si encombrante.

J'avais espéré que la fille accompagnerait Louis et les autres. Cela m'aurait grandement aidée, mais j'avais appris depuis longtemps à accepter la réalité telle qu'elle était et non telle que je souhaitais qu'elle fût. Je voulais cependant cette fille *vivante*.

Il y eut une brève lutte au premier étage de la Community House. Juste au moment où Louis avait besoin de toute mon attention, je me retrouvai obligée de maîtriser Vincent de peur qu'il ne soit trop brutal. Conséquence de cette anicroche temporaire, la fille s'enfuit dans les rues situées derrière le bâtiment. Je laissai Vincent se lancer à sa poursuite et retournai vers Louis, qui chancelait sur le trottoir, non loin de l'immeuble de rapport.

« Qu'est-ce qui t'arrive, mec ? demanda le chef de la bande, Marvin quelque chose.

– Rien, mec, fis-je dire à Louis. Mal à la gorge.

– T'es sûr qu'ils sont là-dedans ? demanda le garçon dénommé Leroy. J'entends rien.

– Ils sont au fond », fis-je dire à Louis. Le shérif se trouvait près du seul réverbère en état de marche du pâté de maisons. Apparemment, il n'était armé que d'un appareil photo semblable à celui que Mr. Hodges utilisait à la moindre occasion. Deux trains passèrent, invisibles dans leur cañon de béton.

« Y a une porte ouverte sur le côté, dit Louis. Venez, je vais vous montrer. » Quelques instants plus tôt, il avait ouvert la fermeture à glissière de son blouson. Sous le pull et la chemise de laine rêche, je sentais vaguement l'acier froid du revolver du chauffeur de taxi. Vincent l'avait rechargé peu de temps auparavant dans la ruelle obscure.

Marvin hésita. « Non, dit-il. Leroy, Jackson et moi, on y va, et lui aussi. » Il désigna le shérif. « Louis, tu restes ici avec Cal, Trout, G.R. et G.B. »

Louis haussa les épaules. Le shérif me regarda un long moment avant de se retourner pour suivre Marvin et les deux autres vers la porte latérale. « Ils sont au deuxième étage, mec ! fis-je crier à Louis. Dans le fond ! »

Ils disparurent dans les ténèbres constellées de flocons. Je n'avais pas beaucoup de temps. Une partie de moi-même avait conscience de la chaude lueur du radiateur et des yeux fixes du mannequin de la nursery, une autre courait avec Vincent le long des ruelles enténébrées, entendait le souffle court de notre proie épuisée, tandis qu'une troisième partie devait consacrer son attention à Louis. L'adolescent nommé Calvin se balança d'un pied sur l'autre et dit : « *Merde,* on se les gèle. T'as quelque chose à fumer, mec ?

– Ouais, fis-je dire à Louis. Et c'est du bon. » Il plongea la main dans sa chemise, en sortit le revolver et logea une balle dans le ventre de Calvin à cinquante centimètres de distance. Le grand échalas ne s'effondra pas. Il recula en trébuchant, posa une main sur le trou dans son manteau et dit : « *Merde,* mec. » Les jumeaux écarquillèrent les yeux, puis partirent en courant vers Queen Lane. Le dénommé Trout, un jeune homme d'une vingtaine d'années, sortit un revolver à canon long de son manteau. Louis pivota sur lui-même, leva son arme et lui tira dans l'œil gauche. Il n'y avait aucun moyen d'étouffer le bruit de la détonation.

Calvin était tombé à genoux sur la chaussée, se tenant le ventre des deux mains et grimaçant d'un air agacé. Il saisit Louis par la jambe lorsque je voulus m'éloigner. « Hé, bordel de Dieu, mec, pourquoi t'as fait ça ? »

Trois coups de feu furent tirés d'un groupe de voitures garées dans Queen Lane, là où les jumeaux s'étaient enfuis, et un projectile atteignit le bras gauche de Louis. Je bloquai toute douleur pour notre bénéfice mutuel, mais je sentis néanmoins le membre s'engourdir. Il leva son arme et la vida en direction de l'endroit d'où provenaient les coups de feu. Quelqu'un hurla, une nouvelle balle siffla, mais elle n'atteignit personne.

J'ordonnai à Louis de laisser tomber le revolver et de déchirer le manteau de Calvin pour récupérer son fusil. Puis il se dirigea vers Trout et s'empara du revolver qu'il serrait encore dans sa main. Trois autres coups de feu éclatèrent dans Queen Lane et quelque chose cogna Calvin avec un bruit de maillet frappant un bœuf entre les deux yeux. Chose incroyable, il continua de s'accrocher à la jambe de Louis. Il ne cessait de répéter à voix basse : « Oh, merde, mec, pourquoi ? » Louis l'écarta d'un coup de pied, empocha le revolver, saisit le fusil à canon scié et courut vers le mur latéral de l'immeuble de rapport. Aucun autre coup de feu ne retentit du côté de Queen Lane.

Vincent avait coincé la fille dans ce qui restait d'une maison incendiée, non loin de Germantown Avenue. Immobile sur le seuil, il l'écoutait avancer à tâtons parmi les poutres calcinées et les escaliers effondrés à l'arrière du bâtiment. Les fenêtres étaient condamnées. Pour ce qu'il en savait, il n'y avait aucune autre issue que cette entrée. J'utilisai toutes les ressources de ma volonté pour forcer Vincent à faire un pas et à s'accroupir dans les ténèbres, où il tendit l'oreille, reniflant l'air, flairant la petite odeur douceâtre de la peur de la femme, agitant doucement la lame de sa faux.

Louis franchit en hâte la porte latérale de l'immeuble de rapport pour éviter qu'on ne voie sa silhouette se découper à contre-jour. Les autres avaient dû entendre les coups de feu. Ou trouver les cadavres au deuxième étage.

Aucune détonation ne se fit entendre lorsque Louis s'avança d'un pas vif le long du couloir. Il s'arrêta devant la première pièce et jeta un coup d'œil à l'intérieur. Aucune lumière. Quelque chose bougea dans le couloir, près de l'escalier principal, et Louis tira, le recul lui bousculant le bras droit. Il cala la crosse du fusil contre sa cuisse pour loger une nouvelle cartouche dans la chambre, puis s'accroupit, guettant les ombres.

L'espace d'une seconde, deux images se superposèrent dans mon esprit : deux jeunes gens, Vincent et Louis, séparés par plus d'un kilomètre de distance, accroupis dans une position presque identique, tendant l'oreille en quête du moindre bruit. Puis il y eut un éclair, l'écho d'un grondement, une averse de plâtre tomba sur les joues de Louis, et Vincent et moi tiquâmes en même temps alors que j'ordonnai à Louis de courir vers l'éclair, de tirer, de recharger, de se remettre à courir.

Un bruit de pas s'éleva sur les marches couvertes de débris. Quelqu'un poussa un cri au premier étage.

Louis s'accroupit au pied de l'escalier pendant que je réfléchissais. Il ne m'était plus indispensable. Ses réflexes étaient déjà émoussés par le choc qu'il avait subi en recevant une balle dans le bras gauche. J'aurais adoré Utiliser un des autres garçons présents dans l'immeuble, mais c'était trop demander; je dépensais déjà trop d'énergie à maintenir Anne en état d'alerte dans Grumblethorpe, à contrôler Vincent dans la maison brûlée et à conserver Louis en état de fonctionner. Je voulais ce nègre aux yeux bleus. Je le voulais de toutes mes forces. Je voulais aussi revoir le shérif, me rapprocher le plus possible de lui. J'avais des questions à lui poser, et peut-être des choses à lui faire faire une fois qu'il y aurait répondu.

Un canon jaillit sur le palier et un morceau de rampe vola en éclats. Louis se tassa un peu plus sur lui-même. Ils étaient quatre. Marvin, qui avait chargé un lourd revolver et éclaté de rire quand le shérif lui avait demandé de le lui rendre. Leroy, le barbu, qui était armé d'un fusil à canon scié identique à celui que Louis tenait dans ses mains. Le shérif, qui ne disposait apparemment d'aucune arme. Et Jackson, le plus âgé des nègres, qui portait une sacoche bleue. En outre, G.B. et G.R., les jeunes jumeaux, risquaient de revenir d'une minute à l'autre avec leurs petits pistolets bon marché.

Louis monta l'escalier quatre à quatre, trébucha, rata une marche et s'affala sur le palier du premier étage. Un fusil rugit à cinq mètres de distance. Quelque chose déchira le cuir chevelu de Louis et le côté gauche de son visage. Je bloquai la douleur mais lui fis lever une main pour tâter sa joue et son oreille gauches. L'oreille avait disparu. Louis leva son fusil à canon scié et tira en direction de l'éclair.

«Bon Dieu de *merde*», hurla une voix noire que j'attribuai à Leroy.

Un revolver aboya dans la direction opposée et une balle transperça la cheville de Louis avant d'aller se loger dans une lame du parquet. Je le forçai à courir vers l'éclair du coup de feu et à recharger son fusil en le calant contre son torse. Quelqu'un se mit à courir dans le couloir obscur, puis glissa et tomba à grand fracas. Louis fit halte, discerna une ombre moins obscure que la pénombre ambiante, leva son arme. La silhouette roula dans le rectangle noir d'une embrasure de porte au moment où Louis tirait. L'éclair de la détonation nous permit d'apercevoir Marvin qui s'éclipsait en même temps que l'embrasure de porte volait en éclats.

Louis rechargea, glissa le fusil de l'autre côté du mur et appuya sur la détente. Rien. Il rechargea à nouveau, tira à nouveau. Rien. Alors que je lui ordonnais de jeter l'arme inutile, il y eut un éclair et une balle lui fracassa la clavicule gauche, le faisant pivoter sur lui-même. Il heurta un mur et glissa jusqu'au sol, sortant le revolver de sa poche dans sa chute. Il y eut un autre coup de feu, trop haut, qui atteignit le mur un mètre au-dessus de sa tête. Je l'aidai à viser soigneusement, très soigneusement, l'endroit exact où avait jailli l'éclair.

Le revolver refusa de fonctionner. Louis chercha le cran de sûreté à tâtons, le trouva, le libéra. Il tira à deux reprises, puis roula sur lui-même et se releva en s'appuyant sur son bras blessé.

C'est alors qu'il heurta quelqu'un. Il sentit l'air quitter ses poumons, sentit que l'autre avait également le souffle coupé alors même que tous deux s'effondraient dans un coin de la pièce. Je reconnus le shérif à sa corpulence. Je levai le revolver jusqu'à ce qu'il touche sa poitrine.

Une lumière explosa devant nos yeux. Louis recula et je vis apparaître l'image figée du shérif en train de déclencher le flash électronique de son appareil photo. Il y eut un deuxième flash, un troisième; Louis cligna des yeux pour essayer d'en chasser les images rémanentes, et je le forçai à se tourner vers la véritable menace, à lever son arme, mais trop tard; alors même qu'il faisait volte-face en plissant les yeux, le chef de la bande empoignait la crosse de son revolver des deux mains et tirait, tirait.

Je ne sentis aucune douleur mais perçus l'impact de la première balle, qui atteignit Louis au bas-ventre, et de la deuxième, qui l'atteignit à la poitrine, lui fracassant les côtes. J'aurais continué à l'Utiliser si la troisième balle ne l'avait pas atteint en plein visage.

Il y eut un bruit violent et précipité, et je perdis le contact. J'ai maintes fois fait l'expérience de la mort d'un sujet que j'Utilisais, mais cela reste une expérience troublante, un peu comme lorsqu'une conversation téléphonique est brutalement interrompue.

Je me reposai un moment, ne percevant que le sifflement du radiateur, le visage écaillé du mannequin grandeur nature, et les murmures à présent audibles des murs de la nursery. « *Melanie,* disaient-ils. *Melanie, tu es en danger. Écoute-nous.* »

Je les écoutai tout en concentrant mon attention sur Vincent.

Plus aucun bruit, ou presque, ne venait du fond de la maison qui puait le charbon. La fille était prise au piège.

Je sentis une giclée d'adrénaline parcourir le corps puissant de Vincent lorsqu'il se redressa, vérifia le mortel équilibre de sa faux et se dirigea vers elle dans les ténèbres, lentement et sûrement.

29.
Germantown,
lundi 29 décembre 1980

On opéra Saul Laski le lundi après-midi. Il resta inconscient durant vingt minutes et vaseux durant une heure. Lorsqu'il fut assez lucide pour reconnaître l'endroit où il se trouvait — la même cellule où on l'avait enfermé le dimanche matin —, il ôta son pansement et examina l'incision.

On lui avait entaillé le gras de l'avant-bras gauche, sept ou huit centimètres au-dessus des chiffres à moitié effacés de son matricule de prisonnier. L'opération avait été exécutée avec compétence, les points de suture étaient parfaitement posés. Bien que la plaie fût encore enflée et douloureuse, Saul parvint à distinguer une bosse qu'il n'avait jamais vue sur son bras. On avait inséré sous le long supinateur un objet de la taille d'une grosse pièce de vingt-cinq cents. Saul remit le pansement en place et s'allongea pour réfléchir.

Il avait eu tout le loisir de réfléchir. La veille, il avait été surpris de constater qu'on ne l'avait ni relâché ni utilisé dans un but quelconque. Il était sûr qu'on l'avait conduit à Philadelphie pour une bonne raison.

L'hélicoptère avait atterri dans une partie isolée d'un immense aéroport et Saul, les yeux bandés, avait été transféré dans une limousine. La rumeur de la rue, les nombreux arrêts et démarrages de la voiture, lui avaient appris qu'ils traversaient une partie animée de la ville. A un moment donné, il avait perçu le bourdonnement métallique d'un pont sous les roues.

Ils avaient roulé sur un terrain accidenté avant de faire halte. S'il n'y avait pas eu la rumeur de la ville — une sirène dans le lointain, des cris, le grondement d'un train de banlieue prenant de la vitesse —, Saul aurait pu se croire en pleine campagne. Ils devaient donc se trouver dans une zone dégagée, boueuse, bosselée, en plein cœur de la ville. Un terrain vague ? Un chantier ? Un parc ? Il avait gravi trois marches, puis on lui avait fait franchir une porte, prendre un couloir sur la droite, puis fait tourner encore à droite. Il s'était cogné au mur à deux reprises, et la consistance de sa surface, ainsi que les échos dans la minuscule pièce où on l'avait enfermé, l'avaient convaincu qu'il se trouvait dans une caravane ou dans un mobile-home.

La cellule était moins solide et moins impressionnante que celle de Washington. Elle était pourvue d'une couchette, de toilettes chimiques et d'une petite grille de ventilation par laquelle lui parvenaient des voix étouffées et des rires occasionnels. Saul aurait tué pour avoir un livre. Les capacités d'adaptation de l'organisme humain sont certes fabuleuses, mais Saul était incapable de se passer de lecture pendant plusieurs jours d'affilée. Lorsqu'il vivait dans le ghetto de Lodz, son père avait pris l'initiative de dresser une liste des livres disponibles et d'organiser une sorte de bibliothèque de prêt. Les Juifs condamnés à partir dans les camps y emmenaient parfois les livres qu'ils avaient empruntés, et le père de Saul rayait alors les titres sur sa liste en soupirant, mais le plus souvent, les hommes épuisés et les femmes aux yeux tristes les ramenaient religieusement, la page où ils avaient interrompu leur lecture encore marquée par un signet. « Vous le finirez à votre retour », disait le père de Saul, et le lecteur ou la lectrice hochait la tête.

Colben vint l'interroger à deux ou trois reprises, mais Saul vit que le cœur n'y était pas. Tout comme Saul, Colben attendait quelque chose. Tous les occupants du complexe de caravanes attendaient quelque chose, Saul le sentait. Mais quoi ?

Il profita des circonstances pour réfléchir. Il pensa à l'Oberst, à Melanie Fuller, à Colben, à Barent et à tous les autres, qui lui restaient inconnus. Il avait travaillé durant des années sur la base d'une dangereuse erreur de perception. Il avait cru que s'il parvenait à comprendre la psychologie du mal il pourrait le guérir. A présent, il se rendait compte que sa quête de l'Oberst n'était pas seulement motivée par de vagues raisons personnelles, mais aussi par la même curiosité scientifique qui poussait un immunologiste du Centre de contrôle des maladies à traquer et à isoler un nouveau virus mortel. C'était intéressant. Intellectuellement stimulant. Trouver, comprendre, guérir.

Mais il n'existait aucun antibiotique contre le bacille de cette peste.

Saul connaissait les recherches et les théories de Lawrence Kohlberg depuis plusieurs années. Kohlberg avait consacré sa vie à l'étude du développement moral et éthique. Aux yeux d'un psychiatre formé aux théories de la psychothérapie d'après-guerre, les idées de Kohlberg paraissaient simplistes, voire infantiles, mais, alors qu'il gisait dans sa cellule en écoutant le murmure de la ventilation, Saul se rendit compte à quel point la théorie du développement moral proposée par Kohlberg s'appliquait à sa situation.

Kohlberg avait découvert sept niveaux de développement moral, censés être indépendants de l'époque, du lieu et de la culture. Le Niveau Un est essentiellement celui de l'enfant : exempt de toute notion du bien et du mal, n'obéissant qu'à ses besoins et à ses désirs, uniquement inhibé par des stimuli négatifs. Plaisir et douleur servent de base au jugement éthique selon un schéma des plus classiques. Au Niveau Deux, l'être humain réagit à la notion de bien et de mal en se conformant aux décisions d'une autorité. Les adultes savent ce qu'ils font. Une personne du Niveau Trois se soucie des règles en vigueur. «Je n'ai fait que suivre les ordres.» L'éthique du Niveau Quatre est dictée par la majorité Une personne du

Niveau Cinq consacre sa vie à créer et à défendre des lois qui servent le bien commun, tout en défendant les droits des personnes dont les opinions sont incompatibles avec le Niveau Cinq. Les Niveau Cinq font d'excellents avocats. Saul en avait connu quelques-uns à New York. Les Niveau Six sont capables de transcender l'optique légaliste des Niveau Cinq et se soucient du bien commun et des réalités éthiques supérieures, indépendamment des frontières nationales, culturelles ou sociologiques. Les Niveau Sept obéissent *uniquement* aux principes universels. Jésus-Christ, Bouddha et Gandhi figurent parmi les rares Niveau Sept connus.

Kohlberg n'était pas un idéologue — Saul l'avait rencontré à plusieurs reprises et avait pu apprécier son sens de l'humour — et il aimait à souligner les paradoxes tout simples engendrés par sa hiérarchie du développement moral. Lors d'une soirée organisée au Hunter College, Kohlberg avait déclaré que l'Amérique était une nation de Niveau Cinq, fondée par le plus incroyable assortiment de Niveau Six doués de sens pratique que l'histoire ait jamais connu, et principalement peuplée de Niveau Trois et de Niveau Quatre. Il soulignait le fait que dans notre vie quotidienne nous nous placions souvent *en dessous* de notre niveau optimum de développement moral, mais que nous ne pouvions *jamais* dépasser celui-ci. Il citait comme triste exemple l'inévitable destruction de l'enseignement de tous les Niveau Sept : Jésus-Christ transmettant son savoir à un Paul de Niveau Trois, Bouddha représenté par des générations de prêtres incapables de dépasser le Niveau Six et rarement capables de l'atteindre.

Mais Kohlberg ne plaisantait jamais de ses recherches les plus récentes. A sa grande stupéfaction, puis à sa grande terreur, il avait découvert l'existence d'un Niveau Zéro. Il existait des êtres humains n'ayant jamais atteint le stade fœtal et absolument dénués de repères moraux; même les stimuli plaisir/douleur étaient impuissants à gouverner de telles personnes — si on pouvait encore les qualifier de «personnes».

Un Niveau Zéro pouvait croiser quelqu'un dans la rue, le tuer par caprice et s'éloigner ensuite sans le moindre remords. Les Niveau Zéro ne souhaitaient ni être capturés ni êtres punis, mais ce n'était pas le désir d'éviter la punition qui guidait leurs actes. Et ceux-ci n'étaient pas non plus motivés par un désir de transgression qui l'emportait sur la peur du châtiment. Les Niveau Zéro étaient incapables de distinguer un acte criminel d'un acte ordinaire; ils étaient atteints de cécité morale. Des centaines de chercheurs avaient mis les hypothèses de Kohlberg à l'épreuve, mais ses données semblaient solides, ses conclusions irréfutables. A n'importe quelle époque, dans n'importe quelle société, *un à deux pour cent* de la population se trouvaient au Niveau Zéro du développement moral.

Ils vinrent chercher Saul le lundi après-midi. Colben et Haines le maîtrisèrent pendant qu'un troisième homme lui faisait une piqûre. Il sombra dans l'inconscience au bout de trois minutes. Lorsqu'il se réveilla un peu plus tard, souffrant d'une migraine et d'une douleur au bras, on lui avait implanté quelque chose dans la chair.

Saul examina l'incision, haussa les épaules, roula sur lui-même et se mit à réfléchir.

Ils le relâchèrent le mardi, à une heure qu'il ne put préciser. Haines lui passa un bandeau sur les yeux pendant que Colben lui déclarait : «Nous allons vous laisser partir. Vous ne devez pas vous éloigner de plus de six pâtés de maisons de l'endroit où nous vous déposerons. Vous ne devez téléphoner à personne. Quelqu'un vous contactera plus tard pour vous dire ce qu'il convient de faire ensuite. Ne parlez à personne qui ne vous ait d'abord adressé la parole. Si vous désobéissez à l'un de ces ordres, il arrivera des ennuis à votre neveu Aaron, à Deborah et à leurs enfants. Est-ce que c'est bien compris?

– Oui.»

Ils le conduisirent vers la limousine. Le trajet dura moins de cinq minutes. Colben ôta le bandeau des yeux de Saul et le poussa par la portière ouverte.

Saul resta immobile au bord du trottoir et cligna des yeux d'un air stupide dans la pénombre de l'après-midi. Il était déjà trop tard pour qu'il puisse déchiffrer le numéro minéralogique de la limousine qui s'éloignait. Saul recula d'un pas, heurta une femme noire portant un cabas, s'excusa et ne put s'empêcher de sourire. Il s'avança le long du trottoir étroit, enregistrant les moindres détails de ce qui l'entourait : la rue aux immeubles en brique, les magasins miteux, les nuages gris… un bout de papier qui va se plaquer sur un réverbère vert-de-grisé. Saul marchait d'un pas vif, ignorant la douleur qui lui taraudait le bras, traversant au feu vert, lançant un salut allègre à un conducteur de tramway furibond. Il était LIBRE.

Saul savait que c'était une illusion. Il était sûr que certains des passants qu'il croisait sur son chemin l'observaient, le suivaient. Parmi les véhicules qui roulaient sur la chaussée, certains transportaient sûrement des hommes au costume sombre et au visage fermé qui murmuraient dans leurs radios. La bosse de son bras gauche recelait probablement un transmetteur radio ou une bombe miniaturisée, ou les deux. Cela n'avait aucune importance.

Comme Saul avait les poches vides, il se dirigea vers le premier homme qu'il vit — un immense Noir vêtu d'un blouson rouge élimé — et lui mendia une pièce de vingt-cinq *cents*. Le Noir considéra l'étrange apparition barbue, leva une main gigantesque comme pour la chasser, puis secoua la tête et tendit à Saul un billet de cinq dollars. « Va te faire soigner, mon frère », grommela le géant.

Saul entra dans un petit café, changea le billet contre des pièces de vingt-cinq *cents* et se dirigea vers une cabine publique pour appeler l'ambassade d'Israël à Washington. On ne put lui passer ni Aaron Eshkol ni

Levi Cole. Saul s'identifia. La standardiste n'eut aucune réaction perceptible, mais le ton de sa voix s'altéra lorsqu'elle dit : «Oui, docteur Laski. Si vous voulez bien patienter une minute, je suis sûre que Mr. Cohen aimerait vous parler.

– Je vous appelle depuis une cabine publique de Philadelphie, en Pennsylvanie», dit Saul. Il lui indiqua le numéro de la cabine. «Je suis à court de pièces, pouvez-vous me rappeler ici afin que nous ne soyons pas coupés?

– Bien sûr», dit la standardiste.

Saul raccrocha. Le téléphone sonna, il décrocha le combiné, entendit un bourdonnement, puis plus rien. Il se dirigea vers une autre cabine, tenta d'appeler l'ambassade en P.C.V. et entendit la tonalité disparaître.

Il sortit du café et se mit à errer sans but précis. Moddy et sa famille étaient morts. Saul l'avait su au fond de son cœur, mais maintenant il le *savait*. Ils ne pouvaient plus lui faire grand-chose. Saul s'immobilisa, regarda autour de lui, essaya de repérer les agents qui le suivaient. Il ne vit que peu d'hommes blancs à proximité, mais cela ne voulait rien dire; le F.B.I. avait des agents de race noire.

Un Noir plutôt bien de sa personne et vêtu d'un élégant manteau en poil de chameau traversa la rue et s'approcha de Saul. Il avait des traits bien dessinés, un large sourire et des lunettes à larges verres réfléchissants. Il portait un attaché-case en cuir d'aspect coûteux. Il sourit comme s'il avait reconnu Saul, fit halte et ôta son gant en peau de chamois avant de lui tendre la main droite. Saul la serra.

«Bienvenue, mon petit pion, dit l'homme dans un polonais parfait. Il est temps que vous vous joigniez à notre jeu.»

«Vous êtes l'Oberst.» Saul sentit quelque chose frissonner au fond de lui. Il secoua la tête et cette étrange impression se dissipa en partie.

Le Noir sourit et lui répondit en allemand : « Oberst. Un titre honorable, un titre que je n'ai plus entendu depuis trop longtemps. » Il s'arrêta devant un restaurant Horn and Hardart et en indiqua l'entrée d'un geste. « Avez-vous faim ?

– Vous avez tué Francis. »

L'homme se frotta la joue d'un air distrait. « Francis ? J'ai bien peur de ne… oh, oui. Le jeune détective. Eh bien… » Il sourit et secoua la tête. « Venez, je vous offre à déjeuner, même s'il est un peu tard pour cela.

– Ils nous observent, vous savez.

– Bien sûr. Et nous les observons. Une activité qui n'a généralement rien de très productif. » Il ouvrit la porte pour laisser passer Saul. « Après vous », dit-il en anglais.

« Mon nom est Jensen Luhar », dit le Noir alors qu'ils prenaient place dans le restaurant presque désert. Luhar avait commandé un cheeseburger aux oignons et un lait malté à la vanille. Saul contemplait fixement sa tasse de café.

« Votre nom est Wilhelm von Borchert, rectifia Saul. S'il y a jamais eu un Jensen Luhar, cela fait longtemps qu'il n'est plus de ce monde. »

Jensen Luhar eut un geste agacé et ôta ses lunettes. « Une question de sémantique à ce stade. Notre petit jeu vous plaît ?

– Non. Aaron Eshkol est-il mort ?

– Votre neveu ? Oui, j'en ai peur.

– La famille d'Aaron ?

– Également décédée. »

Saul inspira profondément. « Comment ?

– Pour autant que je le sache, Mr. Colben a dépêché Haines et quelques-uns de ses collègues chez votre neveu. Il y a eu un incendie, mais je suis sûr que cette malheureuse famille avait déjà succombé avant que jaillisse la première flamme.

– Haines ! »

Jensen Luhar aspira une gorgée de lait à l'aide de sa

paille. Il mordit à belles dents dans son cheeseburger, se tamponna délicatement les lèvres avec un coin de serviette, et sourit. «Vous jouez aux échecs, docteur.» Ce n'était pas une question. Luhar offrit une rondelle d'oignon à Saul. Celui-ci le regarda sans rien dire. Luhar avala son oignon et dit : «Si vous connaissez bien ce jeu, docteur, vous devez apprécier ce qui se passe en ce moment.

– Ce n'est donc que ça à vos yeux ? Un jeu ?

– Bien sûr. Considérer nos activités sous un autre jour serait prendre la vie — et nous-mêmes — beaucoup trop au sérieux.

– Je vais vous retrouver et vous tuer», dit doucement Saul.

Jensen Luhar hocha la tête et avala une nouvelle bouchée de cheeseburger. «Si nous devions nous rencontrer en personne, vous essaieriez sûrement. Vous n'avez plus le choix à présent.

– Que voulez-vous dire ?

– Tout simplement que le président estimé de ce qu'on appelle par euphémisme l'Island Club, un certain C. Arnold Barent, vous a conditionné dans ce seul but : tuer un producteur de cinéma que le monde entier croit déjà mort.»

Saul sirota une gorgée de café froid pour dissimuler sa confusion. «Barent n'a rien fait de tel.

– Bien sûr que si. Il n'avait aucune autre raison de vous recevoir en personne. Combien de temps a duré votre entretien avec lui, à votre avis ?

– Quelques minutes.

– Quelques heures, plus probablement. Mr. Barent vous a conditionné pour deux raisons : pour me tuer et pour s'assurer que vous ne représenterez jamais une menace pour lui.

– Que voulez-vous dire ?»

Luhar avala le dernier morceau d'oignon de son assiette. «Faisons une expérience. Visualisez Mr. Barent, et ensuite imaginez-vous en train de l'agresser.»

Saul plissa le front mais s'exécuta. Cela fut très difficile. Lorsqu'il se rappela Barent tel qu'il l'avait vu — bronzé, détendu, assis sur le pont de son navire et contemplant la mer —, il fut stupéfait de sentir monter en lui une sensation de plaisir, d'amitié et de loyauté. Il se força à s'imaginer en train de frapper Barent, de lever le poing sur ses traits amènes et bien dessinés…

Saul se plia en deux sous l'effet d'une soudaine nausée. Il hoqueta, sur le point de vomir. Une sueur froide lui inonda le front et les joues. Il attrapa tant bien que mal un verre d'eau et en avala plusieurs gorgées, s'efforçant de penser à autre chose, défaisant lentement le nœud de douleur qui s'était formé dans son ventre.

« Intéressant, *ja* ? dit Luhar. C'est la plus grande force de Mr. Barent. Toute personne ayant passé quelque temps auprès de lui est incapable de lui vouloir le moindre mal. Servir Mr. Barent est une source de plaisir pour nombre de gens. »

Saul acheva de vider son verre et s'épongea le front avec une serviette de table. « Pourquoi l'affrontez-vous ?

– *L'affronter ?* Non, non, mon cher pion. Je ne l'affronte pas, je joue contre lui. » Luhar regarda autour de lui. « Pour le moment, ils n'ont encore installé aucun microphone pour capter notre conversation, mais dans quelques minutes une fourgonnette va se garer près d'ici et nous ne pourrons plus parler en privé. Il est temps pour nous d'aller faire un tour.

– Et si je ne veux pas vous suivre ? »

Jensen Luhar haussa les épaules. « Dans quelques heures, la partie va devenir vraiment très intéressante. Vous avez un rôle à y jouer. Si vous souhaitez vous venger de ceux qui ont éliminé votre neveu et sa famille, il est dans votre intérêt de m'accompagner. Grâce à moi, vous serez libéré… du moins libéré d'eux.

– Mais pas de vous ?

– Ni de vous-même, cher pion. Allez, allez, il est temps de se décider.

– Un jour, je vous tuerai », dit Saul.

Luhar sourit, remit ses lunettes et enfila ses gants. «*Ja, ja.* Vous venez?»

Saul se leva et regarda par la fenêtre. Une fourgonnette verte venait de se ranger au bord du trottoir. Saul suivit Luhar à l'extérieur.

Les rues de Germantown étaient aussi étroites que contradictoires. Jadis, les immenses bâtiments avaient peut-être été des demeures agréables — certains d'entre eux rappelaient à Saul les maisons étroites d'Amsterdam. Ce n'étaient aujourd'hui que des taudis surpeuplés. Les petites boutiques avaient peut-être été le noyau d'une authentique vie communautaire — magasins d'alimentation, épiceries fines, magasins de chaussures, autant de boutiques familiales. Aujourd'hui, leurs vitrines exhibaient surtout des cadavres de mouches. Certaines d'entre elles avaient été converties en appartements bon marché; debout dans une vitrine, une fillette crasseuse pressait sa joue et ses doigts sales contre le verre.

«Que vouliez-vous dire quand vous m'avez annoncé que vous "jouiez" contre Barent?» demanda Saul. Il regarda par-dessus son épaule mais ne vit aucun signe de la fourgonnette verte. Aucune importance; il savait qu'on n'avait pas cessé de les surveiller. C'était l'Oberst qu'il voulait retrouver.

«Nous jouons aux échecs.» Le colosse noir se tourna vers lui et Saul vit son propre reflet dans les verres de ses lunettes.

«Et nos vies forment l'enjeu de la partie», dit Saul. Il chercha désespérément un moyen de pousser l'Oberst à lui révéler l'endroit où il se trouvait.

Luhar éclata de rire, révélant ses larges dents blanches. «Non, non, mon petit pion, dit-il en allemand. Vos vies n'ont aucune valeur. L'enjeu n'est rien moins que la maîtrise des règles du jeu.

– Le jeu?» Ils venaient d'entrer dans une rue latérale. Ils n'y virent personne en dehors de deux matrones noires qui sortaient d'une laverie automatique.

« Vous connaissez sûrement l'Island Club et les jeux qu'il organise tous les ans ? dit l'Oberst. Herr Barent et sa coterie de couards ont toujours eu peur de me laisser y jouer. Ils savent que j'exigerai du jeu qu'il prenne une nouvelle envergure. Une envergure digne d'une race d'*Übermenschen*.

– La guerre ne vous a donc pas suffi ? »

Luhar eut un nouveau sourire. « Vous cherchez à me provoquer, dit-il doucement. Une entreprise parfaitement vaine. » Ils firent halte devant un bâtiment en parpaings attenant à la laverie. « La réponse est "Non". La guerre ne m'a pas suffi. L'Island Club s'imagine avoir des prétentions à la puissance tout simplement parce que ses membres exercent une *influence*... sur les gouvernants, sur les nations, sur l'économie. *Une influence.* » Luhar cracha sur le trottoir. « Quand j'aurai édicté les nouvelles règles du jeu, ils verront ce dont est capable la vraie puissance. Le monde n'est qu'un morceau de viande pourrie infestée de vers, petit pion. Nous le purifierons par le feu. Je leur montrerai ce que c'est que de jouer avec des *armées* plutôt qu'avec leurs pitoyables petits factotums. Je leur montrerai ce que c'est que de voir des villes entières périr suite à la perte d'une pièce, des races entières se faire capturer et utiliser suivant les caprices de l'Utilisateur. Et je leur montrerai ce que c'est que de jouer le jeu à l'échelle du globe. Nous sommes tous mortels, petit pion, mais Herr Barent est incapable de comprendre qu'il n'y a aucune raison pour que le monde nous survive. »

Immobile sur le trottoir, Saul le regardait fixement. La bise agitait les pans de son manteau et lui donnait la chair de poule.

« Nous y voilà. » Luhar sortit de sa poche un trousseau de clés grâce auquel il ouvrit la porte du bâtiment miteux. Il s'enfonça dans l'obscurité et fit signe à Saul. « Tu viens, petit pion ? »

Saul déglutit. « Vous êtes encore plus fou que je ne l'imaginais », murmura-t-il.

Luhar acquiesça. « Peut-être. Mais si vous me suivez, vous aurez une chance de pouvoir continuer la partie. Pas le grand jeu, malheureusement. Vous n'avez aucun rôle à y jouer. Mais votre sacrifice en permettra le déroulement. Si vous venez avec moi… de votre propre volonté… nous vous ôterons les chaînes que vous a passées Herr Barent afin que vous puissiez continuer à me servir en pion loyal. »

Debout dans le froid, Saul serra le poing et sentit la douleur lui tarauder le bras gauche autour de l'implant chirurgical. Il s'enfonça dans les ténèbres.

Luhar sourit et verrouilla la porte derrière eux. Saul cligna des yeux dans la pénombre. Le rez-de-chaussée, une espèce de vaste entrepôt, ne contenait que de la sciure et des palettes de manutention. Un escalier en bois conduisait à l'étage. Luhar le désigna du doigt et Saul commença à monter.

« Bon Dieu », dit-il. La faible lumière qui filtrait à travers la verrière crasseuse permettait de distinguer une table et quatre chaises. Deux de ces chaises étaient occupées par des cadavres nus.

Saul s'approcha d'eux pour les examiner. Ils étaient froids, pris dans l'étau de la rigidité cadavérique. Le premier était celui d'un Noir, de la même taille et de la même corpulence que Luhar. Ses yeux étaient grands ouverts et voilés par la mort. Le second corps était celui d'un homme blanc un peu plus âgé que Saul, chauve et barbu. Sa bouche était béante. Saul vit sur son nez et sur ses joues une couperose trahissant un alcoolisme avancé.

Il regarda Luhar ôter son manteau en poil de chameau. « Nos doppelgängers ? dit Saul.

– Exactement, fit l'Oberst par la bouche de Luhar. J'ai déjà quasiment chassé de votre esprit les pulsions que Herr Barent y avait instillées. Êtes-vous prêt à continuer, petit pion ?

– Oui. » *A continuer à chercher un moyen de vous tuer,* pensa-t-il.

«Très bien.» Luhar consulta sa montre. «Nous avons environ une demi-heure avant que Mr. Colben ne décide de se joindre à nous. Cela devrait suffire.» Il posa son attaché-case sur la table, près du bras gauche du cadavre noir. Lorsqu'il l'ouvrit, Saul vit qu'il était plein du même type d'explosif qu'il avait vu sur Harrington.

«Nous suffire pour quoi faire? dit Saul.

– Nos préparatifs. Ce bâtiment est pourvu d'un sous-sol secret relié à la cave de l'immeuble voisin. Cette cave nous permettra d'accéder à une partie de l'ancien réseau d'égouts de la ville. La sortie n'est qu'à un pâté de maisons de distance, mais cette zone ne devrait pas être surveillée. Une voiture m'attendra là-bas. Vous serez libre d'aller où vous voudrez.

– Vous êtes si malin que ça me donne envie de vomir. Ça ne marchera jamais.

– Ah bon?» Luhar haussa ses épais sourcils.

Saul ôta son manteau et retroussa sa manche. Les bandages étaient légèrement jaunis par l'onguent qu'on lui avait appliqué. «On m'a implanté quelque chose hier. Je pense qu'il s'agit d'un transmetteur radio.

– Évidemment.» Luhar prit dans son attaché-case un paquet enveloppé de tissu vert et déroula celui-ci. Une bouteille d'iode et des instruments chirurgicaux étincelèrent dans la faible lumière. «L'opération ne devrait pas prendre plus de vingt minutes, n'est-ce pas?»

Saul prit un scalpel enveloppé dans un sachet stérilisé. «Et c'est vous qui allez officier, je suppose?

– Si vous insistez, mais je me dois de vous préciser que je n'ai reçu aucune formation médicale.

– C'est donc moi qui aurai le plaisir d'opérer.» Saul jeta un coup d'œil dans l'attaché case, puis releva la tête. «Pas de seringue? Pas d'anesthésie locale?»

La pièce se reflétait dans les lunettes de Jensen Luhar. Son visage massif était totalement inexpressif. «Malheureusement, non. Quelle valeur accordez-vous à votre liberté, docteur Laski?

– Vous êtes un dément, Herr Oberst», dit Saul. Il

s'assit près de la table, disposa les instruments autour de lui et rapprocha la bouteille d'iode.

Luhar prit un sac de sport dissimulé sous la table. « Changeons d'abord de vêtements. Au cas où vous ne seriez pas en état de le faire tout à l'heure. »

Lorsque les cadavres furent revêtus de leurs habits, et que Saul eut enfilé un jean légèrement flottant, un pull à col roulé noir et des chaussures de marche trop petites d'une demi-pointure, Luhar déclara : « Plus que dix-huit minutes environ, docteur.

– Asseyez-vous. Je vais vous expliquer ce qu'il faut faire au cas où je m'évanouirais. » Il sortit de la gaze et des pansements d'un sachet. « C'est vous qui devrez recoudre la plaie.

– Comme vous voulez, docteur. »

Saul secoua la tête, leva les yeux vers la verrière pendant quelques instants, puis baissa la tête et, d'un geste sûr, procéda à la première incision.

Saul ne s'évanouit pas. Mais il hurla à deux reprises, et lorsque les filaments du transmetteur eurent été séparés des fibres musculaires, il se pencha et vomit. Luhar recousit grossièrement la plaie, la pansa, l'enveloppa de bandages et força le psychiatre à demi inconscient à enfiler un lourd manteau. « Nous avons cinq minutes de retard sur l'horaire prévu, siffla le Noir. Dépêchez-vous. »

Une trappe dissimulée sous des palettes s'ouvrait dans un coin de l'entrepôt, dont le sol semblait pourtant ne former qu'une surface uniforme de béton. Alors que Luhar la refermait, Saul entendit le rugissement d'un hélicoptère et un lointain martèlement. « Vite ! » siffla le colosse dans les ténèbres. Saul essaya de ramper, poussa un cri comme son bras douloureux se rappelait à lui et tomba en avant. Au-dessus d'eux, une gigantesque explosion fit trembler la terre et projeta sur le visage de Saul de la poussière et des toiles d'araignée. « Vite ! » siffla Luhar, et il poussa Saul devant lui.

Des blocs de ciment s'étaient détachés des parois. Luhar les écarta à coups de pied, aida Saul à se relever dans une cave obscure qui sentait la moisissure et le vieux papier journal, le força à avancer. Ils se faufilèrent entre une grille et un tas de briques, puis se remirent à ramper, Saul frissonnant au contact de l'eau glacée sur ses mains et ses genoux, touchant des choses visqueuses dans le noir. Il essaya de plaquer son bras gauche contre son flanc et de progresser sur trois membres. Il glissa à deux reprises et se cogna l'épaule gauche, trempant sa veste. Luhar éclata de rire et le poussa en avant. Saul ferma les yeux et pensa à Sobibor, aux masses hurlantes, au calme de la forêt des Hiboux.

Finalement, ils purent se redresser. Luhar ouvrit la marche pendant une centaine de pas, tourna à droite pour s'engager dans un passage plus étroit, et fit halte sous une grille. Ses bras robustes peinèrent pour soulever la claie métallique. Saul cligna des yeux dans la lumière grisâtre, se concentra pour chasser le vertige qui le gagnait et glissa une main dans la poche de son manteau pour toucher la poignée froide du scalpel dont il s'était emparé pendant que Luhar procédait aux ultimes réglages de la bombe à retardement contenue dans son attaché-case.

«Ahh, *et voilà*», haleta Luhar en poussant la grille de côté. Ses deux bras étaient toujours levés. La veste du colosse était ouverte, exposant son ventre et son torse sous le fin tissu de sa chemise. Saul rassembla ses forces et bondit, le scalpel à la main, imaginant pour sa lame une cible située quelque part derrière la colonne vertébrale du Noir.

Le bras gauche de Jensen Luhar s'abaissa, vif comme l'éclair, sa main massive se referma sur le poignet de Saul, et la lame s'immobilisa à dix centimètres de son sternum. «Tss-tss», fit Luhar. Son autre main alla frapper le bras gauche de Saul, toujours en sang. Le souffle coupé, Saul hoqueta et tomba à genoux tandis que des cercles rouges envahissaient son champ de vision de plus en plus étroit. Luhar ôta doucement le scalpel de sa main droite privée de force. «Ce n'est pas gentil, *mein kleine Jude*, murmura-t-il. *Auf wiedersehen.*»

La lumière fut occultée pendant une seconde, puis Luhar disparut. Saul, agenouillé dans les ténèbres, trempa son front dans l'eau glacée pendant plusieurs minutes, s'efforçant de rester conscient. *Pourquoi?* pensa-t-il. *Pourquoi rester éveillé? Dors donc un peu.*

Silence, s'ordonna-t-il.

Au bout d'une éternité, il se releva, tendit son bras valide vers la grille et tenta de se hisser à l'extérieur. Il lui fallut cinq tentatives pour y parvenir. Son jean était trempé par ses chutes successives, mais il finit par émerger dans la lumière du jour.

La bouche d'égout était située derrière une benne à ordures métallique, à trois ou quatre mètres de l'entrée d'une ruelle. Il ne reconnut pas la rue dans laquelle il s'engagea d'un pas mal assuré. Des enfilades de maisons identiques s'étiraient jusqu'au sommet d'une colline.

Saul parcourut un demi-pâté de maisons avant d'être gagné par un étourdissement. Il fit halte et examina son bras gauche. La plaie s'était ouverte. Le sang inondait la manche de sa veste, coulait le long de son bras, et tachait le pan gauche de son manteau. Il se retourna et éclata de rire en découvrant la piste écarlate qu'il laissait derrière lui. Il serra violemment son bras et heurta la vitrine d'un magasin désaffecté. Le trottoir roulait et tanguait comme le pont d'un navire en pleine tempête.

Le soir tombait. Des flocons dansaient comme des lucioles autour d'un lointain réverbère. Une silhouette massive descendait la rue en direction de Saul. Il recula en trébuchant jusqu'au pas de porte du magasin, glissa le long du mur rugueux, se tassa sur lui-même et essaya de se rendre aussi invisible qu'un poivrot habitué à de tels abris.

Alors que l'homme passait lentement devant lui, Saul sentit une nouvelle douleur déchirer les muscles de son bras gauche. Il le serra encore plus fort et grinça des dents jusqu'à produire un bruit perceptible. L'homme passa sans s'arrêter, tenant dans sa main un lourd objet métallique.

Saul sentit les ténèbres l'emporter au moment même où les bruits de pas s'interrompaient quelques mètres plus loin, pour revenir ensuite lentement vers lui. Saul roula vers la gauche, sentant à peine son crâne heurter la porte. Son bras gauche était en feu et il sentait le sang dégouliner sur son poignet et sa main.

Le rayon d'une lampe-torche lui poignarda les yeux. L'énorme silhouette se pencha sur lui, occultant la rue, occultant le monde. Saul serra son poing droit et lutta pour ne pas sombrer dans le tourbillon de l'inconscience. Une main lourde se posa sur son épaule.

« Doux Jésus, dit une voix traînante qui lui était familière. Saul, c'est vous ? »

Saul hocha la tête et la sentit tomber en avant, sentit son menton se poser sur sa poitrine, ses yeux se fermer, pendant que la voix douce continuait de dire des choses qu'il ne pouvait comprendre et que les bras robustes du shérif Bobby Joe Gentry le soulevaient et le portaient aussi facilement qu'un enfant endormi.

30.
Germantown, mardi 30 décembre 1980

Gentry se demanda s'il n'était pas en train de devenir fou. Alors qu'il courait vers Community House, il regretta que Saul ne soit pas conscient pour qu'ils puissent en discuter. Il avait l'impression que le monde était devenu un cauchemar de paranoïaque dans lequel toutes les relations de cause à effet s'étaient complètement rompues.

Le jumeau répondant au nom de G.B. arrêta Gentry à un demi-pâté de maisons du foyer. Le shérif fixa le canon du pistolet bon marché braqué sur lui et ordonna sèchement : « Laisse-moi passer. Marvin attend mon retour.

– Ouais, mais il attend sûrement pas que tu lui ramènes un Blanc mort.

– Il n'est pas mort et il peut sans doute nous aider. Mais s'il *meurt*, je veillerai à ce que Marvin te tienne pour responsable. Maintenant, laisse-moi passer. »

G.B. hésita. « Va te faire foutre, sale flic », dit-il finalement, mais il s'écarta quand même.

Gentry dut négocier avec trois autres sentinelles avant d'atteindre l'immeuble. Marvin avait élargi leur périmètre de défense sur une centaine de mètres dans toutes les directions. Tout véhicule inconnu garé dans les parages devait être incendié si son propriétaire refusait de l'évacuer. Une fourgonnette verte occupée par deux Blancs à l'avant et Dieu sait combien d'autres à l'arrière avait obtempéré trente secondes après l'ultimatum que Leroy avait adressé à son conducteur. Peut-être était-ce le bidon d'essence sans plomb qu'il brandissait dans sa main droite qui avait convaincu le Blanc de filer sans demander son reste.

Le cauchemar avait débuté lundi soir.

Marvin et les autres avaient regagné Community House en empruntant des ruelles et des cours dérobées. A l'issue de la bataille rangée qui s'était déroulée dans le bâtiment obscur, Leroy avait le corps criblé de petits plombs et tous les membres de la troupe, Marvin excepté, étaient dans un état proche de l'hystérie. Ils avaient traîné les corps de Calvin et de Trout à l'intérieur de l'immeuble, Marvin envisageant d'envoyer Jackson ou Taylor les récupérer avec le camion de Woods, mais la confusion qu'ils avaient trouvée à leur retour au foyer avait retardé cette expédition. Lorsque le camion avait fini par se mettre en route, peu de temps avant l'aube, les cinq cadavres avaient disparu et il ne restait que des flaques de sang anonymes aux premier et deuxième étages. Aucun flic ne se trouvait sur les lieux.

La panique régnait dans Community House. On tirait sur tout ce qui bougeait. Quelqu'un avait éteint les autos incendiées, mais un nuage de fumée flottait encore au-dessus du pâté de maisons, telle une chape de mort.

« Il est venu ici, mec, le monstre blanc, mec, ici, dans la maison, il a eu ce connard de Woods et il a blessé Kara, c'est grave, mec, et Raji l'a vu poursuivre la photographe dehors, mec, et... bafouilla Taylor lorsqu'ils arrivèrent.

– *Où* est Kara ? » rugit Marvin. C'était la première fois que Gentry entendait le jeune homme crier.

Kara était en haut, dit Taylor, couchée sur un matelas derrière le rideau, grièvement blessée. Gentry les suivit à l'étage. La plupart des membres du gang contemplaient fixement le corps décapité de Woods sur la table de billard, mais Marvin et Jackson se dirigèrent vers l'endroit où Kara, inconsciente, était soignée par quatre autres filles.

« Ça a l'air sérieux », dit Jackson. Le superbe visage de la jeune fille était presque méconnaissable, son front horriblement enflé, ses yeux assombris par le sang qui coulait de sa blessure. « Elle devrait être à l'hôpital. Son pouls est trop faible et sa tension trop basse.

– Hé, mec, protesta Leroy en exhibant un bras et une jambe constellés de cercles sanglants, j'ai mal. Je vais aller avec toi pour me faire soigner et…

– Reste *ici*, ordonna sèchement Marvin. Rassemble-moi tous ces connards. Personne ne doit pénétrer dans le coin, pigé ? Dis à Sherman et à Eduardo de se magner le cul et d'aller à Dogtown alerter Mannie. Qu'il nous envoie les troupes qu'il nous avait promises l'hiver dernier quand on l'a aidé dans cette histoire avec Pastorius. Et on les veut *tout de suite*. Dis à Squeeze d'envoyer tous les nains et auxiliaires dans les rues, et *tout de suite*. Je veux savoir où se cache cette foutue Sorcière Vaudou. »

Tandis qu'il continuait à donner des ordres et que Jackson emportait Kara au rez-de-chaussée, Gentry attira Taylor dans un coin. « Où est Natalie ? »

Le jeune homme secoua la tête, puis laissa échapper un hoquet lorsque Gentry resserra son étreinte sur son biceps. « Merde, mec. Le monstre blanc lui court après. Raji les a vus traverser l'esplanade et disparaître entre les immeubles, mec. Il faisait *noir*. On leur a couru après, mais on n'a rien vu.

– Il y a combien de temps ? » Gentry serra un peu plus fort.

« Hé, *merde*. Vingt minutes. Peut-être vingt-cinq. »

Gentry descendit en hâte au rez-de-chaussée et rattrapa Marvin avant qu'il s'en aille. « Je veux mon revolver. »

L'autre le fixa de ses yeux bleu pâle aussi glacials que l'océan arctique.

« Ce fils de pute s'est attaqué à Natalie et je veux lui régler son compte. Donne-moi le Ruger. » Il tendit la main.

Leroy fit glisser son fusil dans sa main droite. Il en

braqua le canon sur Gentry et se tourna vers Marvin, attendant son ordre.

Marvin dégaina le lourd revolver et le tendit à Gentry. « Tue-le, mec.

– Ouais. » Gentry remonta à l'étage, récupéra sa boîte de cartouches et rechargea l'arme. Les lourdes balles magnum se mettaient presque automatiquement en place sous ses doigts. Il se rendit compte que sa main tremblait. Il se pencha et inspira à plusieurs reprises pour faire cesser les tremblements, redescendit au rez-de-chaussée en quête d'une lampe-torche, puis s'enfonça dans la nuit.

Saul Laski reprit conscience alors que Jackson examinait sa blessure. « On dirait qu'on vous a opéré avec un ouvre-boîtes, dit l'ex-médecin. Tendez votre bras droit. Je vais vous faire une injection de morphine pendant que je répare les dégâts. »

Saul reposa sa tête sur le matelas. Sous sa barbe noire, sa peau et ses lèvres étaient blafardes. « Merci.

– Ne me remerciez pas. Je vous enverrai ma note. Il y a ici des frères qui tueraient pour cette morphine. » Il fit une piqûre à Saul d'un geste vif et sûr. « Vous autres, pauvres Blancs, vous ne savez pas prendre soin de votre corps. »

Gentry se hâta de parler avant que la morphine n'endorme le psychiatre. « Qu'est-ce que vous foutez ici, Saul ? »

Le vieil homme secoua la tête. « C'est une longue histoire. Et il y a plus de gens qui y sont impliqués que je ne le croyais, shérif…

– On s'en est rendu compte. Savez-vous où se cache votre Oberst ? »

Jackson acheva de nettoyer la plaie et entreprit de la recoudre. Saul y jeta un bref regard, puis détourna les yeux. « Non, pas exactement. Mais il est quelque part par ici. Tout près. Je viens de rencontrer un Noir nommé Jensen Luhar qui est au service de l'Oberst depuis plusieurs années. Les autres... Colben, Haines... m'ont relâché en pensant que je pourrais les conduire à l'Oberst.

– Haines! Bon sang, je savais que ce salaud n'était pas clair.»

Saul s'humecta les lèvres. Sa voix était de plus en plus pâteuse, de plus en plus vague. «Et Natalie? Elle est ici?»

Gentry détourna les yeux, fusilla du regard l'ombre environnante. «Elle était ici. Quelqu'un l'a attaquée... l'a capturée... il y a vingt-quatre heures.»

Saul tenta de se redresser. Jackson jura et le força à rester étendu. «Vivante? demanda Saul.

– Je ne sais pas. J'ai passé les dernières vingt-quatre heures à fouiller tout le quartier.» Gentry se frotta les yeux. Cela faisait plus de quarante-huit heures qu'il n'avait pas dormi. «Il n'y a aucune raison de penser que Melanie Fuller a épargné Natalie après avoir assassiné autant de monde. Mais je continue d'espérer. Une *intuition.* Si vous pouvez me dire tout ce que vous savez, alors peut-être qu'ensemble nous pourrons...» Gentry s'interrompit. Jackson avait presque fini. Saul Laski dormait à poings fermés.

«Comment va Kara?» demanda Gentry en entrant dans la cuisine.

Marvin leva les yeux vers lui. Un plan de la ville était étalé sur la table, maintenu en place par des boîtes de bière et des paquets de chips. Leroy était assis près de son chef, enveloppé de bandages blancs visibles à travers les déchirures de sa chemise. Divers lieutenants allaient et venaient, mais il régnait dans le foyer une atmosphère de détermination sereine très différente du chaos de la veille. «Ça ne va pas fort, soupira Marvin. Le docteur dit qu'elle est gravement touchée. Cassandra et Shelli sont près d'elle en ce moment. Elles enverront quelqu'un si son état s'aggrave.»

Gentry acquiesça et s'assit. Il sentait les toxines envahir son organisme épuisé, plaquant une pellicule de lumière terne sur tout ce qu'il fixait. Il se frictionna le visage.

«Le type, là-haut, il va t'aider à retrouver ta femme?»

Gentry cilla. «Je ne sais pas.

– Il peut nous aider à retrouver la Sorcière Vaudou?

– Peut-être. D'après Jackson, il sera en état de nous parler d'ici une heure ou deux. Et tes hommes, ils ont trouvé quelque chose?

– C'est une question de temps, mec. Rien qu'une question de temps. Toutes les filles et tous les auxiliaires sont en train de faire du porte à porte. Une vieille femme blanche comme elle ne peut pas se planquer dans le coin sans que *personne* ne le sache. Dès qu'on l'aura dénichée, on sera prêts.»

Gentry essaya de se concentrer sur ce qu'il voulait dire. Il avait de plus en plus de peine à trouver ses mots. «Tu es au courant pour les autres… les fédéraux.»

Marvin éclata de rire. Un rire amer et glacé. «Je veux! Ils grouillent dans tous les coins. Mais c'est à cause d'eux que la télé et les flics du coin ne sont pas sur le coup, pas vrai?

– Sans doute. Mais ce que je veux dire, c'est qu'ils sont aussi dangereux que la Sorcière Vaudou. Certains d'entre eux ont le même… les mêmes pouvoirs qu'elle. Et ils sont à la recherche d'un homme qui est encore plus dangereux.

– Tu penses que c'est eux qui se sont attaqués au Soul Brickyard, mec?

– Non.

– Ils ont quelque chose à voir avec le monstre blanc?

– Non.

– Alors, ils attendront leur tour. Mais s'ils se mêlent de nos affaires, on leur réglera leur compte.

– Il y a environ quarante ou cinquante agents fédéraux en civil dans les parages. En règle générale, ces types-là sont armés jusqu'aux dents.»

Marvin haussa les épaules. Un adolescent fit irruption dans la cuisine et lui parla à l'oreille. Marvin lui donna brièvement ses instructions d'une voix calme et assurée. Le jeune homme repartit.

Gentry prit une boîte de bière, vérifia qu'il y restait un peu de liquide tiède et en but une gorgée. « Est-ce que tu as pensé à foutre le camp tant que c'est possible ? demanda-t-il. Je veux dire, mettre tous tes copains à l'abri et laisser tous ces vampires se déchirer entre eux ? »

Marvin regarda Gentry droit dans les yeux et lui répondit d'une voix à peine audible : « T'as rien compris, mec. Les Blancs, le gouvernement, les flics, les politiciens pourris du coin — ils ont jamais cessé de vouloir nous baiser. Ce que le monstre blanc est en train de faire, ça n'a rien de neuf, mais c'est à *nous* qu'il le fait, et sur *notre* territoire, mec. Natalie et toi, vous dites que c'est la Sorcière Vaudou qui est responsable, et je pense que c'est vrai. Ça me *semble* vrai. Mais y a pas que la Sorcière Vaudou. Derrière elle, y a tout un tas d'autres types prêts à nous chier sur la gueule. Et ça fait longtemps que ça dure. Mais c'est le Soul Brickyard ici. Ceux qui ont été tués — Mohammed, George, Calvin… peut-être Kara — ils étaient des *nôtres*, mec. Et c'est pour ça qu'on va tuer le monstre blanc et cette salope de vieille sorcière. On a besoin de personne pour nous aider. Mais si tu veux te joindre à nous, mec, tu es le bienvenu.

– Je veux me joindre à vous », dit Gentry. Sa propre voix lui fit l'effet d'un 45-tours passant en 33.

Marvin hocha la tête et se leva. Sa main était ferme lorsqu'il la posa sur le bras de Gentry, le forçant à se lever et le poussant vers l'escalier. « Pour le moment, mon vieux, tu ferais mieux d'aller dormir. On t'appellera dès qu'il y aura du neuf. »

Jackson le réveilla à 5 h 30 le lendemain matin. « Votre ami est réveillé », dit l'ex-médecin.

Gentry le remercia et s'assit sur le bord de son matelas, la tête entre les mains, essayant de se remettre les idées en place. Avant d'aller voir Saul, il descendit à la cuisine d'un pas mal assuré, se prépara du café dans une antique cafetière, puis remonta à l'étage avec deux bols ébréchés fumants. Une douzaine d'adolescents ronflaient sur des matelas ici et là. Ni Marvin ni Leroy n'étaient en vue.

Saul accepta le bol avec reconnaissance. « Quand je me suis réveillé, j'ai cru que tout ceci n'était qu'un rêve, dit-il. Je m'attendais à me retrouver chez moi, prêt à aller donner des cours à l'université. Puis j'ai senti ceci. » Il leva son bras bandé.

« Comment ça vous est arrivé ? » demanda Gentry.

Saul avala une gorgée de café. « Voici ce que je vous propose, shérif. Nous allons passer un marché. Je vais commencer par vous livrer les informations les plus importantes en ma possession. Ensuite, ce sera à votre tour. Si nos récits ont des points communs, nous les approfondirons. D'accord ?

– D'accord. »

Ils parlèrent pendant une heure et demie, puis s'interrogèrent mutuellement pendant une demi-heure supplémentaire. A l'issue de cette conversation, Gentry aida Saul à se lever et ils allèrent contempler les premières lueurs grises de l'aube derrière les barreaux d'une fenêtre.

« Demain, c'est le Jour de l'An », dit Gentry.

Saul leva une main pour ajuster ses lunettes et se rendit compte de leur absence. « Tout ceci est incroyable, n'est-ce pas ?

– Oui. Mais je suis sûr que Natalie Preston est quelque part là-dehors et je ne quitterai pas cette ville tant que je ne l'aurai pas retrouvée. » Ils retournèrent près du matelas pour récupérer les lunettes de Saul, puis descendirent au rez-de-chaussée voir s'il y avait quelque chose à manger.

Marvin et Leroy revinrent vers dix heures du matin, en grande conversation avec deux Portoricains élancés.

Trois automobiles surbaissées attendaient au bord du trottoir, emplies de jeunes Chicanos qui contemplaient d'un air méfiant les jeunes Noirs rassemblés sur le perron de Community House. Les membres du gang les regardaient d'un air aussi peu amène.

La cuisine était devenue un poste de commandement où l'on n'entrait que sur invitation. Vingt minutes après le départ des Portoricains, on y convoqua Saul et Gentry. Marvin, Leroy, un des jumeaux et une demi-douzaine d'autres adolescents les fixèrent en silence.

« Comment va Kara ? demanda Gentry.

– Elle est morte », répondit Marvin. Il se tourna vers Saul. « Jackson m'a dit que vous vouliez me parler.

– Oui. Je pense que vous pouvez m'aider à retrouver l'endroit où j'ai été retenu prisonnier. Ce n'est sûrement pas très loin d'ici.

– Pourquoi ferions-nous ça ?

– Cet endroit est le centre de contrôle des policiers qui quadrillent le quartier.

– Et alors ? Qu'ils aillent se faire foutre. »

Saul tirailla sur sa barbe. « Je pense que les policiers... les agents fédéraux... savent où se trouve Melanie Fuller. »

Marvin releva brusquement la tête. « Vous en êtes sûr ?

– Non, mais étant donné ce que j'ai pu voir et entendre là-bas, ça me paraît sensé. Je pense que l'Oberst leur a communiqué sa cachette pour une raison qui lui est propre.

– Cet Oberst, c'est votre Sorcier Vaudou ?

– Oui.

– Y a pas mal de flics du gouvernement qui traînent dans les rues. Est-ce que l'un d'eux saurait où se cache la Sorcière Vaudou ?

– Peut-être, mais si nous pouvions pénétrer dans leur centre de contrôle et... euh... parler à l'un de ses occupants... je pense que nous aurions de meilleures chances de la retrouver.

– Je t'écoute, mec, dit Marvin.

– C'est un endroit dégagé, à moins de dix minutes d'ici en voiture. Je pense qu'un hélicoptère s'y est posé et en a décollé à intervalles réguliers. Les constructions qui s'y trouvent ne sont que temporaires... sans doute des mobile-homes ou le genre de caravanes qu'on trouve sur les chantiers.»

Saul portait un passe-montagne et des gants lorsqu'il sortit du foyer en compagnie de Gentry et de cinq membres de la bande. Colben et Haines le croyaient sans doute mort, et Gentry lui avait suggéré de ne pas les détromper. Ils montèrent dans le camion de Woods et se dirigèrent vers Germantown Avenue, puis empruntèrent Chelten Avenue en direction du sud, obliquant ensuite à l'ouest vers une zone d'entrepôts.

«Y a une Ford bleue qui nous suit, dit Leroy tout en conduisant.

– Vas-y», ordonna Marvin.

Le camion traversa un parking encombré de détritus, puis s'engagea dans une ruelle, s'arrêtant près d'un appentis délabré le temps que Marvin, Saul, Gentry et un des jumeaux descendent d'un bond pour se précipiter à l'ombre de son entrée. Le camion accéléra pour descendre la ruelle puis vira sèchement dans la rue suivante. Vingt secondes plus tard, une Ford bleue occupée par trois hommes blancs passa en trombe devant l'appentis.

«Par ici», dit Marvin. Il leur fit traverser un no man's land de tonneaux et de poutres métalliques qui aboutissait à un petit cimetière de voitures où les véhicules compressés s'empilaient sur une hauteur de dix mètres. Marvin et le jumeau atteignirent le sommet d'une pile en quelques secondes; il fallut un peu plus longtemps à Saul et à Gentry pour y parvenir.

«C'est ça, mec?» demanda Marvin alors que Saul prenait pied sur le sommet de l'empilement précaire, s'accrochant au shérif pour ne pas tomber. Marvin tendit au psychiatre une petite paire de jumelles.

Saul glissa son bras gauche à l'intérieur de sa veste et observa la scène avec les jumelles. Une haute barrière de bois entourait un terrain grand comme un demi-pâté de maisons. Vers le sud, on avait creusé des fondations et versé du béton dans le sol. Deux bulldozers, un excavateur et divers outils attendaient les ouvriers. Au centre de l'espace restant, trois mobile-homes formaient un E privé de barre centrale. Sept voitures aux plaques gouvernementales et une fourgonnette de Bell Telephone étaient garées à proximité. L'unité centrale du groupe de caravanes était hérissée d'antennes paraboliques. On avait délimité un espace circulaire avec des balises rouges et une petite manche à air pendait lamentablement au sommet d'un poteau en métal.

« C'est sûrement ça », dit Saul Laski.

Alors qu'ils observaient la scène, un homme en manches de chemise sortit de la caravane centrale et parcourut d'un pas vif les vingt mètres qui le séparaient des trois toilettes mobiles installées près des voitures.

« C'est à un de ces mecs que vous aimeriez parler ? demanda Marvin.

– Probablement », dit Saul. Ils étaient sûrement invisibles au milieu des empilements de métal rouillé, mais Gentry et les autres se tapirent un peu plus derrière les essieux, volants et capots aplatis.

Marvin consulta sa montre. « Environ cinq heures avant la nuit. On attaquera à ce moment-là.

– Nom de *Dieu*, gronda Gentry. On est vraiment obligés d'attendre aussi longtemps ? »

Comme pour lui répondre, un hélicoptère arriva du nord, décrivit un cercle au-dessus du terrain et se posa au milieu des balises. Un homme vêtu d'une épaisse parka en descendit et se précipita vers la caravane centrale. Saul reprit les jumelles à Marvin et eut le temps d'apercevoir le visage poupin de Charles Colben. « Voilà un homme qu'il ne faut *pas* déranger, dit-il. Attendez qu'il soit parti. »

Marvin haussa les épaules.

« Fichons le camp d'ici, dit Gentry. Je vais partir tout seul à la recherche de Natalie.

– Non, dit Saul d'une voix étouffée par son passe-montagne. Je vous accompagne. »

« C'est son corps que vous recherchez ? » demanda Saul Laski alors que les deux hommes fouillaient les décombres d'une maison abandonnée.

Gentry s'assit sur un mur de briques haut d'un mètre. Les derniers vestiges de la lumière du jour étaient visibles à travers les trous du plafond et du toit. « Oui, je peux vous l'avouer.

– Vous pensez que l'agent de Melanie Fuller l'a tuée et qu'il a abandonné son corps dans un endroit comme celui-ci ? »

Gentry baissa les yeux et sortit le Ruger de sa poche. Il était chargé. Le cran de sûreté était ôté. Le revolver était en parfait état de fonctionnement ; Gentry l'avait soigneusement huilé ce matin-là. Il soupira. « Ce serait au moins une confirmation. Pourquoi la vieille l'aurait-elle épargnée, Saul ? »

Saul trouva un bloc de béton sur lequel s'asseoir. « Un des problèmes que l'on rencontre lorsqu'on travaille avec des psychotiques, c'est que leurs processus mentaux ne sont pas aisément accessibles. C'est sans doute une bonne chose. Si tout le monde comprenait le fonctionnement d'un esprit de psychopathe, nous-mêmes serions sans doute au bord de la folie.

– Vous êtes sûr que la Fuller est psychopathe ? »

Saul écarta les doigts de sa main droite. Il avait relevé son passe-montagne sur son crâne et semblait à présent coiffé d'un bonnet. « Toutes les informations en notre possession prouvent qu'elle est bonne pour l'asile. Mais si elle s'est enfermée dans une vision du monde pathologiquement pervertie, le vrai problème réside dans le fait que son pouvoir lui permet d'imposer cette vision au monde. » Saul ajusta ses lunettes. « C'était l'essentiel du problème avec l'Allemagne nazie. Une psychose est pareille à un virus. Elle peut se multiplier et se répandre librement si son porteur l'accepte et la transmet à son entourage.

– Vous voulez dire que c'est à cause de gens comme votre Oberst et Melanie Fuller que l'Allemagne nazie a fait ce qu'elle a fait ?

– Absolument pas. » Gentry n'avait jamais perçu autant de fermeté dans la voix de Saul. « Je ne suis même pas sûr que ces êtres soient entièrement humains. Je les considère comme des mutations défectueuses — des victimes d'une évolution qui, durant presque un million d'années, a favorisé l'instinct de domination parmi d'autres types de comportement. Ce ne sont pas les Oberst et les Melanie Fuller, ni même les Barent et les Colben, qui créent les sociétés fascistes orientées vers la violence

– Qu'est-ce que c'est, alors ? »

Saul indiqua la rue visible à travers les fenêtres cassées. « Nos jeunes voyous estiment que plusieurs dizaines d'agents fédéraux sont engagés dans cette opération. A mon avis, Colben est le seul parmi eux à être doué d'une fraction de cet étrange pouvoir mutant. Les autres laissent prospérer le virus de la violence parce qu'ils ne font "qu'obéir aux ordres", ou parce qu'ils font partie d'une machine sociale. Les Allemands étaient des experts dans la conception et dans la construction de telles machines. Les camps de la mort n'étaient qu'une partie d'une gigantesque machine. Elle n'a pas été détruite, mais rebâtie sous une forme différente. »

Gentry se releva et se dirigea vers une brèche dans le mur. « Allons-y. On peut finir de fouiller ce pâté de maisons avant la nuit. »

Ils trouvèrent le lambeau de tissu parmi les cendres et les débris de deux maisons qui avaient été ravagées par un incendie mais jamais rasées. « Je suis sûr que ça vient du chemisier qu'elle portait lundi », dit Gentry. Il tripota le bout de tissu et balaya le tapis de cendres du rayon de sa lampe. «Pas mal de traces de pas par ici. On dirait qu'ils se sont battus là, dans le coin. Ce clou a pu déchirer la manche de son chemisier si quelqu'un l'a projetée contre le mur à cet endroit.

Ou si quelqu'un l'a portée sur son épaule.» Le psychiatre serrait son bras gauche dans sa main droite. Son visage était blême.

«Ouais. Cherchons des traces de sang ou... d'autre chose.» Les deux hommes fouillèrent les lieux dans la pénombre pendant vingt minutes, mais en vain. Ils étaient sortis des ruines et se demandaient quel chemin avait pu suivre l'agresseur de Natalie dans le labyrinthe de ruelles et d'immeubles vacants lorsque le jeune homme nommé Taylor apparut au bout de la rue; il courut vers eux en agitant les bras. Gentry attendit sans lâcher son Ruger. Le garçon fit halte à trois mètres d'eux. «Hé, Marvin veut que vous veniez au foyer tout de suite. Leroy a alpagué un des types des caravanes. Il a dit à Marvin où se trouvait la Sorcière Vaudou.»

«Grumblethorpe, dit Marvin. Elle est à Grumblethorpe.

– Qu'est-ce que c'est que ce Grumblethorpe?» demanda Saul.

Gentry et le psychiatre avaient rejoint la trentaine de personnes qui se pressaient dans la cuisine. D'autres membres de la bande se pressaient dans le couloir et les pièces du rez-de-chaussée. Marvin, assis à la tête de la table, éclata de rire. «Ouais, c'est exactement ce que je lui ai dit : Qu'est-ce que c'est que ce Grumblethorpe? Puis ce type m'a dit où c'était et j'ai dit : Ouais, je connais.

– C'est une vieille baraque sur l'Avenue, précisa Leroy. Vraiment vieille. Elle a été construite à l'époque où les Blancs portaient ces espèces de tricornes marrants.

– Auprès de qui avez-vous recueilli ces renseignements? demanda Saul.

– Hein ? fit Leroy.

– Lequel de ces types avez-vous cuisiné ? » interpréta Gentry.

Marvin eut un large sourire. « Leroy, G.B. et moi, on est retournés là-bas à la tombée de la nuit. L'hélico était parti, mec. Alors on a attendu près des toilettes jusqu'à ce que ce type sorte. Il avait un petit flingue dans un étui passé à son falze. G.B. et moi, on a attendu qu'il ait baissé son falze avant de lui dire bonjour. Leroy a amené le camion près du mur. On a laissé le type finir de couler son bronze avant de l'emmener.

– Où est-il à présent ? demanda Gentry.

– Toujours dans le camion du révérend Woods. Pourquoi ?

– Je veux lui parler.

– Pas possible, dit Marvin. Il dort. Il nous a dit qu'il était un agent spécial, un technicien vidéo. Il nous a dit qu'il ne savait rien de ce qui se passait. Il nous a dit qu'il ne nous parlerait jamais et qu'on était dans la merde parce qu'on avait agressé un flic fédéral, ce genre de conneries. Leroy et G.B. l'ont aidé à parler. Jackson dit que le type n'a rien, mais pour le moment, il dort.

– Et la Fuller se trouve dans un endroit nommé Grumblethorpe, sur Germantown Avenue, dit Gentry. L'agent en était bien sûr ?

– Ouais, répondit Marvin. La Sorcière Vaudou habitait chez une autre vieille Blanche dans Queen Lane. J'aurais dû m'en douter. Les vieilles Blanches se serrent les coudes.

– Que fait-elle à Grumblethorpe, alors ? »

Marvin haussa les épaules. « Le fédé dit qu'elle y a passé le plus clair de son temps la semaine dernière. On pense que c'est de là que vient le monstre blanc. »

Gentry se fraya un chemin à travers la foule pour se rapprocher de Marvin. « D'accord. On sait où elle se planque. Allons-y.

– Pas encore », dit Marvin. Il se tourna vers Leroy pour lui dire quelque chose, mais Gentry l'agrippa par l'épaule et le força à se retourner.

« J'en ai marre de t'entendre dire "pas encore". Natalie Preston est peut-être encore en vie et elle est peut-être là-bas. On y va. »

Marvin le regarda de ses yeux de glace. « Lâche-moi, mec. Quand on donnera l'assaut, je ne veux pas de fausse manœuvre. Taylor est en train de parler à Eduardo et à ses gars. G.R. et G.B. surveillent Grumblethorpe. Leila et les filles gardent l'œil sur tous les flics fédéraux.

– Alors j'y vais tout seul, déclara Gentry en tournant les talons.

– Pas question, dit Marvin. Dès que tu t'approcheras de la bicoque, tous les fédés vont te reconnaître et ton effet de surprise sera foutu. Tu attends qu'on soit prêts et tu restes ici, mec. »

Gentry se retourna. Marvin ne broncha pas lorsque le flic sudiste le domina de toute sa masse. « Il faudra que tu me tues pour m'empêcher d'aller là-bas, dit Gentry.

– Ouais, fit Marvin, je sais. »

Il régnait dans la pièce une tension à couper au couteau. Quelque part dans le bâtiment, on alluma une radio et le son de Motown déferla durant quelques secondes avant d'être coupé.

« Rien que quelques heures, mec, reprit Marvin. Je sais ce que tu as, je suis passé par là. Quelques heures. On ira là-bas ensemble, mec. »

L'énorme carcasse de Gentry se détendit lentement. Il leva sa main droite, Marvin l'agrippa, et leurs doigts s'entrecroisèrent. « Quelques heures, dit Gentry.

– D'accord, mon frère », dit Marvin, et il sourit.

Gentry était assis sur un matelas du premier étage désert et nettoyait le Ruger pour la troisième fois de la journée. La pièce n'était éclairée que par une lampe à l'abat-jour cassé. La table de billard était maculée de taches sombres.

Saul Laski pénétra dans le cercle de lumière, regarda

autour de lui d'un air hésitant, puis se dirigea vers Gentry.

« Salut, Saul, dit Gentry sans lever les yeux.

– Bonsoir, shérif.

– Vu les quelques péripéties que nous avons traversées ensemble, Saul, je vous serais reconnaissant si vous m'appeliez Rob.

– Entendu, Rob. »

Gentry remit le barillet en place et le fit tourner. Concentré sur sa tâche, il inséra soigneusement les cartouches, une par une.

« Marvin est en train d'envoyer ses hommes sur le terrain, dit Saul. Par groupes de deux ou de trois.

– Bien.

– J'ai décidé d'accompagner le groupe de Taylor... nous attaquerons le centre de contrôle. C'est moi qui ai suggéré cette cible. Pour faire diversion. »

Gentry leva brièvement les yeux. « Parfait.

– J'aurais souhaité être présent quand ils captureront Melanie Fuller, continua Saul, mais je ne pense pas qu'ils aient conscience du danger que représente Colben...

– Je comprends. Ils vous ont dit à quelle heure ça allait commencer ?

– Peu après minuit. »

Gentry posa son arme sur le sol et releva le matelas contre le mur. Il se croisa les doigts derrière la nuque et s'adossa à cet oreiller de fortune. « C'est le soir de la Saint-Sylvestre, dit-il. Bonne année. »

Saul ôta ses lunettes et les essuya avec un Kleenex. « Vous avez l'air de bien connaître Natalie Preston, n'est-ce pas ?

– Elle n'est restée à Charleston que quelques jours après votre départ. Mais, oui, je commençais à bien la connaître.

– Une jeune femme remarquable. J'ai l'impression de la connaître depuis plusieurs années. Une jeune personne très intelligente et très perspicace.

– Ouaip.

– Il y a des chances pour qu'elle soit encore en vie.»

Gentry contempla le plafond. Les ombres qui s'y massaient lui rappelèrent les taches sur la table de billard. «Saul, si elle est en vie, je la sauverai de ce cauchemar.

– Oui, je vous en sais capable. Je vous prie de m'excuser, mais je vais dormir une heure ou deux avant le début des réjouissances.» Il se dirigea vers un matelas placé près de la fenêtre.

Gentry garda longtemps les yeux fixés sur le plafond. Plus tard, lorsqu'on vint le chercher, il était prêt.

31.
Germantown,
mercredi 31 décembre 1980

La pièce était glaciale et dépourvue de fenêtre. A vrai dire, c'était plutôt un placard : un mètre quatre-vingts de long sur un mètre vingt de large, trois murs de pierre et une épaisse porte en bois. Natalie avait martelé cette porte jusqu'à s'en meurtrir les poings et les pieds, mais elle n'avait pas bougé. La jeune femme savait que des charnières massives et de lourds verrous devaient se trouver derrière l'épais panneau de chêne.

C'était le froid qui l'avait réveillée. Elle avait d'abord senti la panique monter en elle comme une vomissure, lui faisant oublier les plaies douloureuses qu'elle avait sur le front. Elle se rappelait s'être tapie derrière des poutres calcinées, dans une odeur de cendres et de peur, tandis qu'une ombre armée d'une faux s'avançait vers elle dans les ténèbres. Elle se rappelait avoir bondi, lancé la brique qu'elle serrait dans sa main, essayé de contourner l'ombre qu'elle venait de faire sursauter. Des mains s'étaient refermées sur ses bras; elle avait hurlé, s'était débattue. Puis un coup sur la tête, un autre sur la tempe, sur le front, le sang qui coule sur son œil gauche et l'impression d'être soulevée, emportée. Un aperçu du ciel, de la neige, d'un réverbère penché, puis le noir.

Elle s'était réveillée au sein d'une obscurité si épaisse qu'elle était restée plusieurs minutes à se demander si elle n'était pas devenue aveugle. Elle avait quitté son nid de couvertures, rampé sur le sol glacé et s'était heurtée aux limites de sa prison de bois et de pierre. Le plafond était trop haut pour qu'elle puisse le toucher. Des montants métalliques ayant sans doute jadis supporté des étagères étaient fixés au mur. Au bout de quelques minutes, Natalie avait réussi à distinguer de minces bandes de pénombre au sommet et à la base de la porte, pas de la lumière à proprement parler mais une obscurité atténuée par un soupçon de lumière indirecte.

Natalie avait cherché les deux couvertures à tâtons et s'était accroupie dans un coin, frissonnante. Elle avait atrocement mal au crâne et se sentait sur le point de vomir sous l'effet de la peur et de la nausée. Toute sa vie, elle avait admiré les personnes capables de conserver leur calme et leur courage dans une situation extrême, elle avait aspiré à ressembler à son père — un homme qui se montrait d'une compétence tranquille là où d'autres auraient paniqué — et voilà qu'elle se retrouvait tapie dans un coin, désespérée, tremblant de tous ses membres et suppliant un dieu quelconque d'empêcher le monstre blanc de revenir.

La pièce était glacée, mais d'une façon qui n'avait rien à voir avec la froidure du dehors; on y avait plutôt affaire au froid humide des cavernes. Natalie ignorait totalement où elle se trouvait. Plusieurs heures s'écoulèrent, et elle était sur le point de s'assoupir, toujours frissonnante, lorsqu'une lumière apparut en bas de la porte, suivie du cliquetis de verrous que l'on tire.

Melanie Fuller pénétra dans la pièce.

Natalie était sûre que c'était Melanie Fuller, même si la lueur vacillante de la chandelle que brandissait la vieille dame éclairait son visage par en dessous, le transformant en une bizarre caricature d'humanité : joucs et paupières sillonnées de rides, cou tout en fanons, yeux pareils à des billes au fond de deux trous sombres, paupière gauche avachie, cheveux bleutés clairsemés qui se dressaient sur un crâne tacheté comme sous l'effet de l'électricité statique. Derrière cette apparition, Natalie distingua la silhouette efflanquée du monstre blanc, dont les cheveux pendaient sur un visage strié de boue et de sang. Ses dents cassées brillaient d'un éclat jaunâtre à la lueur de la chandelle. Il avait les mains vides et ses longs doigts blancs étaient agités de mouvements convulsifs, comme si son corps était parcouru de décharges électriques.

« Bonsoir, ma chère », dit Melanie Fuller. Elle portait une longue chemise de nuit et une grosse robe de chambre bon marché. Ses pieds étaient enfouis dans des pantoufles de peluche rose.

Natalie resserra les couvertures autour d'elle sans répondre.

« Il fait froid ici, n'est-ce pas, ma chère ? reprit la vieille femme. Je suis navrée. Si cela peut vous consoler, il fait froid dans toute la maison. Je me demande comment le Nord était vivable avant l'invention du chauffage central. » Elle sourit et la lueur de la bougie joua sur son dentier parfaitement lisse. « Voulez-vous vous entretenir avec moi quelques minutes, ma chère ? »

Natalie envisagea d'attaquer la vieille femme tant qu'elle en avait la possibilité, puis de se précipiter dans la pièce obscure derrière elle. Une pièce où elle distinguait une longue table en bois — de toute évidence une antiquité — et des murs de pierre. Mais le garçon aux yeux de démon lui en barrait l'accès.

« Vous avez apporté de Charleston une photographie me représentant, n'est-ce pas, ma chère ? »

Natalie la regarda sans rien dire.

Melanie Fuller secoua la tête avec tristesse. « Je n'ai aucune envie de vous faire du mal, ma chère, mais si vous refusez de me répondre, je me verrai obligée de demander à Vincent de vous réprimander. »

Le cœur de Natalie battit un peu plus fort lorsqu'elle vit le monstre blanc faire un pas vers elle avant de s'immobiliser.

« Où avez-vous trouvé cette photographie, ma chère ? »

Natalie essaya de rassembler assez de salive pour répondre. « Mr. Hodges.

– C'est Mr. Hodges qui vous l'a donnée ? » La voix de Melanie Fuller était sceptique.

« Non. Mrs. Hodges nous a autorisés à fouiller dans ses diapositives.

– Qu'entendez-vous par "nous", ma chère ? » La vieille femme eut un petit sourire. La lueur de la chandelle illuminait ses pommettes qui saillaient sous la peau comme des lames de couteau sous un parchemin.

Natalie resta muette.

« Je présume que par "nous" vous entendez vous-même et le shérif, dit doucement Melanie Fuller. Pourquoi diable un policier de Charleston et une femme de couleur viendraient-ils jusqu'ici à seule fin de tourmenter une vieille dame qui ne leur a fait aucun mal ? »

Natalie sentit la colère monter en elle, enflammant ses membres affaiblis, bannissant toute terreur de son corps. « Vous avez tué mon père ! » hurla-t-elle. Son dos racla la pierre rugueuse lorsqu'elle essaya de se redresser.

La vieille femme parut intriguée. « Votre père ? Il doit s'agir d'une erreur, ma chère. »

Natalie secoua la tête, luttant contre les larmes. « Vous avez utilisé votre foutu domestique pour le tuer. Sans raison.

– Mon domestique ? Mr. Thorne ? Je crains que vous ne fassiez erreur, ma chère. »

Natalie aurait craché au visage de ce monstre aux cheveux bleutés si elle avait encore eu de la salive dans la bouche.

« Qui d'autre me recherche ? demanda la vieille femme. Êtes-vous seulement accompagnée du shérif ? Comment m'avez-vous suivie jusqu'ici ? »

Natalie se força à rire, ne réussissant à produire qu'un petit bruit de crécelle. « Tout le monde sait que vous vous cachez ici. Nous savons tout sur vous, sur le vieux nazi et sur votre autre amie. Vous ne pouvez plus tuer personne. Quoi que vous me fassiez, vous êtes finie… » Elle s'interrompit tant les battements de son cœur étaient douloureux.

La vieille femme parut inquiète pour la première fois. «Nina? dit-elle. C'est Nina qui vous envoie?»

Natalie mit quelques secondes à restituer ce nom, puis elle se rappela le troisième membre du trio décrit par Saul Laski. Elle se rappela la description que Rob avait faite des meurtres de Mansard House. Natalie regarda les yeux dilatés de Melanie Fuller et y vit de la démence. «Oui», dit-elle d'un ton ferme, sachant qu'elle risquait de se condamner mais désireuse de frapper un coup décisif à n'importe quel prix. «C'est Nina qui m'envoie. Nina sait où vous êtes.»

La vieille femme recula en vacillant comme si elle venait d'être frappée au visage. Sa mâchoire inférieure parut se décrocher. Elle s'agrippa au chambranle de la porte, regarda la chose qu'elle avait appelée Vincent, n'y trouva aucun remède à sa peur et hoqueta : «Je suis fatiguée. Nous en reparlerons plus tard. Plus tard.» La porte se referma à grand bruit, les verrous furent remis en place.

Natalie se tapit dans les ténèbres et frissonna.

La lumière du jour se manifesta sous la forme de deux minces bandes grises au sommet et à la base de la porte. Natalie somnolait, fiévreuse, la tête en feu. Elle fut réveillée par un besoin pressant. Elle devait se soulager mais rien n'avait été prévu à cet effet, même pas un pot de chambre. Elle se mit à tambouriner sur la porte et hurla jusqu'à en avoir mal à la gorge, mais personne ne lui répondit. Finalement, elle trouva une pierre à moitié descellée dans un coin, tira dessus pour l'enlever complètement et utilisa la petite niche en guise de latrines. Lorsqu'elle eut fini, elle traîna ses couvertures près de la porte et se recoucha en sanglotant.

Il faisait de nouveau nuit lorsqu'elle se réveilla en sursaut. On tira les verrous et la lourde porte s'ouvrit en grinçant. Vincent était seul.

Natalie recula à quatre pattes, cherchant la pierre descellée pour se défendre, mais le jeune homme fut sur elle en une seconde, lui agrippant les cheveux et la forçant à se redresser. Il lui passa un bras autour de la gorge, lui coupant le souffle. Vaincue, Natalie ferma les yeux.

Le monstre blanc la fit sortir sans ménagement de sa cellule et, moitié la traînant, moitié la poussant, la conduisit vers un escalier raide et étroit. Natalie eut le temps d'apercevoir une cuisine sombre datant de l'époque coloniale et un petit salon où un radiateur à essence brûlait dans la cheminée avant de gravir péniblement les marches. Vincent lui fit traverser un étroit palier plongé dans l'obscurité, puis la poussa dans une pièce éclairée par des chandelles.

Natalie se figea devant la scène qui s'offrait à elle. Melanie Fuller gisait en position fœtale sur un lit pliant au milieu d'un tas de couvertures et de couettes. Le plafond de la pièce était haut, son unique fenêtre occultée par un rideau, et elle était éclairée par trois bonnes douzaines de chandelles posées sur le sol, les tables, le rebord de la fenêtre, le dessus de la cheminée et en carré autour du lit. Çà et là traînaient les souvenirs décatis d'enfants morts depuis longtemps — une maison de poupée cassée, un berceau aux barreaux métalliques qui faisait penser à la cage d'un petit animal féroce, d'antiques poupées de chiffon, et un troublant mannequin de petit garçon haut d'un mètre vingt qui semblait avoir souffert d'une exposition prolongée aux radiations : il lui manquait des touffes de cheveux; la peinture de son visage s'écaillait, donnant l'impression qu'il était couvert d'hématomes.

Melanie Fuller roula sur elle-même et la regarda. « Les entendez-vous ? » murmura-t-elle.

Natalie tendit l'oreille. Elle n'entendait que le souffle court de Vincent et les battements précipités de son propre cœur. Elle ne répondit pas.

« Elles me disent que l'heure est presque venue, siffla la vieille femme. J'ai envoyé Anne chez elle au cas où nous aurions besoin de la voiture. »

Natalie jeta un coup d'œil en direction de l'escalier. Vincent lui en bloquait l'accès. Elle parcourut la pièce du regard en quête d'une arme de fortune. Le berceau était trop lourd. Le mannequin probablement trop peu maniable. Si elle trouvait un couteau ou n'importe quel objet pointu, elle pourrait frapper la vieille femme à la gorge. Que ferait le monstre blanc si la Sorcière Vaudou venait à mourir? Melanie Fuller paraissait déjà morte; sa peau semblait aussi bleue que ses cheveux à la lumière vacillante et sa paupière gauche était pratiquement close.

«Dites-moi ce que veut Nina», murmura Melanie Fuller. Ses yeux ne cessaient de bouger, cherchant à saisir ceux de Natalie. «Nina, dis-moi ce que tu veux. Je ne voulais pas te tuer, ma chérie. Entends-tu les voix, ma chère? Elles m'ont dit que tu allais venir. Elles me parlent du feu et de la rivière. Je devrais m'habiller, ma chère, mais mes vêtements propres sont tous chez Anne et c'est beaucoup trop loin. Il faut que je me repose quelque temps. Anne les ramènera tout à l'heure. Tu aimeras bien Anne, Nina. Si tu la veux, je te la donne.»

Natalie resta immobile, haletante, sentant monter en elle une étrange terreur viscérale. C'était peut-être sa dernière chance. Devait-elle tenter de contourner Vincent, de descendre l'escalier et de chercher une sortie? Ou foncer sur la vieille femme? Elle regarda Melanie Fuller. La femme sentait la vieillesse, le talc et la sueur rance. A cette seconde, Natalie sut sans l'ombre d'un doute que c'était cette chose qui était responsable de la mort de Joseph Preston. Elle se rappela la dernière fois où elle avait vu son père : la serrant dans ses bras à l'aéroport deux jours après Thanksgiving, avec son odeur de savon et de tabac, ses yeux tristes et son sourire tendre.

Natalie décida que Melanie Fuller devait mourir. Elle banda ses muscles.

«J'en ai assez de votre impertinence, ma fille! hurla la vieille femme depuis sa couche. Que faites-vous ici?

Retournez travailler. Vous savez comment Papa punit les nègres indisciplinés ! » Elle ferma les yeux.

Natalie sentit quelque chose lui fendre le crâne comme une hache. Son esprit était en feu. Elle tourna sur elle-même, tomba en avant, tenta de retrouver l'équilibre. Ses synapses refusaient de fonctionner, et elle se mit à danser la tarentelle autour de la pièce. Elle heurta le mur une fois, deux fois, et tomba contre Vincent. Le garçon posa des mains sales sur ses seins. Son haleine empestait la charogne. Il arracha le chemisier de Natalie.

« Non, non, dit la vieille femme. Va faire ça en bas. Ramène le corps à la maison quand tu auras fini. » La harpie s'appuya sur un coude et regarda Natalie d'un œil, la lourde paupière de l'autre ne révélant que la sclérotique. « Vous m'avez menti, ma chère. Vous n'avez aucun message de Nina, finalement. »

Natalie ouvrit la bouche pour dire quelque chose, pour hurler, mais Vincent lui agrippa les cheveux et pla qua une main puissante sur son visage. Elle fut traînée hors de la pièce, jetée dans l'escalier. Sonnée, elle essaya de s'enfuir en rampant, ses mains raclant les planches rugueuses. Vincent n'était pas pressé. Il prit tout son temps pour descendre les marches, arriva près d'elle alors qu'elle se dressait sur ses genoux et lui donna un coup de pied dans le flanc.

Natalie heurta le mur, essaya de se rouler en boule et de devenir invisible. Vincent lui saisit les cheveux des deux mains et tira.

Elle se leva en hurlant et tenta de lui décocher un coup de savate dans les testicules. Il lui saisit le pied et le tordit. Natalie tourna sur elle-même, mais pas assez vite ; elle entendit sa cheville se rompre comme une brindille et retomba violemment sur ses mains et son épaule gauche. La douleur déferla dans sa jambe droite comme une flamme bleue.

Natalie leva les yeux au moment où Vincent sortait un couteau de la poche de son blouson kaki et en faisait jaillir la lame. Elle essaya de s'éloigner, mais il se baissa, l'agrippa par les pans de son chemisier et la souleva. Le tissu se déchira à nouveau et Vincent acheva de la déshabiller. Natalie continua de ramper le long du couloir obscur, cherchant une arme à tâtons. Ses mains ne rencontrèrent que des planches froides.

Elle roula sur le dos alors que Vincent avançait dans un grand bruit de bottes et s'immobilisait au-dessus d'elle, les jambes écartées. Natalie roula sur elle-même et le mordit à travers le tissu sale de son jean, sentant ses dents s'enfoncer dans les muscles du mollet. Il ne broncha pas, ne fit pas un bruit. Le couteau passa au ras de l'oreille de Natalie, tranchant la bretelle de son soutien-gorge et laissant un long sillage de douleur sur son dos.

Natalie en perdit le souffle, roula de nouveau sur le dos et leva les mains en un geste futile pour arrêter la lame prête à s'abattre de nouveau.

Dehors, les explosions débutèrent.

32.
Germantown,
mercredi 31 décembre 1980

« Le problème, dit Tony Harod, c'est que je n'ai jamais tué personne.

– Personne ? demanda Maria Chen.

– Personne. Jamais. »

Maria Chen hocha la tête et reversa du champagne dans leurs verres. Ils étaient nus, allongés face à face dans l'immense baignoire de la chambre 2010 du Chestnut Hills Inn. Les miroirs reflétaient la lueur d'une unique bougie parfumée. Harod s'adossa à la paroi de la baignoire et contempla Maria Chen à travers ses lourdes paupières ; les jambes hâlées de la jeune femme faisaient saillie entre les îlots blancs des genoux de son compagnon, elle avait les cuisses écartées, les chevilles posées sur les côtes de Harod, invisibles sous la mousse. Les bulles dissimulaient la quasi-totalité de son sein droit, mais il apercevait son mamelon gauche, aussi gros et appétissant qu'une fraise dans l'eau sombre. Il admira les courbes de sa gorge et le poids de sa chevelure noire lorsqu'elle rejeta la tête en arrière pour boire à son verre débordant de champagne.

« Il est minuit, dit Maria Chen en jetant un coup d'œil à la Rolex de Harod posée sur la tablette. Bonne année.

– Bonne année », lui retourna Harod. Leurs verres s'entrechoquèrent. Ils buvaient depuis neuf heures du soir. C'était Maria Chen qui avait eu l'idée de prendre un bain. « Jamais tué personne, marmonna Harod. Jamais eu besoin.

– Il semble que tu vas être obligé d'en passer par là, dit Maria Chen. Quand Joseph est parti tout à l'heure, il a répété que Mr. Barent insistait pour que ce soit toi qui…

– Ouais. » Harod se redressa et posa son verre sur la tablette. Il s'essuya et tendit la main. Maria Chen la prit et émergea lentement des bulles. Harod lui passa doucement la serviette sur la peau, la séchant peu à peu, lui fit un cercle de ses bras pour caresser ses seins avec le tissu moelleux. Elle leva un pied et écarta légèrement les cuisses lorsqu'il l'essuya entre les jambes. Harod lâcha la serviette, souleva Maria Chen et la transporta dans la chambre.

Pour Harod, c'était comme la première fois. Il n'avait jamais possédé une femme consentante depuis l'âge de quinze ans. La peau de Maria Chen avait goût de savon et de cannelle. Elle gémit quand il la pénétra et ils roulèrent sur l'immense lit aux draps si doux; elle le chevauchait lorsqu'ils s'immobilisèrent, toujours unis, toujours enfiévrés, se caressant des mains et de la bouche. L'orgasme de Maria Chen fut bref et violent, ses gémissements très doux. Harod jouit quelques secondes plus tard, fermant les yeux et s'accrochant à elle comme un homme s'accrochant au dernier objet susceptible d'arrêter sa chute.

Le téléphone sonna. Continua de sonner.

Harod secoua la tête. Maria Chen l'embrassa sur la main, glissa sur les draps pour aller répondre. Elle lui tendit le combiné.

« Harod, rappliquez, et vite, dit la voix excitée de Charles Colben. C'est la panique ici ! »

Colben retourna dans la salle de contrôle. Les hommes assis devant les moniteurs ne cessaient de griffonner des notes et de murmurer dans le micro de leurs casques. « Où diable est passé Gallagher ? beugla Colben.

– Toujours aucune nouvelle, monsieur, répondit le technicien en poste à la Console Deux.

– Et puis merde, jura Colben. Dites au groupe Vert de cesser les recherches. Envoyez-les soutenir Bleu Deux près de Market Street.

– Oui, monsieur.»

Colben remonta l'étroit passage d'un pas vif et s'arrêta derrière la dernière console. «Les espions sont toujours à la maison?

– Oui, monsieur», dit la jeune femme assise devant le moniteur. Elle appuya sur un bouton et la maison d'Anne Bishop disparut de l'écran pour être remplacée par une vue de la ruelle située derrière. En dépit de l'objectif à vision nocturne de la caméra qui les filmait, les silhouettes tapies près du garage à cinquante mètres de là n'étaient que des ombres.

Colben en compta douze. «Passez-moi Or Un, ordonna-t-il sèchement.

– Oui, monsieur.» La technicienne lui tendit un casque-micro.

«Peterson, ils sont une bonne douzaine à présent. Qu'est-ce qui se passe, bordel?

– Je l'ignore, monsieur. Voulez-vous que nous intervenions?

– Négatif. Restez en ligne.

– Huit personnes inconnues dans Ashmead Street, dit l'agent en poste à la Console Cinq. Elles viennent de passer devant le groupe Blanc.»

Colben ôta son casque. «Où diable est passé Haines?

– Il vient d'aller chercher Harod et sa secrétaire, répondit l'homme en poste à la Console Un. Ils seront ici dans cinq minutes.»

Colben alluma une cigarette et tapa sur l'épaule de la technicienne. «Dites à Hajek de rappliquer ici avec l'hélicoptère.

– Bien, monsieur.»

L'agent James Leonard sortit du bureau de Colben et lui fit signe. «Mr. Barent vous appelle sur la ligne Trois.»

Colben referma la porte. «Ici Colben.

– Bonne année, Charles.» La voix de Barent était si lointaine et il y avait une telle friture sur la ligne que Colben eut l'impression que l'appel était transmis par satellite.

«Ouais. Qu'est-ce qu'il y a?

– J'ai parlé à Joseph tout à l'heure. Il a émis quelques inquiétudes sur le déroulement de l'opération.

– Et à part ça, quoi de neuf? Kepler est toujours en train de râler. Pourquoi n'est-il pas resté ici s'il est aussi inquiet, nom de Dieu?

– Joseph m'a dit qu'il avait des affaires à traiter à New York.» Barent marqua une pause. «Nos amis ont-ils donné signe de vie?

– Le vieux Boche, vous voulez dire? Non. Pas depuis l'explosion d'hier dans l'entrepôt.

– Avez-vous une idée de la raison pour laquelle Willi aurait sacrifié un de ses agents pour éliminer le Dr Laski? Et pourquoi de façon si voyante? D'après Joseph, les pompiers de la ville ont dû intervenir.

– Comment le saurais-je, bon sang? Écoutez, nous ne sommes même pas sûrs qu'il s'agissait de Luhar et du Juif.

– Je croyais que vos médecins légistes travaillaient à leur identification, Charles.

– Ils n'arrêtent pas. Mais demain tout le pays débraye. De plus, d'après les premières constatations, Luhar et Laski étaient assis sur quinze kilos de C-4. Mes hommes n'ont pas eu grand-chose à se mettre sous la dent.

– Je comprends, Charles.

– Bon, il faut que j'y aille. La situation commence à se compliquer ici.

– De quel genre de complication s'agit-il? demanda Barent au milieu des grésillements.

– Rien de grave. Quelques membres de cette foutue bande de jeunes qui glandent dans le périmètre de sécurité.

– Cela ne risque pas de gêner le déroulement des opérations prévues pour ce matin, n'est-ce pas?

– Négatif. Harod est en route vers le centre de contrôle. Si c'est nécessaire, nous pouvons boucler le quartier en dix minutes et nous occuper de la Fuller en avance sur l'horaire prévu.

– Pensez-vous que Mr. Harod soit à la hauteur de la tâche, Charles ? »

Colben écrasa sa cigarette et en alluma une autre. « Je ne pense pas que Harod soit à la hauteur de la tâche consistant à se torcher le cul. La question qui se pose est la suivante : que ferons-nous quand il aura salopé le boulot ?

– Je suppose que vous avez envisagé cette possibilité.

– Ouais. Haines est prêt à intervenir et à s'occuper de la vieille. Une fois que Harod aura raté son coup, j'aimerais m'occuper personnellement de ce frimeur hollywoodien.

– Je suppose que vous recommandez son élimination.

– Je recommande de fourrer un magnum dans la bouche de ce con et de répandre sa putain de cervelle sur tout l'ouest de Philly. »

Il y eut un bref silence seulement interrompu par les grésillements de la ligne. « Agissez comme il vous semblera nécessaire, dit finalement Barent.

– Oh, il faudra aussi faire disparaître sa secrétaire chinetoque.

– Naturellement. Charles, il y a autre chose… »

L'agent Leonard passa la tête par l'entrebâillement de la porte. « Haines vient d'arriver avec Mr. Harod et la fille. Ils sont à bord de l'hélicoptère. »

Colben hocha la tête. « Oui, quoi donc ? demanda-t-il à Barent.

– Demain est un jour très important pour nous tous. Mais n'oubliez pas qu'une fois que la vieille aura quitté la partie, notre tâche essentielle sera de nous occuper de Mr. Borden. Si possible, vous le contacterez en vue d'organiser des négociations, mais vous devrez l'éliminer si cela s'avère nécessaire. L'Island Club se fie à votre jugement, Charles.

– Ouais. Je m'en souviendrai. Je vous rappelle plus tard, d'accord ?

– Bonne chance, Charles. » Il y eut un sifflement et la communication fut coupée.

Colben raccrocha, attrapa un gilet pare-balles et une casquette, et glissa son .38 dans la poche de sa parka.

Les pales du rotor se mirent à tourner plus vite lorsqu'il courut en courbant le dos vers la porte ouverte de l'hélicoptère.

Saul Laski, Jackson et Taylor, accompagnés de six jeunes membres de Soul Brickyard, regardèrent l'hélicoptère s'envoler en direction du nord-est. Ils avaient garé leur camion près de la barrière en bois, à un demi-pâté de maisons de l'entrée du centre de contrôle du F.B.I.

« Alors ? demanda Taylor à Saul. C'était votre Sorcier Vaudou ?

– Peut-être, répondit le psychiatre. Est-ce que nous sommes du côté du chantier ?

– Je crois bien.

– Vous êtes sûrs de pouvoir faire démarrer les engins sans l'aide des clés de contact ?

– Je veux, mec, dit Jackson. Quand j'étais au Viêtnam, j'ai passé trois mois dans les ateliers mécaniques du génie avant d'être envoyé dans la jungle. Je pourrais faire démarrer même ta mère.

– Les bulldozers suffiront. » Comme Jackson, Saul savait qu'il était moins simple de faire démarrer un bulldozer qu'une voiture.

« Hé, fit Jackson, quand je les aurai fait démarrer, tu arriveras à piloter le tien ?

– J'ai passé quatre ans à construire et à entretenir un kibboutz, dit Saul. Je pourrais piloter même ta mère.

– Fais gaffe, mec, dit Jackson avec un large sourire. Commence pas à jouer à ce petit jeu avec moi. Les Blancs n'y connaissent rien en matière d'insultes.

– Dans ma culture, nous avons pris l'habitude d'échanger des insultes avec Dieu. Quel meilleur entraînement pourrait-on concevoir ? »

Jackson éclata de rire et tapa Saul sur l'épaule.

« Arrêtez de déconner, tous les deux, dit Taylor. On a déjà deux minutes de retard.

– Tu es sûr que ta montre marche bien ? » s'enquit Saul.

Taylor prit un air outré. Il tendit son poignet pour exhiber une Lady Elgin des plus élégantes : boîtier en or de 24 carats et cadran incrusté de diamants. « Ce truc ne retarde pas de cinq secondes par an. Il faut se remuer.

– Bien, dit Saul. Comment on fait pour entrer là-dedans ?

– Poisson-chat ! » appela Taylor, et un des garçons qui se trouvaient dans la remorque en ouvrit la portière, se hissa sur le toit, bondit sur la barrière haute de trois mètres et disparut à l'intérieur de l'enceinte. Ses cinq compagnons le suivirent. Ils portaient de lourds sacs à dos contenant des bouteilles cliquetantes.

Saul considéra son bras gauche toujours bandé.

« On y va, souffla Taylor en sortant de la cabine.

– Tu risques d'avoir mal au bras, dit Jackson. Tu veux que je te fasse une piqûre ?

– Non », répondit Saul, et il suivit le même chemin que les autres.

« C'est sûrement illégal », dit Tony Harod. Il regardait défiler réverbères, bâtiments et voies express sous l'appareil qui filait à trois cents pieds d'altitude.

« Hélico de la police, dit Colben. Autorisation spéciale. »

Colben avait orienté son siège de façon à pouvoir se pencher par une vitre ouverte côté tribord. Un air glacé venait poignarder Harod et Maria Chen. Colben tenait un fusil militaire Colt calibre 30 calé sur un support spécial au bord de la fenêtre. Son viseur nocturne volumineux, sa lunette laser et son énorme chargeur lui donnaient un aspect peu maniable. Colben sourit et murmura quelques mots dans le micro à moitié caché par la cagoule de sa parka. Le pilote vira brusquement sur la droite, décrivant un cercle au-dessus de Germantown Avenue.

Harod s'accrocha des deux mains à son siège rembourré et ferma les yeux. Il était sûr que seule sa ceinture de sécurité l'empêchait de passer par la vitre ouverte et d'aller s'écraser dans la rue trente étages plus bas.

« Leader Rouge à Centre de contrôle, appela Colben. Votre rapport.

– Ici Centre de contrôle, dit la voix de l'agent Leonard. Le groupe Bleu Deux signale la présence de quatre automobiles transportant des Portoricains de sexe masculin dans le périmètre de sécurité de Market et Chelten. D'autres groupes non identifiés sont signalés dans la ruelle derrière Château Un et Château Deux. Un groupe de quinze Noirs de sexe masculin vient de passer près du groupe Blanc Un dans Ashmead. Terminé. »

Colben se tourna vers Harod et lui sourit. « Je parie que c'est une bagarre qui se prépare. Nègres contre graisseux la veille du Nouvel An.

– Il est minuit passé, dit Maria Chen. Nous sommes le Jour de l'An.

– Peu importe. Et puis merde. Qu'ils se castagnent, on s'en fout, tant qu'ils ne gênent pas l'Opération Aurore. Pas vrai, Harod ? »

Tony Harod continua de se cramponner sans rien dire.

Le souffle court, le shérif Gentry devait courir pour ne pas se faire distancer. Marvin et Leroy conduisaient un groupe de dix adolescents à travers un labyrinthe de ruelles, d'arrière-cours, de terrains vagues emplis de détritus et d'immeubles désaffectés. Ils arrivèrent à l'entrée d'une ruelle et Marvin fit signe à tout le monde de s'accroupir. Gentry aperçut une fourgonnette garée à soixante mètres de là, derrière des bennes à ordures et des garages avachis.

«Des flics fédéraux», murmura Leroy. Le jeune barbu consulta sa montre et sourit. «On a une minute d'avance.»

Les mains calées sur ses genoux, Gentry reprit son souffle. Il avait un point de côté. Il avait froid. En ce moment, il aurait voulu être chez lui, à Charleston, en train d'écouter le Dave Brubeck Quartet sur sa chaîne stéréo tout en lisant un livre de Bruce Catton. Il appuya sa tête contre la brique froide et repensa à un incident survenu alors qu'ils allaient quitter Community House, un incident qui lui avait fait considérer Germantown et le Soul Brickyard sous un nouveau jour.

Un petit garçon — il n'avait pas plus de sept ou huit ans — était entré dans le foyer en courant alors que le dernier groupe se préparait à partir. Il s'était dirigé droit sur Marvin. «Stevie, avait dit le chef de la bande, je t'avais pourtant dit de ne jamais venir ici.» Le petit garçon était en pleurs; il s'était essuyé le visage avec sa manche. «Maman a dit que tu devais revenir à la maison tout de suite. Maman a dit qu'elle et Marita avaient besoin de toi et que tu devais revenir tout de suite.» Marvin avait passé un bras autour des épaules de l'enfant et l'avait emmené dans une pièce voisine. Gentry l'avait entendu :

«… tu dis à Maman que je serai là demain à la première heure. Que Marita reste là-bas et s'occupe de tout. Tu leur dis ça, d'accord, Stevie ?»

Cet incident avait troublé Gentry. Jusque-là, la bande avait fait partie intégrante du cauchemar qu'il vivait depuis cinq jours. Germantown et ses habitants avaient trouvé tout naturellement leur place dans le chaos de douleur, de ténèbres et d'événements apparemment sans rapport entre eux où se débattait Gentry. Il savait bien que les membres de la bande étaient des jeunes. Jackson était une exception, mais c'était une âme perdue, un visiteur, un diplômé de retour dans sa vieille école parce que la vie ne lui avait fourni aucune autre issue. Gentry n'avait vu que de rares adultes dans les rues glacées; il s'agissait pour la plupart de femmes silencieuses au visage marqué marchant d'un pas pressé, de vieillards errant sans but précis ou regardant la rue par la fenêtre d'un bar, des inévitables poivrots gisant sur des pas de porte encombrés de détritus. Il savait que ce n'était pas là la véritable communauté qui peuplait ce lieu, qu'en été les rues et les perrons seraient remplis de familles, d'enfants jouant à la marelle, d'adolescents jouant au basket-ball, de jeunes gens discutant en riant, accoudés à leurs automobiles luisantes. Il savait que si les rues étaient désertes, c'était à cause du froid, d'une violence nouvelle et de la présence d'une armée d'envahisseurs qui se croyaient invisibles, mais l'arrivée de Stevie avait confirmé ces impressions confuses. Gentry se sentait égaré dans un lieu étrange et glacé, affrontant avec des enfants des adversaires adultes qui avaient tous les pouvoirs.

« Les voilà, mec », murmura Leroy.

Trois automobiles bruyantes stoppèrent dans la rue à l'autre bout de la ruelle. Des jeunes en sortirent, riant, chantant, criant en espagnol. Plusieurs se dirigèrent vers la fourgonnette et commencèrent à taper dessus avec des tuyaux et des battes de base-ball. Les phares du véhicule s'allumèrent. Un de ses passagers poussa un cri. Trois hommes en descendirent; l'un d'eux leva un fusil à pompe et tira en l'air.

« On y va », souffla Marvin.

Les membres du groupe sprintèrent sur vingt mètres, rasant les barrières et les murs des garages. Ils firent halte derrière un appentis, se pressant contre une petite clôture grillagée. De nouveaux coups de feu retentirent en provenance de la fourgonnette. Gentry entendit les voitures des Portoricains démarrer en trombe en direction de Germantown Avenue.

« Grumblethorpe », dit Leroy, et Gentry regarda à travers le grillage, découvrant une petite cour, de grands arbres nus et l'arrière d'une maison de pierre.

Marvin se coula près de lui. « Il y a des barreaux aux fenêtres du rez-de-chaussée. Une porte derrière. Deux portes devant. On va rentrer des deux côtés. Allons-y. » Marvin, Leroy, G.B., G.R. et les deux autres escaladèrent la clôture, aussi vifs que des ombres. Gentry essaya de les suivre, s'accrocha au grillage et tomba sur le sol gelé, se cognant le genou. Il dégaina son Ruger et courut rejoindre les autres.

Marvin et G.B. lui firent signe de se diriger vers le côté. Ils avaient tous deux un fusil à pompe et Marvin avait noué un mouchoir rouge autour de ses cheveux coiffés à l'afro. « On va entrer par-devant. »

Une clôture en bois haute d'un mètre vingt séparait la maison en pierre de l'épicerie adjacente. Ils attendirent qu'un tramway vide soit passé, puis Marvin ouvrit le portail d'un coup de pied, et G.B. et lui s'avancèrent hardiment, passant nonchalamment devant les fenêtres condamnées pour gagner les deux portes. Chacune d'elles était flanquée de deux grilles basses. Une porte en plan incliné, fermée par un cadenas, donnait de toute évidence sur la cave. Gentry recula d'un pas et examina la façade de l'immeuble. Aucune lumière n'était visible à ses neuf fenêtres. Germantown Avenue était déserte, exception faite du tramway qui se trouvait déjà à deux pâtés de maisons à l'ouest. L'éclairage au sodium, choisi pour décourager les délinquants, bariolait de jaune les façades en brique. La nuit sentait le froid et l'heure avancée.

« Vas-y », dit Marvin. G.B. se dirigea vers la porte ouest et donna un violent coup de pied dedans. Le montant de chêne ne bougea pas. Marvin hocha la tête et les deux adolescents armèrent leurs fusils, reculèrent d'un pas et tirèrent sur les serrures. Des échardes jaillirent du bois et Gentry détourna la tête, se protégeant instinctivement les yeux. Les deux adolescents tirèrent une nouvelle fois et Gentry se retourna juste à temps pour voir la porte s'ouvrir. G.B. sourit à Marvin et leva le poing en signe de victoire alors qu'un minuscule point rouge apparaissait sur son torse et montait vers sa tête. G.B. leva les yeux, se toucha le front, faisant apparaître le point rouge sur le dos de sa main, et jeta à Marvin un regard de surprise amusée. Le bruit de la détonation fut lointain et étouffé. Le corps de G.B. alla rebondir sur la porte avant de s'effondrer sur le trottoir.

Gentry eut le temps de remarquer que le front du garçon avait en grande partie disparu, puis il se mit à courir, tomba à quatre pattes, rampa jusqu'au portail de la clôture latérale. Il avait à peine vu Marvin sauter par-dessus la petite grille et s'engouffrer dans la maison. Des petits points rouges dansèrent sur la pierre au-dessus de Gentry, deux balles projetèrent des éclats de pierre sur son visage, puis il franchit le portail, roula sur lui-même et heurta violemment un obstacle invisible alors que plusieurs balles hachaient la clôture et labouraient le sol gelé sur sa gauche. Gentry rampa à l'aveuglette en direction de l'arrière-cour. On tira de nouveau depuis l'avenue, mais toutes les balles se perdirent.

Leroy se précipita vers lui, haletant, et tomba à genoux. « Merde, qu'est-ce qui se passe ?

– Des tireurs embusqués de l'autre côté de la rue », hoqueta Gentry, stupéfait de constater qu'il n'avait pas lâché son Ruger. « Au premier étage ou sur le toit. Ils ont une sorte de lunette laser.

– Marvin ?

– A l'intérieur, je crois. G.B. est mort. »

Leroy se redressa, fit un signe du bras et s'en fut. Une demi-douzaine d'ombres se précipitèrent vers le devant de la maison.

Gentry courut le long du mur latéral et scruta l'arrière-cour. La porte de derrière était ouverte et une faible lumière était visible à l'intérieur. Puis une fourgonnette s'immobilisa dans la ruelle ; une portière s'ouvrit, la veilleuse découpa brièvement la silhouette du conducteur au moment où il mettait pied à terre, et une douzaine de coups de feu éclatèrent dans une zone d'ombre située près de l'appentis. L'homme se hâta de réintégrer son véhicule et la portière se referma. Quelqu'un poussa un cri depuis l'appentis et Gentry vit des ombres courir en direction de l'arbre. Un bruit d'hélicoptère se fit entendre et, soudain, le feu d'un projecteur éclaira de sa lueur crue la majeure partie de la cour. Un garçon dont Gentry ignorait le nom se figea tel un cerf paralysé par des phares de voiture et leva la tête en plissant les yeux. Gentry vit une tache rouge danser sur la poitrine de l'adolescent pendant une seconde, puis sa cage thoracique explosa. Gentry n'avait entendu aucune détonation.

Gentry agrippa son Ruger des deux mains et tira trois balles en direction du projecteur. Le rayon lumineux ne disparut pas mais balaya la scène dans tous les sens, éclairant les branches, les toits et la fourgonnette, puis l'hélicoptère s'éleva dans la nuit.

Plusieurs coups de feu furent échangés devant la maison. Gentry entendit quelqu'un hurler d'une voix de fausset. Il y eut d'autres explosions, d'autres lueurs en provenance de la fourgonnette, et Gentry entendit d'autres voitures approcher. Il jeta un coup d'œil au Ruger, estima qu'il n'avait pas le temps de le recharger, et se précipita vers la porte de Grumblethorpe.

Il y avait des années que Saul Laski n'avait pas conduit un bulldozer, mais dès que Jackson eut remplacé une magnéto pour faire démarrer l'engin, Saul se hissa sur le siège rembourré et s'efforça de rappeler à lui des compétences laissées en friche depuis la construction du kibboutz à laquelle il avait participé presque vingt ans plus tôt. Heureusement, il se trouvait dans un Caterpillar D-7, le descendant en ligne directe des engins de son kibboutz. Saul débraya, mit le levier de vitesse au point mort, poussa le levier de réglage du régime moteur, appuya sur la pédale de frein droite et la bloqua en position, vérifia que tous les leviers importants étaient au point mort, puis se mit à la recherche du démarreur.

« Ahhh », murmura-t-il lorsqu'il l'eut trouvé. Il mit les leviers de transmission et de compression en position voulue — du moins l'espérait-il —, embraya le levier de démarrage, ouvrit l'arrivée d'essence, tira le starter, libéra le loquet de ralenti et appuya sur le démarreur. Rien ne se passa.

« Hé, le vieux ! hurla le dénommé Poisson-chat, qui était accroupi près du siège. Tu sais ce que tu fais, au moins ?

– Absolument ! » cria Saul en réponse. Il tendit la main vers un levier, estima que ce n'était pas le bon, en saisit un autre et tira. Le démarreur électrique se mit à gémir et le moteur rugit. Il trouva la pédale d'accélérateur, embraya, donna trop de traction à la chenille de droite et faillit écraser Jackson, qui se préparait à faire démarrer un second bulldozer à sa gauche. Saul reprit le contrôle de son engin, faillit caler, et réussit à l'orienter vers le groupe de caravanes à soixante mètres de là. Un nuage de gaz d'échappement lui arriva en pleine figure. Saul jeta un coup d'œil à sa droite et vit trois membres de la bande qui couraient à côté de l'engin.

« Ce machin pourrait pas aller un peu plus vite ? » cria Poisson-chat.

Saul entendit un raclement et se rendit compte qu'il n'avait pas levé la lame de l'engin. Il remédia à son oubli et le bulldozer s'élança avec un nouvel enthousiasme. Un rugissement s'éleva derrière eux lorsque l'engin conduit par Jackson démarra à son tour.

« Qu'est-ce que tu vas faire quand on arrivera là-bas ? cria Poisson-chat.

– Tu verras bien ! » lança Saul en ajustant ses lunettes. Il n'avait pas la moindre idée de ce qu'il allait faire. Il savait que d'une seconde à l'autre, les agents du F.B.I. allaient sortir des caravanes, se disperser et ouvrir le feu. Les bulldozers, très lents, leur offriraient des cibles en or. Ils n'avaient qu'une toute petite chance de parvenir au niveau des caravanes. Il y avait des dizaines d'années que Saul ne s'était pas senti aussi bien.

Malcolm Dupris conduisit huit membres de Soul Brickyard dans la maison d'Anne Bishop. Marvin était presque sûr que la Sorcière Vaudou se cachait dans l'autre maison — la vieille bicoque de l'Avenue —, mais l'équipe de Malcolm avait pour mission de fouiller la maison de Queen Lane. Ils n'avaient pas de radio; Marvin avait affecté à chaque groupe au moins deux nains — des membres auxiliaires de la bande âgés de huit à onze ans — destinés à servir de coursiers. Malcolm n'avait aucune nouvelle du groupe dirigé par Marvin, mais dès qu'il entendit des coups de feu en provenance de l'avenue, il prit la moitié de ses hommes et pénétra dans l'arrière-cour d'Anne Bishop. Les six autres continuèrent de surveiller la fourgonnette du téléphone garée au bout de la ruelle.

Malcolm, Donnie Cowles et le petit Jamie — le frère cadet de Louis Solarz — passèrent les premiers, ouvrant la porte de la cuisine d'un coup de pied pour se précipiter à l'intérieur. Malcolm agita le pistolet automatique 9 mm graissé de frais et tout luisant qu'il avait acheté soixante-quinze dollars à Mohammed. Il y avait quatorze balles dans son chargeur brinquebalant. Donnie était armé d'un pistolet bon marché dont la chambre ne contenait qu'une seule cartouche de calibre 22. Jamie n'avait sur lui que son couteau.

La vieille femme qui habitait là n'était pas chez elle et il n'y avait aucun signe de la Sorcière Vaudou ni du monstre blanc. Il ne leur fallut que trois minutes pour inspecter la petite maison, puis Malcolm retourna dans la cuisine pendant que Donnie allait jeter un coup d'œil sur le devant.

« Y a plein de trucs sur le lit en haut, dit Jamie, comme s'ils étaient en train de faire leurs valises.

– Ouais », fit Malcolm. Il adressa un signe à ses compagnons dans l'arrière-cour et Jefferson, le coursier âgé de dix ans, s'empressa de le rejoindre. « Va faire un tour près de la vieille bicoque de l'avenue et demande à Marvin ce qu'il... »

Ils entendirent grincer des portes de garage, puis un bruit de moteur tournant au ralenti. Malcolm fit signe aux autres et, passant par-derrière, fit irruption dans l'allée alors qu'une vieille voiture à la calandre bizarre sortait du garage. Ses phares n'étaient pas allumés et sa conductrice serrait le volant dans une attitude nerveuse de chauffeur timoré. Malcolm reconnut aussitôt Miss Bishop ; il l'avait toujours vue dans le quartier, il avait même tondu sa pelouse quand il était gamin.

Cinq de ses équipiers bloquèrent le passage à la voiture pendant que Malcolm se dirigeait vers sa conductrice. Elle jeta autour d'elle un regard terrifié, puis abaissa sa vitre. Sa voix avait des accents étranges, des accents de somnambule. « Écartez-vous, les enfants. Je dois sortir. »

Malcolm jeta un coup d'œil dans la voiture pour s'assurer que personne ne s'y cachait ; Miss Bishop était seule à l'occuper. Il abaissa son automatique et se pencha vers elle. « Désolé, mais vous n'irez nulle part tant que... »

Les mains d'Anne Bishop jaillirent vers son visage, ses doigts recourbés comme des griffes. Malcolm aurait eu les deux yeux crevés s'il n'avait pas instinctivement rejeté la tête en arrière. Mais les ongles de la femme blanche n'en laissèrent pas moins huit sillons sanglants sur ses joues et ses paupières. Malcolm hurla et la vieille voiture bondit en rugissant, projetant le petit Jefferson dans les airs et écrasant Jamie sous sa roue avant gauche.

Malcolm jura, chercha à tâtons son arme sur le gravier, mit un genou à terre lorsqu'il l'eut trouvée, et tira trois coups de feu en direction de la voiture qui s'éloignait avant que quelqu'un ne lui crie de faire gaffe. Malcolm pivota, toujours sur un genou. La fourgonnette du téléphone qui se trouvait au bout de la ruelle fonçait droit sur lui. Malcolm braqua son arme sur elle et se rendit aussitôt compte qu'il avait commis une erreur et perdu un temps précieux. Il ouvrit la bouche pour hurler.

La fourgonnette du F.B.I. roulait au moins à cent à l'heure lorsque son pare-chocs avant heurta Malcolm en pleine figure.

«Foutons le *camp* d'ici!» hurla Tony Harod alors qu'une balle ricochait sur le patin gauche de l'hélicoptère dans un jaillissement d'étincelles. Ils flottaient à soixante pieds au-dessus de la terrasse d'un immeuble pendant que Colben s'amusait avec son flingue tout droit sorti de *La Guerre des étoiles*, un sourire stupide plaqué sur son visage. Hajek, le pilote, était de toute évidence du même avis que Harod, car il avait fait virer l'hélico sur la droite et repris de l'altitude avant que Colben ne s'écarte de la vitre pour lui lancer un ordre. Richard Haines restait stoïquement assis sur le siège du copilote, regardant le paysage comme s'ils étaient de simples touristes en train de visiter Philadelphie la nuit. Maria Chen, assise à droite de Harod, gardait les yeux fermés.

«Leader Rouge à Centre de contrôle», appela Colben. Harod et Maria Chen portaient un casque-micro pour pouvoir communiquer en dépit des rugissements du vent et du moteur. «Leader Rouge à Centre de contrôle!

– Ici Centre de contrôle, dit une voix féminine. Je vous écoute, Leader Rouge.

– Qu'est-ce qui se passe, bordel? Ça grouille d'indésirables autour de Château Deux.

– Affirmatif, Leader Rouge. Le groupe Vert est entré en contact avec un groupe de Noirs armés tentant d'entrer par effraction dans Château Deux. Le groupe Or est en train de poursuivre la Cible Deux, qui conduit une DeSoto modèle 1953 et se dirige vers le nord parallèlement à Queen Lane. Les groupes Bleu, Blanc, Gris, Argent et Jaune signalent qu'ils sont entrés en contact avec des individus hostiles non identifiés. Le maire a déjà téléphoné deux fois. Terminé.

– Le *maire*, répéta Colben. Nom de Dieu. Où est passé Leonard, bordel ? Terminé.

– L'agent Leonard est sorti pour enquêter sur tout un remue-ménage dans le chantier. Je lui dirai de vous contacter dès qu'il sera revenu, Leader Rouge. Terminé.

– Bordel de merde, jura Colben. Bon, écoutez. Je vais faire déposer Haines pour qu'il dirige les opérations à Château Deux. Dites aux groupes Bleu et Blanc d'aller boucler le périmètre de Market à Ashmead. Dites aux groupes Vert et Or que *personne* ne doit entrer ni sortir de Château Deux. Compris ?

– Affirmatif, Leader Rouge. Nous avons un… » Il y eut un grésillement atroce, puis la communication fut coupée.

« Merde, dit Colben. Centre de contrôle ? Centre de contrôle ? Haines, nous adoptons la Tactique Deux-Cinq. Groupe Or ? Groupe Or, ici Leader Rouge. Peterson, vous me recevez ?

– Affirmatif, Leader Rouge, répondit une voix masculine plutôt tendue.

– Où diable êtes-vous ? Terminé.

– Nous roulons dans Germantown Avenue en direction de l'ouest derrière la Cible Deux, Leader Rouge. Terminé.

– La Bishop ? Où va…

– Euh… nous avons besoin d'aide, Leader Rouge, coupa la voix. Deux véhicules, conduits par des Portoricains de sexe masculin, euh… On vous recontactera, Leader Rouge. Terminé. »

Colben se pencha vers le pilote et lui ordonna : « Posez-vous. »

Le pilote, coiffé d'une casquette de base-ball, mâchait du chewing-gum d'un air décontracté. « Aucun terrain disponible, monsieur. Je reste à mille pieds.

– Allez vous faire foutre, rugit Colben. Posez-vous sur Germantown Avenue s'il le faut. *Tout de suite.* »

Le pilote jeta un coup d'œil sur la droite, fit virer l'hélicoptère et hocha la tête.

Tony Harod faillit hurler lorsque l'appareil tomba comme un ascenseur aux câbles rompus. Les réverbères semblèrent se précipiter sur eux, ils aperçurent un incendie à un pâté de maisons sur leur gauche, puis l'hélicoptère ralentit sa chute et se posa comme une fleur sur la brique et l'asphalte en plein milieu de la chaussée. Haines en descendit aussitôt, courant le dos courbé vers le trottoir.

« Remontez ! hurla Colben en levant son pouce vers le pilote.

– Non ! » cria Harod. Il fit un signe de la tête à Maria Chen et tous deux débouclèrent leur ceinture. « On descend nous aussi.

– Pas question », dit Colben dans son micro.

Harod ôta son casque alors que Maria Chen sortait son browning de son sac à main et le braquait sur Colben. « On descend ici, cria Harod.

– Vous êtes un homme mort, Harod », dit doucement Colben.

Tony Harod secoua la tête. « Je ne vous entends pas, Chuck, hurla-t-il. *Ciao !* » Harod descendit par la portière gauche et courut dans la direction opposée à celle que Haines avait prise. Maria Chen attendit trente secondes, puis se glissa à son tour vers la porte.

« Vous êtes morts tous les deux », dit Colben en souriant. Il jeta un coup d'œil au fusil fixé à la paroi tribord de l'appareil et se détendit.

Maria Chen haussa les épaules, bondit et se mit à courir.

« Cent pieds », dit Colben dans son micro.

L'hélicoptère s'arracha au-dessus des toits et des fils électriques, pivota vers la gauche et flotta dix étages au-dessus de l'avenue. Colben posa le fusil sur son socle et balaya les ruelles avec son viseur nocturne. Rien ne bougeait. « Trop de corniches, bordel », murmura-t-il. Un dialogue rapide emplit ses écouteurs. Il entendit la voix de Richard Haines exigeant un rapport des tireurs du groupe Vert.

Colben secoua la tête. «Retournez à Château Deux, ordonna-t-il sèchement. On s'occupera de ce connard après.»

L'hélicoptère vira, piqua du nez au moment où il reprenait de l'altitude et se dirigea vers l'est.

33.
Germantown,
jeudi 1er janvier 1981

Natalie Preston gisait sur le dos, les mains levées pour se protéger du couteau de Vincent, lorsque la porte d'entrée de Grumblethorpe fut secouée par une explosion à moins de deux mètres de là. Des échardes jaillirent dans le couloir étroit. Il y eut une deuxième explosion; Natalie se tourna vers le petit salon situé sur sa gauche et vit la porte donnant sur la rue s'ouvrir brutalement.

Dans le silence qui s'ensuivit, la tête de Vincent se redressa, pivotant sur elle-même comme celle d'un robot mal programmé. Le couteau luisait dans sa main droite. Natalie n'osait ni bouger, ni parler, ni respirer.

Il y eut une nouvelle série d'explosions, plus lointaines cette fois-ci. Soudain, une forme sombre se précipita dans le salon, heurtant le fauteuil à oreillettes placé près de la cheminée. Un fusil glissa sur le plancher et alla frapper les pieds de la table.

Vincent enjamba Natalie et pénétra dans le salon. Elle aperçut les grands yeux bleus de Marvin Gayle alors que Vincent le soulevait, puis elle se mit à ramper vers l'arrière de la maison. Elle faillit hurler sous la douleur qui lui traversa la cheville, mais elle se mordit les lèvres jusqu'au sang et resta silencieuse. Elle entendit de nouvelles détonations devant la maison, puis des bruits de lutte en provenance du salon où Marvin affrontait le monstre blanc. Natalie se redressa péniblement sur sa jambe gauche une fois arrivée sur le seuil de ce qui devait être la cuisine. C'était une pièce tout en longueur, aux volets fermés, pourvue d'une immense cheminée, d'une table où brûlaient deux bougies, et d'une porte solidement verrouillée. Un fusil à pompe était posé contre le mur près de la porte.

Natalie laissa échapper un petit gémissement et se dirigea vers l'arme à cloche-pied. Elle était sur le point de l'atteindre lorsque trois explosions rapides secouèrent la porte. Verrou et gâche succombèrent à la quatrième et à la cinquième tentative, et des échardes vinrent se planter dans son bras et sa jambe gauches. Natalie s'écarta d'un bond de côté, fit porter tout son poids sur son pied droit et heurta la table. Celle-ci se renversa, l'entraînant dans sa chute. La porte subit deux nouveaux assauts et finit par s'ouvrir. A moins de deux mètres de Natalie la porte du réduit où on l'avait enfermée était entrebâillée, lui offrant un abri de fortune. Elle se précipita dans cette direction, trébuchant dans l'obscurité alors qu'on achevait d'ouvrir la porte à coups de pied.

Natalie reconnut l'un des deux jumeaux de la bande de Marvin lorsqu'il entra, suivi par un autre garçon. Ils étaient tous deux armés. Ils se planquèrent aussitôt derrière la table renversée.

« Ne tirez pas ! hurla Natalie. C'est moi !

– Qui ça ? » cria le jumeau. Il se redressa en faisant décrire de brefs arcs de cercle à son fusil à pompe.

Natalie se glissa à l'intérieur du réduit alors que Marvin Gayle entrait dans la cuisine d'un pas mal assuré. Ses bras et son torse étaient maculés de sang et il laissait traîner la crosse de son fusil sur le sol comme s'il était trop épuisé pour lever son arme.

« Marvin ! Merde, mec, comment t'es entré ici ? » Le jumeau se redressa et abaissa son arme. Son compagnon leva la tête de derrière la table.

Marvin leva son fusil et tira deux fois. Le jumeau fut projeté dans la cheminée. Le second garçon roula dans un coin de la pièce, cria quelque chose, essaya de se redresser. Marvin pivota sur lui-même et tira. Le garcon heurta le mur, tomba en avant, et disparut dans un trou invisible parmi les ombres.

Natalie se rendit compte qu'elle était accroupie et qu'elle serrait toujours contre elle son soutien-gorge lacéré. Elle jeta un regard par l'entrebâillement de la porte et vit Marvin se diriger d'un pas mécanique vers la cheminée afin d'examiner le cadavre du jumeau. Il se retourna et se dirigea vers l'entrée du tunnel. Là, il abaissa son fusil et tira une nouvelle fois.

Natalie regagna en hâte le couloir, laissant choir son soutien-gorge et sentant sa poitrine se couvrir de chair de poule. Une terrible fusillade retentit au-dehors.

Tout ça n'est qu'un cauchemar, pensa-t-elle. *Je vais sûrement me réveiller d'un instant à l'autre.* La terrible douleur que lui causait sa cheville cassée lui prouva le contraire.

Vincent apparut dans le couloir, les jambes écartées, son long couteau à la main.

Natalie stoppa, s'agrippa au lambrissage. Elle vit sur sa gauche l'escalier qui conduisait à l'étage.

Vincent fit un pas vers elle.

Natalie bondit, hurla lorsque sa cheville heurta une marche. Sanglotante, elle entreprit de gravir les degrés, au moment même où la voix de Rob Gentry l'appelait depuis la cuisine.

Saul Laski avait conçu l'attaque du centre de contrôle comme un raid : frapper vite, semer le plus de confusion possible et se retirer aussitôt l'objectif atteint. L'idéal était de ne blesser personne et d'éviter les échanges de tir. Mais il espérait secrètement mettre la main sur Colben ou sur Haines. Lorsque le bulldozer franchit les vingt derniers mètres qui le séparaient des caravanes, il se demanda si sa tactique était sensée.

Il y eut une soudaine explosion à sa gauche, et des fleurs de feu s'épanouirent dans l'air lorsque les cocktails Molotov lancés par Taylor et les autres atteignirent les voitures garées dans l'enceinte. La scène fut illuminée par les flammes et un homme vêtu d'une chemise blanche et d'une cravate noire sortit de la caravane principale. Il examina les voitures incendiées, puis les deux bulldozers qui s'approchaient, poussa une exclamation inaudible et dégaina son pistolet.

Saul était à dix mètres de la caravane. Il leva la lame du bulldozer pour se protéger et se rendit compte qu'elle lui bouchait la vue. Le bruit du moteur et celui d'une autre explosion l'empêchèrent d'entendre les coups de feu, mais la lame tinta à deux reprises et il perçut un choc plus sourd sur le radiateur. Le bulldozer ne broncha pas. Saul leva la lame d'une trentaine de centimètres et eut le temps d'apercevoir l'homme qui regagnait l'intérieur de la caravane.

« C'est ici que je descends ! » cria Poisson-chat, et il bondit par-dessus la chenille gauche, disparaissant dans les ténèbres.

Saul envisagea de le suivre, haussa les épaules, et s'accrocha à la portière. Il leva la lame de trente centimètres supplémentaires.

Le terrain devenait légèrement pentu près de la caravane et la lame pénétra dans son objectif à une hauteur d'environ deux mètres, juste à droite de la porte. Le petit escalier en bois qui permettait d'y accéder vola en éclats lorsque Saul accéléra, se mordant la langue ; il s'adossa au siège tandis que les chenilles de son engin s'employaient à renverser la longue caravane.

Le centre de contrôle tout entier frissonna lorsque le bulldozer conduit par Jackson heurta la caravane six mètres plus loin sur la gauche. La mince paroi d'aluminium se tordit et se déchira. Une fenêtre jaillit de son châssis et la chenille du bulldozer de Saul la réduisit en pièces. Saul crut pendant quelques secondes que les lames allaient traverser la caravane de part en part, mais celles-ci rencontrèrent une résistance, les deux bulldozers poussèrent, et la caravane centrale se sépara des deux autres avec un atroce grincement tandis qu'elle commençait à basculer.

La porte principale s'ouvrit à quelques dizaines de centimètres de Saul et le torse d'un homme en émergea, puis un revolver cherchant sa cible, mais la caravane, déséquilibrée, se renversa enfin. Le bras se dressa vers le ciel, le revolver tira à deux reprises, puis disparut.

Saul passa au point mort et descendit du bulldozer. Jackson s'éloignait déjà de son engin et les deux hommes échangèrent un regard épuisé lorsqu'ils s'abritèrent derrière le pare-chocs d'un des véhicules du F.B.I.

«Et maintenant?» demanda Jackson au bout d'une minute.

Des hommes rampaient hors des ruines de la caravane renversée. Saul vit une femme que l'on aidait à sortir par une brèche ouverte dans le toit. La plupart d'entre eux étaient en état de choc, restaient assis par terre ou erraient sans but précis comme les victimes d'un accident de la circulation, mais quelques-uns avaient sorti leurs armes. Saul savait qu'il serait ridicule et dangereux de rester où il était. Taylor et les autres étaient invisibles, et il supposa qu'ils avaient déjà regagné le camion. «Je cherche quelqu'un», dit Saul.

Il attendit que tous les agents soient sortis de la caravane, pareils à des fourmis fuyant en masse une fourmilière piétinée. Il n'y avait aucun signe de Charles Colben, ni de Richard Haines. La déception de Saul lui fit l'effet d'une remontée de bile dans la bouche.

«On ferait mieux de filer, murmura Jackson. Ils commencent à se ressaisir.»

Saul acquiesça et suivit son compagnon au milieu des ombres.

Leroy vit le corps de G.B. gisant au bord du trottoir et aperçut des éclairs au deuxième étage de la maison d'en face avant de se baisser et de foncer vers la clôture. Des balles à haute vélocité la hachèrent sur sa gauche. Il avait l'impression que certains frères ripostaient depuis le côté ouest de la maison et depuis l'avenue, mais il savait que leur assortiment de fusils et de pistolets ne pouvaient pas grand-chose contre les armes des flics fédéraux. Leroy pressa son visage contre le sol glacé lorsque de nouvelles balles atteignirent la clôture. «C'est dingue, mec», murmura-t-il.

Un corps gisait près du mur à vingt centimètres du bras droit de Leroy. Il le fit péniblement rouler sur lui-même, entendant des bouteilles tinter dans son sac à dos bon marché. Il perçut une forte odeur d'essence.

C'était Deeter Coleman, un élève de Germantown High School et un membre récent de Soul Brickyard. Deeter était sorti deux ou trois fois avec la sœur de Leroy. Celui-ci savait que le garçon s'intéressait davantage au théâtre et aux ordinateurs qu'à la rue, mais cela faisait des années qu'il suppliait Marvin de lui donner une chance de rallier la bande. Le chef lui avait donné cette chance à peine une semaine plus tôt. La balle qui l'avait atteint lui avait arraché la quasi-totalité de la gorge.

Leroy retourna le cadavre et tira sur les lanières du sac à dos sans cesser de marmonner entre ses dents. «T'es vraiment un con, Leroy. Merde, c'est toujours toi qui te tapes le sale boulot.»

Il serra les lanières à fond, sentit l'essence coulant des bouteilles brisées lui inonder le dos, et secoua la tête. Il passa le petit pistolet calibre 25 à sa ceinture et, sans se donner le temps de réfléchir, il ouvrit le portail et se mit à courir de toutes ses forces.

Deux coups de feu retentirent et quelque chose lui arracha le talon d'une basket, mais Leroy ne s'arrêta pas. Il renversa une rangée de poubelles à l'entrée de la ruelle, puis bondit vers l'escalier de secours. «Quelle idée à la con», grommela-t-il en montant les marches quatre à quatre.

Aucune fenêtre du deuxième étage ne donnait sur la ruelle, rien qu'une porte métallique fermée et dépourvue de loquet extérieur. «Connard, connard», murmura Leroy, et il s'accroupit à droite de la porte. Il fouilla les poches de son blouson et de son pantalon. Il n'avait pas d'allumettes, pas de briquet, rien. Il riait de bon cœur lorsque trois ombres jaillirent dans la ruelle depuis l'arrière du bâtiment. De son poste d'observation, dix mètres au-dessus du sol, Leroy vit leurs visages blancs, leurs mains blanches, lorsqu'ils se tournèrent vers lui et levèrent leurs armes. «T'es coincé, mec», marmonna-t-il.

Il pressa son visage et son ventre contre le mur de brique lorsque la première balle ricocha sur la rambarde dans un jaillissement d'étincelles. La deuxième traversa la semelle de sa chaussure droite, faisant bondir sa jambe vers le haut. Leroy la sentit soudain s'engourdir et regarda le trou noir et fumant qui ornait sa basket. «Vous déconnez, les mecs», murmura-t-il.

La porte d'acier s'ouvrit et un homme vêtu d'un costume sombre s'avança sur l'escalier de secours. Il portait un fusil d'allure bizarre. Leroy lui arracha son arme et le frappa à la gorge avec la crosse, le forçant à se pencher en arrière au-dessus de la rambarde tout en maintenant la porte ouverte de sa jambe blessée. On cessa de tirer en bas, mais Leroy aperçut les visages blancs qui se déplaçaient en quête d'un angle de tir. L'homme se débattit, cracha, griffa le visage de Leroy d'une main, l'autre tentant d'éloigner le fusil de sa gorge.

Leroy pesa de tout son poids sur l'homme, le forçant à s'arquer un peu plus en arrière. «T'as du feu, mec?» murmura-t-il. Il entendit un bruit de pas derrière lui. Leroy enfonça sa main gauche dans la poche de l'agent et en sortit un briquet en or. «Merci, mon Dieu», dit-il à haute voix, et il laissa choir l'homme et son fusil dans la ruelle, dix mètres plus bas. Il entra dans l'immeuble alors même que les balles recommençaient à voler.

«Est-ce que tu as eu ce…» commença un autre Blanc armé d'un pistolet. Il y en avait trois autres près de la fenêtre, où des armes et des télescopes sophistiqués étaient disposés sur des trépieds. Leroy aperçut des sièges pliants, une table de camping couverte de boîtes de conserve et des radios posées contre le mur.

«Plus un geste!» hurla le Blanc, et il braqua son pistolet sur la poitrine de Leroy.

Les mains de celui-ci s'élevaient déjà. Son pouce actionna la molette; il sentit la chaleur de la flamme contre son oreille droite. «C'est bien ma veine. Putain, du premier coup!» dit Leroy, et il laissa tomber le briquet dans le sac à dos bourré de bouteilles de super sans plomb.

Anne Bishop était à un demi-pâté de maisons de Grumblethorpe lorsque se produisit l'explosion. Elle continua de rouler à vingt-cinq kilomètres à l'heure, les mains crispées sur le volant de la DeSoto, les yeux grands ouverts fixés droit devant elle. Toutes les fenêtres de l'immeuble situé en face de Grumblethorpe éclatèrent en mille morceaux. Une pluie de verre diamantine s'abattit sur Germantown Avenue. Trente secondes plus tard, les flammes apparurent. Anne Bishop se gara devant Grumblethorpe et passa au point mort. Obéissant à un réflexe vieux de plus de trente ans, elle serra soigneusement le frein à main.

Les flammes montant du bâtiment étaient beaucoup plus brillantes à présent, éclairant d'une lueur orange Grumblethorpe et toute une fraction de l'avenue. On entendit une succession saccadée de coups de feu. Cinquante mètres plus loin, une demi-douzaine de silhouettes aux longues jambes traversèrent la chaussée au pas de course. Juste à côté de la roue avant droite de la DeSoto, un garçon gisait face contre terre au bord du trottoir. Une petite flaque noire s'élargissait autour de son crâne fracassé.

L'immeuble en feu était le théâtre d'un concert de craquements, comme si on brisait des centaines de brindilles. Les munitions explosaient de temps en temps, avec un curieux bruit de pop-corn en train de griller. Quelqu'un hurla au loin. Puis vint la plainte aiguë des sirènes. Anne Bishop resta assise dans sa DeSoto 1953, les yeux fixes, les mains sur le volant, attendant la suite des événements.

Gentry s'était engouffré dans la maison par la porte de derrière, le Ruger braqué devant lui. Une table renversée lui offrait un abri et il s'était tapi derrière pour examiner les lieux.

La vieille cuisine était éclairée par une chandelle posée sur l'évier et une autre tombée sur le sol. Le jumeau du nom de G.R. gisait dans une immense cheminée à deux mètres de Gentry, son anorak déchiqueté de la gorge au bas-ventre. Les plumes de la doublure recouvraient le visage, le torse et les jambes du cadavre. Le reste de la cuisine était vide. Une porte étroite donnant sur un réduit ou une petite pièce était restée grande ouverte, l'empêchant de voir le couloir.

Gentry braqua le Ruger sur la porte du réduit, entendant des bruits dans le couloir. Il se rendit compte qu'il respirait beaucoup trop vite et qu'il était sur le point de suffoquer. Il retint son souffle durant une dizaine de secondes. Dehors, les coups de feu cessèrent quelques instants et Gentry entendit un grattement dans l'ombre derrière lui. Il pivota sur son genou et découvrit Marvin Gayle qui semblait émerger du sol de pierre, comme un homme sortant d'une piscine. En dépit de la faible lumière, Gentry remarqua que son visage était dénué de toute expression, que ses yeux n'étaient que des fentes blanches où les iris étaient à peine visibles.

« Marvin ? » Au moment où Gentry prononçait son nom, l'adolescent leva un fusil à pompe de l'espèce de trou où il se trouvait, visa la tête de Gentry et appuya sur la détente.

Clic, fit le percuteur.

Gentry leva son Ruger alors même que Marvin armait et tirait une deuxième fois. Le chien de son fusil ne rencontra que le vide.

Gentry avait appuyé sur la détente assez fort pour faire se relever le chien du Ruger ; il le bloqua avec son pouce et le fit doucement retomber. « Merde », dit-il à voix basse, et il bondit sur le grotesque simulacre de Marvin alors que celui-ci achevait d'émerger de l'entrée du tunnel.

Le garçon était plus petit et moins lourd que Rob Gentry, mais il était aussi plus jeune, plus rapide, et animé d'une énergie démoniaque. Gentry ne voyait pas comment triompher de lui dans un combat à la loyale; il n'attendit pas d'avoir trouvé une méthode. Il arriva dans le coin de la pièce alors que Marvin finissait de se redresser et fit décrire un arc vicieux au Ruger, frappant l'adolescent à la tempe avec son long canon. Marvin s'effondra, roula sur lui-même et s'immobilisa.

Gentry s'accroupit près de lui, trouva son pouls, et leva les yeux à temps pour découvrir le monstre blanc debout près de la porte du réduit. Gentry tira deux fois; la première balle ricocha sur la pierre à l'endroit où l'apparition s'était tenue une seconde plus tôt, la seconde transperça la porte du réduit. Il entendit un bruit de pas dans le couloir. De dehors lui parvint le bruit étouffé d'une explosion.

«Natalie!» hurla Gentry. Il attendit une seconde, hurla de nouveau.

«Par ici, Rob! Sois prudent, il...» La voix de Natalie se tut. On aurait dit qu'elle était au bout du couloir.

Gentry se redressa, écarta la table de son passage et courut vers elle.

Natalie avait rampé le plus haut possible sur l'escalier, espérant à tout le moins pouvoir décocher un coup de pied dans la tête de Vincent, lorsqu'elle se rendit compte qu'elle n'était pas seule. Elle se força à cesser de regarder par-dessus son épaule et à lever les yeux vers le palier.

Melanie Fuller se dressait en haut des marches, à moins d'un mètre de la tête de Natalie. Elle portait une longue chemise de nuit en flanelle, sa robe de chambre rose bon marché et ses pantoufles en peluche rose. Les chandelles de la nursery éclairaient un visage sans âge, des rides qui se perdaient dans des replis de peau rongés jusqu'aux tendons, un crâne qui s'efforçait d'échapper à un masque de chair morte. Ses cheveux bleus dressés sur sa tête semblaient trop rares; des plaques de cuir chevelu tavelé apparaissaient ici et là, comme si ses cheveux étaient tombés par paquets sous l'effet de la chimiothérapie ou de quelque drogue. L'œil gauche de Melanie Fuller était fermé et grotesquement enflé, son œil droit se réduisait à une espèce de bille jaune. Elle sourit, et Natalie vit que la partie supérieure de son dentier s'était détachée de ses gencives. A la lueur des chandelles, sa langue semblait aussi sombre que du sang coagulé.

«Quelle honte, ma chère, dit Melanie Fuller. Couvrez votre nudité.»

Natalie frissonna et pressa les lambeaux de son chemisier contre ses seins. La voix de la vieille femme n'était qu'un râle sifflant; son souffle empestait la décomposition. Natalie tenta de ramper vers elle, de refermer ses mains sur ce cou étique.

«Natalie!» La voix de Rob.

Elle s'agrippa aux marches de bois et l'appela. *Où était Vincent?* Elle essayait d'avertir Rob lorsque Melanie Fuller descendit trois marches et lui toucha l'épaule du bout de sa pantoufle rose. «Chut, ma chère.»

Gentry apparut dans le couloir, revolver à la main. Il aperçut Natalie et ses yeux s'écarquillèrent. «Natalie. Mon Dieu.

– Rob!» cria-t-elle, utilisant les dernières secondes de liberté accordées à son esprit. «Fais attention! Le monstre blanc est là...

– Chut, ma chère», répéta Melanie Fuller. La vieille femme inclina la tête sur le côté et examina Gentry avec une intensité de dément. «Je sais qui vous êtes», murmura-t-elle, un jet de salive jaillissant de son dentier mal fixé. «Mais je n'ai pas voté pour vous.»

Gentry regarda derrière lui, en direction du salon et de la porte d'entrée. Il posa le pied sur une marche, s'adossa au mur et leva son revolver pour le braquer sur le torse de Melanie Fuller.

La vieille femme secoua lentement la tête.

Le revolver s'abaissa comme sous l'effet d'une puissante force magnétique, trembla, s'immobilisa, resta braqué sur le visage de Natalie Preston.

« C'est çççа », siffla Melanie Fuller.

Un spasme secoua le corps de Gentry, ses yeux s'élargirent et son visage devint de plus en plus cramoisi. Son bras tremblait violemment, comme si chaque nerf de son corps luttait contre les ordres envoyés par son cerveau. Sa main se serra sur la crosse du revolver, son doigt se crispa sur la détente.

« Oui », souffla Melanie Fuller. Sa voix était pleine d'impatience.

Un flot de sueur inonda le visage de Gentry et macula sa chemise, visible entre les pans de son blouson. Les tendons saillirent sur son cou et les veines sur ses tempes. Son visage était un masque de supplicié, le visage d'un homme engagé dans un suprême effort mobilisant toutes les ressources de son esprit, de ses muscles et de sa volonté. Son doigt pressa la détente, la relâcha, la pressa assez fort pour relever le chien du revolver, la relâcha.

Natalie ne pouvait pas bouger. Elle regarda ce masque de supplicié et ne vit que les yeux bleus de Rob Gentry.

« Ceci prend trop de temps », murmura Melanie Fuller. Elle se passa une main sur le front, l'air épuisée.

Gentry tomba en arrière comme s'il avait affronté au tir à la corde des titans qui venaient de lâcher l'autre bout. Il recula en trébuchant dans le couloir et glissa le long du mur, laissant tomber le revolver par terre dans ses efforts pour reprendre son souffle. Natalie vit une expression d'exultation envahir le visage de Rob durant la fraction de seconde où leurs regards se croisèrent.

Vincent jaillit du salon et balaya l'air deux fois de son couteau. Gentry hoqueta et porta les deux mains à sa gorge comme s'il espérait pouvoir refermer sa blessure béante. Il sembla y réussir pendant trois secondes, puis le sang coula entre ses doigts, jaillit en quantité inimaginable le long de ses mains, de ses bras et de sa poitrine

Gentry glissa de travers jusqu'à ce que sa tête et son épaule gauche viennent doucement toucher le sol. Il ne cessa pas de regarder Natalie jusqu'à ce que ses yeux se ferment lentement, tels ceux d'un petit garçon avant une sieste réparatrice. Son corps fut agité par un spasme, un seul, puis se détendit dans la mort.

« Non ! » hurla Natalie, et elle bondit au même instant. Elle avait gravi huit marches ; elle les descendit la tête la première, heurtant si violemment la dernière qu'elle sentit quelque chose se rompre dans son épaule gauche. Elle ignora le choc, ignora la douleur, ignora les doigts qui frôlaient son esprit comme des papillons tapant à la fenêtre, ignora le second choc lorsqu'elle roula sur le plancher dur, sur les jambes de Rob, contre les jambes de Vincent.

Natalie ne perdit pas de temps à réfléchir. Elle laissa son corps faire ce qu'il avait à faire, ce qu'elle lui avait ordonné de faire il y avait une éternité de cela, avant qu'elle ne bondisse de l'escalier.

Vincent vacilla au-dessus d'elle, agitant les bras pour recouvrer l'équilibre qu'il avait perdu lors de leur collision. Il dut faire pivoter son torse pour lever son couteau sur elle.

Natalie n'hésita pas un instant. Elle roula sur le dos, laissa sa main droite retomber sur le revolver, sachant parfaitement où il se trouvait, le leva et visa. Elle tira dans la bouche grande ouverte de Vincent.

Le bras de Natalie heurta le plancher sous l'effet du recul et l'impact de la balle souleva Vincent dans les airs. Il alla frapper le mur à plus de deux mètres au-dessus du sol et laissa une traînée de sang sur sa surface en retombant.

Melanie Fuller descendit lentement l'escalier, ses pantoufles raclant mollement le bois des marches.

Natalie essaya de se hisser sur son bras gauche, mais tomba en travers des jambes de Rob. Elle abaissa son arme et parvint à adopter une position assise. Elle dut chasser les larmes de ses yeux avant de pouvoir braquer le revolver sur Melanie Fuller.

La vieille femme était à un mètre cinquante de distance, deux marches au-dessus d'elle. Natalie s'attendait à sentir des doigts plonger dans son esprit pour la saisir, la stopper, mais rien ne se passa. Elle appuya sur la détente, une fois, deux fois, trois fois.

«Il faut toujours compter ses cartouches, ma chère», murmura la vieille femme. Elle descendit les marches, enjamba Natalie et se dirigea vers la porte en traînant les pieds. Elle s'arrêta et regarda derrière elle. «Au revoir, Nina. Nous nous retrouverons.»

Melanie Fuller jeta un dernier regard sur le couloir et sur la maison, déverrouilla la porte en ruine, sortit dans une rue éclairée par les flammes, et disparut.

Natalie lâcha le revolver et éclata en sanglots. Elle rampa jusqu'à Rob, le tira par les épaules jusqu'à ce qu'il soit dégagé du corps de Vincent, et lui posa la tête sur sa jambe. Du sang macula aussitôt son pantalon, le plancher, tout le reste. Elle essaya d'éponger le blouson et la chemise de Rob avec les lambeaux de son chemisier, mais finit par y renoncer.

Lorsque Saul Laski et Jackson arrivèrent cinq minutes plus tard, alarmés par les flammes, les sirènes et de nouvelles détonations, ils la trouvèrent ainsi, la tête de Rob reposant toujours sur son giron, en train de lui chanter une berceuse et de lui caresser tendrement le front.

34.
Melanie

J'étais fort contrariée de quitter Grumblethorpe, mais je n'avais guère le choix étant donné les circonstances. Le quartier était devenu bien trop agité; les nègres avaient choisi le Nouvel An pour organiser une de ces émeutes insensées dont j'entendais parler depuis si longtemps. Ce genre de choses ne se produisait jamais avant les manifestations de ces vingt ou trente dernières années en faveur des prétendus droits civiques. Père avait l'habitude de dire que si on accordait un doigt à un nègre, il exigeait le bras et s'emparait de l'épaule.

La messagère de Nina — une fille de couleur qui aurait été séduisante n'eût été sa coiffure ébouriffée qui la faisait ressembler à une négrillonne — avait presque réussi à me convaincre que ce n'était pas Nina qui l'envoyait, mais j'avais fini par la percer à jour grâce aux voix de Grumblethorpe. Elles étaient fort bruyantes ce dernier jour. J'avoue avoir eu quelques difficultés à me concentrer sur certaines tâches moins importantes, tant je m'efforçais de comprendre ce que me disaient ces voix — celles d'un petit garçon et d'une petite fille à l'accent étrange, presque anglais.

Certains de leurs propos étaient confus. Elles me parlaient de l'incendie, du pont, de la rivière et de l'échiquier. Je me demandais si elles faisaient référence à des événements de leur propre vie — peut-être les catastrophes qui avaient causé leur trépas. Mais lorsqu'elles évoquaient Nina, leurs avertissements étaient on ne peut plus clairs.

En fin de compte, les deux émissaires de Nina — venus jusqu'ici depuis Charleston — ne me causèrent que des désagréments mineurs. J'étais navrée de perdre Vincent mais, à vrai dire, il avait rempli son rôle. Je ne garde aucun souvenir précis des derniers instants que j'ai passés à Grumblethorpe. Je me rappelle surtout l'atroce migraine qui me taraudait la moitié droite du crâne. Alors qu'Anne était occupée à faire nos bagages avant de venir me chercher, je lui avais ordonné mentalement d'emporter une bouteille de Dristan. Il n'était guère étonnant que mes sinus me fassent si mal dans ce climat nordique, si froid, si humide et si peu hospitalier.

Anne se pencha pour m'ouvrir la porte de la voiture lorsque je sortis de Grumblethorpe. Un incendie ravageait l'immeuble d'en face, sans aucun doute l'œuvre des pillards nègres. Quand Mrs. Hodges me rendait visite et évoquait les dernières atrocités survenues dans le Nord, elle manquait rarement de préciser que les minorités soi-disant pauvres, mal nourries et opprimées sautaient sur la moindre occasion de voler des téléviseurs de prix et des vêtements fantaisie. Elle estimait que les gens de couleur employés autrefois par les Blancs n'avaient jamais cessé de voler leurs maîtres et qu'ils continuaient d'agir ainsi maintenant qu'ils étaient devenus des assistés. C'était une des rares opinions que je partageais avec cette vieille fouinarde.

Il y avait trois valises sur la banquette arrière de la DeSoto. Une des deux plus grandes contenait mes vêtements, l'autre l'argent et les actions qu'Anne avait conservés, et la plus petite quelques vêtements et effets personnels appartenant à Anne. Elle n'avait pas oublié mon fourre-tout. Le fusil à pompe qu'elle conservait chez elle était posé sur le tapis de sol.

« Allons-y, ma chère », dis-je, et je m'adossai au siège.

Anne Bishop conduisait comme une vieille femme. Nous laissâmes Grumblethorpe et l'immeuble en flammes et, pratiquement au pas, prîmes la direction du nord-est. Je regardai derrière nous et remarquai qu'une collision venait de se produire près du croisement entre Queen Lane et Germantown Avenue. Une fourgonnette et deux automobiles surbaissées, plutôt laides, étaient immobilisées au carrefour. Il n'y avait aucun signe de la police.

Nous passâmes devant Penn Street, Coulter Street, et nous approchions de Church Street lorsque deux fourgonnettes s'immobilisèrent en travers de la chaussée, nous bloquant le passage. J'ordonnai à Anne de monter sur le trottoir de gauche et de ne pas s'arrêter. Des hommes sortirent des fourgonnettes en brandissant des armes, mais ils furent vite distraits lorsque celui que je surveillais tourna son revolver dans leur direction et se mit à tirer sur ses collègues.

C'était ridicule. S'ils étaient ici pour arrêter des pillards de couleur, ils auraient dû s'atteler à leur tâche et laisser en paix deux dames blanches comme nous.

Nous arrivâmes au niveau de Market Street ; en dépit de l'obscurité, je distinguais le soldat yankee de bronze debout sur son piédestal. Lors de notre première sortie, Anne m'avait appris que ce monument était en granite de Gettysburg. Je pensai au général Lee battant en retraite sous la pluie, ayant perdu la bataille mais pas la guerre, ayant préservé de ce carnage toute la fierté de la Confédération, et je me sentis un peu moins démoralisée par le repli que j'étais en train d'effectuer.

Les gyrophares et lumières clignotantes de voitures de pompiers, de police et autres véhicules de secours fondirent sur nous de l'autre bout de Germantown Avenue. Derrière nous, une fourgonnette et une conduite intérieure noire menaçaient de nous rattraper. J'entendis un bruit étrange. Je levai les yeux et aperçus des lueurs vertes et rouges au-dessus des toits.

« Tournez à gauche », ordonnai-je. Au moment où Anne m'obéit, la distance entre la voiture de pompiers et nous s'était suffisamment réduite pour que je puisse voir le visage de son conducteur casqué. Je fermai les yeux et poussai. Le long véhicule vira brusquement au milieu de la chaussée, rebondit sur les rails des tramways et emboutit la fourgonnette au niveau de sa portière droite. Celle-ci fit plusieurs tonneaux et s'immobilisa sur le toit en plein centre de Market Square. J'aperçus la conduite intérieure qui freinait à mort pour éviter le camion rouge couché en travers de la rue, puis nous nous engageâmes dans School House Lane, loin de toute cette agitation.

J'avais forcé Anne à faire bien des choses, mais le plus dur était de l'obliger à rouler à plus de cinquante kilomètres à l'heure. Je dus rassembler toutes les ressources de ma volonté pour qu'elle conduise enfin comme je le souhaitais. Si bien que ce fut par l'intermédiaire de ses sens que je vis les rues défiler sur le côté, entendis le bruit des pales au-dessus de nous, et regardai les rares voitures qui circulaient à cette heure s'écarter devant nous.

School House Lane était une jolie rue, mais elle n'avait pas été conçue à l'intention d'une DeSoto 1953 roulant à 130 km/h. Une voiture verte apparut derrière nous et nous prit en chasse. J'apercevais de temps en temps l'hélicoptère qui suivait une course parallèle à la nôtre, tantôt sur notre gauche, tantôt sur notre droite. J'ordonnai à Anne de freiner pour négocier un virage, puis d'accélérer à nouveau. Soudain, la lunette arrière se transforma en toile d'araignée et des éclats de verre jaillirent dans l'habitacle. Je jetai un regard par-dessus mon épaule et vis deux trous gros comme mon poing.

Un Noir en veston titubait au bord de la chaussée lorsque nous arrivâmes près de Ridge Avenue. Il traversa lorsque la voiture verte surgit et se jeta devant elle. Je vis dans le rétroviseur le véhicule faire une embardée pour l'éviter, heurter la bordure du trottoir à plus de 100 km/h et décrire en l'air une spirale complète avant de s'encastrer dans la vitrine d'un débit de hamburgers.

Je cherchai un plan de Philadelphie dans la boîte à gants tout en gardant le contrôle de la voiture par l'entremise d'Anne. Je voulais trouver une voie express pour sortir de cette ville de cauchemar; il y avait devant nous une pléthore de panneaux, de flèches et de ponts autoroutiers, mais je ne savais quelle route suivre.

Un vacarme soudain nous parvint par la vitre brisée et l'énorme hélicoptère passa à dix mètres sur notre droite. A la lueur des réverbères qui défilaient à une vitesse folle, j'aperçus le pilote et un homme coiffé d'une casquette de base-ball qui se penchait vers nous à l'arrière de l'appareil. Il avait un sourire de dément et tenait quelque chose dans ses bras.

J'ordonnai à Anne de tourner à droite pour prendre une rampe d'accès. La roue arrière gauche de la DeSoto glissa sur un accotement non stabilisé, et durant quelques secondes je me concentrai entièrement sur le volant et l'accélérateur pour éviter l'accident.

L'hélicoptère passa en rugissant sur notre gauche alors que nous roulions sur une boucle sans fin. Une tache rouge dansa un instant sur la joue gauche d'Anne. Je lui ordonnai aussitôt d'appuyer sur l'accélérateur, la vieille voiture bondit en avant, la tache disparut, et quelque chose frappa le pare-chocs arrière de la voiture avec un bruit sourd.

Nous nous retrouvâmes soudain sur un pont enjambant une rivière. Je ne voulais pas de pont, je voulais une voie express.

L'hélicoptère était à présent sur notre droite, exactement à notre niveau. L'espace d'une seconde, une lueur rouge brilla dans mon œil, et j'ordonnai à Anne d'obliquer à gauche et de se coller au flanc d'une fourgonnette Volkswagen qui nous servirait ainsi de bouclier. Le conducteur de la Volkswagen s'effondra soudain sur son volant et son véhicule se précipita sur la rambarde. L'hélicoptère se rapprocha, réussissant à maintenir une vitesse de 140 km/h.

Nous étions sortis du pont. Anne vira sèchement à gauche et nous passâmes par-dessus le terre-plein central, évitant de justesse un semi-remorque qui nous lança un coup de klaxon furieux. Nous sortîmes de la route au niveau d'un panneau vantant les mérites des appartements présidentiels. Quatre voies désertes s'étendaient devant nous dans un jour artificiel dispensé par les lampes à mercure. Il y eut une série d'éclairs verts et rouges lorsque l'hélicoptère passa cinq mètres à peine au-dessus de nos têtes, fit demi-tour et s'immobilisa une centaine de mètres devant nous.

L'endroit était trop désert, trop bien éclairé. On aurait dit un stand de tir à la carabine dont nous étions les cibles.

J'ordonnai à Anne de tourner à gauche. Les pneus de la DeSoto mordirent l'asphalte en gémissant et nous catapultèrent sur une voie d'accès non signalée à peine plus large qu'une allée.

Cette route se dirigeait vers le sud-ouest sous une section aérienne de ce que le plan appelait la voie express Schuylkill. C'était faire preuve d'indulgence que de lui donner le nom de route. Il ne s'agissait que d'un chemin gravillonné infesté de nids-de-poules. Des piliers de béton défilaient dans nos phares. La robe et le pull-over d'Anne étaient trempés de sueur et son visage offrait un spectacle étrange. L'hélicoptère apparut sur notre gauche, volant au-dessus d'une voie ferrée parallèle à la voie express. Une rangée de piliers nous séparait, accentuant l'impression de vitesse. Notre vieux compteur indiquait 150 km/h.

La route gravillonnée s'achevait un peu plus loin dans un labyrinthe de bretelles soutenues par des centaines de piliers, contreforts et entretoises. Une forêt de béton et d'acier.

Je veillai à ce qu'Anne ne bloque pas le frein, mais nous avons dû déraper sur une demi-longueur de terrain de football, projetant un nuage de poussière au sein duquel la lueur de nos phares se réduisit à deux rais de lumière jaunâtre. La poussière se dissipa. Nous avions stoppé à moins d'un mètre d'un contrefort gros comme une petite maison.

La DeSoto le contourna au ralenti, roula doucement entre les pylônes et sortit prudemment de sous une chaussée pour aller se dissimuler sous une autre. Il devait y avoir au moins quinze voies de circulation au-dessus de nous, dont certaines s'incurvant vers un pont qui ajoutait des troncs supplémentaires à la forêt de piliers.

Nous parcourûmes une cinquantaine de mètres dans ce labyrinthe et j'ordonnai à Anne de se ranger près d'une île de béton, de couper le moteur et d'éteindre les phares.

J'ouvris les yeux. Nous étions pareilles à des souris venant de s'introduire dans une cathédrale baroque. D'immenses piliers se dressaient vers les chaussées aériennes, hauts de quinze à vingt-cinq mètres, voire davantage, près des trois ponts qui enjambaient la Schuylkill River. Seuls le murmure de la circulation et le sifflement encore plus lointain d'un train venaient briser le silence. Je comptai jusqu'à trois cents avant d'oser espérer que l'hélicoptère nous ait perdues et ait renoncé à nous poursuivre.

Puis retentit un rugissement effroyable.

Précédé par la lumière de son projecteur, l'engin infernal flottait à dix mètres au-dessous de la plus haute chaussée aérienne, le vacarme de son moteur et de son rotor résonnant sur la moindre surface de béton. L'hélicoptère avançait lentement, ses pales se tenant à l'écart des pylônes et des banquettes de sûreté, son fuselage pivotant comme la tête d'un chat aux aguets.

Le projecteur finit par nous trouver et nous épingla dans son éclat impitoyable. A ce moment-là, j'avais déjà ordonné à Anne de descendre. Elle tenait son fusil avec maladresse, calé sur le toit de la DeSoto.

Au moment même où je lui ordonnais de tirer, je sus que c'était trop tôt, que l'hélicoptère était trop loin. Le bruit de la détonation vint s'ajouter au vacarme ambiant sans autre effet notable.

Anne fit deux pas en arrière sous l'effet du recul. Une

balle à haute vélocité lui arracha son fusil des mains et la jeta à terre. J'étais déjà étendue sur le tapis de sol lorsque la deuxième balle fracassa le pare-brise et fit tomber une pluie de verre sur la banquette avant.

Anne réussit à se relever, à regagner la voiture et à tourner la clé de contact de la main gauche. Son bras droit pendait, inutilisable, presque détaché de l'épaule. Un os luisait sous la laine et le coton déchirés.

Nous passâmes en dessous de l'hélicoptère — la souris désespérée détalant entre les pattes du chat surpris —, puis nous nous engageâmes sur une voie gravillonnée, nous éloignant temporairement de la rivière pour négocier un escarpement boisé qui donnait sur un pont.

L'hélicoptère se lança à notre poursuite, mais les arbres dénudés qui se dressaient de chaque côté de la route étaient assez hauts pour nous protéger tant que nous continuions de rouler. Nous arrivâmes sur une ligne de faîte boisée. A droite, la voie express s'incurvait vers le sud ; à gauche, nous avions la rivière et la voie ferrée. Je vis que notre route rejoignait par la gauche le plus au sud de deux ponts ténébreux. Nous n'avions plus le choix; l'hélicoptère était de nouveau derrière nous, les arbres étaient trop rares pour nous protéger et il était impossible à la DeSoto de descendre le long du talus escarpé et boisé pour rejoindre la voie express située quelques centaines de mètres plus bas.

Anne tourna à gauche, accéléra une fois sur le pont. Et stoppa.

C'était un pont de chemin de fer, un très vieux pont. Bordé de chaque côté par un garde-fou de pierre et de métal. Les rails rouillés, les traverses de bois et une étroite cendrée s'enfonçaient dans les ténèbres à vingt-cinq bons mètres au-dessus de la rivière.

Dix mètres devant nous, une solide barrière nous bloquait le passage. Même si nous avions pu la franchir, cela ne nous aurait servi à rien; le terre-plein était trop étroit, trop exposé, et les traverses nous auraient trop ralenties.

Nous marquâmes une pause qui ne dura pas plus de vingt secondes, mais c'était déjà trop long. Le rugissement se fit de nouveau entendre, un tourbillon de poussière et de brindilles nous enveloppa, et je me baissai alors qu'une masse sombre occultait le ciel. Cinq trous apparurent dans le pare-brise, le volant et le tableau de bord explosèrent, et Anne Bishop tressauta sous les balles, touchée au ventre, à la poitrine et au visage.

J'ouvris la portière et me mis à courir. Une de mes pantoufles roula en bas du remblai et disparut dans les buissons. Mon peignoir et ma chemise de nuit se gonflèrent sous la tornade des rotors. L'hélicoptère passa à vive allure à un mètre cinquante à peine au-dessus de ma tête, et disparut derrière la ligne de faîte.

J'avançai en titubant le long des traverses, m'éloignant du pont. Au-delà du faîte et de la lueur qui émanait de la voie express, j'apercevais l'obscurité relative de Fairmount Park. Anne m'avait dit qu'il s'agissait du plus grand parc municipal du monde, plus de mille six cents hectares de forêt longeant la rivière. Si je pouvais arriver jusque-là…

L'hélicoptère s'éleva au-dessus de la ligne des arbres comme une araignée montant le long de sa toile. Il glissa latéralement vers moi. Partant de son cockpit, je vis un mince rayon rouge trancher l'air empoussiéré.

Je fis demi-tour et regagnai le pont à grand-peine, en direction de la DeSoto. C'était exactement ce qu'ils attendaient de moi.

Un sentier abrupt s'enfonçait dans les buissons à droite du remblai. Je m'y engageai, glissai, perdis ma seconde pantoufle et tombai assise sur le sol froid et humide. L'hélicoptère passa au-dessus de moi en rugissant, s'immobilisa à quinze mètre au-dessus de la rivière et balaya le rivage de son projecteur. Je trébuchai le long du sentier, glissai sur une longueur de six mètres, sentant les branches des buissons m'érafler la peau. Le projecteur m'épingla de nouveau. Je me redressai, me protégeai les yeux et scrutai son éclat. Si je parvenais à Utiliser le pilote..

Une balle vint agacer l'ourlet de ma robe de chambre.

Je me mis à quatre pattes et gravis péniblement le remblai, m'arrêtant à une douzaine de mètres au-dessous du pont. L'hélicoptère perdit un peu d'altitude et me suivit.

Nina ne se trouvait pas à bord de l'appareil. Qui était-ce donc ? Je rampai derrière un tronc pourrissant et me mis à sangloter. Deux balles se plantèrent dans le bois. J'essayai de me recroqueviller sur moi-même. J'avais une migraine atroce. Ma chemise de nuit et ma robe de chambre étaient dans un état épouvantable.

L'hélicoptère flottait presque à mon niveau, à dix ou douze mètres de moi, pas tout à fait sous le pont. Il pivota sur lui-même, jouant avec moi comme un prédateur prêt à achever son gibier.

Je levai la tête, concentrai toute mon attention sur l'appareil et sur ses passagers. Ignorant le supplice que me causait ma migraine, je tendis ma volonté le plus loin et le plus fort possible, plus résolue que jamais.

Rien.

Il y avait deux hommes à bord de l'appareil. Le pilote était un Neutre… un trou dans la trame de pensée. L'autre était un Utilisateur… pas Willi… mais un homme aussi obstiné et assoiffé de sang que l'était Willi. Comme je ne l'avais jamais vu, ne le connaissais pas, ne l'avais jamais affronté, il m'était impossible de triompher de son Talent assez longtemps pour pouvoir l'Utiliser.

Mais lui pouvait *me* tuer.

J'essayai de ramper vers une culée de pierre située à six ou sept mètres de moi. Une balle laboura la terre à vingt centimètres de ma main.

J'essayai de remonter l'étroit sentier vers un buisson touffu. Une balle m'effleura la plante du pied.

Je pressai ma joue contre le sol, mon dos contre la souche pourrissante, et fermai les yeux. Une balle déchira le bois friable à quelques centimètres de mon dos. Une autre se planta dans la terre entre mes jambes.

Anne avait été atteinte par quatre balles. La première lui avait traversé le ventre, ratant de justesse la colonne vertébrale. La deuxième lui avait brisé une côte, avait ricoché sur sa cage thoracique et avait réduit son bras gauche en pièces. La troisième balle avait traversé son poumon droit et s'était logée dans son omoplate droite. La dernière l'avait atteinte à la joue gauche, lui arrachant la langue et la plupart des dents, et était ressortie par son maxillaire droit.

Pour l'Utiliser, j'étais obligée de ressentir toute la souffrance de son agonie. La moindre rupture de contact lui aurait permis de m'échapper, d'échapper à ce monde. Mais je ne pouvais pas lui permettre de mourir. J'avais besoin d'elle une dernière fois.

Le moteur de la DeSoto continuait de tourner. La boîte automatique était au point mort. Pour passer en prise, Anne dut passer la tête à travers le volant brisé et serrer le levier métallique avec ce qui lui restait de dents. Poussée par la force de l'habitude, elle avait serré le frein à main. Je lui ordonnai de le desserrer avec son genou.

L'image qu'elle me transmettait se brouilla et disparut. Je la forçai à se reformer au prix d'un effort surhumain. Des éclats d'os lui voilaient l'œil droit. Aucune importance. Elle posa ses bras fracassés sur l'anneau de métal commandant le klaxon et accrocha sa main droite à ce qui restait du volant en plastique.

J'ouvris les yeux. Une tache rouge dansa sur l'herbe sèche près de moi, trouva mon bras, se déplaça vers mon visage. Il ne restait pratiquement plus rien du tronc pourrissant.

Je clignai des yeux pour chasser le rayon rouge.

Le bruit que fit la DeSoto en accélérant et en défonçant le garde-fou était audible en dépit du vacarme du rotor. Je levai les yeux à temps pour voir le double faisceau lumineux des phares poignarder l'espace avant de basculer. J'eus la vision d'un carter et d'essieux noirs lorsque la DeSoto tomba presque à la verticale.

Le pilote était très, très fort. Il avait dû apercevoir

quelque chose au-dessus de lui, à la lisière de son champ de vision, et il réagit presque instantanément. Le moteur de l'hélicoptère hurla et son fuselage bascula en avant au moment où il virait vers la rivière. Seul le bout d'une pale toucha la voiture dans sa chute.

Ce fut suffisant.

Le rayon rouge avait quitté mon œil. Un cri presque humain de métal torturé me déchira les oreilles. Toute la puissance de rotation de l'hélicoptère parut se transférer de son rotor à son fuselage, et la cabine superbement profilée se mit à tourner sur elle-même dans le sens inverse des aiguilles d'une montre, une fois, trois fois, cinq fois, avant d'aller se fracasser sur l'arche de pierre du pont de chemin de fer.

Il n'y eut pas de flammes. Pas d'explosion. La masse d'acier, de plexiglas et d'aluminium broyés tomba silencieusement d'une hauteur de vingt mètres pour heurter l'eau tout près de l'endroit où la DeSoto s'était engloutie à peine trois secondes plus tôt.

Le courant était très fort. Pendant plusieurs secondes, le projecteur de l'hélicoptère resta allumé, montrant l'engin privé de vie en train de s'enfoncer dans les profondeurs et de s'éloigner vers l'aval plus vite qu'on n'aurait pu l'imaginer. Puis la lumière s'éteignit et les eaux sombres se refermèrent sur lui comme un linceul boueux.

Il s'écoula une minute avant que je ne me rassoie, une demi-heure avant que j'essaie de me relever.

Aucun bruit n'était perceptible en dehors du doux murmure de la rivière et du chuchotement lointain et immuable de la voie express invisible.

Au bout d'un certain temps, je nettoyai tant bien que mal ma chemise de nuit des brindilles et de la poussière qui s'y accrochaient, serrai la ceinture de ma robe de chambre et remontai lentement vers le sentier.

35.
Philadelphie
jeudi 1er janvier 1981

Les enfants avaient été autorisés à aller jouer dehors une heure avant le petit déjeuner. Il faisait frais mais le ciel était dégagé, et le soleil levant ressemblait à une grosse orange qui s'efforçait d'émerger des innombrables branches dénudées de la forêt. Les trois enfants riaient, jouaient et faisaient des cabrioles sur la longue pente conduisant au bois et à la rivière. Tara, l'aînée, avait fêté son huitième anniversaire trois semaines plus tôt. Allison avait six ans. Justin, le petit rouquin, aurait cinq ans en avril.

Les échos de leurs rires et de leurs cris résonnaient sur le flanc de coteau boisé. Tous trois levèrent les yeux lorsqu'une vieille dame sortit d'entre les arbres et se dirigea lentement vers eux.

«Pourquoi êtes-vous encore en robe de chambre?» demanda Allison.

La vieille dame fit halte à un ou deux mètres d'eux et leur sourit. Sa voix était étrange. «Oh, il fait si beau ce matin que je n'ai pas eu envie de m'habiller pour aller me promener.»

Les enfants hochèrent la tête en signe d'assentiment. Ils avaient souvent envie de jouer dehors en pyjama.

«Pourquoi vous n'avez pas de dents? demanda Justin.

– Chut», fit vivement Tara. Justin baissa les yeux et se tortilla.

«Où habitez-vous? demanda la dame.

– On habite dans le château», dit Allison. Elle désigna un vieux bâtiment en pierre grise qui se dressait, imposant, au sommet de la colline. C'était la seule construction de l'immense parc. Une étroite bande d'asphalte serpentait le long du faîte en direction de la forêt.

«Mon papa est l'administrateur adjoint du parc, annonça Tara avec fierté.

– Vraiment? Vos parents sont-ils ici en ce moment?

– Papa dort encore, dit Allison. Maman et lui sont rentrés très tard de leur soirée de réveillon. Maman est réveillée, mais elle a mal à la tête et elle se repose avant le petit déjeuner.

– On va manger du pain français, dit Justin.

– Et regarder le défilé des roses», ajouta Tara.

La dame sourit et regarda la maison. Ses gencives étaient rose pâle.

«Vous voulez que je fasse une cabriole? demanda Justin en lui prenant la main.

– Une cabriole? dit la dame. Oui, bien sûr.»

Justin ouvrit la fermeture à glissière de son blouson, s'accroupit et roula maladroitement sur lui-même, atterrissant sur le dos et frappant le sol de ses baskets. «Vous avez vu?

– Bravo!» s'exclama la vieille dame en applaudissant. Elle se tourna de nouveau vers la maison.

«Je m'appelle Tara, dit Tara. Elle, c'est Allison. Et Justin n'est qu'un bébé.

– C'est pas vrai! protesta Justin.

– Si, c'est vrai, dit Tara avec hauteur. C'est toi le plus jeune, alors c'est toi le bébé de la famille. C'est maman qui l'a dit.»

Justin se renfrogna et alla reprendre la main de la vieille dame. «Vous êtes une gentille dame», dit-il.

Elle lui caressa les cheveux d'un geste machinal. «Avez-vous une voiture? demanda la dame.

– Bien sûr, dit Allison. On a une Bronco et une Ovale bleue.

– Une Ovale bleue?

– Elle veut dire une Volvo bleue, dit Tara en secouant

la tête. C'est Justin qui a commencé à l'appeler comme ça, et maintenant maman et papa font pareil. Ils trouvent ça *adorable.*» Elle fit la grimace.

«Y a-t-il quelqu'un d'autre chez vous ce matin? demanda la dame.

– Nan, dit Justin. Tante Carol devait venir, mais elle est allée ailleurs. Papa dit que c'est tant mieux parce que tante Carol est une chieuse.

– Chut!» ordonna sèchement Tara, et elle fit mine de taper Justin sur le bras. Le petit garçon alla se cacher derrière la dame.

«Je parie que vous vous sentez seuls dans ce château, dit la dame. Vous n'avez jamais peur des voleurs ou des méchants?

– Non», dit Allison. Elle lança un caillou vers la lisière de la forêt. «Papa dit que le parc est l'endroit le plus sûr de la ville pour les enfants.»

Le visage de Justin apparut derrière la robe de chambre, et il leva les yeux vers la dame. «Hé, qu'est-ce qui est arrivé à votre œil?

– J'ai un peu mal à la tête, mon chéri.» La dame passa des doigts tremblants sur son front.

«Comme maman, dit Tara. Vous aussi, vous avez fait la fête hier soir?»

La dame sourit de toutes ses gencives et regarda de nouveau la maison. «L'administrateur adjoint du parc doit être un monsieur très important.

– Oh oui», acquiesça Tara. Son frère et sa sœur s'étaient désintéressés de la conversation pour entamer une partie de chat perché.

«Votre père a-t-il besoin de quelque chose pour protéger le parc des méchants? demanda la dame. Un pistolet, par exemple?

– Oh oui, il en a un, dit Tara avec enthousiasme. Mais on n'a pas le droit de jouer avec. Il le range sur une étagère dans son placard. Et il a plein de cartouches dans la boîte bleue et jaune cachée dans son bureau.»

La dame sourit et hocha la tête.

«Voulez-vous m'entendre chanter? demanda Allison, interrompant la partie acharnée qui l'opposait à Justin.

– Bien sûr, ma chérie.»

Les enfants s'assirent en tailleur sur l'herbe. La dame resta debout. Derrière eux, le soleil orange se libéra de la brume matinale et des branches nues et monta dans un ciel d'azur glacé.

Allison se tint bien droite, croisa les mains, et chanta «Hey, Jude» *a cappella*, trois couplets dont chaque note, chaque syllabe, était aussi claire que les cristaux de givre qui accrochaient la riche lumière du matin. Lorsqu'elle eut fini, elle sourit et les enfants restèrent assis en silence.

Les yeux de la dame s'emplirent de larmes. «Je crois que j'aimerais voir votre père et votre mère à présent», dit-elle doucement.

Allison la prit par la main gauche, Justin par la main droite, et Tara ouvrit la marche. Alors qu'ils arrivaient sur le sentier dallé qui conduisait à la porte de la cuisine, la dame porta une main à sa tempe et se détourna.

«Vous n'entrez pas? demanda Tara.

– Plus tard peut-être, dit la dame d'une voix bizarre. J'ai une horrible migraine tout à coup. Peut-être demain.»

Les enfants regardèrent la dame s'éloigner de la maison d'un pas hésitant, puis elle poussa un petit cri et tomba dans le massif de roses. Ils se précipitèrent vers elle et Justin la tira par l'épaule. Le visage de la vieille femme était grisâtre et déformé par une effroyable grimace. Son œil gauche était complètement fermé, son œil droit entièrement blanc. Sa bouche était grande ouverte, révélant des gencives rouge sang et une langue blanche qui s'enfouissait dans sa gorge comme une taupe. Un long filet de salive pendait à son menton.

«Elle est morte?» hoqueta Justin.

Tara se mordait les phalanges. «Non. Je ne crois pas. Je ne sais pas. Je vais aller chercher papa.» Elle courut vers la maison. Allison hésita une seconde, puis suivit sa sœur aînée.

Justin s'agenouilla dans le massif de roses et posa la tête de la dame évanouie sur ses cuisses. Il lui souleva la main. Un vrai glaçon.

Lorsque les autres sortirent de la maison, ce fut ainsi qu'ils trouvèrent Justin, à genoux parmi les fleurs, tapotant doucement la main de la dame et ne cessant de lui répéter : «Ne mourez pas, gentille dame, d'accord? S'il vous plaît, ne mourez pas, gentille dame. D'accord?»

DU MÊME AUTEUR

Aux Éditions Denoël

Dans la collection Présences

LES LARMES D'ICARE

Dans la collection Présence du futur

L'ÉCHIQUIER DU MAL 1 et 2 (Folio Science-Fiction nos 9 et 10)

LE STYX COULE À L'ENVERS

Chez d'autres éditeurs

LES FORBANS DE CUBA

ROBOTS

LE CONSEILLER

LES FEUX DE L'ÉDEN

L'AMOUR, LA MORT

LES FILS DES TÉNÈBRES

L'HOMME NU

NUIT D'ÉTÉ

HYPÉRION

LA CHUTE D'HYPÉRION

ENDYMION

L'ÉVEIL D'ENDYMION

Dans la même collection

1. Isaac Asimov — *Fondation*
2. Isaac Asimov — *Fondation et Empire*
3. Ray Bradbury — *Fahrenheit 451*
4. H.P. Lovecraft — *La couleur tombée du ciel*
5. Mary Shelley — *Frankenstein ou Le Prométhée moderne*
6. Fredric Brown — *Martiens, go home!*
7. Norman Spinrad — *Le Printemps russe,* 1
8. Norman Spinrad — *Le Printemps russe,* 2
9. Dan Simmons — *L'Échiquier du mal,* 1
10. Dan Simmons — *L'Échiquier du mal,* 2
11. Stefan Wul — *Oms en série*
12. Serge Brussolo — *Le syndrome du scaphandrier*
13. Jean-Pierre Andrevon — *Gandahar*
14. Orson Scott Card — *Le septième fils*
15. Orson Scott Card — *Le prophète rouge*
16. Orson Scott Card — *L'apprenti*
17. John Varley — *Persistance de la vision*
18. Robert Silverberg — *Gilgamesh, roi d'Ourouk*
19. Roger Zelazny — *Les neuf princes d'Ambre*
20. Roger Zelazny — *Les fusils d'Avalon*
21. Douglas Adams — *Le Guide galactique*
22. Richard Matheson — *L'homme qui rétrécit*
23. Iain Banks — *ENtreFER*
24. Mike Resnick — *Kirinyaga*
25. Philip K. Dick — *Substance Mort*
26. Olivier Sillig — *Bzjeurd*
27. Jack Finney — *L'invasion des profanateurs*
28. Michael Moorcock — *Gloriana ou La reine inassouvie*
29. Michel Grimaud — *Malakansâr*
30. Francis Valéry — *Passeport pour les étoiles*

Ouvrage reproduit
par procédé photomécanique.
Impression Bussière Camedan Imprimeries
à Saint-Amand (Cher), le 14 septembre 2000.
Dépôt légal : septembre 2000.
Numéro d'imprimeur : 003833/1.
ISBN 2-07-041587-2./Imprimé en France.